ANDREAS ESCHBACH

Ausgebrannt

Weitere Titel des Autors:

Der schlauste Mann der Welt
Freiheitsgeld
Eines Menschen Flügel
NSA – Nationales Sicherheits-Amt
Teufelsgold
Der Jesus-Deal
Das Jesus-Video
Todesengel
Herr aller Dinge
Ausgebrannt
Ein König für Deutschland
Exponentialdrift
Eine Billion Dollar
Der Letzte seiner Art
Der Nobelpreis
Eine unberührte Welt
Kelwitts Stern
Solarstation
Die Haarteppichknüpfer
Quest
Eine Trillion Euro

ZUSAMMEN MIT VERENA THEMSEN:
Perry Rhodan – Die Falsche Welt

Titel in der Regel auch als Hörbuch und E-Book erhältlich

Über den Autor:

Andreas Eschbach, geboren 1959 in Ulm, verheiratet, schreibt seit seinem 12. Lebensjahr. Bekannt wurde er vor allem durch den Thriller DAS JESUS-VIDEO, gefolgt von Bestsellern wie EINE BILLION DOLLAR und AUSGEBRANNT. Sein Roman NSA – NATIONALES-SICHERHEITS-AMT befasst sich mit der brisanten Frage: Was wäre, wenn es im dritten Reich bereits Computer und das Internet gegeben hätte – und deren totale Überwachung?

ANDREAS
ESCHBACH

AUSGEBRANNT

THRILLER

lübbe

Dieser Titel ist auch als Hörbuch und E-Book erschienen

Die Bastei Lübbe AG verfolgt eine nachhaltige Buchproduktion. Wir verwenden Papiere aus nachhaltiger Forstwirtschaft und verzichten darauf, Bücher einzeln in Folie zu verpacken. Wir stellen unsere Bücher in Deutschland und Europa (EU) her und arbeiten mit den Druckereien kontinuierlich an einer positiven Ökobilanz.

FSC www.fsc.org
MIX
Papier | Fördert gute Waldnutzung
FSC® C014496

Dieses Werk wurde vermittelt durch die
Literarische Agentur Thomas Schlück GmbH, 30161 Hannover

Neuausgabe 2022 by Bastei Lübbe AG, Köln
Titelillustration: © NiRain – stock.adobe.com; annbozhko – stock.adobe.com; Vector Tradition – stock.adobe.com; fim.design – stock.adobe.com; codexserafinius – stock.adobe.com; Pakhnyushchyy – stock.adobe.com
Umschlaggestaltung: © Johannes Wiebel | punchdesign
Satz: hanseatenSatz-bremen, Bremen
Gesetzt aus der Giovanni
Druck und Verarbeitung: GGP Media GmbH, Pößneck
Printed in Germany
ISBN 978-3-404-19199-4

4 5 3

Sie finden uns im Internet unter luebbe.de
Bitte beachten Sie auch: lesejury.de

VORBEMERKUNG

Alle in diesem Buch genannten Zahlen über Ölfunde, Ölbestände, Reserven und Ölförderungen entstammen offiziellen Veröffentlichungen, vorwiegend dem »Oil & Gas Journal«, dem »BP Statistical Review of World Energy« und Studien des »United States Geological Survey (USGS)«.

Die »Society of Petroleum Engineers« gibt es wirklich. Es ist eine weltweite Organisation von 65 000 Mitgliedern aus allen Bereichen der Ölindustrie mit Sitz in Richardson, Texas.

Das Energiebevorratungsgesetz und die entsprechenden Einrichtungen existieren so, wie sie in diesem Buch beschrieben werden.

Dass die OPEC seit 1982 keine Angaben über die in einzelnen Ölfeldern geförderten Mengen mehr veröffentlicht hat, ist wahr.

Auch entspricht es den Tatsachen, dass in Österreich Erdöl gefunden wurde und gefördert wird.

PROLOG

Selbst mit dem letzten Tropfen Benzin kann man noch beschleunigen. Allerdings ahnte Markus Westermann nicht, dass er im Begriff war, genau das zu tun. Er befand sich auf dem Highway 80, kurz nach der Brücke über den Susquehanna, und alles, was er wollte, war, diesen Truck mit Anhänger zu überholen, der nervtötend konstant siebenundvierzig Meilen pro Stunde fuhr.

Also zog er rüber auf die linke Spur. Es regnete. Und er hatte sein Mobiltelefon am Ohr.

»Halt, halt, hören Sie!«, rief er. »Nicht auflegen. Glauben Sie mir, Mister Taggard wartet auf meinen Anruf.«

»Möglich«, sagte die Frauenstimme am anderen Ende der Verbindung. »Bloß ist er, wie gesagt, heute nicht im Hause.«

Die Scheibenwischer fochten gegen die Gischt, die die mächtigen Reifen des Trucks aufwirbelten. Markus' Blick fiel auf die Tachonadel. *Langsam*, mahnte er sich. Fünfundfünzig Meilen pro Stunde waren erlaubt. Die Polizei suchte ihn. Es war absolut unnötig, durch zu schnelles Fahren aufzufallen.

»Hören Sie«, sagte er, »ich weiß, dass Sie in Wirklichkeit keine Handelsgesellschaft für amerikanisches Obst und Gemüse sind. Mister Taggard ist auch kein *Sales Manager*. Aber unter Garantie hat er ein Telefon in der Tasche –«

»Seine Mobilnummer ist vertraulich und –«

»Ja, ja, natürlich. Bitte, Ma'am. Ich wette, in seiner Adressdatei steht mein Name. Und ein Eintrag, irgendetwas wie ›Jederzeit durchstellen‹.«

Der Truck schien endlos. Beschleunigte der etwa, damit er nicht an ihm vorbeikam? Wieso *das* denn? Markus drückte das

Gaspedal tiefer. »Schauen Sie noch einmal nach. Bitte. Es ist wirklich, wirklich wichtig.«

Sie murmelte etwas, dann hörte er das Klappern einer Tastatur. Immerhin. Im Rückspiegel sah er einen Verrückten, der auf der linken Spur angerast kam und schon von weitem aufblendete. Markus Westermann gab Gas.

Doch der Wagen reagierte nicht. Kein Druck der Lehne gegen seinen Rücken. Kein Zug, nicht einmal, als er das Gaspedal bis zum Boden durchtrat. Und der Wagen *klang* auch irgendwie nicht, wie er hätte klingen sollen …!

Mit jähem Schrecken begriff Markus, dass er nur noch die Reifen hörte, wie sie über den nassen Asphalt rollten, aber keinen Motor mehr.

»Mister Westman?«, drang es aus dem Hörer. »Ich verbinde Sie jetzt mit Mister Taggard.«

»Ich rufe zurück.« Markus ließ das Telefon auf den Beifahrersitz fallen, griff hastig nach dem Zündschlüssel, drehte, hörte den Anlasser. Doch der Motor kam nicht.

Die Tankuhr. Heilige Scheiße! Er hatte immer gewusst, dass sie kaputt war, dass sie anzeigte, was sie wollte. Elektronischer Müll eben. Aber sie hatte halb voll angezeigt, halb voll, verdammt noch mal! Sie konnte doch nicht halb voll anzeigen und dann …

Hatte er den Tagesmeilenzähler auf null gestellt, das letzte Mal, als er getankt hatte?

Nein. Scheiße! Es war schlicht und einfach kein Benzin mehr im Tank.

Genialer Moment. Der Truck neben ihm, weißglänzend, endlos lang und groß wie ein Gebirge, fuhr so ungerührt weiter, wie der Mond seine Bahn am Himmel zieht. Klar, der Fahrer ahnte nicht einmal, dass etwas nicht stimmte. Wie auch?

Und der Wagen hinten nervte, kam näher, ein dicker roter Geländewagen mit einer ganzen Batterie Scheinwerfern auf dem Kuhfänger. Und mit denen konnte sein Fahrer umgehen, echt klasse.

»Mark?«, kam es aus dem Telefon. »Sind Sie das?«

Echt genial.

»*Yes, shit!*«, schrie Markus und bremste. Er hätte noch eine Menge mehr zu sagen gehabt, zum Beispiel, dass er gerade in einer echt beschissenen Situation steckte und alle Hände voll zu tun hatte, aber nicht um alles in der Welt wollte ihm jetzt einfallen, wie man das auf Englisch formulierte.

Bremsen! Er umklammerte das Lenkrad, dass es wehtat. *Keine Panik,* sagte er sich. So, wie man es eben tut, wenn man gerade in Panik gerät. Er musste nur langsamer werden, hinter dem Truck wieder einscheren, mit dem letzten Schwung an den Straßenrand rollen und anhalten. Kein Problem, die Bremse funktionierte schließlich noch.

»Mark? Was ist? Ich höre Sie, wo sind Sie?«

Doch ein Problem. Der Truck donnerte davon, aber irgendwie hatte Markus so viel Schwung eingebüßt, dass er schon fast stand. Vor lauter Schreck hatte er zu stark gebremst, war es das?

Und der Trottel hinter ihm schien bloß seine Lichthupe bedienen zu können, nicht aber die Bremsen.

Markus schlug auf das Lenkrad ein, hämmerte mit der Faust dagegen, schrie »*Shit, shit, shit!*« und schaukelte mit dem Oberkörper vor und zurück, als könne man ein Fahrzeug auch auf diese Weise vom Fleck bewegen.

»Mark? Was ist los?«

Der Idiot in dem roten Geländewagen würde ja wohl endlich bremsen, oder? Himmel, ja, jetzt fiel es ihm wieder ein! Es gab einen Trick für solche Situationen, wie war denn das noch mal … genau, mit dem Anlasser! Den Anlasser betätigen und dann die Kupplung kommen lassen. Markus fasste nach dem Zündschlüssel.

In diesem Augenblick rammte ihn etwas mit einer Wucht, die mörderischer war als alles, was er je erlebt hatte. Die Welt zerfiel in wirbelnde Bewegungen, in Schmerzen, in eine Kakophonie aus kreischendem, brechendem Metall. Vage begriff er, dass er sich zusammen mit seinem Auto überschlug, dann war da nur noch Schwärze.

Die beiden Minarette der Großen Moschee wiesen zum Himmel, ihr Schatten fiel kurz. *Wie mahnende Finger,* dachte der alte Mann.

Sie standen am Fenster und blickten hinab auf den weiträumigen Vorhof, wo ein Mann auf dem Boden kniete, mit verbundenen Augen, die Hände hinter dem Rücken gefesselt. Er atmete panisch. Sogar von hier oben konnte man das sehen.

Das Freitagsgebet war vorüber. Die Gläubigen verließen die Große Moschee nach und nach und gingen wieder ihrer Wege. Bis auf die, die blieben, um der Hinrichtung beizuwohnen.

Es waren mehr als sonst. Man schien zu ahnen, dass heute kein gewöhnlicher Mörder oder Vergewaltiger geköpft wurde.

»Ich wollte, sie würden ihre Kinder nicht zusehen lassen«, murmelte der greise Prinz. »Das ist nichts für Kinder.«

Der Mann neben ihm, der Polizeichef von Riyadh, strich sich hüstelnd den Bart. »Es gibt Gelehrte, die anderer Ansicht sind.«

»Sie reden von Al-Schammari, nehme ich an. Al-Schammari ist ein alter Mann.«

»Er sagt, das Grauen einer Hinrichtung zu erleben kann Kinder davon abhalten, später selber zu Verbrechern zu werden.« Es war offensichtlich, dass der Polizeichef diese Ansicht teilte.

»Mag sein. Aber ich bezweifle es.«

»*Scheikh!*«, entfuhr es dem anderen. »Dieser Mann hat mit Drogen gehandelt! Ihr werdet doch kein Mitleid mit ihm empfinden?«

Einen Moment lang hatte Prinz Abu Jabr Faruq Ibn Abdulaziz Al-Saud das unbestimmte Gefühl, dass der Polizeichef ihn belog. Was natürlich undenkbar war.

Er schüttelte unwillig den Kopf. »Ich sorge mich um die Seelen der Kinder, das ist alles. Die Kinder sind unsere Zukunft.«

Unten auf dem Platz trat der Scharfrichter hinter den Delinquenten. Er trug Riemen, die kreuzförmig über der Brust gegürtet waren. Die Klinge seines Schwertes gleißte im Sonnenlicht.

»Woher stammt er, sagten Sie? Aus Zypern?«

»Ja«, sagte der Polizeichef düster. »Ein Zypriote. War Student an der König Fahd Akademie. Lange genug im Land, um Gottes Gesetze zu kennen.«

Ein Hieb mit dem Schwert, fast schneller als das Auge, dann kippte der Leib des Verurteilten vornüber, während sein Kopf davonrollte, bis ihn eine Betonwand aufhielt. Ein kollektives Aufstöhnen war zu hören. Blut sprudelte aus dem Halsansatz und versickerte im Sand, einige Augenblicke lang, bis das Herz zu schlagen aufhörte.

Das *Jet Rock* im Central Terminal des Flughafens La Guardia hatte große Fenster aus braunem Glas zur Straße hin. Es roch nach Frittierfett und Zwiebeln, und an der Kasse herrschte Andrang. Niemand beachtete die beiden ungleichen Männer, die nebeneinander auf Barhockern an der Fenstertheke saßen, jeder ein Tablett mit einem Cheeseburger-Menü vor sich.

Einer von ihnen, ein hagerer, braun gebrannter Mann um die fünfzig, vertilgte seinen Hamburger und redete dabei mit verhaltener Stimme und Schmerz im Blick. Das, was er sagte, wurde von belangloser Musik überlagert, unterbrochen von Durchsagen und *Last Calls*, und war schon am nächsten Tisch nicht mehr zu verstehen.

Der andere ließ sein Tablett unberührt, hörte nur zu. Er sah aus wie ein ehemaliger Football-Profi. Nur der Priesterkragen, der unter seinem Parka hervorlugte, passte nicht dazu.

»Dieses Versteckspiel kann nicht lange gut gehen«, sagte er, als der andere schließlich schwieg.

»Natürlich nicht. Es ist reine Verzweiflung.«

»Wie lange? Was denken Sie?«

Der Hagere griff nach der Papierserviette, wischte sich den Mund und die Finger ab. »Zwei Wochen. Höchstens. Eher weniger.«

»Das heißt, der Moment, auf den wir uns vorbereitet haben, ist da.« Der Breitschultrige nickte. »Es war gut, dass Sie mich angerufen haben. Auch wenn es verdammt früh am Morgen war.«

»Es ging nicht anders.«

»Sie brauchen sich nicht zu entschuldigen.«

»Ich habe nicht erwartet, Sie zu treffen. Ich wusste nicht, dass Sie gerade in New York waren.«

»Das Wirken Gottes, mein Sohn. Der letzte Termin meiner Vortragsreise.«

Der Hagere suchte nach Worten. »Reverend… Ehrlich gesagt, habe ich es damals nicht glauben wollen. Aber Sie hatten Recht.« Er zog einen Briefumschlag aus der Manteltasche. »Das ist meine Kündigung. Ich werde sie mit nach Washington nehmen und dort einwerfen. Und dann packen. Ich will heute Abend noch weg.«

»Wir erwarten Sie.«

»Deswegen wollte ich Sie sprechen. Es ist ein Risiko, mich aufzunehmen. Das muss Ihnen klar sein.«

»Man wird nicht mehr dazu kommen, ernsthaft nach Ihnen zu suchen«, sagte der Mann, den der andere *Reverend* genannt hatte. »Nicht, wenn das Ende der Welt bevorsteht.«

TEIL EINS

KAPITEL 1

Vergangenheit

New York! Es war wie die Ankunft in einer anderen Welt, einer Welt, die heller strahlte, größer war und von weitaus mehr Energie erfüllt als das düstere, enge, müde Europa, aus dem Markus kam.

Er erwachte, als ihn jemand sanft am Arm rüttelte und mehrmals sagte: »Markus! Wir sind da!«

Er fuhr hoch, sah grelles Tageslicht durch das Fenster neben sich fluten, sah hinab auf glitzerndes blaues Wasser und erahnte die Silhouette einer Stadt, einer unglaublichen Stadt am Horizont. New York. »Noch nicht ganz«, entfuhr es ihm schlaftrunken.

Im nächsten Moment stieg ein Glücksgefühl in ihm hoch, dass er laut jubeln hätte können. »Aber so gut wie!«, rief er und grinste seinen Sitznachbarn an. Es war der Italiener in ihrem Team, ein sympathischer magerer Mann in seinem Alter, der Englisch mit einem lustigen Akzent, aber fließend sprach.

Die Stewardess teilte schmale grüne Zettel aus. Es waren Formulare für die Einreise, auf denen man mit seiner Unterschrift versichern musste, keine Drogen zu schmuggeln, den Präsidenten nicht ermorden zu wollen und so weiter. Lauter Dinge, die kein Mensch freiwillig zugeben würde, erst recht nicht, wenn er etwas davon tatsächlich im Sinn hätte.

Markus war kaum fertig damit, überall »Nein« anzukreuzen, als das Flugzeug zu einer Landung ansetzte, die so sanft war wie ein heißes Messer, das durch Butter gleitet. Bleiche, durchnächtigte Gesichter ringsum, als sich alles zum Aussteigen bereitmachte. Markus dagegen fühlte sich ausgeschlafen und voller Elan; in der Tat hatte er so gut geschlafen wie schon lange nicht mehr.

Sie verließen die Maschine durch eine Fluggastbrücke, die ihre besten Tage weit hinter sich hatte, mit Wänden, die an den Nähten rosteten, und Bodenbelägen, die bis aufs Metall durchgelaufen waren. War das wichtig? Immerhin waren solche Einrichtungen auf dem JFK bereits üblich gewesen, als man sonst überall auf der Welt noch bei Wind und Wetter übers Rollfeld hatte stapfen müssen.

An einem Gelenk der Brücke stand eine Tür offen. Ein intensiver Geruch nach Benzin drang herein (*Kerosin,* korrigierte Markus sich in Gedanken), der näselnde Lärm von Triebwerken im Leerlauf – und eine durchdringende, überwältigende Hitze! Nach der Nacht in der kühlen, künstlich riechenden Luft an Bord des Flugzeugs war es, als schlüge ihm in diesem Moment der Atem des Landes entgegen, das zu erobern er ausgezogen war. Und siehe da, es war der Feueratem eines Drachen!

Dann standen sie in Schlangenlinien vor der Einreisekontrolle und sahen zu, wie Bewaffnete in Uniform mit Metalldetektoren hantierten. Es ging langsam voran, geradezu quälend zäh. Man musste aufhören, auf die Uhr zu sehen. Die Kabinen aus Stahl und Glas kamen näher, Schritt um Schritt. Irgendwann würde es so weit sein, das war unausweichlich. War es wichtig, zu wissen, wann?

In diesen Minuten oder Stunden geschah es. In einem magischen Moment fiel Markus' Blick auf den weinroten Pass in seinen Händen, auf den schmalen grünen Zettel, der darin steckte, und auf die erste gedruckte Zeile darauf.

UNITED STATES OF AMERICA

Der Anblick durchzuckte ihn wie ein elektrischer Schlag. Einen Augenblick lang war ihm, als lägen alle Geheimnisse und Rätsel der Welt enthüllt vor ihm und als bestünde eines dieser Geheimnisse darin, dass es keine kraftvollere, keine machtvollere Anordnung von Buchstaben gab als diese. Dann bewegte sich der Rücken vor ihm einen Schritt weiter, es galt, die Lücke zu schließen, und der magische Moment war vorüber.

Aber die Worte standen immer noch auf dem Papier, und sie hörten nicht auf zu leuchten.

Am Hauptausgang widersetzten sich vier Männer in Livree der Menschenbrandung, Schilder mit der Aufschrift »Lakeside and Rowe« in die Höhe reckend. Es galt zu warten, bis alle die Kontrollen passiert hatten und das Team vollzählig war. Auf einem Parkplatz in der Nähe warteten vier schwarze, lang gestreckte Limousinen, und jemand witzelte, ohne wirklich daran zu glauben, dass man sie damit wohl in die Stadt fahren würde. Die Männer in Livree hörten es, verzogen keine Miene dabei, aber genauso kam es. Das Team bestand aus sechzehn Leuten; es ging genau auf.

Es war wie im Film. Sie fuhren auf die graue Skyline am Horizont zu, überquerten eine Brücke und rauschten endlich nach Manhattan hinein, durch Häuserschluchten, Mann, die wirklich so hoch waren, wie er sie sich immer vorgestellt hatte, vorbei an grimmig rennenden Menschen in sämtlichen Hautfarben, die der Planet zu bieten hatte. Überall Fahrräder und die gelben Taxis, die er aus tausend Filmen kannte. Und Busse. Und ein silbrig glänzender, unwirklicher Dunst über allem, Abgase vielleicht oder schlicht Dampf, der im Sonnenlicht leuchtete, das unerwartet hell und heiß und intensiv war. New York, Himmel noch mal, er hatte es geschafft! Er war hier, wo er hingehörte: in der Hauptstadt der Welt, im Zentrum aller Dinge, da, wo der Puls der menschlichen Zivilisation schlug.

Die Wolkenkratzer wurden höher, die Straßen schmaler: Upper Manhattan. Der Firmensitz, ein grauer, kantiger Bau aus der Gründerzeit, wirkte in echt kleiner als auf den Bildern in den Prospekten. Aber es gab eine eigene Auffahrt, die Limousinen hielten unter einem gediegenen Stoffdach, und man öffnete ihnen die Türen.

In Sachen Show hatten die Amis einfach was los. Wenn es um Auftritt und genau berechnete Wirkung ging, machte ihnen keiner was vor.

Man geleitete sie nach oben, auf eine Art, dass sie sich wie hoch geschätzte Staatsgäste fühlten. Oben vor dem Aufzug begrüßte sie Irving Young, der Leiter *Human Ressources* höchstpersönlich. Einige der Chefs der diversen Regionen und Märkte standen dabei, und durch offen stehende Türen erhaschte Markus einen Blick in die Büros: traumhaft. Würde er überhaupt arbeiten können vor so einem Panorama? Die Skyline Manhattans, ein Fluss, der in der Sonne glänzte wie Quecksilber… Er konnte es kaum erwarten.

Ich bin da, wo ich hingehöre!, schoss ihm durch den Kopf. Unmöglich, zuzuhören, was Young alles erzählte, zumal er es in ausgesprochen langweiligem Ton tat.

Endlich ging es weiter, eine Treppe hoch, in einen Empfangsraum, in dem Sekt und Häppchen bereitstanden. An den Wänden hingen Illustrationen aus dem letzten Geschäftsbericht. Ein Pult stand bereit. Es war also mit weiteren Reden zu rechnen.

Zu Markus' Überraschung erschien kurz darauf der greise Simon Rowe, der letzte aus der Gründergeneration, hoch in den Neunzigern, aber immer noch Aufsichtsratsvorsitzender. Er ließ es sich nicht nehmen, jedem von ihnen die Hand zu schütteln. Man erzählte, er käme morgens so früh ins Büro, dass er den Nachtportier verabschieden konnte. Die Arbeit hielte ihn am Leben, pflegte er zu erklären. Wenn diese Erklärung in den Medien auftauchte, fehlte selten der Hinweis darauf, dass sich Rowes Partner Eric W. Lakeside dereinst im zarten Alter von 57 Jahren ins Privatleben zurückgezogen hatte, um Golf zu spielen, Rosen zu züchten, mit seiner Segeljacht vor Florida zu kreuzen und mit 63 zu sterben.

Rowe dagegen, der die ersten Module des Softwaresystems, mit dem sie die Finanzwelt beglückten, höchstpersönlich geschrieben hatte, in COBOL seinerzeit, lebte noch. Mit ergreifender Mühe erklomm er die kaum knöchelhohe Plattform, auf der das Pult stand. Oben blinzelte er in die Runde, faltete dann ein Blatt Papier auseinander, das aussah, als trage er es seit Jahrzehnten mit sich herum, und hielt eine Ansprache, die im Wesentlichen betonte, wie glücklich sie sich schätzen konnten, für die beste Firma der Welt zu arbeiten. Das Pathos war ein wenig dick aufgetragen, typisch amerikanisch eben – Markus sah, wie der Franzose in ihrem Team die Nase rümpfte –, aber die Geste als solche beeindruckte.

Als alle dachten, er sei fertig – eine verzeihliche Annahme, da er das Manuskript seiner Rede betulich zusammengefaltet und wieder in seinem Sakko verstaut hatte –, beugte sich der alte Mann über das Mikrofon und sagte: »Denken Sie daran, meine Damen und Herren – Geld regiert die Welt. Das stimmt heute mehr denn je. Die Finanzinstitute, die Banken, Investmentfonds und so weiter – unsere Kunden, mit einem Wort – halten eine unvergleichliche Macht in Händen. Es ist nicht die Macht der Gewehrläufe, es ist eine unblutige, subtile, aber um so wirkungsvollere Macht. Macht aber heißt auch: Verantwortung. Die Entscheidungen, die unsere Kunden treffen, beeinflussen das Leben von Millionen von Menschen. Viele dieser Entscheidungen beruhen auf Daten, die unsere Software liefert. Die Verantwortung dafür, dass diese Daten so genau und so wahrheitsgemäß wie nur irgend menschenmöglich sind – die liegt bei uns. Und was Ihr Projekt angeht, bei Ihnen. Seien Sie sich dessen bitte stets bewusst.« Er nickte mit seinem weitgehend kahlen, nur noch von wenigen weißen Haaren umflorten Schädel. »Ich danke Ihnen.«

Der Seniorchef ging unter Beifall ab. Danach zerfiel die Stimmung von Empfang und Ankunft rasch. Halbleere Sektgläser wurden zurück auf die Tische gestellt, die belegten Brötchen, Käsespieße und Fleischbällchen hörten auf, lecker auszusehen, und schließlich hielt Markus es nicht länger aus. Geradeheraus fragte er, welches ihre Büros sein würden.

»Oh«, sagte Young, ein Mann mit lavendelblauen Augen und einem Lächeln, das wie angeschraubt wirkte, »nicht hier.«

Die Entwicklungsabteilung, erfuhr Markus zu seiner maßlosen Enttäuschung, befand sich nicht mehr im *Lakeside and Rowe Building*, sondern im Gebäude des technischen Service USA-Ost draußen in Pennsylvania, in einem Ort mit dem unwahrscheinlichen Namen Paradise Valley. Seit einem halben Jahr. Aus Kostengründen. Aber es sei schön dort, die Entwickler alle vollauf glücklich. Pocono Mountains, ein Traum. Und nur hundert Meilen von New York entfernt.

»Hundert Meilen?«, hörte Markus sich wiederholen.

»Ungefähr«, nickte der Leiter der *Human Ressources*. »Können auch ein paar mehr sein.«

So ging es mit dem Aufzug wieder hinunter. Tatsächlich: Fast neben jedem Knopf prangte das Namensschild einer anderen Firma. Das war Markus auf der Fahrt hinauf entgangen. *Lakeside and Rowe* residierten nur noch in den obersten beiden Etagen.

Als sie unten ins Freie traten, waren die Limousinen fort; stattdessen stand ein grauer Bus in der Auffahrt. Ein paar schwarze Bedienstete in blauen Overalls luden gerade ihre Koffer ein.

»Die Mieten in New York sind sowieso unbezahlbar«, meinte der Italiener beim Einsteigen. Silvio hieß er, Silvio Damiano. Man merkte, dass er versuchte, sich seine Enttäuschung schönzureden. »Ich habe gehört, dass manche für eine Einzimmerwohnung mit Klo auf dem Flur so viel Miete bezahlen, wie eine Vierzimmerwohnung in Rom kostet. In Rom!«

»Ja«, nickte Markus grimmig. »Aber das würden sie nicht machen, wenn sie es nicht geil fänden, in New York zu leben.«

Silvio ließ sich in einen freien Doppelsitz fallen und schien nichts dagegen zu haben, dass Markus sich neben ihn setzte.

»Paradise Valley«, sagte der magere Italiener. »Klingt wie: ›Ende der Welt‹.«

Das Projekt bestand schlicht und einfach darin, *LR-8*, das neue Softwaresystem, das Ende des Jahres auf dem Markt eingeführt werden sollte, zu *lokalisieren*.

Lokalisierung bedeutete, alle Programme so anzupassen, dass sie in dem jeweiligen Land einsetzbar waren. Das hieß zum Beispiel, dass in sämtlichen Eingabemasken, Menüs und Ausgabereports die entsprechenden deutschen, italienischen, französischen und so weiter Begriffe eingefügt werden mussten. Es war zu prüfen, dass die richtigen Datumsformate und Zahlendarstellungen verwendet wurden. Benutzerhandbücher und Hilfefunktionen waren zu übersetzen, Schulungsunterlagen zu erstellen und dergleichen mehr. Vor allem aber ging es darum, die Software an die jeweiligen gesetzlichen Vorschriften anzupassen. Da in der Version 8 zahlreiche neue Module hinzukamen, war das der größte Teil der Aufgabe. Hierzu würden sie regelmäßig mit Juristen und Steuerfachleuten zu Hause kommunizieren, deren Auskünfte in Änderungswünsche umsetzen, mit den eigentlichen Entwicklern besprechen und schließlich das, was diese daraus machten, überprüfen. Alle Änderungen mussten in die jeweiligen Handbücher einfließen und selbstredend auch in die allgemeine Dokumentation.

Die Lokalisierung eines Programms war eine verantwortungsvolle und aufwändige Arbeit, deren Qualität die Absatzchancen im jeweiligen Markt maßgeblich bestimmte. Es gehörte zu den Gepflogenheiten der Firma *Lakeside and Rowe, Inc.*, mit dieser Aufgabe grundsätzlich keine Programmierer zu betrauen, sondern ausschließlich Mitarbeiter aus dem Vertrieb, die die Wünsche und Bedürfnisse der Kunden kannten.

Sechs Monate war für dieses Projekt eher knapp bemessen. Sie würden schuften müssen wie die Geisteskranken, um fertig zu sein, wenn es Zeit war, wieder nach Hause zu fliegen. Dass Lokalisierungen so arbeitsintensiv abliefen, war sattsam bekannt. Trotzdem war der Job begehrt: Da man dadurch automatisch zum unumstrittenen Fachmann für die jeweilige Sprachversion wurde, verlief die persönliche Karriere hinterher für gewöhnlich steil bergauf.

Markus Westermann allerdings hatte andere Pläne. Er war im Land seiner Träume angelangt, und er hatte nicht vor, es wieder zu verlassen. Nicht nach Ablauf der sechs Monate, und erst recht nicht, um nach Deutschland zurückzukehren.

Gegenwart

Er kam zu sich, sah Licht, hörte Stimmen, versank wieder im köstlichen Dunkel. Doch schließlich war es so weit, dass er die Augen aufstemmen und sich umsehen konnte. Verwirrt registrierte er, dass er in einem weißen

Krankenhausbett lag und dass es nach Desinfektionsmitteln roch. Dann fiel ihm wieder ein, warum und was geschehen war. Er spürte keine Schmerzen.

Er hob die Hände. Sie waren okay. Einer der Unterarme war verbunden; ein durchsichtiger Schlauch verschwand zwischen den Lagen Mull. Er betastete behutsam sein Gesicht. Verbände, Pflaster. Wahrscheinlich sah er schlimm aus. Aber wie es schien, war noch alles an ihm dran. Glück im Unglück.

Eine Schwester kam herein, lächelnd, schweigsam, kontrollierte den Stand der Flüssigkeit in einem durchsichtigen Beutel, der über ihm hing. Er fragte sie mühsam, wie lange er schon hier sei, und sie erwiderte mit russisch oder polnisch angehauchtem Akzent: »Sorry. I don't speak English.«

Er sah sie an, verstand nicht. Irgendetwas war falsch.

Sie hatte ein kleines blaues Schild auf der Brust. Auf dem stand *Schwester Malgorzata*.

Schwester.

Er räusperte sich, versuchte es auf Deutsch: »Wie lange bin ich schon hier?«

Sie lächelte entschuldigend. »Weiß nicht. Bin erste Woche auf Station.«

»Welchen Tag haben wir heute?«

»Mittwoch«, erklärte die schlanke Frau in Weiß und entschwand wieder.

Er sah umher, suchte nach Anhaltspunkten. Das zweite Bett im Zimmer stand leer. Vor dem Fenster bewegte sich ein magerer Baum im Wind. Seine Blätter waren braun verfärbt, einige fielen ab, während Markus zusah und mühsam begriff.

Herbst. Es war Herbst. Nicht nur, dass er zurück in Deutschland war, seit dem Unfall musste auch schrecklich viel Zeit vergangen sein.

KAPITEL 2

Vergangenheit

Der Makler schien es darauf abgesehen zu haben, sie keinen Augenblick lang miteinander allein zu lassen, während er ihnen das Haus zeigte. Er pries es an, als hätte es das nötig, bis sein Telefon klingelte; ein wichtiges Gespräch, wie es aussah. So hatten sie endlich doch einen Moment für sich.

»Das Haus ist irre«, raunte Werner. »Und zu dem Preis! Wir wären bescheuert, wenn wir das nicht nehmen.«

Dorothea war schwindlig. Rührte das von dem überwältigenden Panoramablick her, den man von der Terrasse aus hatte? Oder war es die Aussicht, dass sich ihre Träume vom eigenen Heim nun so plötzlich und so spektakulär erfüllen würden?

»Warum verkauft jemand so ein Haus? Das würde ich wirklich gern wissen.«

»Das fragen wir ihn einfach.« Werner grinste übers ganze Gesicht. »Mit Schwimmbad – Mann, oh Mann! Ich wäre nicht mal auf die *Idee* gekommen, mir so was zu wünschen. Und hier kriegen wir es quasi als Dreingabe! Schau dir das an – allein das Wohnzimmer. Mit Kamin. Die Galerie. Die Zimmer oben, das Erdgeschoss, der Keller … und das Riesengrundstück … Selbst ohne Schwimmbad wäre der Preis dafür absolut okay.«

»Hast du nicht das Gefühl, dass an der Sache ein Haken sein muss?« Dorothea konnte nicht anders als zu zweifeln. Wenn etwas zu gut aussah, um wahr zu sein, dann war es das meistens auch nicht. Zumindest ihrer Erfahrung nach.

Werner glühte vor Begeisterung. »Der einzige Haken, den ich sehe, ist der, dass wir nie wieder Lust haben werden zu verreisen, wenn wir erst einmal hier wohnen.« Er rieb sich das Kinn.

»Abgesehen davon ist es ja nicht billig. Ohne deine Erbschaft bräuchten wir gar nicht anfangen zu rechnen.«

Die Erbschaft, ja. Dorothea spürte einen Stich. Vielleicht war er das, der Haken. Der kleine Schmerz, der bei allem Schönen dabei sein musste wie der Dorn an einer Rose.

Aber das Haus war ein Traum. Es stand direkt über einem Felshang am äußersten nordöstlichen Trauf der Schwäbischen Alb, und von der großen Terrasse ging der Blick über eine schier endlose, sanft gewellte Tiefebene, über Wälder, Bauernhöfe und Siedlungen, über mäandernde Flussufer und Bäche und Fischteiche. Unter der Terrasse lag die Schwimmhalle, die genau den gleichen Ausblick bot. Das Haus selbst war großzügig, elegant und geschmackvoll gebaut, bot Platz für mindestens vier Kinder, für Werners Hobbyraum … Es hatte einfach alles, was ein Herz nur begehren konnte. Gut, es lag ziemlich einsam und abseits, aber das hier war keine Gegend, in der schlimme Dinge passierten. Werner würde es ein bisschen weiter in die Firma haben, als sie sich vorgestellt hatten. Doch das war es wert.

»Der Vorbesitzer«, erklärte der Makler, nachdem er wieder zu ihnen gestoßen war und Werner ihn gefragt hatte, »hat über unsere Agentur ein schönes Anwesen gefunden, eine Art Landsitz – einen historischen Gutshof, sehr exklusive Gelegenheit.« Er lächelte, offenbar erfüllt von professioneller Genugtuung. »Er scheint sich damit eine Art Jugendtraum zu erfüllen.«

Dorothea war erleichtert, das zu hören. Sie hätte kein gutes Gefühl bei der Sache gehabt, wenn eine Pleite der Grund für den Verkauf gewesen wäre.

Werner sagte: »Schön für ihn.« Er meinte natürlich, ›schön für uns‹, das war ihm anzusehen.

Dorothea hatte sich in ihren kühnsten Träumen nie vorgestellt, einmal so zu wohnen. Selbst Filmstars und Millionäre mussten blass vor Neid werden, wenn sie dieses Haus sahen. Und ihnen wurde es angeboten! Sie brauchten nur ja zu sagen! Und das bloß, weil Werner im selben Geländewagen-Club war wie der Besitzer der Immobilienagentur, der Chef dieses Mannes hier.

Der zog gerade ein kariertes Blatt mit Notizen aus seiner überquellenden Mappe. »Der Vorbesitzer hat ein paar Punkte notiert, auf die wir Interessenten aufmerksam machen sollen. Nachteile des Hauses, gewissermaßen«, fügte er hinzu, in einem Tonfall, als sei ihm der Gedanke fremd, Objekte, die seine Agentur anbot, könnten so etwas wie Nachteile aufweisen. »Das war ihm sehr wichtig.«

Dorothea holte tief Luft. »Anständig von ihm«, meinte sie.

Der Makler lächelte schmerzlich. »Ja. Der Vorbesitzer ist ein sehr korrekter Mann.« Er konsultierte die Liste. Lang schien sie nicht zu sein, zum Glück. »Also, am allerwichtigsten ist, dass Sie sich darüber im Klaren sein müssen, dass dieses Haus aufwändig zu heizen ist. Es ist in den sechziger Jahren gebaut worden. Die Wärmedämmung entspricht nicht dem, was heute üblich ist. Dazu die vielen großen Räume, die hohen Decken und so weiter … Rechnen Sie damit, dass Sie doppelt so viel Öl brauchen werden wie in einem normalen Haus dieser Größe.«

Werner nickte gefasst. »Wegen des Schwimmbads.«

»Ja, und wegen der exponierten Lage. Im Winter haben Sie hier kalte Nordwinde, die zweihundert Kilometer Anlauf nehmen, ehe sie auf das Haus treffen. Das kostet.«

Werner und Dorothea wechselten einen Blick. Diesen Luxus, sagte dieser Blick, würden sie sich leisten. Werner hatte einen guten, sicheren Job, und er war erst vor kurzem befördert worden.

»Gut, und weiter?«, wollte Werner wissen.

»Sie müssen damit rechnen, dass Sie zwei Autos brauchen, wenn Sie hier wohnen. Der nächste Supermarkt ist in Duffendorf, das sind fast zwanzig Kilometer.« Er wedelte mit dem Zettel. »Das ist übrigens nicht ganz richtig; im Dorf unten gibt es einen kleinen Laden. Nicht sehr groß und auch nicht billig, aber wenn einem mal die Butter ausgeht oder man rasch drei Eier braucht, das kriegen Sie da jederzeit.«

»Kein Problem. Wir haben zwei Autos.« Wobei eins davon Werners Geländewagen war, sein Augapfel gewissermaßen. Und das andere der Firmenwagen. Eines der beiden Fahrzeuge würde er ihr überlassen müssen, und sie würde sich daran gewöhnen müssen, wieder selber zu fahren.

Aber gut. Man gewöhnt sich an alles, wenn es sein muss.

»Der Schulbus fährt ebenfalls nur unten vom Dorf aus. Die Haltestelle ist vor dem Rathaus.«

Dorothea nickte. Ihr Sohn ging in die vierte Klasse, da war das natürlich wichtig. Und sie würden es nicht bei einem Kind belassen. Nicht mit einem so großen Haus. »Das werden wir schon irgendwie schaffen.« Sie sah Werner an, auf einmal erfüllt von der Sorge, er könnte es sich anders überlegen. »Irene und Ruth müssen ihre Kinder auch jeden Morgen zur Schule oder zur Haltestelle bringen, und die wohnen in Stuttgart.«

Werner nickte. »Was noch?«

»Das war alles«, sagte der Makler erleichtert.

Paradise Valley sah genau so aus, wie der Name klang: ein über verträumt aussehende, dicht bewaldete Täler des beginnenden Appalachengebirges verteilter Ort, in dem man ohne eigenes Auto verraten und verkauft war. Das Lokalisierungsteam wurde in einem direkt an der Bundesstraße 940 gelegenen Hotel einquartiert. Wer nicht im Hotelrestaurant essen wollte, hatte als Alternative den wenig Vertrauen einflößenden Burger-Stand an der Tankstelle auf der anderen Seite der Straße. Ansonsten waren ringsum Wald und Wiese, jedes Zimmer hatte Kabelfernsehen mit hundert Kanälen, und der Bus würde sie morgens abholen und abends zurückbringen.

Wie sich herausstellte, war das eine Fahrt von etlichen Meilen, die jeden Morgen ausgiebig Gelegenheit bot, die großen Villen und weitläufigen Anwesen der Einheimischen zu bewundern, die überall in der Landschaft verstreut lagen. Außerdem schnitten ihnen Kinder, die auf den Schulbus warteten, beim Vorbeifahren wüste Grimassen oder warfen ihnen kleine Steine hinterher.

»Das machen sie, weil wir New Yorker Nummernschilder haben«, sagte der Fahrer, als erkläre das alles.

Das Entwicklungszentrum befand sich in einem modernen

zweistöckigen Bau in den Firmenfarben, der hauptsächlich den technischen Service beherbergte, jene Abteilung also, die die Software bei Kunden installierte, Updates durchführte und die man anrief, wenn Probleme auftraten. Die Anhöhe, auf der das Gebäude stand, bot eine Aussicht, für die sich auch eine exklusive Kurklinik nicht geschämt hätte, und allein der Grund und Boden des Parkplatzes darum herum hätte in New York mehr gekostet als ganz Paradise Valley.

Der Eindruck von Großzügigkeit verflog, sobald man das Gebäude betrat. Die Gänge waren schmal und dunkel und rochen muffig. Das Büro im ersten Stock, in dem man sie unterbrachte, sah wahrhaftig genau so aus wie in amerikanischen Filmen: Für jeden gab es eine von Stellwänden umzäunte Box, in der ein Schreibtisch, ein Stuhl, ein Aktenschrank und ein Computer standen und die gerade so groß war, dass man mit ausgestreckten Armen jeden Punkt darin erreichte. Bis auf den Computer wackelte schon alles, dabei war das Gebäude keine zwei Jahre alt. Das Ganze sah verdammt noch mal nach Käfighaltung von Angestellten aus.

Zumindest, was die unterste Ebene anbelangte. Schon bei der nächsten Stufe in der Firmenhierarchie sahen die Büros deutlich besser aus. Der Leiter des Lokalisierungsprojekts hieß John Murray, ein Schwarzer mit schmalen, langgliedrigen Händen, der niemals lächelte. Sein Büro hatte eine Tür, die er hinter sich zumachen konnte und auch zumachte, ein großes Fenster, von dem aus man über die beeindruckenden Wälder blickte, und eine solide Einrichtung.

So ein Büro, beschloss Markus, war das nächste Etappenziel.

Am nächsten Tag begann die Arbeit. Markus nahm sich als Erstes die Eingabeformulare vor. Am Morgen fand er bereits Ausdrucke sämtlicher Masken vor, und es war geradezu ein Spaziergang, sie einzudeutschen. An einigen Stellen würde der Platz auf dem Bildschirm ein bisschen eng werden, aber das war das Problem der Entwickler, nicht seines. Am frühen Nachmittag hatte Markus alle Masken und die Hälfte aller Reports durch und fing an, sich zu fragen, was er die ganzen sechs Monate eigentlich tun sollte.

Die Antwort darauf bekam er, als er am nächsten Morgen das erste Mal mit Europa telefonierte, und zwar mit einer Wiener Steuerkanzlei, mit der die Firma einen Kooperationsvertrag hatte. Um acht Uhr morgens in Paradise Valley war es vierzehn Uhr in Wien, und sein Gesprächspartner, ein Dr. Beißwenger, erklärte ihm gleich zu Beginn, dass er pünktlich um sechzehn Uhr dreißig aufzuhören gewohnt sei.

»So lange werden wir ja wohl nicht brauchen«, meinte Markus verdutzt.

Das entlockte dem Mann am anderen Ende der Leitung ein herablassendes Lachen. »Junger Freund, wir werden noch sehr viel länger miteinander zu tun haben, als Sie sich gerade in Ihren schlimmsten Träumen vorstellen, glauben Sie mir.«

»Wie das denn?«, fragte Markus arglos.

Eine halbe Stunde später dämmerte ihm, dass er das besser nicht gefragt hätte.

Eines der neuen Softwaremodule, das *Lakeside and Rowe* mitsamt der Firma, die es entwickelt hatte, aufgekauft hatten, diente dazu, die Kontobewegungen von Bankkunden zu analysieren und daraus Profile zu erstellen, die Aussagen über den künftigen Liquiditätsverlauf, das Konsumverhalten sowie die Investitionsneigung eines Kunden erlaubten. Diese Analysen sollten dazu dienen, Finanzprodukte gezielter denjenigen anbieten zu können, die sich mit der größten Wahrscheinlichkeit dafür interessierten, und das Ganze basierte auf einem patentierten neuen Analyseverfahren, das irgendwie mit neuronalen Netzwerken zu tun hatte. Markus hatte mehrere Artikel darüber gelesen und es irgendwann aufgegeben, die Hintergründe verstehen zu wollen.

In den USA, einem Land, das so etwas wie ein Bankgeheimnis nicht kannte, war der Einsatz eines solchen Tools kein Problem. Anders in Europa. Dr. Beißwenger hielt ihm einen fast zweistündigen Vortrag über die Grundzüge und die in diesem Fall wesentlichen Feinheiten des österreichischen Bankenrechts, natürlich nicht ohne auf die darüber hinaus zu berücksichtigenden Vorschriften der EU-Kommission hinzuweisen. Markus tat hinterher der Arm weh von den vielen Notizen, die er in fliegender Eile mitgeschrieben hatte; einen kompletten Block voll.

Und das war nur Österreich. Deutschland und die Schweiz standen ihm erst noch bevor.

»Wer berät Sie denn zum deutschen Steuerrecht?«, wollte Beißwenger wissen.

Markus massierte sein Handgelenk. »Ein Professor Müller von der Universität Köln. Aber der ist erst Anfang Juni aus dem Urlaub zurück.«

»Er kann sich ruhig Zeit lassen. Passen Sie auf, junger Mann, am besten machen wir es so: Sie nehmen Ihre Texte, übersetzen ein Stück, schicken's mir per Mail, und dann sprechen wir darüber. Was halten Sie davon? Ist günstig, dass Sie in Amerika sitzen, da haben Sie den Nachmittag zum Arbeiten, und ich hab den Vormittag, um mir Ihre Sachen anzuschauen. Besser geht's gar nicht.«

»Okay«, meinte Markus matt. »Machen wir es so.«

»Dann bis morgen. Grüß Sie Gott.«

Auf diese Weise kam ein Rhythmus in Gang. Nachmittags übersetzte Markus, so viel er bewältigte, und schickte das Resultat am Abend per Mail nach Wien. Am nächsten Morgen besprachen sie telefonisch, was daran nicht so bleiben konnte, was darauf hinauslief, dass Dr. Beißwenger ihm jeweils eine lange Liste von Punkten diktierte, die er mit dem Entwicklerteam würde besprechen müssen.

Markus fragte sich längst nicht mehr, was er die nächsten sechs Monate lang tun würde. Er fragte sich, wie um alles in der Welt die Zeit ausreichen sollte.

Andere hatten es da wesentlich einfacher. Der Schwede im Team etwa las jeden Morgen erst ausgiebig Zeitung oder hielt in aller Gemütsruhe ein Schwätzchen mit dem Dänen. Der Slowene schien nicht einmal zu verstehen, was an Bankvorschriften und Steuergesetzen schwierig sein konnte.

Markus passte den Franzosen ab, Jean-Marc irgendwie, der sich alle paar Stunden in der Küche einen Kaffee bereitete, der diesen Namen auch verdiente, und schlug ihm vor, in Sachen Schweiz zusammenzuarbeiten.

»*Bien sûr*«, nickte der mit müdem Augenaufschlag. »Aber ich werde noch eine Weile mit Belgien beschäftigt sein.« Er schien genau denselben Kampf zu kämpfen.

Abends saßen sie im Hotel fest. Der Bus setzte sie nach der Arbeit dort ab, meistens gegen halb sieben, und danach war kein Fortkommen mehr. An der Tankstelle parkten um diese Zeit schon jede Menge monströser Trucks, und deren Fahrer, zum größten Teil Typen, die auf junge europäische IT-Vertriebsleute nur Furcht einflößend wirken konnten, hielten den Burger-Stand besetzt. Es gab keine Linienbusse, zumindest keine, die diese Straße entlangfuhren, und auch keine Taxis. Es lohne sowieso nicht, meinte die Wirtin, die jeden Tag ein gleich bleibend strahlendes Lächeln trug, es gebe in Paradise Valley nichts, das die Bezeichnung Stadtzentrum verdiene. Ein Kino? Das letzte habe zwei Jahre zuvor zugemacht, dort sprängen jetzt die Ratten über die Sitze. Und was sie denn im Kino wollten, auf den Zimmern gäbe es gute Fernseher mit extra großen Bildschirmen und Anschluss an das Pay-TV-System. Zahlte alles die Firma.

Also blieb man im Hotel, ganz einfach. Um acht Uhr wurde das Abendessen serviert: entweder Burger mit Salaten, Mexikanisch oder Chinesisch. Anschließend konnte man hinten in der Bar im Texas-Stil an vier Tischen Billard spielen, bis einem die Quarter ausgingen, oder einfach beisammensitzen, trinken und reden. Manche verzogen sich früh auf ihr Zimmer, Jean-Marc beispielsweise. Er hatte erzählt, er habe Balzacs »Menschliche Komödie« auf seinem eBook dabei und fest vor, sie bis zum Rückflug gelesen zu haben, sämtliche einundneunzig Bände.

Markus blieb bei denen, die einfach nur redeten. Meist ging es um die Arbeit. Da sie fast alle denselben Hintergrund hatten, fanden sich mühelos gemeinsame Themen, und die Unterschiede der nationalen Mentalitäten ergaben Stoff für viele lustige Anekdoten. Doch, das war schon alles interessant.

Aber, das war Mark klar, es würde nicht ein halbes Jahr lang interessant bleiben.

Mit anderen Worten: Er musste hier weg.

Eines Morgens fand er ein Formular auf seinem Schreibtisch vor, auf dem groß und fett »URGENT« stand. Es stammte von der Büroverwaltung, und es ging um nichts Dramatischeres als darum, jeden von ihnen für die Zeit seines Aufenthaltes mit Visitenkarten auszustatten. In einfachen, anscheinend auf das geistige Fassungsvermögen von Vollidioten geeichten Sätzen wurde er gebeten, seinen Namen, seine Durchwahlnummer, E-Mail-Adresse und eventuelle Mobilfunknummer in die dafür vorgesehenen Kästchen einzutragen und das Ganze – *urgent!* – um 10 a.m. bereitzulegen. Ein Bürobote würde dann alle Formulare einsammeln.

Markus zog einen Kugelschreiber aus der Schublade. In dem Moment, in dem er zum Schreiben ansetzte, kam ihm die Idee. Albern, kindisch, aber unwiderstehlich.

In das Feld »First Name« schrieb er: MARK.

In das Feld »Last Name« schrieb er: WESTMAN.

In das Feld »Middle Initial« schrieb er: S.

Er sprach das Ganze leise vor sich hin. »Mark S. Westman.« Klang das nicht schon richtig, geradezu *wunderbar* amerikanisch? Fiel man nicht wie von selbst in ein breites Kaugummi-Englisch, wenn man diesen Namen nur las?

Kindsköpfisch. Wahrscheinlich bekam er das Formular spätestens morgen früh wieder auf den Tisch mit der Bitte um Korrektur. Egal. Er füllte auch noch den Rest aus – nicht allzu ordentlich, damit er sich notfalls auf ein Versehen herausreden konnte –, legte das Blatt in den Ausgangskorb und machte sich an die Arbeit.

Der Bürobote, ein pickliger, ungewaschen riechender Jüngling, kam erst um elf. Und erst als er durch war, vermochte sich Markus wieder auf die Feinheiten von Jahresabschlussbescheinigungen für Kapitalmarktkonten zu konzentrieren.

Doch am nächsten Morgen lag nicht das Formular auf seinem Tisch, sondern ein Stapel von hundert Visitenkarten für *MARK S. WESTMAN*, Mitarbeiter von *Lakeside and Rowe, Inc., New York, N.Y., U.S.A.*, zusammen mit einem Ansteckclip, in dem man eine der Karten auf der Brust spazieren tragen konnte.

Es mochte albern sein, es kam ihm trotzdem vor wie ein gutes Omen. *Ja*, schienen ihm die schmalen weißen Kärtchen zuzuzwinkern. *Nun bist du angekommen im Land der unbegrenzten Möglichkeiten.*

Kaum jemand bemerkte den Fehler. Jean-Marc sprach ihn darauf an und meinte, er solle reklamieren. »Uns werden sie auch keine Fehler durchgehen lassen.«

Markus winkte ab. »Ach, was sind schon Namen? Schall und Rauch.« Den Ball flach halten, sagte er sich. Und natürlich glaubte er nicht im Mindesten, dass Namen Schall und Rauch waren. Namen waren magische Worte. Jeder, der mit Kunden zu tun hatte, wusste das.

Als sie sich Ende der Woche zum ersten Mal mit den Entwicklern trafen, stellte er sich von vornherein als »Mark« vor, was jeder am Tisch akzeptierte, ohne mit der Wimper zu zucken. Dann diskutierten sie bis zum Einbruch der Dämmerung die notwendigen Änderungen. Das Ganze ging nüchtern vor sich, zielbewusst, auf eine wunderbare Art pragmatisch. Am Abend war Markus regelrecht *high*. So also wurde in dieser Nation gearbeitet, die Menschen zum Mond geschickt hatte!

Der eigentliche Sieg aber war, dass auch die anderen aus dem Lokalisierungsteam anfingen, ihn »Mark« zu nennen. Die Magie funktionierte. Und sie würde Wunder wirken, davon war er überzeugt.

Gegenwart

Er schreckte hoch, als jemand ins Zimmer kam. Eine Ärztin. Schlank, aber mit grauen Schläfen. Merkwürdig. Sie trug ein Stethoskop in der Brusttasche und eine dünnrandige Brille mit auffallend kleinen Gläsern auf der Nase. Ohne ihn anzusehen, trat sie ans Fußende des Bettes und nahm eine dicke, in grünen Karton gebundene Akte aus einem Ablagefach, das auf der anderen Seite des Fußteils befestigt zu sein schien.

Sie las. Lange. Blätterte immer wieder um, laut, mit einem Rascheln, das in den Ohren und im Kopf dröhnte.

Bin ich überhaupt da?, fragte er sich. Er fing an, es zu bezweifeln.

Doch dann sah ihn die Ärztin unvermittelt an und sagte: »Wir mussten Sie in einem künstlichen Koma halten. Deswegen fühlen Sie sich noch etwas seltsam.«

Er erwiderte den Blick, schluckte, nickte.

»Es war nötig, um alle Gifte aus Ihrem Körper zu spülen. Ich werde Ihnen das alles irgendwann genauer erklären, heute ist nicht der Zeitpunkt dazu. Sie brauchen sich auf jeden Fall keine Sorgen zu machen, Sie sind auf dem Weg der Besserung.«

Gut. Das war gut. Er hatte sich das gedacht, hatte auch das entsprechende Gefühl, aber es war gut, es einmal ausgesprochen zu hören.

Die Ärztin klappte die grüne Akte zu, trat näher, sah ihm forschend ins Gesicht. »Herr Pohl? Verstehen Sie mich?«

Pohl? Wieso Pohl? Er hieß doch nicht Pohl. Das war eine Verwechslung.

Doch, jetzt konnte er es lesen. Auf der Vorderseite der Mappe stand in dicken, großen schwarzen Buchstaben MATTHIAS POHL.

Und er hätte schwören können, dass sein Name Mark war. Mark S. Westman. Oder so ähnlich.

So konnte man sich täuschen.

»Ja«, brachte er heraus. »Ich verstehe Sie.«

»Gut. Wie gesagt, Sie brauchen sich keine Sorgen zu machen. Morgen wird es Ihnen schon viel, viel besser gehen. Wir werden dann auch gleich mit dem Aufbautraining anfangen.«

»Okay.«

»Fein.« Die Ärztin wandte sich ab, steckte die Akte zurück an ihren Platz und ging. Die Tür klappte zu, und ohrenbetäubende Stille trat ein.

KAPITEL 3

Vergangenheit

Der Vorbesitzer des Hauses hieß Achim Anstätter und war ein kräftiger, braun gebrannter Mann, der mit wiegendem Schritt ging, schwielige Hände hatte und in kurzen, knappen Sätzen sprach. Seine Frau und eine seiner Töchter waren mit ihm gekommen. Vier Kinder hätten sie insgesamt, erzählte die Frau, zwei Jungs und zwei Mädchen, immer schön abwechselnd. Das Mädchen in den hautengen Reithosen war die älteste Tochter. Sie trug die Haare zu einem kecken Pferdeschwanz gebunden, und der Gesichtsausdruck, den sie zur Schau stellte, zeugte von frisch ausgebrochener Pubertät.

Anstätter erklärte, was zum Betrieb des Schwimmbads an Technik erforderlich war. »Das hier ist der Filter«, sagte er und deutete auf einen blauen Zylinder von der Größe eines Wäschekorbs. »Sie schalten hier ab, dann legen Sie diesen Hebel um. So, sehen Sie? Nun schalten Sie wieder ein.« Er zeigte auf ein Schauglas. »Hier, sehen Sie, wie braunes Wasser hochkommt? Da wird der Filter rückgespült. Einmal pro Woche müssen Sie das machen, das reicht. Fünf Minuten, höchstens zehn. Bis das Wasser klar kommt.«

»Man darf nicht vergessen, wieder auszuschalten, nicht wahr?«, warf der Makler ein, der ihnen keinen Schritt von der Seite wich. Vermutlich wollte er verhindern, dass sie heimlich Nebenabsprachen trafen, die sich negativ auf seine Provision auswirkten.

»Genau«, nickte Anstätter ernst. »Sonst pumpen Sie das halbe Becken leer, ehe Sie es sich versehen. Und Wasser ist teuer.«

Werner war in seinem Element. Dorothea überließ es ihm

nur zu gerne, sich mit all den Hebeln, Schiebern, Knöpfen und Schalttafeln vertraut zu machen; schließlich war er der Ingenieur im Haus. Sie tat, als höre sie interessiert zu, aber in Wirklichkeit beobachtete sie die Frau und ihre Tochter.

Die Frau wirkte traurig. Wahrscheinlich fiel es ihr schwer, sich von diesem schönen Haus zu trennen. Doch das alleine war es nicht, sagte sich Dorothea nach dem dritten raschen Seitenblick. Da lag noch etwas unter der Trauer. Angst. Das war der Blick von jemandem, der nicht wusste, wie es weitergehen sollte.

Dorothea erhaschte Werners Blick, hob bedeutungsvoll die Augenbrauen, und oh Wunder, Werner erinnerte sich tatsächlich an das Gespräch, das sie auf der Herfahrt geführt hatten. Er räusperte sich, rieb verlegen die Hände und fragte endlich: »Ähm, mal eine ganz andere Frage, Herr Anstätter, die mich in dem Zusammenhang beschäftigt...«

»Ja?« Der Mann sah ihn an, mit hellwachen, aber eigenartig unsteten Augen.

»Warum verkaufen Sie dieses Haus eigentlich?«

Der Makler musste auf einmal hingebungsvoll husten. Anstätter sah beiseite, musterte rasch seine Frau und seine Tochter und erwiderte dann mit einem dünnen, freudlosen Lächeln: »Sie haben von Herrn Oswald vielleicht gehört, dass wir einen Bauernhof gekauft haben. Ein schönes, altes Gut; ganz wunderbare Anlage. So ein Gut, wissen Sie, Herr... ähm...?«

»Utz«, sagte Werner.

»Herr Utz. Entschuldigen Sie, mein Gedächtnis für Namen ist legendär schlecht. Jedenfalls, ich habe schon immer von so einem Gut geträumt, von Kindesbeinen an. Und jetzt ist es so weit. Wir haben zwei Ponys. Die Kinder können reiten, sind überhaupt in der Natur... Das ist wichtig, verstehen Sie? Die Nähe zur Natur.«

»Verstehe.« Werner nickte mit zufriedenem Lächeln. Auch der Makler lächelte; bei ihm sah es eher nach Erleichterung aus.

Doch in den Augen der Frau stand Schmerz. Ihr Mann mied

ihren Blick, sah stattdessen auf die Uhr und meinte: »Es tut mir Leid, wenn ich ein wenig zur Eile drängen muss, aber wir haben noch einen Termin.«

»Er verheimlicht etwas«, erklärte Dorothea auf der Rückfahrt nach Stuttgart.

»Wer? Dieser Anstätter?« Werner sah sie voller Erstaunen an. »Was sollte er uns verheimlichen?«

»Das weiß ich nicht. Aber hast du seine Augen gesehen? Keine zwei Sekunden Blickkontakt am Stück. Der Mann hat ein schlechtes Gewissen. Ich wüsste nur gern, weshalb.«

Werner gab Gas, überholte den dahinzuckelnden Lastwagen einer Supermarkt-Kette. »Das darf man nicht überbewerten. Bei uns in der Nachbarabteilung ist auch so einer. Doktor der Physik, rasend intelligent und so weiter, aber er sieht dir nie in die Augen. Völlig irritierend. Und man gewöhnt sich nur schwer daran.«

»Das hier war kein Doktor der Physik. Das war jemand, der mit den Händen arbeitet.«

»Ja, okay. Stimmt, der Makler hat irgendwann am Telefon so was gesagt. Dieser Anstätter muss so einer sein, der immer viel auf Montage im Ausland ist. Oder gewesen ist; er hat anscheinend vor kurzem damit aufgehört. Wahrscheinlich ist er deswegen so braun. Baustellen unter südlicher Sonne, das prägt.«

»Ich glaube, seine Frau ist dagegen, das Haus zu verkaufen.«

Werner grinste. »Das hab sogar ich bemerkt. Dieser Anstätter ist ein Macho, wenn du mich fragst. Setzt vier Kinder in die Welt, und dann hört die ganze Familie auf sein Kommando. Und wenn er seinen Jugendtraum verwirklichen will, darf auch keiner aufmucken.«

»Fahr nicht so schnell.«

»Ich fahr doch nicht schnell«, erwiderte Werner, nahm aber den Fuß vom Gas. »Die Tochter war auch ziemlich stinkig. Und von wegen Nähe zur Natur! Als ob das Haus da im Stadtzentrum läge. Ich meine, mehr Nähe zur Natur gibt's doch kaum, oder?«

Sie näherten sich der Tankstelle am Ortseingang von Duffendorf, hinter der man abbiegen musste, wenn man zur Autobahn wollte – vertrackte Stelle; hier hatten sie sich schon zweimal verfahren. Dorothea schüttelte den Kopf. »Ich habe das Gefühl, er hat uns irgendetwas Wichtiges verschwiegen und deswegen ein schlechtes Gewissen.«

Nun wurde sogar Werner nachdenklich, der sie manchmal mit seiner Unbekümmertheit rasend machte. »Meinst du?«, fragte er. »Aber was könnte das sein?«

»Keine Ahnung.«

»Irgendein Schaden am Haus? Aber das ist von einem Gutachter geprüft worden; in solchen Dingen würde Volker mich nicht bescheißen. Ich meine, er hätte mir gesagt, wenn irgendeine teure Reparatur anstünde oder eine neue Norm käme, der das Haus nicht entspricht. Weißt du, was er mir gestanden hat? Volker, der Schuft? Dass er den Anstätters am Anfang zugeredet hat, dass sie mehr verlangen könnten für das Haus; dass der Preis quasi am unteren Ende der Skala für so ein Objekt läge. Hat dabei natürlich an seine Provision gedacht, klar, und er hat den Mund gehalten, sobald er wusste, dass wir uns interessieren … Aber Anstätter wollte nicht weiter rauf mit dem Preis.«

»Und? Findest du das normal?«

Werner gab einen seiner abgrundtiefen Seufzer von sich. »Eher nicht.«

»Also. Sag ich doch. Irgendwas stimmt da nicht.«

Werner schwieg. Lenkte. Schaltete. »Meinst du, wir sollten es lieber doch nicht nehmen?«, fragte er schließlich.

Es ging in Schleifen den Albtrauf hinab, ein Blick wie im Märchen. Die Autobahn glitzerte in der Ferne wie ein Band aus Silber.

Es war fast so schön wie der Blick von der Terrasse des Hauses, das sie haben konnten, wenn sie wollten.

Samstags wurde nicht von ihnen erwartet, dass sie arbeiteten. Aus den Gesprächen der regulären Mitarbeiter hatte Markus jedoch herausgehört, dass die meisten zumindest den Samstagvormittag in der Firma verbrachten. Sonntags dagegen herrschte ausdrückliches Arbeitsverbot: Niemand sollte daran gehindert werden, in die Kirche zu gehen.

Nach dem Frühstück am Samstagmorgen ging Markus über die Straße zur Tankstelle und sprach so lange Leute an, bis ihn jemand in dichter besiedelte Bereiche von Paradise Valley mitnahm. Da, wo einmal so etwas wie das Zentrum der Stadt gewesen sein mochte, standen eine Menge Läden leer, und selbst die »Zu vermieten«-Schilder in den Schaufenstern waren vom Staub langer Jahre bedeckt. Die *Western Union*-Filiale, deren Adresse Markus aus dem alten Telefonbuch im Hotel hatte, existierte jedoch noch, und auch das Geld, das er von Deutschland transferiert hatte, ließ sich anstandslos abheben. Er fühlte sich reich und bedroht zugleich, als er mit einem dicken Bündel Dollarnoten in der Tasche wieder auf die Straße trat, den Platz überquerte und eine Filiale der *First Atlantic Bank* betrat. Er eröffnete ein Konto und zahlte einen Teil des Geldes darauf ein. Mit dem Rest machte er sich auf die Suche nach einem Gebrauchtwagenhändler.

Er fand endlich einen, mit eher überschaubarer Auswahl zwar, aber da ihm schon die Füße wehtaten, betrat er das Gelände. Die Wagen glänzten frisch gewaschen, und nachdem Markus eine Weile zwischen ihnen umhergewandert war, bequemte sich der Händler aus seinem Büro, von dem aus er ihn bis dahin kaugummikauend beobachtet hatte.

»Sie suchen was Fahrbares, nehme ich an?«, fragte er. Er war untersetzt, noch fünf Zentimeter kleiner als Markus, trug ein grauenhaftes Hawaii-Hemd und einen Schnauzbart, der auch einem Walross gestanden hätte.

Markus nickte. »Exakt. Und flott aussehen darf es auch.« Er deutete auf die rasant metallic-blaue *Corvette*, vor der er stand. »Was soll die hier zum Beispiel kosten?«

Der Mann schüttelte den Kopf. »Kann ich Ihnen nicht empfehlen. Ist Schrott. Nett lackiert, zugegeben, aber die Stoßdämpfer sind im Eimer, die Sitze durchgevögelt, und der Motor stöhnt auch schon.« Er zuckte mit den Schultern. »Aber was will ich machen? Es ist eine *Corvette*, hey! Da kann ich unmöglich weniger als 2000 Dollar verlangen; alles andere wäre eine Beleidigung.«

»Verstehe.« Eigenartige Verkaufsmethoden hatte der Mann. »Welchen Wagen *können* Sie mir denn empfehlen?«

»Puh!« Der Händler sah sich mit ratlosem Gesichtsausdruck um. »Wenn Sie mich so fragen … eigentlich keinen.« Er deutete auf ein martialisches Monstrum von einem Auto, das wie ein Militärfahrzeug in ziviler Lackierung aussah. »Diese *Hummer*-Imitation da drüben, beispielsweise. Stabil wie ein Panzer, klar, aber säuft wie ein Loch. Und hässlich! Sagen Sie selber, wer will so ein Teil in pissgelb?« Er seufzte. »Aber es ist einfach geil, das Ding zu fahren. Muss ich zugeben. Damit hat der Typ mich rumgekriegt, von dem ich's habe. Scheiße – von drinnen sieht man von der Farbe fast nichts. Das war der Trick.«

Markus musste unwillkürlich grinsen. Der Mann fing an, ihm zu gefallen. Er brachte das Kunststück fertig, seine Wagen auf eine Art schlechtzureden, dass einen schier unwiderstehliche Lust befiel, sie zu kaufen. Hier konnte er als Vertriebsmensch noch was lernen.

»Ich hatte an etwas Sportlicheres gedacht«, sagte er.

Der Mann blies seinen Kaugummi auf, bis er platzte. »Was meinen Sie mit sportlich? Ein Auto, das man schieben muss? Hab ich da.«

»Es würde mir reichen, wenn es einfach nur schnittig aussieht. So was zum Beispiel.« Er deutete auf einen hellroten Ford Mustang mit Stoffverdeck. Es musste sich um das Revival-Modell handeln, mit dem man wenig erfolgreich an die glorreiche Vergangenheit des Bautyps anzuknüpfen versucht hatte.

»Ach so. *Die* Art von Sport meinen Sie. Okay, ich geb zu, mit der Mühle kriegen Sie wahrscheinlich mehr Bräute rum als mit jedem anderen Schrotthaufen, der hier steht. Hat 'nem Kerl gehört, der die Frauen von Scranton bis Allentown beglückt hat – legendär. Bis ihn doch eine vor den Altar gezerrt hat, und die hat drauf bestanden, dass er den Wagen verkauft … Aber ich muss Ihnen sagen, damit halsen Sie sich Probleme auf.« Er tippte mit dem Fuß gegen eines der Räder. »Die Reifen – platt wie Radiergummi. Ich werd niemanden mit dieser Karre von meinem Hof fahren lassen, der mir nicht auf die Bibel schwört, dass er als Erstes neue Reifen kauft. Der Motor geht. Säuft Sie eben arm, ganz egal, was der Sprit kostet. Das muss es Ihnen wert sein. Die Tankanzeige können Sie übrigens vergessen; die zeigt an, was sie will, den Stand des Mondes oder den Wasserpegel vor Miami oder was weiß ich, jedenfalls nichts, was Sie interessiert. Aber wie das heute überall ist, eine Reparatur kostet das Doppelte von dem, was die Mühle noch wert ist. Was sonst? Okay, sämtliche Getränkehalter, die im Weg sind, wenn man im Wagen 'ne Nummer schiebt, sind natürlich auch längst abgebrochen. Das Fenster auf der Beifahrerseite lässt sich nicht mehr runterkurbeln, was scheiße aussieht, wenn Sie mit offenem Verdeck fahren wollen. Na ja, und schauen Sie sich's an – der Lack ist total verkratzt. Wahrscheinlich von eifersüchtigen Ehemännern. Oder der Typ hat 'ne Art Strichliste geführt, he he. Auf jeden Fall rostet Ihnen die Kiste unterm Hintern weg, das kann ich Ihnen versprechen.«

Markus lächelte gewinnend. »Sie könnten mir ja im Preis ein bisschen entgegenkommen.«

Der Mann lächelte haifischartig zurück. »Junger Mann, so was mach ich grundsätzlich nicht.«

»Nicht einmal ausnahmsweise?«

»Dann wär's ja kein Grundsatz.« Er wälzte den Kaugummi in seinem Mund umständlich von einer Backe in die andere. »Außerdem rat ich Ihnen sowieso nicht, den Wagen zu kaufen. Er ist Schrott. Wissen Sie, woran die Welt heutzutage krankt? Dass einem keiner mehr die Wahrheit sagt. Ich mach da nicht mehr mit, hab ich beschlossen. Ich sag Ihnen, was los ist, ganz einfach. Wenn Sie bei mir eine Schrottkarre kaufen, dann sollen Sie wissen, dass es 'ne Schrottkarre ist. Ich will nicht die Verantwortung tragen.«

»Ah ja?« Markus wusste nicht, was er sagen sollte. Diese Art von Verkaufsgespräch war in den Seminaren, die er besucht hatte, nie vorgekommen.

Aber er brauchte ein Auto. Und der Mustang war kein schlechter Anfang, trotz aller Mängel.

Der Mann sah ihn von der Seite an und seufzte abgrundtief. »Ich seh's Ihnen an. Sie wollen den Wagen, stimmt's?«

»Ja«, nickte Mark.

»Also gut. Kommen Sie, machen wir den Vertrag, ehe mich das schlechte Gewissen überwältigt.«

Am nächsten Tag unternahm Markus mit seinem neuen Wagen gleich einen Ausflug nach New York. Jean-Marc, den er zuerst ansprach, zeigte wenig Interesse – »New York? Freiwillig?« –, worauf er Silvio fragte, der begeistert mitkam.

Auf der Fahrt fanden sie heraus, dass sie beide USA-Fans waren, seit sie denken konnten. »Meine Mutter hatte den *Reader's Digest* abonniert«, erzählte Silvio, »und ich war immer der Erste in der Familie, der ihn gelesen hat. Kennst du die Zeitschrift? Ich glaube, die gibt es auch in Deutsch.«

»Ich glaube, die gibt es in fast jeder Sprache.«

Sie erzählten einander von ihren USA-Reisen. Silvio war schon als Kind mehrmals in den Staaten gewesen, bei einem Onkel in Boston, der nicht mehr lebte. Vor Beginn seiner Ausbildung war er schließlich einmal quer durch das ganze Land getrampt, was vier Wochen lang gedauert hatte. »Seither nehme ich jedes Jahr an der Green-Card-Lotterie teil«, erzählte er. »Vergebens natürlich.«

»Ich seit meinem zwanzigsten«, gestand Markus. Damals war er von seiner ersten USA-Reise zurückgekommen – Kalifornien und Arizona! – und dem Land verfallen gewesen. »Ich habe manchmal das Gefühl, das ist Schwindel. Ich kenne jedenfalls niemanden, der auf die Weise je tatsächlich eine Green Card bekommen hat.«

Silvio schüttelte auf sehr italienisch wirkende Art den Kopf. »Es ist einfach schwierig. Sie haben ihre Regeln und halten sie strikt ein.«

»Ihre Regeln?« Markus lachte auf, nicht zuletzt, weil er sah, dass die Tankanzeige behauptete, der Tank fülle sich stetig, je länger sie fuhren. »Kann sein, aber dann kennen sie sie selber nicht. Die auf dem Konsulat haben jedenfalls praktisch bis zum Tag vor dem Abflug mit meinem Visum herumgezickt.«

Sie erreichten die Stadt. Kurz vor der Newark Bay stellten sie den Wagen in einem sündhaft teuren Parkhaus ab und ließen sich von der Metro durch dunkle Tunnel voller Graffiti nach Manhattan hineinbefördern. Ein kraftvoller Aufzug trug sie aufs Empire State Building hinauf, und dann standen sie oben auf der Aussichtsplattform, unter einem Himmel, der aussah wie eine Glocke aus blauem Glas, und schauten über die unendlichen Häusermeere, bis ihnen die Augen vom Wind tränten.

Danach wanderten sie am Grunde von Wolkenkratzerschluchten, in denen es nach süßem Gebäck roch, aßen »Pretzels« vom Stand und schlenderten durch den Central Park, der hell und sonnig und unschuldig dalag, bevölkert nur von Joggern, Müttern mit Kindern und anderen Spaziergängern.

Während sie an einem Teich standen und die Enten darin mit den Resten der Pretzel fütterten, erläuterte Silvio seinen Plan: Er würde sich eine heiratswillige Amerikanerin suchen. »Amerikanerinnen gefallen mir«, beteuerte er. »Weißt du, dieser Typ Frau, bei dem alles ein bisschen größer ist – die Augen, der Mund, das Lachen ...«

»Die Titten«, nickte Markus.

Silvio grinste. »Du weißt, wovon ich rede.«

»Ist das nicht ein bisschen... oberflächlich?«, fragte Markus und musterte die Hochhäuser, die in der Ferne hinter den Büschen und Bäumen wie ein Wall aufragten. »Oder geht es dir nur um die Staatsbürgerschaft, und anschließend lässt du dich scheiden?«

»Hör mal, ich bin katholisch. Nein! Ich suche ganz ernsthaft die Frau fürs Leben«, beteuerte Silvio. »Und wenn sie Amerikanerin ist, warum nicht? Ich meine, was ist daran falsch? Es gibt über hundert Millionen Amerikanerinnen, da kann doch gut eine dabei sein, die zu mir passt, oder?«

»Ja, klar. Ist völlig okay. Ich sag nichts dagegen.«

Bei einem richtig italienischen Cappuccino in Little Italy

gestand Silvio, dass er sogar schon jemand im Auge hatte. »Die Kleine in dem Büro neben der Pförtnerloge, die könnte genau mein Typ sein. Ich meine, klar, ich müsste sie erst mal ein bisschen kennen lernen. Aber jedenfalls ist sie mir aufgefallen.«

Markus überlegte. »Die Blonde? Die neulich diese neongrüne Bluse anhatte?«

»Genau. Kathy Blane heißt sie, das habe ich schon rausgekriegt. Sie macht die Reisekostenabrechnungen.«

»Pech. Wenig wahrscheinlich, dass man uns auf Reisen schicken wird, während wir hier sind«, meinte Markus, genüsslich den Cappuccino schlürfend. Er lehnte den Kopf zurück, schloss die Augen und überließ sich einen Moment dem aus tausenderlei Quellen gespeisten, niemals verstummenden, übermenschlichen Dröhnen der Stadt.

»Ja«, gab Silvio zu. »Das ist wenig wahrscheinlich.«

Sie beschlossen, in New York auch zu Abend zu essen, und einigten sich mühelos auf Spaghetti, die es im Hotel nie gab. Silvio übernahm es, das Restaurant auszuwählen, und bewies dabei ein gutes Händchen. Der Wirt schimpfte auf die Regierung, die Steuern und die Polizei und servierte ihnen am Schluss zwei große Ramazotti auf Kosten des Hauses. Und dann noch mal zwei, weil sie ihm so sympathisch waren.

»Ich muss noch fahren«, wollte Markus abwehren, aber das ließen die beiden Italiener nicht gelten.

Es war gemütlich. In den Straßen sank die Dämmerung herab, sie saßen und redeten, und irgendwann konnte Markus nicht anders, als auch seinen Traum zu offenbaren: »Ich werde eines Tages meine eigene Firma haben. Hier in Amerika. Das ist ganz eigenartig, aber ich trage da so etwas wie ein Bild in mir. Ich sehe einen Turm, rund wie ein Zylinder, ringsum mit Glas verkleidet. Er ragt zum Himmel auf, und ich kann sehen, wie die aufgehende Sonne sich in ihm spiegelt. Und darauf steht *Westman Tower*, in großen schwarzen Buchstaben... Du wirst vielleicht lachen, aber ich sehe das so deutlich vor mir, als könnte ich mich an die Zukunft erinnern.«

Silvio lachte überhaupt nicht, er machte große Augen. »Und was soll das für ein Turm sein?«

»Na, was wohl? Die Zentrale meines multinationalen Konzerns, will ich doch schwer hoffen«, sagte Markus.

Silvio zögerte mit einer Antwort, so, wie man es tut, wenn man fürchtet, etwas sagen zu müssen, das dem anderen nicht gefallen wird. »Wenn das dein Ziel ist«, meinte er schließlich, »dann bist du aber bei *Lakeside and Rowe* völlig falsch. Ich meine, egal wie du da Karriere machst, der Laden wird dir nie gehören. Du müsstest dich selbstständig machen, mit einer genialen neuen Idee. In der berühmten Garage. Wie Hewlett und Packard. Oder Steven Jobs. Oder Bill Gates.«

Markus schüttelte lächelnd den Kopf. Der Ramazotti stimmte ihn milde. »Falsche Fährte. Erstens: Eine geniale neue Idee ist völlig überflüssig. Ideen gibt es wie Sand am Meer. Und der, der eine neue Idee hat, wird sowieso nie reich damit. Zweitens: Die Ochsentour ist in meinem Plan nicht vorgesehen. Nichts von wegen in der Garage anfangen und mühsam expandieren. Was ich vorhabe, ist, eine Firma fix und fertig zu kaufen.«

»Wie willst du das denn machen?«

»Eine Firma mit Potenzial ausfindig machen«, sagte Markus einfach, »und übernehmen. Mit *OPM* natürlich.«

»*OPM*?«

»*Other people's money*. Risikokapital. Alles, was ich tun muss, ist, die Kapitalgeber davon zu überzeugen, dass ich die Firma besser führen werde als die Gründer.« Und das sollte kein Problem werden. Im Studium hatte er seinen Professor für Volkswirtschaft so lange bequatscht, bis der ihm für eine Prüfung, die er mit Pauken und Trompeten versiebt hatte, ein »Gut« bescheinigte. Professor Oswald. Wenn er den um den Finger wickeln konnte, würde er jeden auf diesem Planeten um den Finger wickeln.

»So eine Firma musst du aber erst mal finden.« Silvios Gesicht war ein Bild absoluter Skepsis.

Markus grinste. »Wo ist das Problem? Wenn wir bei *Lakeside and Rowe* arbeiten, sind wir in der besten denkbaren Position dafür.« Er musste langsam aufhören zu reden. Er plauderte alles aus, seinen ganzen schönen Plan. »Hast du dir mal die neuen Analyseprogramme angeschaut? Das *Datamining*-Modul? Das ist der Hammer. Das ist ein Röntgengerät für Unternehmen.« Genug. Er würde ihm nicht auch noch auf die Nase binden, wie er es machen wollte. Dabei lag es auf der Hand. Er musste in den technischen Service wechseln. Technischer Service, das hieß Installation der Software, und Installation hieß, Testläufe zu machen. Auf welcher Datenbasis? Natürlich mit den bisherigen Kundendateien der betreffenden Bank oder Investmentgesellschaft. Mit anderen Worten, wenn er sich nicht dumm anstellte, konnte er aus jeder Firma, in der er das Update zum Laufen brachte, mit einem Dossier der vielversprechendsten Kandidaten für sein Vorhaben heimgehen.

Aber Silvio hatte gar nicht richtig zugehört. Der Ramazotti schien ihn eher streitlustig zu machen. »Ich glaube das sowieso nicht«, erklärte er. »Es gibt durchaus Leute, die was erfinden und steinreich werden.«

Markus beugte sich über den Tisch, sah ihn an. »Ja? Kennst du so jemanden?«

»Liest man immer wieder«, erwiderte Silvio.

Draußen hupte ein dicker Wagen ausdauernd, weil er nicht an einem Lieferwagen vorbeikam. Auf den Gehsteigen drängten sich die Menschen. Die echt italienische Hintergrundmusik lief zum dritten Mal. Markus lehnte sich wieder zurück. »Mein Vater war so jemand«, sagte er, obwohl er nie vorgehabt hatte, jemandem ein Wort davon zu erzählen. »Ein Erfinder. Hat jeden Tag in der Werkstatt verbracht, getüftelt, sich um nichts und niemanden gekümmert. Meine ganze Kindheit hindurch haben wir von dem Geld gelebt, das meine Mutter nebenher verdient hat. Und das hat er oft auch noch für irgendwelche Geräte ausgegeben oder für Chemikalien, Rohrleitungen und solches Zeug.«

»Ach so«, sagte Silvio leise. »Entschuldige.«

»Er hat nie was verdient«, fuhr Markus fort. »Erst am Ende seines Lebens hat er endlich was erfunden, das uns reich gemacht hat. Aber eben erst am Ende seines Lebens; er hat nichts mehr davon gehabt.«

Silvio seufzte betrübt. »Was für eine traurige Geschichte.« Er zögerte. »Und was … Ich meine, was hat er erfunden?«

Markus starrte ins Leere, geplagt von Erinnerungen, die er vergessen geglaubt hatte. »Das ist das Seltsame daran«, sagte er. »Das wissen wir nicht.«

»Bitte?«

»Er hat seine Erfindung an eine Firma verkauft und ist kurz darauf bei einem Autounfall ums Leben gekommen. In seinem Labor fand man keinerlei Unterlagen, nichts. Aber auf dem Konto waren zwei Millionen Euro.«

Er schob das Likörglas beiseite, sah aus dem Fenster, sah sein Gegenüber an. Silvio erwiderte den Blick und schien zu verstehen, dass er nicht weiter darüber reden wollte.

Auf der Rückfahrt erzählte Silvio wieder von seiner Flamme. »Ich glaube, sie ist nicht verheiratet. Jedenfalls trägt sie keinen Ring. Es holt sie auch niemand ab oder so, und in dem Bilderrahmen auf ihrem Schreibtisch ist bloß ein Bild von einem Hund.«

»Du hast sie ja regelrecht ausspioniert«, staunte Markus.

»Na ja«, meinte Silvio verlegen. »Ich meine … Ich weiß auch nicht.«

Markus musterte ihn mit einem kurzen Seitenblick. »Du musst sie ansprechen. Den Papagallo in dir wecken. Je eher du rausfindest, ob sie auf so was steht, desto besser.«

»Und wenn sie nicht darauf steht?«

»Ihr Pech. Dann weißt du, dass du weitersuchen musst. Wie du schon gesagt hast: Es gibt hundert Millionen Amerikanerinnen.«

Am Montagmorgen im Bus sagte Silvio: »Heute sprech ich sie an.« Als sie abends zurückfuhren, seufzte er: »Ich weiß nicht, was mit mir los ist. Normalerweise bin ich nicht so schüchtern.«

»Dann muss etwas anders sein als sonst«, meinte Markus.

Silvio sah verträumt aus dem Fenster. »Weißt du, sie hat wunderschöne Augen. Das ist mir heute so richtig aufgefallen.«

»Ah ja? Ich glaube, ich ahne, was anders ist als sonst.«

»Morgen«, erklärte Silvio. »Morgen packe ich es.«

Am Dienstagmorgen verdrückte er sich, als sie das Gebäude betraten. Wenig später kam er an Markus' Schreibtisch, übers ganze Gesicht strahlend.

»Ich hab's getan! Ich hab's so eingerichtet, dass ich ihr wie zufällig im Flur begegne, und dann habe ich ihr ein Kompliment gemacht.«

Markus musste grinsen. »Und? Wie hat sie reagiert?«

»Ich weiß nicht«, meinte Silvio schulterzuckend. »Sie war ein bisschen irritiert, glaube ich. Komisch eigentlich; ich hätte gewettet, sie kann sich gar nicht retten vor Verehrern.«

»Sei doch froh, wenn es nicht so ist.«

Silvio nickte strahlend, trommelte mit beiden Händen einen kleinen Wirbel auf der Tischkante und meinte dann: »Okay. Zurück an die Arbeit. Obwohl ich nicht weiß, ob ich heute irgendwas zu Stande bringe.«

Zwei Stunden später bekam Markus mit, dass sich ein bulliger Mann in einer grauen Uniform, den er noch nie im Haus gesehen hatte, zu Silvio Damiano durchfragte. Mister Murray wolle ihn sprechen, sagte er. Und nein, er brauche keine Projektunterlagen mitzunehmen.

Eine halbe Stunde später kehrten die beiden zurück, Silvio kreidebleich und mit einem von Entsetzen gezeichneten Gesicht, der Mann in der grauen Uniform einen Schritt hinter ihm, als habe er den Auftrag, den Italiener aufzufangen, sollte er in Ohnmacht fallen.

»Um Himmels willen, was ist los?«, fragte Markus, fest davon überzeugt, dass jemand gestorben sein musste, der Silvio sehr nahe gestanden hatte.

»Sexuelle Belästigung«, stieß Silvio hervor.

»Was?«

»Sie hat sich beschwert. Murray sagt, ich hätte sie sexuell belästigt. Mit einem Kompliment! Ich versteh das nicht.«

Markus sah, wie das Gesicht des Mannes in der grauen Uniform unverkennbare Züge von Ungeduld annahm. »Und jetzt?«, fragte er, auf einmal erfüllt von der Vorahnung, dass das noch nicht das Schlimmste war.

»Ich bin draußen«, fuhr Silvio tonlos fort. »Ich soll meinen Schreibtisch aufräumen, meine Sachen im Hotel packen, und dann fährt der da mich zum Flughafen. Die Maschine nach Rom heute Abend ist schon gebucht.«

Markus war, als schnüre ihm etwas die Kehle zu. »Ist nicht wahr.«

»Mister Damiano«, ließ sich der Mann in der Uniform vernehmen. *Sicherheitsdienst* stand auf dem Abzeichen am Ärmel, das sah Markus erst jetzt. »Ich muss Sie bitten, sich nicht länger aufzuhalten.«

Silvio nickte, warf Markus einen letzten Blick zu. »Ich hoffe bloß, das ist wirklich nur ein böser Traum.«

Sie versammelten sich alle am Fenster und sahen zu, wie Silvio unten auf dem Parkplatz in den Wagen stieg, der so grau war wie die Uniform der Sicherheitsleute. Nun waren es schon zwei, die ihn begleiteten. Er trug einen Karton in Händen, der beinahe leer war. Manche winkten ihm zu, aber Silvio bemerkte es nicht, sah nicht einmal nach oben. Die Türen schlossen sich, der Auspuff würgte eine dicke Abgaswolke heraus, dann rollte der Wagen davon.

Gegenwart

Die Schwester weckte ihn. Diesmal brachte sie kein Frühstück, sondern bestand darauf, dass er sich aufsetzte. Dann, als er sich endlich mit viel Mühe aufgerichtet hatte, wollte sie, dass er ganz aufstand und mit ihr zum Waschbecken ging.

»Warum denn?«, wehrte er sich.

»Sie müssen sich waschen. Und rasieren.«

»Warum?«

»Sie bekommen Besuch.«

Er blinzelte. »Besuch?«

Sein Gehirn fühlte sich an, als sei es in Styropor eingepackt und als klebe irgendwo ein Hinweis: »Zur Inbetriebnahme Schalter umlegen.«

Also gut. Er stand auf, schaffte es auf erschreckend wackligen Beinen zum Waschtisch. Die Schwester stützte ihn, was zweifellos gut war. In dem Gesicht im Spiegel erkannte er sich nur mit Mühe. Ein ungepflegter Bart verunzierte die untere Hälfte davon, und eine breite Narbe, die über dem Ohr begann und sich über eine Augenbraue bis auf die Stirn fortsetzte, die obere.

Ach ja, richtig. Der Unfall. Die Bilder waren noch da.

»Nicht gerade das, was man als Schwarm aller Mädchen bezeichnen würde, was?«, murmelte er seinem Spiegelbild zu.

Die Krankenschwester schob ihm einen eigenartig geformten Stuhl unter; eine Art Barhocker mit Sicherheitsgurt. »Das wird man später wegmachen«, versprach sie. »Das ist nicht so schlimm, wie es aussieht. Kommen Sie, hier, waschen Sie sich.« Sie drehte das Wasser auf und reichte ihm einen Waschlappen und ein Stück Seife.

Er nahm beides und wunderte sich darüber, wie ermüdend das alles war. Er hätte sich auf der Stelle wieder hinlegen und noch ein halbes Jahr schlafen können.

KAPITEL 4

Vergangenheit

Die Einweihungsparty war ein voller Erfolg. Sie hatten auf die Einladungen ein Foto gedruckt, das die Aussicht von der Terrasse zeigte – soweit ein Foto das überhaupt vermochte –, und alle, alle waren sie gekommen. Das war nicht einmal zu ihrer Hochzeit geglückt.

»Mensch, warum habt ihr denn keine Pool-Party gemacht?«, rief Hannes, einer von Werners Freunden aus der Studienzeit, als sie bei der obligatorischen Hausbegehung durch die Schwimmhalle kamen. »Das wäre doch was gewesen!«

Seine Frau, eine kleine Rothaarige, stieß ihn in die Seite. »Du musst gerade reden mit deinem Bauch.«

»Was heißt Bauch? Das ist alles Wohlstand und gute Küche …«

Werner winkte lässig ab. »Die Pool-Party gibt's das nächste Mal. Wir wollten uns die eine oder andere Steigerungsmöglichkeit vorbehalten, damit ihr auch mal wiederkommt, trotz der Entfernung.«

Nur Dorothea sah ihm an, dass er fast platzte vor Stolz.

Julian verkraftete den Umzug besser, als Dorothea befürchtet hatte. Vielleicht spielte dabei eine Rolle, dass er mit dem eigenen Schwimmbad auf Anhieb so etwas wie ein Star in seiner neuen Klasse war. Praktisch jeden Tag brachte er Schulkameraden zum Baden mit; obwohl Dorothea ihre Bestände an Handtüchern vor dem Umzug verdoppelt hatte, würde sie nicht darum herum kommen, noch einmal aufzustocken. Auch ein halbes Dutzend Bademäntel für Kinder würde nicht schaden.

Zumindest konnte man sagen, dass das Schwimmbad gut genutzt wurde. Werner schwamm inzwischen eisern jeden

Morgen seine Bahnen, während sie Julian zur Bushaltestelle fuhr. Dafür musste er das Frühstück fertig haben, bis sie zurück war.

»Man fühlt sich ganz anders«, erklärte Werner jedem, der es hören wollte oder auch nicht. »Fast wie im Urlaub. Selbst wenn man den Tag im Büro zubringt.«

Doch im Lauf der Zeit zeigte sich, dass das Haus am Berg, so wunderschön es war, auch seine Nachteile hatte.

Wirklich beunruhigend war die Sache mit der Heizung. Die Warnung des Vorbesitzers hatte sich als nur zu berechtigt erwiesen. Ja, Dorothea hegte inzwischen sogar den Verdacht, es könnten in Wahrheit die Rechnungen für Heizöl gewesen sein, die die Familie Anstätter dazu bewogen hatten, das Haus zu verkaufen.

Der Tank fasste dreitausend Liter. Das war viel, wenn man ihn auffüllen ließ und nachher sah, was es kostete, aber wenig angesichts des Verbrauchs, den die Heizung an den Tag legte. In der ersten Schlechtwetterperiode, die sie erlebten, sank die Nadel der Tankuhr so schnell, dass man beinahe zusehen konnte – und das im April! Wie es im Winter werden würde, wagten sie sich noch nicht vorzustellen.

Werner war eine Zeit lang überzeugt, der Tank müsse ein Loch haben. Ein Spezialist, den er schließlich kommen ließ, maß nach und kam zu dem Schluss, dass er keines hatte.

»Was können wir denn dann machen?«, fragte Werner. »Das Haus isolieren?«

»Mal sehen«, sagte der Spezialist und untersuchte gleich noch die Wände, die Fenster und den Dachstuhl. Was er vorschlug, lief praktisch darauf hinaus, das Haus neu zu bauen: die Außenmauern mit zwölf Zentimeter dicker Isolation versehen, alle Fenster austauschen, das Dach abdecken, neu isolieren und neu decken, im Inneren einige Zwischenwände einziehen und im Wohnzimmer die Decke niedriger hängen.

»Wie kann man so bauen?«, regte Werner sich auf.

»Das Haus ist in den Sechzigern gebaut worden. Damals hat Öl weniger gekostet als Wasser.«

Zumindest, meinte Werner danach, brauchten sie einen größeren Öltank. Wenn der Tank groß genug für den Jahresbedarf des Hauses war, würde ihnen das erlauben, Öl dann zu kaufen, wenn es am günstigsten war. Er besorgte Prospekte von modernen Tankmonstern, die im Garten vergraben wurden, und machte sich im Internet schlau. Wobei es noch ein, zwei Jahre dauern würde, bis ihr Kontostand eine solche Maßnahme erlaubte.

Allerdings wurde das Heizöl gerade billiger, und es hieß, es solle noch billiger werden. Womöglich würde sich ein Umbau bald gar nicht mehr lohnen.

Der zweite große Nachteil des Hauses war identisch mit einem seiner größten Vorzüge, seiner Abgeschiedenheit nämlich. Natürlich, die Ruhe war himmlisch. Aber zum ersten Mal im Leben fühlte sich Dorothea isoliert, abgeschnitten vom Rest der Welt. Weder Rundfunk und Fernsehen änderten daran etwas, auch Internet und E-Mail nicht. Einzig das Telefon bot Erleichterung. Ihre Telefonrechnungen waren bald dreimal so hoch wie früher. Werner erkundigte sich wegen der Flatrate-Anschlüsse, für die überall geworben wurde, aber es hieß immer: Geht technisch nicht, das Haus ist zu abgelegen.

Bis dahin hatte Dorothea ihr gesamtes Leben in der Stadt verbracht. Ihr Elternhaus hatte in Bad Cannstatt gestanden, ein muffiges, altmodisches Gebäude direkt an einer stark befahrenen Straße. Als Kind hatte sie nachts Laster gezählt, wenn sie nicht einschlafen konnte. Als Werner um ihre Hand anhielt, stellte sie zur Bedingung, dass sie eines Tages aufs Land ziehen würden, in ein eigenes Haus im Grünen.

Weil es nicht anders ging, waren sie zuerst doch nur in eine Mietwohnung gezogen. Die war zwar ruhiger, aber in einem Haus mit drei Parteien gelegen, umringt von anderen, ähnlichen Häusern. Die Nachbarn schauten ihnen auf den Balkon, man hörte, was nebenan im Fernseher lief, und jede Woche ärgerte man sich, weil die Mülleimer so schnell voll waren und niemand es gewesen sein wollte.

Im Dorf Kontakt zu bekommen war schwieriger als erwartet. Viele der Frauen gingen arbeiten, andere waren schlicht nicht an Kontakten interessiert. Die meisten Leute, die im Ort wohnten, ohne hier geboren zu sein, hatten Freunde und Bekannte anderswo, in anderen, ähnlich abgeschiedenen Dörfern im Grünen. Wenn sie jemanden treffen oder etwas unternehmen wollten, setzten sie sich ins Auto und fuhren fort. In einem vierzig Kilometer entfernt gelegenen Squash-Club Mitglied zu sein, während der örtliche Sportverein sich mangels Mitgliedern auflöste, war nichts Ungewöhnliches.

Der einzig engere Kontakt ergab sich mit Frau Birnbauer, die den kleinen Laden führte. Ausgerechnet. Denn als Dorothea das erste Mal dort etwas kaufte – ein Päckchen Salz –, war ihr die Alte schweigsam und grantig vorgekommen und nicht wie jemand, mit dem man auch nur übers Wetter reden konnte.

Doch in den Wochen darauf ergab es sich immer wieder, dass Dorothea eine Kleinigkeit brauchte, weil sie das Einkaufen auf Vorrat noch nicht so ganz beherrschte. Mal fehlte ein Salat, mal Kaffeesahne, dann ein paar Äpfel für einen Kuchen. Irgendwann kam ihr zu Bewusstsein, dass sie es genoss, in diesem kleinen Laden einzukaufen. Und zwar gerade, *weil* er klein war. Die Regale waren alt und eng, aber übersichtlich. Dorothea stand nicht wie im großen Supermarkt vor fünfzehn Metern Nudeln aller Sorten, Marken und Arten, sondern musste sich nur überlegen, ob sie Spätzle oder Spiralnudeln wollte, Makkaroni oder Spagetti. Keine zweiundvierzig verschiedenen Sorten Senf, nur scharfer und mittelscharfer. Und einfach nur Salz, keine zwei Dutzend Packungsgrößen, -farben und -varianten.

Die Sachen waren zwar alle ein paar Cent teurer, aber immer von guter Qualität. Und es tat den Nerven gut, hier einzukaufen. Einmal die Runde, und man hatte im Grunde alles, was man brauchte.

Die alte Frau lächelte, als Dorothea ihr das eines Tages einfach sagte. »Ich tu von allem zwei Sorten her – die billigste für die, die sparen müssen, und die beste für die anderen. Mehr Auswahl braucht kein Mensch.«

Von da an redeten sie immer mehr miteinander. Schließlich

fragte die Frau, ob sie die sei, die jetzt im Haus am Berg wohne. »Ja«, nickte Dorothea und erfuhr daraufhin die Geschichte ihres Hauses.

Errichtet worden war es in den Zwanzigern, als Ausflugslokal, das damals recht bekannt und beliebt gewesen war. Nach dem Krieg stand es lange leer; zwei Versuche, an die Tradition anzuknüpfen, scheiterten. Mitte der Sechziger kaufte ein berühmter und sehr wohlhabender Architekt das Haus und ließ es radikal umbauen. Vom ursprünglichen Gebäude blieben praktisch nur der Gewölbekeller und ein paar tragende Wände übrig, alles andere wurde neu gestaltet. »Die Frau Anstätter war seine Tochter«, erklärte die Alte. »Sie hat das Haus geerbt. Aber da war sie schon zwanzig; aufgewachsen ist sie nicht hier.«

»Mich hat gewundert, dass sie es verkaufen«, gab Dorothea zu.

Die greise Frau Birnbauer hatte genickt. »Ja, seltsam. Es hat geheißen, sie hätten das Geld gebraucht. Aber ihr Mann war Ingenieur, hat gut verdient, sehr gut. Und sie haben ja wieder so ein Anwesen gekauft, sagt man. Also warum?« Sie hatte angefangen, die Dosen im Regal zurechtzurücken. »Sehr seltsam, wirklich.«

Früher war Werner abends fortgegangen, um sich mit Freunden zu treffen. Das tat er nicht mehr, stattdessen lud er sie ein. Anfangs glaubte Dorothea, er tue es ihretwegen, aber als sie sah, wie er diese Abende genoss und wie stolz er war, wenn er »einen auf Schlossherr machen« konnte, wie er es nannte, gab sie diesen Verdacht auf. Werner war wesentlich geselliger als sie; sie freute sich für ihn, dass es ihm gelang, die Kontakte am Leben zu erhalten, an denen ihm viel lag, und darüber hinaus neue zu knüpfen. Immerhin lernte sie auf diese Weise ein paar seiner Kollegen kennen.

So war es bald eine liebe Gewohnheit, dass Werner sich ab und zu morgens räusperte und sagte: »Übrigens, wenn du nichts dagegen hast, ich würde da gerne jemanden einladen …«

Auf diese Weise lernte sie Siegmund Müller und seine Frau

Margit kennen, nachdem Siegmund und Werner in irgendeinem Arbeitskreis miteinander ins Gespräch gekommen waren.

Die beiden waren sichtlich beeindruckt von dem Haus, von der Lage, der Aussicht und vor allem von der Ruhe. »Mein Gott, ist das ruhig hier«, erklärte Siegmund mehrmals. »Ich weiß nicht, ob ich das überhaupt aushalten könnte, so viel Ruhe.«

Julian kam, gab jedem der beiden artig die Hand und verschwand wieder.

»Wir arbeiten mit Bestechung«, erklärte Werner grinsend. »Er kriegt die große Packung Fischstäbchen ganz für sich alleine. Mit Mayo.«

Siegmund nickte. »Fast wie bei uns im Vertrieb.«

Sie aßen an dem schön gedeckten Esstisch direkt am Fenster, mit Blick auf die schier endlose Ebene, die die untergehende Sonne in ein märchenhaftes Licht tauchte.

»Wie ein Blick ins Auenland«, meinte Margit ergriffen.

»Was für ein Land?«, fragte ihr Mann.

»Auenland. Tolkien. Herr der Ringe.«

Er nickte verstehend. »Ich bin kein Bücherleser, wisst ihr?«, sagte er zu Dorothea und Werner.

»Würde dir aber nicht schaden«, meinte Margit. »Zeit genug hättest du, so viel, wie du im Flugzeug sitzt.«

Nach dem Hauptgang kam, wie meistens, das Gespräch auf Berufliches. Siegmund arbeitete in der Abteilung Nahost/Emirate, wo er für die Betreuung »besonderer Kunden« zuständig war.

»Das müsst ihr euch so vorstellen, dass ich ungefähr ein Dutzend Mal nach Abu Dhabi oder Kuwait runterfliegen und einem von diesen Scheichs in den Arsch kriechen muss, bis der endlich unterschreibt«, erklärte er, nahm einen mächtigen Schluck aus dem Weinglas und lehnte sich in einer heftigen Bewegung zurück. »Aber das ist dann auch eine Bestellung, so was kriegen die Sonderkundenbetreuer in den anderen Abteilungen im Leben nie zu sehen. So einer kauft nämlich immer gleich eine ganze Flotte, und natürlich nur die Luxusausführung der Oberklasse. Und lauter Sonderwünsche. Auf manche

Ideen muss man erst mal kommen, ich sag's euch. Goldene Lichtschalter, Armaturenbrett aus edelstem Wurzelholz und so weiter, das ist klar und kein Thema. Aber eine Limousine mit verlängertem Radstand und eingebautem Falkenkäfig im Fond? Die Araber sind verrückt nach Falken, ihr macht euch kein Bild. In der Nähe von Abu Dhabi gibt es sogar eine Klinik, in der ausschließlich Jagdfalken behandelt werden. Oder eine Rückbank, die sich auf Knopfdruck in ein Lotterbett ausfaltet? Solche Sachen. Und Geld spielt keine Rolle. Wir können praktisch berechnen, was wir wollen. Unsere Schamgrenze ist das einzige Limit, und an der üben wir ständig.« Er lachte laut auf.

Dorothea fiel auf, dass sein Knie unentwegt wippte, als könne er nicht einen Moment zur Ruhe kommen. »Ich stelle mir das aber anstrengend vor«, sagte sie, »die ganzen Flüge und so.«

Margit nickte sofort und entschieden. »Er ist manchmal fix und fertig, wenn er endlich wieder zu Hause ist.«

Ihr Mann griff erneut nach dem Weinglas. »Klar ist es Stress, aber du kannst so einen Job nur entweder so machen, wie er gemacht werden muss, oder es lassen. Halb geht nicht.«

»Du könntest es ein bisschen ruhiger angehen. Meine Meinung.«

Siegmund lächelte zu Werner und Dorothea hinüber, aber es wirkte gezwungen. »Margit liest zur Zeit lauter so Bücher … *Entschleunigung, Raus aus der Tretmühle* und so weiter. Klingt alles ganz nett, und irgendwie ist ja auch was dran, aber die Realität sieht eben so aus, dass du mit den anderen mithalten musst. Du musst den Einsatz bringen, mit voller Energie, sonst ist es blitzschnell aus mit deiner Karriere. Und dann, hmm? Ich meine, an die ganzen Prämien und Sonderzuschläge und so weiter haben wir uns doch schon ganz schön gewöhnt, oder?«

Margit musterte stirnrunzelnd ihr Weinglas. »Ja. Trotzdem. Irgendwie wird alles ständig schneller und schneller. Immer mehr Arbeitslose, und gleichzeitig schuften sich die, die Arbeit haben, halb tot. Da kann doch was nicht stimmen.« Sie warf ihrem Mann einen Seitenblick zu, der von zahllosen Gesprächen dieser Art in den eigenen vier Wänden zeugte. »Der Jüngste bist du außerdem auch nicht mehr.«

Dorothea musste das Gespräch unbedingt in andere Bahnen bringen. Sie stand auf. »Ihr müsst jetzt ganz schnell Entscheidungen treffen. Zum Nachtisch gibt es Apfelstrudel mit Vanilleeis. Das heißt, ich muss von jedem wissen: Schlagsahne dazu oder nicht? Espresso hinterher? Gleich? Gar nicht? Oder was anderes?«

Das brachte sie auf andere Gedanken. Nach einer längeren Diskussion, in der unter anderem auch männliche Bauchumfänge und weibliche Erinnerungen an schlanke Verehrer eine Rolle spielten, wollte niemand Sahne, aber jeder einen Espresso, Siegmund sogar einen doppelten. »Mein Treibstoff«, erklärte er.

Markus war nach dem blitzartigen Abgang Silvios wie vor den Kopf geschlagen. Später konnte er sich nicht mehr daran erinnern, wie er den Rest des Tages verbracht hatte; er kam erst abends wieder zu sich, als er einen Burrito mit Salat in sich hineinstopfte und merkte, dass er überhaupt keinen Hunger hatte.

Dabei hatte der Plan vielversprechend geklungen. Auch Markus hatte an so etwas gedacht. Er war gerade solo gewesen, als er von dem Lokalisierungsprojekt erfahren und sich dafür beworben hatte, und danach hatte er sich nicht mehr mit Frauen verabredet. Er hatte ungebunden sein wollen, wenn er in den USA ankam. Für alle Fälle.

Aber es würde nicht funktionieren. Davon, dass das Verhältnis der Geschlechter in den USA seit etlichen Jahrzehnten das reinste Minenfeld war, hatte er natürlich gehört – aber wie dicht die Minen lagen, hatte er sich nicht vorstellen können.

Dabei hatte er sich so gut vorbereitet. Er hatte die anspruchsvollsten Englischkurse absolviert, die zu finden gewesen waren. Er hatte im Sprachlabor hingebungsvoll daran gefeilt, seinen deutschen Akzent auszumerzen. Er hatte Bücher gelesen und Vorträge über die Umgangsformen in den USA besucht – allerdings nur, was das Geschäftsleben anbelangte. Er wusste, dass Amerikaner mehr Wert auf Pünktlichkeit legten als die meisten Europäer. Dass man tunlichst vermied, über Religion oder Politik zu reden. Dass man lieber zu viel als zu wenig lobte, insbesondere, wenn man noch fachliche Fragen oder gar Kritik anzubringen hatte, egal wie konstruktiv sie aus der Sicht eines Europäers sein mochte. Dass der *Dress Code* unumstößlich war – aus diesem Grund hatte er, abgesehen von zwei Paar Jeans und ein paar T-Shirts für den Abend, überhaupt nur dunkle Anzüge, helle Hemden und gedeckte Krawatten mitgenommen. Verglichen mit seinen Kollegen stand er jeden Morgen *overdressed* vor der Hoteltür; insbesondere Jean-Marc in seinem schlabbrigen Intellektuellen-Pullover schien sich insgeheim köstlich zu amüsieren.

»Würde wirklich gerne wissen, was er zu der Frau gesagt hat«, meinte jemand.

Doch das war nicht die Frage, erkannte Markus. Die bloße Tatsache, dass ausgerechnet in dem Land, das mehr und härtere Pornografie produzierte als der Rest der Welt zusammen, ein wie ungeschickt auch immer formuliertes Kompliment Grund für eine fristlose Kündigung sein konnte, sagte genug: nämlich, dass es zu riskant war, darauf zu spekulieren, dass er es besser machen würde als Silvio. Dazu waren die Regeln zu undurchschaubar.

Für einen Plan B gab es wenig Alternativen. Zwar hatte Markus die halbe Million Euro aus dem elterlichen Erbe auf seinem Konto, aber das war nur die Hälfte der Summe, die nötig war, um als Investor die permanente Aufenthaltsgenehmigung in den USA beantragen zu können.

Wenn er also nicht nach Ablauf der Zeit zurückgeschickt werden wollte, blieb ihm nur, zu schaffen, was als unmöglich galt, nämlich: aus einem Lokalisierungsteam heraus eine Karriere in der Muttergesellschaft zu starten.

Markus hatte noch von keinem derartigen Fall gehört. Aber war Amerika nicht das Land der unbegrenzten Möglichkeiten? Nun würde es sich zeigen.

Es musste jedoch schnell gehen. Er hatte nur sechs Monate Zeit, und davon waren zwei Wochen bereits vergangen.

Er sah in die Runde. Sah Pavel, den gemütlichen Tschechen, einen Witz zum Besten geben. Sah Lourdes, die walkürenhafte Spanierin, so herzhaft lachen, dass ihr gewaltiger Busen wogte. Sah Konstantin, den ruhigen Griechen, schmunzelnd nach dem Salz greifen. Sah Jean-Marc, den durchgeistigten Franzosen, mit dem derben Bengt aus Schweden diskutieren.

Eine tolle Truppe. Lauter Leute, die in Ordnung waren und mit denen man gut auskam.

Er musste sich von ihnen absetzen, so schnell es ging.

Er besorgte sich eine eigene Wohnung. Das war alles andere als einfach, denn eigentlich hatten sie neben der Arbeit keine Zeit. Er machte es so, dass er morgens die Lokalzeitung aus dem Frühstücksraum in sein Zimmer entführte und abends die Telefonnummern der Immobilienmakler herausschrieb, die darin inserierten. Tagsüber nutzte er gelegentliche Pausen, um mithilfe seines deutschen Mobiltelefons, dessen Benutzung in den USA sündhaft teuer war, Termine für den darauf folgenden Samstag auszumachen.

Die erste Wohnung, die er angeboten bekam, glich eher einer Baustelle als etwas, worin man wohnen konnte. Die zweite war eine Art ausgebauter Kleiderschrank. Doch schon das dritte Objekt entpuppte sich als hübsches kleines Holzhäuschen mit zwei Zimmern, Küche, Bad und Veranda, komplett möbliert bis hin zum Fernseher, zum Kühlschrank mit Eiswürfelmaschine und zur Klimaanlage. Sehr gemütlich, sehr amerikanisch. Sogar die typische Klapptür mit Fliegengitter darin war vorhanden. Wie im Film.

»Wie viel?«, fragte Markus.

»Hundert Dollar die Woche«, sagte die Maklerin. »Strom und Wasser extra.«

»Okay.« Verglichen mit dem Quadratmeterpreis des ausgebauten Kleiderschrankes war das geschenkt. »Wo muss ich unterschreiben?«

Natürlich blieb sein Umzug den anderen nicht verborgen, und natürlich stellten sie Fragen.

»Bist du verrückt?«, wollte Leon de Rijk, der Holländer, wissen. »Hier bekommst du jeden Tag das Bett gemacht und das Zimmer gesaugt, und die Firma zahlt alles – und du suchst dir eine eigene Wohnung?«

»Ich brauche das«, behauptete Markus. »Weißt du, das ist seit jeher so bei mir – nach einer Woche im Hotel reicht es mir einfach.«

Marina, die kleine Polin mit den hellbraunen Locken, fragte: »Bist du denn unserer Gesellschaft schon überdrüssig?«

»Nein, Unsinn«, versicherte Markus im überzeugendsten Tonfall, den er zu Stande brachte. »Natürlich komme ich abends trotzdem hierher, wie gehabt. Ist doch klar; was soll ich alleine in dem Haus hocken? Ich will nur in einem Bett schlafen, das ich mir selber machen muss, das ist alles.«

»Es wird den Teamgeist schwächen«, meinte Jean-Marc. Sie saßen wieder einmal zum Thema Schweizer Bankenrecht zusammen. »Ich würde wirklich gern wissen, warum du das tust.«

Markus beugte sich vor. »Ganz im Vertrauen? Eigentlich ist es ein völlig kindischer Grund. Ich will einfach wie ein Amerikaner leben. In amerikanischen Supermärkten einkaufen, amerikanische Lebensmittel in einer amerikanischen Küche zubereiten und so weiter. Sonst wäre das alles kein Abenteuer für mich. Und ich habe bloß ein halbes Jahr Zeit; das ist nicht viel. Das brauchst du übrigens nicht weiterzuerzählen«, fügte er hinzu und war sich sicher, dass Jean-Marc diese Bitte ignorieren würde.

Der Franzose hob tadelnd eine Augenbraue. »Ich persönlich finde dieses Land eine Zumutung. Ich kann es kaum erwarten, dass die sechs Monate vorbei sind. Aber« – er zuckte mit den Schultern – »*chacun à son goût.*«

Das nächste Ziel war, sich niemanden unnötig zum Feind zu machen. Das wäre eine schlechte Strategie gewesen. Aber die Zukunft sah nun einmal so aus, dass die anderen aus dem Team, so sympathisch sie sein mochten, nach dem halben Jahr hier in ihre nationalen Vertriebsorganisationen zurückkehrten.

Danach würden sie einander im Wesentlichen nur noch E-Mails schreiben, und in denen würde es vorwiegend um die Software gehen. Und alle paar Jahre würde man sich auf irgendeinem Kongress, einem Seminar – oder auf einem Flughafen – über den Weg laufen und sagen: »Weißt du noch?«

Markus hatte nicht vor, Teil dieser Zukunft zu sein.

An den ersten beiden Abenden nach seinem Auszug tauchte er im Hotel bei den anderen auf, als wäre nichts gewesen. Allerdings achtete er sorgfältig darauf, zum richtigen Zeitpunkt aufzutauchen: dann, wenn alle am Tisch saßen. Niemand sollte übersehen können, dass er zwar von außerhalb dazustieß, aber dass er Wert darauf legte, Teil des Teams zu sein. Er machte die Tour um den langen Tisch herum, tätschelte Schultern, riss Witze und versprühte Lebensfreude und Begeisterung, obwohl ihm nach all den Stunden mit dem deutschen Steuerrecht eher danach zu Mute war, unter den Tisch zu sinken und sich in den Schlaf zu weinen. Dann quetschte er sich irgendwo dazwischen und ließ sich ein Gedeck bringen, um den Rest des Abends dabei zu sein wie bisher auch.

Bloß, dass er ein bisschen früher ging. Und die eine oder andere Bemerkung machte, die klarstellte, dass er zu kämpfen hatte. »Sechzig Prozent aller Literatur, die weltweit zum Thema Steuern gedruckt wird, behandelt das deutsche Steuerrecht, ist euch das klar?« war ein Argument, das für betroffene Gesichter sorgte. »Weltweit!«

Die Zahl stimmte sogar. Bloß hatte sie – was er natürlich für sich behielt – für seinen Job nicht die geringste Relevanz.

Am dritten Abend stand wieder ein Gedeck für ihn bereit, deswegen kam er am Abend darauf erst *nach* dem Abendessen. Er brach ein Billardspiel mittendrin ab und entschuldigte sich: Er müsse ins Bett.

In Wirklichkeit fuhr er danach zu einem der riesenhaften Supermärkte außerhalb der Stadt, die rund um die Uhr offen hatten und wo die Bewohner von Paradise Valley offensichtlich lieber einkauften als in ihrer Innenstadt, und deckte sich mit allem ein, was ihm noch fehlte, um sich von nun an selbst zu versorgen. Abgesehen vielleicht von Kleinflugzeugen und Hochseejachten gab es hier praktisch alles zu kaufen: Lebensmittel und Haushaltsgeräte, Möbel und Computerzubehör, Kleidung und Fernreisen, Versicherungen und Unterhaltungselektronik jeder Art. Selbst wer nachts um ein Uhr das dringende Bedürfnis verspürte, eine Kettensäge, ein Jagdgewehr oder eine Telefonanlage zu erstehen, wurde fündig. Die Einkaufswagen hatten die Ausmaße von Kleinwagen, und sie durch den ganzen Parcours zu schieben ersetzte eine Runde im Fitness-Center. Das gab es dort natürlich auch, und es hatte ebenfalls rund um die Uhr geöffnet. Und die Frauen an den Kassen waren so freundlich, als könnten sie sich zu dieser späten Stunde keinen schöneren Aufenthaltsort vorstellen.

Amerika! Wie er dieses Land liebte, mit seiner unnachgiebigen Entschlossenheit, das Unmögliche möglich zu machen, und mit seiner unerschütterlichen Liebe zum Kolossalen. Er hätte jauchzen mögen, als er seine Kreditkarte zückte.

Seinen Wecker stellte er eine schmerzhafte Stunde früher, um eine Stunde vor dem Lokalisierungsteam in der Firma zu sein. Die Hälfte dieser Stunde verbrachte er damit, dafür zu sorgen, dass er von den anderen, den ständigen Mitarbeitern, bemerkt wurde. Er schüttelte Hände, machte aufmunternde Bemerkungen und grüßte vor allem jeden, dem er begegnete, mit Namen. Die zu erfahren war kein Problem gewesen. Im Intranet war das komplette Organigramm zu finden, mit Fotos neben jedem Namen. Das hatte er sich ausgedruckt und vor dem Schlafengehen Namen zu Gesichtern gebüffelt wie einst englische Vokabeln. Selbstverständlich achtete er darauf, immer seinen Clip mit der Visitenkarte zu tragen, und zwar so, dass sein Gegenüber keine Mühe hatte, sie zu lesen. So dauerte es nicht lange, bis er das erste Mal mit »Hi, Mark!« zurückgegrüßt wurde.

Musik in seinen Ohren.

Einmal noch ging er zum Abendessen mit den anderen. Aber er mischte sich in jede Unterhaltung ein und torpedierte sie alle so lange mit pausenlosem Gerede über fachliche Fragen, bis jemand – Pavel – rief: »Mark, du bist ja besessen von diesem Job!«

Worauf er ihn anstierte und erwiderte: »Ich will ihn erledigen. Das ist alles.«

In der Art, wie ihn die anderen musterten, erkannte er, dass sie sich an ihn als an jemanden erinnern würden, der sich »tierisch reingehängt« hatte, nicht als an jemanden, der ihnen einfach den Rücken gekehrt hatte. Das war alles, was er wollte. Von da an kam er nicht mehr, sondern verbrachte die Abende in der Firma.

Das nämlich ist das Geheimnis, das diejenigen, die pünktlich Feierabend machen, nie erfahren: Abends, wenn die Sekretärinnen, Verwaltungsangestellten und sonstigen niederen Dienstgrade das Gebäude verlassen, verändert sich die Atmosphäre. Ruhe kehrt ein. Diejenigen, die zurückbleiben, sind Verschworene, die wahren Helden, Kämpfer für die Interessen der Firma, die sich im Kampf gegen die Konkurrenz aufreiben. Sie genießen es, endlich unter sich zu sein. Krawatten werden gelockert, Schuhe aufgebunden, Hemdknöpfe geöffnet. Gespräche verlaufen gelöster, die Stimmen klingen tiefer, es wird mehr gelacht. Obwohl draußen die Nacht anbricht, hat man alle Zeit der Welt.

Wenn der Bus mit den anderen vom Team vom Parkplatz rollte, saß Markus noch an seinem Platz. Er arbeitete weiter, aß nebenher ein paar Sandwiches und richtete es so ein, dass seine Mails nach Deutschland, Österreich oder der Schweiz jeweils bis zehn Uhr abends draußen waren. Danach holte er sich eine frische Tasse Kaffee und strich damit durch die Gänge. Wo er eine Tür fand, hinter der es noch hell war, klopfte er an, schaute hinein und sagte etwas wie: »Hi, meine Augen fangen gerade an, viereckig zu werden. Da dachte ich, ich nehme meinen Kaffee und schau mal, was für Irre denn noch so um diese Zeit zu Gange sind. Haben Sie fünf Minuten Zeit? Ich heiße übrigens Mark Westman.« Und schon war er im Gespräch mit jemandem, den er unter normalen Umständen nie kennen gelernt hätte und der meist dankbar für die Ablenkung war.

Es war pure Strategie. Es ging darum, möglichst vielen Leuten aufzufallen. Verbündete zu finden. Innerhalb der Firma ein Netzwerk zu knüpfen. Karriere machte der, der so wirkte, als würde er einmal Karriere machen. Und anders als immer behauptet wird, schätzt kein Unternehmen Mitarbeiter, die sich ihre Arbeit so intelligent einteilen, dass sie sie innerhalb der vereinbarten Bürostunden erledigt bekommen.

Genauso war es Strategie, um halb elf Uhr abends den Kopf in das Büro des allerobersten Chefs der Niederlassung Paradise Valley zu stecken und beiläufig zu fragen, ob er zufällig noch etwas Kaffee übrig habe.

Natürlich wusste Markus, dass der Mann mit dem rosigen Gesicht und den Geheimratsecken, der die Füße auf dem Schreibtisch liegen hatte und in die Lektüre eines Berichts vertieft war, Richard Nolan hieß. Er wusste sogar, dass er verheiratet war und zwei Töchter hatte, von denen die eine noch studierte – Geschichte –, während die andere gerade das erste Enkelkind in Arbeit hatte. Und er wusste, dass ihm der weiße Lincoln mit der roten Lederausstattung gehörte.

Nolan nahm die Füße nicht vom Tisch, sondern nickte nur kurz in die Richtung der Thermoskanne, die auf seinem Kühlschrank stand. »Müsste noch was da sein.«

»Danke.«

Gerade als Markus nachgeschenkt hatte und die Kanne wieder absetzte, fragte Nolan: »So spät noch da? Sie sind doch aus dem Lokalisierungsteam, nicht wahr? Deutschland, glaube ich.«

»Ja. Mein Name ist Mark. Mark Westman.« Markus machte sich an seiner Tasse zu schaffen, um seine Nervosität in den Griff zu bekommen; tat, als müsse er über den Kaffee pusten, ehe er daran nippen konnte. »Mir gefällt die Atmosphäre am Abend. Die Konzentration. Es hilft mir, den Job besser zu erledigen.«

Nolan nickte. »Verstehe. Ja, geht mir genauso.«

In der Art, wie er es sagte, schwang etwas mit von *O.K., und jetzt hätte ich gern wieder meine Ruhe,* also beließ es Markus für diesmal bei einer knappen Verabschiedung und ging.

Ein paar Tage später begegneten sie sich wieder – in der Toilette, kurz vor Mitternacht. Und nicht ganz so zufällig, wie es Nolan hoffentlich vorkam.

»Na? Immer noch an der Arbeit?«, meinte er, als sie nebeneinander an den Waschbecken standen.

Markus nickte seinem Spiegelbild zu, das genau so aussah, wie es aussehen sollte: blass, müde, mit Schatten unter den Augen. Ein Kämpfer, der für seinen Job alles gab. »Nun ja, Sir«, meinte er. »Tatsächlich hat niemand behauptet, dass es leicht sein würde. Und dass eine Rundreise zu den Sehenswürdigkeiten inbegriffen sein würde, stand auch nirgends.« Er zuckte mit den Schultern. »Was soll's? Kann man alles nachholen.«

Nolan grinste. Er wirkte auch schon etwas müde. »Wohin würden Sie denn fahren, wenn Sie Zeit hätten?«

»Westküste«, erwiderte Markus wie aus der Pistole geschossen. »Vor allem anderen würde ich nach Kalifornien fahren, nach Los Angeles. Hollywood, Sunset Strip. Und nachsehen, ob das *Whiskey-a-Go-Go* noch steht.«

Nolan machte eine Bewegung, als zucke er innerlich zusammen. »Das *Whiskey-a-Go-Go*? Wieso das denn?«

»*The Doors*, Sir. Ich weiß nicht, ob Ihnen das was sagt. Das war Ende der Sechziger eine berühmte Rockgruppe. Haben ein paar der großartigsten Songs aller Zeiten geschrieben, meiner Meinung nach jedenfalls.« Markus fuhr sich mit den nassen Händen übers Gesicht. »Na ja, und irgendwann will ich auf ihren Spuren wandeln, wie man so sagt. Dort, wo alles anfing.«

Als er wieder aufblickte, sah er, dass Nolan ihn erschüttert musterte.

»*The Doors.* Ich wusste nicht, dass sie heutzutage immer noch so bekannt sind. Das ist ein Teil meiner Jugend, müssen Sie wissen, der beste davon vielleicht... Sie kommen aus Europa, nicht wahr? Jim Morrison liegt in Paris begraben.« Der Mann, der einmal die Woche mit Simon Rowe zu Mittag aß, winkte ab. »Was rede ich? Das wissen Sie natürlich. Ich wollte immer mal hinpilgern, aber wie das so geht, jedes Mal ist etwas anderes wichtiger. Und meine Frau fürchtet sich vor Reisen ins Ausland...«

»Verstehe«, sagte Markus. Nichts weiter. Jetzt durfte er es nicht zerreden.

»This is the end, beautiful friend«, zitierte Nolan versonnen nickend. *»This is the end, my only friend, the end. Of our elaborate plans, the end.* Und so weiter. Ja, das waren noch Zeiten. Wahrscheinlich die besten, die es je gegeben hat.«

Markus verließ die Toilette mit dem sicheren Gefühl, dass es sich gelohnt hatte, fast drei Stunden im Gang zu lauern. Und den Aufkleber auf Nolans ansonsten makellosem Auto hatte er auch richtig interpretiert. *Noone here gets out alive.* Nur dieser Satz. Er hatte ihn in diverse Suchmaschinen eingegeben, und das Internet war in überwältigendem Maß der Auffassung gewesen, dass das eine Zeile aus einem Song von Jim Morrison war. Der Titel hieß »Five to One«, das Album »Waiting for the Sun«. Es gab eine Menge Websites, die in übersichtlicher Form alles bereithielten, was man wissen musste, um als *Doors*-Fan durchzugehen.

Vielleicht würde er sich sogar irgendwann eine CD der *Doors* besorgen.

Erst einmal passierte nichts weiter. Die Wochen vergingen. Weiterhin verließ Markus das Haus jeden Morgen vor Sonnenaufgang, um erst spät in der Nacht zurückzukommen; die Sonntage verschlief er meist völlig. So bekam er seine Nachbarn so gut wie nie zu sehen, was diese nicht davon abhielt, ihm immer wieder Zettel in den Briefkasten zu stecken, er möge doch an diesem oder jenem Abend auf ein Barbecue vorbeikommen. Amerikanische Gastfreundschaft. Aber natürlich musste er ablehnen, dafür war keine Zeit.

Er begann, Verbesserungsvorschläge zu machen. Schriftlich, kurz und knapp – es durfte nicht so aussehen, als habe er nichts anderes zu tun – und so positiv wie möglich. Das Papier für die Drucker war in der Nische vor der Teeküche denkbar ungünstig untergebracht: Markus schlug den Schrank im Vorraum vor, der besser zugänglich und weniger im Weg war. Einige Jalousien schlossen nicht, sodass an etlichen Monitoren vor lauter Spiegelungen kaum noch gearbeitet werden konnte, wenn die Sonne schien: Er regte an, sie durch moderne Rollos zu ersetzen. Und so weiter.

Jemand sagte ihm, er sähe blass aus, ob er krank sei? Ein Alarmsignal. Man darf überarbeitet aussehen, aber niemals so, als breche man demnächst zusammen. Noch am selben Abend kaufte sich Markus eine Höhensonne und verbrachte fortan jeden Morgen zwanzig Minuten davor. Kaffee trinken konnte man auch mit nacktem Oberkörper und Schutzbrille. Außerdem möbelte er seine Garderobe auf; die amerikanische Waschmaschine war mit den Klamotten, die er mitgebracht hatte, zu grob umgesprungen. Zumal er praktisch ständig am Wäschewaschen war, weil er inzwischen jede Garnitur nach einem Tag im Büro komplett durchgeschwitzt hatte. Und er machte einen besseren Frisör ausfindig.

Die Zeit verging im Flug. Das Handbuch wuchs, er bekam die ersten Testversionen der deutschen Programmfassung, und Dr. Beißwenger war von seinen Gesprächspartnern der erste, der die Änderungen absegnete. Markus begann, sich zu fragen, ob er nicht alles ein wenig lockerer nehmen und endlich einmal herausfinden sollte, wie die Straße, in der er wohnte, an einem Wochentag bei Tageslicht aussah.

Doch dann kam ein Rundmail des Inhalts, dass das Papier für die Drucker sich künftig an einem anderen Platz befand. Es war der Schrank im Vorraum, den Markus dafür vorgeschlagen hatte. Am nächsten Tag tauchten Handwerker auf und begannen, die nicht mehr schließenden Jalousien gegen neue auszutauschen.

Und, endlich, an einem Freitag gegen halb zehn Uhr vormittags, kam ein Anruf aus Richard Nolans Vorzimmer. Der »Boss« wolle ihn sehen. Sofort. Und nein, er brauche keine Unterlagen mitzubringen.

Vor Nolans Tür atmete Markus noch einmal tief durch. Mit mühsam gespielter Selbstverständlichkeit betrat er das Büro, bestrebt, zugleich emsige Geschäftigkeit wie auch ernste Gesprächsbereitschaft auszustrahlen. Als er sah, dass auch John Murray da war, eine Akte in der Hand, das Gesicht ausdruckslos, wagte er zu hoffen, dass seine Strategie aufgegangen war.

»Mark«, sagte Richard Nolan mit einem Blick auf den Bildschirm seines Notebook-PC, als stünde dort alles über den jungen Mann aus Deutschland verzeichnet, »ich will keine großen Worte machen. Sie sind mir aufgefallen. Sie haben etliche gute Vorschläge gemacht, seit Sie hier sind. Sie haben sich gut in das Team eingefügt und zeigen außergewöhnlichen Einsatz.«

»Das, ähm…« Markus musste schlucken. Nun, da es so weit war, verschlug es ihm doch die Sprache, obwohl er ja die ganze Zeit auf genau diesen Augenblick hingearbeitet hatte. »Das freut mich zu hören. Richard«, fügte er eilig hinzu.

Jetzt fehlt nur die Filmmusik, ging es ihm durch den Kopf, während Nolan fortfuhr: »Ich wollte Sie fragen, Markus, ob Sie es sich vorstellen könnten, nach Abschluss der Lokalisierungsarbeiten in der Zentrale zu bleiben, anstatt nach Europa zurückzukehren. Ich glaube, ich spreche im Namen aller, wenn ich sage, dass wir uns glücklich schätzen würden.«

Gegenwart

Der Besuch entpuppte sich schlicht als sein Bruder Frieder.

»Wie geht's dir?«, fragte er vom Fußende des Bettes aus, einen seltsam unpassend aussehenden kleinen Blumenstrauß in der Hand.

Markus verzog das Gesicht, was seine Narbe dazu brachte, zu schmerzen. »Keine Ahnung. Es ist mir jedenfalls schon besser gegangen.«

»Du hast Glück im Unglück gehabt. Du könntest auch tot sein.«

»Ich beklage mich ja gar nicht.«

»Ich meine nur.« Frieder ging zum Waschbecken und steckte

den Blumenstrauß in eine Vase. »Kannst du dich noch erinnern, was passiert ist?«

»Undeutlich. Aber: Ja. Mein Motor ist ausgegangen. Und jemand ist mir von hinten draufgefahren.« Markus räusperte sich mühsam. »In Amerika. Aufgewacht bin ich aber hier.«

Frieder nickte bedächtig, holte dann einen der beiden Stühle heran und setzte sich. Es war lange her, dass Markus seinen großen Bruder zuletzt gesehen hatte; über ein Jahr. Das Asketische in seinem Erscheinungsbild prägte sich immer weiter aus, je älter er wurde. Nun trug er auch noch das Haar extrem kurz, was ihn wie einen Mönch aussehen ließ. Einen Mönch im Dreiteiler.

»Du warst eine Woche in einer Klinik in Pennsylvania, in Bloomsbury. Dort bist du operiert worden. Dann haben wir dich rübergeholt.« Frieder betrachtete seine Fingernägel.

Markus ließ das auf sich wirken. Das Denken fiel ihm noch schwer; es war, als habe er Sirup im Hirn. »Warum sagen die Ärzte hier ›Herr Pohl‹ zu mir?«

Frieder schürzte die Lippen. »Ich hielt es für besser. Nur der Chefarzt weiß, wer du wirklich bist. Für alle anderen bist du Matthias Pohl.«

»Ich wundere mich, dass das so einfach geht, jemanden unter falschem Namen in einem Krankenhaus unterzubringen.«

»Es war nicht einfach.«

Markus musterte seinen Bruder. Natürlich, Frieder hatte seine Beziehungen spielen lassen, klar. In solchen Dingen war er gut. Und schwer zu durchschauen, schon immer. »Wenn es nicht einfach war«, sagte er, »muss es einen wichtigen Grund gegeben haben, sich trotzdem die Mühe zu machen.«

»Den gab es, aber damit solltest du dich im Moment nicht belasten«, erklärte Frieder mit ausdruckslosem Gesicht. »Lass dir Zeit. Mach deine Gymnastik, ernähr dich gesund, lass dir diese Narbe wegmachen, und so weiter. Und kümmere dich um nichts sonst. Denk die nächsten drei Monate nur an dich und deine Gesundheit. Sieh zu, dass du zu Kräften kommst; alles andere ist im Augenblick völlig unwichtig.«

Markus schloss einen Moment die Augen, atmete die nach Desinfektionsmittel riechende Krankenhausluft ein, sah seinen Bruder wieder an und sagte leise: »So funktioniert das nicht bei mir. Das solltest du wissen.«

Frieder presste für einen winzigen Moment die Lippen zusammen. »Also gut«, sagte er schließlich. »Den ganzen Aufwand treibe ich, damit du erst hier rausgehen musst, wenn du wieder im Vollbesitz deiner Kräfte bist. Du wirst sie nämlich brauchen.«

»Wieso?«

»Weil deine Firma dich verklagt hat. Gnadenlos. Sobald du wieder gesund bist, werden mehr Anwälte an deinen Fersen hängen, als du zählen kannst.«

KAPITEL 5

Vergangenheit

Murray rührte sich nicht, als Markus sein Büro betrat. Nicht einen Millimeter. Er sah ihn nur an, sagte: »Nehmen Sie Platz« – aber er deutete nicht einmal auf den Stuhl auf der anderen Seite seines Schreibtisches.

Oh-oh. Irgendwas war faul.

Markus setzte sich bedächtig. »Sir?«

Rascher Check aus den Augenwinkeln. Auf dem Schreibtisch ein großes Bild seiner Familie. Im Vordergrund des Bildes hockte ein wuscheliger Hund von der Sorte, die so viel Haar im Gesicht haben, dass man keine Augen mehr erkennen kann. Murrays Frau war wesentlich hellhäutiger als er – okay, kein Kunststück – und kleiner als zwei der drei Töchter; die älteste sah schon fast erwachsen aus. Murray konnte also nicht mehr ganz so jung sein, wie er wirkte.

Auf dem Aktenschrank hinter Murrays Rücken lag ein Baseball, der so abgewetzt war, dass es sich nur um ein Erinnerungsstück handeln konnte, daneben ein dickes Buch, in schwarzes Leder gebunden. Die Bibel? Bestimmt.

Markus schwante Übles.

Murray zog eine Schublade auf, holte etwas heraus und warf es zielsicher vor Markus hin.

Es war eine Visitenkarte. *Markus'* Visitenkarte.

»Ich habe nachgesehen«, sagte Murray. »Sie heißen nicht *Mark S. Westman.*«

Markus schluckte. »Stimmt.« Besser, er legte es darauf an, allen Angriffen den Wind aus den Segeln zu nehmen.

»Wieso steht das dann auf Ihren Visitenkarten?«

Ein bisschen kleinlich, das Ganze, oder? Immerhin hatte er

bis jetzt keine einzige dieser Karten verwendet. Und es war gut möglich, dass er am Ende der sechs Monate immer noch alle hundert haben würde.

»Das war… wie soll ich sagen? Eine Art Scherz.« Neulich war ihm doch so ein gutes Argument durch den Kopf geschossen, wie war denn das gewesen…? Ah ja. Genau. »Wissen Sie, Sir, als dieses Formular auf meinem Tisch lag, habe ich mich gewundert. Wirklich. Ich habe mich gefragt, wieso um alles in der Welt es nötig sein sollte, so ein Formular auszufüllen. Ich meine, die Firma kennt alle meine Daten. Nicht bloß das: Wir sind eine Firma, die in der Datenverarbeitung tätig ist. In weltweit führender Position. Ich finde, da sollte so etwas nicht vorkommen.« Das klang gut. Noch besser, als er gedacht hatte. Es klang eigentlich sogar richtig plausibel. »Ich wollte austesten, was passiert«, fügte er mit einem Schulterzucken hinzu. »Es hat mich ein bisschen enttäuscht, dass niemand etwas gemerkt hat, das muss ich zugeben.«

»Aber Sie haben sich nicht beschwert.«

»Nein. So wichtig war es mir nicht«, sagte Markus mit aller Beiläufigkeit, die er aufzubringen im Stande war. Und weil es nicht schaden konnte, fügte er hinzu: »In erster Linie bin ich hier, um den Job zu erledigen, den man mir gegeben hat.«

Murray lehnte sich zurück, legte die Fingerspitzen seiner Hände gegeneinander und sah aus, als ließe er sich das alles gründlich durch den Kopf gehen. Markus wartete, gestattete sich aber schon einmal ein leises Aufatmen.

»Ist Ihnen das achte Gebot geläufig?«, fragte Murray und erklärte, als er Markus' Gesicht sah: »Ich rede von der Bibel.« Es klang, als müsse er sich den Zusatz *du dummer, heidnischer Europäer* verkneifen.

Markus beeilte sich zu nicken. »Ja. Klar. Das achte Gebot.« Himmel, welches war noch mal das achte Gebot? Nicht töten war das fünfte, wenn er sich recht erinnerte, Gebot Nummer sechs auf jeden Fall – wie für künftige Eselsbrücken gemacht – das mit dem Ehebruch. Er musste raten: »Dass man nicht lügen soll.«

»›Du sollst kein falsch Zeugnis ablegen wider deinen Nächsten‹«, zitierte Murray. Er hatte etwas von einem Prediger, unbedingt. Auch das noch. »So klingt es ein bisschen anders, nicht wahr? Denken Sie nicht, dass es einen Grund gibt, dass es so formuliert ist?«

»Doch. Ja. Wahrscheinlich schon.«

»Denken Sie, es ist ein gutes Gebot? Ein sinnvolles?«

»Zweifellos.«

»Denken Sie, dass es für jeden Bereich des Lebens gilt? Oder denken Sie, das Geschäftsleben ist davon ausgenommen?«

War das Schweiß, der ihm da auf einmal den Rücken hinunterlief? »Nein. Auf keinen Fall. Das kann ich mir nicht vorstellen.«

Murray nickte. »Es geht um Vertrauen. Wenn wir einander nicht vertrauen können, zerfällt das menschliche Zusammenleben. Weil Vertrauen die Basis davon ist. Und Lügen zerstören diese Basis.« Er beugte sich vor, mit den raschen, schnellen Bewegungen eines Sportlers, und nahm die Visitenkarte wieder an sich. »Das, Mister *Westermann*, ist ein ›falsch Zeugnis‹.«

Markus merkte, wie er unwillkürlich den Kopf einzog. Das durfte doch alles nicht wahr sein! Bibelunterricht im Chefbüro! »Sir, wie gesagt, es war nicht so gemeint …«

»›An ihren Taten sollt ihr sie erkennen‹, spricht der Herr«, unterbrach ihn Murray. Er verstaute das *Corpus Delicti* wieder in seinem Schreibtisch. »Ich werde Sie im Auge behalten, *Markus*, und mir selber ein Urteil bilden. Anhand dessen, was Sie *tun*.« Er nickte. »Das war es, was ich Ihnen sagen wollte.«

Markus verließ das Büro mit dem Gefühl, soeben einen Feind gewonnen zu haben.

Am nächsten Tag passte ihn, als er gerade vom Klo kam, jemand im Gang ab, den er noch nie gesehen hatte, auch nicht auf dem Organigramm. Es war ein blasser, beleibter, etwas teigig wirkender Mann mit rötlichen Haaren, der ihn mit ausgestrecktem Arm anhielt und fragte: »Bist du Mark aus Deutschland?«

»Ja«, nickte Markus verdutzt. War das jemand vom Hausdienst? Der für die Visitenkarten Zuständige vielleicht?

»Ich bin Keith. Komm mit.«

Es blieb keine Zeit, die Berechtigung zu derlei Befehlen zu hinterfragen, denn Keith wandte sich einfach ab und marschierte los. Wenn Markus wissen wollte, was das alles zu bedeuten hatte, blieb ihm nichts anderes übrig, als ihm zu folgen.

Zu seiner Verblüffung ging es direkt ins Allerheiligste, in den Bereich, in dem die Programmierer saßen. An dessen nahezu bombenfest wirkender Zugangstür war Markus auf seinen abendlichen Exkursionen stets gescheitert. Man brauchte eine besondere Ausweiskarte, um sie zu öffnen, und Keith besaß so eine Karte.

Dahinter sah es deutlich anders aus als im Rest des Gebäudes: Jeder Entwickler hatte ein Büro für sich, kaum größer als ein Kleiderschrank zwar und bis in den letzten Winkel mit Computern, Handbüchern und technischem Kram vollgestopft, aber ganz offenbar ein eigenes Reich, das er gestalten durfte, wie er wollte. Ein paar Türen standen offen; in einem Büro war die Decke mit pinkfarbenen Luftballons bedeckt, in einem anderen entstand die vermutlich bedeutendste Sammlung leerer Bierdosen von ganz Pennsylvania, und in einem dritten hockte jemand schlicht und einfach inmitten von Müll – Chipstüten, Burger-Schachteln, leeren Flaschen – und hackte in beeindruckendem Tempo auf seine Tastatur ein.

Der Name neben der Tür, durch die Markus gelotst wurde, lautete »Keith R. Pepper«. Auf der Tür selbst prangte ein Poster, das in blumenumrankten Buchstaben verkündete: *Life as you know it is only a beta version. Would it be the real thing, you would have got a user's manual.*

»Setz dich«, meinte Keith und schloss die Tür hinter ihnen.

Markus sah sich um. Etliche Computer standen herum, allesamt ohne Gehäuse und anscheinend im Umbau begriffen. Die einzige freie Sitzgelegenheit war ein abgeschabter Fernsehsessel, der mit lässig zurückgeklapptem Rückenteil vor dem Schreibtisch stand. Der konnte wohl kaum gemeint sein, oder?

»Ach so«, sagte sein Gastgeber. »Warte.« Er zerrte etwas aus einer Ecke, das sich als das ehemalige Fußteil zum Sessel entpuppte. Um auf dem Boden Platz dafür zu schaffen, schob er mit dem Fuß einen Stapel aus Handbüchern beiseite, auf dem ein rostiger Werkzeugkasten thronte. »Ich bin ein bisschen zu faul, um dauernd aufzuräumen, weißt du?«

»Kein Problem«, sagte Markus und nahm behutsam auf dem Schemel Platz. Das Ding schien zu halten.

Keith warf sich schwungvoll in seinen Sessel. »Du fragst dich sicher, was das soll. Also – ich bin unter anderem zuständig für die deutschen Sprachversionen aller unserer Programme. Sprich, ich bin der Typ, bei dem die Zusatzfunktionen landen, die du dir ausdenkst.«

»Die denke nicht ich mir aus. Die denkt sich das deutsche Finanzministerium aus.«

»Schon klar. Die haben kreative Leute dort, das merke ich immer wieder.« Keith zog die Tastatur vom Schreibtisch auf seinen Schoß und fuhr beiläufig fort: »Ich habe mitgekriegt, dass Murray dich gestern ins Büro zitiert hat. Was wollte er denn?«

Oha! Wenn es etwas gab, vor dem Markus auf der Hut war, dann davor, in irgendwelche Bürointrigen verwickelt zu werden. »Das war eine eher private Geschichte«, sagte er zögernd.

»Wirklich?« Keith hob die Augenbrauen. »Gut. Ich dachte, vielleicht hat er dir eingeheizt. Das macht er meistens. Er guckt sich einen aus dem L-Team aus, aus welchen Gründen auch immer, und nimmt ihn aufs Korn. Kritisiert jedes Komma, das der setzt, und so weiter. Kannst du dir ja vorstellen.«

Ja, das konnte Markus sich vorstellen. »Klingt unangenehm.«

»Jede Wette. Auf jeden Fall, warum ich dich angesprochen habe – mir ist aufgefallen, dass du etwas vergessen hast zu übersetzen, und ich dachte, besser ich sag es dir, ehe du ins offene Messer rennst. Schau es dir an.« Er tippte ein paar Befehle in die Tastatur, und der Startbildschirm des *Datamining*-Moduls erschien auf dem Schirm.

Dann ging es erst mal nicht weiter. »Hängt das Programm?«, fragte Markus schließlich.

Keith musterte ihn verwundert, dann lachte er auf. »Nein. Das ist das, was du nicht übersetzt hast. Der *Splash Screen.*«

»Was gibt es da zu übersetzen?«

»*Datamining* zum Beispiel.« Keith griff nach einem steinalt aussehenden Wörterbuch und zog einen Notizzettel daraus hervor. »Ich habe nachgeschaut, was es wörtlich übersetzt heißen würde. *Datenbergbau*«, sagte er auf Deutsch. »Sagt man das so?«

Markus musste grinsen. »Ganz bestimmt nicht. Die Kunden würden uns auslachen. Nein, *Datamining* ist ein feststehender Begriff; ein Fachausdruck dafür, aus vorhandenen Daten verborgene Zusammenhänge zu erschließen.« Er musterte den Startbildschirm. »Auch alles andere kann so bleiben. *Copyright* – das ist okay. *Version* auch. Man könnte höchstens *Alle Rechte vorbehalten* schreiben anstatt *All rights reserved.*«

»Gut, dann schreibe ich das.« Seine Finger huschten über die Tasten, löschten die drei Wörter und schrieben drei neue hin. »Die anderen übersetzen alles. John drüben macht die französische und die spanische Version; da findest du auf dem Startschirm kein englisches Wort mehr. Und die anderen deutschen Module haben auch andere Namen bekommen – das *Customer Care Modul* zum Beispiel heißt, warte … *Kundenbindungsmodul.*«

Markus zuckte mit den Schultern. »Ich weiß. Wobei ich das nicht übersetzt hätte. Oder jedenfalls nicht so.« Er musterte den höchst entspannt dasitzenden Amerikaner. »Du sprichst gut Deutsch.«

»*Ein bisschen*«, knödelte Keith und fuhr lachend fort: »Gerade so viel, dass es an mir hängen geblieben ist, alles gegenzuprüfen, was mit deutscher Sprache zu tun hat. Den Job werde ich auch nicht mehr los, so lange ich bei *Lakeside and Rowe* arbeite, glaube ich.« Er hob sein Wörterbuch hoch. »Ein Erbstück. Hat mein Ur-Urgroßvater mit in die Staaten gebracht. Er ist gerade noch rechtzeitig vor dem ersten Weltkrieg aus Deutschland abgehauen.«

Markus nickte. »Dann wundert es mich nicht, dass ein Begriff wie *Datamining* nicht darin vorkommt.«

Die wenigsten Familien pflegen ihre Geschichte. Man kennt seine lebenden Anverwandten, und damit hat es sich. Sobald die Großeltern sterben, gehen ihre Erinnerungen mit ihnen verloren. In der Regel kennen die Menschen nicht einmal die Namen ihrer ferneren Vorfahren.

So ahnten weder Markus Westermann noch Keith Pepper, dass ihre Ur-Urgroßväter einander gekannt hatten, mehr noch, dass sie gemeinsam an einem atemberaubenden Projekt mitgearbeitet hatten – der Bagdadbahn, jener zweieinhalbtausend Kilometer langen Eisenbahnstrecke, die das Deutsche Reich einst von Berlin aus bis in die Stadt am Tigris führen wollte…

Ferne Vergangenheit
1903

Während er hinter dem jungen Einheimischen herritt, der ihnen als Führer diente, versuchte Friedrich Westermann sich darüber klar zu werden, was ihn aller Voraussicht nach zuerst zu Tode bringen würde: die erbarmungslose Gluthitze, die hier in der nordmesopotamischen Wüste herrschte, oder die giftigen Skorpione, die trotz aller Vorsichtsmaßnahmen jede Nacht irgendwie den Weg in sein Zelt fanden.

Im Augenblick räumte er der Sonne die größeren Chancen ein. Mit mühsam zusammengekniffenen Augen konsultierte er wieder einmal die Karte und den Kompass, wischte sich die Schweißtropfen aus den Augenbrauen und rief dann: »Kif! Kif!« Das war eines der ungefähr zehn Worte Arabisch, die er beherrschte, und der Junge, dessen Vorname Abdul war und dessen Nachname sich niemand merken konnte, tat ihm den Gefallen, es als »Halt!« zu verstehen.

Der Ingenieur stieg vom Pferd, rückte seinen Sonnenhut

zurecht und betrachtete den Verlauf des Tigris und die karge Ebene entlang seiner Ufer. Technische Fantasie war gefragt. Man musste im Stande sein, sich vorzustellen, dass hier in einiger Zeit eine Eisenbahnlinie verlaufen würde. Eine Eisenbahnlinie, die dereinst von Berlin bis ins ferne Bagdad führen würde. Seit 1888 wurde daran gebaut, seit fast sieben Jahren war der erste Teil der Strecke über Konstantinopel bis ins anatolische Konya in Betrieb. Wenn einmal alles fertig gestellt sein würde, würde sie zwar nicht so lang sein wie die Transsibirische Linie, an der die Russen seit mehr als zehn Jahren arbeiteten, aber technisch weitaus anspruchsvoller. Es war vor allem das Bewusstsein, an einem derart kühnen Projekt mitzuarbeiten, ja, es zu *gestalten*, was einen die Strapazen ertragen ließ.

»Genießen Sie schon die Aussicht, die die Passagiere einmal haben werden?«, rief der Vermessungstechniker, mit dem Westermann zusammenarbeitete. Er hieß Hans Pfeffer, ein rotwangiger, beleibter Gemütsathlet aus Köln, der Mosul allen Ernstes für eine »interessante Stadt« hielt.

»Ich warte nur auf Sie.« Westermann wedelte mit der Landkarte. »Diese Karten sind mehr als ungenau, wenn Sie mich fragen. Eigentlich müsste man hier alles neu kartografieren.«

»Eins nach dem anderen«, meinte Pfeffer ungerührt, während er sich vom Pferd hievte. Dann begann er umständlich, seinen Theodoliten vom Sattel loszuschnallen.

Na, das konnte noch dauern. Der Kölner war in Ordnung, aber der Schnellste war er nicht. Westermann schritt auf den Fluss zu, der sich träge vorbeiwälzte. Ein wenig Grün entlang seiner Ränder, aber wie kahl und leblos hier ansonsten alles war! Geröll, Sandflächen, ab und zu ein paar karge Sträucher, angenagt von den Ziegen, die die Einheimischen hier weiden ließen...

Er hielt mitten im Schritt inne, betrachtete argwöhnisch den sandigen Boden, hob dann einen Fuß und besah sich die Schuhsohle.

Oh nein!

Der Eisenbahningenieur ging in die Hocke, fuhr mit den

Fingern über die dunkle, schwach glänzende Fläche. Man roch es schon. Er hatte Grabwerkzeuge aller Art in seiner Gepäcktasche, aber er brauchte sie nicht: Selbst mit der bloßen Hand ließ sich das Erdreich leicht aufgraben.

»Sie können Ihre Geräte gleich wieder einpacken«, sagte er zu dem Vermessungstechniker, als er, eine Hand voll Erde in der Hand, zu den Pferden zurückkam. »Wir haben ein Problem.«

Pfeffer hob nur die buschigen Augenbrauen. »Das haben wir doch andauernd.«

Westermann hielt dem anderen das schwarze, schmierige Gemisch unter die Nase. »Riechen Sie mal.«

Der Kölner verzog das Gesicht. »Puh! Was ist das? Nafta?«

»Ja. Auch Steinöl, Erdöl oder griechisch Petroleum genannt. Ich fürchte, das macht die ganze Gegend hier wertlos.« Er wischte den öligen Sand von den Händen und zog ein Taschentuch hervor, um sich notdürftig zu säubern. »Ehe wir mit der Vermessung weitermachen, müssen wir uns über die Bodenbeschaffenheit Gewissheit verschaffen. Wo eine solche Ölsickerstelle ist, sind meist noch mehr, und auf so einem Grund kann man nicht bauen. Jedenfalls keine Eisenbahnstrecke.« Westermann blätterte in seinen Karten, zog die Übersichtskarte hervor. »Ich hoffe bloß, dass wir die Strecke am Ende nicht anders legen müssen.«

Denn Alternativen standen in dieser dünn besiedelten Gegend im Grunde nicht zur Wahl. Die bislang festgelegte Trasse führte über die nordsyrische Ebene, bis sie bei Mosul auf den Tigris stieß, und es war vorgesehen, dem Fluss von da an südwärts zu folgen. Nimrud lag bereits hinter ihnen, die nächste größere Stadt würde Kalaat Shergat sein, gefolgt von Kalaat Jabaar, Tekrit, Samarra und schließlich Bagdad. Mit anderen Worten, sie mussten nun vorrangig genau herausfinden, wie groß das betroffene Gebiet war, und es an die Planungsabteilung der Anatolischen Eisenbahngesellschaft melden. Die würden sich dann Gedanken darüber machen müssen, wie man den Bereich umgehen konnte …

»Wertlos?«, wiederholte Pfeffer. »Da wäre ich mir nicht so

sicher. In Amerika und Russland bohrt man regelrecht nach Erdöl. Man gewinnt Kerosin daraus; Sie wissen schon, für die Lampen. Soweit ich weiß, kann man sogar Automobile damit betreiben.«

Westermann ließ die Karten sinken. »Automobile sind Spielzeuge für reiche Leute, weiter nichts.«

»Mag sein, aber das heißt doch trotzdem, dass ein Ölfund einen gewissen Marktwert besitzen könnte, oder?«

Der Eisenbahningenieur sah sinnend ins Leere. »Da haben Sie nicht ganz Unrecht. Gut. Wir werden den heutigen Tag nutzen, um uns einen Überblick über das Ausmaß der Sickerstellen zu verschaffen. Morgen reisen wir dann zurück nach Mosul und kabeln unseren Befund nach Berlin.«

Sie mussten nicht lange auf Antwort warten, doch das Telegramm aus Berlin überraschte sie. Sie mögen sich, hieß es, unverzüglich auf den Weg nach Konstantinopel machen und beim deutschen Botschafter vorstellig werden zwecks weiterer Anweisungen. Seine Hoheit, Sultan Abdul Hamid II., der Herrscher des Osmanischen Reiches, wünsche sie persönlich in der Angelegenheit der Ölfunde zu befragen.

»Was?«, rief Hans Pfeffer entrüstet aus. »Den ganzen Weg zurück, bloß für einen Plausch mit dem obersten Turbanträger?«

»Er trägt einen Fez«, korrigierte Westermann ihn. »Und ab Konya können wir mit der Eisenbahn fahren.«

Dass sie die beschwerliche Reise auf sich nehmen mussten, daran gab es nichts zu rütteln: Die Anweisung war gezeichnet von Karl Helfferich persönlich, dem Chef der Deutschen Bank, der zugleich offizieller Leiter der Anatolischen Eisenbahngesellschaft war.

Doch so schnell kam es nicht zu der Audienz. Nach ihrer Ankunft in Konstantinopel saßen sie Tag um Tag in ihrem Hotel und warteten, dass der Sultan endlich geruhen würde, sie zu empfangen. Statt eines Boten aus dem Palast kam aber jeden

Tag nur der deutsche Botschafter, ein schmallippiger, steifer Mann in einem steifen Anzug, den zu tragen bei den herrschenden Temperaturen eine Qual sein musste, und versuchte, sie bei Laune zu halten.

Zu allem Überfluss gab es keinen Tropfen Alkohol, nicht einmal ein Bier. Sie tranken türkischen Kaffee, solange ihre Mägen es aushielten. Eine der Wände der Hotelbar war mit einer großen, wenn auch nicht ganz maßstabsgetreuen Karte bemalt worden, die Europa, den Nahen und Mittleren Osten und ein Stück von Nordafrika darstellte, mit Konstantinopel im Zentrum, und sie zerstreuten sich meist damit, anhand dieser Zeichnung über das Bahnprojekt zu diskutieren. Wenn sie Glück hatten, gab es eine deutsche Zeitung, zwar immer etliche Wochen alt, doch sie lasen sie trotzdem jedes Mal von der ersten bis zur letzten Seite. So erfuhren sie, dass König Alexander von Serbien und seine Familie von aufständischen Offizieren ermordet worden und die Sozialdemokraten aus den Reichstagswahlen in Deutschland als zweitstärkste Fraktion hervorgegangen waren, und auch, dass der Gesundheitszustand des greisen Papstes Leo XIII. sich zusehends verschlechterte. Pfeffer entdeckte mit sichtlichem Triumph eine Meldung, wonach ein amerikanischer Industrieller namens Henry Ford ein Automobil auf den Markt zu bringen gedachte, das weniger als eintausend Dollar kosten sollte.

»Das wird sich trotzdem nie durchsetzen«, prophezeite Friedrich misslaunig. »Was denkt dieser Ford sich? Dass jeder sein eigener Chauffeur und Maschinist sein will? Wo er sich einfach nur in die Eisenbahn zu setzen bräuchte?«

»Mit einem Automobil kann man aber fahren, wann man will und wohin man will«, wandte Pfeffer ein. »Ich könnte mir schon vorstellen, dass viele Leute das schätzen würden.«

»Unsinn. Haben Sie eine Vorstellung, wie viele neue Straßen man dafür bauen müsste? Unvorstellbar. Allein die Kosten!«

Das schien Pfeffer zu überzeugen; jedenfalls gab er Ruhe.

Ein paar Tage darauf betrat ein Mann Mitte dreißig die Hotelbar, mit einem glatten, runden Gesicht, in dem die ungewöhnlich buschigen Augenbrauen auffielen. Er trug einen eleganten, beinahe dandyhaften Anzug, wie er in London der letzte Schrei sein mochte, und erkundigte sich nach den Herren aus Deutschland.

»Mein Name ist Calouste Sarkis Gulbenkian«, erklärte er dann mit angenehmer Verbindlichkeit und schüttelte jedem von ihnen die Hand. »Da ich die Gelegenheit hatte, einige Erfahrungen im Ölgeschäft zu machen, geruhte seine Majestät der Sultan, mich mit dieser Angelegenheit zu beauftragen.«

»Sie sind also Osmane?«, fragte Hans Pfeffer, nach Westermanns Ansicht völlig überflüssigerweise.

Doch Gulbenkian deutete eine Verbeugung an und sagte ernst: »Von Geburt her bin ich Armenier, in der Tat; doch seit letztem Jahr habe ich die Ehre, Untertan Seiner Majestät König Edwards VII. zu sein.«

»Wir sind herbestellt worden, weil der Sultan mit uns reden wollte«, erklärte Friedrich Westermann misstrauisch. »Zumindest hat man uns das gekabelt. Aus Berlin.«

Gulbenkian machte eine entschuldigende Geste. »Der Sultan hat dringendere Probleme, nehme ich an.« Er deutete auf die Sessel aus geflochtenem Holz. »Wollen wir uns nicht setzen? Wir haben, glaube ich, vielerlei zu besprechen.«

»Was für Probleme hat er denn, der Sultan?«, fragte Pfeffer unverblümt, als sie saßen und die nächste Runde Kaffee auf dem Tisch stand.

»Der Aufstand in Mazedonien beispielsweise«, erklärte ihr Besucher. »Auch die wahhabitische Räuberbande, die letztes Jahr Riyadh erobert hat, gibt keine Ruhe. Es sieht aus, als habe dieser Abdulaziz Ibn Saud vor, die Rashid-Dynastie, die treuen Verbündeten der Osmanenherrscher auf der Arabischen Halbinsel, aus dem Land zu jagen. Schwer zu sagen, wohin das noch führen wird.«

Hans Pfeffer strich sich über den Schnurrbart. »Was, bitte, heißt ›wahhabitisch‹?«

»So etwas wie die Puritaner des Islam. Hundertfünfzigprozentige, Sie verstehen? Immerhin, dort unten liegen Mekka und Medina, die wichtigsten Heiligtümer der Muselmanen. So etwas führt leicht zu mancherlei Gefühlsaufwallungen.«

»Sie sind demnach kein Muselmane?«, vergewisserte sich Pfeffer.

Gulbenkian hob abwehrend die Hand. »Wir Armenier sind orthodoxe Christen.«

»Lassen Sie uns endlich zur Sache kommen«, fuhr Friedrich Westermann ungeduldig dazwischen. »Selbstredend werde ich Ihren Namen nach Berlin kabeln müssen; ohne eine Bestätigung Ihrer Legitimation von dort kann ich überhaupt nichts unternehmen. Aber gehen wir einmal davon aus, dass es mit allem, was Sie sagen, seine Richtigkeit hat: Wie sehen dann die nächsten Schritte aus?«

Falls er den Armenier durch seine Geradlinigkeit gekränkt hatte, ließ dieser es sich jedenfalls nicht anmerken. »Die nächsten Schritte«, sagte Gulbenkian ruhig, »sehen so aus, dass wir gemeinsam die fraglichen Ölsickerstellen in Augenschein nehmen. Da es mir vergönnt war, einige Erfahrungen in Baku zu sammeln, hoffe ich dadurch zu einem Urteil zu gelangen, inwieweit sich bei Mosul eine ähnliche Ölgewinnungsstätte errichten lässt. Danach werde ich dem Sultan meine Vorschläge unterbreiten, ob und wie ich dabei behilflich sein kann, das Öl zu fördern und damit zu handeln.«

Westermann winkte ungeduldig ab. »Offen gestanden ist mir völlig gleichgültig, was Sie mit dem Öl machen. Mir geht es darum, eine geeignete Trasse zu bestimmen, und das so schnell wie möglich. Wir liegen inzwischen so weit hinter dem Zeitplan zurück, dass ich mir nicht mehr vorstellen kann, wie wir den Verzug jemals wieder aufholen sollen.«

Gulbenkian schlug die Beine übereinander und holte ein Etui aus getriebenem Silber aus der Tasche. »Darüber würde ich mir an Ihrer Stelle keine Sorgen machen. Sie werden diese Bahnlinie ohnehin niemals bauen.«

»Wie bitte?«, schnappte Friedrich.

Der Armenier bot ihnen Zigarren an – was sie beide dankend ablehnten –, nahm sich dann selber eine und begann mit dem Ritual, sie zu entzünden.

»Ist Ihnen das nicht klar?«, fragte er schließlich gelassen und wies mit einem Kopfnicken auf die große Wandkarte, vor der sie saßen. »Betrachten Sie einfach nur die Geografie. Eine Bahnlinie Berlin – Bagdad würde ein riesiges Gebiet voller Reichtümer unter deutsche Kontrolle bringen, das für eine Seemacht unangreifbar ist. Man könnte die Bahn dazu benutzen, deutsche und türkische Truppen bis auf Schussweite an britische Interessensgebiete in Ägypten heranzubringen. Sie könnten vom Persischen Golf aus das indische Empire bedrohen. Mit diesem Schienenstrang gewönne Deutschland die Kontrolle über die Dardanellen und den Hafen von Alexandropoulos und wäre damit auf einen Schlag eine bedeutende Seemacht im Mittelmeer.« Er sog an seiner Zigarre und schüttelte den Kopf. »Meine Herren, machen Sie sich nichts vor. Das wird meine Regierung niemals zulassen.«

Hans Pfeffer lehnte sich mit angewidertem Gesichtsausdruck zurück. »Möchte wissen, was sie dagegen tun wollen. Einen Krieg anfangen? Wegen ein paar Lokomotiven?«

Gulbenkian paffte genüsslich, den Blick auf die Wandkarte gerichtet. »Eine interessante Frage, in der Tat.« Er wandte sich an den dicklichen Mann aus Köln. »Hätten Sie wohl die Freundlichkeit, mir auf dieser Karte den genauen Verlauf der Bahnstrecke zu zeigen? Vielleicht kann ich Ihre Frage dann beantworten.«

Das ließ sich Pfeffer nicht zweimal sagen. Im Nu stand er vor der bemalten Wand und fuhr mit dem Finger, so gut es ging, die ungefähre Strecke ab, die von Berlin durch Österreich-Ungarn führte, durch Bulgarien, durch …

»Serbien«, rief Gulbenkian aus. »Natürlich. Das ist es. Ein ewiger Unruheherd.« Er wandte sich an Friedrich. »Jede Kette ist nur so stark wie ihr schwächstes Glied. Das schwächste Glied Ihrer Kette ist Serbien.«

»Und was heißt das konkret?«

»Konkret? Ich bin nicht in der Situation, Ihnen etwas Konkretes sagen zu können. Ich bin nur ein Mann, der Landkarten zu lesen vermag. Sie werden diese Bahnlinie niemals bis Bagdad führen, und scheitern wird es irgendwann, irgendwie an Serbien. Denken Sie an meine Worte.«

Friedrich Westermann sollte tatsächlich noch oft an Gulbenkians Worte denken.

Nach dem Gespräch mit dem Armenier und nachdem sein Auftrag von Berlin telegrafisch bestätigt worden war, fuhren Westermann und Pfeffer zu ihren wartenden Arbeitern nach Mosul zurück und machten sich an die Erarbeitung einer alternativen Trasse, die nach Samarra weiterführte, weitab der Sickerstellen. Zum vereinbarten Treffen brachte Gulbenkian einen Trupp von Fachleuten mit; die meisten aus England, aber auch einige Russen waren darunter, mit denen sich die Verständigung schwierig gestaltete. Was diese mit dem Öl anfingen, das da aus der Erde drang und den Boden verunreinigte, verlor Westermann zunächst jedoch aus dem Blick. Er hatte andere Sorgen.

Die Arbeiten an der Bagdadbahn gingen weiter. Die Krupp AG lieferte Schienen, die Firma Philipp Holzmann baute prächtige Bahnhöfe, und die Bahningenieure gruben sich, zusammen mit einem Heer von Arbeitern, das bald in die tausende ging, durch die anatolischen Berge und spannten Brücken über die Täler dazwischen. Über vierzig Tunnel mussten auf einer Strecke von nur 64 Kilometern getrieben werden. An der höchsten Stelle verlegte man die Gleise in einer Höhe von fast fünfzehnhundert Metern, und dies in unwegsamem, unzugänglichem Gelände. Doch trotz aller Schwierigkeiten, aller technischen Herausforderungen, aller finanziellen Probleme und all jener Vorfälle, bei denen man nie herausbekam, ob sie Unglücke oder Sabotage gewesen waren, kroch der Strich auf der Landkarte, der den Baufortschritt bezeichnete, stetig voran.

Seit dem Gespräch mit Gulbenkian las Westermann jedoch die Nachrichten und auch die Anweisungen, die aus Berlin kamen, mit anderen Augen. Wie hatte er so naiv sein können? Natürlich, es ging um wirtschaftliche Vorteile für alle Beteiligten, und von diesen war reichlich die Rede. Doch zwischen den Zeilen konnte man unschwer auch die militärischen und strategischen Interessen herauslesen. Nicht nur Deutschland strebte an, seinen Einfluss in der Region zu stärken, auch der Sultan wollte vorrangig seinem niedergehenden Reich mit der Eisenbahn ein stählernes Rückgrat einziehen. Die finanziellen Garantien, die er dem Projekt gegeben hatte – ein Aspekt, über den sich Friedrich Westermann vorher nie auch nur eine Sekunde den Kopf zerbrochen hatte –, waren vor allem im Hinblick auf die Möglichkeit erfolgt, künftig seine Truppen schnell und einfach per Bahn verschicken zu können.

Noch ehe die Trasse zur Gänze vermessen war, zwang ein Fieber, das lange dauerte und von dem er sich nur schwer erholte, Friedrich Westermann, um Versetzung nachzusuchen. Von einer ruhigen Stellung am Schreibtisch aus – in Berlin zuerst, später dann, nachdem er geheiratet hatte und seine Frau aus der Großstadt wegwollte, ehe sie an Kinder zu denken bereit war, aus der Nähe von Chemnitz – verfolgte er jedoch weiterhin die Entwicklung des Projekts. In jeder Zeitung suchte er zuerst nach Mitteilungen über den Fortgang der Bauarbeiten, ließ sich die Berichte der Anatolischen Eisenbahngesellschaft schicken und pflegte die Kontakte zu seinen vormaligen Kollegen.

Manches von dem, was er erfuhr, erfüllte ihn mit Entsetzen. Nicht nur, dass im Herbst das Denguefieber wütete und im Winter die Influenza und dass Räuberbanden die Arbeiten bedrängten, es hieß auch, die osmanische Regierung stelle in zunehmendem Ausmaß Zwangsarbeiter ab, die unter erbärmlichen Bedingungen gehalten wurden, nur Wasser und Brot bekamen und die man, wenn sie bei der Arbeit zusammenbrachen und starben, gleich neben der Bahnlinie verscharrte. Diejenigen, die ihm das erzählten, taten es unter dem Siegel der Verschwiegenheit und mit Entsetzen in den Augen, und das war der Moment, in dem Westermann zum ersten Mal froh war, nicht mehr dabei zu sein.

Doch es ging weiter, auch wenn erst Weihnachten 1912 die ersten zweihundert Kilometer der neuen Strecke eingeweiht werden konnten und die Züge ihren Linienverkehr aufnahmen.

Und dann war es tatsächlich Serbien.

Anders als seine Landsleute erklärte Friedrich Westermann von Anfang an, es werde um die Ermordung des österreichischen Prinzen zu viel Aufhebens gemacht. Bei allem nötigen Respekt vor dem Leben und der Obrigkeit – aber was am Tod eines Thronfolgers rechtfertigte einen Krieg, zwischen allen europäischen Großmächten zumal? Und wieso stellte niemand außer ihm diese Frage?

Im Stillen musste er allerdings zugeben, dass er sich das ohne jenes eindrückliche Gespräch mit Gulbenkian auch nicht gefragt hätte. So aber kam ihm die Tatsache, dass das Attentat ausgerechnet in Sarajewo stattgefunden hatte, einer Stadt entlang der immer noch nicht vollendeten Bahnlinie nach Bagdad, ausgesprochen verdächtig vor und keineswegs wie ein nebensächliches Detail.

Seinem Mitarbeiter von damals, Hans Pfeffer, schien das genauso gegangen zu sein. Jedenfalls bekam Westermann, kurz bevor der Krieg dann tatsächlich ausbrach, noch eine Karte von ihm – aus den Vereinigten Staaten, wohin der Kölner, wie er schrieb, bereits im Vorjahr ausgewandert war. *Ich glaube, ich werde Recht behalten, was die Automobile anbelangt!*, schrieb er dazu.

Während des Krieges gingen die Arbeiten weiter. Es wurde gemunkelt, die Angelegenheit mit den Zwangsarbeitern werde nun noch schlimmer gehandhabt: Die Armenier würden aus ihren angestammten Siedlungsgebieten in Anatolien vertrieben und beim Bau der Bahnstrecke zu Tode geschunden. Zugleich gab es Angriffe auf die Bahn. Ein Agent des englischen Geheimdienstes namens T.E. Lawrence, den man »Lawrence von Arabien« nannte, führte die arabischen Stämme in ihrem Aufstand gegen das Osmanische Reich. Sie griffen eine Teilstrecke an, die »Hedschasbahn«, die für die Wallfahrt gläubiger Muslime auf dem Weg nach Mekka gebaut worden war, und zerstörten sie zu großen Teilen.

Nach dem Krieg wurde das Osmanische Reich zerschlagen, und Westermann hörte nun öfter wieder den Namen Gulbenkian. Man nannte ihn inzwischen »Mister Five Percent«. Er war ein wichtiger Mann im Ölgeschäft und sagenhaft reich geworden, ein Milliardär gar, hieß es.

Schon in den dreißiger Jahren war es möglich, mit dem so genannten »Orient-Express« zu fahren; allerdings musste man zur Überwindung der noch nicht fertig gestellten Abschnitte teilweise in Busse umsteigen. Zu den berühmtesten Passagieren, die diese Route befuhren, gehörte die englische Kriminalschriftstellerin Agatha Christie, die ihre Erlebnisse in einem Kriminalroman verarbeitete, sowie just jener Calouste Sarkis Gulbenkian, der vorhergesagt hatte, diese Strecke würde niemals gebaut werden. Er lernte dabei seine Frau kennen, eine Prinzessin, deren Asche er nach ihrem Tod auf einer weiteren Fahrt mit demselben Zug aus dem Fenster verstreute.

Im Jahre 1940 war schließlich die gesamte Strecke von Konstantinopel, das nun Istanbul hieß, bis Bagdad fertig gestellt, inzwischen jedoch wirtschaftlich oder militärisch längst nicht mehr von Bedeutung. Sie verfiel in der Folge weitgehend wieder, ihre Überreste sind heute eher von musealem Interesse als von verkehrstechnischem Wert.

Friedrich Westermann befuhr die Strecke, die er festgelegt hatte, kein einziges Mal. Er starb, siebzigjährig, im Januar 1943 an einer Lungenentzündung, durch einen merkwürdigen Zufall am selben Tag wie sein Sohn Erich, Hauptmann der 17. Armee, deren Auftrag es gewesen war, die kaukasischen Ölfelder von Baku, Grosny und Maikop einzunehmen.

Gegenwart

Die Krankenschwester maß gerade Markus' Blutdruck, als der Anwalt hereinkam. Er nickte ihnen stumm zu, setzte sich auf einen Stuhl, der unter seiner kolossalen Erscheinung wie ein Möbelstück aus dem Kindergarten wirkte, und wartete, die Aktentasche auf den Knien. Erst als die Schwester das Zimmer verlassen hatte, räusperte er sich und sagte: »Guten Tag, Markus.«

Markus betrachtete den Mann mit gemischten Gefühlen. Sein Name war Dr. Herbert Bär, und er war seit undenklichen Zeiten der Familienanwalt der Westermanns. Früher hatte das vor allem geheißen, Vater in dessen zahllosen Prozessen zu vertreten, und Markus erinnerte sich an viele lange, heftige abendliche Diskussionen der beiden im Wohnzimmer, die er von seinem Bett aus als beunruhigendes, auf- und abschwellendes Gemurmel wahrgenommen hatte. Es kam ihm vor, als sei der Anzug, den der Anwalt trug, immer noch derselbe wie damals.

»Ihr Bruder hat mich angerufen und gebeten, mich um Sie zu kümmern.« Er ließ bedächtig die Verschlüsse seiner Aktentasche aufschnappen, erst den einen, dann den anderen.

»Verstehe«, sagte Markus.

»Er hat Ihnen sicher schon gesagt, dass schwerwiegende Anschuldigungen gegen Sie vorliegen?« Die breiten Hände klappten die Tasche auf, holten eine Akte heraus. Eine bedenklich dicke Akte.

»Ja.«

»Gut. Ich denke, es ist das Beste, wenn ich Ihnen zunächst den Sachverhalt erläutere.«

Er war nicht mehr der Jüngste. Markus hatte nicht erwartet, dass er noch praktizierte; er musste schon fast siebzig sein.

»Wir haben es mit Beschuldigungen aus zwei Richtungen zu tun. Zum einen ist da die Klage Ihrer Firma – Ihrer ehemaligen Firma, muss ich sagen, um genau zu sein, denn man hat Ihnen inzwischen fristlos gekündigt. Man wirft Ihnen dort die Veruntreuung von Firmengeldern in Höhe von dreihunderttausend Dollar vor, mit anderen Worten also den berühmten ›Griff in die Kasse‹; ferner den Diebstahl und Verrat von Firmengeheimnissen, deren Wert beziffert wird auf, ähm ...« – er musste die Seite aufschlagen und die Zahl noch einmal nachlesen – »einhundert Milliarden Dollar.« Er hüstelte. »In der Tat, da steht

Milliarden. Allerhand. Möchte wissen, wie die auf so eine Zahl kommen.«

»Was noch?«, fragte Markus.

Rasches Blättern in der Akte. »Weiter liegt ein Auslieferungsersuchen der USA vor. Erstens wegen Drogenkonsums – die medizinischen Untersuchungen im Krankenhaus in Bloomsburg haben entsprechende Verdachtsmomente ergeben, die an die Bundesbehörden gemeldet wurden. Zweitens geht es um einen Mordfall.« Der Anwalt sah auf, musterte Markus aus seinen stumpfen apfelgrünen Augen. »Es ist erstaunlich, dass Ihr Bruder Sie überhaupt außer Landes bekommen hat. Nach Recht und Gesetz müssten Sie jetzt eigentlich in einem amerikanischen Gefängniskrankenhaus liegen.«

Markus betastete die Narbe auf seinem Gesicht. »Was heißt das nun konkret?«, fragte er. »Muss ich damit rechnen, dass jeden Moment die Polizei auftaucht, um mich zu verhaften und –?«

Der Anwalt schüttelte den Kopf. »Nein. Dank der Maßnahmen Ihres Bruders ist den Behörden der Aufenthaltsort von Markus Westermann gegenwärtig nicht bekannt. Allerdings wird sich dieser Zustand kaum lange aufrechterhalten lassen, ohne Sie zu einem Leben in der Illegalität zu zwingen.«

»Gut«, sagte Markus.

Der Anwalt holte ein Taschentuch hervor, schnäuzte sich umständlich und musterte ihn dann auffordernd. »Gibt es denn etwas, das Sie mir zu diesen Vorwürfen sagen wollen? Etwas, das ich wissen sollte?«

Markus sah auf seine Hände hinab, betrachtete die Fingernägel, hob den Kopf wieder. »Im Augenblick nicht.«

»Werden die Vorwürfe denn zu Recht erhoben?«

»Ja«, sagte Markus.

KAPITEL 6

Vergangenheit

Das ›Al Ishrin‹ lag gleich um die Ecke vom Marriott-Hotel und bot gute Küche zu bezahlbaren Preisen. Myers erklärte ihm auf dem Weg dorthin, dass es praktisch immer voll sei und man ohne Reservierung erst gar nicht hinzugehen brauche.

»Gut zu wissen«, meinte Charles W. Taggard und bemühte sich, so zu wirken, als sei es die größte Selbstverständlichkeit für ihn, sich durch die Straßen einer saudischen Stadt zu bewegen. Nur flüchtig musterte er die Burnusträger, die die Straße bevölkerten, und höchstens aus den Augenwinkeln die wenigen Frauen, die immer in Begleitung von Männern und vollständig verschleiert gingen. *Tschador,* rief er sich den Namen ins Gedächtnis. So nannte man dieses eigentümliche schwarze Gewand, das einer Frau das Aussehen einer mythologischen Gestalt verlieh.

Auch am dritten Tag nach seiner Ankunft in Saudi-Arabien kam Taggard noch nicht richtig mit seinem neuen Einsatzort zurecht. Woran er sich schnell gewöhnt hatte, waren die achtspurigen Stadtautobahnen, die Riyadh kreuzungsfrei durchzogen, an die gigantischen Einkaufszentren und daran, dass viele davon rund um die Uhr geöffnet hatten. Doch dass diese Stadt mitten in der Wüste überall so neu aussah, als sei sie erst im Vorjahr erbaut worden, irritierte ihn nach wie vor. Überall erhoben sich modernste Hochhäuser aus Stahl und Glas in den flirrend hellen Himmel, unglaublich prächtige Marmorgebäude thronten über weiten Plätzen, und die meisten Wohnviertel sahen aus, als würden dort reiche Leute leben.

Er wurde alt, das war es wohl. Nach all den Jahren im Dienst der CIA hätten ihm Unauffälligkeit und Anpassungsbereitschaft in Fleisch und Blut übergegangen sein sollen, doch je älter er wurde, desto schwerer fiel es ihm. Er schaffte es wahrscheinlich immer noch, sich unterhalb der Aufmerksamkeitsschwelle zu bewegen – gelernt war eben gelernt, Übung machte den Meister und so weiter –, aber er spürte seit einiger Zeit, dass etwas in ihm sich gegen das ewige Versteckspielen zu sträuben begann. Und mit jedem Jahr wurde es stärker.

Der Wirt empfing Myers wie einen Stammgast, bedachte Taggard, den Myers als neuen Kollegen vorstellte, mit wohlwollendem Nicken und geleitete sie dann zu einem angenehm abgelegenen und ruhigen Tisch. Er sprach ein zwar gutturales, aber fließendes Englisch. Offiziell waren sie Angestellte der *American Agrofood Trading Company,* einer Importgesellschaft für landwirtschaftliche Produkte aus Nord- und Südamerika.

Myers war nervös. Taggard hatte plötzlich den Verdacht, er könne ein Problem damit haben, als Taggards Vorgesetzter fast fünfzehn Jahre jünger zu sein.

»Ja«, gab Myers auf seine entsprechende Frage hin zu. »Ich weiß, es ist unvernünftig, aber es … fühlt sich irgendwie nicht richtig an für mich.«

Taggard hielt den Blick auf die Speisekarte gerichtet. »Aber Sie sind der Profi hier. Himmel, ich kann nicht mal Arabisch.« Er hob die Karte eine Winzigkeit an. »Und mit den englischen Übersetzungen hier fange ich auch nichts an.«

Myers beugte sich herüber. »*Mechui* ist gegrilltes Lammfleisch, köstlich. *Shuarma* ist Fleisch vom Spieß, das machen die hier auch ganz ausgezeichnet …«

»Ich werde einfach dasselbe bestellen wie Sie.«

»Im Grunde können Sie bestellen, was Sie wollen. Hier kann man nichts falsch machen.«

»Ich wollte, es gäbe mehr Orte auf der Welt, von denen man das sagen könnte.«

In diesem Moment zog ein heftiger Wortwechsel weiter hinten im Saal ihre Aufmerksamkeit auf sich. Ein beleibter Mann, der um die fünfzig Jahre alt sein mochte, hatte das Restaurant betreten, zusammen mit einigen anderen Männern, die sich um ihn scharten wie ein Hofstaat. Er legte ein herrisches Gehabe an den Tag, das Taggard unwillkürlich gegen ihn einnahm.

»Wer ist das? Ein Mafiaboss?«, fragte er leise.

Myers schnappte nach Luft. »Um Himmels willen! Das ist Zayd Ibn Faruq Ibn Abdulaziz, ein saudischer Prinz.«

»Nie gehört.«

»Würde mich auch wundern. Es gibt an die zwanzigtausend davon.«

Taggard sah seinen behäbig wirkenden Vorgesetzten verdutzt an. »Zwanzigtausend Prinzen? Das ist nicht Ihr Ernst.«

»Alle männlichen Nachkommen von Abdulaziz Ibn Saud, dem Staatsgründer und ersten König, sind Prinzen. Füllen das Telefonbuch von Riyadh seitenweise«, erklärte Myers finster. »Jeder von ihnen hat Anspruch auf Apanage aus dem Staatsschatz – und ein halbes Dutzend Frauen, mit denen er im Lauf seines Lebens weitere vierzig oder fünfzig Prinzen zeugt, ohne sich eine Sekunde lang zu überlegen, wie das alles weitergehen soll.«

Taggard pfiff leise durch die Zähne. »Interessant.« Zwei der Kellner hatten damit begonnen, einige Gäste hinauszukomplimentieren, offenbar um den besten Tisch des Hauses für den Prinzen und sein Gefolge freizuräumen. Das ging, zumindest für Taggards Ohren, nicht ohne scharfe Worte ab, die der Prinz ungerührt an sich abprallen ließ; jedoch gehorchten alle der Aufforderung.

So lief das also hier. Vermutlich, überlegte Taggard, empfand der Besitzer des Restaurants trotz aller Inflation an königlichem Blut die Anwesenheit eines Prinzen als Ehre. So ähnlich, wie sich ein Lokal in New York mit dem Besuch eines Filmstars schmücken mochte.

Myers senkte den Blick wieder in die Karte. »Ich glaube, ich nehme Lamm«, sagte er. »Als Vorspeise eine *mezzeh* mit *ḥumus*, und dazu … hmm …« Es klang ein bisschen, als wolle Myers nicht allzu genau hinschauen, was um ihn herum vor sich ging.

Sie bestellten, und danach meinte Myers halblaut: »Ich weiß, man soll ja nicht fragen … Aber ich wundere mich immer noch, was jemand in Saudi-Arabien zu tun hat, der kein Arabisch spricht.«

»Den Bürohelfer spielen«, erwiderte Taggard. »Mein Gnadenbrot bis zur Pensionierung verzehren.« Der offizielle Auftrag lautete, ein Gutachten über den Zustand der saudischen Volkswirtschaft zu erstellen.

»Offen gestanden kenne ich die Company nicht so.«

Taggard sah sich um, schätzte die Wahrscheinlichkeit ab, dass ihr Gespräch hier mitgehört wurde. Zehn Jahre zuvor hätte er Myers noch scharf zurechtgewiesen; dienstliche Gespräche hatten in der Öffentlichkeit nichts zu suchen. Heute sagte er sich: Scheiß drauf.

»Ich war vorher in der Abteilung Wirtschaft.«

»Ah ja?«

»Wirtschaft Ausland.«

Endlich begriff Myers. »Ach so. *Diese* Art von Einsatz …?«

»Ja. Genau die.«

Die Vorspeisen kamen, zwei große Teller mit Pickles, Paprika, Auberginen, Tomaten, Zwiebeln und einem dicken, hellbraunen Brei. Besteck gab es nicht, Taggard tat es Myers nach und brach Stücke vom Fladenbrot ab, um damit das Essen zum Mund zu führen.

»Stelle ich mir ganz angenehm vor«, meinte Myers kauend. »Wenn man dieses wirtschaftliche Zeug draufhat, meine ich. Kein Risiko, dass eine Sache blutig endet, nicht wahr?«

»Früher, ja. Aber zuletzt … Das war der Grund, warum ich meine Versetzung beantragt habe.« Taggard deutete auf den Brei, der so nichtssagend aussah und so ungewöhnlich schmeckte. »Was ist das?«

»*Humus.* Ein Brei aus Kichererbsen.«

»Also, mal ehrlich: Die Araber könnten ihr Image auf sagenhaft wirkungsvolle Weise aufpolieren, indem sie einfach ihre Küche exportieren. Das schmeckt ja unglaublich gut.«

Myers lächelte, zum ersten Mal, seit er Taggard am Flughafen empfangen hatte. »Der größte Vorteil an der Stationierung hier.«

»Ich hätte nur rasend gerne ein schönes, kaltes Bier dazu.«

»Womit wir schon beim größten Nachteil der Stationierung hier wären.«

»Die ziehen das wirklich durch hier? Kein Alkohol?«

»Gefängnis, Stockhiebe auf dem Platz vor der Großen Moschee und Landesverweis, wenn Sie in der Öffentlichkeit Alkohol trinken.«

»Okay«, seufzte Taggard und griff nach dem Wasserglas.

An dem Tisch, an dem der Prinz saß, wurde es wieder laut, die Kellner fingen an zu rennen, und kurz darauf trat der Inhaber zu seinen illustren Gästen, mit einem Gesicht, als ginge er zu seiner Hinrichtung. Der Prinz sagte etwas zu ihm, begleitete es mit ausholenden Gesten, die Taggard den Eindruck vermittelten, dass er von dem Restaurant sprach, und als der Inhaber daraufhin mit schmerzlich verzerrtem Gesicht nickte und sich verneigte, zückte der Prinz etwas, das nur ein Scheckbuch sein konnte.

»Was ist denn jetzt los?«, wollte Taggard wissen.

Myers seufzte. »Der Prinz hat das Restaurant gelobt und erklärt, dass er es kaufen wird. Und nun schreibt er einen Scheck aus.«

»Korrigieren Sie mich, wenn ich mich irre, aber ich meine, der jetzige Besitzer sieht nicht gerade glücklich darüber aus.«

»Das wird er zweifellos auch nicht sein. Aber er kann das Angebot nicht ablehnen; der Prinz würde ihn wegen Beleidigung ins Gefängnis werfen lassen.«

»Ihm wird ein Angebot gemacht, das er nicht ablehnen kann?« Taggard hob die Augenbrauen. »Das habe ich doch irgendwo schon mal gehört.«

Myers betrachtete unglücklich seinen Teller. »Der Prinz bezahlt, was er für angemessen hält. Danach wird er entweder versuchen, das Restaurant selber weiterzubetreiben, oder er wird es zu einem Vielfachen des Kaufpreises weiterverkaufen. Wie auch immer, es heißt, dass das ›Al Ishrin‹ bald aufgehört haben wird, ein empfehlenswertes Restaurant zu sein.« Er seufzte. »Genießen Sie die Mahlzeit, Taggard.«

Taggard schüttelte konsterniert den Kopf. »Sie erzählen das, als sei so etwas hier gang und gäbe.«

»Ist es.«

»Aber mit solchen Praktiken ruiniert die königliche Familie den Mittelstand ihres Landes.«

»Die Prinzen leiden an chronischer Geldnot.«

»Wie bitte? Das Haus Saud ist die reichste Familie der Welt.«

»Zweifellos. Aber eben auch eine der größten und verwöhntesten. Privatflugzeuge, große Jachten und Wohnsitze in den besten Lagen Londons oder Nizzas sind nun mal ziemlich kostspielig. Nicht zu reden von Hobbys wie Falkenzucht oder Pferderennen, von Champagner und Kaviar und all dem Zeug.«

Der Besitzer hatte den Scheck entgegengenommen und sich noch mehrmals verbeugt, hundertmal, wie es Taggard vorkam. Als er ging, wirkte er wie jemand, der sich in seinem Büro einschließen und die Kugel geben würde.

»Das wird er nicht tun.« Myers schüttelte den Kopf. »Der Koran verbietet Selbstmord.«

»Außer, man führt einen heiligen Krieg und reißt ein paar Ungläubige mit sich in den Tod.«

Myers warf ihm einen Blick zu, kurz nur, aber lang genug. *Er weiß Bescheid*, erkannte Taggard.

Vergangenheit
2001

Gegen elf Uhr am Abend des zweiten Montags im September 2001 stürzte in dem kleinen kanadischen Ort Franktown die vierjährige Theresa Miller die Treppe ihres Elternhauses hinab. Ihre Eltern hatten im Wohnzimmer einen verschlafenen Ruf aus dem oberen Stockwerk gehört, und Theresas Mutter wollte gerade aufstehen, um nach ihrer Tochter zu sehen, als es draußen im Flur auch schon entsetzlich rumpelte. Beide Eltern eilten hinaus und fanden ihr Kind bewusstlos am unteren Ende der Treppe vor. Später sollte sich herausstellen, dass das Schutzgitter am oberen Treppenabsatz nicht richtig befestigt gewesen war.

Der Krankenwagen erreichte das Städtische Krankenhaus von Ottawa etwa zwanzig Minuten nach Mitternacht, keine zehn Minuten später wurde Theresa Miller in den OP gerollt. Dort erlag sie gegen fünf Uhr zehn, allen ärztlichen Bemühungen zum Trotz, dem schweren Schädel-Hirn-Trauma, das sie bei dem Sturz erlitten hatte.

Der Arzt, der den wartenden Eltern die schreckliche Nachricht überbringen musste, fragte sie im Anschluss, ob sie der Entnahme von Organen bei ihrer Tochter zuzustimmen bereit seien. Es gäbe eine lange Warteliste von Kindern, denen nur die Transplantation eines Spenderherzens das Leben retten könne.

Viele Angehörige von Verstorbenen finden den Gedanken, dass der Tod eines ihnen nahe stehenden Menschen für jemand anderen zugleich eine Chance auf Leben ist, in gewisser Weise tröstend und stimmen einer solchen Frage aus diesem Grund zu. Die Eltern der kleinen Theresa jedoch stimmten vor allem zu, weil Catherine Miller einer wenige Jahre zurückliegenden Hornhauttransplantation den Erhalt ihres Augenlichts verdankte und sie sich deswegen moralisch verpflichtet fühlten.

Im Anschluss an die Unterschrift der beiden unter das entsprechende Formular wurden bei dem Leichnam des kleinen Mädchens die nötigen medizinischen Werte ermittelt und in das nordamerikanische Transplantationsnetzwerk eingespeist. Für das Herz von Theresa Miller ermittelte der Computer innerhalb von Sekunden als optimalen Empfänger ein Mädchen, das seit einiger Zeit mit akuter dilatativer Kardiomyopathie in einem Krankenhaus von Washington, D.C., lag.

Ihr Name war Alice Taggard.

Das Telefon klingelte früh an diesem Morgen in der Wohnung von Lynn und Charles Walker Taggard. Sie fuhren aus ihrem ohnehin unruhigen Schlaf hoch und waren vor dem dritten

Läuten am Apparat. Seit sich die Herzerkrankung ihrer Tochter so verschlimmert hatte, dass sie nur noch warten konnten, entweder auf ein Spenderherz oder den Tod, verbrachte Alice' Mutter ihre Tage zur einen Hälfte im Krankenhaus und zur anderen damit, eine stetig an Umfang zunehmende Korrespondenz mit der Krankenversicherung zu führen. Ihr Vater, der im Hauptsitz der *Central Intelligence Agency* in Langley einer Tätigkeit nachging, über die er niemandem Näheres erzählen durfte, auch seiner Frau nicht, konnte sich kaum mehr auf diese Tätigkeit konzentrieren und nahm so oft wie möglich frei. Bei seinen Kollegen stieß er damit auf ein Verständnis, das ihn überraschte, und sein Vorgesetzter erklärte ihm mehrfach, er solle sich keine Sorgen um seinen Job machen, er werde jedes Arrangement befürworten, das er wünsche.

Als Charles W. Taggard an diesem Morgen den Hörer aufnahm, nannte er nur seinen Namen und hielt anschließend die Luft an. Es war die erlösende Nachricht: Sie hätten ein Spenderherz, verkündete der Dienst habende Arzt, die Gewebewerte stimmten optimal überein und es sei schon unterwegs.

Bei Transplantationen zählt vor allem eines: Geschwindigkeit. Ein Herz kann, wenn es gegen Infektionen geschützt und gut gekühlt wird, maximal acht Stunden außerhalb eines Körpers überleben. Während die Ärzte in Ottawa noch dabei waren, das Organ aus dem Körper der kleinen Theresa zu explantieren, liefen auf dem dortigen Flughafen bereits die Triebwerke einer rasch gecharterten Maschine warm, und ein Wagen mit einem in solchen Dingen erfahrenen Chauffeur rollte vor den Eingang des Transplantationszentrums. Kurz nach acht Uhr bestiegen zwei junge Ärzte, die das Herz in einer mit einer speziellen Salzlösung gefüllten Kühlbox transportierten, den zehnsitzigen Jet, der vorrangig Starterlaubnis bekam und um acht Uhr dreißig abhob.

Zu diesem Zeitpunkt waren die Eltern der kleinen Alice Taggard längst in der Klinik. Sie waren gerade noch rechtzeitig gekommen, um ihrer Tochter einen letzten Kuss zu geben, ehe sie in den OP gerollt wurde. Danach blieb ihnen nur zu warten.

So weit lief alles normal. Doch als die Maschine aus Ottawa den Weg bis nach Washington, D.C., gerade zur Hälfte zurückgelegt hatte, kam von der Flugaufsicht die Anweisung, sofort den nächstgelegenen Flughafen anzusteuern und zu landen. Der Pilot erwiderte, dass ein Irrtum vorliegen müsse, er transportiere ein lebendes Organ. Doch noch während er sprach, tauchte ein Kampfjet der US-Luftwaffe über ihm auf, der das Funkgespräch übernahm und sich keinerlei Argumenten zugänglich zeigte. Der Jet mit den beiden Ärzten und dem Herzen an Bord wurde auf einem eigentlich nur für landwirtschaftliche Flugzeuge gedachten Flughafen zur Landung gezwungen.

Man schrieb den 11. September. Terroristen hatten gerade zwei Verkehrsflugzeuge in die beiden Türme des World Trade Centers gesteuert.

In den folgenden Stunden machte sich in der Klinik ein lähmendes Gefühl von Entsetzen breit. Immer mehr Fernsehgeräte wurden eingeschaltet. Die Arbeit kam zum Erliegen, weil die Menschen wie hypnotisiert vor den Bildschirmen standen und auf neue Meldungen warteten. Und dazwischen, wieder und wieder, die Bilder. Der brennende Turm. Der Einschlag der zweiten Maschine. Und schließlich der Einsturz.

In der Transplantationsabteilung jedoch hatte niemand Zeit, fernzusehen. Die kleine Alice Taggard lag bereits in Narkose. Die Schnitte, die der Chirurg zu setzen beabsichtigte, waren mit blauer Farbe auf ihrem Brustkorb eingezeichnet.

Während das Team im OP wartete, telefonierten draußen die Verantwortlichen mit jedem, den sie an die Strippe bekamen.

Die Stunden verstrichen. Endlich, kurz vor elf Uhr, kam die Sondergenehmigung. Das Flugzeug durfte wieder starten. Es würde in einer Stunde auf dem Washingtoner Flughafen sein. Ein Wagen mit Blaulicht setzte sich in Bewegung, und der Chirurg öffnete Alice Taggards Brustkorb.

Charles W. Taggard hielt die Hand seiner Frau, betrachtete ein Gemälde an der Wand, das den auferstandenen Christus darstellte, und erwog zu beten. Doch dann kam es ihm unredlich vor, sich ausgerechnet in Zeiten der Not eines Gottes zu erinnern, an den er im übrigen Leben keinen Gedanken verwandte, und er ließ es bleiben.

Die Maschine mit dem Herzen von Theresa Miller kam bis auf zweihundert Meilen an Washington heran. Dann erschienen wieder zwei Kampfflugzeuge, und deren Piloten wussten nichts von einer Sondergenehmigung. Sie drängten das Flugzeug aus Ottawa ab, ohne sich auf Diskussionen einzulassen, und zwangen es erneut zur Landung.

Als klar war, dass das Herz nicht mehr rechtzeitig eintreffen würde, schlossen die Operateure Alice Taggards Brustkorb wieder. Bis auf die Tatsache, dass sie zwecklos gewesen war, war die Operation problemlos verlaufen. Trotzdem erwachte das Mädchen nicht wie geplant aus der Narkose, sondern lag eine Woche in Bewusstlosigkeit und starb schließlich am 19. September 2001.

2002

Im April des darauf folgenden Jahres hatte Lynn Taggard, die seit dem Tod ihres einzigen Kindes wieder ihrer früheren Tätigkeit als Immobilienmaklerin nachgegangen war, einen schweren Autounfall. Eines Abends gegen halb zehn, auf der Rückfahrt von einem Termin weit draußen im ländlichen Virginia, kam sie an einer bei Einheimischen als gefährlich bekannten Stelle von der Straße ab, durchbrach das Geländer und stürzte mit ihrem Wagen zehn Meter in die Tiefe. Der Polizeiarzt erklärte später, sie müsse sofort tot gewesen sein.

Ein tragischer Unglücksfall, wie es aussah.

Doch als Charles W. Taggard an diesem Abend nach Hause kam, fand er eine ungewöhnlich aufgeräumte Wohnung vor. Jedes einzelne Kleidungsstück war gewaschen und lag, sorgsam gebügelt, im Schrank. Der Kühlschrank war gefüllt, und zwar ausschließlich mit Lebensmitteln, die seinem Geschmack entsprachen. Später sollte er feststellen, dass seine Frau in den Wochen vor ihrem Unfall alle Abonnements ihrer Zeitschriften sowie ihren persönlichen AOL-Account gekündigt hatte.

Er fand nie einen Abschiedsbrief oder dergleichen. Trotzdem stand für ihn fest, dass Lynn freiwillig aus dem Leben geschieden war.

2003

Im Januar des darauf folgenden Jahres stieß Charles W. Taggard bei Recherchen, die eigentlich ein völlig anderes Thema betrafen, auf eine als vertraulich eingestufte Information, die ihn wie ein Blitz traf.

Nach Lynns Tod hatte er sich mit blindwütiger Energie in seine Arbeit gestürzt, Überstunden angehäuft, ganze Wochenenden draußen in Langley verbracht. In der Wohnung, die einst das Heim seiner Familie gewesen war, bewohnte er nur noch die Küche, das Bad und das Wohnzimmer, wo er auf dem Sofa schlief. Sie hatten es damals nicht fertig gebracht, die Sachen ihrer Tochter wegzugeben; er brachte es nicht einmal mehr fertig, das ehemals gemeinsame Schlafzimmer zu benutzen. Jede Woche beschloss er, eine neue, kleinere Wohnung zu suchen, weiter draußen, näher bei Langley, nur mitzunehmen, was er brauchte, und alles Übrige einem Entrümpler zu überlassen. Doch er unternahm nie auch nur den geringsten Schritt in diese Richtung, obwohl es ihn bloß einen Anruf bei Lynns alter Firma gekostet hätte.

Nun stand er in einem der zahllosen Archive des CIA und hielt eine Mappe in Händen, aus der Folgendes hervorging: In den Tagen nach den Anschlägen vom 11. September 2001 war der gesamte kommerzielle und zivile Luftverkehr über den USA vollständig zum Erliegen gekommen. Die Anweisung der Flugaufsichtsbehörde FAA, die bereits wenige Minuten nach den Terroranschlägen an alle Flughäfen ergangen war, besagte, dass sämtliche Flugzeuge über dem Territorium der USA unverzüglich auf dem nächstgelegenen Flughafen zu landen hatten und kein Flugzeug mehr starten durfte. Vorgesehene Ausnahmen: keine. Das ging so weit, dass der ehemalige US-Präsident Bill Clinton, der zu einem Besuch in Australien weilte, nicht nach Amerika zurückkehren konnte, weil auch ausnahmslos alle Flüge in die USA gestrichen worden waren. Der ehemalige Vizepräsident Al Gore saß aus demselben Grund mehrere Tage lang in Österreich fest. Wichtige Baseballspiele hatten abgesagt werden müssen. Die Reduzierung des Flugverkehrs war so radikal gewesen, dass Klimatologen deutliche Veränderungen der Wetterlage feststellten.

Doch eine Ausnahme hatte es gegeben.

Auf dem Blue Grass Airport in Lexington hatte eine Boeing 747 Starterlaubnis bekommen. An Bord waren hochrangige saudische Staatsbürger gewesen, die das Land Richtung Arabien verlassen hatten: zum einen Mitglieder der Familie Saud, des Königshauses also, zum anderen Mitglieder der Familie Bin Laden.

Die Starterlaubnis war in den offiziellen Dateien der FAA nicht verzeichnet, nur in den Unterlagen des Flughafens. Und dort stand nur, sie sei *von höchster Stelle* gekommen.

Taggard konnte nicht glauben, was er las. Er hatte das Gefühl zu erstarren, las es wieder und wieder. Ausgerechnet! Siebzehn der neunzehn Attentäter, die mit vier entführten Maschinen den größten Terroranschlag der Geschichte verübt hatten, waren saudische Staatsbürger gewesen – doch während alle anderen am Boden hatten bleiben müssen, hatte man Saudis gestattet, das Land zu verlassen! Mehr noch, man hatte schon damals davon ausgehen können, dass die Urheberschaft für diese Untat bei Osama Bin Laden lag, der bei der CIA intern, nach einer anderen Transkription des Arabischen, unter dem Kürzel UBL lief – doch anstatt seine in den USA weilenden Angehörigen zu vernehmen oder wenigstens zu befragen, hatte man sie ungehindert ausreisen lassen!

Und das, während das Flugzeug mit dem für seine kleine Tochter bestimmten Herzen nicht hatte weiterfliegen dürfen.

Charles W. Taggard begann, sich für Saudi-Arabien zu interessieren.

Gegenwart

Die ersten Tage war der Physiologe zu Markus ans Bett gekommen, hatte ihn behutsam massiert, seine Arme und Beine in allerlei merkwürdige Richtungen bewegt und immer wieder gefragt: »Geht es noch?« Dabei war es gut gegangen; er hatte die Gymnastik als höchst angenehme Abwechslung empfunden.

Doch kurz darauf hatte man ihm erklärt, er sei jetzt so weit, an der allgemeinen Krankengymnastik teilnehmen zu können, unten im Reha-Raum 1. Immerhin, ein pickliger Zivildienstleistender fuhr ihn im Rollstuhl hin, durch gläserne Gänge mit Blick auf das bewaldete Umfeld.

Eine Woche später war es auch damit vorbei, und er musste den Weg auf eigenen Beinen zurücklegen. Das war anstrengender als die Gymnastikstunde selbst und nur dank der Krücke, die von Anfang an neben seinem Bett gestanden hatte – für Gänge zur Toilette oder zur Teeküche – überhaupt zu schaffen.

Am ersten Tag war er danach so k.o., dass er den Rest des Tages schlief.

Am zweiten Tag war er ebenfalls erschöpft, konnte aber immerhin noch ein paar Stunden fernsehen.

Am dritten Tag wartete eine hoch gewachsene, schlanke Frau in einem dunkelroten Mantel auf ihn, als er in sein Zimmer zurückkam. Sie stand vor dem Fenster und drehte sich zögerlich zu ihm um, die Lippen fest zusammengepresst. Ihr Blick wirkte unstet; die Besorgnis, die von ihr ausging, war fast körperlich spürbar.

»Hallo«, sagte sie.

Markus humpelte zu seinem Bett, stellte die Krücke ab und ließ sich auf die Matratze sinken. »Hallo, Dorothea«, ächzte er dann. »Schön, dich zu sehen.«

KAPITEL 7

Einige Wochen zuvor

Die Tür zum Laden war verschlossen. Dorothea sah unwillkürlich auf die Uhr. Halb elf. Und es war Montag. Ein ganz normaler Montag.

Und ja, die Auslage mit dem Gemüse stand nicht draußen. Der Ständer mit den Zeitungen auch nicht. Geschlossen? Wieso?

Sie drückte die Klinke noch einmal. Die Tür rührte sich nicht. In einem anderen Jahrhundert war sie einst blau lackiert worden; inzwischen blätterte die Farbe ab. Dorothea versuchte, durch die winzigen Milchglasscheiben ins Innere des Ladens zu spähen. Da brannte doch Licht, oder?

Eine Bewegung war zu sehen, dann schloss jemand auf. Ein Mann Mitte fünfzig, mit Hängebacken und dichten Haarbüscheln in der Nase.

»Sie sind die Erste heute«, sagte er mürrisch in das Scheppern der uralten Türglocke hinein. »Um halb elf. Da kann man mal sehen.«

»Bitte?«, fragte Dorothea verdutzt.

»Die in den Laden will.« Er drehte sich um, nahm ein Stück Karton vom Kassentisch. Im Hintergrund standen Pappkartons, die Regale waren zur Hälfte leergeräumt. »Ich hab ein Schild gemalt, aber vergessen, es rauszuhängen. Merk ich erst jetzt.«

»Was für ein Schild?«

»Dass der Laden geschlossen bleibt.« Er musterte sie kurz. »Meine Mutter ist am Samstag gestorben.«

»Oh! Oh, das tut mir Leid.« Dorothea war überrascht über den Schmerz, den sie fühlte. Die alte Frau und sie hatten sich gerade angefangen zu befreunden, und nun …

»Das muss Ihnen nicht Leid tun. Sie war dreiundachtzig. Und sie ist so gestorben, wie sie es immer gewollt hat; mitten aus der Arbeit. Sie hat sogar noch die Buchhaltung erledigt. Hat die Monatsabrechnung gemacht, sich aufs Sofa gelegt und aus.« Er klang nicht sonderlich traurig, eher verärgert.

»Ja. Verstehe.« Dorothea wusste nicht, was sie sagen sollte. »Und der, ähm ... der Laden?«

Der Mann schüttelte den Kopf. »Der hat eh nichts eingebracht. Gelebt hat sie von ihrer Rente. Sie entschuldigen?« Er befestigte das Schild, auf dem *Laden wegen Todesfall bis auf weiteres geschlossen* stand, wandte sich dann grußlos ab und schloss die Tür wieder zu.

Danach hörte Dorothea, wie er dahinter herumfuhrwerkte. Es klang, als geschehe es achtlos, ja widerwillig.

Sie wandte sich um, schaute über den Dorfplatz, eigentümlich angerührt, so, als sei dies ein Moment, der herausgehoben war aus dem normalen Ablauf der Zeit. Da – das Bürgermeisterhaus, in dem heute nur noch ein Ortsvorsteher tätig war, und auch das nur an zwei Tagen in der Woche. Das Wirtshaus *Zum Krug* – eine graue, heruntergekommene Spelunke. Das Gebäude daneben war einmal ein Geschäft gewesen, ein Modegeschäft vielleicht, dem Schaufenster nach zu urteilen, das hinter der staubigen, blinden Scheibe leer dalag, seit sie das erste Mal hier durchgekommen war. Die Kirche sah so baufällig aus, dass sie gezögert hätte, sie zu betreten.

Was war das eigentlich hier für ein Dorf? Das sah alles so ... *tot* aus. Wie ein verstaubter Speicher voller vergessener, alter Dinge. Dies war kein Lebensraum, dies war nur ein Abstellplatz für Wohnhäuser.

Wie in Trance, erfüllt von einer seltsamen Traurigkeit, die nicht allein der alten Frau Birnbauer galt, sondern dem Zustand der Welt allgemein, kam Dorothea wieder zu Hause an. Ratlos stand sie vor der offenen Kühlschranktür, überlegte, was sie zu Mittag machen konnte. Kein Laden mehr im Dorf. Nein, sie würde jetzt nicht wegen sechs Eiern dreißig Kilometer weit fahren. Sie musste umdisponieren.

Na ja, jemand anders würde den Laden übernehmen, oder? Eine der großen Ketten. Das würde nicht mehr so romantisch sein, aber besser als nichts.

Und jetzt auch noch das Telefon. Hauptsache, man kam nie dazu, in Ruhe nachzudenken!

»Utz?«

Eine Stimme, die sie nicht kannte. Ein Mann. Er sprach ein abgehacktes, gutturales Deutsch. »Hallo? Hier ist …« Er nannte einen Namen, den Dorothea nicht verstand, und fragte: »Ist Achim da?«

»Achim?« Verwählt, ganz klar.

»Ja. Achim.«

»Hier gibt es keinen Achim.«

»Oh! Bin ich nicht bei Familie Achim Anstätter?«

Jetzt begriff Dorothea. »Ach so … Nein. Nicht mehr. Das war der vorige Besitzer dieses Hauses. Die Nummer stimmt, aber die Familie Anstätter wohnt nicht mehr hier.«

Eine lange Pause entstand. »Ich verstehe«, sagte der Mann schließlich. »Er hat Ihnen das Haus verkauft.«

»Ja.«

»Dann hat er schnell reagiert.«

Mit einem Schlag war das Misstrauen, das Dorothea vergessen und abgehakt geglaubt hatte, wieder wach, wie ein Tier, das im Dunkeln gelauert hatte. Sie merkte, wie es ihr kalt über den Rücken lief. »Bitte? Was meinen Sie damit?«

Er ging nicht darauf ein. »Können Sie ihm etwas ausrichten?«

»Was meinen Sie mit ›schnell reagiert‹?«, beharrte Dorothea. Was war mit dem Haus?

»Nichts. Ich habe mich versprochen. Deutsch ist nicht meine Muttersprache; ich beherrsche es nur lückenhaft.« Ein tiefer Atemzug, dann: »Bitte, richten Sie Herrn Anstätter Folgendes aus …«

Dorothea tigerte unruhig durch die Küche, während sie Werner von dem Telefonanruf erzählte. »Er wollte mir nicht sagen, was er damit gemeint hat. Er hat einfach abgestritten, es überhaupt gesagt zu haben. Aber ich spinne doch nicht; ich habe es genau gehört. ›Dann hat er schnell reagiert‹. Genau das hat er gesagt.«

»Das muss trotzdem nichts zu bedeuten haben. Vielleicht war es tatsächlich ein Versprecher. Wenn ich im Büro auf Englisch telefoniere, passieren mir auch solche Fehler. Das ist manchmal wirklich mehr als peinlich.«

»Und wenn nicht? Wenn hier doch irgendwas faul ist? Wenn das Haus … vergiftet ist oder so etwas?«

Werner hob entnervt die Augenbrauen. »Wir haben jeden Winkel abgesucht. Es ist alles, wie es sein soll.«

»Und wenn es etwas ist, das man nicht sieht? Quecksilber beispielsweise. Vielleicht ist irgendwo Quecksilber verschüttet worden, und wir atmen schon seit Monaten die Dämpfe ein? Kannst du dir da sicher sein?«

»Nein. Aber wenn du willst, lassen wir jemanden kommen von einem, was weiß ich, Institut für chemische Untersuchungen oder Wohnraumschadstoffe oder so etwas. Dann leisten wir uns das eben.« Werner knetete seine Hände. »Was hat er dir denn nun für Anstätter ausgerichtet?«

Dorothea machte eine wegwerfende Handbewegung. »Ach, das habe ich nicht genau verstanden. Dass irgendjemand im Sterben liegt. Ein gewisser Ramar oder Rabar, keine Ahnung, wen er meinte. Ist mir auch egal. Die ganze Welt liegt gerade im Sterben, habe ich das Gefühl.«

In diesem Moment klingelte das Telefon wieder. Sie erstarrten beide.

Wieder.

»Geh du ran.« Dorothea flüsterte unwillkürlich.

Werner stand auf. »Schon gut. Ich geh schon.« Er marschierte in den Flur, nahm das Telefon ab. »Utz. Ja.« Eine Weile nichts, dann: »Oh. Verstehe. Ja, alles klar. Und du …? Gut. Sag ich ihr. Tschüss.«

Er kam zurück in die Küche, das Gesicht so ernst, dass es Dorothea die Kehle zuschnürte.

»Das war Frieder. Er …« Werner schluckte. »Dein Bruder

Markus. Er hat einen Autounfall gehabt, in Amerika. Frieder sagt, er liegt schwer verletzt im Krankenhaus, und es ist kritisch.«

Dhahran liegt am Persischen Golf, fünfzehn Kilometer südlich von Damman, dem wichtigsten Containerhafen des Königreichs, und nur drei Kilometer von Al Khobar entfernt, dem beliebtesten Wohnort an der Golfküste. Dhahran ist der Sitz des Hauptquartiers von Saudi ARAMCO, der größten Ölgesellschaft der Welt, und zugleich eine Stadt, die mit keiner anderen in Saudi-Arabien zu vergleichen ist. In unmittelbarer Nachbarschaft liegt die *King Fahd University of Petroleum and Minerals*, die große Öluniversität, an der mehr als zehntausend Studenten – ausschließlich männlichen Geschlechts – eingeschrieben sind und mit Ausnahme der den Islam betreffenden Fächer von vorwiegend ausländischen Professoren unterrichtet werden, und zwar in englischer Sprache. Doch obwohl hier gewissermaßen das Herz der saudischen Ölindustrie schlägt, der Grundlage des Reichtums des Landes, kann man in Dhahran glauben, sich in einer amerikanischen Kleinstadt zu befinden.

Das gesamte Stadtgebiet ist von einem Zaun umschlossen, an dessen Zufahrten strenge Ausweiskontrollen erfolgen. Dhahran ist den ausländischen Angestellten von Saudi ARAMCO und ihren Angehörigen vorbehalten, die zum größten Teil aus den USA stammen, aber auch aus Europa oder Kanada. Die Straßen sind breit, in bestem Zustand und von Bäumen gesäumt, die Häuser sind aus Stein errichtet und von grünem Rasen umgeben. Alles ist ungeheuer großzügig angelegt, denn Platz spielt hier, wo vor fünfzig Jahren noch Wüste war, keine Rolle. Die etwa zwölftausend Einwohner finden einen Golfplatz mit 27 Löchern vor, ein Schwimmbad, Squash- und Tennisplätze, Schulen sowie Einkaufsmöglichkeiten aller Art. Jede Art der Telekommunikation ist kostenlos, vom Telefon bis zum Internetzugang. Sicherheit wird großgeschrieben: Obwohl in Saudi-Arabien immer wieder gegen Westler gerichtete Terroranschläge verübt werden, hat sich in Dhahran noch kein einziger derartiger Anschlag ereignet.

Das Wichtigste ist jedoch, dass in Dhahran die strengen Gesetze Saudi-Arabiens nicht gelten. Dhahran untersteht einer eigenen Gerichtsbarkeit, hat eigene Polizeikräfte, Feuerwehren und Gesundheitsdienste, die allesamt von Saudi ARAMCO bereitgestellt werden. So dürfen die Einwohner Dhahrans Alkohol zu sich nehmen, und Frauen unterliegen keinen Bekleidungsvorschriften. Sie dürfen innerhalb des Stadtgebiets sogar Auto fahren.

So viel Freiheit kann leichtsinnig machen, schoss es an diesem Abend einem Mann durch den Kopf. Er hatte gerade ein erfolgloses Telefonat geführt, eine Weile darüber nachgedacht, was er weiter tun sollte, und war schließlich aufgestanden, um zur Toilette zu gehen. Dabei fiel sein Blick aus dem Fenster, und er sah die Männer kommen.

Es waren Saudis. Sie trugen die Uniformen der Sicherheitskräfte, und zwei von ihnen trugen Waffen.

Es sah beunruhigend aus.

Da ihm ohnehin nichts anderes übrig blieb – man konnte aus der umzäunten Stadt Dhahran nicht fliehen –, ging er zur Tür und öffnete, bevor sie klingelten.

Sie musterten ihn mit unbewegten Gesichtern. Einer der Männer fragte ihn nach seinem Namen und streckte, nachdem er ihn genannt hatte, die Hand aus. »Ihren Ausweis.«

Er holte ihn, händigte ihn den Männern aus, sah zu, wie darin geblättert wurde.

»Sie kommen aus Zypern?«, fragte der, der den Ausweis hatte.

»Ja.«

»Und Sie waren heute in Abqaiq?«

»Ja. Ich arbeite dort.«

»Sie waren bei dem Team, das die Inspektion des Erdölministers begleitet hat?«

»Ja.«

»Man hat Ihnen gesagt, dass Sie über alles, was Sie dabei gesehen und erfahren haben, Stillschweigen bewahren müssen?«

Er schluckte. »Ja.«

Die Hand, die den Ausweis hielt, begann, damit gegen die Knöchel der anderen Hand zu schlagen; ein kleines, enervierendes Geräusch. »Mit wem haben Sie vorhin telefoniert?«

Sie wussten es! Woher? Er hatte sein Mobiltelefon benutzt, und es hieß doch immer ... »Ich wollte einen Freund anrufen. Aber er war nicht da.«

»In Deutschland?«

»Ja.«

Die Männer wechselten Blicke. Einer, der bis jetzt noch nichts gesagt hatte, sagte: »Mitkommen.«

Nach einigen Tagen des Bangens stand fest, dass Markus es überstehen würde. Mehr noch, die Ärzte erklärten ihn bald für transportfähig, und Frieder organisierte den Rücktransport nach Deutschland und die Unterbringung in einer geeigneten Klinik.

Als Dorothea Markus dort zum ersten Mal besuchte – er lag in einem künstlichen Koma, in dem er, wie die Ärzte sagten, noch einige Zeit würde bleiben müssen –, nahm Frieder sie beiseite und sagte, es sei ein Wunder, dass er Markus überhaupt außer Landes bekommen habe, denn es lägen eine Menge schwerwiegender Anklagen gegen ihn vor. Er erklärte ihr auch, welche, aber das rauschte an ihr vorüber. Der Anblick ihres schwer verletzten Bruders, die ganzen Narben und Apparate ... Das war zu viel.

Gegenwart

»Ich musste gehen. Du hast so ... *schrecklich* ausgesehen. Ich konnte mich kaum überwinden, dich anzuschauen. All diese Verbände, die Schläuche ...« Dorothea zog den Stuhl neben sein Bett und setzte sich. »Ich bin so froh, dass es dir wieder besser geht.«

Markus lächelte schief, eine Bewegung, bei der ihm die

Narbe immer noch wehtat. Er betastete sie. »Na ja«, sagte er. »Einen Schönheitspreis werde ich nicht mehr gewinnen.«

Sie musterte ihn. »Kann man da nichts machen? Mit der Narbe, meine ich.«

»Doch. Sie wollen sie noch mal operieren. Übermorgen, glaube ich. Aber völlig verschwinden wird sie nie, heißt es. Bleibende Erinnerungen.«

Dorothea nickte bedächtig, dann zuckte sie mit den Achseln. »Männer haben es mit so etwas besser. Es macht sie interessant, nicht hässlich.«

Markus spürte, wie er müde wurde. Die Anstrengung der Krankengymnastik, der Weg zurück, dazu die Wärme hier im Zimmer… »Unser großer Bruder hat mir von eurem neuen Haus erzählt. Soll ein Traumhaus sein, sagt er. Mit Schwimmbad und Aussicht und so weiter.«

Sie bekam leuchtende Augen. »Oh ja, du musst unbedingt mal kommen, sobald du hier raus bist. Es ist wirklich wunderbar.« Ein kurzes Innehalten, dann räumte sie ein: »Natürlich nicht alles; es hat auch seine Nachteile, wie alles im Leben. Werner muss jetzt jeden Tag schrecklich weit zur Arbeit fahren, und du weißt ja, er steht nicht gern früh auf. Also heißt das, dass er abends spät kommt. Und das Haus ist ein bisschen ungeschickt gebaut, was das Heizen anbelangt – hohe Decken, viele verbundene Räume, wenig Türen, die man zumachen kann, und so weiter.«

Ein warmes Gefühl von Vertrautheit hüllte Markus ein. Es hatte mit dem Klang ihrer Stimme zu tun. Er musste an früher denken, als sie noch Kinder gewesen waren und im gleichen Zimmer geschlafen hatten; nur Frieder als der Größere hatte schon sein eigenes Zimmer gehabt. Damals hatten sie abends immer geredet, bis sie eingeschlafen waren.

»Das klingt, als sei das Haus schon ein bisschen älteren Datums«, sagte Markus, bemüht, sich seine Erschöpfung nicht anmerken zu lassen. »Heute baut man ja nicht mehr so.«

»Ja, gebaut worden ist es vor hundert Jahren. Das heißt, das erste Haus; davon ist nur noch der Keller übrig. Heute würde man an dem Platz gar keine Baugenehmigung mehr kriegen.« Sie kam ins Reden, erzählte von einer alten Frau und einem Laden im Dorf, dass das Dorf ganz leblos war und man kaum Kontakt fand, und die Frau war gestorben, hatte ihr aber viel über die Geschichte des Hauses erzählt und so weiter. Markus verstand nicht alles, doch das war auch nicht so wichtig.

»Verstehe«, sagte er ab und zu. Er wollte ihr nicht sagen, dass er müde war. Aber einschlafen wollte er auch nicht.

»Wie es aussieht, wird den Laden niemand weiterführen. Die Erben interessieren sich nicht dafür und auch keine von den großen Handelsketten. Von denen waren schon Gutachter da, aber die sagen alle, das Dorf trägt keinen Laden.«

»Woher weißt du denn das alles, wenn du niemanden im Dorf kennst?«

Sie lachte verlegen auf. »Ich bin zum Ortsvorsteher und habe gefragt. Weißt du, die Leute sind eigentlich freundlich, man muss nur auf sie zugehen …« Sie sah auf ihre Hände hinab, schaute wieder hoch. »Ich habe mir schon überlegt … Nur eine spinnige Idee, aber … wenn *ich* den Laden übernehmen würde? Zumindest zeitweise. Vormittags zum Beispiel, während Julian in der Schule ist.«

»Dir würde es auch nicht anders gehen als der alten Frau. Die Leute würden auch nur kommen, um Butter oder eine Zitrone zu kaufen.«

»Es ginge mir auch mehr darum, am Leben im Dorf beteiligt zu sein. Außerdem könnte ich von ein paar Bauern aus der Gegend biologisch angebautes Obst und Gemüse bekommen, direkt, ohne lange Wege und preisgünstig.«

»Heutzutage gibt es das auch im Supermarkt. Leute wollen *one stop shopping*. Den Großeinkauf einmal die Woche. Das machst du doch auch so.«

»Aber könnten wir nicht Steuern sparen damit?«

»Solange du nichts verdienst, ja. Bloß ob ihr dann insgesamt etwas spart, weiß ich nicht. Das muss man erst ausrechnen.« Er konnte ein Gähnen nicht mehr unterdrücken, mitten im Satz überfiel es ihn und zerdrückte ihm die Worte im Mund.

»Du bist müde.« Dorothea stand auf, was ein Teil von ihm bedauerte, ein anderer jedoch mit Erleichterung sah. »Es wird sowieso Zeit, dass ich mich auf den Rückweg mache. Es ist eine ziemliche Strecke, weißt du? Sonst wäre ich schon öfters gekommen.«

»Schon in Ordnung.« Markus hatte nur eine verschwommene Vorstellung davon, wo die Klinik überhaupt lag. Irgendwo in der Nähe von Frankfurt, so viel hatte er der extrem schematisierten Karte in einem der Klinikprospekte entnehmen können. Darin war es ansonsten hauptsächlich um Mukoviszidose gegangen, für die man hier eine angeblich weltweit einzigartige Therapie auf Basis von Naturheilverfahren entwickelt hatte, und so weiter und so weiter. Schon seltsam, wie Frieder darauf verfallen war, ihn ausgerechnet hier unterzubringen.

»Soll ich dir vielleicht das nächste Mal irgendwas mitbringen?«

»Nein, ich hab alles. Danke.« Eine Idee durchzuckte ihn, ließ ihn noch einmal hellwach werden. »Das heißt doch. Du könntest mir etwas mitbringen.«

»Ja, sag.«

Markus fasste sich in den Nacken, massierte ihn, während er überlegte, wie er es am besten erklärte. »Es ist ein bisschen kompliziert. Und es ist wichtig, dass du es auf eine ganz bestimmte Weise machst.«

KAPITEL 8

Vergangenheit

Niemand von seinen Kollegen bei der CIA wusste, dass Charles W. Taggard sehr wohl Arabisch sprach. Auch Myers ahnte es nicht.

Es wäre kein Problem gewesen, einen entsprechenden Sprachkurs bei der Agency zu belegen. Es hätte nur eines Mausklicks bedurft, der allein ihm schon das Wohlwollen der Organisation eingetragen hätte, die einen kaum zu stillenden Bedarf an Mitarbeitern mit Fremdsprachenkenntnissen hatte. Überdies gelten die Sprachkurse der CIA als die besten, die es gibt. Hervorragende Lehrer leiten sie, bedienen sich modernster Technik und der neuesten Methoden der Lernpsychologie.

Stattdessen geriet Taggard eines Tages, wie von einer höheren Macht gelenkt, in einem Kaufhaus an einen Wühltisch mit billigen PC-gestützten Sprachkursen. Sonderangebote, zehn Dollar das Stück, Headset inklusive. Es waren fast alles Spanischkurse, aber hier und da hatten die Kartons andere Farben. Als Taggard ein Arabischkurs in die Hände fiel, war es irgendwie keine Frage. Er nahm ihn und trug ihn zur Kasse.

Danach hörte er auf, im Büro sinnlose Überstunden zu machen. Er ging, wenn auch die anderen gingen, und verbrachte die langen, einsamen Abende zu Hause damit, Arabisch zu pauken.

Er war mehrmals dicht davor, aufzugeben. Sein Gehirn fühlte sich an wie eingerostet. Es war entsetzlich. Er hatte einmal als sehr sprachbegabt gegolten, aber die Fähigkeit zu lernen schien ihm abhanden gekommen zu sein.

Doch dann glückten ihm plötzlich Fortschritte. Die grüne

Kurve auf dem Monitor machte ermutigende Sprünge nach oben. Charles W. Taggard begann sich zaghaft an den Gedanken zu gewöhnen, dass sein Gehirn doch noch funktionierte.

Auf eigenartige Weise vertrieb die geistige Anstrengung so viel von seiner Trauer, dass sein Leben wieder in Bewegung kommen konnte. Auf einmal war es keine große Sache mehr, die alte Wohnung aufzugeben. Er zog in einen Vorort Washingtons, wie es der Zufall wollte in ein Haus neben das eines Arztes arabischer Abstammung. Sie befreundeten sich. Hamid Al-Shamri stammte aus Riyadh, wo seine Familie immer noch lebte. Er war begeistert, als er von Taggards Studien erfuhr, korrigierte amüsiert dessen schlimmste Aussprachefehler und brachte ihm eine Menge von dem Arabisch bei, das im Alltag wirklich gesprochen wurde.

An seinem Beispiel erlebte Taggard, wie ein normaler Moslem seinen Glauben praktizierte: mit ruhiger Selbstverständlichkeit, ohne Aufhebens zu machen und völlig frei von der Vorstellung, Gottes rechte Hand im Kampf gegen das Böse zu sein. Es war … nun ja, fast beneidenswert. Und irgendwie kam es, dass Taggard kurze Zeit darauf seine Bibel aus dem Regal nahm und ein paar der Stellen nachlas, an die er sich aus seiner Kindheit erinnerte. Und dass er, als er an der Kirche vorbeifuhr, anhielt, um die Zeiten der Gottesdienste zu notieren.

Schließlich besuchte er zum ersten Mal seit langen Jahren wieder ein Abendmahl. Einige Zeit später fing er an, auch zu den Vorträgen zu gehen, die im Gemeindesaal stattfanden.

Ein Vortrag war darunter, der ihn besonders beschäftigte. Er brachte ihn dazu, seine Angelegenheiten zu ordnen, unauffällig einige Vorkehrungen zu treffen und schließlich seinen Vorgesetzten aufzusuchen mit der Bitte, man möge ihn nach Saudi-Arabien schicken.

Jim Rizzio, ein breitschultriger Mann mit goldbrauner Haut, musterte ihn. »Nach Saudi-Arabien?«, wiederholte er, anstatt zu fragen, was ihm ins Gesicht geschrieben stand: *Was zum Teufel suchen Sie dort, Charles?*

Das war jedoch etwas, das Charles W. Taggard selber nicht

wusste. Im Grunde wollte er nach Saudi-Arabien, um eine Antwort auf diese Frage zu finden.

Und nun war er hier. Er galt als jemand, der nur Zahlen und die Berichte anderer lesen konnte. Sein offizieller Job war der eines Analysten vor Ort, seine Aufgabe die Beurteilung der wirtschaftlichen Entwicklung des Landes. Inoffiziell war er ein Mann, dem man nach einem schweren Schicksalsschlag ein Jahr Abwechslung verschaffen wollte, damit er zu seiner früheren Form zurückfand. Seinen Bericht würde man auf den Festplatten in Langley begraben, indem man ihn so klassifizierte, dass keine Suchanfrage ihn je fand. Es war bezahlter Urlaub unter heißer Sonne, und wenn er sich ins Zeug legte, anstatt es sich am Hotelpool gut gehen zu lassen, war es seine eigene Schuld.

Taggard bekam ein kleines Büro im CIA-Hauptquartier in Riyadh, aber schon aus der Art, wie man ihn einführte und ihm nur das Nötigste erklärte, wurde deutlich, dass niemand damit rechnete, dass er viel Zeit darin verbringen würde. Ohnehin gab es wenig zu tun. Das CIA-HQ Riyadh war ein unspektakulärer Posten, und die Arbeit hatte nichts mit dem gemein, was sich die Öffentlichkeit unter der Tätigkeit eines Geheimagenten vorstellte. Saudi-Arabien war ein Verbündeter der Vereinigten Staaten, man arbeitete militärisch zusammen, und der saudische Außenminister verbrachte regelmäßig entspannte Wochenenden auf der Ranch des amerikanischen Präsidenten. Die saudische Regierung gehörte zur Familie.

Die CIA hatte die Aufgabe, Informationen über radikale Gruppen in der Bevölkerung Saudi-Arabiens zu sammeln, allen voran die Moslem-Bruderschaft und das als *Al-Qaida* berühmt und berüchtigt gewordene Netzwerk islamistischer Gotteskrieger. Die Tarnfirma importierte tatsächlich ein paar Lebensmittel, damit die Agenten einen Vorwand hatten, in die Lagerhallen am Flughafen oder am Hafen von Dammam zu fahren, wo sich Treffen mit einheimischen Informanten unauffällig bewerkstelligen ließen.

Ohne Zweifel wurden einschlägige Erkenntnisse auch an die saudische Regierung weitergeleitet, aber das war etwas, das nicht die Agenten vor Ort zu entscheiden hatten. Diesen blieb jedoch nicht verborgen, dass umgekehrt die saudischen Sicherheitskräfte alles, was sie selber erfuhren, eifersüchtig für sich behielten, was die CIA-Leute in Riyadh nicht gerade besonders motivierend fanden. Oder, wie Myers es formulierte: »Wenn jemand vorhaben sollte, den Königspalast in die Luft zu sprengen, dann geht uns das nichts an. Außer dass wir die Gegend zur fraglichen Zeit meiden.«

Das Erste, was Taggard in Riyadh auf eigene Faust tat, war, ein Versprechen zu erfüllen.

Nachdem er sich anhand der Reiseführer und Karten, die im Hauptquartier zur Verfügung standen, eingehend informiert hatte, nahm er ein Taxi zum Nationalmuseum. Er durchwanderte den aus rötlichem Stein erbauten *Murabbe*-Palast, bis 1953 Regierungssitz des ersten Königs Abdulaziz Ibn Saud, schlenderte im Schatten verblüffend zahlreicher und altehrwürdiger Bäume durch die Grünanlagen des *Al-Fontah*-Parks bis zu dessen südlichem Ausgang und bestieg ein anderes Taxi. Als Ziel gab er den Stadtteil *Al Nasiriyah* an.

»Und wohin dort?«, wollte der Taxifahrer, ein junger Inder, wissen.

»Das sage ich Ihnen dann«, erwiderte Taggard.

Er dirigierte den Fahrer durch einige Straßen, ließ sich deren Namen nennen, bis er ein Gefühl dafür gewonnen hatte, wo er sich befand. An einer viel befahrenen Ecke stieg er aus und ging zu Fuß weiter.

Es war einfacher als gedacht, sich zum Haus von Musaed Al-Shamri durchzufragen, dem Vater Hamids. Was Taggard jedoch nie im Leben erwartet hätte, als er klingelte und kurz darauf geöffnet wurde, war, dass er den Mann, der da in der Tür auftauchte und ihn misstrauisch musterte, *kannte!*

Es war der Besitzer des Restaurants ›Al-Ishrin‹. Der ehemalige Besitzer, genauer gesagt.

»Was wollen Sie?«, fragte der Mann mürrisch. Dann erkannte

er auch ihn, und seine Augenbrauen hoben sich. »Sie waren neulich in … in …«

»In Ihrem Restaurant«, sagte Taggard.

Der Mann gab ein verächtliches Schnauben von sich. »Ich habe es verkauft.«

Da er so wirkte, als würde er die Tür jeden Augenblick wieder schließen, fuhr Taggard rasch fort: »Ich bin gekommen, um Grüße von Ihrem Sohn Hamid aus Washington auszurichten und Ihnen einen Brief zu bringen, den er mir für Sie mitgegeben hat.« Er zog den Umschlag aus der Tasche und hielt ihn dem Mann hin.

»Hamid?« Al-Shamri griff in einer Art nach dem Brief, als erwarte er, dass sich das Papier als *fata morgana* entpuppen würde. Er befühlte ihn, drehte ihn in Händen, erkannte sichtlich erschüttert die Handschrift darauf. Dann öffnete er die Tür weit. »Kommen Sie herein. Bitte, treten Sie ein. Seien Sie mein Gast.«

Er rief etwas nach hinten, das Taggard nicht verstand. Zwei schattenhafte Gestalten, Frauen, wie es aussah, huschten davon.

»Woher kennen Sie Hamid?«, wollte Al-Shamri wissen, während er Taggard in ein im Halbdunkel liegendes, sparsam möbliertes Wohnzimmer dirigierte, in dem der Fernsehapparat knisternd erkaltete.

»Er ist mein Nachbar«, erklärte Taggard und nahm Platz.

Hamid wusste nicht, dass er für die CIA arbeitete. Taggard hatte ihm erzählt, er sei für einen multinationalen Lebensmittelkonzern tätig und der Wechsel in eine ausländische Niederlassung die einzige Möglichkeit für ihn, in seinem Alter noch ein wenig Karriere zu machen. Falls sein Nachbar und Sprachlehrer an dieser Geschichte zweifelte, hatte er es sich jedenfalls nicht anmerken lassen.

Hamid wiederum hatte ihm ausführlich erklärt, warum er den Kontakt mit seiner Familie meiden musste: weil die saudische Religionspolizei ein Buch des syrischen Islamtheologen Muhammad Shahrour, dessen sämtliche Werke in Saudi-Arabien verboten waren, bei ihm gefunden hatte. Zum Glück war er gewarnt worden und hatte durch eine Verkettung günstiger Zufälle das Land rechtzeitig verlassen können. »Ausgepeitscht werden ist eine harte Strafe, glauben Sie mir«, hatte er gesagt.

»Was sagt dieser Theologe denn, dass seine Bücher verboten sind?«, hatte Taggard wissen wollen.

»Shahrour? Er sagt so gotteslästerliche Dinge wie, dass der Koran eigentlich von Freiheit handelt. Er behauptet etwas so Inakzeptables wie, dass Demokratie und Islam zusammenpassen. Aber vor allem weist er den islamischen Geistlichen nach, dass sie immer nur den Herrschenden dienen, nicht den Menschen.« Eine Erbitterung, die Taggard bis dahin nie an ihm gesehen hatte, stand in seinem Gesicht. »Unsere Kultur, wie sie ist, beruht auf der Unterdrückung von Freiheit und Leben. Alles, was man uns beibringt, ist, wie wir sterben sollen.« Er schlug sich vor die Brust. »Ich liebe mein Leben, das mir Allah durch meine Eltern gegeben hat. Bin ich deswegen ein schlechter Moslem? Mache ich mich dadurch schuldig? Das kann nicht sein. Aber bei uns steht an jeder Ecke ein Mullah, der genau das lehrt.«

Hamids Vater erzählte Taggard dieselbe Geschichte, nur mit mehr Details. So erfuhr er erst jetzt, dass eine SMS eine tragende Rolle dabei gespielt hatte sowie der Umstand, dass Hamids Bruder Wadid bei Saudi ARAMCO arbeitete und jemanden in der Reiseabteilung kannte, der Flugtickets ausstellen konnte, deren Inhaber nicht so genau überprüft wurden.

Al-Shamris Frau kam herein, verschleiert bis zu den Augen, und servierte süßen Tee. Dann raunte sie ihrem Mann zu, er solle fragen, wie es Hamid gehe.

»*Dschaijid*«, sagte Taggard. »Gut.«

Sie waren beide überrascht, dass er Arabisch sprach, und noch überraschter, als er erklärte, Hamid habe ihm das Wesentliche beigebracht. Die Frau schluchzte leise; mit einer Entschuldigung zogen sich die beiden in den Flur zurück, um gemeinsam den Brief Hamids zu lesen. Sie lasen ihn mehrfach und wiesen einander flüsternd auf einzelne Stellen hin. Schließlich verschwand Hamids Mutter mit dem Schreiben nach hinten, während Al-Shamri ins Wohnzimmer zurückkehrte und fragte: »Wie kann ich Ihnen danken?«

»Sie müssen mir nicht danken«, erwiderte Taggard. »Hamid ist ein guter Freund. Ich habe es gern getan.« Er hatte das Gefühl, dass es Zeit wurde, zu gehen. »Wenn Sie ihm auch einen Brief schreiben wollen, kann ich wiederkommen und ihn abholen«, fügte er hinzu.

Al-Shamri nickte ergriffen, fasste Taggards Hände und drückte sie. Seine Augen schwammen in Tränen. »Wir mussten uns lossagen von ihm«, flüsterte er, mühsam nach den englischen Worten suchend. »Wir mussten uns lossagen. Aber das geht nicht. Man kann das nicht. Man kann sich nicht lossagen von einem Sohn!«

Ein Moment des Schweigens entstand, dehnte sich, wurde schier unerträglich. Der alte Mann schien seine Hände gar nicht mehr loslassen zu wollen.

Taggard räusperte sich. »Es tat mir Leid zu sehen, dass Sie Ihr Restaurant verloren haben.«

Al-Shamri ließ los, lehnte sich zurück. »Das zweite Mal«, winkte er verächtlich ab. »Das letzte Mal. Es hat in diesem Land keinen Sinn, sich anzustrengen. Ich werde mir einen ruhigen Job suchen, in der Verwaltung. Einen von diesen Jobs, bei denen man nur eine Stunde am Tag arbeiten muss.« Er ballte die Faust. »Sie wollen es so. Also – sollen sie mich durchfüttern.«

»Ich wollte, ich könnte Ihnen helfen«, sagte Taggard.

Al-Shamri sah ihn finster an. »Sie sind Amerikaner. Sie helfen *denen*.«

Ferne Vergangenheit
Februar 1945

Anfang Februar des Jahres 1945 standen die alliierten Truppen bereits an den Grenzen des Deutschen Reiches. Die sowjetische Armee setzte zu ihrem Großangriff auf Schlesien, Ostpreußen und Berlin an. Eine letzte deutsche Offensive in den Ardennen war im Dezember nach wenigen Tagen gescheitert. Das Ende des Krieges in Europa war nur noch eine Frage der Zeit.

Vor diesem Hintergrund trafen sich Franklin Delano Roosevelt, Winston Churchill und Stalin in der Hafenstadt Jalta an der Südküste der Krim. Es ging darum, festzulegen, wie die Welt nach dem Krieg neu geordnet werden sollte. In erster Linie sprach man über Deutschland; vereinbarte, es in Besatzungszonen aufzuteilen, und Stalin schlug die Oder-Neiße-Linie als neue Westgrenze Polens vor. Doch auch der Rest der Welt war Thema: So kam man hinsichtlich der bereits seit einiger Zeit laufenden Vorbereitungen für die Gründung einer internationalen Friedensorganisation, den späteren Vereinten Nationen, überein, einen eigenen Sicherheitsrat zu schaffen und den Großmächten ein Vetorecht darin zu geben.

Historiker betrachten die Konferenz von Jalta als den Punkt, an dem die Weichen für die Nachkriegszeit gestellt wurden. Nur drei Tage danach fand jedoch ein weiteres Treffen statt, das weniger bekannt wurde, das die Zukunft aber ebenso tief prägen sollte.

Als Roosevelt, der einzige Präsident in der Geschichte der USA, der sein Amt mehr als zwei Perioden innehatte, Jalta verließ, tat er dies mit einem Ziel, von dem seine Bündnispartner nichts ahnten. Er flog heimlich nach Ägypten und ging an Bord des Kriegsschiffs *USS Quincy*, das danach Kurs auf den Großen Bittersee im Suez-Kanal nahm. Dort traf der amerikanische Präsident mit König Faruk I. von Ägypten zusammen und am darauf folgenden Tag mit Kaiser Haile Selassie von Äthiopien. Am vierzehnten Februar schließlich kam König Ibn Saud von Arabien an Bord.

Der hoch gewachsene, stolze Mann, auch im hohen Alter noch jeder Zoll ein Krieger, hieß mit vollem Namen Abd al-Asis Ibn Abd ar-Rahman Ibn Saud. Geleitet von der wahhabitischen Lehre vom reinen Islam und mit dem Anspruch, legitimer Nachfahre früherer Herrscher zu sein, hatte er im Jahre 1902 Riyadh von den Rashidis zurückerobert, den im Volk wenig beliebten Statthaltern des Osmanenreiches. Nachdem er seine Stellung im Nedjd gefestigt hatte, hatte er 1922 das Emirat Hail unterworfen, 1925 die heilige Stadt Mekka und das Königreich Hidjas erobert und 1927 das Emirat Asir annektiert. 1932 schließlich hatte er alle Gebiete zum Königreich Saudi-Arabien vereinigt, dessen Herrscher er seither war.

Zu seinem Empfang hatte die Mannschaft der *USS Quincy* am Bug des Schiffes ein großes Zelt aus Segeltuch aufgespannt. Zwei Sessel für den König und den Präsidenten standen darin, darum herum lagen zahlreiche Teppiche und Sitzkissen für dessen Begleiter. Die Schiffsküche schlachtete ein Schaf nach muslimischem Ritus, um aus seinem Fleisch die Mahlzeiten für die Gäste zu bereiten.

Es waren zwei kranke, alte Männer, die da einander schließlich gegenübersaßen. Roosevelt war schon seit Jahren durch eine Kinderlähmung an den Rollstuhl gefesselt; niemand ahnte an diesem Tag, dass er keine acht Wochen mehr zu leben hatte. Ibn Saud litt an einer aus seinen Kriegszeiten herrührenden Beinverletzung, die ihm mit zunehmendem Alter zu schaffen machte; er musste sich an Bord der *USS Quincy* tragen lassen. Vielleicht war das der Grund dafür, dass alle beteiligten Dolmetscher später einhellig der Auffassung waren, die beiden ansonsten so ungleichen Männer hätten sich im Lauf ihres mehrstündigen Gesprächs regelrecht miteinander angefreundet.

Dabei begann das Treffen gleich mit einem Missverständnis. Roosevelt eröffnete die Unterredung, indem er voller Emphase davon sprach, wie technischer und wirtschaftlicher Fortschritt die Wüsten Saudi-Arabiens zum Blühen und Grünen bringen würden. Darauf unterbrach ihn der König respektvoll und erklärte, an Fragen der Wasserversorgung sei er nicht interessiert. Im Übrigen liebe er die Wüste; er sei ein Beduine, und auch wenn der Gedanke, unwirtliche Landstriche urbar zu machen, sicher etwas für sich habe, so müsse doch immer auch ausreichend Platz für Wüsten auf der Welt sein.

Ibn Saud war in der Hoffnung zu diesem Treffen gereist, in den USA einen Verbündeten zu finden, der ihm helfen würde, das Reich zu erhalten, das er im Laufe seines Lebens geschaffen hatte. Der traditionelle politische Partner Saudi-Arabiens waren die Briten, die auch die meisten Lebensmittel lieferten, die das Land importierte. Doch Großbritannien hatte eine lange und dunkle Geschichte als Kolonialmacht und die erwiesene Neigung, sich in regionale Belange einzumischen; er musste befürchten, dass im Fall eines Abkommens mit den Briten sein Reich bald von London aus regiert werden würde. Umgekehrt wusste der saudische König sehr wohl, dass die Amerikaner sich in der Vergangenheit nach Kriegen häufig auf sich selbst zurückgezogen hatten: War auf einen solchen Verbündeten Verlass, oder würde er nach Ende des Kriegs das Interesse an dem fernen Land wieder verlieren?

Roosevelt hingegen war sich der Tatsache vollkommen bewusst, dass unter dem Boden der arabischen Wüsten enorme Ölvorkommen ruhten und dass diesen in absehbarer Zeit eine große strategische Bedeutung zukommen würde. Keinesfalls würden die USA nach dem Krieg das Interesse daran verlieren. Was er anzubieten hatte, waren wirtschaftliche Zusammenarbeit sowie der militärische Beistand der Vereinigten Staaten von Amerika. Außerdem konnte er dem saudischen König glaubhaft – und, wie die Zukunft zeigen sollte, wahrheitsgemäß – versichern, dass die USA keinerlei territoriale Interessen verfolgten. Das gab den Ausschlag. Hier das Öl, dort die militärische Potenz – ein Bündnis zu gegenseitigem Nutzen bot sich an.

So besiegelten Roosevelt und Ibn Saud an diesem Tag einige Abkommen, von denen zwei weitreichende Konsequenzen haben sollten: Erstens erhielten die USA Zugang zu den saudischen Häfen und das Recht, Militärstützpunkte auf saudischem Territorium anzulegen. Die Lizenz dazu war ursprünglich auf fünf Jahre begrenzt; tatsächlich existieren diese Stützpunkte jedoch bis auf den heutigen Tag. Zweitens bekam die ARAMCO, die *Arab American Oil Company*, die sich hauptsächlich im Besitz der *Standard Oil of California* befand, die Erlaubnis, die transarabische Pipeline bis zum Mittelmeer zu verlegen und so die Ölreserven des Landes zu erschließen, von denen damals noch nicht zu ahnen war, dass es sich um die größten der Welt handelte.

Einen Tag nach dem Gespräch mit Roosevelt traf König Ibn Saud in Kairo mit dem britischen Premierminister zusammen. Von dieser Begegnung wird erzählt, Winston Churchill sei nicht recht klar gewesen, mit wem er es überhaupt zu tun habe; er habe Ibn Saud für ein Mitglied des iranischen Königshauses gehalten. Der saudische König reiste wenig amüsiert wieder ab. Damit waren die Würfel gefallen.

In den ersten Jahren nach dem Krieg dominierten weiterhin die British Petroleum Corporation und das britisch-niederländische Gemeinschaftsunternehmen Shell, die beide enorme Summen im Iran investiert hatten, den Handel mit dem Nahen Osten. Doch in dem Maße, wie die saudische Ölproduktion anstieg und damit der Hunger der Weltwirtschaft nach Öl, veränderten sich die Kräfteverhältnisse ebenso stetig wie unaufhaltsam. Mit den USA als Partner und Verbündetem war Saudi-Arabien vor seinen traditionellen Feinden und Widersachern in Ägypten, Jordanien und dem Iran sicher. Auch die Rache der Schiiten, die die Wahhabiten als Ungläubige betrachteten und sie in den vorangegangenen Jahrhunderten erbarmungslos verfolgt hatten, musste das Königreich nicht mehr fürchten. Saudi-Arabien lieferte den USA billiges Öl, was der amerikanischen Wirtschaft nach dem Krieg zu einem Boom ohne Beispiel in der Geschichte verhalf, und konnte beruhigt zusehen, wie eine Beziehung entstand, die auf zunehmender wechselseitiger Abhängigkeit beruhte. Die bisherige europäische Hegemonie im Nahen Osten jedenfalls war gebrochen.

Zum feierlichen Abschluss ihres Treffens auf der *USS Quincy* tauschten die beiden Staatsführer Geschenke aus. Ibn Saud überreichte Roosevelt das Gewand eines Scheichs und einen Dolch aus massivem Gold, der amerikanische Präsident wiederum schenkte dem saudischen König ein zweimotoriges Flugzeug sowie eine genaue Replik seines eigenen Rollstuhls.

Von diesem Rollstuhl war Ibn Saud vom ersten Moment an

fasziniert. Er setzte sich sofort hinein und erklärte, nie wieder daraus aufstehen zu wollen.

Und genau das tat er dann auch. Bis zum Ende seines Lebens acht Jahre später verließ er seinen Rollstuhl nur noch, um sich abends schlafen zu legen. Der Mangel an Bewegung ließ den einst kraftvollen, drahtigen Mann fettleibig und hinfällig werden, und am Schluss wartete das ganze Land ungeduldig auf sein Ableben.

KAPITEL 9

Vergangenheit

Der September kam. Man merkte, dass die heiße Jahreszeit vorbei war; das Laub an den Bäumen begann, sich zu verfärben. Morgens glänzte Markus' Wagen feucht vom Tau. Die Arbeiten an der deutschen Version waren so gut wie abgeschlossen; Professor Schiltknecht aus Zürich, der ihn in Schweizer Steuer- und Bankfragen beraten hatte, hatte sich zufrieden gezeigt, und Professor Müller von der Uni Köln hatte ihn sogar für seine Arbeit gelobt.

Inzwischen war das alles für Markus aber schon fast abgehakt. Er würde, das war bereits besprochen, zunächst in den technischen Service wechseln, und da er neben den letzten Korrekturen an den Schulungsunterlagen nur noch wenig zu tun hatte, begann er allmählich, sich in die Installation des Systems einzuarbeiten und sich mit den vielen verschiedenen Problemen vertraut zu machen, die je nach Rechnerumgebung auftauchen konnten.

Eines Tages Ende September herrschte auf einmal seltsame Aufregung im Haus. Schon morgens, als Markus ankam – die Sonne hatte es eben mal über den Horizont geschafft, hing aber noch hinter den Bäumen verborgen und färbte bloß deren Wipfel rötlich-gelb –, verließ gerade eine große Putzkolonne das Gebäude. Die Männer und Frauen wirkten so erschöpft, als hätten sie die ganze Nacht hindurch gearbeitet, und so, wie es plötzlich überall aussah, war das womöglich sogar der Fall gewesen. Wenig später fuhr der Lieferwagen eines Catering-Service vor, und adrett uniformierte Frauen trugen lecker aussehende Platten und allerlei Getränke ins Haus. Dann schafften ein paar Leute vom Hausdienst die großen Blumenkübel beiseite, die unmittelbar vor dem Eingang aufgestellt waren, damit dort niemand parkte. Was war bloß los? Niemand wusste, was das sollte, und bald stand die halbe Belegschaft an den Fenstern und verfolgte den weiteren Fortgang der Dinge.

Gegen zehn Uhr tauchten die drei Chefs auf dem Vorplatz auf. Sie schienen zu warten, einfach so. Nolan und Murray unterhielten sich, während Howard Means, der Leiter des technischen Service Nordost, ein dicklicher Mann Ende fünfzig, ein paar Schritte von den beiden entfernt nur dumpf dastand, die fleischigen Hände hinter dem Rücken verschränkt, und Löcher in die Luft starrte.

»Sieht aus, als ob der CEO persönlich kommt«, meinte Markus zu jemandem.

Der schüttelte den Kopf. »Nie im Leben. Rowe *hasst* es, wenn man wegen ihm Aufwand treibt. Deswegen kommt er meistens unangekündigt.«

Kurz vor halb elf bogen drei schwarze BMW mit getönten Scheiben auf das Firmengelände ein. Sie hielten nebeneinander auf dem freigeräumten Platz; mit identischen, abgezirkelten Manövern, die wie eingeübt aussahen. Zwei junge Männer und eine Frau stiegen aus, alle drei ebenfalls schwarz gekleidet und einander auf seltsame Weise ähnelnd. Sie wirkten… Reich? Mächtig? Auf jeden Fall irgendwie überirdisch. Wie Filmstars. Geheimagenten. Götter. Nolan, Murray und Means begrüßten sie wort- und gestenreich, ohne bei ihren Gästen eine merkliche Reaktion hervorzurufen, und geleiteten ihre kühlen Besucher schließlich hinein.

Damit war der Empfang vorbei, aber die Anspannung blieb, erfüllte das ganze Haus, veranlasste nicht wenige, leiser als sonst zu reden oder zusammenzuzucken, wenn das Telefon klingelte. Erst als die drei schwarzen Wagen wieder verschwunden waren, ließ es nach. Aber auch dann wusste noch niemand, wer das gewesen war.

»Die waren von *triple P*«, erklärte Keith. »Vom *Peak Performance Pool.*«

Es war Sonntagnachmittag. Sie saßen mal wieder bei Keith in der Garage, und Markus trank ein Bier, während Keith an einem Motor herumschraubte. Es roch intensiv nach Pommes frites. Keith hatte schmierige Finger und einen Karton mit verdrucktem Papier neben sich, aus dem er immer wieder mal ein Blatt zog, um es irgendwo unterzulegen oder etwas damit abzuwischen.

»Abgekürzt PPP?«, vergewisserte sich Markus.

»Genau. Sagt dir was, oder?«

»Ja.« PPP war eine innerhalb von wenigen Jahren zu legendärem Ruf gelangte Private-Equity-Gesellschaft. Sie stiegen mit Risikokapital in kleine, unbekannte, vielversprechende Unternehmen ein und mit fast obszön hohen Gewinnen wieder aus, wenn besagte Unternehmen ihre Versprechungen eingelöst hatten, groß und berühmt und vor allem profitabel geworden waren und die Börse nach ihren Aktien lechzte. Ein lukratives, aber naturgemäß auch höchst riskantes Geschäft, in dem PPP mittlerweile viele etablierte Gesellschaften wie KKR – Kohlberg Kravis Roberts –, APAX, Candover oder Blackstone überflügelt hatte. PPP genoss inzwischen einen derartigen Ruf, dass man nicht mehr genau unterscheiden konnte, ob sie vom Erfolg eines Startup-Unternehmens nur profitierten oder ob sie ihn nicht sogar *machten*. Viele Leute in der Finanzwelt werteten eine Beteiligung von PPP inzwischen als Erfolgsgarantie, eine Einstellung, die an der Börse zu einer *self fulfilling prophecy* wurde: Eine Firma, von der alle glauben, dass sie erfolgreich wird, wird eben genau deshalb erfolgreich. »Heißt das, PPP sind Kunden von uns?«

»Genau. Der alte Rowe kennt die Gründer, und er hat wohl auch selber ein paar von seinen Milliarden dort investiert.«

»Schau an«, sagte Markus und nahm noch einen Schluck Bier.

Keith legte den Schraubenschlüssel beiseite, prüfte noch einmal den Sitz aller Schrauben mit der bloßen Hand, wischte sich die Finger dann notdürftig mit Papier ab und meinte: »So. Jetzt probieren wir das mal.«

Er hob einen metallenen Kanister hoch, schraubte den Deckel ab und füllte den Inhalt – dunkel gewordenes, gebrauchtes, stinkendes Frittenfett – in den Tank. Dann warf er den Motor an, und siehe da, er lief.

Markus schüttelte den Kopf und rief: »Von allen seltsamen Hobbys, die ich je gesehen habe, ist deines bestimmt das seltsamste.«

Keith betrachtete den wummernden Motor wie eine liebende Mutter ihr Kind. »Sag das nicht«, gab er zurück. »Jim vom Kundendienst Midwest züchtet Fledermäuse, also das finde ich …«

»Züchten ist nicht seltsam.«

»Was mache ich denn? Ich züchte Motor-Mutanten.«

Ein kleiner, kaum merklicher Ruckler im Lauf des Motors ließ auf Keith' Stirn eine Falte entstehen. Erst als sich der Vorfall mehrere Minuten lang nicht wiederholte, verschwand sie wieder.

Die Garagentür stand offen, und ein Verlängerungsschlauch aus gelbem Plastik leitete die Abgase ins Freie. Trotzdem stank es nach Frittenbude, und es wurde immer schlimmer.

»Dass deine Nachbarn das mitmachen.«

»Ich repariere ihnen dafür ihre Autos.«

»Die lassen dich an ihre *Autos*? Das ist ja noch erstaunlicher.«

Der Motor ruckelte wieder, und diesmal hörte es nicht wieder auf, sondern verstärkte sich. Keith griff nach einem chromglänzenden Regler und stellte den Motor wieder ab. »Fast«, sagte er in die bratfettgeschwängerte Stille hinein. »Aber noch nicht ganz.«

Markus hatte in seinem Leben schon viele Programmierer getroffen, aber noch keinen, der so handwerklich orientiert war wie Keith. »Das kommt daher, dass ich Wassermann bin«, war dessen Erklärung. »Achte mal darauf. Ein Wassermann, der mit Computern zu tun hat, schraubt sein Gerät mindestens einmal im Monat auf. Wenn er den Gehäusedeckel nicht sowieso weglässt. Das ist das Sternzeichen der Schrauber, glaub mir.«

Das waren die beiden Hobbys des Keith Pepper: Im Büro

bastelte er bei jeder Gelegenheit an der Hardware seiner fünfeinhalb Computer herum, und zu Hause vergnügte er sich mit der weitgehend sinnfreien Tätigkeit, Motoren aller Art so umzubauen, dass sie mit anderen Treibstoffen als Benzin oder Diesel liefen.

»Frittenfett ist klasse, weil du es umsonst kriegst«, erklärte Keith, während er den Motor wieder aufschraubte. »Der Mac unten in der Stadt ist froh, wenn er es los wird; wenn ich es nicht hole, kostet es ihn nur Entsorgungsgebühren. Und technisch ist es im Wesentlichen eine Frage des richtigen Filters.«

Markus entließ einen satten Rülpser. »Aber der Gestank.«

»Ja. Der Gestank.« Keith nickte. »Da muss mir noch was einfallen.«

Anfangs war das für Markus erheblich gewöhnungsbedürftig gewesen: zu sehen, wie jemand simples Salatöl in den Tank eines Motors schüttete. Er hatte sich jedoch belehren lassen, dass jede Flüssigkeit, die im Stande war zu brennen, auch im Stande war, einen Motor anzutreiben.

»Alkohol ist klasse. Teuer halt. Aber ein Auto, dessen Abgase nach Whiskey riechen – das hat einfach was.«

»Ja. Es wird an jeder Ecke von der Polizei angehalten.«

»Wusstest du, dass sie in Brasilien Autos mit Motoren haben, die man umschalten kann zwischen Benzin und Alkohol? Dort fahren, was weiß ich, vierzig Prozent oder so mit Alkohol. Das ist dort völlig üblich.«

»Gerade hast du gesagt, Alkohol sei zu teuer.«

»Ja, wenn du Wodka oder Whiskey nimmst, klar. Industrieller Alkohol ist natürlich billiger. Von der CO_2-Bilanz her ist Alkohol sogar super; weil er aus nachwachsenden Rohstoffen erzeugt wird, kommt bloß so viel Kohlendioxid in die Atmosphäre, wie die Pflanzen vorher daraus entzogen haben. Neutral also. Bloß rentiert es sich leider von der Energieseite her überhaupt nicht.«

»Wieso nicht?«

»Alkohol musst du destillieren. Und das kostet mehr Energie, als der Sprit nachher bringt.« Keith hob ein röhrenförmiges Teil gegen das Licht und sah hindurch. »Ach, sieh an. So geht das natürlich nicht.« Er ging damit zu seiner Werkbank, wühlte in der Werkzeugkiste. »Weißt du, was richtig geil ist? Flugbenzin. Junge, das geht ab. Macht aus der kleinsten Karre eine Rakete.«

Markus musterte ihn skeptisch. »Ist das nicht gefährlich?«

»Doch, klar. Wie die Hölle. Außerdem ist es verdammt schwer zu kriegen.« Er nickte zu einem Foto hin, das gerahmt an der Wand hing. »Bruce hat einen VW Käfer, der mit Kerosin fährt. Ist schon der zweite, der erste ist ihm explodiert.«

Markus rutschte von seinem Hocker, trat neben Keith und betrachtete das Bild. Es zeigte eine wild aussehende Truppe mit noch wilder aussehenden Fahrzeugen vor einer Wüstenlandschaft. Im Hintergrund erhoben sich schroffe Gebirgszüge.

»Bruce ist der in der Mitte«, erläuterte Keith, während er in dem Stück Rohr herumstocherte.

»Wo ist denn das?«

»Arizona. Aquarius Mountains.« Keith lachte auf. »Witzig übrigens, es gibt dort eine Stadt, die Bagdad heißt.«

»Und da trefft ihr euch immer? Und fahrt mit euren Frittenfett- und Kerosinautos um die Wette?«

Keith blies mehrmals kräftig durch das Rohr und hielt es wieder gegen das Licht. »Mal hier, mal da. Hängt davon ab, wo wir die Erlaubnis dazu kriegen.« Er lachte wieder. »Manchmal kriegen wir die nur einmal.«

Markus hob die Hand. »Mist!« Er hatte sich auf der Werkbank abgestützt und mitten in einen Ölfleck gefasst.

»Und da heißt es immer, die vom Vertrieb machen sich nie die Finger schmutzig«, grinste Keith. Er griff in den Karton mit dem Abfallpapier und reichte Markus ein Blatt.

Druckerpapier war, wie es sich Markus schon beim bloßen Zusehen gedacht hatte, für Reinigungszwecke wenig geeignet. Er sah sich sehnsüchtig nach einer Rolle Küchenkrepp oder dergleichen um, aber dergleichen hatte Keith Pepper, der Liebhaber der Zweckentfremdung, in seiner Werkstatt nicht vorrätig.

»Oben neben der Kellertreppe gibt es ein Waschbecken mit Seife«, gab er ihm als Tipp.

»Sobald ich es wage, die Türklinke anzufassen«, erwiderte Markus. Er betrachtete das Blatt in seiner Hand. Es war ausgedruckter und mit allerhand Anmerkungen vollgekritzelter Programmcode. »Bist du sicher, dass du das nicht mehr brauchst?«

»Ausdrucken, Änderungen anzeichnen, im Code nachtragen, Blatt wegwerfen.« Keith stand schon wieder bei seinem Motor und schraubte die Teile an, die er eben abgenommen hatte. »Wenn dir das nicht in Fleisch und Blut übergeht, ertrinkst du im Nu in Papier.«

»Verstehe.« Markus betrachtete die Überschriftenzeile. Dort stand: *PPP_MainEntry()*. Und darunter: *Author: Keith Pepper.* »Sag mal, ganz wilde Idee, aber kann es sein, dass ihr für PPP ein eigenes Modul entwickelt?«

Keith drehte sich ruckartig um. »Wie kommst du darauf? Tun wir, ja, aber das ist streng geheim.«

Markus hielt ihm das Blatt hin. »Dann solltest du das hier vielleicht lieber in den Schredder werfen statt in den Papierkorb.«

»*Fuck*!«, stieß Keith aus. »Hab ich die Ausdrucke etwa auch da rein …? *Oh my god*!« Er fing an, den Karton zu durchwühlen, Papiere herauszunehmen und daneben aufzuhäufen, und er wirkte dabei aufs Höchste beunruhigt.

»So geheim?«, fragte Markus neugierig.

»Aber hallo«, ächzte Keith. »Wenn die *triple-P*-Leute das hier wüssten, würden sie mich morgen an die höchste Rahe knüpfen. Die stellen sich an mit ihrem Modul, als wär's heilig; du machst dir keine Vorstellung. Zum Kotzen.«

»Was ist denn das für ein Modul?« Das war neugierig, aber Markus konnte nicht anders.

Keith war schwer mit Wühlen und Kopfschütteln beschäftigt. »*Fuck*, sogar die Dokumentation!« Noch mehr Papiere auf den Haufen. Er warf Markus einen Seitenblick zu, aus dem merkliche Beunruhigung sprach. »Die haben sich eine eigene Methode zur Prognose und Risikoabschätzung entwickeln lassen. Von einem Mathematiker, der sogar ziemlich berühmt ist, ich komm bloß grad nicht auf den Namen. Mandelbaum oder so. Jedenfalls kein Wirtschaftswissenschaftler.«

Markus runzelte die Stirn. »Aber wir haben in unseren Businessmodellen doch alle anerkannten Verfahren drin. Black-Scholes, Markowitz, CAPM, APT, Value-at-risk und so weiter.« Markus kannte die Bezeichnungen, hatte aber nur sehr schwammige Vorstellungen davon, was sich dahinter verbarg. Er war Vertriebsmensch. Die richtigen Worte an der richtigen Stelle fallen zu lassen und immer so zu tun, als sei nichts ein Problem, das war es, was er beherrschte. Details, das war etwas für andere Leute.

Keith nickte. »Das sind die Börsenmodelle. Da haben die *triple-P* auch was Eigenes, aber damit habe ich nichts zu tun. Ich mache das Verfahren für *Seed-Investment* – und auch bloß so, wie man's mir erklärt hat.« Er hatte den Stapel beisammen. »Jedenfalls, alles streng vertraulich, Geschäftsgeheimnis und so.«

Markus sagte bedächtig: »Klingt alles *rasend* interessant.«

Keith sah ihn an, die Papiere in der Hand, und schüttelte entschieden den Kopf. »Nein«, sagte er. »Mark – nein. Vergiss es.«

»Schon okay«, sagte Markus. »Verstehe ich.« Er setzte einen Gesichtsausdruck größtmöglicher Tragik auf und sah entsagungsvoll ins Leere. »Wenn ich dereinst einmal meine eigene Firma gründe und scheitere, weil ich nicht im Stande sein werde, die Risiken nach der besten verfügbaren Methode abzuschätzen, kannst du mir ja ab und zu einen Kanister Frittenfett zukommen lassen, damit ich winters unter der Brücke nicht erfriere.«

»Du bist ein Schuft, hat dir das schon mal jemand gesagt?«, meinte Keith und grinste. Dann hob er die Papier hoch und fügte ernst hinzu: »Hast du eine Ahnung, wie hoch die Vertragsstrafe ist, wenn etwas davon nach draußen dringt?«

Mark schüttelte den Kopf. »Nicht die Spur.«

»Viele Nullen. *Sehr* viele Nullen.«

»Außerdem dringt nichts nach draußen. Es bleibt alles hier.« Markus zeigte auf seinen Kopf. »Und ich würde dir auch helfen, die da zu durchsuchen.« Er zeigte auf die Papiere, die Keith unter dem Motorblock ausgelegt hatte, und auf die, die schon im Papierkorb lagen.

Keith schlug die freie Hand vor die Augen, was seine Stirn mit dunkelbraunen Flecken musterte. »*Fuck*! Das hätte ich jetzt übersehen, kannst du dir das vorstellen?«

»Zumindest einer von uns beiden sollte im Geschäft bleiben.«

Keith sah sinnend auf die heiklen Unterlagen hinab. »Weißt du«, seufzte er, »ich sollte das alles hier auf der Stelle verbrennen. Würde ich auch machen, wenn ich nicht so ölverschmiert wäre. Aber so ... Hmm.«

Markus musterte den Freund, suchte und fand im Blick seiner Augen das schalkhafte Einverständnis. »Du meinst, du würdest mir diese Arbeit gern aufhalsen?«

»Oben im Kamin am besten«, schlug Keith vor und reichte ihm den Stapel, den er schon hatte. »Ich wühl das hier selber durch. Du kannst dir also ... Zeit lassen.«

Gegenwart

Sein Gesicht verschwand unter einem neuen Verband, der noch dicker war als der erste. Er solle sich nicht ins Gesicht fassen, hatte man ihm gesagt, aber er konnte es in manchen Momenten nicht lassen, und dann waren seine Fingerspitzen immer leicht rötlich gefärbt, wenn er sie wieder wegnahm. Man hatte ihm auch gesagt, die Operation sei gut verlaufen, sehr gut sogar. Die Narbe werde später nicht mehr zu sehen sein. So gut wie nicht, jedenfalls.

Aber er spürte sie noch. Eigentlich waren es zwei Narben. Eine verlief schräg über die Stirn und spaltete die rechte Braue; das scharfkantige Metallstück, das sie hervorgerufen hatte, hatte das Auge nur knapp verfehlt. Die andere Narbe zog sich von der Nasenwurzel über die rechte Wange. Noch so ein Fall von Glück im Unglück.

Er spürte ein dumpfes Pochen im Schädel und bildete sich

ein, dass es mit der Zeit immer stärker wurde. Er hatte erst jetzt erfahren, dass die Ärzte, die ihn in den USA zusammengeflickt hatten, seine Schädelknochen an einem Dutzend Stellen verschraubt hatten.

Frieder war wieder einmal da. Saß neben seinem Bett und schien sich nichts daraus zu machen, wenn er ab und zu wegdöste. Obwohl er nicht wollte, nein.

»Das wird bestimmt wieder«, sagte Frieder. »Du brauchst dir keine Sorgen zu machen.«

»Ich mache mir keine Sorgen«, erklärte Markus.

»Gut.«

Poch. Poch. Poch. Er konnte die Schwester rufen, um ein Schmerzmittel bitten. An dem Galgen über ihm hing ein … wie nannte man das Gerät eigentlich? Es sah aus wie eine Art Fernbedienung, aber das Wort erschien ihm unpassend.

Außerdem wollte er wach bleiben, nachdenken, sich über Dinge klar werden. Die Mittel, die er kriegen würde, würden ihn schlafen lassen, und dann würde Frieder gehen. Frieder, ja, genau, das wollte er ihn fragen.

»Sag mal, großer Bruder«, setzte er an, »was ich dich fragen wollte …«

»Ja?«

»Was war es, das Vater erfunden hat?«

Frieder hob die Brauen, was bei ihm besagte, dass er völlig überrascht war. Kein Wunder, denn das war ein altes Tabuthema zwischen ihnen beiden. Frieder war der Erstgeborene, der große Sohn, der den Vater immer für seine hohen Ideale verteidigt hatte. Und er, Markus, der Nachkömmling, der ihn immer noch kritisierte, weil er die Familie vernachlässigt hatte. In den langen, stillen Wochen hier hatte Markus angefangen, sich zu fragen, ob die entschieden anti-amerikanische Haltung seines Vaters und dessen Überzeugung, US-Konzerne seien die Wurzel allen Übels auf der Welt, nicht zu einer Art Trotzreaktion bei ihm geführt hatten und er deshalb immer so verbissen dahinterher gewesen war, in die USA zu gelangen und es dort, na ja, *zu schaffen.*

Frieder räusperte sich und rutschte auf dem Stuhl in eine andere Position. »Ich weiß es nicht«, sagte er dann. »Ich glaube auch nicht, dass wir das je erfahren werden. Jedenfalls ist nichts Neues in der Richtung aufgetaucht.« Er sah ihn an. »Wieso fragst du?«

Ja, wieso fragte er? »Ich musste daran denken.« Das Sprechen fiel ihm noch schwer; der Unterkiefer gehorchte ihm nicht ganz so, wie er es gewohnt war. »Ich habe grade viel Zeit, weißt du? Da sind Erinnerungen aufgetaucht. Wie ich ein Kind war. Wie ich an der Tür zu seinem Labor gelauscht habe, wenn er drinnen gearbeitet hat. Ich höre ihn noch schimpfen; du weißt ja, wie er sich aufregen konnte …«

Frieder nickte. »Ja.«

»Mir ist wieder eingefallen, wie abends oft dicke Luft war, wenn er aus dem Labor kam.« Die Unterlippe kribbelte. Hoffentlich lallte er nicht. »Und dann der Unfall …«

»Unfall? Das war kein Unfall.« Das, was er immer sagte. Im selben Ton wie immer. »Ein Autounfall, *zufällig* an demselben Abend, an dem jemand in sein Labor einbricht und alle seine Unterlagen stiehlt? Keins von den Geräten, von denen einige viel wert waren. Nur die Unterlagen. Das war unter Garantie kein Unfall. Das war Mord. Er ist umgebracht worden, weil er sich mit den falschen Leuten angelegt hat.«

»Vielleicht waren da nie Unterlagen? Oder er hat sie verbrannt?«

»Vater?« Frieder gab ein eigentümliches Geräusch von sich, halb Schluchzer, halb ersticktes Lachen. »Vater hat *nie* auch nur ein Blatt Papier weggeworfen. Und wenn er sich nur zwei Dinge merken wollte, hat er schon eine Liste gemacht. Er konnte überhaupt nicht *denken*, ohne zu schreiben.«

Markus musste husten. Es tat weh um den Mund herum. »Er hat depressive Phasen gehabt«, sagte er trotzdem. »Oft genug. Scheiße, einmal hat er mein Fahrrad auf den Müll geworfen, weil es ein multinationaler Konzern hergestellt hatte.«

Frieder nickte. Er schien nicht wirklich zugehört zu haben, sondern stattdessen in Erinnerungen zu versinken. »Ja, er hat immer gekämpft. Er hat sich in einem Kampf aufgerieben, in dem er von vornherein nie eine Chance hatte.« Er blinzelte, schüttelte den Kopf kurz und ruckartig, wie um zu sich zu kommen. »Warum hätte er die Vertragsunterlagen vernichten sollen? Die Lizenz, das war doch das, worum es in dem Streit ging!«

»Was ist denn mit Dr. Bär? Hätte der nicht eine Kopie haben müssen?«

»Da hatten sie sich doch schon lange verkracht gehabt.« Frieder fuhr sich mit der Hand über den kurzgeschorenen Asketenschädel. »Das habt ihr nicht so mitgekriegt, Dorothea und du. Ihr wart noch zu jung. Mutter war es, die nach Vaters Tod Dr. Bär wieder angerufen hat, damit er ihr mit all den Behördensachen hilft, und da wollte er erst gar nicht.«

Doch, Markus erinnerte sich. Dunkle, traurige Erinnerungen. Mutter, die im Wohnzimmer leise mit dem Anwalt sprach, immer wieder sagte »Das weiß ich nicht« und »Darüber hat Alfred nie mit mir gesprochen«, und es klang, als schäme sie sich dafür, als habe sie das Gefühl, dass sie hätte Bescheid wissen müssen und als sei es ihre Schuld, dass sie es nicht tat. Dabei war es *seine* verdammte Schuld gewesen!

Erinnerungen … Im Studentenwohnheim, den Telefonhörer in der Hand, und Frieder, der sagt: »Schlaganfall.« Am Krankenbett, wie sie flüstert: »Was soll ich hier so alleine?« Das Begräbnis, all die Leute, die ihnen kondolieren.

Frieder war derjenige von ihnen, der nach Vater schlug. Er hatte dessen Werte übernommen, kämpfte Vaters Kampf auf seine Weise weiter. Alternative Energien. Seine Firma vermarktete eine von Vaters Erfindungen, eine kleine technische Verbesserung, die es erlaubte, Solaranlagen etwas billiger und mit einem etwas höheren Wirkungsgrad zu betreiben. Eine Erfindung, die dafür gedacht war, Solaranlagen in südlichen Ländern zu betreiben, nicht im düsteren, wolkenverhangenen Deutschland, aber Frieder machte das Beste daraus. Er wollte die Menschheit retten, genau wie Vater. Bloß dass er beherrschter war, rationaler. Frieder fand keine Befriedigung darin, sich aufzuopfern. Er war nicht heißblütig, er war zäh. Ihr Vater wäre stolz auf ihn gewesen.

Markus hatte es sich vorgenommen gehabt, aber er brachte es nicht fertig, Frieder von einer anderen Erinnerung zu erzählen: wie er einmal von einem Schulausflug zurückkam und auf einmal wusste, was das für ein Geruch war, den man oft vor der Tür von Vaters Labor wahrnahm. Es war der Geruch von Most. Sie hatten an dem Tag eine Apfelkelterei besichtigt, und dort hatte er denselben Geruch vorgefunden, den Geruch gärenden Obstsaftes.

Er glaubte nicht an Frieders Verschwörungstheorie, weil er überzeugt war, dass Vater am Schluss in seinem Labor einfach nur Schnaps gebrannt hatte. Er war an der Welt verzweifelt und hatte seine Verzweiflung ertränkt. Und er war verunglückt, weil er zu viel getrunken hatte.

Nein. Das würde er Frieder niemals erzählen.

KAPITEL 10

Vergangenheit

Je näher der Oktober rückte, desto wundervoller färbte sich die Landschaft, und Markus genoss den Anblick, auch wenn ihm alle meinten erzählen zu müssen, der »Indian Summer« weit droben im Nordosten sei noch schöner. Ihm war das hier schön genug für den Anfang.

Der Rest des Lokalisierungsteams bereitete sich allmählich auf die Rückkehr vor. Die Mienen waren jetzt, da die Arbeit geschafft war, gelöster, die Stimmung hatte manchmal etwas von Party oder Klassenfahrt. Inzwischen gehörte auch die Frau dazu, die für Silvio nachgerückt war, eine mondäne, hoch gewachsene Neapolitanerin, die Maria hieß und die Arbeit mit leichter Hand zu erledigen schien. Einzig Bengt bekam auf den letzten Metern Stress, denn die schwedische Version war als einzige noch nicht von den heimischen Beratern abgesegnet, und mit der Übersetzung der Schulungsunterlagen hatte er so lange getrödelt, dass er es nicht mehr schaffen würde.

»Ist doch egal, das kann ich ja auch noch zu Hause machen«, erklärte er großspurig, bis ihm Lourdes geradeheraus sagte, er hätte eben nicht so viel Zeitung lesen sollen, anstatt zu arbeiten.

»Und du willst wirklich bleiben?«, fragte Jean-Marc. Das hatte er schon mindestens ein Dutzend Mal gefragt, und diesmal legte Markus ihm die Hand auf die Schulter und sagte: »Du wirst es nie verstehen, *mon ami.* Gib es auf.«

Die anderen gratulierten ihm, luden ihn zu der Abschiedsparty ein, die sie vor dem Abflug im Hotel feiern wollten, und Lourdes sagte: »Ich wünsche dir, dass du die richtige Entscheidung getroffen hast.«

Doch dann, am ersten Arbeitstag im Oktober, fand sich morgens ein Rundmail in jedem Posteingang. Mit Wirkung vom ersten Oktober, hieß es darin, sei Richard Nolan in den Vorstand berufen worden. Neuer Leiter der Niederlassung Paradise Valley sei ab sofort John Murray.

Markus las dieses Mail mit einem Gefühl, als gebe der Boden unter ihm nach.

Und tatsächlich: Keine zwanzig Minuten später klingelte sein Telefon. Es war Richard Nolans bisherige Sekretärin, dieselbe Frau, die ihn an jenem wonnigen Freitagnachmittag ins Chefbüro bestellt hatte. Nur dass sie diesmal sagte: »Sie sollen bitte umgehend in Mister Murrays Büro kommen.«

Und nein, er brauche keine Projektunterlagen mitzubringen.

Murray saß mit gefalteten Händen hinter Nolans altem Schreibtisch, als Markus das Büro betrat. Seinen Baseball, sein Familienfoto und seine Bibel hatte er schon hinter sich aufgebaut, der Rest des Raumes wirkte noch leer und unbewohnt.

Murray begrüßte ihn knapp, höflich und kühl, gerade so, dass man nichts daran aussetzen konnte. »Wie ist der Stand Ihres Projekts?«, wollte er dann wissen.

»Fertig, Sir.«

»Welche Programmversion?«

»Version LR-8.1.23 Build 5 DE.«

»Wie sieht es mit den Unterlagen aus?«

Markus wagte wieder zu atmen. Vielleicht hatte er sich doch zu viele Sorgen gemacht? »Die Unterlagen sind komplett übersetzt, von unseren Beratern in Deutschland, Österreich und der Schweiz gegengeprüft und genehmigt. Das Handbuch ist bereits in Druck, die Schulungsunterlagen sollen, wenn ich mich recht entsinne, nächste Woche in Druck gehen.«

Murray nickte. Er sagte nicht »Gut« oder dergleichen, er nahm es zur Kenntnis. Dann saß er einen Moment da – oder vielleicht auch eine Stunde oder hundert Jahre, das hätte Markus später nicht mit Gewissheit sagen können –, um sich schließlich zu räuspern und zu sagen: »Mister *Westermann*« – es war unüberhörbar, wie er das betonte – »Mister Nolan hat Ihnen das Angebot gemacht, nach Abschluss des Lokalisierungsprojekts hier in der Zentrale zu bleiben.«

Jetzt. Jetzt ging es zur Sache.

»Ja«, sagte Markus. Sagte er es? Oder dachte er es nur?

»Ich ziehe dieses Angebot hiermit zurück«, fuhr Murray kühl fort. »Aus zwei Gründen. Erstens, weil die Chemie zwischen uns nicht stimmt. Ich misstraue Ihnen; Sie wissen, warum. Zweitens, weil ich denke, dass den Interessen der Firma am besten gedient ist, wenn der Spezialist für eine Landesversion in dem betreffenden Land weiterhin zur Verfügung steht. Das war seit eh und je die Politik unseres Hauses. Eine Politik, die sich bewährt hat, wie ich finde.«

Markus nickte nur. Auf einmal war ihm klar, dass er seit dem Mail mit nichts anderem gerechnet hatte. Zu seiner eigenen Verwunderung fühlte er nichts, nicht einmal Enttäuschung.

Murray zog eine Schublade auf. »Ich lege Wert auf korrektes Verhalten, wie Sie wissen. Dazu gehört auch die korrekte Abrechnung auf beiden Seiten.« Er brachte ein Blatt voller Zahlen zum Vorschein, betrachtete es. »Sie haben in den vergangenen Monaten eine atemberaubende Menge an Überstunden angehäuft. Ich möchte, dass Sie die noch rechtzeitig abbauen, ehe Sie nach Europa zurückkehren.«

Markus starrte ihn an. »Sir?«, hörte er sich sagen. Er hatte keine Vorstellung, was Murray damit meinen mochte. Er hatte auch keine Vorstellung, von wie vielen Überstunden die Rede war; er hatte nicht mitgezählt.

Murray reichte ihm das Blatt mit der Stundenabrechnung, die aus dem Anmeldesystem stammte. »Es reicht gerade. Sie können die nächsten zwei Wochen freinehmen, und dann brauchen Sie nur noch zu packen.«

Erst an dem Tag, an dem Taggard aus dem Marriott-Hotel in die Wohnanlage »Twelve Palms« umzog, fand er heraus, was der rätselhafte kleine goldene Pfeil an seiner Zimmerdecke zu bedeuten hatte: Er zeigte die Richtung nach Mekka an. In einem der Schränke lag, achtsam zusammengefaltet, ein Gebetsteppich. Die aktuell gültigen Gebetszeiten waren jeweils in großen goldenen Lettern auf einer Tafel an der Rezeption vermerkt; da sich jedoch zum größten Teil ungläubige Ausländer im Hotel aufhielten, verzichtete man darauf, sie über das Lautsprechersystem durchzusagen.

»Twelve Palms« also. Die Wohnanlage bestand aus rund zweihundert modernen, geradezu luxuriösen Villen, etwa sechs Meilen vom Stadtzentrum entfernt, in westlicher Richtung gelegen und von einer Mauer umgeben. Die Mauer war neu; Anschläge auf Ausländer waren der Grund gewesen, sie zu errichten und noch ein paar bewaffnete Sicherheitsleute davorzustellen.

In der Hauptsache wohnten hier Libyer, Ägypter und Syrer, aber auch einige Franzosen und Briten. Die Araber redeten nicht mit ihm, die Europäer dagegen konnten es kaum erwarten, ihm zu erklären, wie langweilig das Leben in Riyadh sei. »Kein Theater, kein Kino, keine Konzerte«, zählte ihm ein Engländer auf, der bei einer Bank arbeitete. »Alles verboten. Der einzige Vorteil ist, dass man einkaufen kann, ohne von Musik bedudelt zu werden.«

Er solle nicht allein in die Stadt gehen, hatte ihn Myers gewarnt, ebenfalls mit dem Hinweis, dass immer wieder Attentate auf Ausländer verübt würden, vorzugsweise auf Amerikaner. Taggard ging trotzdem und verzichtete einfach darauf, Myers davon in Kenntnis zu setzen.

Das Seltsame war, dass der Feind, das verhasste Amerika, trotz der arabischen Schrift und der fremden Trachten überall gegenwärtig war. Die jungen Leute trugen amerikanische Jeans, amerikanische Turnschuhe, amerikanische T-Shirts. An jeder Ecke fand sich ein anderer amerikanischer Fast-Food-Laden – McDonald's, Pizza Hut, Kentucky Fried Chicken, Burger King und so weiter, alle waren sie vertreten. Und es war nicht zu übersehen, dass sie sich, wie überall auf der Welt, bei Kindern und Jugendlichen begeisterten Zuspruchs erfreuten.

Als er die zweite Filiale unter dem großen goldenen M fand, ging er neugierig hinein, stellte sich mit in die Schlange, bestellte das Big-Mac-Menü. Es kostete fünfzehn Rial, und während er es verzehrte, rechnete er um, dass das ungefähr vier Dollar entsprach. Stolzer Preis, fand er, biss ab und beobachtete das Treiben. Etliche verschleierte Frauen kamen mit ihren Kindern, die voll heftiger Begehrlichkeit um die bunten Plastikfiguren verhandelten, die es zu manchen Menüs gab. Anschließend trugen sie ihre Tabletts in die abgegrenzten Familiensektionen. Taggard fragte sich, wie die Frauen überhaupt aßen: Hoben sie für jede Fritte ihren Schleier? Und was machten sie mit den Cheeseburgern? Es war unmöglich, das herauszufinden, denn die Familiensektionen waren natürlich vor Einblicken geschützt.

Immer wieder durchstreifte Taggard die Stadt, beobachtete, suchte, ohne dass er hätte sagen können, was. Manchmal wurde ihm schlecht von der Hitze; dann nahm er ein Taxi zurück zu den »Twelve Palms«, legte sich in seiner klimatisierten Wohnung aufs Bett und sagte sich, dass er kein junger Mann mehr war und zu alt für solche Abenteuer. Doch bei nächster Gelegenheit zog er wieder los, hielt sich im Schatten, hatte trotzdem bald wieder das Hemd am Leib kleben und einen Sonnenbrand auf der Nase und auf dem Schädel, wo zu wenig Haare wuchsen, um vor der Sonne zu schützen, und zu viele, als dass er hätte Sonnenschutzmittel auftragen können.

Er stieß auf Koranschulen und sah, wie die jungen Männer, die herauskamen, ihm finstere Blicke zuwarfen. Vor einer stellte er sich auf, einen Stadtplan in der Hand, mimte den Touristen und fragte auf Englisch nach dem *Dirah Souk*, dem berühmten Antiquitätenmarkt. Er wusste, dass dieser gleich um die Ecke lag, und zweifelsohne wussten es auch die Männer, die er fragte, doch sie schüttelten den Kopf und sagten: »*No. We do not know.*« Er bedankte sich, wie ein Tourist es getan hätte, versenkte sich wieder in das Studium seines Stadtplans und hörte, wie sie untereinander über ihn spotteten, auf gemeine, hasserfüllte Weise. Einer schlug vor, sie sollten dem *amrikani* die Eier abschneiden, worauf ein anderer meinte, *warum nicht gleich den Kopf?* Doch dann taten sie weder das eine noch das andere, sondern gingen ihrer Wege.

Taggard hatte keine Angst. Seine Angst war ihm irgendwie zusammen mit seiner Familie abhanden gekommen. Er wollte nur noch verstehen.

Aber er verstand nicht. Warum dieser Hass? Saudi-Arabien verdankte den USA seinen Reichtum und seine staatliche Unabhängigkeit. Die saudischen Bürger liebten ganz offensichtlich die Dinge, die die amerikanische Wirtschaft in alle Welt lieferte. Was für einen Grund hatten sie, die Amerikaner so inbrünstig zu hassen?

Er verstand es nicht. Dabei hatte er in diesem Moment, in der glühenden Hitze mitten in Riyadh stehend, das Gefühl, dass die Antwort zum Greifen nahe lag. Es gelang ihm nur nicht, sie zu fassen.

Markus war außer Stande, den anderen etwas davon zu sagen. Er verbrachte den Rest des Tages in einem seltsam zeitlosen Schockzustand, an seinem Schreibtisch sitzend, und spielte geistesabwesend endlos viele Partien der üblichen Computerspiele. Abends, als die anderen vom Team weg waren, räumte er seinen Schreibtisch aus und fuhr nach Hause. Die Betäubung ließ nach; es begann, wehzutun.

Aber nein, er würde sich nicht unterkriegen lassen. Zwei Wochen Urlaub? War doch klasse. Eine Chance. Man musste immer in Chancen denken. Er würde diese Chance nutzen, um wenigstens noch ein klein wenig von dem Land seiner Träume zu sehen. Er würde eine kleine Rundfahrt machen, jawohl.

Er fuhr gleich weiter in einen Supermarkt und besorgte sich einen Atlas, über dem er den Rest des Abends brütete. Er addierte Meilenangaben, versuchte, sie *nicht* in Kilometer umzudenken, sondern sich das Denken in Meilen anzugewöhnen, und merkte wieder einmal, dass ihm immer noch nicht klar war, wie *groß* dieses Land war, welch ungeheure Ausdehnung da vor ihm lag, was der Begriff *Weite* wirklich bedeutete. Er verlor sich auf dieser Karte, fuhr mit dem Finger Distanzen ab, die Tagesreisen entsprachen, las Ortsnamen, denen ein Zauber innezuwohnen schien, und vergaß, was ihm geschehen war. Im Gegenteil, nein, er konnte sich überhaupt nicht mehr wegdenken aus diesem kolossalen Land. Als er weit nach Mitternacht endlich ins Bett ging, brannte es in ihm. Eines Tages, eines Tages würde er hier leben. Dies war nur ein Rückschlag, keine Niederlage. Solange er nicht aufgab, konnte es keine Niederlage geben.

Am nächsten Morgen packte er und brach auf, mehr oder weniger aufs Geratewohl, fuhr in westliche Richtung und beschloss auf halber Strecke zwischen Bloomsburg und Milton, zu den Großen Seen hinaufzufahren. Keine Sehenswürdigkeiten, bitte. Er war kein Tourist. Er war ein künftiger Einwohner dieses Landes, das unbegrenzte Möglichkeiten verhieß.

Vor allem aber wollte er erst einmal fahren. Es tat gut, einfach unterwegs zu sein, Stunde um Stunde um Stunde einfach nur zu rollen. Die Radiosender wechselten, die Musik blieb weitgehend gleich. Die Namen und Ziffern auf den Hinweisschildern wechselten, die Landschaft dagegen änderte sich nur unmerklich.

Er kam in Staus, dann wieder war er allein auf weiter Flur. Er sah hässliche Industrieanlagen, aus denen öliger, fetter Rauch in den Himmel stieg, dann wieder sah er verträumte, friedlich in sanfte Hügel gebettete Dörfer, grasendes Vieh, spielende Kinder. Er sah einen monströsen Mähdrescher, der sich einsam durch ein letztes, vergessenes Feld Mais fraß, die braunen Pflanzenstängel abriss, verschluckte und die unverwertbaren Anteile bündelweise wieder ausschied. *Was für ein Aufwand*, ging es ihm durch den Kopf. Wenn man überlegte, wie wenig von so einer Maispflanze man essen konnte – jede Pflanze trug nur eine Hand voll Kolben, und auch an den Kolben waren es ja nur die Körner, die essbar waren –, dann war es geradezu ein Mirakel, dass eine Dose davon nachher für weniger als fünfzig Cent im Laden zu kaufen war.

Die Welt war voller Wunder, wenn man nur genau hinschaute.

Er fuhr bis ans westlichste Ende des westlichsten der Großen Seen, des Lake Superior, fand ein hübsches kleines Hotel in der

Nähe von Washburn an der Chequamegon Bay und verbrachte dort ein paar herrliche Tage, zum Sonderpreis auch noch, weil längst Nachsaison war. Es war kühl und windig, und die Luft roch nach dem Rauch von Lagerfeuern. Die Bäume warfen ihm gelbes und braunes Laub hin, das unter seinen Schuhen raschelte. Einmal zog abends Sturm auf, und er verfolgte von einem Fensterplatz im behaglich geheizten Hotelrestaurant, wie sich gigantische Wolken schwarzblau am Himmel ballten, durchzuckt von unhörbaren Blitzen, ehe das Gewitter die Küste erreichte und der niederbrechende Regen die Sicht verschwimmen ließ.

Die Ruhe tat gut. Er spürte seine Zuversicht zurückkehren, seinen Kampfgeist. Das, was in der Nacht vor seinem Aufbruch in ihm gebrannt hatte, war nun zur Glut geworden. Und obwohl er noch keine Idee hatte, wie er es anstellen und was er tun würde, erfüllte ihn ein eigenartig grundloser Optimismus.

Außerdem verspürte er wieder Sehnsucht nach einer großen Stadt, nach Hochhäusern und Getümmel in den Straßen, nach Lärm, Abgasen und Lebendigkeit. Er beschloss, den Rückweg anzutreten und sich dabei Chicago genauer anzuschauen, dort vielleicht noch ein paar Tage zu verbringen.

Aber noch konnte er sich bei allem Zeit lassen. Ein Hinweisschild auf eine Indianerreservation lockte ihn vom Weg ab, hinein in ein wie verzaubert daliegendes Seengebiet, in dem er sich bereitwillig verfuhr, Rast machte, um am Ufer eines spiegelglatt daliegenden Sees zu sitzen und Gedanken nachzuhängen, ein kleines Museum zu besichtigen, das von einer verknitterten alten, schlitzäugigen Indianerfrau beaufsichtigt wurde. Er blieb in einem Hotel neben einem hügeligen Kohlfeld, auf dem ein Mann ganz allein bis in den Abend hinein Blumenkohl erntete, indem er mit einem großen Hackmesser den weißen Kohlkopf aus der Mitte der Pflanze heraushieb und den Rest des Grüns stehen ließ, der Verrottung überlassen. Kurz vor Sonnenuntergang trug er seine Ausbeute, ein gutes Dutzend Kisten voll, zu einem Pick-up und fuhr davon.

Markus schlief schlecht in dieser Nacht. Vom nahen See

zogen Mücken heran und quälten ihn unablässig. Am Morgen war er zerstochen, müder als am Abend zuvor, und das ganze Zimmer stank nach Kohl.

Das mit der Müdigkeit war besonders verhängnisvoll. Irgendwann fand er sich irgendwo wieder, fahrend, und da war ein Schild, das Green Bay ankündigte. Wieso kam jetzt Green Bay? Himmel, er war müde, viel zu müde, um Auto zu fahren. Er brauchte jetzt und sofort und unbedingt einen Kaffee. Mehrere, weil die Amerikaner bei aller Liebe keinen wirklich starken Kaffee zu Stande brachten. Und da, am Horizont schon die ersten Hochhäuser! Unmöglich, in diesem Zustand in eine große Stadt hineinzufahren. Er nahm die nächste Ausfahrt, die blöderweise nur zu einem Flughafen führte, dem *Austin Straubel International Airport*. Der billigste Parkplatz, den er fand, kostete einen Dollar die Stunde, aber das war es wert. Er stellte den Wagen in eine ruhig aussehende Ecke, drehte die Rückenlehne nach hinten und machte erst einmal die Augen zu.

Zwei Dollar später wachte er wieder auf und fühlte sich schon besser. Richtig gut, beinahe. So lange hatte er noch nie in einem Auto geschlafen; es war wohl bitter nötig gewesen. Jetzt noch einen Kaffee, und es konnte weitergehen. Und ein Kaffee, der ließ sich auf einem Flughafen bestimmt auftreiben.

Es war wenig los. Die Cafeteria war hell, geräumig und roch frisch gestrichen. Es gab Espresso, und er nahm einen Donut dazu. Gerade als er hineinbeißen wollte, drangen Klänge an sein Ohr, die ihn elektrisierten.

Jemand hinter ihm sprach Deutsch.

Das hieß, eigentlich eher Österreichisch.

Markus wandte bedächtig den Kopf. Bemerkt werden wollte er nicht. Es war ein knochiger, graubärtiger Mann zwei Tische schräg hinter ihm, der ein Handy ans Ohr gedrückt hielt und mit verkniffenem Gesichtsausdruck auf jemanden einredete: »... in der zweiten Schublade. *Nona net*, von oben! Ja. Da muss eine Liste liegen, gleich obenauf. Ja, die. Und da auf der zweiten Seite. Robert Kurtzman, mit *tee-zett*, wie oft soll ich Ihnen das noch ... Ja, diktieren Sie mir.«

Er hatte einen Stift in der Hand, schrieb Zahlen in ein Notizheft.

»Na servus«, rief er dann aus. »Das ist die Nummer, die ich schon hab. Die stimmt nicht. Ja, weil ich es schon probiert hab natürlich.« Er schüttelte den Kopf. »Ich krieg die Frasen! Was mach ich denn jetzt? Ja, was glauben Sie, warum ich mich frett, die zu erreichen? Weil die am Flughafen Chicago stehen! Am richtigen. Und ich sitz hier mit meinen paar Dollar und einer Eurocard, die nicht funktioniert. Darum heißt sie ja Eurocard. Sonst würd sie *Worldcard* heißen... Hallo? Frau Jatzek?« Er nahm das Telefon vom Ohr und betrachtete das Display. »Ist die auch weg? Wieso jetzt das? Es kommt doch immer ein Ungschirr zum anderen...«

Irgendwie fühlte sich Markus verpflichtet, den Mann da nicht sitzen zu lassen. Er stand auf, ging hinüber, stellte sich vor und sagte: »Ich bin sowieso auf dem Weg Richtung Chicago. Ich kann Sie mitnehmen und dort absetzen, wenn Ihnen das hilft.«

Der Mann sah ihn zuerst misstrauisch an, dann nickte er so ein *Was-bleibt-mir-anderes-übrig*-Nicken und erklärte, sein Name sei Karl Walter Block, er käme aus der Nähe von Steyr in Oberösterreich und sei von der Universität Chicago für einen Vortrag eingeladen worden.

»Und dann bin ich auf die Seife g'stiegen mit der Fluggesellschaft. Wien-Chicago hat es geheißen, aber der Flieger ist schon nicht in Wien am Flughafen abgegangen, sondern zweihundert Kilometer weit draußen auf dem Land, und hier ist es dasselbe. Mit dem Fliegen heutzutage, ich sag's Ihnen, wenn man da nicht aufpasst wie ein Haftelmacher...«

So fuhren sie zu zweit weiter. Natürlich konnte es nicht ausbleiben, dass sie einander ihre Lebensgeschichten erzählten, und da der Mann aus Steyr weit über sechzig war und damit fast vierzig Jahre älter als Markus, lief es darauf hinaus, dass er die meiste Zeit redete.

KAPITEL 11

Fünfundvierzig Jahre zuvor

Karl Walter Block war der einzige Sohn von Irmgard Block, geborene Mucek, und Heinrich Maria Block, der im Krieg Hauptmann gewesen war und in Berlin in einem wichtigen geheimen Amt tätig, bis er auf Hitlers Anordnung und aus Gründen, die nie jemand erfahren hatte, unehrenhaft entlassen und zurück nach Oberösterreich geschickt worden war, wo ihm nichts anderes blieb, als sich den Rest seines Lebens von früh bis spät auf dem von seinen Eltern ererbten Bauernhof abzurackern, dessen steinige Felder nie genug zum Leben abwarfen. Seine Wut über dieses Schicksal ließ er bei jeder Gelegenheit an seinem Sohn aus. Er schlug ihn, wenn er nicht gehorchte oder nicht schnell genug gehorchte oder etwas falsch machte oder einfach, weil ihm danach war. Er nannte ihn dumm und lebensuntüchtig, und er nannte ihn schwach, was, wie sich bald zeigte, nicht stimmte, denn Karl Walter wuchs überraschend schnell heran und entwickelte sich zu einem zähen, drahtigen Jungen, der mit anpacken konnte und stark genug wurde, dass sein Vater es ab einem gewissen Zeitpunkt bei Schmähungen beließ.

Karl Walter gehorchte seinem Vater, hasste ihn aber und schwor sich Rache. Seine Mutter, die ihn nie gegen den Vater in Schutz genommen hatte, verachtete er nur. Sie haderte mit ihrem eigenen Schicksal, an diesen grässlichen Mann gebunden zu sein, und obwohl sie nie etwas Entsprechendes sagte, war Karl Walter überzeugt, dass sie seiner Existenz zumindest eine Mitschuld daran gab.

In der Schule hätte Karl Walter Block gern die Leistungen erbracht, die die Lehrer verlangten, aber das gelang ihm aus einer Reihe von Gründen nicht. Einer davon war, dass er tatsächlich nicht für das Lernen aus Büchern taugte: Er konnte einem Handwerker zusehen und es dann genauso gut machen wie jener oder sogar besser, und was immer ihm jemand an Praktischem zeigte, vergaß er nie wieder – doch das Papier und die Bücher, das war nicht seine Welt.

Weitere Gründe waren, dass er auf dem Hof kräftig mit anpacken musste und oft nicht dazu kam, seine Hausaufgaben zu erledigen; ja, oft war er morgens in der Schule so knochenmüde, dass er Mühe hatte, überhaupt wach zu bleiben. Von allen Mitschülern kam er am ärmlichsten gekleidet an, was die meisten Lehrer veranlasste, sich mit ihm keine sonderliche Mühe zu geben. Dass er dem Spott und den Hänseleien seiner Mitschüler oft nur mit der Faust zu begegnen wusste, trug ihm zusätzliche schlechte Noten, Strafarbeiten und bisweilen Nachsitzen ein, was wiederum Prügel von seinem Vater nach sich zog.

Eines Tages, kurz nach seinem fünfzehnten Geburtstag, beschloss er, dass es nun genug war. In den frühen Morgenstunden packte er kalt entschlossen statt der Schulsachen ein paar Kleider in seinen Ranzen, dazu alles Geld, das er sich insgeheim mühsam zusammengespart hatte, und verließ sein Elternhaus, um fast drei Jahrzehnte lang nicht wiederzukehren, auch nicht zum Begräbnis seiner Mutter. Nicht einmal feucht wurden seine Augen, während er davonging, und er sah sich kein einziges Mal um.

Fernab von zu Hause kam Karl Walter Block besser zurecht, als er befürchtet hatte. Er war zu jeder Arbeit, auch zu jeder Straftat bereit gewesen, um nicht mehr zurückgehen zu müssen, aber da er groß genug war, um als älter durchzugehen, sogar als Erwachsener, wenn einer nicht genau hinsah – und wer sah schon genau hin? –, und er wenig Ansprüche hatte, schien es ihm, als nehme sie ihn mit offenen Armen auf, die große, weite Welt. Und wie groß und wie weit sie war! Die einzige Stadt, die er bis dahin gekannt hatte, war Kremsmünster gewesen. Steyr kam ihm gewaltig vor, Linz wie eine Weltstadt, die zweifellos auch von mythischen Orten wie Paris oder New York nicht mehr übertroffen werden konnte. Je weiter die Reise ging, desto stärker erfüllte ihn unbändige Lust, sie kennen zu lernen, die Welt. Zu reisen, in ferne Länder, je ferner, je besser!

So schlug er sich schließlich nach Hamburg durch, mit nichts als sich selbst und dem vagen Plan, auf einem Schiff anzuheuern, das die Weltmeere befuhr. In einer alten Zeitschrift hatte er einmal gelesen, dass einer so angefangen und im Lauf seines Lebens die ganze Welt kennen gelernt hatte. Vielleicht würde er sich noch ein wenig gedulden müssen, je nachdem, wie genau man es in der Seefahrt mit Papieren nahm; vielleicht gelang es ihm aber auch, als blinder Passagier an Bord zu kommen. In dem Fall, so nahm er sich vor, würde er seinen Ausweis einfach über Bord werfen und einen falschen Namen nennen, sodass niemand im Stande sein würde, herauszufinden, woher er kam.

Doch kaum in Hamburg angekommen, lernte er jemanden kennen, der eine Stellung als Bohrtechniker bei einer Erdölfirma antrat und der ihm sagte: »Komm doch einfach mal mit.« Das tat Karl Walter Block, und am Abend desselben Tages hatte er einen Anstellungsvertrag, in dem ein falsches Geburtsdatum stand, sowie ein Ticket nach Venezuela.

Das Handwerk des Ölbohrens erlernte sich von selbst. Er ging mit den anderen, tat, was sie taten, und hantierte auf einmal mit Diamant- und Rollenmeißeln, mit Hebewerksmotoren und mit Spülschläuchen, die dicker waren als sein Oberschenkel. Er packte zu, wenn es galt, den Haken des Flaschenzugs zu manövrieren, der zusammen mit dem Spülkopf leicht acht Tonnen und mehr wog. Gemeinsam wuchteten sie die Bohrstangen beim Meißellauf oder die Futterrohre, wenn eine abgeteufte Produktionsbohrung zu verrohren war. Und wenn das Bohrgestänge brach, war keiner so geschickt wie er, mit Fangdorn und Glocke den »fish« wieder herauszuholen. Er wühlte mit bloßen Händen in der Bohrspülung und lernte, am Geruch und daran, wie sich das anfühlte, was da aus der Tiefe hochkam, zu erkennen, was sich unter ihnen abspielte. Nebenbei lernte er Englisch und Spanisch, den Umgang mit Alkohol und den mit den Mädchen, die dort in Maracaibo aufregend rochen und leicht zu haben waren.

In Venezuela arbeiteten sie, was das Zeug hielt, förderten Öl auf Teufel komm raus. Es galt als nur eine Frage der Zeit, bis die Ölfirmen enteignet werden würden, und die wollten deshalb so viel Öl wie möglich aus dem Boden holen, ehe es so weit war. Tatsächlich wurde etliche Jahre später die staatliche Firma *Petroleos de Venezuela* gegründet, doch da hatte es Karl Walter Block längst weiter gezogen.

Gerade als es ihm in Venezuela langweilig zu werden begann, fragte ihn jemand von der Company, ob er sich vorstellen könne, in Indonesien zu arbeiten. Karl Walter Block wusste nichts über Indonesien und konnte sich eigentlich überhaupt nichts darunter vorstellen, aber er sagte: »Klar.«

Ein paar Tage später verabschiedete er sich von seinen Kumpeln, gab dem Mädchen, mit dem er gerade zusammen war, einen Abschiedskuss, und bestieg ein Flugzeug, das ihn nach Sumatra brachte. Dort arbeitete er erst ein paar Wochen im Duri-Feld, wo es neue Methoden zu lernen galt, denn dieses Feld enthielt nur Schweröl, und man musste Dampf in den Boden pressen, um es herauszulösen. Danach teilte man ihn einem Trupp zu, der weitere Lagerstätten in der Java-See erschließen sollte, von Bohrplattformen aus, die im küstennahen Gewässer errichtet wurden. »Offshore«, sagte man dazu, und es hieß, diese Art der Förderung aus dem Meer habe noch eine große Zukunft. Es waren immer noch die sechziger Jahre, die Amerikaner waren unterwegs zum Mond, und niemand dachte im Ernst darüber nach, dass die Ölvorkommen begrenzt sein könnten.

Dann ging er nach Afrika, wo Shell bereits seit über einem Jahrzehnt in Nigeria Öl förderte. Man war dabei, ins Niger-Delta vorzustoßen, ein über fünfzig Kilometer breites Schelf, dessen Wassertiefe bis zu zweihundert Metern betrug, und Karl Walter Block kam erstmals in ein Explorationsteam.

Das war eine neue Erfahrung. Frustrierend auf der einen Seite, weil von zehn Bohrungen neun erfolglos blieben, erregend auf der anderen Seite, weil es trotz aller Voruntersuchungen, aller Seismik, Luftaufnahmen und magnetischer Messungen letzten Endes eine Jagd war, ein Ringen mit der Natur und dem Unbekannten, ein Kampf von zu allem entschlossenen Männern gegen Naturgewalten. Tropische Stürme rasten über sie hinweg, während sie Gestänge verschraubten und die Dieselmotoren, die den Drehtisch trieben, wieder und wieder anwarfen, triefend vor Nässe und am Rand der Erschöpfung. Dann wieder brannte ihnen die erbarmungslose Sonne des Äquators auf die Haut, dass sie kaum atmen konnten und nach kurzer Zeit fast so braun waren wie die Einheimischen, die in der ganzen Angelegenheit wenig zu sagen hatten und mit denen sie wenig zu tun bekamen. Einen Mann verloren sie, weil er sich zum Scheißen über eine Stange der Bohrinsel hockte, die zu dicht überm Wasser lag, und ein Raubfisch kam und ihn holte und nur eine Blutlache zurückließ; sie erfuhren nie, was für ein Tier das gewesen war.

Und doch blieben sie erfolglos. Die Geologen brüteten über ihren Karten, den Auswertungen der seismischen Untersuchungen, den Bohrkernen, berieten sich, telefonierten, stellten Berechnungen an – nur um zu erleben, dass die Stelle, die sie auf diese Weise festlegten, wieder nichts erbrachte. Ein Schiff aus Europa kam, das neuartige Geräte zur Bodenuntersuchung durchs Wasser schleppte, eine Art fernsteuerbare Druckluftkanonen, die Erschütterungen im Wasser verursachten, deren Echos aus dem Boden von Unterwassermikrofonen aufgezeichnet wurden. Das ergab eine neue Karte, errechnet und ausgedruckt von einem Großrechner in den Niederlanden, dem man die Daten zufunkte – und eine weitere »wildcat«-Bohrung in taubes Gestein.

»Es ist aussichtslos«, erklärte der Chefgeologe schließlich vor versammelter Mannschaft. Der April des Jahres 1968 war angebrochen, an der Wand der Baracke hingen die ganzen Karten, die bisherigen Aufschlussbohrungen waren rot eingezeichnet, und sie bekamen ebenso ausführlich wie unverständlich erklärt, wo auf Grund der geologischen Beschaffenheit mit Öl gerechnet worden war und dass die Stellen, die noch blieben, zu klein waren, als dass sich eine Ausbeutung gelohnt hätte, selbst wenn sie von nun an ausnahmslos auf Öl stoßen sollten.

Da, zwischen den anderen auf seinem Stuhl hockend, eine Flasche eisgekühlten Biers in der Hand, verspürte Karl Walter Block zum ersten Mal das, was er später »das Gefühl« nennen würde.

Er sah die eine Karte an, die allererste, allerälteste seismische Karte, und das, was der Wissenschaftler sagte, wurde zu einem dumpfen, unverständlichen Geräusch. Eine Stelle auf dem abgegriffenen, verblichenen, vielfach eingerissenen Papierbogen schien zu leuchten. Oder zwinkerte sie ihm zu? Karl Walter Block wusste es nicht. Das Nächste, was er wusste, war, dass er aufgestanden und vor die Karte getreten war, auf die Stelle zeigte und sagte: »Da. Da müssen wir bohren.«

Es war Instinkt. Scheiß auf die ganze Technik, zur Hölle mit der ganzen Wissenschaft, wenn sie das Öl nicht fand. Jagdinstinkt, das war es. Die älteste Fähigkeit der Menschen.

Die Geologen lachten nicht. Sie sahen ihn nur peinlich berührt an.

»Karl«, sagte einer, »da *ist* nichts. Nicht einmal der Hauch einer Chance.«

Block, der damals gerade 22 war, obwohl alle ihn für älter hielten, schüttelte dickköpfig seinen steyrischen Schädel. »Da ist Öl.« Er hob die Bierflasche ein wenig. »Ich hab's im Urin.«

»Sie sind betrunken, Karl.«

»Wenn Sie es sagen.« Er setzte sich wieder.

Am nächsten Tag benannte das Geologenteam die letzte Stelle, an der sie bohren würden. Sie lag fast genau an dem Punkt, auf den Karl Walter Block gezeigt hatte. Sie bohrten, und sie fanden Öl. Das Feld wurde später auf rund eine Milliarde Barrel geschätzt, und man gab ihm den Namen Forcardos Yokri.

Vergangenheit

Der Blick über den Lake Michigan war großartig. Der Karte nach zu urteilen, würde sich das bis runter nach Milwaukee nicht ändern.

»Nigeria?«, wiederholte Markus. »Ich wusste offen gestanden gar nicht, dass dort Öl gefördert wird.«

»Es ist der größte afrikanische Ölproduzent«, erklärte Block.

Erinnerungen. Nachrichten. Mit manchen Ländern verbindet man nur ein, zwei Ereignisse, als passiere dort sonst nichts.

»Nigeria … Ich erinnere mich, dass das mal durch die Nachrichten ging. Irgendwas Politisches. Muss lange her sein, über zehn Jahre. Noch in meiner Schulzeit.« Ja, jetzt fiel es ihm wieder ein. Henner hatte er geheißen, der schlaksige Typ aus der Parallelklasse. »Ein Schulkamerad hat immer Flugblätter von Amnesty International verteilt. Da ging es um Nigeria. Irgendein Regimekritiker sollte hingerichtet werden, und dagegen gab es Proteste.«

Block schaute hinaus aufs Wasser. »Ken Saro-Wiwa. Er war ein Schriftsteller.«

Henner war kurz darauf mit der vollbusigen Blonden aus der Klasse darunter gegangen, genau. Vera oder Verena; hinter der waren alle her gewesen. »Ehrlich gesagt, hat mich Politik noch nie sonderlich interessiert«, erklärte Markus. »All die Leute, die an die Macht wollen. Ist mir schon zu kompliziert, mir nur die ganzen Namen zu merken.«

Block gab einen unwilligen Brummlaut von sich. »Politik ist nicht kompliziert. Das kommt Ihnen nur so vor, wenn Sie von der falschen Seite draufgucken. Wenn Sie den richtigen Blickwinkel einnehmen, wird alles so einfach wie das kleine Einmaleins.«

Markus warf ihm einen Seitenblick zu, kurz nur, denn der Verkehr erlaubte nicht mehr. »Und was ist der richtige Blickwinkel?«

»Öl«, sagte Block.

Markus bemühte sich, nicht zu seufzen. Irgendwie war klar

gewesen, dass so etwas kommen würde. »Ist das nicht ein bisschen… Einseitig? Ich meine, okay, Öl spielt sicherlich eine gewisse Rolle in der Politik, aber…«

»Ich sag Ihnen mal ein Beispiel, dann können Sie das selber beurteilen.« Block sah einen Moment nachdenklich aus dem Fenster auf die vorbeihuschende Landschaft von Wisconsin. »Dieses schöne Land hier zum Beispiel. Mit seinen weisen, klugen, großartigen Präsidenten. Sagt Ihnen der Name Ronald Reagan noch etwas?«

»Der an Alzheimer gestorben ist? Klar. Vierzigster Präsident der USA, von 1980 bis 1988. Hat mit seiner Politik wesentlich zum Zerfall der Sowjetunion beigetragen.«

»Halten Sie ihn für einen der großen Präsidenten?«

Markus kaute eine Weile nach der Antwort. »Hmm. Jedenfalls kein unwichtiger, oder? Soweit ich weiß, hat er die USA damals mit seiner Politik der Steuersenkungen und des freien Marktes aus der Rezession geholt. Und mit dem Geld hat er die Sowjets in einen Rüstungswettlauf getrieben, an dem sie kaputtgegangen sind.«

»Wussten Sie, dass es allen Ernstes eine Initiative gibt, seinen Kopf neben die anderen vier Gesichter in den Mount Rushmore zu meißeln?«

Markus sah kurz zu ihm hinüber. »Das ist jetzt ein Witz, oder?«

»Mit so etwas mache ich keine Witze, das dürfen Sie mir glauben.«

»Warum nicht gleich heiligsprechen?«

»Wahrscheinlich gibt es auch welche, die das anstreben, aber soweit ich weiß, war Reagan Protestant. Wie auch immer, jetzt erzähle ich Ihnen mal, wie seine Regierungszeit aus der Ölperspektive aussieht.« Block verschränkte die Arme. »Heute weiß man, dass die Sowjetunion schon dicht vor dem Kollaps stand, als Reagan an die Macht kam. Die sowjetische Regierung war damals mehr als je zuvor auf harte Währung angewiesen, deshalb haben sie Öl produziert und verkauft, so viel sie nur konnten. Das hat auch funktioniert, erst recht, nachdem 1978 der Schah von Persien stürzte, Ayatollah Khomeini an die Macht kam und die Islamische Republik Iran den Ölexport einstellte. Im Jahr 1981, zu Beginn von Reagans Präsidentschaft, kostete der Barrel Rohöl über siebzig Dollar, umgerechnet in heutige Kaufkraft. Die Sowjetunion profitierte davon, in den USA herrschte Krisenstimmung. Aber inzwischen lief die Ölförderung aus der Nordsee, wo man nach der Ölkrise 1973 zu bohren begonnen hatte, auf vollen Touren. Bei dem Preis war sie sogar rentabel. Es war auch rentabel, Vorkommen in Alaska und im Golf von Mexiko zu erschließen. Und zu allem Überfluss brauchten damals auch Länder wie Nigeria und Venezuela, eigentlich OPEC-Mitglieder, derart dringend Geld, dass sie beschlossen, die vereinbarten Förderquoten zu ignorieren. Was war die Folge? Ungefähr in der Mitte von Reagans Amtszeit brach der Ölmarkt in sich zusammen, und der Ölpreis begann eine Talfahrt, die über fünfzehn Jahre lang dauern sollte. Die Sowjetunion, für die der Ölexport eine der Haupteinnahmequellen gewesen war, geriet in wirtschaftliche Schwierigkeiten – der Anfang vom Ende. Aus Sicht der USA dagegen hieß das, dass Energie auf einmal wieder billig war, Transporte in alle Welt kosteten fast nichts mehr – *deshalb* ging es mit der amerikanischen Wirtschaft aufwärts. Mit der Steuerpolitik oder so etwas hatte das überhaupt nichts zu tun. Überhaupt nichts. Reagans Erfolg war ein Resultat der Ölpreise.«

Markus ließ das eine Weile auf sich wirken, während das Auto ruhig dahinglitt und ein winziger Teil der Substanz, von der gerade die Rede war, aus dem Tank in den Vergaser gepumpt und dort vernebelt wurde, um anschließend in den Zylindern des Motors verbrannt zu werden.

»Ist das nicht ein bisschen sehr einfach gedacht?«

Block schüttelte den Kopf. »Ich kenne das. Wenn einer lange genug geglaubt hat, etwas müsse schwierig und kompliziert sein, dann tut er sich schwer, das Gegenteil zu akzeptieren.«

»Sie können doch nicht behaupten, dass die Steuerpolitik einer Regierung keinen Einfluss auf die Wirtschaft hat.«

»Hat sie durchaus, aber höchstens einen negativen. Verstehen Sie, Energie ist die Grundlage von allem. Technische Energie. Alles baut darauf auf. In dem Maß, wie Ihnen Energie zur Verfügung steht, können Sie Rohstoffe fördern, bearbeiten, weiterverarbeiten und das, was Sie herstellen, in alle Welt transportieren. Die globale Wirtschaft ist eine Maschine von unfassbarer Größe und Komplexität, und sie läuft umso schneller, je mehr Energie zur Verfügung steht. Mit dem Staat hat das fast gar nichts zu tun.« Block machte eine Handbewegung, als wolle er das Gesagte vom Tisch wischen. »Anderes Beispiel. Margaret Thatcher. Was fällt Ihnen dazu ein?«

»Dass ich in der Schule einen Aufsatz über ihre Regierungszeit schreiben musste.«

»Wunderbar. Dann sollten Sie noch ein paar Fakten parat haben.«

»Thatcher war länger im Amt als Reagan, hat aber eine ganz ähnliche Politik verfolgt und ganz ähnliche Erfolge erzielt. Vor ihr war Englands Wirtschaft ein Witz – veraltet, unflexibel und im Würgegriff der Gewerkschaften. Dann hat sie die Inflation bekämpft, das Staatsdefizit reduziert, den öffentlichen Sektor eingeschränkt, Subventionen und Sozialsysteme beschnitten – und mit all dem wieder so viele produktive Kräfte freigesetzt, dass Englands Wirtschaft nicht nur wieder auf die Beine kam, sondern zur vitalsten in ganz Europa wurde.«

»Bravo. Eins, setzen.«

»Ich hab damals nur drei minus bekommen. Unser Lehrer war eher von der linken Fraktion und bestand darauf, dass man sie ganz schlecht fand.« Markus sah auf den Tageskilometerzähler, um abzuschätzen, ob es schon wieder Zeit wurde, zu tanken. »Aber Sie werden mir sicher auch gleich erklären, dass das alles irgendwie mit dem Ölpreis zu tun hatte, schätze ich mal.«

»Natürlich hatte es das. Ich staune immer wieder, wieso das übersehen wird. Irgendwie haben das alle Politiker drauf, egal aus welcher Richtung: sich so in den Mittelpunkt zu rücken, dass man nichts anderes mehr wahrnimmt als das, was sie sagen und tun. Auch wenn das, was schlussendlich passiert, damit überhaupt nichts zu tun hat.«

»Wenn der Ölpreis Mitte der Achtzigerjahre gefallen ist, dann ist er das doch wohl für die ganze Welt. Also müssten die segensreichen Folgen dieser Entwicklung doch allen gleichermaßen zugute gekommen sein.«

Block hob die raubvogelhafte Nase. »Richtig, junger Mann. Aber Sie übersehen, dass Großbritannien in der Zeit von Thatchers Regentschaft zu einer ölexportierenden Nation wurde, zum ersten Mal in seiner Geschichte. Das eben erwähnte Öl aus der Nordsee, Sie erinnern sich? Auf einmal floss ein warmer Geldstrom in die Kassen der britischen Regierung – und in die Norwegens, das es aber vorgezogen hat, in aller Stille und Abgeschiedenheit reich zu werden.«

Markus sah verblüfft auf die schnurgerade vor ihnen liegende Straße. Verdammt noch mal, das stimmte. Daran hatte er überhaupt nicht gedacht.

»Okay«, gab er schließlich zu. »Vielleicht ist der Ölpreis doch nicht so unwichtig.«

»Ich höre die Groschen fallen«, meinte Block mit unüberhörbarer Befriedigung. Er schnalzte mit der Zunge und fragte: »Welche Ausbildung haben Sie? Haben Sie studiert?«

»Ein bisschen Informatik, ein bisschen Marketing«, sagte Markus und fügte widerstrebend hinzu: »Nur Fachhochschule.« An den angesehenen Managementschulen war er überall abgeblitzt. Zu schlechte Noten.

»Gut. Fachhochschule? Seien Sie froh. An den Universitäten, da verdirbt man die Leute nur. Verdreht ihnen das Hirn, bis sie nicht mehr denken können. Beobachte ich immer wieder. Schrecklich.«

Ferne Vergangenheit

Die Gesellschaft hatte auf seinen Ratschlag hin ein Ölfeld gefunden, aus dem sie in den kommenden Jahren eine Milliarde Barrel fördern und mehrere Milliarden Dollar Gewinn ziehen würde, doch Karl Walter Block bekam nicht einmal ein Wort des Dankes, von einer Prämie ganz zu schweigen. Das verstimmte ihn.

Doch dass auch keiner der Ölingenieure auf die Idee kam, ihn zu fragen, wie er das gemacht und woher er das gewusst hatte, war unverzeihlich. Von diesem Augenblick an waren Blocks Tage bei dieser Gesellschaft gezählt.

Oh, er blieb. Und er arbeitete auch. Mehr noch, womöglich. Er war für die schwierigen Jobs zu gewinnen, für die Einsätze, die so dreckig und hart waren, dass die Gesellschaft von sich aus Zulagen zahlte. Er wechselte zu einer anderen Firma, bohrte in der Nordsee, schuftete auf Bohrplattformen, über die Orkane von über hundertvierzig Stundenkilometern hinwegtobten und gegen die das Meer manchmal so wütend anbrüllte, dass man sich auch schreiend kaum noch verständigen konnte. Er ging nach Alaska, wo es das Ende der sechziger Jahre entdeckte größte Ölfeld Nordamerikas, die Prudhoe Bay, zu erschließen galt, in grimmiger Kälte und in Blizzards, denen mehr als ein Techniker zum Opfer fiel. Und er lebte nun sparsam, trug sein Geld nicht mehr ins Bordell, sondern auf die Bank.

Im Lauf der Jahre verdichtete sich zur Gewissheit, was sich in Nigeria zum ersten Mal gezeigt hatte: Er konnte Öl finden, wo andere keines fanden. Er hatte einen sechsten Sinn für das, was sich unter der Erde verbarg.

Wann immer sich die Gelegenheit ergab, arbeitete er in Explorationsteams mit, nur mit dem Unterschied, dass er nun schön den Mund hielt. Alles, was er tat, war, sich die Karten anzuschauen, die seismischen Daten, die mineralogischen Befunde, die Luftaufnahmen und Satellitenbilder und was noch alles im Lauf der Jahre hinzukam. Er schaute sich alles an, immer wieder, stundenlang, wenn man ihn ließ, und wartete darauf, dass seine Intuition zu ihm sprach. Insgeheim sah er sich Punkte auf diesen Karten an und sagte zu sich: »Hier wird man Öl finden… und hier… und hier…« Er wartete, bis alle Bohrungen erfolgt waren und sich zeigte, wo Öl war. Und fast immer lag er richtig.

Doch er verriet niemandem ein Wort. Nie wieder würde eine

Ölgesellschaft von seinem Talent profitieren, nur noch er selbst. Der Tag würde kommen, an dem er selber Öl finden würde, auf eigene Rechnung. Der Tag würde kommen, an dem er es ihnen allen zeigen würde.

Der Tag kam schneller als erwartet.

Eines Tages – Block war gerade bei einem Offshore-Projekt im Golf von Mexiko beschäftigt – kam ein Brief mit zahlreichen Stempeln und Vermerken und einer österreichischen Briefmarke darauf an. Er sah hochoffiziell aus, und er war es. Das Amtsgericht Steyr teilte ihm mit, dass sein Vater, Hauptmann a.D. Heinrich Maria Block, geboren am 13. August 1925, verstorben sei und er alleiniger Erbe von dessen Besitz, namentlich dessen Hof und Grund. Er möge bitte unverzüglich vorstellig werden zwecks Regelung aller weiteren Formalitäten.

Karl Walter Block ließ sich vom nächstbesten Hubschrauber mit an Land nehmen und nahm das nächstbeste Flugzeug nach Österreich. Zwei Tage später war er Besitzer des Block'schen Hofes. Das Grab seines Vaters aufzusuchen, ersparte er sich.

Die folgenden Tage verbrachte er damit, Haus und Hof zu untersuchen, jede Schublade aufzuziehen, jeden Schrank zu öffnen und jedes Regal zu inspizieren. Er warf weg, was keinen Wert mehr hatte, schleuderte es jeweils direkt aus dem Fenster auf den Hof, wo sich bald ein beträchtlicher Haufen ansammelte, den er am Ende auf einen Wagen lud und mit dem Traktor zum Müllplatz fuhr.

Dann ging er die Felder und Wiesen ab, die zum Hof gehörten, mit langsamen, bedächtigen Schritten, den Blick unverwandt nach unten gerichtet, als suche er etwas. Er wiederholte diese Rundgänge zu verschiedenen Tageszeiten, bei Regen und bei Sonnenschein, und manchmal, so berichteten neugierige Nachbarn in der Dorfschenke, legte er sich irgendwohin, mitunter mitten in ein Stoppelfeld, so, als wolle er am Boden horchen.

»Was werden Sie denn jetzt mit dem Hof anfangen?«, wollte ein Mann wissen, der einfach so mit seinem Auto angefahren gekommen war. Er trug einen braun gestreiften Anzug und konnte eigentlich nur ein Immobilienmakler sein, der auf ein gutes Geschäft geierte. »Jemand wie Sie, der doch auf den Ölfeldern der Welt zu Hause ist, nicht in der Landwirtschaft?«

»Ich werde«, erklärte Karl Walter Block ruhig, »hier nach Öl bohren.«

Natürlich hielten ihn alle für übergeschnappt, und zwar vollkommen. Die Behörden schickten ihm seine ersten Anträge mit dem Vermerk zurück, verscheißern könnten sie sich selber. Die Banken weigerten sich, mit ihm auch nur über Kredite zu verhandeln. Im Dorf nannte man ihn »den Ölscheich« und hatte eine Menge zu lachen.

Doch wenn sie geglaubt hatten, einen Karl Walter Block aufhalten zu können, hatten sie sich getäuscht. Er nahm sich einen Anwalt, gegen den ein hungriger Dobermann wie ein Schoßtierchen gewirkt hätte, und dieser zwang die Behörden, sich mit den Anträgen auf Erteilung einer Bohrerlaubnis auseinanderzusetzen. Natürlich wurden sie abgelehnt, doch der Anwalt zerpflückte die Ablehnungsgründe, bis nichts mehr davon übrig war, und schließlich wurden die ersten Genehmigungen erteilt – allerdings mit den strengstmöglichen Umweltauflagen, und dagegen war auch der Anwalt machtlos.

Karl Walter Block durfte bohren – aber er musste, obwohl weit und breit niemand wohnte, die gesetzlich vorgeschriebenen Schallgrenzwerte von 45 dB(A) bei Nacht und 55 dB(A) bei Tag einhalten. Dazu musste er alle Anlagen und Aggregate mit teuren Schallschutzkapseln ausstatten und außerdem fünf Meter hohe Lärmschutzwände rund um den Bohrplatz aufstellen. Den durch die Bohrung entstehenden Abfall musste er in speziellen Containern getrennt lagern; er durfte ausschließlich von konzessionierten Unternehmen entsorgt werden, und außerdem mussten über den gesamten Abfallstrom detaillierte Aufzeichnungen geführt werden.

Gleichgültig, ob die Bohrung fündig wurde oder nicht, Karl Walter Block war gehalten, sie am Ende der Arbeiten bis zur Oberfläche mit Beton zu verfüllen, den Bohrplatz anschließend zu beseitigen und das Gelände zu rekultivieren. Ja, er wurde sogar dazu verpflichtet, beim Bau eines Bohrplatzes die Grasnarbe abzuheben, an geeigneter Stelle zwischenzulagern und am Schluss wieder aufzubringen.

Alle diese Maßnahmen würden engmaschig und unangekündigt von staatlich bestellten Inspektoren überwacht werden – auf Blocks Kosten, verstand sich.

»Hauptsache, ich darf endlich bohren«, sagte Block nur, als sein Anwalt ihm mit skeptischer Miene die Genehmigung und ihre Bedingungen auseinandergesetzt hatte.

Teilhaber fand er keine, generösesten Konditionen zum Trotz. Eine kleine Bank am anderen Ende Österreichs, die aufzustöbern ihn Monate kostete, gewährte ihm schließlich Kredit, und so verpfändete er das Haus, den gesamten Grund und Boden, den er geerbt hatte, und investierte darüber hinaus jeden Schilling und jeden Dollar, den er im Lauf der Jahre erspart hatte. Alles, was er besaß, wurde an das Vorhaben verwandt, dem gebirgigen Boden Oberösterreichs Öl abzuringen.

Trotz allem war es zu wenig Geld. Da er es sich nicht leisten konnte, Arbeiter einzustellen, arbeitete er alleine. Auch moderne Maschinen, Tiefbohrmaschinen etwa, mit denen man in schrägen Winkeln hätte bohren können, waren nicht zu bezahlen. Stattdessen telefonierte Block um die ganze Welt und stöberte gebrauchte Aggregate auf, abgewetztes, ausrangiertes Bohrgestänge, schrundige Bohrköpfe und *casings* für das Verrohren, an denen erst mühsam die Produktionsfehler repariert werden mussten, die sie zu Ausschuss hatten werden lassen.

Die Leute im Dorf sahen mit mulmigem Gefühl von ferne zu, wie nach und nach ein Bohrturm in die Höhe wuchs, der am Schluss rund fünfzig Meter hoch war. Fünf Dieselmotoren zu je 400 PS trieben den Bohrer an, der sich schließlich in österreichischen Boden grub. Vier Spülpumpen, von denen jede tausend Liter Suspensionsflüssigkeit pro Minute bewältigte, wuschen das zermahlene Gestein aus dem Bohrloch. Zentimeter um Zentimeter ging es voran, in nervenzerfetzendem Wettlauf mit dem zur Neige gehenden Geld.

Block machte alles alleine. Er verschraubte das Gestänge,

betätigte den Flaschenzug, schloss den Spülkopf an, versorgte die Motoren. Und das war der leichte Teil. Wenn es nicht mehr weiter ging, weil der Bohrmeißel endgültig hinüber war, hieß es: das ganze Gestänge wieder herausziehen, Rohr um Rohr abschrauben und seitlich abstellen, bis der Bohrkopf wieder oben war und ausgetauscht werden konnte. Und dann alles wieder hinab: das Gestänge am Bohrtisch festspannen, das nächste Rohr am Flaschenzug befestigen, in Position bringen, anschrauben und dann alles vorsichtig und mit Gefühl wieder ein paar Meter tiefer ins Loch senken – und das mit Dutzenden, am Schluss mit Hunderten von Rohren.

Die Leute im Dorf schüttelten nur noch den Kopf über den Verrückten, der von Sonnenaufgang bis spät in die Nacht schuftete, als seien tausend Teufel hinter ihm her. Aß der je etwas? Schlief er überhaupt? Eine Krankenschwester, die im Dorf wohnte, gewöhnte es sich an, auf dem Weg zur Arbeit am Block'schen Hof vorbeizufahren und nachzusehen, ob der Mann noch lebte oder schon zusammengebrochen war.

Dann waren eines Tages alle Stangen im Loch, doch von Öl keine Spur.

»Jetzt sieht er's endlich ein«, sagten die Leute.

Doch Karl Walter Block sagte: »Ich brauche mehr Gestänge.«

Bloß hatte er kein Geld mehr. Ein paar Schillinge in der Hosentasche, die für keine warme Mahlzeit gereicht hätten, waren alles, was er noch besaß. Er hatte die letzten Wochen nur von Kartoffeln gelebt, die er auf dem alten Kartoffelacker seines Vaters ausgegraben und im Feuer geröstet hatte.

Er ließ sich von der Krankenschwester ins Krankenhaus mitnehmen und bot an, Blut zu spenden, wenn er dafür Geld bekäme. Der Arzt weigerte sich erst, ließ sich dann aber überreden, ihn wenigstens zu untersuchen, und fand zu seiner Überraschung, dass er selten jemand so Gesundes vor sich gehabt hatte, noch dazu mit der seltenen Blutgruppe AB negativ. Block durfte Blut spenden, bekam sein Handgeld und eine kräftige Mahlzeit obendrein, und die Krankenschwester nahm ihn wieder mit ins Dorf.

Doch das Geld reichte nicht einmal für eine einzige weitere Stange.

Block fragte im Dorf herum, nach einer Arbeit, die er machen konnte und die ihm rasch Geld einbringen würde. Der Wirt stellte ihn schließlich ein, ließ ihn das Vieh auf dem Hof versorgen, den er neben der Wirtschaft betrieb. Einen Vorschuss aber wollte er ihm nicht geben. Block bestellte die Stange trotzdem schon; ging mit dem Geld, das er hatte, zur Post und telegrafierte, bis er einen Lieferanten fand, der auf Rechnung lieferte.

Zwei Wochen später kam sie. Der Transport war teurer gewesen als die Stange selbst. Noch am gleichen Abend schleppte Block sie zu seinem Bohrturm, schraubte sie an, warf die Dieselmotoren an und trieb die Bohrung zwanzig Meter tiefer. Es war ein gefährliches Manöver, denn eine Bohrung wochenlang stillstehen zu lassen und dann wieder in Betrieb zu nehmen, das konnte leicht alles zerreißen.

Doch es ging gut, die Stange verschwand im Boden wie alle davor, und weiter geschah nichts. Block schaltete die Motoren wieder aus und stand lange Zeit nur schweigend da, das Bohrloch anstarrend, das im Licht der Scheinwerfer wie eine hässliche, vernarbte Wunde aussah. Dann löschte er das Licht und ging schlafen. Und am nächsten Morgen marschierte er wieder ins Dorf hinab, um beim Wirt im Stall zu arbeiten.

Er schaffte es, die Rechnung für Bohrstange und Lieferung zu bezahlen, ehe die erste Mahnung eintraf, und bestellte gleich die nächste. Auch die verschwand im Boden, ohne dass etwas kaputtging und ohne dass sich im Ausflussrohr irgendetwas rührte.

Block wiederholte alles noch ein drittes Mal, mit demselben Ergebnis. Nur dass allmählich der Herbst anbrach, der Diesel in den Tanks zur Neige und der Bohrmeißel, wie es aussah, seinem Ende entgegen ging.

»Sieh es doch endlich ein«, sagte der Wirt.

»Nein«, sagte Block.

Dem Wirt wurde der Mann allmählich unheimlich. Er nahm ein kleines Versehen zum Anlass, ihn fortzuschicken, und

Block musste sich einen anderen Job suchen: In einer Fabrik im Nachbarort, die Spezialschrauben herstellte und in alle Welt lieferte, ließ man ihn Container auf dem Hof umladen. Es war ein weiter Weg. Block stöberte auf dem Speicher das uralte Fahrrad seines Vaters auf und richtete es leidlich her. Trotzdem sprang ihm die Kette mindestens einmal pro Fahrt ab.

Eine unangekündigte Kontrolle kam ihm dazwischen, fand ihn nicht an der Bohrstelle vor, schrieb ihm trotzdem einen Bescheid, entweder die Bohrung umgehend fortzusetzen oder den Bohrplatz aufzugeben und mit der Rekultivierung zu beginnen. Die Höhe der beiliegenden Rechnung hätte ihn um Wochen zurückgeworfen, also ignorierte er sie und bestellte stattdessen die nächste Stange. Diesmal bestand der Lieferant auf Vorkasse.

Die Mahnung der Behörde kam kurz darauf, die Stange nicht.

Zweite Mahnung. Als Block bei dem Lieferanten, einer Metallfabrik in England, anrief, meldete sich ein Insolvenzverwalter. Die Fabrik, erklärte dieser ihm, sei in Abwicklung begriffen und würde keine Bohrgestänge mehr liefern.

»Ich habe aber schon bezahlt«, rief Block.

»Pech für Sie«, erwiderte der Insolvenzverwalter ungerührt.

Die dritte Mahnung der Behörde kam. Block ging zur Post und überwies einen einzigen Schilling. Darauf reagierte das Getriebe der Verwaltung mit einer neuen ersten Mahnung, den Restbetrag betreffend. Mit dem restlichen Geld bestellte Block eine Stange bei einer anderen Firma, diesmal einer in den Niederlanden.

Die ersten Blätter fielen. Wenn er morgens zur Schraubenfabrik radelte, verhüllte kühler Nebel die Berge. Man werde ihn nur noch bis zum Ende des Monats beschäftigen können, sagte ihm der Personalchef dort.

»Das wird mich auch nicht umbringen«, sagte Block.

Am nächsten Abend lag ein Steuerbescheid im Briefkasten. Ungeachtet der Tatsache, dass die *Block Ölförderungsgesellschaft* bis jetzt nur Verluste gemacht hatte, wollte das Finanzamt Geld, und zwar nicht nur für das abgelaufene Jahr, sondern auch gleich Vorauszahlungen für das nächste. Die Beträge waren derart jenseits von Blocks Möglichkeiten, dass er den Bescheid dazu verwendete, das Feuer im Herd anzuzünden. Er wärmte sich etwas von der Kartoffelsuppe auf, von der er sich seit Wochen praktisch ausschließlich ernährte, und ging zu Bett.

Endlich kam die Stange aus Holland, vier Meter kürzer als bestellt. Block montierte sie trotzdem, warf die Motoren an, die dicke graue Abgaswolken in den kalten Himmel bliesen, ließ den Bohrtisch um den Kelly einrasten und bohrte los.

Und stieß auf Öl.

KAPITEL 12

Vergangenheit

Block hatte immerhin einen Stadtplan von Chicago. Einen kleinen, billigen zwar nur, wie ihn die Touristencenter kostenlos verteilten, aber immer noch besser als der in dem Straßenatlas, den Markus besaß. »Den haben die Kongressveranstalter mitgeschickt«, erklärte der Österreicher und fügte grummelnd hinzu: »Sie hätten mir ein paar Telefonnummern mehr schicken sollen.« Er wurde immer nervöser, je später es wurde und je näher die Uhrzeit rückte, zu der sein Vortrag angesetzt war.

Mark hielt Ausschau nach einem großen Hotel oder Kongresszentrum, einem voluminösen Gebäude jedenfalls. Doch die angegebene Adresse führte zu einem niedrigen, baufällig wirkenden Bau aus dunklem Stein, dessen Mauern von Efeu überrankt waren. Zwischen den verwitterten Säulen, die das Eingangsportal stützten, hing ein Transparent mit dem Motto des Kongresses: IMPOSSIBLE POSSIBILITIES – THE FUTURE OF MANKIND IS ABOUT TO BEGIN.

Und es gab noch Parkplätze, jede Menge sogar.

Irgendwie war es nicht wirklich beeindruckend. Die Dekoration atmete studentisches Flair und Geldmangel. Bei dem Gebäude handelte es sich um das *Museum für Technikgeschichte*, wie ein bronzenes Schild verriet, als sie ausstiegen und sich dem Eingang näherten; darunter klebte ein simples Blatt Papier, das als Veranstalter die *Transhumanistische Gesellschaft Chicago* nannte. Sie hatten ein hübsches Logo, aber offenbar keinen gut funktionierenden Farbdrucker.

Hinter dem Empfangstisch in der marmornen Eingangshalle saßen zwei hübsche, jedoch spürbar gelangweilte Mädchen. Als Block ihnen allerdings seinen Namen nannte, brach helle Aufregung aus – es wurden Telefone gezückt, mit Händen gefuchtelt, eine von beiden rannte schließlich los, *klack-klack-klack*, einen der hohen, schlecht beleuchteten Gänge hinab. Kurz darauf tauchte ein großer, beleibter Mann auf, der trotz seines Leibesumfangs kaum älter als Markus sein konnte. Er hatte eine lange blonde Lockenmähne und leuchtende Augen, trug einen grellroten Anzug mit weißem Hemd ohne Krawatte, was ihn auf den ersten Blick wie einen abgehalfterten Schlagersänger aussehen ließ, und bot, als er Block erspähte, ein Bild grenzenloser Erleichterung. »Mister Block, Mister Block!«, rief er ein ums andere Mal, versicherte, wie froh er sei, ihn zu sehen, gesund und wohlbehalten. »Wir waren am Flughafen. Wir waren pünktlich. Aber es gab keinen Flug mit der Nummer, die Sie uns mitgeteilt hatten. Niemand kannte diese Nummer, können Sie sich das vorstellen? Ich habe mich gefühlt, als hätte es mich in ein Paralleluniversum verschlagen … und nun sind Sie hier!«

»Ja, ich bin auf den Etikettenschwindel einer Billigfluglinie hereingefallen«, erklärte Block grimmig. Er sprach ein zwar akzentbehaftetes, aber fließendes Englisch. »Dieser junge Mann hier hatte die Freundlichkeit, mich aus meiner misslichen Lage zu retten …«

»Großartig!«, stieß der blond gelockte Riese hervor und packte Markus' Hand, um sie heftig zu schütteln. »Wie ist Ihr Name? Mark? Wunderbar. Ich bin Bob. Sie sind natürlich eingeladen. Sie sind ab sofort unser Ehrengast.«

Er gab dem Mädchen hinter dem Tresen eine Anweisung, und gleich darauf konnte sich Markus ein Schild an die Brust klemmen, auf dem *Mark S. Westman, Special Guest* stand und das einen breiten lila Streifen aufwies, den die anderen Namensschilder nicht besaßen.

Dann ging es im Laufschritt los. »Ich hatte schon Sorge, wir müssten Ihren Vortrag absagen«, erklärte Bob, während sie einen Museumssaal durchquerten, in dem allerhand Bohrgerät aufgebaut war – das Modell eines Bohrturms, riesige Bohrmeißel aus massivem Metall, eindrucksvolle Gestänge aller Art. »Ausgerechnet Ihren Vortrag, das Highlight unseres Kongresses!« So, wie er es sagte, klang es, als würde er derlei gewohnheitsmäßig zu jedem seiner Redner sagen, aber Markus sah Block lächeln, und es war schwer zu sagen, ob es einzig daran lag, dass er sich zwischen all den Bohrgerätschaften wie zu Hause fühlte.

Sie waren offenbar gerade rechtzeitig gekommen. Eine Lautsprecherstimme sagte den Vortrag an, Leute bewegten sich alle in eine bestimmte Richtung. Bob hielt kurz inne, erklärte, er müsse Block nun *backstage* nehmen, und erläuterte Mark den Weg, den er zum Auditorium nehmen müsse.

»Kein Problem«, nickte Markus und ließ die beiden ihrer Wege gehen.

Geradeaus, dann rechts und wieder rechts. Wirklich kein Problem, zumal jede Menge Hinweisschilder denselben Weg wiesen. In einer Nische des Ganges stand ein Raumanzug, ein echter, wie es schien; wie eine Ritterrüstung des zwanzigsten Jahrhunderts. Nicht schlecht. Ein Durchgang, an dem er vorbeikam, gab den Blick in eine Art Messehalle frei; Markus erspähte Schilder mit Aufschriften wie COLD FUSION und ETERNAL LIFE. Ein Informationsstand zur privaten Raumfahrt in einer weiteren Nische war unbesetzt. Vor den Türen zum Auditorium kamen ihm zwei Männer entgegen, von denen einer einen Helm mit zwei Kameras und einer Antenne darauf trug; sie unterhielten sich jedoch, als sei das das Normalste der Welt.

Ein Mädchen an der Tür winkte Markus zu, er solle sich beeilen, also vertagte er es, über diese merkwürdige Erscheinung nachzudenken, schlüpfte rasch hinein und suchte sich einen Platz ziemlich weit vorne. Der Saal war zu gut zwei Dritteln gefüllt.

Bob kam hereingewirbelt, unübersehbar in seinem roten Anzug, und kündigte Karl Walter Block mit einer Emphase an, die auch einem Fernsehprediger gut zu Gesicht gestanden hätte. Der Mann *from Austria*, der die *mission impossible* vollbracht hatte, in den Alpen Erdöl zu finden. Block wurde mit begeistertem Applaus empfangen, was ihm erneut ein Lächeln abnötigte. Er hatte offenkundig nicht viel Übung im Lächeln.

»*Ladies and gentlemen*«, begann er dann in seinem harten, etwas abgehackt klingenden Englisch, »lassen Sie mich Ihnen zuerst eine Geschichte erzählen.«

Markus sah sich rasch noch einmal um. *Ladys* waren praktisch keine da. Von ein, zwei Erscheinungen abgesehen, bei denen er sich nicht sicher war, war das Publikum ausschließlich männlichen Geschlechts.

»Eines Abends stößt ein Polizist auf einen Betrunkenen, der unter einer Laterne umhergeht und irgendetwas zu suchen scheint. Er fragt ihn, was er sucht, und der Betrunkene sagt: ›Meine Hausschlüssel.‹ ›Warten Sie, ich helfe Ihnen‹, erwidert der Polizist, und so suchen sie eine Weile gemeinsam. Aber – sie finden beide nichts. Dem Polizisten kommen Zweifel. ›Sagen Sie, wo haben Sie Ihre Schlüssel denn verloren?‹ Der betrunkene Mann zeigt mit ausgestrecktem Arm hinaus ins Dunkle und sagt: ›Da irgendwo.‹ ›Ja, guter Mann‹, ruft der Polizist aus, ›warum um alles in der Welt suchen Sie Ihre Schlüssel dann hier unter der Laterne?‹ ›Ja, weil's hier hell ist‹, erwidert der Betrunkene. ›Da drüben sieht man ja nichts.‹«

Höfliches Gelächter. Markus zog unwillkürlich den Kopf ein. Was sollte *das* denn?

Block trat ein Stück vom Rednerpult zurück und sah in die Runde, als erwäge er, den Vortrag wegen mangelnder Begeisterung des Publikums abzubrechen. Die Sekunden vergingen, schweigend, und allmählich sammelte sich eine unheilvolle Spannung im Raum. Zweifellos würden jeden Augenblick die Ersten aufstehen und gehen.

Markus hörte Füßescharren und wie jemand flüsterte: »Lass uns abhauen. Das wird langweilig.«

»Die heutigen Akademiker«, fuhr Block in exakt diesem Moment fort mit einer Stimme, die einen zusammenzucken ließ, »handeln genau wie dieser Betrunkene. Sie suchen das Öl da, wo es angenehm ist, danach zu suchen. Nicht dort, wo es ist.« Er reckte das Kinn. »Es wird viel davon geredet, dass das Öl eines Tages ausgehen wird und dass man sich auf diesen Tag vorbereiten muss. Es wird viel geredet von alternativen

Energien. Es wird viel Geld für Windräder verschwendet, für Biogasanlagen, für Solarzellen auf Hausdächern. Alles Unfug. Ich sag Ihnen eines: Zum Öl gibt es keine Alternative. Das ist die schlechte Nachricht. Die gute: Es wird auch nicht ausgehen. Alle, die das prophezeien, irren sich, und zwar gewaltig. Es sind noch solche unglaublichen Mengen an Öl vorhanden, dass es völlig jenseits aller Vorstellungskraft liegt, dass wir kleinen Menschen jemals im Stande sein könnten, sie aufzubrauchen. Aber – man muss wissen, wo man danach suchen muss. Und davon will ich Ihnen hier und heute erzählen.«

Jetzt hatte er die ungeteilte Aufmerksamkeit aller. Selbst die Markus', der voller Verblüffung den mageren alten Mann vorne auf der Bühne ansah, der die letzten Stunden neben ihm im Auto gesessen hatte: Er schien auf einmal größer geworden zu sein, ein Hüne geradezu, schien plötzlich von innen heraus zu leuchten.

»Wenn ich sage, dass es keine Alternativen zum Öl gibt, dann will ich damit nicht sagen, dass man nicht auch Windräder oder Gezeitenkraftwerke oder was auch immer betreiben sollte, wenn es sich anbietet. Warum nicht. Das ist alles in Ordnung, solange man sich nicht einbildet, man könne damit das Öl überflüssig machen. Das kann man nämlich nicht. Unsere gesamte technische Zivilisation ist untrennbar mit dem Öl verbunden. Zu versuchen, darauf zu verzichten, wäre dasselbe, als würden wir versuchen, ohne Blut zu leben.«

Block drückte einen Knopf, der das erste Bild seiner Präsentation an die Wand warf. Es handelte sich um das alte, braunstichige Foto eines uralten Automobils. »Ich will Ihnen das an einem Beispiel zeigen. Es wird heute viel von Elektroautos geredet, von Hybridmotoren, Brennstoffzellen und so weiter. Und es wird in einer Weise davon geredet, dass der Mann auf der Straße denken muss, das sei das Neueste vom Neuen, der Fortschritt schlechthin. Tatsächlich sind das alles alte Hüte. Mit Elektroautos hat man bereits Ende des neunzehnten Jahrhunderts experimentiert. Das erste Auto mit Hybridantrieb wurde schon 1903 gebaut! Sie sehen es hier auf dem Bild. Und die

Brennstoffzelle... Na ja. Ich will Ihnen nur eine Frage stellen: Glauben Sie, dass jemals ein Flugzeug von Brennstoffzellen angetrieben werden wird? Jemand hier im Saal, der das glaubt? Jemand, der sich ein Flugzeug mit Elektromotor und Batterien vorstellen kann? Niemand, sehr schön. Weil es nämlich unmöglich ist. Alle diese feingeistigen, blutleeren Theoretiker der alternativen Antriebe vergessen in ihren feingeistigen, blutleeren Theorien nämlich einen wichtigen Kennwert, ja, den Kennwert überhaupt – die Energiedichte. Doch auf die Energiedichte kommt es an, und zwar wesentlich. Die Energiedichte eines Elektroantriebs – Motor und Batterie zusammengenommen, wohlgemerkt, oder meinetwegen eine Brennstoffzelle statt der Batterie, das ändert auch nichts Wesentliches – reicht gerade aus, um ein besseres Golfwägelchen zu fahren, aber dann ist auch schon Schluss. Und das ist prinzipbedingt; daran wird alle Erfindungskunst der Welt so wenig ändern, dass man es gleich ganz bleiben lassen kann.«

Er hob dozierend die Hand. »Tatsache ist, dass Sie an chemischen Antrieben nicht vorbeikommen, wenn Sie hohe Leistung wollen. Und es gibt nur einen einzigen Stoff, der die Derivate des Erdöls – Benzin, Kerosin und so weiter – an Energiedichte übertrifft: Wasserstoff. Die Wasserstoff-Sauerstoff-Reaktion ist die energiereichste chemische Reaktion überhaupt. Deswegen treibt man Raketen damit an. Aber Frage: Ist jemand im Saal, der sich in ein Verkehrsflugzeug setzen würde, das mit reinem Wasserstoff betrieben wird? Aha. Lauter vernünftige Menschen anwesend, scheint mir. Ich auch nicht. Wasserstoff mag energiereicher sein, aber er ist ungleich riskanter.«

Block drückte einen Knopf, und ein weiteres historisches Bild erschien. Etwas wie ein Raunen oder Stöhnen ging durch den Saal. Es war das Bild der Hindenburg, die auf dem Flughafen von Lakehurst verbrannte.

»Das ist Wasserstofftechnologie, meine Damen und Herren«, rief Block. »Das will man Ihnen als Zukunft der Menschheit verkaufen.«

Er schüttelte den Kopf. »Wie man es auch dreht und wendet: Was das Verhältnis von Handhabbarkeit zu Energieausbeute anbelangt, schlägt nichts das Benzin und seine Verwandten. Nehmen Sie das Öl weg, und unsere Welt hört auf, die Welt zu sein, die wir kennen. Nehmen Sie das Öl weg, und unsere Welt hört auf, eine Welt zu sein, in der wir überleben können.«

Er ließ das Bild verschwinden, stützte sich auf das Rednerpult, schien beinahe draufklettern zu wollen. »Aber, werden Sie sagen, es ist doch eine Tatsache, dass immer weniger Öl gefunden wird! Es ist doch eine Tatsache, dass das letzte große Ölfeld, das gefunden wurde, das Statfjord-Feld unter der Nordsee war! Und das war 1974! Wenn es noch so viel Öl gibt – warum findet man es dann nicht?« Sein Zeigefinger stieß auf die Zuhörer zu. »Weil man an den falschen Stellen danach sucht! Weil man, genau wie der Betrunkene in dem Witz eben, dort sucht, wo es hell ist, anstatt dort, wo es sich befindet!«

Ein kompliziertes Schaubild erschien an der Wand, offensichtlich aus einem aktuellen Lehrbuch oder dergleichen abfotografiert. »Ich kann Ihnen allen nur einmal empfehlen, ein gutes Buch über die Geschichte der Wissenschaft zu lesen«, meinte Block und gluckste belustigt. »Ihnen werden die Augen aufgehen. Was alles schon irgendwann einmal als Stand der Wissenschaft gegolten hat, spottet jeder Beschreibung. Die Herren Akademiker und ihre Rangkämpfe, das ist alles, worum es sich dreht. Die Wahrheit ist völlig nebensächlich. Ein Kollateralschaden. Eine neue, bessere Theorie mag auftauchen – trotzdem wird der jeweils vorherrschende Irrtum, die Schulbuchweisheit, das anerkannte Dogma bis zum letzten Tintentropfen erbittert verteidigt. Eine Generation von Wissenschaftlern muss aussterben und eine neue ihre Plätze einnehmen, ehe eine neue Theorie den Hauch einer Chance hat.«

Block wandte sich dem Schaubild zu. »Tatsache ist, meine Damen und Herren, dass man nicht weiß, wie Erdöl entsteht. Aber – man hat eine Theorie. Es wurde lange über diese Theorie gestritten, und im Lauf dieses Streits wurde die Theorie immer komplizierter, bis sie den heutigen Zustand erreicht hat und so kompliziert ist, dass man sich wünscht, man hätte es mit etwas Einfacherem zu tun. Mit dem Steuerrecht zum Beispiel.«

Gelächter.

»Ich will trotzdem versuchen, sie zu erklären. Nach der vorherrschenden Lehrmeinung handelt es sich bei Öl um uralte organische Materie, die unter enormem Druck erhitzt worden ist und sich deswegen chemisch umgewandelt hat in jenes Gemisch verschiedener Kohlenwasserstoffe, die sich daraus destillieren lassen: Methan und Propan, zum Beispiel, die leichtesten Moleküle dieser Familie; Benzole verschiedener Dichten und Ausprägungen, die wir als Benzin, Diesel oder Schmieröl kennen; und schließlich die schweren Kohlenwasserstoffe wie Teer oder Paraffin. So weit klingt das einfach. So einfach, dass man sich fragt, warum man das eigentlich nicht auch selber machen kann, in seinem eigenen Hinterhof, aus all dem Zeug, was man bisher auf den Kompost geworfen hat. Oder? Wäre doch praktisch.«

Ein anderes Bild erschien, die Strichzeichnung einer urzeitlichen Landschaft.

»Aus irgendeinem Grund, den ich auch nicht verstanden habe, sagt die offizielle Theorie aber, dass das Ausgangsmaterial dieses Prozesses nicht irgendein organisches Material war, sondern ganz bestimmte Algen, die in flachen prähistorischen Seen gelebt und während einer bestimmten, ungewöhnlich warmen Periode der Erdgeschichte in ungewöhnlich großen Mengen geblüht haben sollen, beginnend vor etwa dreihundert Millionen Jahren und endend vor dreißig Millionen Jahren. Diese Algen, so glaubt man, starben ab, sanken auf den Grund der Seen und bildeten Sedimente, die später im Verlauf ungeheurer Zeiträume durch die Bewegungen der Erdkruste eingeschlossen und in die Tiefe gezogen wurden, wo dann besagter hoher Druck und besagte hohe Temperatur auf das organische Material, das so genannte Kerogen, einwirkten. Druck und Temperatur dürfen weder zu hoch noch zu niedrig sein, sondern müssen sich innerhalb bestimmter Grenzen bewegen, und wenn man das entsprechend berechnet, kommt man darauf, dass die Bedingungen in einer Tiefe von 7500 bis 15 000 Fuß gerade richtig sind für die Umwandlung von kerogenhaltigem Sediment in ölhaltiges Gestein.«

Einige Leute im Saal nickten zustimmend; offenbar waren diese Zusammenhänge allgemein bekannt. Markus waren sie vollkommen neu. Tatsächlich hatte er sich noch nie im Leben gefragt, wie Erdöl eigentlich entstand. In einem Bilderbuch, das er als Kind gelesen hatte, hatte es noch geheißen, Erdöl sei aus toten, auf den Grund des Meeres gesunkenen Dinosauriern entstanden.

Block wandte sich wieder seinem Publikum zu, stützte sich dabei mit einer müde wirkenden Geste auf dem Pult ab. »Meine Damen und Herren, ich habe bei mehr Explorationen mitgearbeitet, als ich zählen kann, und zwar ganz unten in der Hierarchie. Ich war einer derjenigen, denen man sagt: ›Bohrt da!‹, und die dann die Arbeit machen. Aber ich hatte Augen im Kopf. Ich habe mitgekriegt, wie es lief. Es lief immer gleich. Die Herren Geologen, studiert, graduiert und was weiß ich alles, schauten auf ihre Karten, sinnierten, wo wann welche Erdschicht sich wie gefaltet haben könnte, und danach legten sie die Bohrpunkte fest. Sie hatten immer ihre Theorie im Kopf, verstehen Sie? Sie konnten nichts anderes tun, als die Welt durch die Brille ihrer Theorie zu betrachten. Und diese Theorie, das ist das Problem, engt die ganze Sache ziemlich ein. Man weiß, wo sich wann was in der Erdgeschichte getan hat – zumindest glaubt man, es zu wissen –, und wenn man dem folgt, bleiben nur sehr wenige Gegenden übrig, die man überhaupt in Betracht ziehen kann. Nur ein paar Stellen auf der Landkarte. Und an den meisten davon hat schon irgendjemand gebohrt.« Er verzog das Gesicht. »Mit anderen Worten, die Theorie schreibt vor, wo es ›hell‹ ist, und nur dort wird gesucht. Und mal ganz ehrlich: Wenn Sie ein hoch bezahlter Angestellter einer der großen Ölfirmen wären, dann würden Sie es auch nicht wagen, eine Bohrung an einer Stelle anzusetzen, die durch die Theorie nicht abgedeckt ist. Vielleicht würden Sie es einmal machen, wenn Sie besonders mutig wären. Vielleicht sogar zweimal. Aber so eine Sondierung ist teuer. Wenn sie nicht fündig wird, ist das ärgerlich, und wenn man Ihnen dann nachweisen kann, dass Sie nicht der anerkannten Theorie gefolgt sind, dann wird es heißen: ›Die Sondierung konnte ja nichts finden!‹ Man wird Ihnen vorwerfen, sich verrechnet zu haben, Ihren Job nicht zu beherrschen, und spätestens dann werden Sie es bleiben lassen, Risiken einzugehen. Wenn Sie ein studierter Ölprospektor sind, dürfen Sie Ihre Schlüssel nur da suchen, wo es hell ist, egal, wo Sie sie verloren haben. Sie sitzen in der Falle.«

Block machte eine Kunstpause und fügte dann hinzu: »Aber zu meinem Glück bin ich kein studierter Ölprospektor.«

Wieder Gelächter. Leiser diesmal, nachdenklicher klingend.

Der weißhaarige Mann sah in die Runde. »Ich will es Ihnen offen sagen: Ich weiß auch nicht, wie Erdöl wirklich entsteht. Ich weiß nur, dass ich eine Menge Dinge erlebt habe, die nicht in diese Theorie passen. Bohrlöcher, die leer zu sein scheinen, sich nach einer Weile aber wieder gefüllt haben – wie erklären Sie das? Das können Sie nicht erklären. Früher, als die Theorie noch nicht so weit entwickelt war, hat man manchmal noch auf gut Glück gebohrt, der Nase nach, und ist an Stellen auf Öl gestoßen, an denen man keines hätte finden dürfen. Manchmal ließ sich das noch irgendwie in die Theorie quetschen, manchmal auch nicht – dann wurde es eben ignoriert. Keiner der Herren Akademiker hätte es gewagt, die anerkannte Theorie in Frage zu stellen, nie im Leben! So etwas kann nur jemand wie ich tun, der nicht dazugehört und deswegen auch keinen Ruf zu verlieren hat. Und so wahr ich hier stehe, ich bin davon überzeugt, dass unsere Kindeskinder über die heute so anerkannte Theorie der Ölentstehung genauso lachen werden wie wir heute über, was weiß ich, die Phlogiston-Theorie, über den Äther oder über die Ansicht, die Sonne kreise um die Erde.«

Er ließ das letzte Diagramm verschwinden und erklärte: »Sie wissen aus der Ankündigung dieses Vortrags oder aus den Medien, dass ich vor etlichen Jahren in Österreich, meiner Heimat, Öl gefunden habe und bis auf den heutigen Tag fördere. Als ich anfing zu bohren, hielten mich alle für verrückt, und niemand hat mir auch nur einen Schilling oder Cent Kredit gegeben. Als ich Öl fand, stellte das die Wissenschaft vor ein Rätsel. Es spricht in meinen Augen für sich, dass sich trotzdem nie jemand von den Universitäten und Akademien zu mir hinaus ins steyrische Land bemüht hat, um dieses Rätsel zu lösen.«

Er machte eine Pause.

»Was Sie nicht wissen«, fuhr er dann fort, »ist, dass dieser Fund kein Zufall war. Glück spielte dabei keinerlei Rolle. Ich wusste von Anfang an, dass ich Öl finden würde, und ich habe es gefunden. Nicht, weil ich einer Theorie gefolgt bin, sondern weil ich eine grundsätzlich andere Methode der Ölsuche anwende, die mit allem bricht, was man bisher geglaubt hat. Sie werden verstehen, dass ich hier und heute nicht weiter über Einzelheiten reden will, nur so viel: Mithilfe dieser Methode werde ich im Stande sein, genug Öl zu finden, dass sich die Menschheit die nächsten tausend Jahre keinerlei Sorgen mehr zu machen braucht.«

Im Saal brach der Tumult los.

Gegenwart

Fernsehkameras waren auch da. Abu Jabr Faruq Ibn Abdulaziz schüttelte den Kopf. »Das finde ich jetzt wirklich übertrieben.« Er prüfte den Sitz seines Kopftuchs, drückte die *agal* zurecht.

Der Wagen hielt direkt vor dem Haupteingang des Abd al-Asis Krankenhauses, inmitten einer beträchtlichen Menschenmenge, die sich versammelt hatte, und jemand riss eilfertig den Wagenschlag auf. Die Leute jubelten, als Abu Jabr ausstieg, jubelten noch lauter, als er die Hände hob, obwohl er es eigentlich in der Absicht tat, sie zu beschwichtigen. Man hielt ihm ein Mikrofon hin.

»Aller Applaus«, sagte Abu Jabr, »gebührt dem Chefchirurgen und seinen Mitarbeitern. Allah – er sei gepriesen – hat es gefallen, durch ihre Hände ein Wunder zu vollbringen.«

Die Operation hatte achtzehn Stunden gedauert. Seit den frühen Morgenstunden waren die beiden aus Südafrika stammenden Zwillinge, die am Rücken zusammengewachsen zur Welt gekommen waren, getrennt, und es sah ganz so aus, als würden beide überleben. Es handelte sich um die vierzehnte derartige Operation in diesem Krankenhaus, doch aus irgendeinem Grund hatte das Fernsehen diesmal außergewöhnlich intensiv darüber berichtet. Es hatte die beiden dreijährigen, kaffeebraunen Mädchen gezeigt – Joana und Winnie –, und das halbe Land schien sich in sie verliebt zu haben. Und auf einmal wurde auch viel Aufhebens darum gemacht, dass Prinz Abu Jabr die Kosten für die Operation und Behandlung und natürlich auch für die Reise der Mutter und der Kinder übernommen hatte, rund 1,2 Millionen Rial. Dieses Aufsehen hatte nicht in Abu Jabrs Absicht gelegen; bei den sechs Malen davor, bei denen er für derartige Operationen aufgekommen war, war dieser Umstand nicht publik geworden.

Nun gut, wenn sie jubelten, anstatt das, was er tat, einfach als *zakat* zu sehen, als Erfüllung der religiösen Pflicht, die ein Wohlhabender den Armen gegenüber hatte, dann ließ sich daran auch nichts ändern. Abu Jabr winkte ein letztes Mal und trat dann in das kühle Innere des Gebäudes.

Abdullah al-Rabia erwartete ihn, der Chefchirurg. Er war unübersehbar blass und erschöpft, ließ es sich aber nicht nehmen, ihm die Einzelheiten der Operation anhand von Röntgenbildern und dergleichen ausführlicher zu erläutern, als Abu Jabrs medizinisches Interesse reichte. Dann traf er die Mutter. Sie kam mit dem Schleier sichtlich schlecht zurecht, berührte Abu Jabr gar, was natürlich ungehörig war: Mit Tränen in den Augen ergriff sie seine Hand, presste sie gegen ihre Stirn, gab einen Wortschwall von sich, von dem er fast nichts verstand. Behutsam entzog er ihr die Hand wieder; sie war Ausländerin und zudem aufs Äußerste aufgewühlt, man musste ihr heute alles nachsehen.

Endlich führte man sie zu einer Scheibe, durch die man in die Intensivstation sehen konnte, und so standen Abu Jabr und die Mutter der beiden Kinder nebeneinander und schauten lange und schweigend auf sie hinab, die nun zum ersten Mal in getrennten Betten lagen, schlafend, kleine Bündel Leben inmitten blinkender Geräte, mit denen sie durch ein Gewirr von Kabeln und Schläuchen verbunden waren. Lange standen sie so, und Abu Jabrs Herz füllte sich mit Freude.

Vergangenheit

Es war wie ein Erwachen im falschen Film. Der erste, der aufstand, als Block anbot, Fragen zu beantworten, fragte nichts, sondern erklärte, das sei ja alles ganz nett, aber doch wohl überflüssig, da die Technologie der Kernfusion dicht vor dem Durchbruch stehe, und das hieße dann Energie in unbegrenzter Menge.

Block blinzelte; irritiert, wie es Markus schien. »Kernfusion?«, erwiderte er. »Das höre ich seit vierzig Jahren, dass die dicht vor dem Durchbruch steht.«

»Die kalte Fusion funktioniert längst!«, schrie ein anderer dazwischen, ein dünner Mann mit raubvogelartiger Nase. »Die Technologie wird bloß von der Lobby der Energiekonzerne unterdrückt, weil es ihr Monopol gefährdet! Kalte Fusion, das heißt: der Fusionsreaktor für die Westentasche. Ein Gerät, das nicht größer ist als eine Thermosflasche, aber mehr Strom liefert als ein Atomkraftwerk. Unbegrenzte Energie für jedermann!«

Noch ehe Block darauf etwas sagen konnte, hatte sich ein braun gebrannter, glatzköpfiger Mann in einem wallenden weißen Gewand des Saalmikrofons bemächtigt und erklärte salbungsvoll: »Die Zukunft, meine Freunde, gehört der Vakuumenergie. Energie aus dem Nichts, in unbeschränkter Menge – es wird uns sogar möglich sein, Planeten in andere, vorteilhaftere Umlaufbahnen zu versetzen …«

Daraufhin entbrannte eine Diskussion, die sich so verrückt anhörte, dass Markus nicht anders konnte, als aufzustehen und zu gehen. Vor den Türen des Auditoriums standen ebenfalls

Leute beisammen und diskutierten; er hörte einen sagen: »Das ist ein alter Hut, was der erzählt hat; es ist doch klar, dass die Kontinentalplatten auf Öl schwimmen, wie sollten sich diese Massen denn sonst bewegen, ohne Schmiermittel? Da unten sind ganze Ozeane von Öl. Das muss man nur hochholen. Klar findet man überall Öl, wenn man nur tief genug bohrt.«

»Israel beispielsweise«, pflichtete ihm ein anderer bei. »Die müssten nur mal richtig tief bohren, dann hätten sie auch Öl. Das Land sitzt bloß auf einem riesigen unterirdischen Salzpfropf – das zeigt sich am Toten Meer. Das ist vollkommen versalzen, und jetzt frag dich doch mal, woher das ganze Salz kommt, na? Man muss den Salzpfropf durchstoßen, das ist es.«

Entschieden der falsche Film. Markus drehte eine Runde durch die Messehalle, die er vorhin gesehen hatte. Ein Unternehmen pries seine Technologie an, einem im Todesfall den Kopf vom Rumpf zu trennen und in flüssigem Helium aufzubewahren, bis der Tod einst besiegt und die Rekonstruktion des übrigen Körpers möglich sei und man von da an bis in alle Ewigkeiten leben konnte. Am nächsten Stand forderte eine Initiative volle Bürgerrechte für intelligente Roboter und genetisch aufgerüstete Schimpansen; vorbeugend, da es bisher weder die einen noch die anderen gab. Doch zumindest das mit den intelligenten Computern sei, verkündete ein anderer Stand, nur eine Frage der Zeit: Diagramme mit dick gezeichneten Kurven darauf behaupteten vorherzuberechnen, bis wann die Maschinen die Menschen überflügelt haben würden und die Macht übernähmen, ein Ereignis, das *Singularität* genannt wurde und angeblich unausweichlich war.

Einen Gang weiter war in einer Art Zelt eine Maus ausgestellt, die nackt und verschreckt in ihrem unbehaglichen Glaskasten umherhuschte und im Dunkeln leuchtete, was den Ausstellern als Erfolg der Gentechnik galt. Auf Schautafeln wurde das nächste Projekt vorgestellt: die genetische Aufrüstung des menschlichen Auges zum Nachtsichtgerät durch Implantation einiger weniger Katzengene ins menschliche Erbgut. Weitere visionäre Gemälde zeigten Menschen mit Kiemen und

Schwimmhäuten, die beherzt neuen Lebensraum in den Tiefen der Ozeane erschlossen.

Andere Aussteller suchten diesen neuen Lebensraum eher im Weltall, zeigten Bilder von Raumstationen, ja, riesigen Raumstädten, künstlichen Welten gar, die sich, bewohnt von Millionen von Menschen, auf den Weg in die Tiefen der Galaxis machen sollten. »Wenn man erst einmal seine Lebenserwartung radikal verlängert hat«, erklärte ein Mann Markus im Brustton der Überzeugung, »dann hat man genug Zeit, von neuen Techniken zu profitieren, und genug Zeit, um auch fernste Sterne zu erreichen.«

Markus pflichtete ihm grundsätzlich bei und flüchtete zum nächsten Stand, der »pharmazeutischen Buddhismus« propagierte und dass Erleuchtung und innerer Frieden auf medikamentösem Weg zu erreichen seien. »Man muss«, säuselte ein Jüngling mit weichem Gesicht und dünnen Bartfransen, »den linken Schläfenlappen stimulieren. Untersuchungen mit Kernspintomographen haben erwiesen, dass dies der Sitz des religiösen Empfindens ist, das ›Gottesmodul‹ sozusagen ...«

»Die Zukunft wird wunderbar!«, dröhnte jemand in Markus' Ohr und versuchte, ihm ein buntes Flugblatt in die Hand zu drücken. »Großartig! Alles wird möglich!«

Endlich traf er Block wieder, der voller Ingrimm in einer Ecke stand. »Der Veranstalter hat mir versprochen, dass es sich um einen ernsthaften wissenschaftlichen Kongress handelt. Aber das sind ja alles Hirnschüssler hier! Schau'n Sie sich das an. Das ist doch völlig meschugge! Was hab ich denn davon, wenn mir solche Leute zuklatschen? Ich such Leute, die in meine Firma investieren wollen. Das hab ich denen auch gesagt.« Er schüttelte den Kopf. »Das stiert mich wirklich, dass ich dafür gekommen bin. Der ganze Aufwand. Das war eine Dummheit von mir. Ein Fehler.«

Markus schaute sich um, sah die Leute reden und gestikulieren, sah die bizarren Plakate und Schautafeln und Ausstellungen und hatte das seltsame Gefühl, im stillen Auge eines Hurrikans angelangt zu sein.

»Vielleicht nicht«, hörte er sich sagen. »Vielleicht war es kein Fehler.«

»Foppen hab ich mich lassen.«

»Das habe ich doch richtig verstanden«, sagte Markus. »Sie wollen eine Firma gründen, um Ihre Methode, Öl zu finden, zu verwerten?«

»Ja, aber dazu brauch ich Geld. Viel Geld. Da reicht nicht, was ich mit meiner Ölquelle verdien. Zumal ich nur eine Schnackerlfirma bin und die Energiekonzerne mich übers Ohr hauen. Die Ölquelle, das reicht grade zum Leben.« Block warf den Leuten, die zu ihnen hersahen, mörderische Blicke zu. »Ich will an die Börse. Ich brauche kapitalkräftige Investoren ...«

Markus fragte sich, ob es an diesem Land lag, dass solche Dinge geschahen, oder ob ihm das überall hätte passieren können. Das war es doch, oder? Erkenne deine Chance, wenn sie sich dir bietet. Und greif zu. Der amerikanische Traum eben. Und er erlebte ihn gerade.

»Wir sollten uns zusammentun«, sagte er. »Sie bringen Ihre Methode ein – und ich, ich beschaffe das Geld.«

Block musterte ihn skeptisch von oben bis unten. »Sie? Sie können Geld beschaffen?«

»Mehr als Sie sich je vorgestellt haben.«

KAPITEL 13

Vergangenheit

Im Sommer sinken die Außentemperaturen in Riyadh tagsüber nie unter 115 Grad Fahrenheit, und Außentemperaturen haben die verhängnisvolle Eigenart, zu Innentemperaturen zu werden, wenn man keine entsprechenden Vorkehrungen trifft. Also lief die Klimaanlage auf vollen Touren, außerdem waren die Sonnenblenden vor jedem Fenster unten, was die Büroräume in ein eigenartig unwirkliches Dämmerlicht tauchte.

Trotzdem schwitzte jeder. Glen Myers saß im Halbdunkel seines Schreibtischsessels, und mehr oder weniger das Einzige, was man von ihm sah, waren die Schweißtropfen auf seiner Stirn.

»Es tut mir Leid«, sagte er schließlich und warf die Mappe vor sich auf den Tisch. Sie war nicht dick, deshalb gab es kein sehr beeindruckendes Geräusch. »Es tut mir Leid, aber ich kann diesen Bericht nicht weiterleiten.«

Taggard hob die Augenbrauen. »Ihre Unterschrift besagt nicht, dass Sie meine Auffassung teilen.«

»Ja, ja. In der Theorie. In der Praxis kommt spätestens morgen ein Anruf aus Langley.«

»Und weswegen?«

Myers' Gesicht kam aus dem Schatten seiner Sessellehne zum Vorschein. »Wie lange sind Sie jetzt hier? Drei Monate? Vier?«

»Vier.«

»Wie die Zeit vergeht. Trotzdem: Sie sind immer noch ein Neuling im Reich von Allah, dem Barmherzigen. Sie haben gerade mal aufgehört, Tourist zu sein.«

»Mit anderen Worten«, erwiderte Charles Taggard, »mein Blick auf dieses Land ist noch frisch und unverstellt. Frei von aller Betriebsblindheit.«

Die Augen seines Vorgesetzten verengten sich. »Unterstellen Sie mir das? Betriebsblindheit?«

»Ganz bestimmt nicht«, versicherte Taggard, und das war seine ehrliche Überzeugung. »Sie würden sich nämlich nicht so aufregen, wenn Sie nicht genau wüssten, wie Recht ich mit meinem Bericht habe.«

»Ah ja?«

»Und dabei habe ich mich noch zurückgehalten.«

»Ich hatte nicht den Eindruck.«

Taggard lehnte sich zurück. Sein Hemd klebte ihm nass an der Haut. »Hätte ich nicht in langen, mühsamen Jahren die edle Kunst der diplomatischen Rede erlernt«, erklärte er, »würde ich einfach schreiben: Saudi-Arabien ist ein Albtraum, und wenn dies das Reich Allahs, des Barmherzigen, sein soll, dann hat er ein Joint Venture mit dem leibhaftigen *scheitan* geschlossen. Die einzige Schwierigkeit, die ich mit meinem Bericht hatte, war die, dass ich kaum wusste, wo ich anfangen sollte. Es ist mir nicht gelungen herauszufinden, in welcher Hinsicht sich Saudi-Arabien von Nord-Korea oder sonst irgendeiner Diktatur unterscheidet, bis auf die Tatsache, dass wir den Saudis Geld in die Taschen stopfen, so schnell wir können, weil wir ihr verdammtes Öl brauchen.«

Myers gab ein Knurren von sich. »Immerhin das haben Sie begriffen.«

Taggard begann unwillkürlich, die Argumente an seinen Fingern abzuzählen. »Die Leute haben hier keine Verfassung, kein Parlament, keine Parteien. Was eine Gewerkschaft ist, wissen sie nicht mal, und die Presse schreibt nur, was die Regierung geschrieben haben will. Glen, dieses Land ist praktisch Privatbesitz der Familie Saud. Und die Familie Saud, die reichste Familie der Welt, raubt ihre eigenen Leute aus. Wir haben es beide gesehen, keine drei Tage nach meiner Ankunft. Sie zerstören den Mittelstand. Sie haben das ganze Land von ihren Almosen abhängig gemacht, und das Geld dafür haben *wir* ihnen gegeben!«

»Charles. Sie haben uns ihr Öl dafür verkauft. Es geht uns absolut nichts an, was sie mit ihrem Geld anstellen.«

»Mag sein, aber es geht uns etwas an, was die Sauds mit diesem Land machen.« Es war die Hitze. Sein Mund redete, ehe das Hirn im Stande war, einzugreifen. »Nach all den Jahrzehnten gibt es hier außer Öl immer noch praktisch keine nennenswerte Wirtschaft. Und Himmel, ich musste es dreimal lesen, damit ich es glauben konnte – das Land ist bis über die Ohren verschuldet! Mehr als zweihundert Milliarden Dollar! Wenn man das auf die Bevölkerung umrechnet, sind das pro Kopf mehr Schulden, als Argentinien sie hatte, als das Land pleiteging. Auch das Bruttoinlandsprodukt erreicht auf Pro-Kopf-Basis in Saudi-Arabien trotz allem Öl und so weiter nicht mal die Hälfte des ärmsten OECD-Staats.«

»Das liegt schlicht und einfach daran, dass es hier inzwischen verdammt viele Köpfe gibt«, erwiderte Myers. »Irgendwann wird sich das auch wieder normalisieren.«

Taggard hatte nicht vorgehabt, sich in Rage zu reden. Dass Myers ihm die Unterschrift verweigern würde, war zu ahnen gewesen. Myers war ein Sesselhocker, und das Einzige, was ihn interessierte, war, dass Ruhe in seinem Bereich herrschte.

»Nein. Da wird sich nichts normalisieren. Saudi-Arabien ist ein Pulverfass. Die Hälfte der Bevölkerung ist jünger als 18 Jahre, und es gibt praktisch keine Jobs. Selbst wenn es sie gäbe, die Leute wären nicht dafür ausgebildet. Von drei Universitätsabschlüssen, die hier zu Lande gemacht werden, sind zwei Abschlüsse in islamischer Theologie.« Taggard beugte sich vor, schob Myers die Mappe mit dem Bericht wieder hin. »Wir dürfen uns nicht einmal wünschen, dass in Saudi-Arabien plötzlich die Demokratie ausbricht, denn die ersten Wahlen würden mit überwältigender Mehrheit ein islamistisches Regime an die Macht bringen, gegen das Ayatollah Khomeini wie ein Freund Washingtons wirken würde. Zum Teufel, vermutlich würde Osama Bin Laden der erste gewählte Präsident! Und von da an würde jedes weitere Barrel Rohöl hundertvierzig Dollar kosten. Das ist doch der Grund, warum wir die Sauds an der Macht halten: damit dieses Land *nicht* demokratisch wird. Und das, Glen, ist eine Schande für Amerika.«

Myers verschwand wieder im Schatten. Seine Hand griff nach der Mappe, hob sie hoch, hielt sie einen Moment abschätzig und stieß sie dann über die Tischkante in den Papierkorb, wo sie mit einem metallischen *Klonk!* landete.

»Kein Mensch in den Staaten will das wissen, Taggard. Kein Mensch, glauben Sie mir.«

Nach dem Gespräch mit Myers sitzt Charles W. Taggard in seinem Büro, starrt aus dem Fenster und tut den Rest des Tages nichts mehr.

Zumindest nichts, das man sehen könnte.

Die Zeit scheint stillzustehen, doch in seinen Gedanken arbeitet es. Da ist etwas, das er bisher übersehen hat. Ein Zusammenhang, den er noch nicht durchschaut. In dem Gespräch mit Myers ist eine Saite angezupft worden, die zu dieser Einsicht führt, und sie vibriert immer noch.

Der Islamismus. Irgendwie ist das der Schlüssel.

Draußen flimmert die Luft über den Dächern Riyadhs. Autos gleiten wie kleine dunkle Spielzeuge die breiten Straßen entlang. Der Himmel ist von einem unglaublich reinen Blau.

Charles W. Taggard hat auf seinen riskanten Stadtspaziergängen die *Mutawaiin* gesehen, die Religionspolizisten, die tagsüber und abends zu den Gebetszeiten durch die Geschäftsstraßen ziehen, Furcht einflößende Gestalten mit langen, rot gefärbten Bärten, die mit Rohrstöcken an die Scheiben oder Gitter der Läden schlagen, um deren Besitzer aufzufordern zu schließen und sich zum Gebet in die nächste Moschee zu begeben. Er hat gesehen, wie die *Mutawaiin* Frauen, die sie unzureichend verhüllt fanden, regelrecht gejagt und mit ihren Rohrstöcken nach ihnen geschlagen haben.

Ein Albtraum in seinen Augen. Doch in der Bevölkerung genießen die *Mutawaiin* Anerkennung, ja sogar Respekt.

Er hat sich, deutlich erkennbar als Amerikaner, in der Nähe der Koranschulen aufgehalten, die es ohne Zahl zu geben scheint. Er hat ein argloses Gesicht aufgesetzt und sich angehört, wie man ihn verspottete und beschimpfte. Es ist ihm oft schwer gefallen, so zu tun, als verstehe er kein Arabisch. Die Koranschulen kommen ihm vor wie Brutstätten blanken Hasses. Nicht die Liebe zu Gott scheint dort gelehrt zu werden, sondern Hass auf Amerika.

Charles W. Taggard fragt sich mehr denn je, was er sich eigentlich von diesem Aufenthalt versprochen hat.

Er ist *nicht* gekommen, um die Hintermänner, die Schuldigen, die Drahtzieher des Anschlags von New York auf eigene Faust ausfindig zu machen. Das steht fest. Er ist nicht der Typ für derart närrische Ideen. Es sind nicht einmal Rachegelüste, die ihn treiben. Mittlerweile sagt er sich, dass seine Tochter sowieso gestorben wäre, nur eben etwas später. Nein, es ist nicht Rache, was er will.

Aber was dann?

Seine Gedanken kehren zurück zu den Koranschulen. Er sieht sich wieder da stehen und fragen: »Entschuldigen Sie, spricht jemand von Ihnen Englisch?« Die meisten Saudis sprechen Englisch, man kann nichts werden ohne Englischkenntnisse, doch die jungen Männer, die aus diesem Haus kommen, vibrierend vor Kraft und Energie, tun so, als verstünden sie kein Wort. Sie nennen ihn einen Ungläubigen, den Sohn einer Hündin. Sie haben bis vor wenigen Minuten ihre heilige Schrift studiert und diskutieren nun darüber, ihn zu töten. Wie sie ihn hassen! Und nur, weil er Amerikaner ist.

Bezahlt werden diese Koranschulen von Amerikas Verbündeten, den Sauds.

Was ist hier schiefgelaufen?

Seit den Tagen des Staatsgründers und ersten Königs Ibn Saud, das weiß Taggard aus den Geschichtsbüchern, existiert das Königshaus nur dank der Billigung der wahhabitischen Religionsführer, die für sich in Anspruch nehmen, den wirklichen, reinen Islam zu vertreten. Es ist für ihn kaum nachvollziehbar, wie diese Gelehrten im Stande sind, dabei die Augen fest geschlossen zu halten vor dem Lebenswandel der königlichen Familie, der nach jedem Maßstab, selbst dem des dekadenten Amerikas, unmoralisch, korrupt und verdorben ist. Er hat die klassifizierten Berichte gelesen, die von Palastintrigen, Neid, sogar Morden innerhalb der Familie erzählen, und das Haus Al Saud kommt ihm inzwischen vor wie ein Mafia-Clan. Die Prinzen sind geldgierig über jedes Maß hinaus, dazu rachsüchtig und gewalttätig. Es sind Potentaten, mehr als reif dafür, von einem Aufstand des Volkes hinweggefegt zu werden.

Doch das Volk ist ruhig gestellt. Dank des vielen Geldes. Dank des vielen Öls.

Die Sauds finanzieren die Koranschulen und stärken damit die Position der Wahhabiten innerhalb der islamischen Welt. Im Gegenzug sichern die wahhabitischen Geistlichen die Position der Sauds. Das ist der Deal.

Der Verlierer ist das saudische Volk, das bevormundet wird, entrechtet, indoktriniert.

Und die USA wollen nicht wahrhaben, was geschieht. Weil die Situation so, wie sie ist, für Amerika am bequemsten ist.

Als Charles W. Taggard seinerzeit zur CIA gegangen ist, tat er es unter dem Eindruck des Kalten Krieges. Er wollte die Freiheit verteidigen, die Freiheit seines Landes, aber auch die aller anderen Menschen. Für ihn gehört das zusammen, immer noch und trotz mancher moralisch fragwürdigen Dinge, die er in seinem Beruf schon getan hat. Damals hätte er kein junger Kubaner, kein junger Russe sein wollen – heute wollte er kein junger Saudi sein …

Eine Erinnerung taucht auf, blitzartig. Wie er eines Abends durch Riyadh wandert, wieder einmal, und wie ihm auffällt, wie viele Autos herumfahren, in deren Heckscheibe große Zettel mit Mobiltelefonnummern hängen. Es sieht aus, als seien diese Autos zu verkaufen, aber warum sind die Zahlen so groß geschrieben, dass man sie noch aus einer Entfernung lesen kann, aus der man nicht einmal mehr den Autotyp erkennt? Und warum fahren diese Autos so langsam, warum manövrieren sie so umständlich vor bestimmten Gebäuden? Die Fahrer sind alles junge Männer, und junge Männer sind normalerweise eher dafür berüchtigt, zu schnell zu fahren.

Und endlich begreift er. Die Autos sind nicht zu verkaufen. Die Männer fahren ihre Telefonnummern vor Häusern spazieren, in denen sich Frauen aufhalten, in der Hoffnung, dass eine Frau sich ihre Nummer notiert und es wagt, anzurufen.

Taggard erinnert sich, dass er eine ganze Weile dastand wie betäubt. Natürlich, gelesen hat er es. In allen Broschüren und Reiseinformationen zu diesem Land steht es. Frauen müssen verschleiert gehen, dürfen das Haus nur in Begleitung ihres Ehemanns, ihres Bruders, ihres Vaters oder eines Vetters ersten Grades verlassen – und auch dann nur Bereiche aufsuchen, die den Frauen vorbehalten sind. Männer und Frauen leben in Saudi-Arabien strikt getrennt, und hier sieht er die Konsequenz davon: Junge Männer haben keine Chance, Frauen kennen zu lernen. Und in ihrer Verzweiflung versuchen sie es mit diesem Trick, der so hoffnungslos ist, dass man schreien könnte.

Taggard richtet sich auf, legt die Hände vor sich auf den Tisch, nickt verstehend. Das ist es. Die Sauds exportieren ihre Probleme. Das Land quillt über vor jungen, sexuell frustrierten Männern ohne jede Perspektive. Eigentlich sollten diese Menschen gegen ihre Unterdrücker aufbegehren, sollten das Königshaus hassen, sollten revoltieren. Doch die Sauds bringen das Kunststück fertig, diesen Hass von sich weg und auf den Westen, auf die USA zu lenken, was um so atemberaubender ist, da sie es gleichzeitig schaffen, den Westen glauben zu lassen, sie seien seine Verbündeten.

Deshalb ziehen junge Männer, die eigentlich alles hätten, um ein langes, gutes Leben zu führen, in den Krieg gegen Amerika.

Charles W. Taggard nimmt sein abgeschabtes Adressbüchlein zur Hand, blättert darin. Er findet einen Namen. Donald R. Hartfield. Ein ehemaliger Studienkollege, der, wie es heißt, Kontakte zu Regierungsmitgliedern und wichtigen Unternehmensführern pflegt.

Er wird einen Weg finden, seinen Bericht an diesen Mann zu schicken.

Gegenwart

Schon immer hatte es Abu Jabr Faruq hinaus in die Wüste getrieben. Wenn er längere Zeit in der Stadt gelebt hatte, wurde der Drang übermächtig, sich auf den Rücken eines Kamels zu schwingen und hinauszureiten in die glühenden Weiten, in das undurchdringliche Schweigen unter einem vollkommenen, leeren Himmel. Nur dort draußen fühlte er sich seinem Schöpfer wirklich nahe; das lärmende Getriebe einer Stadt war etwas, das die Seele beschmutzte, fand er.

Vielleicht war es auch einfach das Beduinenblut seiner Vorväter, das sich auf diese Weise bemerkbar machte.

Inzwischen war er alt genug, um das Reiten auf einem Kamel beschwerlich zu finden. Trotzdem ritt er lieber, als mit einem Jeep zu fahren und damit den Lärm der Stadt mit sich zu nehmen. In einer Oase etwa hundertfünfzig Kilometer von Riyadh entfernt wartete ein einfaches Zelt auf ihn, in dessen Eingang er sich setzen konnte, um auf die Hand voll kümmerlicher Palmen und die Dünen am Horizont zu schauen, Datteln zu essen und seinen Gedanken nachzuhängen.

Und es gab vieles, worüber er nachzudenken hatte. Seit einiger Zeit plagte ihn ein vages Gefühl, das er nicht zu fassen bekam, obwohl es an seiner Seele nagte wie eine Maus an einem Vorratssack. Ein Gefühl, dass Dinge aus dem Lot gerieten, ja, längst aus dem Lot waren.

Der Menschenauflauf vor dem Krankenhaus beispielsweise. Es war ihm peinlich, Aufsehen erregt zu haben. Die Vorstellung, dass man von ihm denken könne, er habe diese Operation finanziert, um die Aufmerksamkeit auf sich zu lenken, war ausgesprochen unangenehm.

Doch wenn er in sich hineinhorchte, hatte ihn die Sympathie beglückt, die ihm von den Versammelten entgegengebracht worden war. Auch wenn seine Brüder über seine Aktivitäten spotteten.

Seine Brüder...

Ja. Da saß der Schmerz.

Abu Jabr Faruq war der letzte Sohn König Ibn Sauds. Doch seine Mutter war nur eine Sklavin gewesen; sie hatte den Herrscher in seinen letzten, von Krankheit gezeichneten Lebensjahren gepflegt. Nach seiner Geburt war sie freigelassen und abgefunden worden, aber das hatte ihr nicht genügt: Ihr Leben lang hatte sie darum gekämpft, dass ihr Sohn als Prinz anerkannt wurde. Kein Tag seiner Kindheit, an dem sie ihn nicht ermahnt hatte, sich seiner königlichen Abstammung bewusst zu sein und sich entsprechend zu verhalten. Und ihre Ansprüche an das Benehmen eines Prinzen waren hoch gewesen, unerbittlich hoch.

Sie hatte es noch erlebt, dass er als Prinz akzeptiert wurde, auch wenn ihn bis auf den heutigen Tag nicht alle Verzeichnisse führten. Aber er durfte den Namen Ibn Abdulaziz Al-Saud tragen, erhielt die Apanage eines Prinzen ersten Grades, hatte Zugang zum Palast des Königs.

Nur seine erste Begegnung mit der königlichen Familie mitzuerleben, das war ihr erspart geblieben.

Welch ungeheure Enttäuschung! Er lernte siebzigjährige Männer kennen, die fünfzehnjährige Mädchen heirateten. Männer, die sich Paläste an die Côte d'Azur bauen ließen, um sich dort mit Huren zu vergnügen. Männer, die im Flugzeug Whiskey-Flaschen entkorkten, sobald es von saudischem Boden abhob. Männer, die allabendlich in den Spielcasinos von Monte Carlo und Nizza Millionen verspielten. Die sich bestechen ließen, um ihre kolossalen Apanagen aufzubessern, die Drogen schmuggelten oder mit Waffen handelten.

Das, worauf er hingelebt hatte, existierte überhaupt nicht. Alle Selbstdisziplin, all sein Streben nach Tugend und der einem Prinzen angemessenen Vortrefflichkeit war vergebens gewesen, sich darauf vorzubereiten, Verantwortung zu übernehmen, sinnlos.

Bei dem bloßen Gedanken, im Spiel der Palastintrigen mitzumischen, war ihm übel geworden. Hätte er sein Geld für Diamanten, Jagdfalken, Jachten, teure Autos und Privatflugzeuge ausgeben sollen? Nichts wäre ihm sinnloser vorgekommen als ein solches Leben.

Also zog er sich zurück. Eine Reaktion, die den anderen nur recht war.

Für ihn lag auf der Hand, dass es der Kontakt mit dem Westen war, der seine Familie so verdorben hatte – das viele Geld und die Verlockungen, die das Abendland in seiner Verderbtheit dafür bereithielt. Für Alkohol und goldene Türgriffe hatten sie ihr wahres Erbe ausgeschlagen: das Wort Gottes und das Leben in der kristallenen Klarheit der Wüste.

Das Öl war keine Wohltat Allahs gewesen, wie so viele dachten, sondern eine Prüfung. Und siehe, kaum jemand war im Stande, sie zu bestehen. Das war bitter.

Eine Staubwolke am Horizont ließ ihn aufsehen. Jemand kam, in einem großen, schweren Automobil, das zu schnell fuhr für die sandige Piste.

Abu Jabr blieb sitzen und wartete. Schon aus der Ferne war ihm das Fahrzeug bekannt vorgekommen; als es näher kam, sah er, dass ihn seine Ahnung nicht getrogen hatte. Es war das derzeitige Lieblingsspielzeug seines zweitältesten Sohnes Zayd, ein Koloss von einem Wohnmobil, das da zum Stillstand kam, schwarzglänzend, auf ungeheuren Reifen ruhend und mit einer Klimaanlage, deren angestrengtes Brummen alle Stille vertrieb, die bis eben in der Oase geherrscht hatte.

Zayd. Auch um ihn machte Abu Jabr sich Sorgen. Es war Abu Jabr nie gelungen, in Zayd dieselbe Liebe zur Wüste zu wecken, die ihn erfüllte. Zayd war Geschäftsmann geworden, und ab und zu hörte man, bei seinen Geschäften ginge es nicht immer legal zu. Abu Jabr konnte nur hoffen, dass das üble Nachrede war von Leuten, die Zayd seine Erfolge neideten. Der König hatte ihn in den Rat berufen – eine steile Karriere für einen so jungen Mann. Auch wenn er dadurch für Abu Jabrs Geschmack zu viel Umgang mit den amerikanischen Beratern des Königs hatte.

Sie begrüßten einander. Abu Jabr bot ihm den Platz neben sich und eine Schale Datteln an, dann saßen sie da, aßen und schwiegen, als sei das Fauchen und Gurgeln der Klimaanlage ein Konzertstück, dem zu lauschen sie sich verabredet hatten.

Doch es war deutlich zu spüren, dass Zayd angespannt war, ungeduldig. Er war nicht gekommen, um mit ihm zusammen zu sein, sondern weil er etwas von ihm wollte. Etwas Dringendes, sonst hätte er die paar Tage gewartet, bis Abu Jabr wieder nach Riyadh zurückgekehrt wäre.

»Du hast viel zu tun?«, brach Abu Jabr schließlich das Schweigen.

»So ist es.«

»Zu viel, um lange mit deinem alten Vater in einem alten Zelt zu sitzen.«

Zayd neigte den Kopf in einer für ihn ungewohnten Geste der Ehrerbietung. »Ich bin gekommen, um dich um etwas zu bitten, Vater.«

»Du kannst immer auf mich zählen. Das weißt du doch.«

Zayd nickte, griff in die Tasche und holte ein Stück Papier hervor, das er ihm reichte. Es war eine Seite aus einer englischen Zeitschrift, erkannte Abu Jabr, als er es auffaltete. Eine ganzseitige Anzeige, die eine Frau in unzüchtiger Bekleidung zeigte.

»Die andere Seite«, sagte Zayd.

Abu Jabr drehte das Blatt um, las die Überschrift. Ein Bericht über etwas Medizinisches.

»Eine Klinik in Deutschland hat eine neue Therapie entwickelt«, fuhr Zayd fort, »die eine Hoffnung für Mandhur sein könnte. Ich habe mit dem Arzt telefoniert. Er sagt, die Chancen stehen gut, die Krankheit völlig zu heilen.«

»*In sha'allah*«, murmelte Abu Jabr beeindruckt. Der kleine Mandhur litt seit seiner Geburt an einer zunehmenden Erschwerung der Atmung, und bisher hatten die Ärzte ihm nur einen frühen Tod prophezeit. »Dann zögere nicht. Nimm deinen Sohn, und gehe mit ihm dorthin.«

Zayd nickte langsam. »Das hatte ich vor. Es ist schon alles vereinbart. Aber Onkel Salman – ich meine, der König – hat mich mit einer Angelegenheit beauftragt, die keinen Aufschub duldet. Ich kann nicht gehen. Es ist ausgeschlossen.«

Der alte Mann wusste, dass es, wenn Zayd die genauen Gründe nicht von sich aus erläuterte, keinen Zweck hatte, danach zu fragen. Zweifellos handelte es sich um etwas, das Geheimhaltung erforderte und von höchster politischer Bedeutung war.

»Vielleicht ist es nicht nötig, dass du es bist, der deinen Sohn begleitet«, sagte er.

Zayd nickte bestätigend. »Das habe ich mir auch überlegt. Ich werde Wasimah schicken, und ich möchte dich bitten, sie zu begleiten.«

Abu Jabr hob die Augenbrauen. »Du hast genügend erwachsene Söhne, die Mandhurs Mutter begleiten könnten. Abdullah zum Beispiel.«

»Theoretisch ja«, meinte Zayd und nickte grimmig. Seine Kiefer mahlten, während er nach Worten suchte. Schließlich stieß er hervor: »Wasimah liebt das Leben im Westen. Sie liebt es ein wenig zu sehr. Abdullah würde nicht mit ihr fertig werden. Auch keiner der anderen.« Er sah seinen Vater an. »Du bist der Einzige, vor dem sie Respekt hat.«

Abu Jabr fragte sich, wie sein Sohn zu dieser Einschätzung kam, doch in seinem Blick lag so inständiges Flehen, dass er kaum eine andere Wahl hatte, als der Bitte zu entsprechen.

»Wann soll es losgehen?«

Die Erleichterung Zayds war fast mit Händen zu greifen. »Der Flug geht morgen Mittag.«

Gerade in diesem Moment schaltete sich das Gebläse des Wagens ab, und die Stille kehrte zurück. Nur das Knacken des abkühlenden Motors war noch zu hören.

»Ich tue es für deinen Sohn«, sagte Abu Jabr.

KAPITEL 14

Vergangenheit

Block dachte eine Weile nach, die dicken Augenbrauen gefurcht, und sagte schließlich: »Also gut.« Daraufhin verließen sie den Kongress, sofort und ohne sich von jemandem zu verabschieden, und machten sich auf den Weg nach New York. »Wieso New York?«, wollte Block wissen, als sie im Auto saßen, gleich wieder misstrauisch. Er war noch nicht gewonnen, merkte Markus und fing an, zu erklären. Zu reden. Verkaufsgespräch, Vertriebsdeutsch der Kategorie *den Kunden besoffen quatschen,* während sie Indiana durchquerten. So lange, bis der Jetlag auch einen Karl Walter Block in den Griff kriegte und der Österreicher still und schläfrig wurde.

Bei Einbruch der Dunkelheit holte auch Markus die Müdigkeit ein. Kurz hinter Toledo ließen sie es für den Tag gut sein und hielten an einem kleinen, ganz in Knallgelb und Kaktusgrün gehaltenen Motel. Nur die rot-violett geblümte Bettwäsche in Markus' Zimmer wollte nicht so recht dazu passen.

Nach dem Abendessen – es gab mexikanische Küche, Tortillas, Enchiladas und ein passables Bier – saßen sie noch in der wenig frequentierten und nicht allzu gemütlichen Bar, sahen dem Verkehr zu, der draußen vorbeischeinwerferte, und Markus spürte angenehme Schwere in sich aufsteigen. Doch dann sagte Block plötzlich: »Wir sollten noch aufschreiben, was wir ausgeschnapst haben.«

»Ausgeschnapst?« Markus grübelte müde an diesem neuen Wort herum.

Block reckte unwillig den Hals. »So sagt man bei uns, wenn man etwas … vereinbart hat. Ausgehandelt. Besprochen.« Er klopfte mit der flachen Hand auf den Tisch. »Es ist immer besser, man hat etwas Schriftliches.«

»Ja. Klar. Das machen wir in New York mithilfe eines Anwalts.«

»Mir wär's lieber, gleich. Das können wir ja auch handschriftlich machen. Nur dass schon etwas dasteht.«

Markus überwand die Schwere. »Okay. Kein Problem.« Er stand auf. »Ich schau mal, dass ich Papier und was zu schreiben finde.«

Der bärenartig aussehende, deutlich gelangweilt wirkende Mann hinter der Theke hörte auf, seine Gläser zu polieren, als Markus näher trat, und schien enttäuscht von dem, was dieser wollte. »Ich habe das hier«, brummte er und holte einen Kugelschreiber im Kaktusdesign und ein paar Bögen gelbes Briefpapier unter der Theke hervor.

Markus musste grinsen, als er den Block sah. Das Papier war ringsherum mit den Logos verschiedener Schnapsdestillerien bedruckt. »Was sagen Sie dazu?«, fragte er, als er Block die Blätter hinlegte. »Ideal, um festzuhalten, was man ausgeschnapst hat, oder?«

Block schien ehrlich verblüfft. »Wie haben Sie denn das jetzt gemacht?«

»Sie haben eben den richtigen Partner gefunden«, sagte Markus leichthin, setzte sich und fing an zu schreiben. *Folgender Vertrag, der auch für die jeweiligen Rechtsnachfolger Gültigkeit haben soll, wird heute zwischen Karl Walter Block und Markus Westermann geschlossen …*

»Ich dachte, Sie heißen Mark?«, sagte Block.

Markus hüstelte. »Sie wissen doch, die Amerikaner haben für ausländische Namen nicht so das Ohr. Statt Mercedes sagen sie *Mörsedies,* statt Porsche *Porsch* und so weiter …«

»Aber Markus, das ist jetzt Ihr richtiger Name?«

»Ja.«

Block holte seinen Pass aus der Jacke und schlug ihn auf. »Schreiben Sie von uns beiden noch den Geburtstag und den Geburtsort dazu.«

Also ging Markus noch rasch seinen Pass holen, damit Block zufrieden war. Das Weitere ging dann erst einmal wieder einfach; das hatten sie größtenteils unterwegs schon besprochen. Sie vereinbarten, eine gemeinsame Firma unter dem Namen *Block Explorations* zu gründen, wobei Block technischer und Markus kaufmännischer Geschäftsführer sein würde. Die Anteile wurden, einem mit kategorischer Entschiedenheit vorgebrachten Vorschlag Blocks folgend, mit drei Vierteln für Block und einem Viertel für Markus festgelegt. Markus war grenzenlos erleichtert, während er das niederschrieb: Er hatte unterwegs mit sich gerungen, ob er es wagen konnte, zehn Prozent zu verlangen.

Dann bestand Block noch auf dem Passus, dass Markus einen Monat Zeit hatte, das nötige Startkapital zu besorgen, andernfalls sollte der Vertrag ungültig werden.

»Kein Problem«, sagte Markus. »So lange wird es nicht dauern.«

»Dann können wir es ja so hinschreiben«, erwiderte Block. Wieder war ihm anzumerken, welch große Angst er davor hatte, übers Ohr gehauen zu werden.

»Klar«, sagte Markus. »Klar schreiben wir das so hin.« Man musste ihn mit Samthandschuhen anfassen, den Mann.

Als sie am nächsten Morgen weiterfuhren, trug Block trotzdem grummelige Skepsis zur Schau. Wie Markus das denn eigentlich machen wolle?, fragte er ein ums andere Mal. Das sei ja schließlich nicht eine Frage von ein paar Tausendern, für diese Firma brauche man Millionen, und nicht bloß ein paar. »Kann ich mir nicht vorstellen, wo Sie die herkriegen wollen«, knurrte er, zusammengekrümmt auf seinem Sitz hockend, seine abgeschabte Ledermappe auf dem Schoß festhaltend. »Kann ich mir beim besten Willen nicht vorstellen. Es ist immer das Gleiche. Man verspricht mir dauernd was. War mit diesem hirntampligen Kongress genau so. Ich sollte wirklich nicht so leichtgläubig sein.«

Als sie Cleveland erreichten, verlangte Block, Markus solle

in die Stadt hineinfahren; er müsse unbedingt noch etwas erledigen.

»In Cleveland?« Markus hatte wenig Lust, den Freeway zu verlassen; bis New York war es noch weit, und er wäre gerne zügig vorangekommen.

Blocks Stimme wurde scharf. »Sie müssen schon ein bisschen Rücksicht auf mich nehmen, wenn ich bei all dem mitspielen soll.«

Samthandschuhe!, sagte sich Markus und erwiderte: »Schon gut. Klar, können wir machen.«

Block wollte erbarmungslos wirklich mitten in die Stadt hinein, wo er sich schließlich am *Tourist Office* absetzen ließ. »Sie warten hier auf mich?«, vergewisserte er sich, als er mit seiner Mappe unterm Arm ausstieg. Ein kalter Wind wehte vom Erie-See heran, aber das schien ihm nichts auszumachen.

Markus nickte. »Ich rühre mich nicht von der Stelle, und wenn Sie den ganzen Tag brauchen.«

»Gut«, sagte Block.

Markus sah ihm nach, wie er das *Tourist Office* betrat, sah ihn hinter den mit Plakaten vollgeklebten Scheiben mit einer der Frauen verhandeln, die erst den Kopf schüttelte, dann aber, als Block insistierte, zum Telefonhörer griff und mehrere Anrufe tätigte.

Schließlich kam er zurück, einen kleinen Stadtplan von Cleveland in der Hand. »Ich weiß jetzt, wo ich hinmuss«, sagte er mit hörbarer Zufriedenheit, erklärte aber nichts weiter, sondern dirigierte Markus durch die Stadt zu einem anderen Parkplatz. »Geld bräuchte ich dann noch«, sagte er, als sie standen. »Wenn Sie mir was leihen könnten? So zweihundert Dollar reichen.«

Markus hatte schon das Motel bezahlen müssen, weil Block Europa mit nur zwanzig Dollar in der Tasche verlassen hatte, und war darauf gefasst, dass ihm der Österreicher auch bis auf weiteres auf der Tasche liegen würde, also kam es darauf auch nicht mehr an. Er hatte gerade noch genug Bargeld, um Block zweihundert Dollar geben zu können, die dieser mit einem knappen »Danke« entgegennahm. »Es kann ein bisschen dauern«, fügte er hinzu.

»Alles klar. Aber denken Sie dran, dass wir bis New York noch mindestens neun Stunden brauchen.«

Block sah ihn konsterniert an. »Neun Stunden? Können wir nicht die Autobahn nehmen?«

»Wir *nehmen* die Autobahn.« Offensichtlich hatte auch der weltgereiste Karl Walter Block falsche Vorstellungen von den Entfernungen in den USA.

»Gut. Ich denk dran.«

Er ging, und es dauerte tatsächlich lange. Markus suchte die Radiostationen ab, vertrat sich die Beine, bis ihm kalt wurde, und zog sich wieder in den Wagen zurück, als eine Gruppe Halbstarker des Weges kam und ihm Blicke zuwarf, die wirkten, als käme den Jugendlichen eine kleine Schlägerei gerade recht. Dann endlich tauchte Block wieder auf, die Ledermappe eng an den Leib gepresst, und sie konnten weiterfahren.

Markus war fix und fertig, als sie spät abends New Jersey erreichten und am Stadtrand ein einigermaßen bezahlbares Hotel gefunden hatten. Block moserte, es sei eine ziemliche Bruchbude, und fing gleich wieder an zu zweifeln. »Auf der einen Seite sagen Sie, Sie wollen Millionen beschaffen, auf der anderen Seite haben Sie nicht genug Geld, um ein gescheites Hotel zu zahlen? Wie passt denn das zusammen?«

»Ich habe Geld«, erwiderte Markus, dem der Nacken schmerzte und der Schädel pochte, »es ist nur zum größten Teil noch in Deutschland. Angelegt. Ich muss es erst transferieren. Das dauert, das kostet – und damit anfangen kann ich frühestens morgen.«

Block verzog das Gesicht. »Ja. So was in der Art hab ich auch schon mal als Ausrede benutzt.«

»Lassen Sie uns schlafen gehen«, bat Markus. »Morgen früh sieht alles anders aus. Dann ist es nur noch eine Frage von ein paar Telefonaten, die Sache ins Rollen zu bringen.«

»Da bin ich mal gespannt«, meinte Block.

Am nächsten Morgen wich ihm der Österreicher nicht von der Seite, bestand darauf, dabei zu sein, wenn Markus seine »paar Telefonate« führte. Und so hockte er mit argwöhnischem Habichtsblick auf dem Rand von Markus' ungemachtem Bett, während dieser bei *Lakeside & Rowe* anrief, in der New Yorker Zentrale, und um einen wichtigen geschäftlichen Termin mit Mr. Rowe bat.

»Tut mir Leid«, beschied ihn die Sekretärin, »aber Mister Rowe ist die nächste Zeit nicht im Hause.«

Das durfte jetzt doch nicht wahr sein. Simon Rowe, der Marathonmann? Der jeden Morgen dem Nachtportier die Hand schüttelte? Für den Arbeit das Lebenselixier war? »Und wann kommt er wieder?«, fragte er.

»Das steht noch nicht genau fest, aber sicher nicht vor dem Zwanzigsten.« Noch über eine Woche. Drei Tage nach dem Termin, an dem das Lokalisierungsteam nach Europa zurückfliegen sollte.

»Schnecken«, sagte Block und stand auf, nachdem Markus ihm unbedacht den Sachverhalt erklärt hatte. »Das wird nichts. Ich geh und schau, wie ich meinen Rückflug umbuch, sodass ich von New York aus heimkomm.« Er machte eine wütende, aber gleichwohl komisch-kindlich wirkende Bewegung mit der geballten Faust schräg in die Luft. »Mir doch scheißegal. Soll die Welt eben schau'n, wie sie ohne Öl zurechtkommt.«

»Warten Sie«, rief Markus. Himmel, war der Mann empfindlich! »Warten Sie, bitte. Das ist jetzt noch lang kein Grund, schon aufzugeben. Ich kriege das schon hin. Vertrauen Sie mir.«

Block schüttelte den Kopf, was ihn wie ein trotziges Kind wirken ließ. »Ich glaub das nicht. Das wird nichts mehr.«

Markus atmete ein, atmete aus. Keine Panik aufkommen lassen jetzt. Zuversicht ausstrahlen. »Wenn Sie gleich aufgegeben hätten«, sagte er und sah dem alten Mann fest in die Augen, »dann hätten Sie Ihr Öl auch nicht gefunden. Oder?«

Block hielt dem Blick stand, lange Minuten. Dann ließ er die Schultern sinken und setzte sich wieder aufs Bett. »Also gut. Da haben Sie auch wieder Recht.«

Markus lächelte, obwohl ihm nicht nach Lächeln zu Mute war, und griff wieder nach dem Telefonhörer. Er überlegte fieberhaft, aber er hatte nicht den Hauch einer Idee, was er jetzt tun sollte.

Gegenwart

In London würden sie umsteigen müssen, aber bis dahin flogen sie mit einer Maschine der *Saudi Air*. Man hatte ihnen den vorderen Teil des First-Class-Bereiches reserviert und durch einen schweren Vorhang vom Rest abgeteilt, und der Pilot hatte sie persönlich begrüßt.

Mandhur war, nachdem er den Start und alles davor aufgeregt verfolgt hatte, schließlich eingeschlafen. Wasimah saß ruhig da; ob sie ebenfalls schlief, war durch den Schleier hindurch nicht zu erkennen. Abu Jabr ließ sich vom Steward die aktuelle Ausgabe der *Al Riyadh* bringen. Der König tagte in einer wichtigen Angelegenheit mit einigen Beratern der *Shura*, hieß es, doch kein Wort, worum es ging. Nun, vielleicht würde Zayd irgendwann davon erzählen.

In Heathrow gingen sie von Bord, Mandhur schlaftrunken an der Hand seiner Mutter. Der Flug war pünktlich gewesen, und alles schien glattzulaufen. Doch als sie den Transitbereich betraten, fasste Wasimah sich an den Kopf, nahm ihren Schleier ab und stopfte ihn in ihre schwarze Umhängetasche.

Das war es also, was Zayd gemeint hatte.

»Würdest du mir erklären, was du da machst?«, fragte Abu Jabr ruhig.

»Das seht Ihr doch.« Sie schüttelte ihr Haar aus, sodass es ihr frei auf die Schultern fiel. »Ich nehme den Schleier ab.«

»Das sehe ich. Meine Frage zielte darauf ab, zu erkunden, was dich dazu verleitet.«

»Wir sind nicht mehr auf saudischem Territorium. Ich passe mich den hiesigen Gebräuchen an.«

Er sah sie an. Es war ihm nicht klar gewesen, wie schön

seine Schwiegertochter war, stolz und schön mit ihren grünen, funkelnden Augen, ihrer geraden Nase und ihrem glänzenden, vollen Haar. Sie war die Tochter eines syrischen Diplomaten und viel in der Welt herumgekommen; zweifellos kannte sie sich mit den Gebräuchen allerorten besser aus als er. Dennoch: So ging das nicht.

»Wasimah, dein Ehemann wünscht, dass du dich kleidest wie eine gottesfürchtige Muslima.«

Sie sah ihn mit zornblitzendem Blick an. »Nirgends im Koran steht, dass eine Frau sich verschleiern muss. Nicht ein Wort. Ich habe ihn gelesen. Ach was, ich kann ihn *auswendig*. Im Gegensatz zu meinem Ehemann übrigens, falls es Euch interessiert. Der Schleier«, zischte sie, »ist nichts weiter als eine saudische *Sitte*. Und wenn Ihr meine Meinung hören wollt: eine *Un*sitte.«

Die Wucht ihres Aufbegehrens, die schockierende Ungehörigkeit des Verhaltens, das sie an den Tag legte, traf Abu Jabr beinahe wie ein körperlicher Schlag. Er musste mehrmals tief durchatmen, um seine Haltung zu bewahren.

»Sag mir eines, Wasimah«, bat er schließlich mit verhaltener Stimme, »kanntest du die Sitten in Saudi-Arabien, ehe du Zayd geheiratet hast?«

Er entließ sie nicht aus seinem Blick, ehe sie antwortete.

»Ja.«

»Und bist du in irgendeiner Weise zu dieser Heirat gezwungen worden?«

Sie zögerte. Ihr Blick wanderte wie der eines gefangenen Tiers, das einen Ausweg sucht. »Nein«, gestand sie schließlich.

Er nickte ruhig. »Gut. Nun, der Mann, den du geheiratet hast, möchte, dass du ihm keine Schande machst. Entscheide bitte, wie du das tun willst.«

Wasimah musterte ihn misstrauisch, ohne etwas zu sagen. Hatte sie erwartet, dass er sie zwingen würde?

Er winkte Jalilah herbei, eine der Dienerinnen.

»Herr?«, hauchte sie. Ihre Augen über dem Schleier wirkten erschrocken angesichts der Auseinandersetzung.

Abu Jabr deutete auf ein Geschäft, das im Transitbereich Krawatten, Tücher und dergleichen feilbot. »Geh mit Wasimah«, gebot er ihr, »falls sie beschließen sollte, dort drüben ein Kopftuch zu kaufen.«

Vergangenheit

Keith! Ja, genau. Warum war ihm das nicht schon eher eingefallen? Wenn einer helfen konnte, wenn es jetzt noch einen Weg gab, am Ball zu bleiben, dann … Markus sah rasch auf die Uhr. Fast zehn. Da konnte auch ein Keith Pepper schon am Platz sein. Er wählte die Nummer, und bingo, er war da.

Und jetzt locker bleiben.

»Ich bin's, oh alles wissender Meister der Informationen, Dompteur aller relevanten Daten. Mark. Und ich brauche eine Auskunft.«

Keith schien glänzender Laune und sich über den Anruf zu freuen.

»Sieh an, der Zwangsurlauber hat Sehnsucht nach der Firma. Wo treibst du dich denn gerade herum?«

»In New York. Ich muss unbedingt mit Rowe sprechen, aber es heißt, er sei nicht da. Weißt du, wo er sich herumtreibt?«

»Geht es um die Sache mit Murray?«

Markus wiegte den Kopf. »Im weitesten Sinne, ja. Aber die Geschichte ist zu lang fürs Telefon, die erzähl ich dir ein andermal.« Ein beunruhigender Gedanke kam ihm. »Würde man es erfahren, wenn Rowe krank wäre?«

»*Man* vielleicht nicht, ich aber schon«, erklärte Keith selbstbewusst. »Ich habe sozusagen Buschtrommel-Direktanschluss. Aber keine Sorge, ich schätze, Rowe ist schlicht und einfach zu Hause. Vielleicht denkt er über neue Geschäftsstrategien nach, wer weiß? Vielleicht ruht er sich aber auch einfach nur aus.«

Markus sah blinzelnd auf. An der Fensterfront des gegenüberliegenden Gebäudes seilte sich gerade ein Fensterputzer in seiner metallenen Arbeitsgondel ab. »Ich denke, Rowe ist jeden Tag der Erste im Büro?«

»Wenn er kommt, ist er der Erste. Aber er kommt nicht jeden Tag. Das ist bloß Propaganda. Macht sich gut in den Medien, schätze ich. Aber der Mann ist sechsundneunzig; da geht das nicht anders. Ab und an bleibt er eine Weile zu Hause und tankt die Batterien wieder auf.«

Markus zog den Notizblock mit dem Hotelwappen zu sich heran. »Okay. Und wo ist das, sein Zuhause?«

»Er hat eine Villa draußen auf Long Island. Der Ort heißt Cedar Springs. Wenn du zu ihm willst… Du willst doch zu ihm?«

»Allerdings.«

»Dann musst du Richtung East Hampton fahren und dich von dort aus durchfragen. Es soll schwer zu finden sein, habe ich gehört.«

Es war schwer zu finden, aber sie fanden es. Die Reichen lebten in Cedar Springs offenbar so abgeschieden und unter sich, dass Tore und ähnliche Absperrungen von manchen als unnötig erachtet wurden: Die endlose Fuchsienhecke endete einfach, und dann führte eine breite, mit weißem Kies bedeckte Zufahrt auf das Anwesen Rowes. Es ging vorbei an Rasenflächen, aus denen man mehrere Fußballfelder hätte machen können, bis hinter dichten, herbstfarbenen Bäumen endlich ein riesiges weißes Haus auftauchte, vor dessen säulengestütztem Eingang die Zufahrt endete.

Die ganze Fassade atmete Abweisung. Block schwieg seit New York und schaute nur skeptisch. Jetzt hieß es, sich nicht unterkriegen zu lassen. Mit aller demonstrativen Zuversicht, die er an den Tag zu legen im Stande war, marschierte Markus auf das Portal zu und drückte den kleinen, makellos golden glänzenden Klingelknopf.

Ein junger Asiate in Butleruniform öffnete und hörte sich reglosen Gesichts an, dass sie Mister Rowe in einer dringenden geschäftlichen Angelegenheit sprechen wollten.

»Sie haben aber keinen Termin.« Es war keine Frage, sondern eine sachliche Feststellung.

»Nein, in der Tat nicht«, räumte Markus ein, gegen den Impuls ankämpfend, die Luft anzuhalten.

Der junge Mann nickte und sagte: »Wenn Sie sich bitte einen Moment gedulden würden?« Er verschwand, ließ die Tür aber immerhin angelehnt.

Es dauerte. Blocks Miene verdüsterte sich mit jeder Minute weiter. Er sah angelegentlich auf die Uhr, musterte den Himmel, als gelte es, das Flugwetter abzuschätzen.

Doch dann tauchte der Butler wieder auf, zog den Türflügel weit auf und erklärte: »Mister Rowe erwartet Sie, meine Herren.«

Die Eingangshalle war so groß wie ein Flugzeughangar und ganz in weißem Marmor gehalten, mit dem die Möbel aus verschiedenen dunklen Hölzern kontrastierten, zum größten Teil Antiquitäten, wie es schien. Trotz des vielen Platzes wirkte alles überladen.

Der Butler ging voraus in einen Flur, an dessen Ende er eine Tür aus schwarzem, mit groben Schnitzereien verziertem Holz öffnete. Dahinter lag ein weitläufiger Raum mit hohen Glasfronten an drei Seiten, der einen atemberaubenden Blick über die Bay bot: Segelschiffe glitten über das tiefblaue, schimmernde Wasser, sanfte Wälder erhoben sich zum Horizont, steile Klippen und Strände säumten die Ufer.

Vor diesem Panorama waren lange Tische zu einem U aufgestellt, und auf diesen Tischen standen Computer. Keine normalen PCs, erkannte Markus, irgendwas Größeres. Und vor einem der Bildschirme saß Simon Rowe und betrachtete den Code eines Programms.

»Ich programmiere längst nicht mehr selbst, keine Sorge«, erklärte der alte Mann schmunzelnd zur Begrüßung. »Ich liebe nur die Ästhetik von Programmiersprachen jeder Art. Eine der wenigen Leidenschaften, die mir in meinem Alter geblieben sind.« Er deutete einladend auf zwei Stühle aus Leder und Stahlrohr. »Aber bitte, meine Herren, nehmen Sie doch Platz.«

Der Butler zauberte von irgendwoher ein Tablett mit Tassen, Kaffee und Gebäck, umschwirrte sie, bis Rowe ihn mit einem knappen Nicken entließ. Dann sagte er, seinen Kaffee umrührend: »Sie müssen Mark Westman sein.« Er musterte Markus prüfend. »Ich weiß von Ihnen, dass Sie aus Deutschland kommen, dass Mister Nolan – dessen Urteil ich sehr schätze – Sie in unseren hiesigen technischen Service übernehmen wollte, dass aber Mister Murray – dessen Urteil ich ebenfalls sehr schätze – entschieden hat, Sie nach Deutschland zurückzuschicken. Ist es das, weswegen Sie gekommen sind?«

Letzten Endes ja, dachte Markus, sagte aber: »Nein.« Er fragte sich, wie Rowe all diese Informationen so schnell parat gehabt haben konnte. Offenbar konnte man von ihm in Sachen Informationsmanagement tatsächlich etwas lernen. »Ich werde weder das eine noch das andere tun. Vielmehr werde ich zusammen mit meinem Partner, Karl Walter Block, eine Firma gründen, und zwar hier in den USA. Gekommen bin ich, weil ich Ihnen gerne unsere Geschäftsidee vorstellen möchte – in der Hoffnung, dass Sie es interessant fänden, für uns einen Kontakt zum *Peak Performance Pool* herzustellen.«

Rowe musterte sie mit erhobenen Augenbrauen und, so schien es Markus, mit wohlwollendem Interesse. »Verstehe«, sagte er. »Allerdings bitte ich Sie, auch zu verstehen, dass die Zeit eines alten Mannes kostbar ist. Ich weiß es zu schätzen, dass Sie gleich zum Punkt gekommen sind.« Er lehnte sich zurück. »Sie haben eine halbe Stunde, um mich zu überzeugen.«

Block stand auf, ging ein paar Schritte hin und her, blieb sinnend stehen und starrte auf einmal ins Leere, als sei ihm völlig entfallen, weswegen er hier war. Markus sah ihm dabei zu, und mit jeder Sekunde, die schweigend verstrich, wurde ihm mulmiger zu Mute. Block würde es doch jetzt nicht versieben?

Aber Block versiebte es nicht. Er fing an zu reden, leise zunächst, eindringlich, dann aber schnell heftiger, lebhafter, schärfer werdend. Als habe jemand einen Schalter umgelegt, war es wieder da, das Charisma, das er schon in Chicago ausgestrahlt hatte. Man spürte wieder die geradezu prophetische Energie, die ihn antrieb.

Während Block redete, vergaß Markus die Anwesenheit Rowes völlig; erst als sein Partner seinen Vortrag beendete, fiel ihm der Vorstandsvorsitzende und Investor wieder ein. Er sah zu ihm hinüber. In Rowes Augen funkelte etwas, und Markus brauchte einen Moment, um zu erkennen, was es war.

Gier. Simon Rowe witterte ein Geschäft.

In diesem Moment kam die Sonne mit unvermuteter Intensität hinter den Wolken hervor und ließ den hölzernen Fußboden honiggelb aufleuchten. *Diesen Augenblick muss ich im Gedächtnis bewahren,* sagte sich Markus. Es war so weit. Er war *ganz dicht dran!*

KAPITEL 15

Es dauerte mehr als zwei Wochen, die Vorführung für die Leute vom *Peak Performance Pool* vorzubereiten.

Ein Grund dafür war, dass Markus ziemlich ausgefeilte Vorstellungen davon hatte, in welchem Rahmen er Block und seine Methode vorstellen wollte. Die Jungs von PPP waren in Sachen Präsentation zweifellos hohe Standards gewöhnt, und er hatte den Ehrgeiz, etwas zu bieten, das sie trotzdem aus den Schuhen kippen lassen würde. Das dauerte, und das kostete – auch Nerven, weil Block nicht einsehen wollte, dass der Aufwand, den Markus treiben wollte, gerechtfertigt war. »Wir laden ihre Chefs ein, und ich erkläre ihnen, was wir vorhaben«, meinte er. »Was ist daran schwierig?«

Also erklärte Markus ihm ein weiteres Mal, warum es so nicht laufen würde. Es fing schon damit an, dass es so etwas wie Chefs im klassischen Sinn bei PPP nicht gab. Die inneren Strukturen dieser Investmentgesellschaft waren für Außenstehende nicht restlos zu durchschauen, aber auf jeden Fall bestand die Firma nur aus fünfzehn Leuten, die sich als *Partner* verstanden und von denen jeder ein eigenes Budget von mehreren Milliarden Dollar verwaltete. Es war nötig, sie alle einzuladen, und es war nötig, die Mehrheit von ihnen zu überzeugen.

Und das würde nicht einfach sein, denn die Leute von PPP waren chronisch misstrauisch. Rowe hatte Markus in dem Telefonat, in dem er ihm mitgeteilt hatte, dass PPP zugesagt hatte, sich die Sache anzuhören, erzählt, im internen Konferenzraum von PPP hinge ein Schild an der Wand mit dem Spruch: »Die Frage ist nicht: Sind wir paranoid? Die Frage ist: Sind wir paranoid *genug*?«

Das war der zweite Grund, warum die Vorführung nicht

sofort stattfinden konnte. PPP hatte darauf bestanden, dass eine Reihe von Experten für Energiefragen an der Präsentation teilnahmen, und von denen hatte keiner auf Anhieb Zeit.

Was sein Vater dazu gesagt hätte, dass seine Hinterlassenschaft in ein Abenteuer wie dieses investiert wurde, darüber wollte Markus nicht nachdenken. Er ließ sich einen beträchtlichen Teil des Geldes in die USA überweisen, anschließend zogen er und Block in ein größeres und besseres Hotel um. Nicht eins von den ganz großen, unbezahlbar teuren, aber doch ein vorzeigbares. Sein Zimmer dort verwandelte Markus in eine Kommandozentrale. Er ließ sich ein zweites Telefon anschließen und wirbelte.

Noch das Einfachste war, den Konferenzsaal zu reservieren und das Catering zu bestellen, nachdem der Termin endlich feststand. Schwieriger war, geeignete Anwälte zu finden, die ihnen in der Konfrontation mit PPP zur Seite stehen würden. Darüber hinaus hatte Markus anspruchsvolle Ideen für die Präsentation, und deren Realisierung war aufwändig, erforderte zahl- und endlose Telefonate und Papierkrieg ohne Ende. Daneben galt es, Unterlagen zu erstellen, jede Menge Unterlagen, in denen jede Zahl bis auf die letzte Stelle hinter dem Komma stimmen musste.

Block war bei all dem keine Hilfe. Er arbeitete die ganze Zeit an seinem Vortrag, was Markus in Ordnung fand; das war schließlich das Wichtigste an der ganzen Sache. Ab und zu bekam er mit, wie Block in teilweise unverständlichem österreichischem Dialekt mit einer Frau Jatzeck telefonierte, seiner Sekretärin, einer Halbtagskraft, die in seiner Abwesenheit seine kleine Ölfirma in Steyr in Betrieb hielt. Was, wenn er Block glauben durfte, keine schwierige Arbeit war. »Sie muss im Grund nur Abrechnungen kontrollieren. Und wenn mal was an der Pumpe sein sollte, muss sie jemand anrufen, der es reparieren kann. Aber die Pumpe läuft seit Jahren ohne Störung, da passiert schon nichts.«

Immerhin zahlte Block inzwischen sein Hotelzimmer selber. Frau Jatzeck, die ihm alle paar Tage irgendwelche Unterlagen schickte, hatte ihm auch Geld transferiert. Viel war es allerdings nicht, den Löwenanteil der Kosten würde Markus finanzieren müssen. Wenigstens hatte PPP sich bereit erklärt – was er vermutlich der Fürsprache Rowes verdankte – die Hälfte der Reisekosten für die Energieexperten zu tragen, trotzdem kostete es, kostete es, kostete es … Bei fünfzigtausend Euro hörte Markus einfach auf zu addieren.

Es war eine Chance, sagte er sich. Es war *die* Chance. Mut war gefragt, nicht buchhalterische Kleinlichkeit.

Eines Abends besprach er sich gerade wieder einmal mit dem Hotelmanager, als sein Blick auf das Datum in seinem Terminkalender fiel: Es war der Tag des Rückflugs nach Europa. Wenn er Block nicht getroffen hätte, hätte er in diesem Moment in einem Flugzeug auf dem Weg über den Atlantik gesessen.

Markus verspürte einen Moment lang Bedauern, sich nicht von den anderen verabschiedet zu haben. Doch andererseits … Das hieß auch, dass er geschafft hatte, was er sich vorgenommen gehabt hatte: in den USA zu bleiben.

Ein kleiner Schönheitsfehler war, dass sein Visum damit abgelaufen war. Und Block hatte nur ein simples Touristenvisum. Höchst fraglich, ob er so überhaupt eine Firma in den USA würde gründen können.

Doch diese Probleme würden sie später lösen. Im Moment war erst einmal wichtig, die Leute von PPP zu überzeugen.

Erstaunlicherweise hob sich Blocks Laune mit jedem Tag, der verstrich; ja, er legte mittlerweile eine Zuversicht an den Tag, die Markus immer wieder verblüffte. Hatte Block überhaupt verstanden, wie skeptisch die Leute vom *Peak Performance Pool* waren? Er sprach ihn mehrmals direkt darauf an, doch Block sagte jedes Mal völlig unbeeindruckt: »Machen Sie sich keine Sorgen.«

Er erklärte nicht, wieso oder was ihn so sicher machte, aber irgendwie wirkte die stete Wiederholung trotzdem beruhigend. Markus beschloss, sich einfach tatsächlich keine Sorgen mehr zu machen.

Endlich brach der große Tag an. Es war ein strahlend schöner, wenn auch kalter Novembermorgen, an dem Markus viel zu früh erwachte. *Heute nimmt mein Schicksal eine neue Richtung*, sagte er sich bei einem Blick aus dem Fenster, auf die Stadt aller Städte, die in diesem intensiven Licht zu vibrieren schien.

Die Ersten, die kamen, waren zwei Anwälte von der Kanzlei Campbell & Simmons. Beide brachten je zwei Assistenten mit, die jeweils große schwarze Aktentaschen trugen, von denen sich Markus fragte, was um alles in der Welt sie denn eigentlich enthalten konnten. Nichts, wahrscheinlich. Simples anwaltliches Imponiergehabe.

Dann trafen die Leute von PPP ein. Wie damals in Paradise Valley kamen sie jeder für sich, in ihren eigenen teuren, ausnahmslos in Schwarz gehaltenen Wagen, denen sie kühl, elegant und Überlegenheit ausstrahlend entstiegen.

Die Fachleute für Ölfördertechnik, Geologie, Energiewirtschaft und so weiter, die größtenteils am Vorabend angereist waren und nun nach und nach im Foyer eintrudelten, waren dagegen ein kurioser, bunter Haufen. Klein und dick der eine, krummrückig und bebrillt der andere, hier ein schiefer Mund, dort eine Glatze, da graue Haare und Falten – und keiner, der nicht ausgesprochen verschroben wirkte in dieser Umgebung, fernab ihrer Lehrstühle oder welche Biotope sie sonst bewohnen mochten.

Außerdem kamen noch eine Hand voll Leute, die PPP direkt eingeladen hatte; in der Hauptsache Fachleute von der Bank, die einen eventuellen späteren Börsengang begleiten würde.

Markus fand es einen reizenden Zufall, dass es sich dabei ausgerechnet um die First Atlantic Bank handelte, bei der er einst sein erstes Konto auf amerikanischem Boden eingerichtet hatte. Er fand es auch angenehm, dass unter den Bankleuten eine kleine, geradezu zierliche Frau mit asiatischen Gesichtszügen war; der einzige Mensch im Raum, der kleiner war als er selber, abgesehen von zweien der Wissenschaftler, die ihm jedoch suspekt waren. Er beschloss, ihre Nähe zu suchen; er stand ungern neben Leuten, gegen die er klein wirkte.

Es war ihm gelungen, von dem Museum für Technikgeschichte in Chicago ein paar Exponate zum Thema Ölförderung zu bekommen, die sich hier im Foyer vor dem Vortragssaal überaus eindrucksvoll ausnahmen, weitaus besser sogar, als er sie in Erinnerung hatte. Es war eine Heidenarbeit gewesen, sie herschaffen und aufstellen zu lassen, und wie viel es am Ende gekostet hatte, wollte er gar nicht so genau wissen, aber als die Bohrgerätschaften, Bohrturmmodelle und so weiter dann an ihren Plätzen gestanden hatten, war er überwältigt gewesen und überzeugt, dass sich alle Mühen gelohnt hatten.

Doch nun verfolgte er, wie zwei der *triple-P*-Leute dastanden, Häppchenteller in Händen, und das Bohrturmmodell mit abschätzigen, wenn nicht sogar verächtlichen Blicken musterten.

»Na ja«, hörte er den einen sagen. »Nicht gerade *High Tech.*«

Worauf der andere nickte und meinte: »Triviales Zeug. Im Ölgeschäft ist doch alles ausgereizt.«

Markus wandte sich ab, mit einem Gefühl, als habe ihm gerade jemand einen derben Schwinger in die Magengrube verpasst. Auf einmal war er sich sicher, dass alles schiefgehen würde. Dass er sich etwas vorgemacht, sich entsetzlich getäuscht hatte. Er kannte diesen Block doch kaum! Gerade mal zwei Wochen! Alles, was er gemacht hatte, war gewesen, sich zu vergewissern, dass es tatsächlich einen Karl Walter Block in Österreich gab, der dort tatsächlich eine einsame Ölquelle betrieb, und dass es dieser Karl Walter Block war, mit dem er es zu tun hatte …

»Entschuldigung«, sprach ihn in diesem Moment die kleine Frau mit den Schlitzaugen an. »Sie sind einer der beiden Unternehmer, habe ich das richtig verstanden?«

Markus fing sich, nickte. »Ja. Mein Name ist Mark Westman. Ich bin der kaufmännische Geschäftsführer.«

Sie lächelte und reichte ihm die Hand. »Amy-Lee Wang. First Atlantic Bank, Abteilung Unternehmensbetreuung.«

Markus hatte heute schon viele Hände geschüttelt, aber an diesem Händedruck war etwas, das ihm durch und durch ging. Er hörte sich das übliche Zeug reden, wie angenehm es sei, ihre

Bekanntschaft zu machen und so weiter, während er sich insgeheim fragte, ob er wohl gerade die Vorzeichen eines Kreislaufkollapses erlebte.

»Sagen Sie« – sie deutete auf einen der ausgestellten klobigen Bohrmeißel – »ist das ein Gerät, das wirklich mal im Einsatz war, oder nur ein … Nachbau oder wie man das nennt?«

Ruhig bleiben. Konversation, ja, das konnte jetzt nicht schaden. »Nein, es ist echt«, sagte Markus. »Hat man mir zumindest versichert.«

Sie betrachtete den Gegenstand aus massivem Stahl. »Sieht … beeindruckend aus«, meinte sie dann. Sie machte mit ihren Händen eine kleine Bewegung, so, als umfasse sie ein verkleinertes, unsichtbares Modell davon. Es war etwas in ihrer Stimme oder in dieser Bewegung, das Markus ausgerechnet in diesem Moment aufgehen ließ, welche bestürzende Ähnlichkeit ein Diamantmeißel mit der Spitze eines erigierten Penis hatte.

Er musste schlucken. »Die Oberfläche besteht aus Wolfram-Karbid. Die Streifen, das sind Diamanten. Industriediamanten natürlich nur. Diese Art Meißel nimmt man für sehr hartes Gestein.«

Sie nickte ihm zu, beeindruckt, dass er sich auskannte. Das tat er allerdings nicht. Er hatte nur zwei Wochen mit Karl Walter Block verbracht, der ihm bei jeder Mahlzeit Schwänke aus seinem Leben erzählt hatte. Das war beinahe ein Schnellkurs in Ölfördertechnik gewesen.

»Ich versuche, mir das vorzustellen«, fuhr sie fort, den aufgerichteten, stahlharten Meißel mit Blicken messend. »Man setzt diesen Bohrer einfach an und dringt dann damit in die Erde ein?«

Es war vielleicht nicht schlecht, wenn sie eine Vorstellung davon bekam, ehe sie Blocks Vortrag hörte. Immerhin war es das, worum es heute ging.

»Ganz so einfach ist es nicht«, erklärte Markus also. »Zuerst muss man wissen, wo es sich lohnt, zu bohren.«

»Ja, klar, aber angenommen, Sie wissen, dass Sie an der richtigen Stelle sind, wie geht das dann vor sich?« Sie sah zu dem Bohrturmmodell hinüber. »Ist es so, dass man dort dann einen solchen Turm aufrichtet? Und dann senkt man den Bohrer in die Tiefe ab, nicht wahr?« Sie trat an den Preventer, fasste an den steif daran hängenden Spülschlauch, der so dick war wie ein Oberschenkel. »Und das, wozu ist das da?«

»Damit pumpt man Spülflüssigkeit ins Bohrloch. Um mit dem Bohrer tiefer zu kommen, muss man fortwährend kühlen und schmieren.«

Bildete er sich das ein, oder war plötzlich ein eigenartiger Glanz in ihrem Blick? Ihre Zungenspitze leckte über ihre Lippen, das bildete er sich nicht ein. »Das Bohrloch ist also immer feucht?«

»Ja.« Himmel, was redeten sie da? Sie redeten doch nicht mehr über das Bohren nach Öl, oder?

»Und dann? Dann geht das immer tiefer und tiefer, richtig? Die Bohrstange wird also immer länger und länger.«

»Genau. Bis der Meißel abgewetzt ist. Dann wird er wieder eingeholt. Dazu zieht man die Stange nach und nach wieder aus dem Loch ... Sehen Sie den Kran oben im Turm? Er dient dazu, die einzelnen Bohrstangen seitlich abzustellen. Der Haken kann enorme Lasten tragen. Und wenn der Meißel gewechselt ist, schiebt man ihn wieder hinab, verlängert die Stange nach und nach, bis man wieder unten angekommen ist und weiterbohren kann. Den Vorgang nennt man Meißelgang.«

Sie warf ihm einen verhangenen Blick zu. »Das stelle ich mir enorm anstrengend vor. Das braucht bestimmt die ganze Kraft der Beteiligten.«

»Allerdings.« Es war ein Spiel, oder?

»Und das muss man ja bestimmt öfter machen. Immer rein und raus, wieder rein, wieder raus, immer hin und her ...« Sie schien sich einen Spaß daraus zu machen, doppelbödig über dieses Thema zu reden.

Aber das konnte er auch.

»Genau«, sagte er. »Immer rein und raus.« Und ihm machte es auch Spaß.

»In den Schoß der Erde.«

»Bis man auf Öl stößt.«

»Das dann in einem gewaltigen Schwall herausschießt, nicht wahr?«

»Das ist der Höhepunkt des Ganzen.«

Sie holte tief Luft, mit einem sinnlich anmutenden Behagen. »Das kann ich mir gut vorstellen, ja. Die Freude, wenn es endlich so weit ist. Dass man dann schreit wie verrückt. Und sich vollschmiert mit dem, was da hervorschießt.«

Markus spürte, dass sein Mund trocken war. Wie ihm heiß wurde. Schluss jetzt damit! Sie redeten nicht über Sex; das bildetet er sich nur ein, weil er seit mehr als einem halben Jahr keinen gehabt hatte. Er musste das Gespräch abkühlen, ehe es peinlich wurde. Außerdem war es sowieso Zeit für den Vortrag.

Er nickte ihr zu, lächelte. »Vielleicht können wir das Thema im Anschluss an die Präsentation weiter vertiefen –« *Stop!* mahnte er sich. *Hör auf, weiter anzügliche Worte zu verwenden!* »Ich meine, wenn wir … nach dem Vortrag … Sie verstehen?«

Sie lächelte mit asiatischer Undurchschaubarkeit. »Ja.« Nichts weiter.

Okay. Was auch immer hier abging, es musste warten. Es war Zeit, höchste Zeit sogar. Er wandte sich ab, mit einem letzten Nicken und Lächeln, ging zu Block, um zu sehen, ob er so weit war. Als der ihm mit beruhigender Gelassenheit zunickte, wandte Markus sich an die Schar ihrer versammelten Gäste und klatschte in die Hände. »Meine Damen und Herren, darf ich bitten?«

Block schien jedes Mal einen anderen Vortrag zu halten und dabei doch immer das Gleiche zu sagen. Markus hatte sich in den vergangenen Wochen bisweilen Sorgen gemacht, die Anwesenheit von Fachleuten würde Block irritieren, ihn nervös machen oder verunsichern. Nichts dergleichen war der Fall. Wieder schlug er den Saal in seinen Bann, wieder schien er wie verwandelt, wieder redete er mit schwelender, inbrünstiger

Energie, mit der souveränen Selbstgewissheit eines Propheten. Markus musste sich gewaltsam losreißen, um zu schauen, wie das Publikum reagierte: Sie lauschten ihm alle gebannt.

Zu seiner Verblüffung setzte Block am Ende seines Vortrags noch eins drauf. Er projizierte eine Weltkarte, auf der zahlreiche Gebiete markiert waren, wo man noch kein Öl gefunden hatte, wo aber laut Block welches zu finden sei. Erforderlich sei jedoch die Entwicklung neuer Bohrtechnologien, sprich, hohe Anfangsinvestitionen. »Beginnen würde ich«, sagte Block und hob den Laserpointer, »hier.« Damit deutete er auf ein schraffiertes Gebiet im Atlantik vor der Küste Brasiliens.

Die Leute vom *Peak Performance Pool* ließen sich, wie gewöhnlich, keine Regung anmerken. Die Wissenschaftler schauten skeptisch drein. Wie denn seine Methode eigentlich funktioniere, wollte die grauhaarige Geologin wissen.

»Deswegen bin ich hier«, erklärte sie. »Um zu beurteilen, ob das sein kann, was Sie behaupten.«

Block nickte leicht, ging ein paar Schritte auf und ab, schien es zu genießen, wie die Spannung im Saal anstieg. »Meine Methode«, sagte er schließlich, »beruht auf einem Prinzip, das so simpel ist, dass man sich nur wundern kann, wieso vor mir noch nie jemand darauf gekommen ist. Es steckt eine so einfache, so nahe liegende Idee dahinter, dass man schreien könnte.« Er lächelte in die Runde, in der sich zahlreiche Köpfe merklich nach vorn gereckt hatten. »Sie fragen sich jetzt natürlich, was ich meine. Aber eben weil die Grundidee so einfach ist, kann ich nichts weiter darüber sagen.«

Jemand murrte, und noch jemand.

»Um Ihre verständliche Skepsis zu zerstreuen«, fuhr Block fort und drückte auf den Knopf an der Fernbedienung, der das nächste Bild aufrief, »werde ich etwas viel Überzeugenderes tun: Ich werde die Wirksamkeit meiner Methode praktisch unter Beweis stellen.«

Auf der Leinwand leuchtete eine große, fleckenreiche Karte der USA. Block zeigte darauf und sagte: »Keine Gegend dieses Planeten ist von Geologen so gründlich auf Ölvorkommen abgesucht worden wie das Territorium der Vereinigten Staaten von Amerika. Buchstäblich jeden Quadratmeter hier hat man kartografiert, examiniert und bewertet. Die klassische Geologie ist sich sicher, von jedem Fußbreit amerikanischen Bodens zu wissen, ob darunter Öl liegt oder nicht.« Er machte eine Geste zu der Geologin hin. »Würden Sie dem zustimmen?«

Sie nickte. »So ist es.«

Block lächelte, stellte sich dann hin und verkündete: »Ich werde beweisen, dass Sie sich irren. Ich werde mithilfe meiner Methode auf dem Territorium der USA ein bislang unentdecktes Ölfeld ausfindig machen.« Er legte den Laserpointer beiseite, in einer Geste, die andeutete, dass der Vortrag zu Ende war, und fügte hinzu: »Messen Sie mich an diesem Versprechen.«

Markus sah sich um und sah nur leuchtende Augen.

Danach zogen sich die Leute vom *Peak Performance Pool* mit ihren Bankern und den Experten in den großen Besprechungsraum zurück. Markus und Block blieben zusammen mit den Anwälten im Foyer und warteten. Mit den Anwälten, die fünfhundert Dollar pro Stunde und Person kosteten. Nicht drüber nachdenken.

»Was denken Sie?«, fragte Block. »Haben wir sie überzeugt?«

Die Tür zum Konferenzraum ging noch einmal auf, und die beiden Techniker kamen heraus, die im Auftrag von PPP schon früh am Morgen angerückt waren, um den Raum auf Abhörsicherheit zu prüfen, und die ihn bis jetzt bewacht hatten. Durch die offene Tür erhaschte Markus einen Blick auf die kühlen, eleganten, überlegenen Leute von PPP, wie sie gerade ihre silberglänzenden Notebooks aufklappten. Dann schloss sich die Tür wieder, und die beiden Techniker, bullige Gestalten in blauen Overalls, nahmen davor Aufstellung.

»Ja«, nickte Markus. »Ich bin mir ziemlich sicher.«

Sie würden in diesen Minuten die Zahlen aus dem Business-Konzept, das Markus eigenhändig an alle ausgeteilt hatte, in ihre Analysesoftware eintippen. Das Schöne daran war, dass Markus dank der langen Lesestunde vor Keith Peppers Kamin ziemlich genau wusste, zu welchem Ergebnis diese Software kommen würde. Er hatte mehrere Nächte damit verbracht, alle relevanten Zahlen so aufeinander abzustimmen, dass die PPP-eigene Analysemethode ein optimales Resultat errechnen musste.

Die Besprechung dauerte nur vierzig Minuten. Dann wurden sie hereingebeten, höflich. Als sie saßen, ergriff ein Mann von PPP das Wort, der so etwas wie der Sprecher der Firma zu sein schien. Er hatte ein schmales, leicht blasiert wirkendes Gesicht und schon silbergraues Haar, obwohl er höchstens dreißig sein konnte, was ihn zu einer ziemlich irritierenden Erscheinung machte. Er genehmigte sich ein knappes Lächeln, von dem keinerlei Herzlichkeit ausging, das reines *Business* war. Dann erklärte er, der *Peak Performance Pool* werde sich mit Venture Kapital an dem Projekt beteiligen. Das Investment solle in zwei Stufen erfolgen, und zwar werde man zunächst ein paar Millionen Dollar bereitstellen, um die von Block angekündigte Suche nach einem Ölfeld auf amerikanischem Boden zu finanzieren, um in einer zweiten Stufe, sollte besagte Suche von Erfolg gekrönt sein, mit »richtigem Geld einzusteigen«, wie er sich ausdrückte. Außerdem behielt sich PPP vor zu entscheiden, wann man mit all dem an die Öffentlichkeit ging; insbesondere für die erste Phase, die Suche nach der Ölquelle, verlangte man absolute Verschwiegenheit.

Markus und Block sahen sich an, Block nickte, und im nächsten Moment zückten die Anwälte und die PPP-Leute ihre Organizer und begannen, den Terminplan für die Erarbeitung der entsprechenden Verträge festzulegen. Markus lehnte sich zurück, ließ den Dingen einfach ihren Lauf. Geschafft. Er hatte es geschafft. Es war wie ein warmer Strom im ganzen Körper, ein beinah sexuelles Gefühl. Er war im Bereich des *Big Business* angekommen, mehr oder weniger aus dem Stand heraus. Weil da die Chance gewesen war und er zugepackt hatte. Weil dies Amerika war. Jetzt war alles kein Problem mehr. Nicht einmal die Visa, die Aufenthaltsberechtigung, die Green Card – das hatten sie jetzt alles so gut wie in der Tasche. Soweit Markus sich erinnerte, konnten sie, wenn sie als Unternehmer mindestens zehn US-Amerikaner einstellten – was im Nu der Fall sein würde –, eine Green Card beantragen und hatten nach dem *Immigration Act* von 1990 Anspruch auf deren Erteilung.

Sobald die nächsten Meetings abgemacht waren, löste sich die Versammlung rasch in Wohlgefallen auf. Sie schüttelten noch einmal alle Hände, und nachdem alle fort waren, sagte Markus zu seinem Geschäftspartner: »Das sollten wir feiern, finden Sie nicht?«

»Feiern?«, wiederholte Block. Das schien ihm ein ganz fremder Gedanke zu sein. Er wirkte, als wolle er sich am liebsten sofort an die Arbeit machen.

»Ich habe im *San Domenico* einen Tisch für uns reserviert. Das ist ein berühmtes New Yorker Restaurant. Italienische Küche.«

Block nickte zögernd. »Ja. Gut. Warum nicht?«

Ein komischer Heiliger, sein Geschäftspartner. »Warten Sie«, grinste Markus, »ich lasse uns ein Taxi rufen.«

Er ging zur Rezeption und war seine Bitte gerade losgeworden, als jemand neben ihm auftauchte. Die Frau von vorhin. Mit dem aparten asiatischen Einschlag. »Hallo, Mister Westman«, sagte sie und lächelte.

Markus war beinahe zusammengezuckt. »Oh, hallo, Miss Wang. Sie sind noch da? Ich hatte geglaubt, es seien alle gegangen.«

Ein Geruch haftete ihr an, der ihn konfus machte. Kein Parfüm, etwas anderes, aber er hätte nicht sagen können, was.

»Ich bin noch da. Wie hätte ich gehen können? Wir wollten das, was wir angefangen haben, vertiefen, nicht wahr?«

»Jetzt?« Mist! Das nannte man wohl schlechtes Timing. »Miss Wang, Sie müssen entschuldigen, aber das ist ein bisschen ungünstig im Moment... Ich wollte eben mit meinem Partner in ein Restaurant fahren, wo wir einen Tisch reserviert haben.«

»Und wenn Ihr Partner schon ohne Sie vorausfahren würde und Sie mir noch eine halbe Stunde widmen?« Sie hatte eine dunkle, beinah rauchige Stimme. Das war ihm bisher nicht aufgefallen.

»Nun, also …«

»Die First Atlantic Bank und Ihr Unternehmen werden künftig viel miteinander zu tun haben, und Sie sind der kaufmännische Geschäftsführer …« Sie drehte sich zur Seite, sodass sie ins Foyer schaute. Ihr Blick glitt über die aufgestellten Bohrmeißel, ihre Zunge glitt über ihre Lippen, befeuchtete sie. »Ich habe das Gefühl, dies wäre genau der richtige Zeitpunkt, um unsere … Beziehung zu intensivieren.«

Markus starrte sie an, minutenlang, wie es ihm vorkam. Worauf wollte sie hinaus? Er war plötzlich fest entschlossen, es herauszufinden.

»Okay«, sagte er. »Ich werde meinem Partner sagen, er soll einfach schon mal vorausfahren. Eine halbe Stunde?«

»Das wäre schön.«

Er ging zu Block, der bereits vor dem Hoteleingang wartete, und erklärte ihm die Sachlage. Das Taxi fuhr gerade vor.

»Ich habe das Gefühl, das könnte wichtig für uns sein«, meinte Markus abschließend.

Block war sichtlich verstimmt. »Wenn Sie meinen.«

Markus gab ihm den Zettel, auf dem er die Adresse des Restaurants notiert hatte. »Der Tisch ist reserviert auf *Block Explorations.*«

Block nickte. Das schien ihn wieder zu versöhnen, und er stieg ein.

Markus sah dem Taxi nach, bis es im Verkehr verschwunden war, dann ging er zu der Frau von der First Atlantic Bank zurück, die immer noch vor der Rezeption wartete.

»Wo wollen wir uns hinsetzen?«, fragte er. »Vielleicht in die Bar?« Genau in dem Moment erklangen von dort melancholische Klaviertöne. Das Hotel hatte einen Sänger engagiert, der zu den unmöglichsten Tageszeiten bluesige Songs vortrug, die eher als Ruhestörung denn als Musik gelten mussten.

Sie schüttelte lächelnd den Kopf. »Ich glaube, besser nicht. Lassen Sie uns nach oben gehen.«

»Nach oben?«

»Sie haben doch hier ein Zimmer, nehme ich an?«

Ihm wurde warm. *Das heißt nicht das, was du jetzt denkst!*, mahnte er sich. *Denk an Silvio! Riskier jetzt bloß nichts!* Er räusperte sich und nickte. »Ja. Klar. Wenn es Ihnen nichts ausmacht …«

»Ich würde es sogar vorziehen.«

Sie gingen zum Aufzug, Markus mit einem Gefühl, als bewege er sich durch vermintes Gelände. Verstehe einer die neuen amerikanischen Sitten und Gebräuche! Auf alle Fälle war es zweifellos angebracht, sittsamen Anstand zu halten, also achtete er darauf. Die Uhr über der Rezeption zeigte halb zwölf; ja, um diese Zeit waren die Zimmer auch schon aufgeräumt, normalerweise jedenfalls.

Der Fahrstuhl kam, die gläsernen Türen glitten geräuschlos zur Seite. Markus bemühte sich um unverfängliche Konversation. »Leben Sie in New York?«

Sie nickte. »Ja.«

Ihr Geruch erfüllte die Kabine. Hoffentlich sah sie seine Erregung nicht. Er drehte sich zur Seite, betrachtete die Leuchtziffern der Stockwerksanzeige.

»Mache ich Sie nervös?«, fragte sie.

Himmel, was sollte das jetzt? »Nervös? Nein, ich meine … Es ist einfach so, dass ich heute sowieso etwas nervös bin. Aufgeregt, besser gesagt. An einem so entscheidenden Tag auch kein Wunder.«

»Aber es ist doch gut für Sie gelaufen, oder etwa nicht?«

»Doch, stimmt.«

»Ich bin sicher, Sie brauchen sich keine Sorgen zu machen.«

Markus wurde unwohl. »Sie haben sicher Recht. Ähm, sagen Sie … Was genau wollen Sie denn nun mit mir besprechen?«

Der Aufzug hielt, die Tür öffnete sich.

»Gleich«, sagte sie lächelnd und trat hinaus.

Markus folgte ihr. *Das war kein Schlafzimmerblick, Mann!*, sagte er sich. *Vergiss es. VERGISS ES! Was du und der kleine Freund in deiner Hose für Anzüglichkeiten haltet, ist einfach nur … was weiß ich, die asiatische Art wahrscheinlich, freundliche Konversation zu machen. Also vergiss jetzt, dass du ein Mann bist und sie eine Frau ist; das hier ist einfach nur Business. Und es geht um ALLES!*

Sie gingen nebeneinander den Flur entlang, über dicken Teppichboden, der alle Geräusche schluckte, vorbei an endlos vielen gleich aussehenden Türen und ähnlich aussehenden gerahmten Bildern an den Wänden dazwischen. Sie ging, das sah Markus aus den Augenwinkeln, wiegenden Schritts; ihre Hüften bewegten sich aufreizend; er befahl sich, wegzuschauen. Sie wirkte wie jemand, der Urlaub hatte und zur Sauna schlenderte. Musste ein beneidenswerter Job sein, den sie da hatte.

Markus schloss auf. Ja, das Zimmer war aufgeräumt, das Bett gemacht, und es lagen auch keinerlei vertrauliche Unterlagen herum. »Da wären wir.« Er deutete auf die kleine Sitzgruppe, deren Sessel er zu eng fand. »Das kann ich als Sitzgelegenheit anbieten. Nicht besonders bequem, aber es wird garantiert niemand Klavier spielen.« Er trat an die Minibar. »Was möchten Sie trinken?«

Sie drückte die Zimmertür hinter sich ins Schloss und sagte: »Danke, nichts.« Sie durchquerte mit raschen Schritten den Raum, drängte sich an ihn und begann, sein Hemd aufzuknöpfen. »Nicht, wenn wir nur eine halbe Stunde haben.«

Gegenwart

Der Raum, in dem die Krankengymnastik stattfand, hatte leere weiße Wände und zwei große Panoramafenster mit Aussicht auf einen der Parkplätze und den Wald, der dahinter begann. Markus fröstelte immer, wenn er hier war, obwohl gut geheizt war.

Heute waren sie zu fünft, die Krankengymnastin nicht mitgerechnet, die ihnen die Übungen vormachte und sie dabei unentwegt im Auge behielt. Es waren simple Streck- und Dehnübungen, mit den Armen nach oben, nach hinten, die Beine so, dann wieder so – Kinderkram, und es war bestürzend, an wie vielen Stellen es dabei in seinem Körper ziepte und kniff, wie steif seine Gelenke waren und wie rasch seine Muskeln anfingen zu zittern. Als litte er an Schwindsucht.

Die anderen waren alle älter als er, drei Frauen, zwei davon zu dick, eine schrecklich dünn, und ein Mann mit den Narben schwerer Verbrennungen.

»Herr Pohl!«, rief die Krankengymnastin. »Nicht mit Gewalt. *Langsam* und mit Gefühl, sehen Sie? So …«

Markus musste sich immer noch bemühen, nicht verräterisch zusammenzuzucken, wenn man ihn bei diesem Namen nannte. Er versuchte, sich nichts anmerken zu lassen, und tat wie geheißen. Verdammt, es fühlte sich an, als seien Teile seines Körpers miteinander *verklebt*! Und als müsse man nur einmal kräftig genug an den Klebestellen reißen, um sich wieder davon zu befreien. Aber gut, so war es sicher nicht, also *langsam* …

Die Krankengymnastin war klein und dunkelhaarig, und als sie eine Rumpfdrehung zur Seite machte, musste Markus an Amy-Lee denken, wie sie sich damals im Hotel zu der Uhr auf dem Nachttisch umgedreht hatte – *danach*. Er hörte sie noch mit belustigter Stimme sagen: »Na also, gerade mal zwanzig Minuten.« Dann hatte sie sich, nackt und schimmernd vom Schweiß, nach dem Notizblock neben dem Telefon gereckt, eine Telefonnummer aufgeschrieben und gesagt: »Ich bin heute Abend ab, na, sieben Uhr zu Hause. Ruf an, wenn du das fortsetzen willst.«

»Ganz bestimmt«, hatte Markus, dessen Herz immer noch heftig schlug, hervorgestoßen.

Sie war aufgestanden und ins Bad gegangen. Als sie zurückkam, meinte sie, ihren Slip vom Boden auflesend: »Was ist? Ich denke, dein Partner wartet?«

Markus hatte einmal gelesen, das Schlimmste, was ein Mann tun könne, dem ein solches Erlebnis widerfahre, sei, ihr danach die Frage zu stellen: *Machst du das öfter?* Aber in diesem Moment hatte er sich wirklich beherrschen müssen, das nicht zu fragen.

»… und ganz behutsam – Herr Pohl!«, rief die Krankengymnastin tadelnd. »Wo sind Sie mit Ihren Gedanken? Die Arme so, sehen Sie? Und sanft! Sie müssen behutsam mit sich umgehen. Es bringt nichts, wenn Sie sich überfordern.«

Markus nickte, wiederholte die Bewegung mit mehr Bedacht. »Sanft«, sagte er. »Verstehe.«

Durch die großen Fenster hinter ihr sah man hinab auf den Parkplatz. Dort fuhren gerade ein paar dicke Autos vor, eine regelrechte Kolonne, denen Araber entstiegen. Einige Frauen waren darunter, alle verschleiert bis auf eine hochgewachsene, selbstbewusst wirkende Frau, die ihre Flut dunkler Locken mit einem Kopftuch nur mühsam bändigte. Sie führte einen kleinen Jungen an der Hand.

Markus beobachtete, wie ihnen ein Mann in weißem Kittel entgegentrat und sie begrüßte. Er erkannte das Gesicht von den Klinikprospekten; persönlich getroffen hatte er ihn noch nicht.

Es war Dr. Ernst Rugland, der Chefarzt der Klinik. Der Mann, der Markus' wahren Namen kannte.

KAPITEL 16

Vergangenheit

Die Verhandlungen mit dem *Peak Performance Pool* gestalteten sich härter, als Markus erwartet hatte.

Das erste Treffen fand in den Räumen der Kanzlei Campbell & Simmons statt, in einer Bibliothek mit endlosen Reihen roter und grüner Lederrücken, die in wuchtigen Regalen bis zur Decke hoch standen. Durch die Fenster zwischen den Regalen sah man nur auf die dunkelgrün schimmernden Glasfronten benachbarter Wolkenkratzer.

Die erste Forderung war, Block müsse die Methode aufdecken, sobald PPP in das Unternehmen einsteige.

Noch ehe einer der Anwälte etwas darauf erwidern konnte, stand Block auf und hielt etwas hoch, das, wie Markus nach einer Schrecksekunde erkannte, ein Flugticket war. »Wenn das Ihre Bedingung ist, dann sagen Sie es gleich«, rief Block mit scharfer Stimme. »Dann kann ich heute noch nach Hause fliegen. Kein Problem.«

Der Sprecher von PPP hob indigniert die silbernen Augenbrauen. »Bitte verstehen Sie unsere Seite«, sagte er gelassen. »Sie verlangen von uns, in ein Geschäft zu investieren, das von einem einzigen Mann abhängt. Der zudem, wenn Sie mir die Bemerkung gestatten, nicht mehr jung ist. Das können wir nicht tun.«

»Dann lassen Sie es. Es gibt noch andere Investmentgesellschaften.«

»Die werden Ihnen dasselbe sagen.«

»Ich werde denen auch dasselbe sagen: Nehmt es, oder lasst es bleiben.« Block glühte förmlich vor Erbitterung. »Wie Sie ganz richtig bemerkt haben, bin ich ein alter Mann. Ich habe nicht das geringste Problem damit, mein Geheimnis mit ins Grab zu nehmen, wenn Sie zu dumm sind, zu begreifen, was Ihnen entgeht.«

Eine peinliche Pause entstand. Markus griff nach Blocks Arm und zog ihn wieder auf den Stuhl herunter. Dann räusperte sich einer der Anwälte und schlug vor, diesen Punkt einstweilen zurückzustellen.

»Würden Sie sich die Methode denn abkaufen lassen?«, fragte ein anderer Vertreter von PPP, ein junger Mann mit ausdruckslosen, strahlend blauen Augen.

Block gab ein knurrendes Geräusch von sich. »Ja. Für fünfhundert Milliarden Dollar.«

Der Mann schmunzelte. »Finden Sie diesen Preis nicht selber ein bisschen übertrieben?«

Block warf dem Mann einen Blick zu, der Stahlplatten hätte durchbohren können. »Meine Methode ist mehr wert als das, und das wissen Sie ganz genau. Die gesamte Weltwirtschaft ist vom Öl abhängig, und mit den herkömmlichen Methoden werden Sie in ein paar Jahren keins mehr finden. So einfach ist das. Das Gegenteil von dem, was Sie sagen, ist richtig: Es gibt überhaupt nicht genug Geld auf der Welt, um zu bezahlen, was meine Methode wert ist.«

Die Leute von PPP wechselten unruhige Blicke, ein paar der ansonsten so reglosen Gesichter verzogen sich für ein paar Momente. Dann sagte der Sprecher: »Gut, wir stellen diesen Punkt einstweilen zurück.«

Markus war froh, zu sitzen. Sein Gedärm fühlte sich an, als sei es entschlossen, den Gordischen Knoten zu rekonstruieren. Außerdem war er nicht gerade das, was man als gut ausgeschlafen bezeichnen konnte; er hatte die letzten Nächte mit Amy-Lee verbracht und persönliche sexuelle Rekorde aufgestellt.

Die Leute von PPP blätterten in ihren Unterlagen, studierten die Bildschirme ihrer Notebooks. »Also, wir stellen uns das folgendermaßen vor«, fuhr der Sprecher dann fort. »Da es sich um ein *Seed-Financing* handelt, erwerben wir mit unserer Investition achtzig Prozent des zu gründenden Unternehmens –«

Wieder wollte Block hochfahren, doch Markus bekam ihn gerade noch zu packen und hielt ihn zurück.

»Das sind Hunde!«, zischte Block ihn leise und auf Deutsch an. »Ich mach da nicht mit!«

»Nur die Ruhe«, erwiderte Markus, ebenfalls auf Deutsch. »Die versuchen es halt, das ist normal. Das ist jetzt Verhandlungssache…«

Einer der Anwälte beugte sich zu ihnen herüber. »Lassen Sie uns kurz rausgehen.«

Sie gingen in den Raum nebenan, ebenfalls eine Bibliothek, nur dass die Bücher hier rote und schwarze Lederrücken trugen.

»Unser Standpunkt«, sagte der Anwalt hastig und noch während er die Tür hinter ihnen schloss, »wird sein – und wir werden diesen Standpunkt auch durchsetzen, keine Sorge –, dass wir es hier nicht mit *Seed-Financing* zu tun haben, sondern mindestens mit einer *Start-Up*-Situation, sobald der Beweis erbracht ist, dass die Methode funktioniert. *Start-Up* heißt aber, dass es nur noch um die eigentliche Unternehmensgründung und die Markteinführung geht. Die Gründung ist reine Routine und die Markteinführung einer Methode, neue Ölvorkommen zu erschließen, nicht wirklich ein Risiko.«

Markus nickte. Er hatte sich im Hinblick auf seine Pläne schon während des Studiums ausgiebig mit der Theorie der *Private-Equity*-Finanzierung beschäftigt, also der Finanzierung eines Unternehmens mit privatem Risikokapital. Was der Anwalt sagte, entsprach dem, was er wusste. In der *Start-Up*-Phase einer Unternehmensgründung lagen die Risiken eines Kapitalgebers hauptsächlich in der Möglichkeit von Produktmängeln oder darin, dass sich das Produkt nicht wie erwartet am Markt durchsetzte. Beide Risiken waren aus seiner Sicht in ihrem Fall minimal: Das Risiko von Produktmängeln – was hieße, dass die Methode Blocks nicht die gewünschten Resultate lieferte – würde durch die erste Phase abschätzbar werden; konkret gesagt, sobald Block ein neues Ölfeld auf amerikanischem Boden gefunden hatte, würde bewiesen sein, dass seine Methode funktionierte. Das zweite Risiko dagegen war reine Theorie: Dass eine solche Methode keine Interessenten fand, war schlicht nicht vorstellbar.

»Wir können sogar«, fuhr der Anwalt fort, »argumentieren, dass wir sehr rasch in die *Early-Stage*-Phase eintreten und diese auch sehr rasch hinter uns lassen werden. Es wird in unserem Fall praktisch sofort Expansion einsetzen; ich sehe deren Bewältigung sogar als das hauptsächliche Problem. Aber damit können wir, ich denke, schon nächstes Jahr auf einen Börsengang hinarbeiten, sodass PPP ihren Investitionsgewinn in außergewöhnlich kurzer Zeit realisieren wird. Das ist für uns eine gute Situation, da brauchen Sie sich keine Sorgen zu machen.«

Block hatte ihm mit großen Augen zugehört, zweifellos, ohne viel verstanden zu haben. »Aber die können doch nicht achtzig Prozent der Anteile verlangen«, stieß er schließlich hervor. »Da habe ich ja dann in meiner eigenen Firma praktisch nichts mehr zu sagen.«

Der Anwalt, ein untersetzter, stiernackiger Mann mit ungesund geröteter Gesichtsfarbe, wiegte das Haupt. »Nun, eine gewisse Beteiligung an einem Unternehmen ist natürlich die Geschäftsgrundlage einer *Private-Equity*-Gesellschaft, das ist klar. Aber achtzig Prozent, da haben Sie Recht – das ist indiskutabel. Ein Versuchsballon, wenn Sie so wollen, oder ein Machtspielchen. Das müssen Sie nicht so ernst nehmen. Wir sind im Moment auf dem Basar, und niemand erwartet, dass das erste Angebot akzeptabel ist.« Er zögerte, machte Gesten mit einer Hand, als knete er eine unsichtbare Masse. »Ich … Bitte verstehen Sie das nicht falsch. Ich möchte Ihnen vorschlagen, dass Sie beide nicht weiter persönlich an den Verhandlungen teilnehmen, sondern hier warten.«

Blocks Kopf ruckte hoch. »Wieso das?«

»Es würde unsere Position stärken«, erklärte der Anwalt. »Das ist nicht ganz leicht zu verstehen, aber sehen Sie: Ich kann aus einer besseren Position heraus verhandeln, wenn ich zu jedem beliebigen Zeitpunkt sagen kann, halt, ich muss erst Sie fragen. Damit gewinnen wir nicht nur Zeit zum Nachdenken, wir stehen auch psychologisch besser da, weil wir auf diese Weise jederzeit die Dynamik anhalten können, die sich in solchen Verhandlungen oft entwickelt.«

Markus nickte Block zu. »Er hat Recht. Ich kenne das aus meiner Zeit im Vertrieb.« Er musste grinsen. »Nur von der anderen Seite.«

Block musterte ihn, dann den Anwalt. Sein Unterkiefer bewegte sich hin und her. »Okay«, sagte er schließlich. »Machen wir es so.«

Das hieß, zu warten. Tatenlos dazusitzen und das Gefühl zu haben, dass sich Minuten zu Stunden dehnten. Die ledergepolsterte Tür anzustarren und sich zu fragen, was dahinter vor sich gehen mochte. Ihr Anwalt, der nun die Möglichkeit hatte, die Verhandlungen zu jedem beliebigen Zeitpunkt zu unterbrechen, machte keinen Gebrauch davon.

Block begann irgendwann, unruhig auf und ab zu wandern. »Ich weiß nicht«, grummelte er vor sich hin. »Die kochen mich ein. Ich hab's im Gefühl. Alle kochen mich immer ein. Sie denken sogar, sie haben das Recht dazu, weil sie studiert haben und ich nicht.«

Markus starrte aus dem Fenster, verlor sich in dem sinnverwirrenden Blick auf die gläsernen Fassaden von Wolkenkratzern, in denen sich die gläsernen Fassaden anderer Wolkenkratzer spiegelten. Doch als Block seine Litanei zum dritten Mal abspulte, drehte er sich um und sagte: »Karl, Sie machen sich unnötig Sorgen. Sie allein kennen die Methode. Ohne Sie läuft nichts. Das ist eine unangreifbare Position.«

Block war stehen geblieben, nun starrte er sinnend zu Boden, mit sacht wippendem Kopf.

»Markus«, sagte er nach einer Weile langsam, »was die Methode anbelangt … Ich muss Ihnen da was erklären.«

Markus spürte seinen Mund trocken werden. Und das knotige Gefühl im Bauch war auf einmal auch wieder da. »Nämlich?«

»Die Methode … sie ist noch nicht fertig entwickelt. Nicht ganz. Verstehen Sie, ich habe im Grunde gar nichts dagegen, sie offenzulegen; ich brauche nur erst die Möglichkeit, sie zu Ende zu entwickeln.«

Oh, Scheiße. Das durfte doch nicht wahr sein. »Was heißt das, *nicht fertig*?« Markus bemühte sich, nicht zu schreien, obwohl ihm danach zu Mute war.

Block machte eine wegwerfende Handbewegung. »Ich kann Öl finden, das ist keine Frage. Das hab ich bewiesen. Ich find auch Öl, wo andere keines finden, das hab ich auch bewiesen. Und ich werd's wieder beweisen. Aber es ist noch zu viel Intuition dabei, verstehen Sie? Die wissenschaftlichen Grundlagen sind noch nicht klar genug. Die Formeln, die ich gefunden hab, sind zu ungenau, als dass man jeden x-Beliebigen damit losschicken könnte. Da bleibt noch viel Arbeit zu tun.« Er trat vor Markus hin, sah ihm in die Augen, und da war wieder das Bezwingende in seinem Blick, das er sonst nur vor Publikum hatte, das Prophetische. »Markus, ich werd Sie in das Geheimnis einweihen, wenn wir endlich an die Arbeit gehen können – aber Sie müssen mir versprechen, dass Sie mir helfen, die Methode fertig zu entwickeln.«

Markus musterte den alten Mann, während er die Panik zu bändigen suchte, die in ihm aufsteigen wollte. Nur jetzt nicht der Fantasie die Zügel schießen lassen. Er hatte beschlossen, sich keine Sorgen zu machen, oder? Sorgen, das brachte nichts. Handeln musste er. Dies war Amerika, so lief es hier und nicht anders. Mut, das war es. Mut und Zuversicht, dann gehörte einem die Welt.

Die Ängste verschwanden. Auf einmal sah er wieder klar. Dies war seine große Chance, und er nutzte sie.

»Versprochen«, sagte Markus.

Kurze Zeit später knarrte die gepolsterte Tür, und der Anwalt erschien mit dem Vorschlag, auf den man sich vorbehaltlich ihrer Zustimmung geeinigt hatte: neunundvierzig Prozent für PPP und einundfünfzig für sie. »Zwei weitere Bedingungen sind damit verknüpft«, fuhr der Anwalt fort. »Erstens muss die

Methode innerhalb der nächsten drei Jahre aufgedeckt werden, und solange sie das nicht ist, will PPP ein vertraglich festgelegtes Sonderrecht haben, das Unternehmen jederzeit und ohne Angabe von Gründen zu liquidieren. Zweitens stellt PPP einen dritten Geschäftsführer, der die Organisation und den Unternehmensaufbau leiten soll. Das ist aus unserer Sicht unproblematisch; mit diesen Dingen hat die Firma *Peak Performance Pool* große Erfahrungen, von denen wir auf diese Weise profitieren.«

»Was heißt das genau, einundfünfzig Prozent für uns?«, wollte Block wissen.

Der Anwalt strahlte zufriedene Siegesgewissheit aus. »Das heißt, dass Sie beide die Anteilsmehrheit in der zu gründenden Firma haben werden und damit die Entscheidungsbefugnis behalten. Wobei Sie diese einundfünfzig Prozent im Binnenverhältnis aufteilen müssen. Mister Westman sagte mir, dass Sie einen Vorvertrag geschlossen hätten?«

Markus nickte. »Ja. Mister Block stehen danach drei Viertel unserer Anteile zu, mir ein Viertel.«

»Nein, so machen wir das nicht«, wandte Block kopfschüttelnd ein. Er legte Markus väterlich die Hand auf die Schulter und erklärte dem Anwalt: »Wir machen halbe-halbe. Oder, damit es runde Zahlen werden, sechsundzwanzig Prozent für mich und fünfundzwanzig Prozent für diesen jungen Mann hier.« Zu Markus gewandt, sagte er auf Deutsch: »Es geht mir nicht ums Geld. Wir werden Milliarden verdienen – was soll ein alter Mann wie ich damit? Ich will der Welt die Block-Methode vermachen. Darum geht's mir.«

Der Anwalt blinzelte verdutzt, nickte dann und vergewisserte sich: »Das heißt, Sie sind mit der ausgehandelten Regelung einverstanden?«

»Ja«, sagte Block.

Markus war außer Stande, ein Wort herauszubringen. Er nickte nur benommen.

So wurden die Verträge ausgefertigt und im Verlauf eines weiteren Meetings unterzeichnet. Es waren Berge von Papier; man bekam richtiggehend Schmerzen im Handgelenk von den vielen Unterschriften, die zu leisten waren.

Im Lauf dieses Treffens kam der Vorschlag auf, die zu gründende Firma in Abweichung von der ursprünglichen Idee *Block & Westman* zu nennen. »Klingt doch gut«, meinte einer der PPP-Leute. »Dynamisch. Prägnant. Wie Hewlett-Packard. Oder: Daimler-Benz.«

Markus lehnte sofort ab. Alleiniger Namensgeber, argumentierte er, solle der Erfinder der Methode sein, denn ohne diese gäbe es keinen Anlass, die Firma zu gründen.

»Also bleibt es bei dem ursprünglichen Namen *Block Explorations*«, resümierte ihr Anwalt und scherzte: »Das erspart uns auch, alles neu ausdrucken und mit dem Unterschreiben noch mal von vorn anfangen zu müssen.«

Block hatte diese Diskussion erstaunlicherweise nur schweigend verfolgt und, nachdem der Punkt geklärt war, Markus zufrieden zugelächelt. Dann widmete er sich ohne ein weiteres Wort wieder dem Unterzeichnen der Verträge.

Markus horchte in sich hinein, während er ebenfalls Blatt um Blatt wendete und seine Paraphe an die dafür vorgesehene Stelle kritzelte. Er war zufrieden mit seiner Entscheidung, aber er hatte sie, wenn er ganz ehrlich war, nicht Block zuliebe getroffen. Nein, es war ein anderer Grund gewesen, der hier eine Rolle gespielt hatte: das Gefühl, dass dies noch nicht seine Endstation sein würde. Da war immer noch das Bild des gläsernen Turms in ihm. Des Turms, auf dem *Westman Tower* stand. Nicht *Block & Westman*, sondern *nur* Westman. Er hörte eine Stimme in sich, die ihm zuflüsterte, dass *Block Explorations*, egal wie groß diese Firma werden mochte, nur eine Etappe auf seinem Weg sein würde.

Dass er gut daran tat, seinen Namen noch aufzusparen.

Einer der Verträge, die bei diesem Treffen unterschrieben wurden, war Markus' eigener Anstellungsvertrag. Darin war ein Gehalt von 100 000 Dollar pro Jahr vereinbart und auch, dass es neu festgesetzt werden würde, sobald der erste Ölfund gemacht war. Was natürlich hieß: höher. Deutlich höher.

Es war ein Anfang. Markus löste die Wohnung in Paradise Valley auf und mietete ein kleines Apartment in Brooklyn, das im Grunde nur aus einem heruntergekommenen Zimmer mit Dusche, Toilette und Kochnische bestand, aber trotzdem sündhaft teuer war. Doch egal, es war nur eine vorübergehende Bleibe; er würde sich natürlich etwas richtig Luxuriöses zulegen, sobald das richtig große Geld floss. Außerdem verbrachte er sowieso fast jede Nacht bei Amy-Lee, holte mehr als ein halbes Jahr ohne Sex nach und häufte ein massives Schlafdefizit an. Doch was sein musste, musste sein, und wozu gab es Kaffee und dergleichen? Er trank viele Tassen starken Kaffees frühmorgens in Amy-Lees herrlicher Dreizimmerwohnung an der Upper Eastside, von der aus man die Sonne über dem Atlantik aufgehen und Queens in flüssiges Gold tauchen sah.

Block dagegen zog es vor, weiter im Hotel zu wohnen. Die Anwälte waren damit sehr zufrieden, denn das, so erklärten sie, mindere die Gefahr, dass es zu Problemen mit der amerikanischen Einwanderungsbehörde INS bezüglich ihres unzureichenden Visa-Status komme. Dass Block im Hotel wohne, dokumentiere seine »Rückkehrabsicht«, und das machte anscheinend alles leichter.

Markus war das egal. Er weigerte sich, Rückkehrabsichten zu demonstrieren, nicht einmal zum Schein. Er hatte nicht die Absicht, zurückzukehren, und basta.

Jetzt ging alles Schlag auf Schlag. Ein Büro wurde angemietet, die ersten Leute eingestellt – Sekretärinnen und Buchhalter, die sofort begannen, die Firma zu organisieren, ferner Geologen und Bohrtechniker, die ihre Arbeit erst einige Zeit später aufnehmen würden. Auslöser und Dirigent dieses Wirbelsturms war der von PPP kommende dritte Geschäftsführer, ein hochgewachsener, etwas pausbäckiger Mann Ende dreißig, der den klangvollen Namen James Whitney Thurber jr. III trug. Er hatte langes, welliges Haar und wirkte auf den ersten Blick wie eine zu männlich geratene Frau, war aber verheiratet, mit einer ziemlich bekannten Schauspielerin gar, mit der er drei Kinder hatte. Und er hatte es drauf, das war unbestreitbar. James Whitney

Thurber und so weiter verstand etwas davon, Firmen aus dem Boden zu stampfen. Er wusste, welche Formulare auszufüllen waren, er wusste, was man beachten musste und was man besser bleiben ließ, er wusste, wo man Leute herbekam und wie man die richtigen aussuchte. Er mochte nicht sympathisch sein – die Kälte, die er in manchen Momenten ausstrahlte, war regelrecht verstörend –, aber er war ein Geschenk des Himmels.

Markus blieb zunächst nicht viel mehr zu tun, als sein fertig eingerichtetes Büro zu beziehen. Sogar seine neuen Visitenkarten lagen schon auf der Schreibunterlage: Mark S. Westman, *Vice President*. Er konnte sich kaum daran sattsehen.

Doch als er Amy-Lee stolz eine davon zeigte, lachte sie nur und gurrte: »Weißt du, was mich an dir fasziniert hat?«

»Na, du wusstest, dass mir eine steile Karriere bevorstand!«

Sie nahm sein Ohrläppchen zwischen die Zähne, schüttelte den Kopf und ließ erst los, als er heftig protestierte. Das tat weh!

»Ich bin eine Frau, die manchmal nur mit dem Unterleib denkt«, flüsterte sie ihm ins gepeinigte Ohr. »Ich habe dich gesehen und wollte dich haben. So war das. So einfach.«

»Ich bin schockiert«, erwiderte Markus, aufs Höchste geschmeichelt.

Nur die Aufenthaltsberechtigung blieb ein ungelöstes Problem, ein Stachel im Fleische. Die erhoffte Green Card war, wie ihm der Anwalt auseinandersetzte, noch in weiter Ferne.

»Sie kommen für die Kategorie EB-5 in Frage, als *Permanent Resident Investor.* Aber dazu müssen Sie *eigenes* Geld investieren, mindestens eine Million Dollar im Regelfall, und dann dauert es immer noch drei Jahre, bis eine Green Card erteilt wird.«

Also bekam er wieder einmal nur ein zeitlich befristetes Visum – mit einer Arbeitserlaubnis, das an ein Beschäftigungsverhältnis mit seiner eigenen Firma gebunden war! »Es lebe die Bürokratie«, war sein Kommentar.

Bei Block gestaltete sich der Papierkrieg noch schwieriger, da es für diese Art von Visum – was den Österreicher sehr ergrimmte – eine Rolle spielte, ob man einen anerkannten Studienabschluss vorweisen konnte oder nicht. Schließlich wurde eine Behelfslösung gefunden, die zumindest die nächste Zeit überbrücken würde.

Markus studierte die einschlägigen Bestimmungen genauer und fand heraus, dass man, um eine Green Card auf dem Weg über Investment zu erhalten, nicht nur einfach Geld investieren, sondern tatsächlich ein *neues* Unternehmen gründen musste.

Mit anderen Worten: Wenn er auf Dauer in den USA leben wollte, konnte *Block Explorations* tatsächlich nur eine Etappe auf seinem Weg sein.

Bei einem der Gespräche, die sie nachts führten, nackt zwischen den zerwühlten Laken, fragte Amy-Lee: »Und du weißt gar nicht, wie dein Partner das macht, Öl zu finden?«

Markus schüttelte den Kopf. »Er ist eigen. Er hat versprochen, dass er es mir erklären wird. Aber ehrlich gesagt, muss ich das erst erleben, ehe ich es glaube.«

»Beunruhigt dich das nicht?« Sie legte ihren Kopf auf seine Brust, fuhr gedankenverloren mit dem Finger über seine Brustwarze.

»Beunruhigt es mich?« Er lauschte auf das Geräusch des Verkehrs, der nachts zwar leise war, aber trotzdem intensiv, immer da, nie nachlassend. »Nein. Ich hatte von Anfang an vor, ein Unternehmen zu gründen, mit OPI und OPM. Und genau das habe ich geschafft. Das sagt mir, dass ich schon ganz richtig liege.«

»Was heißt das – OPI, OPM?«

»*Other people's ideas* und *other people's money.*« Verrückt, wenn er darüber nachdachte. Von Block kam die Methode, von PPP das Kapital – und ihm gehörte trotzdem ein Viertel der Firma! O Wunder des Kapitalismus! »Bloß die Einwanderungsbehörde spielt jetzt nicht so mit wie gedacht. Egal. Es ist nur eine Frage der Zeit, bis ich eine Million zusammenhabe, und dann gründe ich eben ein anderes Unternehmen damit. Sag mal, was machst du da eigentlich?«

Sie hörte nicht auf, seine Brustwarze zu bearbeiten. »Hängst du denn nicht an *Block Explorations?*«, fragte sie und tat, als merke sie nicht, was sie an anderen Stellen seines Körpers damit Aufregendes bewirkte.

Also zeigte er es ihr.

In der nächsten Ruhepause sagte er dann: »Ich bin *Vice President.* Mit anderen Worten, es geht noch eine Stufe höher. Ich hab's also noch nicht ganz geschafft, nicht wahr?«

Gegenwart

Beim Nachhausekommen fand Dorothea eine Nachricht von Werner auf dem Anrufbeantworter vor, dass er später käme und sie nicht mit dem Essen auf ihn warten sollten. Er klang angestrengt. Sie aß mit Julian, der in einem fort redete, von irgendeinem Fußballspiel des VfB Stuttgart, das heute Abend im Fernsehen kam. »Papa hat erlaubt, dass ich es anschauen darf!«, erklärte er immer wieder, obwohl sie ihm jedes Mal versicherte, sie hätte nichts dagegen. Er erläuterte ihr auch die Feinheiten der Mannschaftsaufstellung und rechnete ihr die daraus folgenden Chancen vor, aber dabei konnte sie ihm beim besten Willen nicht folgen. Dafür spendierte sie ihm eine Tüte Chips, mit der Julian sich, als es Zeit war, glücklich ins Wohnzimmer verzog.

Sie deckte den Tisch für Werner, während sie über Markus und seine eigentümliche Bitte nachdachte. Sie würde abwarten müssen, bis Werner in der Stimmung dafür war, ihr zu helfen.

Er kam kurz nach neun und wie von einer düsteren Wolke umhüllt. Er wirkte geistig abwesend, während er sie küsste, seinen Mantel auszog, ihr in die Küche folgte und dann, was er noch nie getan hatte, ein Glas aus dem Schrank nahm, am Wasserhahn füllte und in einem Zug austrank.

»Du warst heute bei deinem Bruder?«

»Ja«, sagte Dorothea.

»Und? Wie geht's ihm?«

»Gut. Er hat noch diese Narbe, aber sie soll in den kommenden Tagen operiert werden.«

»Schön«, meinte Werner und wirkte, als hätte er kein Wort verstanden.

Sie fasste ihn am Arm. »Werner? Was ist denn mit dir?«

Er sah sie an, mit Augen, in denen Entsetzen schimmerte, stellte das Glas behutsam beiseite und sagte leise, fast flüsternd: »Siegmund ist tot.«

»Was?«

»Herzinfarkt. Heute Mittag, in Dhubai. Sein Flug wird aufgerufen, alle stehen auf, bloß er bleibt sitzen. Untermeyer war mit ihm unterwegs, hat neben ihm gesessen. Der war fertig, ich sag's dir.« Langsam begann er, den Kopf hin und her zu drehen, fast so, als geschähe es gegen seinen Willen. »Einfach so. Tot, von einem Moment zum anderen. Und er war ein Jahr jünger als ich.«

Ein rundes, etwas aufgedunsen wirkendes Gesicht tauchte aus Dorotheas Erinnerung auf. Sie hatte Siegmund nur ein einziges Mal gesehen, an jenem Abend, als er und seine Frau zu Gast gewesen waren. Man hatte einander einen Gegenbesuch versprochen, aber dazu war es nie gekommen – die Termine, die Verpflichtungen, der Stress.

Und sie erinnerte sich an noch etwas. »Sein Knie hat damals die ganze Zeit gewippt. Hast du das bemerkt? Er stand wie unter Strom.«

Werner begann, unruhig in der Küche auf und ab zu tigern. »Na klar. Für seine Verhältnisse war er damals die Ruhe selbst. Du hättest ihn mal in der Kantine sehen sollen.«

»Aber das ist ungesund. Er hätte auf seine Frau hören sollen.«

»Na klar. Aber was soll man denn machen, wenn es der Job verlangt?«, stieß Werner hervor. Er blieb keuchend stehen. »Das blüht mir demnächst auch, so ein Reiseleben, wenn die das Entwicklungsprojekt mit Brasilien tatsächlich aufsetzen. Womöglich noch schlimmer. Weißt du, wie lange man nach Südamerika fliegt? Der Horror.«

Dorothea schluckte. Endlich machte er sich auch die Sorgen, die sie plagten, seit von diesem Projekt die Rede war. »Setz dich doch«, sagte sie. »Iss erst mal was.«

»Ich kann jetzt nichts essen.«

»Steht das mit Brasilien denn schon fest?«

»Nein, aber…« Er verstummte, sah sie an. Sie nahm ihn in die Arme, und so standen sie dann erst einmal.

Bis Julian hereingeschlappt kam, die Cola aus dem Kühlschrank holte und sich in aller Gemütsruhe – er hatte nur einen desinteressierten Seitenblick für sie beide übrig – sein Glas randvoll schenkte. Er schien alle Zeit der Welt zu haben; ganz im Gegensatz zu seinem an Fußballabenden ansonsten üblichen Verhalten, das eher dem eines Düsenjägers im Tiefflug glich.

Dorothea räusperte sich. »Hast du nicht Angst, dass du ein Tor verpasst oder so etwas?«

»Nee«, maulte er. »Da kommen bloß so blöde Nachrichten.«

»Die sind bestimmt gleich vorbei.«

»Sie haben gesagt, alle nachfolgenden Sendungen verschieben sich um eine halbe Stunde.« Julian begutachtete sein Glas und kam zu dem Schluss, dass es intransportabel war, solange er nicht etwas davon abtrank. »Und in den anderen Sendern kommt genau das Gleiche.«

Dorothea, die Werner immer noch umarmt hielt, merkte, wie er sich wieder anspannte. Sie ließ ihn los, selber beunruhigt. »Was sind denn das für Nachrichten?«

»Irgendwas mit Arabien.«

Sie wechselte einen Blick mit Werner, dann eilten sie beide ins Wohnzimmer. Auf dem Bildschirm redete, von Blitzlichtern umzuckt, ein alter Mann in arabischer Kleidung vor einem Wald von Mikrofonen.

»…Lage ist unter Kontrolle«, sprach eine Stimme im zögernden Duktus einer Simultanübersetzung über das Bild, »die Feuerwehr hat die Brände erstickt… bis auf einen, der aber… demnächst ebenfalls gelöscht sein wird und… keine Gefahr mehr darstellt; man hat die Situation unter Kontrolle… Das Militär schützt, ähm, mögliche weitere Ziele vor Angriffen… Und man wird noch in dieser Nacht – der saudische Innenminister betont das – *noch in dieser Nacht* mit den Reparaturarbeiten beginnen.«

Das Bild wechselte in ein Studio, wie es für solche Sondersendungen üblich war. Hinter dem Pult raschelte ein Sprecher mit Unterlagen. Ein Studiogast saß steif da und wartete. *Explosion in den saudischen Ölhäfen* war, so stand es auf einem Monitor zu lesen, das Thema.

»So weit also der, ähm, saudische Innenminister«, sagte der Sprecher, als er bemerkte, dass er wieder auf Sendung war. Er wandte sich an seinen Gast. »Professor Schulz, Sie sind Experte für Fragen der Ölversorgung. Was bedeutet der Ausfall der Häfen? Stehen wir vor einer Ölkrise?«

Der Angesprochene lächelte nachsichtig. »Nein. Saudi-Arabien ist zwar der größte, aber nicht der einzige Erdölproduzent. Europa bezieht nur etwa zwanzig Prozent seines Bedarfs aus Saudi-Arabien, die USA sogar nur acht Prozent. Und das Öl ist ja da, wie gesagt, es geht nur darum, dass man es im Augenblick nicht in die Tankschiffe umladen kann. Was ich mir allerdings vorstellen kann, ist, dass die Märkte reagieren. Saudi-Arabien hatte bis jetzt die Rolle des so genannten *swing producers* inne, die das Land bis zur Reparatur der Häfen nicht mehr ausüben können wird. Das bedeutet –«

»Was heißt das, *swing producer*?«

»Das heißt einfach, dass Saudi-Arabien seine Produktion in dem Maße steigert oder drosselt, wie Öl nachgefragt wird. Die anderen Erdöl fördernden Länder produzieren so viel, wie sie können, die Saudis dagegen immer nur das, was darüber hinaus nötig ist. Das heißt im Grunde, dass sie den Ölpreis bestimmt haben.«

Der Moderator machte große Augen; offensichtlich hatte er davon noch nie gehört. »Ähm… eine ganz schöne Machtposition, oder?«

Der als Professor angesprochene Studiogast rückte seine Brille zurecht. »Ja, wobei man sagen muss, dass sie das im Grunde nie ausgenutzt haben. Sie haben sich immer bemüht, den Ölpreis auf einem für die Weltwirtschaft verträglichen Level zu halten.«

»Und die Ölkrise in den frühen Siebzigern? Ich entsinne mich an Sonntagsfahrverbote, ausverkaufte Tankstellen und so weiter, und jeder hat auf die Ölscheichs geschimpft. Das waren doch die Saudis, oder?«

Der Professor nickte. »Saudi-Arabien unter König Faisal war dabei federführend; die OPEC beschloss eine fünfprozentige Reduzierung der Ölproduktion. Das hatte jedoch politische Gründe, und aus heutiger Sicht muss man sagen, dass die Reaktionen der westlichen Länder, nun ja, etwas übertrieben waren.«

Der Moderator fasste sich ans Ohr, an den weißen Knopf, den er darin trug. »Ich erfahre gerade, dass wir ein neues Livebild aus Ras Tanura haben. Regie, bitte.«

Knattern aus den Lautsprechern, das einen zusammenzucken ließ, dazu ein schwankendes Bild voller Schatten. Es wurde offenbar aus einem Hubschrauber heraus gefilmt, und erst ganz allmählich war zu erkennen, was man sah: riesige, flache Zylinder, Unmengen davon – sie schienen bis zum Horizont zu reichen.

»Das sind jetzt die Öltanks, um die es geht, nehme ich an?«, fragte die Stimme des Moderators.

»Genau«, antwortete der Professor. »Das sind die Tankanlagen von Ras Tanura. Hier lagert mehr Rohöl als sonst irgendwo auf der Welt.«

Ein unruhiges, rötlich-gelbes Flackern kam ins Bild.

»Und da haben wir wohl das Feuer, das noch nicht gelöscht werden konnte. Es heißt, die Tanks seien nicht in Gefahr; stimmt das Ihrer Meinung nach?«

»Ja, der Abstand zwischen den Piers und den Tanks beträgt mehrere Kilometer. Sie waren zu keinem Zeitpunkt gefährdet.«

Die Einspielung brach mit einem Standbild ab, man sah wieder die beiden Männer im Studio.

»Der saudische Innenminister hat gesagt, dass man mit den Reparaturen sofort beginnen wird; noch diese Nacht, hat er betont. Wie lange dürfte es Ihrer Einschätzung nach dauern, bis das Öl wieder fließt?«

Der Mann im grauen Anzug wiegte den Kopf. »Das ist von hier aus im Moment schwer zu sagen. Einige Wochen auf jeden Fall, vielleicht auch ein paar Monate. Es kommt auf die Art der Beschädigungen an.«

Der Moderator zögerte wie jemand, der sich bewusst ist, dass die Frage, die er stellen möchte, peinlich werden kann.

»Und wenn das Öl wieder fließt – wie lange wird es noch fließen? Wann gehen die Vorräte zu Ende?«

Der Professor lächelte wie jemand, dem eine Frage gestellt wird, mit der er fest gerechnet und für die er sich eine Antwort im Voraus zurechtgelegt hat.

»Im Jahr 2004 hat die staatliche Ölgesellschaft Saudi ARAMCO ihre Reserven mit 259,4 Milliarden Barrel ausgewiesen. Gefördert werden täglich im Schnitt acht bis neun Millionen Barrel. Sie können sich also leicht ausrechnen, dass die Vorräte bei dieser Rate noch mindestens achtzig Jahre lang reichen.«

»Also kein Grund zur Sorge?«, resümierte der Sprecher mit sichtlicher Erleichterung.

»Ich rechne mit einem momentanen Anstieg der Preise, die sich aber bald wieder normalisieren werden.«

»Vielen Dank, Professor Schulz«, sagte der Sprecher und fuhr, an das Publikum gerichtet, fort: »So viel im Augenblick zu den Hintergründen um den Anschlag auf die saudischen Ölhäfen. Wir halten Sie über weitere Entwicklungen auf dem Laufenden. Jetzt aber erst einmal weiter im Programm. Für die Fußballfans die Information, dass wir die bereits laufende zweite Halbzeit des UEFA-Cup-Spiels VfB Stuttgart gegen Manchester United nun zeitversetzt ausstrahlen. Sie verpassen also nichts.«

Ein Rasen im Flutlicht erschien auf dem Schirm, das Geschrei Tausender Fans drang aus den Lautsprechern, der Anstoß zur zweiten Halbzeit erfolgte. Julian sagte »Endlich!« und setzte sich auf dem Sofa zurecht.

Werner wandte sich kopfschüttelnd ab. »So ein Mist«, meinte

er. »Ich wollte dieser Tage Heizöl bestellen. Das kann ich mir jetzt wohl abschminken.«

»Wie viel haben wir denn noch?«, fragte Dorothea.

»Na ja – ein paar Wochen reicht es noch. Aber nicht mehrere Monate. Zumal der Winter vor der Tür steht.«

»Könnt ihr bitte in die Küche gehen zum Reden?«, bat Julian auf die altkluge Art, die Dorothea nicht an ihm ausstehen konnte. »Das ist ein echt wichtiges Spiel hier.«

KAPITEL 17

Am Wochenende war die Klinik immer erfüllt von Unruhe, summte wie ein Bienenstock. Das ging schon samstags los; nachmittags war, wenn das Wetter nur einigermaßen mitspielte, die ganze Parkanlage voller Rekonvaleszenten in Bademänteln im Kreise ihrer jeweiligen Besucher.

Für Markus hieß das, sich spätestens freitagabends mit Büchern aus der Klinikbibliothek einzudecken, eine Fernsehzeitschrift zu besorgen und sich das Wochenende über nicht außerhalb seines Zimmer sehen zu lassen.

Heute jedoch stand er am Fenster und hielt Ausschau. Sein Zimmer lag im ersten Stock und bot einen guten Blick über die Anlage. Fast zu gut: Er musste sich ein, zwei Meter vom Fenster entfernt halten, denn darunter führte einer der am meisten frequentierten Spazierwege vorbei, zwischen dichten Büschen, die dem Zimmer unter dem seinen kaum Tageslicht lassen konnten. Wobei das vielleicht sowieso kein Patientenzimmer war, wenn er den Gebäudeplan richtig interpretiert hatte.

Ah, da kamen sie endlich. Dorothea und Julian, der unglaublich gewachsen war, seit er ihn das letzte Mal gesehen hatte. Werner sah er nicht, was vermutlich daran lag, dass sein Schwager noch damit beschäftigt war, einen Parkplatz zu finden. Das war hier an den Wochenenden schwierig, wie man hörte.

Er kehrte ins Bett zurück, wie es für sein Verständnis einem Krankenbesuch angemessener war, und wartete, bis sie klopften und auf sein »Herein!« scheu die Köpfe hereinstreckten, Julian voraus.

»Hallo, Neffe«, sagte Markus.

Julian kam widerstrebend herein, ein wehrloser Elfjähriger,

den man in seiner kostbaren Freizeit zu so etwas Entwürdigendem wie einem Besuch bei einem kranken Verwandten gepresst hatte.

»Hi, Onkel Markus«, sagte er. »Sag jetzt bloß nicht, dass ich groß geworden bin.«

»Würd ich mich nie trauen. Obwohl's mir so vorkommt. Aber wahrscheinlich liegt es daran, dass ich liege und du stehst, was meinst du?«

Julian musterte ihn grübelnd. »Ja«, sagte er ernsthaft. »Das ist eine Frage der Perspektive.«

Markus musste grinsen. »Genau. Eine Frage der Perspektive. Sag mal, bist du immer noch so gut in Mathe?«

Seine Augen wussten nicht, wohin sie schauen sollten. »Na ja. Läuft ganz okay.«

»Was auf Deutsch heißt, dass er lauter Einser schreibt«, erläuterte Dorothea. Sie entschuldigte Werner; er habe mitkommen wollen, aber er war zu einer dringenden Besprechung in die Firma gerufen worden, wegen des Explosionsunglücks in Saudi-Arabien und der möglichen wirtschaftlichen Folgen für das Unternehmen.

»Am Wochenende?«, wunderte Markus sich.

Dorothea nickte bedrückt. »Ein bisschen beunruhigend, oder?«

»Na ja. Ich hab's im Fernsehen gesehen. Sah schon beeindruckend aus. Bestimmt steigen am Montag erst mal die Benzinpreise; so eine Gelegenheit werden sich die Energiekonzerne nicht entgehen lassen.«

»Ja, das sagt Werner auch.« Sie öffnete ihre Handtasche, holte ein Mobiltelefon heraus und reichte es ihm. »Hier, das Handy, das du wolltest.«

Markus nahm es entgegen. »Hast du es so gemacht, wie ich gesagt habe?«

»Ja. Wir haben ein Handy auf Julians Namen gekauft, und er hat es dann mit einem Jungen aus der Parallelklasse getauscht.«

Markus sah seinen Neffen an. »Und? War es schwer, jemanden zu finden, der mitspielt?«

Julian schüttelte den Kopf. »Nö. Jeder ist heutzutage scharf drauf, immer das neueste Modell zu haben, aber das kann sich nicht jeder leisten.«

»Und was hast du gesagt, warum du das alte Modell willst?«

»Dass ich das neue nicht mehr an meinen PC anschließen kann, weil sich die Schnittstelle geändert hat. Für Fotos und so.«

Markus hob anerkennend die Augenbrauen. »Aber die hat sich nicht wirklich geändert, oder?«

»Nee, klar nicht. Aber das wissen die meisten nicht.« Er musterte das Telefon in Markus' Händen. »Das ist das von Timo. Der blickt überhaupt nichts. Der weiß nicht mal, dass wir bloß die SIM-Karten hätten austauschen müssen, damit jeder seine Nummer behält.«

»Aber das wollte ich ja gerade nicht«, sagte Markus besorgt.

»Schon klar. Haben wir auch nicht gemacht.« Julian zuckte mit den Schultern. »Ist egal, er hat eh nicht viele Freunde, denen er die neue Nummer sagen muss.«

»Gut«, meinte Markus zufrieden. »Danke dir.« Er sah seine Schwester an. »Und dir auch. Du hast den Spaß schließlich bezahlt.«

»Wozu brauchst *du* das denn?«, wollte Julian wissen.

Markus betrachtete das kleine, leichte Gerät in seinen Händen und überlegte noch einmal, ob er auch an alles gedacht hatte. »Ich muss jemand anrufen, dessen Telefon mit ziemlicher Sicherheit abgehört wird«, erklärte er. »Deswegen wollte ich ein Gerät, das man nicht so leicht zu mir zurückverfolgen kann.«

Julian machte große Augen. »Echt? Cool.«

»Aber das bleibt unter uns, klar?«

»Logisch.«

Er packte das Telefon in die Nachttischschublade, in der er vorsorglich ein paar Comichefte für Julian bereitgelegt hatte. So konnte sich das Gespräch stressfrei Dorotheas Laden zuwenden.

Der Steuerberater sei da gewesen und habe mit Werner alles genau durchgerechnet, erzählte sie bereitwillig. Der Behördenkram war erledigt, der Mietvertrag für das Häuschen mit dem Laden unterschrieben. »Ich muss mal sehen, vielleicht kann ich die Zimmer ja als Lagerräume oder so verwenden«, meinte sie. »Jedenfalls, gestern hab ich Dosen, Nudeln und so weiter eingeräumt, die haltbaren Sachen eben, und ich verteile schon die ganze Zeit Werbezettel im Dorf. Am Montag um halb acht bringt ein Bauer Gemüse aus garantiert biologischem Anbau, und um neun Uhr geht es los. Auf dem letzten Werbeflugblatt ist ein Gutschein, wer den innerhalb der ersten Woche bringt, kriegt ein halbes Pfund Nudeln von einer ganz tollen Sorte gratis. Wie findest du das?«

Markus gefiel der unternehmerische Eifer, den sie auf einmal ausstrahlte. Er stand ihr gut, fand er. »Ich drücke dir die Daumen. Ganz bestimmt. Du wirst sehen, das wird großartig.«

Sie stieß den angehaltenen Atem aus. »Ich bin so aufgeregt.«

»Ohne das wäre es nur der halbe Spaß.«

Sie redeten noch über dies und das, und dann war es schon wieder Zeit zu gehen. Dorothea schickte Julian vor, und als er zur Tür hinaus war, wandte sie sich ihrem Bruder zu und stellte eine Frage, die ihr, wie es klang, schon lange auf der Seele liegen musste.

»Markus, was der Anwalt gesagt hat ... Ich komme mir vor wie in einem Agentenfilm. Muss ich mir Sorgen machen um dich?«

»Frieder hat dir doch alles erzählt, oder? Warum ich hier bin. Unter falschem Namen.«

»Das stimmt doch aber alles nicht, oder? Du hast doch kein ... *Kokain* genommen, oder? Du doch nicht.«

»Das kommt darauf an, wie man das Wort ›genommen‹ definiert.«

Vergangenheit

Sie war über ihm, wie sie es mochte, schaukelte und stieß und keuchte sich in die Ekstase hinein und hob ihr Becken plötzlich so weit empor, dass Markus aus ihr herausglitt.

»Warte«, stieß sie atemlos hervor, beugte sich über ihn weg zum Nachttisch hinüber, nackt, glänzend im Halbdunkel, ihre Brüste baumelnd wie reife Früchte. Sie holte etwas aus der Schublade, etwas, das raschelte, eine Plastiktüte, aus der sie mit den Fingern etwas Pulvriges holte. Sie verrieb es auf seiner nassen Eichel, was ihn aufstöhnen ließ, dann nahm sie ihn wieder in sich auf.

Und dann ... passierte etwas mit ihm. Flog seine Schädeldecke davon. Veränderte sich sein Körper. Begannen seine Nervenenden zu brennen. Verzehrte ihn eine Ekstase, die nicht von dieser Welt war, verbrannte ihn, katapultierte ihn ins All.

Jahrmillionen später, als sich seine Gedanken wieder in Bewegung setzten und feststand, dass er immer noch existierte, spürte er Amy-Lees Gewicht auf sich, roch ihren Schweiß, ihren Moschusduft.

»Wow!«, brachte er mühsam heraus. Er war unfähig, sich zu bewegen, fühlte sich wie ein ausgewrungener Lappen.

Sie lebte noch. Er hörte sie etwas murmeln, das klang wie: »Ich denk immer, eines Tages bleib ich dort. Komm nicht mehr zurück.«

Er verstand nicht, was sie damit meinte, verstand nicht, was überhaupt passiert war. Irgendwie war ihm, als müsse es mit diesem Pulver zusammenhängen ...

»Was war das für ein Zeug?«

Sie sagte es ihm.

»Aber das ist ... illegal. Oder?«

Amy-Lee hob den Kopf, warf ärgerlich ihre Haare zurück. »Scheiß drauf. Ich hab nur ein Leben, und da will ich rausholen, was drin ist.«

Block hatte die Route der Reise festgelegt, und Thurber hatte alles organisiert – der Mann schien Verbindungen nach überall hin zu haben. So flogen sie kurz darauf nach Louisiana: Markus, Block und ein untersetzter, bärtiger, gemütlich aussehender Geologe namens Michael Quinton, den Block, wie er Markus in einem unbeobachteten Moment zuraunte, im Verdacht hatte, von PPP auf seine Methode angesetzt zu sein. »Sie müssen mir helfen zu verhindern, dass er uns ausspioniert«, verlangte er.

»Mach ich«, versprach Markus und versuchte, sich den Rest des Fluges darüber klar zu werden, ob Block an Verfolgungswahn litt oder einfach Recht hatte.

Es war kalt und feucht, als sie ankamen und in einen Hubschrauber umstiegen, mit dem es weiter nach Süden ging, über nebelverhangene Sümpfe voller bizarrer, unwirklich anmutender Bäume.

»Die Hurrikan-Saison ist vorbei«, rief der Pilot zwischendurch. »Zum Glück!«

Markus hatte den Fensterplatz hinten. Er war noch nie in einem Hubschrauber geflogen und fand alles höchst abenteuerlich. Überhaupt hatte sich sein Leben in ein einziges Abenteuer verwandelt, wenn man es genau bedachte.

Sie erreichten die Küste. Die Wolkendecke riss auf, und sie flogen über spielzeugklein anmutende Ölplattformen hinweg, die in den grünlich schimmernden Küstengewässern des Golfs von Mexiko dicht an dicht standen. »Diese Anlagen sind dreißig bis vierzig Jahre alt«, ließ sich der Pilot vernehmen. »Die Fördermenge nimmt immer weiter ab; die ersten Plattformen sind schon wieder demontiert worden, weil sie sich nicht mehr rentieren.«

Es ging weiter hinaus aufs Meer, immer weiter. Inzwischen waren sie schon über eine Stunde unterwegs. Die Plattformen wurden immer seltener, das Meer immer blauer, was wohl bedeutete, dass es immer tiefer wurde. Ein dünner, frostig-weißer Nebel lag über dem Wasser, und irgendwann tauchte aus diesem Nebel eine andere Plattform auf, die weitaus größer war als die bisherigen. Sie war riesig, eine Stadt aus Stahl, die auf dicken, orangefarbenen Pontons schwamm. An einer weit auskragenden Halterung brannte eine Gasfackel hell und gleichmäßig.

»Wir sind hier über dem Marlin-Feld«, rief der Pilot zur Erklärung. »Das liegt zwei Meilen unter dem Meeresgrund. Entdeckt wurde es 1993, das Fördermaximum lag bei achtundvierzigtausend Barrel pro Tag.«

»Und heute?«, wollte Block wissen.

»Mein letzter Stand sind neununddreißigtausend Barrel pro Tag, aber das ist schon eine Weile her.«

»Hat die Plattform eigene Separatoren?«

»Ja, da unten.« Der Pilot deutete hinab, auf eine riesenhafte, kompliziert aussehende Anlage dicht über dem Meeresspiegel. »Trennt Gas, Wasser und Sand ab, und dann geht's ab in die Pipeline zur Küste.«

Sie überflogen die Plattform, und je näher sie ihr kamen, desto größer wurde sie. Markus erkannte, dass sie in Wirklichkeit noch größer war, als sie ihm aus der Luft vorgekommen war: ein Koloss.

Er war regelrecht erschüttert, was für ein gigantischer Aufwand hinter der Versorgung mit Benzin und Heizöl verborgen lag. Darüber hatte er sich nie Gedanken gemacht, wenn er an der Tankstelle den Zapfhahn in den Stutzen gesteckt hatte. Und selbst wenn er sich Gedanken gemacht hätte, er wäre außer Stande gewesen, sich die gewaltige Maschinerie auch nur annähernd auszumalen, die dafür sorgte, dass tatsächlich Benzin aus dem Hahn floss, wenn er den Hebel drückte und die Zahlen an der Säule begannen, größer zu werden.

Das durfte er sich natürlich nicht anmerken lassen. Es machte sich bestimmt nicht gut, wenn der Vizepräsident einer Ölexplorationsfirma Anfängerfragen stellte. Er musste dringend ein paar Bücher zum Thema lesen, sagte er sich und wusste gleichzeitig, dass er nicht dazu kommen würde, weil er jede freie Minute mit Amy-Lee verbrachte, meistens mit Sex. Zwischendrin zogen sie durch die Stadt der Städte. Amy-Lee schien jeden zu kennen, der in New York wichtig war, wurde zu allen Partys eingeladen, war überall dabei. In den letzten paar Wochen hatte Markus mit berüchtigten Wall-Street-Haien am selben Tisch gesessen, mit Politikern angestoßen, sich mit Schauspielerinnen und Popsternchen auf Tanzflächen gedrängelt und war auf Ausstellungen angesagter Künstler gewesen, um seltsam kunstlose Bilder zu betrachten und so zu tun, als verstünde er etwas davon. Er hatte verblüfft festgestellt, dass es in diesen Kreisen praktisch selbstverständlich war, sich mithilfe von Kokain in Stimmung zu bringen, während man schief angesehen wurde, wenn man eine Zigarette rauchte. Es konnte einem passieren, dass man von jemandem, der gerade eine weiße Linie durch den Dollarschein geschnupft hatte, über die gesundheitlichen Gefahren des Tabaks belehrt wurde.

Einmal hatte er neben Robert Baldwin gepinkelt, dem berühmten Nachrichtensprecher. Das berühmte Gesicht, das jeder in den USA kannte, rötlich-aufgedunsen, hatte Baldwin ihn von der Seite angeschaut und mit schwerer Zunge gesagt: »Mein Freund, wenn ich Ihnen einen guten Rat geben darf – genießen Sie die Zeit mit ihr. So eine Frau finden Sie nicht wieder. Und sie wird Sie genauso schnell fallen lassen, wie sie Sie aufgegabelt hat. Glauben Sie mir.« Dann hatte er seinen Hosenschlitz wieder zugezogen und war gegangen.

Der Hubschrauber näherte sich einem großen Schiff, das mitten auf dem Deck einen mächtigen Bohrturm trug. GULF ENDEAVOUR IV, las Markus, als sie es umrundeten und den Landeplatz am Heck ansteuerten.

Ein kalter, scharfer Wind wehte, als sie ausstiegen. Das Schiff bewegte sich unruhig in dem herrschenden Seegang. Es war Markus unerklärlich, wie man unter diesen Bedingungen eine Bohrung auf dem Meeresgrund, in wer weiß wie vielen Metern Tiefe, voranbringen konnte.

Ein schlanker, schlaksig wirkender Mann kam ihnen entgegen, eine grellgelbe Wetterjacke vor der Brust zusammenhaltend. »Jim Mackintosh«, stellte er sich vor, während er ihnen die Hände schüttelte. »Willkommen an Bord.«

Markus erinnerte sich an den Namen. Er hatte auf dem Reiseplan gestanden. Ein Geophysiker, der für British Petroleum arbeitete.

Es stank nach Abgasen. Alle paar Minuten erzitterte das Schiff, wenn die Maschinen aufheulten, um es – das wusste Markus aus Blocks Erzählungen – gegen die herrschende Strömung in Position zu halten.

»Lassen Sie uns reingehen«, schlug Mackintosh vor. »Das ist gemütlicher.«

Drinnen war es bullerwarm. Der schwankende Boden schlug Markus auf den Magen; er war froh, sich setzen zu können, obwohl es das nicht viel besser machte.

»Sie sind also die Leute, denen ich unsere bestgehüteten Geheimnisse zeigen soll«, meinte Mackintosh dann, offenbar ein wenig unschlüssig, wie es weitergehen sollte. »Ungewohnt, aber da es mein Chef mir ausdrücklich befohlen hat...«

»Welches Feld erschließen Sie hier gerade?«, fragte Block. »*Thunder Horse*?«

Mackintosh schien froh zu sein, dass es konkret wurde. »Ja, genau. Das Feld ist vierundfünfzig Quadratmeilen groß, und das, was wir hier gerade machen, wird die fünfundzwanzigste und letzte Erschließungsbohrung. Gesamtkosten des Unternehmens inklusive der Pipeline zur Küste vier Milliarden Dollar.« Er trat an einen Kartentisch, holte plakatgroße Computerausdrucke aus den Schubladen. »*Thunder Horse* ist möglicherweise das letzte große Ölfeld hier im Golf. Aber es ist sehr schön, hat einen hohen Lagerstättendruck, was es fast so komfortabel macht wie die Quellen in Saudi-Arabien.«

Er breitete die Karte aus. Sie zeigte die Golfküste mit den abnehmenden Tiefenlinien. In verschiedenen Rottönen waren größere und kleinere, stufenförmig umrandete Flächen eingezeichnet. Markus fühlte sich an eine überdimensionale Version von »Schiffe versenken« erinnert.

»Die aktuelle Karte der bekannten Ölvorkommen am Golf. Im Moment sind fast achttausend Bohrungen aktiv. Die geschätzten Vorkommen belaufen sich auf ungefähr fünfundzwanzig Milliarden Barrel, wovon ein Teil allerdings Mexiko gehört.«

Block, Quinton und Mackintosh begannen ein Fachgespräch, dem Markus bald nicht mehr folgen konnte. Er sah aus den Fenstern, verlor sich im Anblick des ruhelosen, schaumbedeckten Meers. Nieseliger Regen klatschte gegen die Scheiben. Das Schiff hob und senkte sich in einer Bewegung, die Markus an Sex denken ließ und daran, wie er Amy-Lee gefragt hatte, ob sie ihn eigentlich liebe. Es war nach der Begegnung mit Baldwin gewesen, von der er ihr nichts erzählt hatte, weil er keinen Wert darauf legte, wie ein eifersüchtiger Trottel zu wirken. Und es hatte draußen auch geregnet; der Wind hatte nass gegen die Fenster ihres Apartments geschlagen, so ähnlich wie jetzt.

»Warum fragst du?«, hatte sie wissen wollen, mit jenem träumerischen Ausdruck im Blick, den sie oft unmittelbar nach dem Sex hatte.

»Ich würde es einfach gerne wissen«, hatte Markus gesagt.

»Klar.«

»Und angenommen, ich scheitere? Mache Pleite? Wirst du mich dann auch noch lieben?«

Sie hatte ihn mit ihrem entrückten Blick gemustert, lange, hatte ihn angesehen wie eine Wahrsagerin ihre Kristallkugel und schließlich erklärt: »Du wirst nicht scheitern.«

Dieser Satz hallte immer noch in ihm nach, obwohl er eigentlich keine Antwort auf seine Frage gewesen war. Er würde nicht scheitern, genau. Es war unnötig, sich Sorgen zu machen. Er war Mitinhaber der vielversprechendsten Firma auf diesem Planeten; er war auf dem besten Wege, scheißreich zu werden; und er hatte eine Freundin, die sexuell unersättlich schien. Er war dicht dran am wahren Leben, und das wahre Leben war ein einziger Rausch.

»Markus?« Block riss ihn aus seinen Gedanken, meinte, sie müssten kurz etwas besprechen, unter vier Augen.

»Es hat keinen Zweck, hier im Golf zu suchen«, erklärte er ihm, als sie draußen an der Reling standen, sich an dem kalten Metall festhielten und der Wind alle Worte hinaustrug aufs

Meer. »Später werden wir im Ozean bohren müssen, da führt kein Weg daran vorbei, aber für unser Projekt hat es im Moment keinen Sinn.«

»Wieso nicht?«, fragte Markus. Er hatte das Gefühl, dass ihm der Unterkiefer wegfror; bei dem Gedanken, dass sie mit dem Hubschrauber in dem zunehmenden Unwetter den ganzen Weg auch wieder zurückfliegen mussten, wurde ihm ganz anders.

»Es hat sich einiges verändert seit meiner Zeit«, sagte Block. »Mit all den neu entdeckten Ölfeldern sieht die Karte aus wie ein Flickenteppich. Wenn wir hier Öl finden, das beeindruckt keinen Menschen. Wir müssen an Land. Auf dem Land wird nicht einmal mehr die Hälfte des Öls gefördert, das 1970 gefördert wurde. Dort wird es schwieriger, aber wenn wir dort eine neue Quelle finden, haben wir eine Sensation.«

»Werden wir denn eine finden?«

Block machte eine wegwerfende Handbewegung. »Mit absoluter Sicherheit.«

Gegenwart

Im Anschluss an die Tagesschau kam eine Sondersendung, eine Expertenrunde zum Thema »Ende des Öls?« Im Hintergrund des Studios prangte das Foto des brennenden Ölhafens Ras Tanura, das seit der Explosion wie eine Art Erkennungslogo in allen Nachrichtensendungen gezeigt wurde, wann immer diesbezügliche Meldungen verlesen wurden.

»Ich muss vorausschicken, dass wir hier eine Frage diskutieren sollen, die völlig falsch gestellt ist«, erregte sich einer der Experten gleich zu Anfang. »Was ist passiert? Ein Hafen ist unbenutzbar geworden. Der größte der Welt, zugegeben – mehr als fünf Prozent des gesamten Weltölbedarfs wurden bislang über Ras Tanura verschifft, das haben wir in den letzten Tagen ja alle gelernt –, aber eben nur ein *Hafen*. Am Öl selber hat sich dadurch nicht das Geringste geändert. Das fließt jetzt in die dortigen Tanklager anstatt in die Schiffe, weiter nichts.«

Der Moderator hatte zu diesen Ausführungen gewichtig genickt. »Aber Sie würden doch zustimmen«, fragte er nun nach, »wenn ich sage, dass es sich hier um einen Vorfall handelt, der zeigt, wie verletzlich die Weltwirtschaft ist, und der uns ins Bewusstsein ruft, dass die Ölreserven endlich sind. Oder sehen Sie das anders?«

»Da bringen Sie jetzt zwei Dinge durcheinander. Der Unfall zeigt, dass die Weltwirtschaft verletzlich ist – ja. Natürlich. Aber das Ende des Öls ist deswegen noch in weiter Ferne. Wir haben vielleicht gerade mal die Hälfte des Öls verbraucht, das da ist, und ich sage bewusst ›vielleicht‹.«

Ein zweiter Experte, ein bärtiger, höchst sorgenvoll dreinblickender Mann, hob mahnend den Zeigefinger. »Es wird schneller gehen, die zweite Hälfte zu verbrauchen, als es gedauert hat, die erste Hälfte zu verbrauchen. Denken Sie an Indien, denken Sie an China – zwei erwachende Industrienationen, deren Öldurst mit jedem Tag zunimmt. Was den Ölpreis weiter steigen lassen wird, das ist unausweichlich.« Er sprach mit schleppender Stimme, wie von der Last des Elends der ganzen Welt niedergedrückt. »Zudem sind die Vorräte keineswegs so sicher, wie immer getan wird. Denken Sie an Shell. Der Konzern musste im Januar 2004 die zum Ende 2002 bilanzierten Reserven um 3,9 Milliarden Barrel reduzieren. Das waren immerhin zwanzig Prozent der gesamten als gesichert geltenden Ölreserven des Unternehmens. Es ist nur eine Frage der Zeit, bis die anderen Ölkonzerne zu ähnlichen Erklärungen gezwungen sein werden.«

Der dritte Experte, der den teuersten Anzug in der Runde und eine kantige Designerbrille trug, hatte dafür nur ein herablassendes Lächeln übrig, als der Moderator ihm mit einer Handbewegung das Wort erteilte.

»Diese Neubewertung, die Sie da erwähnen, erfolgte auf Grund von Tiefseeuntersuchungen und betraf Reserven, die aus einer Reihe von Gründen, die detailliert zu erklären den Rahmen dieser Sendung sprengen würde, tatsächlich schwer zu schätzen sind. Aber«, fuhr er fort und setzte sich zurecht, »Sie irren sich auch sonst. Wir haben eine Feld-für-Feld-Analyse durchgeführt, die den ganz klaren Trend zeigt, dass wir im Laufe der nächsten fünf bis sechs Jahre eine noch nie da gewesene Zunahme der Produktionskapazitäten erleben werden; um zwanzig Prozent oder mehr.« Auf dem Schirm wurde sein Name eingeblendet und dass er ein *World Energy Research Institute* leitete.

»Eine Feld-für-Feld-Analyse?«, versetzte der Bärtige. »Wie wollen Sie denn das gemacht haben? Die OPEC veröffentlicht schon seit über zwanzig Jahren keine Daten einzelner Ölfelder mehr. In Saudi-Arabien gelten diese Informationen als Staatsgeheimnis.«

Das focht den Mann im teuren Anzug nicht an. »Vorhersagen sind natürlich grundsätzlich mit Unsicherheiten behaftet, das versteht sich von selbst. Aber im Ölgeschäft liegen die größten Unsicherheiten nicht unter, sondern über der Erde. Politische Instabilität, Konflikte, Terrorismus – oder schon einfach verschleppte Entscheidungen. Das Ölgeschäft funktioniert mit langen Vorlaufzeiten. Sie können nicht heute beschließen, eine Raffinerie zu bauen, und morgen haben Sie sie.«

»Es ist blanker Unsinn, was Sie da sagen«, rief der Bärtige. »Wir verbrauchen fünfundzwanzig Milliarden Barrel Öl pro Jahr, Tendenz steigend, finden aber nur sieben Milliarden Barrel pro Jahr, Tendenz fallend. Und denken Sie an Mexiko. Anfang 2005 hat die Regierung bekannt gegeben, dass das Cantarell-Feld, das größte Ölfeld des Landes und das zweitgrößte weltweit, was die Produktionsmenge anbelangt, nicht mehr so viel liefert wie erwartet. Man muss jetzt Stickstoff injizieren, um die Produktion wieder auf das gewünschte Level zu kitzeln …«

»Das ist ein ganz normaler technischer Vorgang. Der Lagerstättendruck nimmt bei jedem Feld im Lauf der Zeit ab. Mit solchen Maßnahmen erhöht man ihn wieder, ganz einfach.«

Der Bärtige wirkte einen Moment lang, als wolle er dem Mann im teuren Anzug an den Hals springen. »Sie wissen ganz genau, dass man mit solchen Maßnahmen die Produktion zwar noch eine Weile auf einem gleich bleibenden Level halten kann, aber wenn diese dann irgendwann nicht mehr greifen – und wann das ist, das wissen Sie nicht –, dann ist es Knall auf Fall zu Ende. Anstatt, wie es der normale Verlauf wäre, allmählich und vor allem *berechenbar* abzuebben.«

»Sie machen den Fehler aller Untergangspropheten, nämlich den, immer nur die bisherigen Technologien im Auge zu haben. Aber es werden ständig neue Verfahren entwickelt, der technische Fortschritt ermöglicht –«

»Spielen Sie jetzt etwa auf die Block-Methode an?«

»Sie mag eine schlechte Presse haben, aber sie hat aufsehenerregende Resultate geliefert.«

»Die den Schönheitsfehler haben, dass niemand weiß, wie sie erzielt wurden …«

Der Moderator, der dem Disput zeitweise mit etwas glasigem Blick gefolgt war, hob seine Stichwortzettel wie ein Schiedsrichter die Gelbe Karte. »Ich würde gern auf den Anlass dieser Sendung zurückkommen, das Unglück im Hafen Ras Tanura. Was bedeutet es?«

Der Experte, der eingangs das Wort ergriffen hatte, erklärte ohne zu zögern: »Dass die Menge des zur Verfügung stehenden Öls so lange um fünf Prozent reduziert bleibt, bis die Hafenanlagen repariert sind. Weiter nichts.«

»Eine Reduktion der Ölversorgung um fünf Prozent«, warf der Bärtige mit funkelnden Augen ein, »hat 1973 die erste Ölkrise ausgelöst.«

Der erste Experte winkte ab. »Ja, aber seither hat man dazugelernt und strategische Ölreserven angelegt. Genau die müssen die Regierungen nun freigeben, um die Zeit der Reparaturen zu überbrücken.«

»Also kein Grund zur Sorge?«, fragte der Moderator.

»Nein. Zumal die Lager in Rotterdam, dem größten europäischen Hafen, um diese Jahreszeit sowieso immer randvoll sind, weil der Winter vor der Tür steht und der Bedarf an Heizöl steigt.«

»Müssen wir mit Preiserhöhungen rechnen?«

Der Experte nickte grimmig. »Da bin ich mir sicher. Die Konzerne werden wie immer die Situation ausnützen. Aber objektiv gerechtfertigt sind Erhöhungen nicht, oder wenn, dann nur in geringem Maße.«

Der Moderator drehte sich mit einem versöhnlichen Lächeln zur Kamera und sagte: »Damit, liebe Zuschauer, ist unsere Sendezeit zu Ende. Als Fazit könnte im Moment vielleicht gelten: ruhig Blut.« Er sah auf seinen Zettel. »Wir schalten jetzt um zu unseren Reportern Bärbel Müller und Thorsten Rebus, die von der Eröffnung der Automobilausstellung in Peking berichten.« Er hielt inne, als ihm klar wurde, was er da sagte, und meinte dann: »Na, das passt ja. Viel Vergnügen.«

Der Abspann lief, untermalt von Harfenklängen. Im Hintergrund sah man die Männer im Studio noch einträchtig miteinander lachen, ehe das Bild wechselte.

Die wichtigste Meldung des Tages wurde in ihrer Bedeutung verkannt und erschien deshalb in den meisten Zeitungen gar nicht. Wo sie erschien, schaffte sie es nur in eine Nebenspalte des Wirtschaftsteils.

Internationale Energieagentur IEA kündigt Freigabe von Notfallreserven an

Paris. Wie IEA Executive Direktor Claude Mandil bekannt gab, werden die 26 IEA-Mitgliedsstaaten auf die unterbrochene Ölversorgung aus dem Nahen Osten, hervorgerufen durch die Zerstörung des Hafens Ras Tanura, in einer gemeinsamen Aktion reagieren. Die durch das Explosionsunglück hervorgerufenen Zerstörungen stellen eine ernsthafte Unterbrechung der Versorgung gemäß den IEA-Statuten dar. Die IEA-Länder wie auch die EU-Kommission empfehlen ohne Vorbehalte, den Märkten für eine Startperiode von 10 Tagen das Äquivalent von 2 Millionen Barrel Rohöl pro Tag zur Verfügung zu stellen.

Wieder war niemand erreichbar. Abu Jabr klappte sein Telefon zu. Auf dem Fernsehschirm lief CNN, nervtötend mit all den Laufschriften und seiner hektischen Bildfolge.

Er fand es ermüdend, sich den ganzen Tag in der Klinik aufzuhalten. Andererseits zog ihn nichts nach draußen. Was er auf der Herfahrt gesehen hatte, reichte ihm bereits. An jeder Haltestelle der Straßenbahn in Frankfurt hatten riesige Plakate gehangen, auf denen sich nur mit Unterwäsche bekleidete Frauen räkelten. Und davor warteten Schulkinder! Niemand schien sich etwas dabei zu denken.

Mehrmals hatte er offensichtlich betrunkene Menschen am Straßenrand gesehen, auf Bänken liegend oder einfach am Boden. Ein ekelerregender Anblick. Und wandte man den Kopf ab, sah man Läden, die den Alkohol kistenweise zum Verkauf anboten.

Nein, er blieb lieber hier. Auch wenn die Räumlichkeiten, die man ihnen zur Verfügung gestellt hatte, eher beengt waren. Es handelte sich um zwei benachbarte Zimmer, recht komfortabel ausgestattet, aber eben jeweils nur wenige Schritte groß.

Wasimah wich nicht von der Seite ihres Kindes. Mandhur sah zwischen den Behandlungen viel fern, wobei Wasimah ihm übersetzte. Abu Jabr hatte nicht gewusst, dass sie Deutsch sprach. Es beeindruckte ihn. Sie war gebildeter, als er angenommen hatte. Vielleicht verbarg sie es sonst. Es gab viele Geistliche, die behaupteten, zu viel Bildung schade der Seele einer Frau. Abu Jabr, der selber hart um seine Schulbildung hatte ringen müssen, fand diese Auffassung verachtenswert, wusste aber, dass sie verbreiteter war, als ihm gefiel.

Wasimah war es auch gewesen, die ihn auf das Unglück aufmerksam gemacht hatte, das in Ras Tanura passiert war. Am Freitagabend, während des Abendgebetes – zum Glück, wie man sagen musste, denn andernfalls wären viele Menschen gestorben. So waren nur eine Hand voll ausländischer Arbeiter verletzt worden, die sich nicht an die zu den Gebetszeiten vorgeschriebene Arbeitsruhe gehalten hatten.

Eine Katastrophe war es trotzdem. Und man erfuhr nichts. Das Fernsehen zeigte Bilder, auf denen man nichts sah, und die Reporter berichteten immer wieder dasselbe. Deswegen versuchte er seinen Sohn zu erreichen. Da Zayd dem Ausschuss angehörte, der den König in allen Fragen rund um die Ölförderung beriet, wusste er bestimmt Genaueres. Doch wann er auch anrief, Zayd war nicht erreichbar. »Ich verstehe das nicht«, murmelte er, nachdem er es noch einmal versucht hatte. »Er kann sein Telefon doch in einer solchen Situation nicht einfach ausgeschaltet lassen.«

Da, wieder eine Aufnahme aus einem Hubschrauber. Wie das qualmte! Immer noch, nach zwei Tagen! Was war da bloß los?

Er hörte Wasimah hereinkommen. Sie setzte sich zu seinen Füßen hin, sah zu ihm hoch und sagte: »Abu, ich muss Euch etwas sagen. Ich glaube, Zayd will nicht mit Euch sprechen.«

Er sah sie verwundert an. »Was redest du da?«

Sie sah zu Boden. »Es könnte sein, dass er das Telefon, dessen Nummer Ihr kennt, weggeschlossen und sich ein neues geholt hat. Er macht das oft. Er hat eine ganze Truhe voll mit Telefonen, die er nicht mehr benutzt.«

Abu Jabr schüttelte den Kopf. »Warum sollte er das tun? Warum sollte er nicht mit mir sprechen wollen, seinem Vater?«

»Das weiß ich nicht. Vielleicht irre ich mich auch. Aber hat er Euch nicht schon oft angerufen und erklärt, er habe eine neue Telefonnummer?«

Abu Jabr sah seine Schwiegertochter konsterniert an. Das stimmte. Er hatte sich manchmal sogar gefragt, wie das sein konnte. Wieso Zayd andauernd Telefone kaputtgingen.

»Er hat eine Liste. Wenn er mit jemandem nicht reden will, kauft er ein neues Telefon und ruft alle anderen an, um ihnen die neue Nummer zu geben.« Von drüben hörte man den Kleinen husten. Wasimah stand wieder auf. »Ich weiß es nicht mit Bestimmtheit. Ich wollte nur … dass Ihr davon wisst.« Sie ging wieder hinüber.

Abu Jabr hob sein Telefon, klickte die Nummern durch, die er gespeichert hatte. Die hatte er alle schon probiert, aber niemand von denen, die er erreicht hatte, hatte Näheres gewusst.

Er legte den Finger auf die Taste für Wahlwiederholung. Was redete dieses Weib für einen Unsinn!

Andererseits …

Er ließ es. Klappte das Telefon zu, steckte es weg. Im Fernsehen zeigten sie Arbeiter, die dabei waren, verkohlte, schwelende Trümmer zu beseitigen, während es im Hintergrund noch qualmte. Und wieder der Blick aus dem Hubschrauber über die Öltanker, die draußen im Persischen Golf warteten, eine ganze Flotte davon. Der Unfall kostete das Königreich jeden Tag Millionen.

KAPITEL 18

Vergangenheit

Das South-Belridge-Feld in Kalifornien war zerstörtes Land, so weit man auch kam. Graue Wüste, die bis zum Horizont dicht an dicht voller Pumpen stand, nickenden Sauriern gleich, die den Hals unablässig wieder und wieder zu ihren Tränken hinabsenkten. Eine riesenhafte Herde in fortwährender Bewegung. Der Boden war aufgerissen und von zahllosen Lastwagenspuren durchfurcht, schmutzig, ölig, leblos. Nur hier und da, in Ecken, um Schaltkästen oder Leitungen herum, wuchs karges, mageres Grün, trockene Büsche, von denen viele auch wieder abgestorben waren. Und die Pumpen nickten und nickten und nickten …

»Insgesamt sind es 10 200 Ölquellen«, erklärte die dicke Frau, die sie in einem Jeep mittendurch kutschierte. »Das Feld wurde 1911 entdeckt und hat seither mehr als eine Milliarde Barrel produziert. Inzwischen geht der Output natürlich zurück, aber einige Jahrzehnte wird es schon noch machen.«

Markus fühlte sich unbehaglich auf dieser Fahrt. Zu sehen, was dem Land hier angetan worden war, um an das Öl darunter zu kommen … Aber wahrscheinlich ging es eben nicht anders.

Sie erreichten ein heruntergekommenes Gebäude. Vor der Tür hing ein massives Gitter, das die Frau extra aufschließen musste. Drinnen roch es staubig und heiß.

»Es ist nicht mehr oft jemand hier«, sagte sie und gab den Code ein, der die Alarmanlage ausschaltete.

Ein kurzer Flur, eine offen stehende Tür am Ende, dahinter ein Besprechungszimmer mit moosgrünem Linoleumboden und Fensterscheiben, die vom Staub blind waren. Man musste Licht machen. Eine der Neonröhren flackerte altersschwach, fing sich auch nicht. Die Frau öffnete hölzerne Archivschränke, holte Karten hervor, die teilweise von Hand gezeichnet zu sein schienen; Antiquitäten beinahe. »Hier. Die letzten seismischen Untersuchungen, die gemacht wurden; ich glaube … puh, das müsste hier irgendwo stehen. Da, 1957, kann das sein?«

Block schien das Datum nicht zu interessieren. Er fuhr mit den Händen darüber, betrachtete die Linien. »Haben Sie auch die Originalprotokolle noch?«

»Was meinen Sie mit Originalprotokollen?«

»Die Aufzeichnungen der Geophone.«

»Das Krickelkrakel? Nein.«

»Schade.« Block studierte die Karte, rieb sich die Nase dabei.

Markus versuchte zu erkennen, wonach er suchte. Wie seismische Untersuchungen vor sich gingen, wusste er inzwischen theoretisch: Man rief künstliche Bodenerschütterungen hervor, in der Regel durch Sprengungen, und zeichnete die Reflexionen auf, die von den Grenzen zwischen geologischen Schichten im Untergrund zurückgeworfen wurden. Es war die wichtigste Methode, die bei Explorationen zum Einsatz kam; eine Art Durchleuchtung des Bodens.

»Sind magnetische oder gravimetrische Untersuchungen durchgeführt worden?«, wollte Block wissen.

Die Frau steckte eine Strähne ihres stumpfbraunen Haars zurück in den Haargummi. »Kann sein, aber wenn, dann haben sie nichts ergeben. Alles, was je Ergebnisse erbracht hat, ist hier. Und in Kopie bei uns im Archiv, natürlich.«

»Ich bevorzuge immer Originale«, meinte Block.

Er studierte die altehrwürdigen Karten noch eine ganze Weile in schweigender Konzentration. Quinton, der von Thurber engagierte Geologe, sah ihm dabei über die Schulter, sagte aber nichts.

Schließlich richtete Block sich wieder auf und nickte der Frau zu. »Danke. Wir haben genug gesehen.«

Sie räumte die Unterlagen wieder weg. Ihr war anzumerken, dass sie den ganzen Ausflug hierher für Zeitverschwendung hielt.

Im Hinausgehen raunte Block Markus zu: »Ich brauche einen Wagen. Und Sie müssen mir diesen Quinton den Rest des Tages vom Hals halten.«

Markus nickte. »Mach ich.«

Als sie wieder im Hotel anlangten, besorgte Markus, während Block mit Quinton schon voraus ins Restaurant ging, an der Rezeption einen Mietwagen. Mit dem Schlüssel in der Tasche folgte er den beiden. Als Quinton zur Toilette ging, reichte er Block den Schlüssel. »Der rote Honda Civic ganz rechts.«

Block nickte. »Alles klar.«

Er verschwand, kurz bevor der Kellner kam, um sich nach ihren Dessertwünschen zu erkundigen.

»Ich nehme die Schokoladencreme«, sagte Markus.

Quinton zögerte, die Speisekarte in der Hand. »Sollten wir nicht warten, bis Mister Block wieder zurück ist?«

Markus sah durch das Fenster hinter dem Geologen den roten Wagen davonfahren. »Er wird nicht zurückkommen. Er muss noch etwas Dringendes erledigen.«

Er beobachtete Quintons Gesichtsausdruck, während er das sagte. Der untersetzte Mann hob die Augenbrauen und wirkte verwundert, aber nicht wie jemand, der sich ausgetrickst fühlte. »Ich nehme dann das Eis«, sagte er zu dem Kellner und, nachdem dieser gegangen war, zu Markus: »Es macht mich richtig fertig, wie warm es hier in Kalifornien im Dezember noch sein kann.«

Es war spät am Abend, als Block schließlich zurückkehrte. Mit schmutzigen Schuhen und Steinstaub an den Hosen kam er in die Bar, wo Markus und Quinton noch bei einem Bier saßen, und erklärte: »Es hat keinen Zweck hier. Mit der verfügbaren Technologie werden wir hier nicht fündig. Das South-Belridge-Feld ist klar abgegrenzt.«

Markus wurde mulmig. Schon wieder. Würde das so weitergehen? Sie hatten nicht ewig Zeit, einen Erfolg zu erzielen.

Block zog einen Papieruntersetzer hervor, den er unterwegs in irgendeinem Schnellrestaurant mitgenommen haben musste.

Eine Karte der USA war darauf gedruckt, mit allen Bundesstaaten und allen Filialen der Kette darin. »Machen wir es ganz anders«, sagte er. »Gehen wir mittenrein.« Er tippte mit dem Finger ins ungefähre Zentrum. »South Dakota. Mister Quinton, gibt es Ihres Wissens Öl in South Dakota?«

Der bärtige Geologe schüttelte den Kopf. »Nein.«

»Gut«, nickte Block zufrieden. »Dann suchen wir dort welches.«

Es war arschkalt, als sie in Rapid City ankamen. Das Hotel war ein großer brauner Ziegelklotz. Auch der Boden der Lobby bestand aus Ziegeln, und es waren allerlei Symbole darin eingelassen, unter anderem eines, das verdächtig einem Hakenkreuz ähnelte. Als sie stutzten und stehen blieben, kam sofort einer der Angestellten herbeigeeilt.

»Das ist ein indianisches Symbol aus prähistorischen Zeiten«, begann er auf eine Weise, die verriet, dass er das schon unzählige Male erklärt haben musste. »Es heißt ›Die heiligen vier Himmelsrichtungen‹ und stammt von den Lakota Sioux. Der Gründer unseres Hotels war gut mit den Indianern befreundet, war sogar Ehrenhäuptling.« Er wies auf den gewaltigen Kamin, über dem das Gemälde eines älteren weißen Mannes mit indianischem Federschmuck hing. »Deswegen und weil das Zeichen, wie gesagt, Jahrtausende älter ist als Hitler, hat unser Haus nach dem Zweiten Weltkrieg beschlossen, es zu behalten und lieber allen, die kommen, die Zusammenhänge zu erklären.«

Markus war immer noch verblüfft, ein wenig auch peinlich berührt. Quinton nickte nur desinteressiert. Block dagegen hatte einen roten Kopf bekommen, starrte mit einem vor nur mühsam zu bändigender Wut irrlichternden Blick auf das hakenkreuzähnliche Symbol auf dem Fußboden. Was der Angestellte sagte, schien er überhaupt nicht zu hören. »Dieser Schweinehund«, hörte Markus ihn in seinem heimatlichen Dialekt flüstern. »Überall verfolgt er einen, dieser Schweinehund.«

Ferne Vergangenheit

Karl Walter Block kannte den Grund seiner Wut nicht mehr. Er selber benutzte das Schimpfwort *Schweinehund* praktisch nie. Es war sein Vater gewesen, der dieses Wort oft gebraucht hatte, um sich über das Unrecht in Rage zu reden, das ihm seiner Meinung nach von Hitler angetan worden war. In der Regel war das der Auftakt gewesen für einen Wutanfall, der damit endete, dass er jemanden schlug, bis ihn die Kräfte verließen – manchmal seine Frau, meistens aber seinen Sohn. So waren die beiden Worte *Hitler* und *Schweinehund* in Blocks Geist untrennbar miteinander verbunden.

Dabei war sein Vater ursprünglich ein glühender Anhänger des Nationalsozialismus gewesen. Nach einer rasanten Karriere in der Wehrmacht erreichte diese ihren Höhepunkt, als Heinrich Maria Block zum Hauptmann befördert und in die geheime Historische Abteilung des Wehrmacht-Archivs versetzt wurde. Aufgabe dieser Abteilung war es, alle im Hinblick auf die künftige Geschichtsschreibung des Tausendjährigen Reiches relevanten Dokumente, vor allem die Führerbefehle, zu sammeln und aufzubereiten. Es war eine hochsensible Tätigkeit, für die nur absolut linientreue und über jeden Zweifel erhabene Männer in Frage kamen. Ein Spion in dieser äußerlich unscheinbaren Einrichtung hätte den Feinden des Reiches wertvolle Hinweise auf dessen Strategien und Planungen liefern können.

Heinrich Maria Blocks bis dahin glanzvolle Karriere geriet in Gefahr, als er eine Durchschrift der am 18. Dezember 1940 von Hitler unterzeichneten geheimen Führerdirektive Nr. 21 auf den Schreibtisch bekam, in der der Plan für die *Operation Barbarossa*, den Überfall auf Russland also, umrissen wurde. Karl Maria Block las die Anweisungen wieder und wieder, versuchte mit wachsender Verzweiflung, ihre Weisheit zu begreifen. Nächtelang saß er in seinem Kellerbüro über Karten und Nachschlagewerken und gelangte schließlich, aller inbrünstigen Verehrung für den Führer zum Trotz, zu der Überzeugung, dass dessen Plan nicht der bestmögliche war.

Diesen absolut undenkbaren Gedanken behielt er natürlich zunächst wohlweislich für sich. Aber er verfolgte die Ereignisse fortan mit einem anderen, kritischeren Blick.

Im Februar 1941 musste Hitler Truppen nach Libyen schicken, um seinem Verbündeten Mussolini eine schwere Niederlage zu ersparen – Truppen, die später den Kern des berühmten Afrika-Korps unter Erwin Rommel bilden sollten. Im März 1941 wagte es die griechische Regierung, der Stationierung von vier britischen Divisionen zuzustimmen, worauf Hitler die *Operation Marita* einleitete. Daraufhin wurde, am 6. April 1941, Jugoslawien aus fünf Richtungen gleichzeitig angegriffen: durch italienische Truppen von Albanien aus, durch die ungarische Armee sowie durch deutsche Truppen, die in Österreich, Rumänien und Ungarn stationiert waren. Die jugoslawische Armee brach sofort zusammen, worauf die deutschen und italienischen Truppen in Richtung Griechenland weitermarschierten. Die Griechen leisteten länger Widerstand, doch vergebens. Am 27. April mussten die Briten aus den südgriechischen Häfen fliehen, was ihnen nur im letzten Moment gelang, und dabei wertvolles schweres Gerät zurücklassen.

Es war ein Triumph für Hitler. Er hatte damit das gesamte europäische Festland so weit erobert, dass es, mit Ausnahme von Schweden, der Schweiz und der iberischen Halbinsel, vollständig von ihm oder seinen Verbündeten kontrolliert wurde. Alles, was ihm noch zu tun blieb, war, England und die Sowjetunion niederzuwerfen.

Hierbei kam es jedoch nicht nur auf den militärischen Sieg an, sondern auch auf den Zugang zu wichtigen Bodenschätzen, vor allem den zu Öl. Das Deutsche Reich besaß außer den unzureichenden rumänischen Ölfeldern keine Ölquelle. Es war darauf angewiesen, das russische Öl zu erobern, um den Krieg fortsetzen und schließlich auch Großbritannien besiegen zu können.

Heinrich Maria Block, in dessen Kellerbüro alle Informationen zusammenliefen, sah dieses Grundproblem. Und mehr noch: Er sah die Lösung dafür. Auf den Karten, über denen er nächtelang brütete, hatte er die größten Ölexporteure vor sich: Irak, Iran und Saudi-Arabien. Seit der Eroberung Griechenlands waren sie alle in greifbarer Nähe.

Als Hitler den 22. Juni 1941 als Beginn der *Operation Barbarossa* bestimmte, wagte Hauptmann Heinrich Maria Block etwas Ungeheuerliches: Er schrieb dem Führer einen Brief, in dem er ihm – eingebettet in alle Bekundungen höchsten Respekts und größter Demut, die ihm zu Gebote standen – eine alternative und ihm erfolgversprechender erscheinende Strategie vorschlug.

Sein Plan war, zunächst von Bulgarien und dem griechischen Trakien aus den europäischen Teil der Türkei zu erobern, Istanbul zu nehmen und den Bosporus zu überqueren, um weiter nach Anatolien vorzustoßen. Ihm war bewusst, dass die Türkei in diesem Krieg bislang strikte Neutralität gewahrt hatte, aber wenn es einem höheren Zweck diente, konnte er darin keinen Hinderungsgrund für einen Angriff auf das Land erkennen. Er war sich auch dessen bewusst, dass die Türken als tapfere Kämpfer galten und dass mit ihrem erbitterten Widerstand zu rechnen war, doch da es ihnen an jeglicher moderner militärischer Ausrüstung fehlte, war, so argumentierte Hauptmann Block, jegliche Gegenwehr von vornherein zum Scheitern verurteilt. Er berücksichtigte auch, dass das anatolische Hochland schwieriges Terrain darstellte, und begründete, warum seiner Auffassung nach die Wehrmacht dennoch in der Lage sein sollte, es rasch zu durchqueren (tatsächlich sollte sie genau dies später in der russischen Steppe unter Beweis stellen). Ein schnelles Vordringen zum Kaukasus würde zunächst die Flanke zur Sowjetunion sichern und es ermöglichen, leicht in den Irak, den Iran und bis nach Arabien vorzustoßen. Damit würde Großbritanniens Position im Nahen Osten massiv untergraben, die Herrschaft des Königreichs in Indien bedroht, die enormen Energiereserven der Region wären für das Deutsche Reich gesichert und damit und mit der Aufstellung der Truppen ideale Voraussetzungen geschaffen, die Sowjetunion in einer Zangenbewegung anzugreifen, die sie zudem frühzeitig von ihren eigenen Energiereserven um Baku abschneiden würde.

Dieser Brief wurde Hauptmann Heinrich Maria Block zum Verhängnis. Ob er Hitler je erreichte, ist nicht überliefert; mehrere Zeitzeugen erinnern sich allerdings an eine erbitterte Suada des GröFaZ, in der dieser beinahe mit Schaum vor dem Mund davon geiferte, man müsse dem Feind »Auge in Auge gegenübertreten« und den »Bolschewismus mit eiserner Faust zerschmettern« und so weiter und so fort und schließlich, als er sich einigermaßen ausgetobt hatte, jemanden anwies, »dieses Subjekt rück-sichts-los« von seinem Posten zu entfernen, weil, von wem auch immer die Rede war, »es nicht wert« sei, »die deutsche Uniform zu tragen«.

Auf alle Fälle befand sich in Heinrich Maria Blocks Unterlagen ein Schreiben, mit dem dieser über seine bevorstehende unehrenhafte Entlassung und den Verlust sämtlicher Pensionsansprüche informiert sowie daran erinnert wurde, dass er trotzdem, bei Androhung der Todesstrafe, zu absoluter Verschwiegenheit und Geheimhaltung hinsichtlich aller Dinge, die er während seiner Tätigkeit erfahren hatte, verpflichtet war. Es war ihm aus diesem Grund verboten, das Staatsgebiet des Deutschen Reiches zu verlassen, und auch eine Reihe von Berufen waren ihm untersagt, zum Beispiel alle, die ihn mit Ausländern in Kontakt gebracht hätten. So blieb ihm nur, auf sein karges Gut nach Oberösterreich zurückzukehren, und dabei konnte er noch von Glück reden; es gab andere, die aus nichtigeren Gründen in Lagern verschwunden, in Gefängnissen vergessen oder gleich hingerichtet worden waren.

Sein Sohn Karl Walter hatte den betreffenden Ordner jedoch ungelesen verbrannt. Von Hitler weiß man, dass er es bis zuletzt niemals bedauert hat, die Sowjetunion direkt angegriffen zu haben.

Nach dem Ende des Zweiten Weltkriegs war die Geschichtsschreibung ein halbes Jahrhundert lang der Auffassung, nach der verlorenen Schlacht um England sei der Krieg für Hitler aussichtslos geworden und der Sieg der Alliierten unausweichlich gewesen. Erst der britische Militärhistoriker John Keegan stellte die Ansicht in Frage, indem er einige alternative Szenarien entwickelte, von denen eine, ohne dass er davon Kenntnis gehabt haben konnte, mit dem Vorschlag Heinrich Maria Blocks nahezu identisch war. Der Chefredakteur der angesehenen Zeitschrift *Quarterly Journal of Military History,* Robert Crowley, kommentierte, Hitler sei seinem Ziel, der Welt seinen Willen aufzuzwingen, womöglich näher gekommen, als uns allen bewusst geworden sei. »Das Öl im Nahen Osten«, schrieb er, »hätte das Zünglein an der Waage durchaus in die andere Richtung ausschlagen lassen können.«

KAPITEL 19

Vergangenheit

Block verbrachte mehrere Tage in der Bibliothek der *South Dakota School of Mines and Technology,* wühlte sich durch Bücher, Karten und Ordner und sprach auch mit etlichen der Professoren, von denen einer zu Quinton sagte: »Was *sucht* dieser Mann eigentlich?«

Zu Markus sagte Block, er solle ein Wohnmobil besorgen; sie müssten jetzt eine ganze Weile quer durchs Land fahren. Und er solle darauf achten, dass der Wagen eine gute Heizung habe. Und Winterreifen. Und Schneeketten.

Während Markus die Autovermietungen abklapperte, besorgte Block die Ausrüstung, die er nach äußerst rätselhaften Kriterien zusammenstellte. Er brachte große Flaschen mit farbigen Flüssigkeiten an, um die er ein großes Geheimnis machte. Er kaufte allerhand Hämmer und Bohrer und dergleichen, aber auch Gegenstände, die eher in das Gepäck eines Schmetterlingssammlers gepasst hätten als in das eines Geologen: Fangnetze, viele Quadratmeter groß. Rollen dicker Wolle. Petrischalen. Klebstoffe. Ein Mikroskop und einen Brutofen.

Quinton kam aus dem Kopfschütteln überhaupt nicht mehr heraus. »Es ist mir ein völliges Rätsel, was das alles soll«, meinte er zu Markus.

Nur mit Müh und Not konnte Markus es durchsetzen, dass sie an Weihnachten nach New York zurückkehrten. Amy-Lee holte ihn am Flughafen ab und war so heiß, dass sie es nur mit Mühe bis in ihr Apartment schafften. Dort hatte sie einen viel zu großen Weihnachtsbaum aufgebaut und mehr als üppig geschmückt, und unter dem vögelten sie so wild, dass der Baum schließlich umkippte und sie unter sich begrub. Obwohl die Hälfte der Glaskugeln dabei zu Bruch ging und sie sich an den Scherben schnitten, bekam Amy-Lee sich kaum ein vor Lachen.

Pünktlich zu Weihnachten fiel Schnee, und das in solchen Massen, dass New York von nahtlosem Weiß zugedeckt wurde. Sie gingen spazieren in einer Stadt, deren hektisches Räderwerk auf einmal still stand. Sie sahen Leute auf Skiern die Manhattan Bridge überqueren, sahen leere Kreuzungen, über denen Ampeln ein sinnlos gewordenes Farbenspiel aufführten. Die ganze Stadt war wie verzaubert.

An Heiligabend, während schwülstige Weihnachtschöre von CDs erklangen, tauschten sie Geschenke aus. Amy-Lee schenkte ihm eine Uhr, deren Name Markus nichts sagte, die aber sündhaft teuer wirkte. Sein Geschenk an sie war ein Negligee, das auf jeden Fall sündhaft teuer gewesen war, obwohl es aus fast nichts bestand.

»Das hast du für dich selber gekauft, du Schuft«, sagte Amy-Lee.

»Sagen wir: für uns beide.«

»Ich muss es gleich anprobieren.« Sie verschwand im Schlafzimmer, kehrte kurz darauf zurück und sah so umwerfend aus, dass es ihm die Sprache verschlug.

Sie sah an sich herab, sichtlich angetan. »Ich hätte gewettet, dass es nicht passt. Woher weißt du meine Größe?«

Markus hob die Augenbrauen. »So was steht für gewöhnlich auf den Etiketten, die in Kleidungsstücken eingenäht sind.«

Amy-Lee sah ihn eigentümlich berührt an. »Die hast du dir angeguckt?«

»Bei der ein oder anderen Gelegenheit.«

»Die Mühe hat sich noch nie jemand gemacht. Bisher hat es jedem gereicht, mir die Sachen einfach nur vom Leib zu reißen.« Sie beugte sich über ihn, küsste ihn lang und innig. Dann hielt sie seinen Kopf zwischen ihren Händen fest, betrachtete ihn und erklärte: »Mark Westman, du bist ein ganz gefährlicher Mann.«

Sie ließ ihn los und ging wieder hinaus. Der schier übermächtige Impuls, der im Begriff gewesen war, in Markus hochzukochen – ihr nämlich das Negligee auch einfach nur vom Leib zu reißen –, ebbte wieder ab.

Amy-Lee hatte einen Truthahn vorbereitet, und für die letzten Handgriffe wollte sie niemanden in der Küche haben.

»Ich helfe gern«, sagte Markus. »Ich bin keiner dieser Männer, die sich nur bedienen lassen.«

»Gern, aber nicht an Weihnachten.« Sie drückte ihm ein Glas Sherry in die Hand. »Setz dich ins Wohnzimmer, leg eine CD auf oder so was, und warte, bis ich rufe.«

»Okay«, meinte Markus ergeben. »Ich bin auch keiner dieser Männer, die an Weihnachten Streit anfangen.«

Also ging er ins Wohnzimmer und hockte sich vor das Regal mit den CDs. Amy-Lee liebte Oldies; je älter, desto lieber. Beatles, Elvis, Buddy Holly – solches Zeug. Jerry Lee Lewis? War das nicht ein Schauspieler gewesen? Markus legte schließlich eine CD von einer Gruppe namens *Golden Earring* auf, eine von Amy-Lees Lieblingsscheiben.

»Dreh lauter!«, rief sie aus der Küche, als die ersten Takte des Songs *Eight Miles High* aus den Lautsprechern kamen.

Markus drehte ordentlich auf und ließ sich dann in einen der Sessel fallen, nahm einen Schluck. Der Sherry schmeckte süß und verbreitete eine angenehme Wärme in der Kehle.

Neben dem Sessel stand ein kleines Tischchen mit dem Telefon darauf, einer Schale Gummibärchen daneben ... und Amy-Lees Adressbuch. Das sah er zum ersten Mal. Aufgeschlagen auch noch, beim Buchstaben L. L wie Laura. Amy-Lee ordnete Adressen interessanterweise nach den Vornamen.

»Ich bin ein ganz gefährlicher Mann ...«, sagte Markus leise zu sich und schob den Fingernagel unter das Register M. Da, seine Handynummer und die Adresse der Wohnung in Brooklyn, wo er praktisch nie war.

Er zögerte nur kurz, dann hob er das Register R an. Robert Baldwin, tatsächlich. Seine private Telefonnummer, schau, schau. Seine E-Mailadresse lautete true_robert@gmx.com. Und er hatte am 7. Januar Geburtstag.

Es gab ihm einen Stich, das zu sehen, und er ließ wieder los. *Nicht drüber nachdenken,* befahl er sich und nahm noch einen Schluck Sherry. Es war Weihnachten. Das Fest der Liebe. Und sie war mit ihm zusammen. Mit ihm, der nicht scheitern würde.

Es war dann Markus' Telefon, das am Abend des Weihnachtsfeiertags fiepte, und es war Block, der am anderen Ende der Verbindung war. »Ich wollte Ihnen nur sagen, dass ich eine heiße Spur habe.«

»Eine heiße Spur?«, wiederholte Markus verdattert. »Wo um alles in der Welt sind Sie denn?«

»Ich durchquere gerade die *Rosebud Indian Reservation.* Es gibt hier ein Sioux-Indianer-Museum, wussten Sie das?«

»Heißt das, Sie sind zurück nach South Dakota gefahren?«

»Wissen Sie«, erklärte Block, »ich hab den ganzen Weihnachtsquatsch einfach nicht mehr ausgehalten.«

Also kehrte Markus nach Weihnachten ebenfalls nach South Dakota zurück, verbrachte Silvester damit, Block zu helfen, Steine aus dem Boden zu graben und nach undurchschaubaren Kriterien zu ordnen. Den Jahreswechsel verschliefen sie einfach, erschöpft von der Arbeit an der frischen Luft.

Ein Lichtblick bei dem Ganzen war die überwältigende Weite der Landschaft, die grandiose Leere, durch die sie sich bewegten. South Dakota war halb so groß wie Deutschland, hatte aber nur die Bevölkerung einer Stadt wie Stuttgart. Alles war unfassbar weit, groß, herrlich. Markus fühlte sich wie auf einem anderen Planeten, einer neuen Welt voller unausdenklicher Möglichkeiten.

Nie wieder, sagte er sich, konnte er nach Deutschland zurückkehren. Er würde sich vorkommen wie in einem Käfig.

Gegenwart

Frieder kam am Dienstag. Er hatte die Reisetasche dabei, stellte sie aufs Bett und hob heraus, was darin war: Hosen, Pullover, T-Shirts, Unterwäsche.

»Die Sachen müffeln«, meinte er spitzlippig. »Wenn du dein Zeug noch lange dort untergestellt lässt, kannst du es auch gleich wegwerfen.«

Markus nickte müde. »So lange war das ja auch nicht geplant.«

»Das mit der Vollmacht ging übrigens nicht so ohne weiteres. Ich bin erst an einen jungen Kerl geraten, einen Azubi, schätze ich. Der hat ein langes Gesicht gemacht, jemand anderen gefragt, und schließlich ist der Chef selber gekommen. Und der hat auch gezögert, hat sich meinen Ausweis zeigen lassen und so weiter.«

»Wahrscheinlich fand er es seltsam, dass er mich nicht anrufen durfte.«

»Ja. Aber das konnten wir nicht riskieren.« Frieder zuckte mit den Schultern. »Im Grunde ein gutes Zeichen. Eine Spedition, der man seine Sachen anvertrauen kann.«

Markus nickte. »Und das Tagebuch? Hast du das gefunden?«

»Das hier, nicht wahr?« Frieder holte ein flaches Büchlein mit Deckeln aus gebürstetem Stahl und einem widerstandsfähig aussehenden Zahlenschloss an der Seite heraus. In einer Schlaufe steckte ein ebenfalls stahlfarbener Kugelschreiber.

»Genau.«

Er reichte es ihm. »Ich wusste gar nicht, dass du Tagebuch schreibst.«

»Das bindet man ja auch nicht jedem auf die Nase. Schon gar nicht seinem großen Bruder.«

Frieder stopfte die anderen Sachen zurück in die Tasche. »Warum hattest du das eigentlich nicht mitgenommen? So viel, wie du erlebt hast, müsste es jetzt doch voll sein.«

»Wahrscheinlich wäre ich überhaupt nicht zum Schreiben

gekommen.« Markus hob es leicht an. »Der Metalleinband, weißt du? Ich hatte Angst, dass sie es mir am Flughafen wegnehmen.«

Frieder stellte die Tasche in den Wandschrank, setzte sich, schlug die Beine übereinander und nestelte an seinen Hosen herum. »Es gibt etwas, das ich dich fragen muss.«

Markus musterte ihn. »Nämlich?«

»Letztes Jahr ging es mit der Firma ziemlich in den Keller. Wie bei allen, die irgendwie mit alternativen Energien zu tun hatten; eine Menge von denen sind pleitegegangen. Ich beinahe auch. Weißt du ja.«

Markus nickte mit reglosem Gesicht.

»Doch dann«, fuhr Frieder fort, »wurde eines Tages eine Rechnung bezahlt, die ich überhaupt nicht gestellt hatte. Von jemandem, den ich nicht kannte. Eine Rechnung über einen außerordentlich hilfreich großen Betrag.«

Markus hüstelte. »Sachen gibt's.«

»Es war ein krummer Betrag, irgendwas mit 91 Cent hinten. Wie auch immer, gestern bin ich auf die Idee gekommen, ihn mit dem Dollarkurs von damals umzurechnen. Und siehe da, es waren fast genau 300 000 Dollar. Genau die Summe, die du angeblich unterschlagen haben sollst. Da fragt man sich natürlich schon, ob das Zufall ist.«

Markus starrte ins Leere, empfand die Wände seines Krankenzimmers auf einmal wie ein Gefängnis. »Hat es dir geholfen?«

»Es hat mich gerettet.«

»Gut.«

Frieder beugte sich vor. »Aber warum musstest du dazu Geld veruntreuen?«

»Ich wollte es zurückzahlen«, sagte Markus. »Ich hätte es auch zurückgezahlt. Ich war an einem großen Ding dran, dem größten Ding der Welt. Es war nur eine Frage der Zeit, bis ich in Geld geschwommen wäre. Damals jedenfalls.«

»Aber du hattest doch dein Erbe.«

Markus schüttelte den Kopf. »Nein. Nicht mehr.«

Frieder fielen fast die Augen heraus. »Was? Wie das denn?«

»Ich hatte alles ausgegeben. Ach was – ich hatte es *verbrannt*. Wenn ich jetzt daran denke, kommt es mir vor, als hätte ich den Ofen damit geheizt. Flüge. Geschenke. Kleidung. Restaurants. Du ahnst nicht, was man in New Yorker Restaurants an Geld liegen lassen kann.« Oder was Kokain kostete.

»Du hast dein ganzes Erbe aufgebraucht?«

Markus ließ sich zurücksinken, fühlte sich schwer und verbraucht. »Für ein kurzes Leben in Ekstase«, sagte er. »Für ein Leben im Rausch. Und auf der Überholspur.« Er starrte blicklos vor sich hin, spürte den Gefühlen nach, die es auslöste, das zu sagen. »Und weißt du, was das Seltsamste daran ist? Dass ich nicht weiß, ob ich es überhaupt bedauern soll.«

KAPITEL 20

Vergangenheit

Eine Woche nach Neujahr war Michael Quinton immer noch nicht zu ihnen gestoßen. Er hatte sich über Weihnachten irgendeine Magengeschichte zugezogen, rief jeden Tag an und versprach, dass es nicht mehr lange dauern würde.

Markus war es recht, dass der Geologe nicht da war, und Block sowieso. Zu zweit ließ es sich in dem Wohnmobil auch besser aushalten.

Und man kam endlich mal dazu, gewisse Fragen zu stellen. Fragen wie zum Beispiel: »Sind Sie sich wirklich sicher, dass wir hier Öl finden werden?«

Worauf Block einfach nur »Ja« sagte. Sie saßen gerade beim Frühstück. Durch das abgerundete Fenster sah man auf eine verschneite, menschenleer scheinende Landschaft von unwirklicher Schönheit. Block aß wie jeden Morgen zahllose Scheiben Brot mit Marmelade und trank dazu Getreidekaffee, während Markus, der morgens nichts Festes hinunterbekam, nur einen Kaffee zu sich nahm, aber einen echten; handgemahlen, frisch aufgebrüht und so stark, wie es nur ging.

»Ich würde gern verstehen, wie Sie sich da so sicher sein können. Wie können Sie so fest davon überzeugt sein, dass überhaupt noch so viel Öl da ist – dass es bis zum Ende des dritten Jahrtausends reicht, wie Sie sagen?«

Block musterte ihn kauend, schluckte dann hinunter und meinte: »Das fragen Sie doch jetzt nicht einfach so, oder?«

»Ich frage es, weil der Rest der Welt vom Gegenteil überzeugt ist.« Markus holte eine Zeitschrift hervor, die er am Tag zuvor gekauft hatte. »Hier. Das *Time Magazine* zum Beispiel.« Er schlug einen Artikel auf, den er mit einer umgeknickten Ecke markiert hatte. »Hier ist ein Bericht darüber, dass der Shell Konzern – der *Shell Konzern!* – mittlerweile der größte private Waldbesitzer der Welt ist. Seltsam, oder? Was haben die vor? Auf Holzvergaser umzusteigen? Künftig Brennholz zu verkaufen statt Heizöl? Ich frage mich das alles, blättere weiter und sehe gleich darauf *das* hier.« Er schlug die übernächste Seite auf, eine ganzseitige Anzeige von BP. »BP war immer die Abkürzung von *British Petroleum,* nicht wahr? Und jetzt schauen Sie sich das hier an. Dieses grüngelbe, sonnenblumenartige Logo ist neu. Und alles, was diese Anzeige tut, ist, uns zu erzählen, dass BP künftig für *beyond petroleum* stehen soll. Ich meine, ein deutlicheres Statement, dass selbst die großen Ölkonzerne von einem nahen Ende des Öls ausgehen, kann ich mir kaum vorstellen. Und das sind die Fachleute, die Insider, die, die Zugang zu allen Informationen haben!«

»Auch Fachleute irren sich bisweilen.«

»Aber in dem Fall wären es verdammt viele, die sich irren.«

»Die gesamte Wissenschaftsgeschichte ist eine Geschichte von Situationen, in denen einer Recht hatte und der Rest der Welt sich irrte. Wahrheit ist nicht demokratisch.«

Markus musterte seinen Partner mit einem seltsam leeren Gefühl. Es war Enttäuschung, und dahinter, ganz leise, Entsetzen. »Ich wollte, Sie hätten etwas Stärkeres, um mich zu überzeugen, als solche Allerweltssprüche.«

Block schwieg. Markus hielt unwillkürlich den Atem an. Jetzt, in diesem Moment, stand alles auf Messers Schneide. Jetzt konnte alles zerbrechen, und dann hatte er einen beträchtlichen Teil seines Erbes – vielleicht sogar einen entscheidenden – verspielt.

»Sie wollen wissen«, wiederholte Block bedächtig, »was mich so sicher macht, dass die so genannten Fachleute die Ölreserven zu niedrig einschätzen?«

Markus nickte mit trockenem Mund. »Wäre mir recht, ja.«

»Das will ich Ihnen erklären.« Block machte wieder eine Pause, während er sich das nächste Brot strich. Wie ein Mensch so viel Erdbeermarmelade essen konnte, würde Markus nie verstehen. »Aber ich sage Ihnen gleich, es ist zum Schreien einfach. Es liegt dermaßen auf der Hand, dass Sie kaum fassen werden, wieso Sie nicht von selber darauf gekommen sind.«

»Nehme ich in Kauf.«

»Also – zunächst die Grundlagen. Wenn Sie Öl verbrennen, wird Kohlendioxid frei, nicht wahr? Das berühmte CO_2. Bei der Verbrennung von Holz natürlich auch, aber da es der Baum, von dem das Holz stammt, vorher der Atmosphäre entzogen hat, bleibt der Effekt insgesamt neutral. Bei der Verbrennung von Öl – oder Kohle, was das betrifft – dagegen nicht. Da der Kohlenstoff darin aus fossilen Reservoirs stammt, reichert sich das CO_2 in der Umwelt an. Das kann man auch messen. Seit der Mensch Kohle und Öl industriell nutzt, hat der CO_2-Anteil in der Atmosphäre stetig zugenommen. Vor 1850 lag der CO_2-Anteil der Atmosphäre bei etwa 0,029 %, heute liegt er bei 0,037 %.«

»Was ja nicht unproblematisch ist«, nickte Markus.

»Denken Sie das?«

Markus hob die Schultern. »Na ja, liest man jedenfalls immer. Erderwärmung, Treibhauseffekt, das Weltklima und so.«

»Gerede. Das Weltklima hat sich immer wieder mal erwärmt, schon vor Jahrmillionen, als vom Menschen überhaupt noch nicht die Rede war. Und abgekühlt hat es sich auch immer wieder.« Block biss herzhaft ab und fuhr kauend fort: »Wenn wir mal nach Österreich kommen, stelle ich Ihnen einen Bekannten von mir vor, einen studierten Landwirt namens Konrad Haslinger. Er zieht tropische Früchte, die in Oberösterreich normalerweise nicht im Traum wachsen würden, in riesigen Treibhäusern. Und genau die haben mich darauf gebracht, was mit der offiziellen Theorie nicht stimmen kann.«

»Die Treibhäuser?«

»Genau. Wissen Sie, was der Haslinger macht? Er leitet CO_2 hinein. Der CO_2-Anteil in seinen Treibhäusern ist fast dreimal so hoch wie normal. Er hat mir gesagt, er würde ihn gern noch höher machen, aber das würde gegen irgendwelche Sicherheitsvorschriften verstoßen. Oder er müsste irgendwelche zusätzlichen Anlagen einbauen, was ihm zu teuer ist; keine Ahnung.«

Markus blinzelte verwundert. »CO_2? Und wozu?«

»Das hat er mir erklärt. CO_2, dieses simple Gas mit der schlechten Presse, ist nämlich ein Düngemittel, und zwar eines der besten. Haslinger sagt – und das ist wissenschaftlich unstrittig, ich habe es nachgeprüft –, dass heutzutage die meisten Pflanzen unter CO_2-Mangel leiden. Pflanzen atmen ja CO_2 ein und Sauerstoff aus, gerade umgekehrt wie wir. Aber den größten Teil der Erdgeschichte hindurch war der CO_2-Anteil in der Atmosphäre wesentlich höher als heute, bis zu fünfmal so hoch. Das heißt, die Pflanzen sind auf einen hohen CO_2-Anteil angepasst, und heutzutage schnappen sie gewissermaßen nach Luft. Würde der CO_2-Anteil der Luft sinken, anstatt zu steigen, dann würden viele Pflanzenarten aussterben.«

»Dann müsste der erhöhte CO_2-Ausstoß ja für bessere Ernten sorgen.«

Block nickte und griff nach der nächsten Scheibe Brot. »Genau das ist auch der Fall, aber ich will auf etwas anderes hinaus. Überlegen Sie mal: Wenn in Urzeiten fünfmal so viel CO_2 in der Atmosphäre war – wohin ist der ganze Kohlenstoff dann eigentlich verschwunden?«

Das war eine Frage jener Art, die einem urplötzlich ganze Kronleuchter aufgehen lassen. Markus sah den alten Mann an, diesen zähen, drahtigen, bis zur Halsstarrigkeit unbeirrbaren Kerl, und begann zu begreifen. »Sie meinen …?«

»Die Pflanzen haben ihn eingelagert. Das ist es, was sie tun. Sie atmen CO_2 ein, behalten das C und atmen O_2 aus. Und wenn sie zu Fossilien werden, ist der in ihnen enthaltene Kohlenstoff dem natürlichen Kreislauf entzogen. Das ist passiert, Jahrmillionen hindurch. Bis wir Menschen angefangen haben, diese fossilen Überreste – wir nennen sie Kohle, Öl oder Gas – wieder auszugraben und den darin enthaltenen Kohlenstoff durch Verbrennung wieder in Umlauf zu bringen.« Block richtete das marmeladenverschmierte Messer auf ihn. »Und jetzt rechnen Sie mal. Der CO_2-Anteil war einst fünfmal so hoch, also beinahe bei 0,15 %. Seit Öl und Kohle genutzt werden, ist der CO_2-Anteil aber gerade mal um 0,008 % gestiegen. Ich weiß nicht, wie Sie das sehen, aber mir sagt das klipp und klar, dass wir erst gekratzt haben an den Vorräten fossiler Brennstoffe, die da unten liegen.«

Markus fühlte sich wie betäubt. Tatsächlich, zum Schreien einfach.

Block legte das Messer beiseite und lehnte sich zurück. »Und? War das jetzt was Stärkeres?«

Markus nickte. »Ja. Das war jetzt was Stärkeres.«

Ein paar Tage später waren sie wieder einmal in einer Bibliothek, diesmal in Huron. Block wälzte Bücher, allerdings nicht zu Geologie oder Öl, sondern zu Forstwirtschaft. Pilze. Mikroben. Einen Bibliothekar, der nebenbei das Stadtarchiv verwaltete, hatte er auf die Suche nach Aufzeichnungen über Schädlingsepidemien in den letzten hundert Jahren geschickt. Markus fand das eigentümlich, hatte es aber längst aufgegeben, sich zu wundern.

Hauptsache, es blieb dabei, dass Block mit jedem Tag, der verging, zuversichtlicher wirkte.

Draußen herrschte sibirische Kälte, die einem das Gesicht gefrieren und das Innere der Nase gefühllos werden ließ. Schnee lag in Massen, und der Himmel sah aus, als käme noch mehr. Nur gut, dass sie Schneeketten hatten, zumal Block sie regelmäßig in die entlegensten Gegenden dirigierte.

Zwischen den Regalen herrschte angenehme Stille. Auch draußen in der Stadt war nichts los; Huron schien genauso Winterschlaf zu halten wie alle anderen Städte, in denen sie bisher gewesen waren.

Unangemessen, wenn man bedachte, was für eine Revolution sich hier anbahnte.

Markus setzte sich an einen der Internet-PCs, rief ein paar Zeitungen auf. Nichts, überall das gleiche langweilige Zeug. Er gähnte, reckte sich, sah zu Block hinüber. Der Bibliothekar war zurück, mit einem Stapel Unterlagen, denen man von hier aus ansah, wie staubig sie waren. Die beiden redeten in gedämpftem Ton miteinander. Markus sah Block blättern, nicken, hörte ihn *»Very good! That's what I was looking for«* sagen.

Markus fuhr sachte mit den Fingern über die Tasten vor sich und dachte über die alte Frage nach, ob ein Baum, der im Wald umfiel, dabei wohl Lärm machte, wenn niemand da war, der es hörte.

Er drehte sich wieder zu dem PC, ging auf die Seite eines Freemail-Anbieters und legte sich einen neuen Account an. Als Namen wählte er *whistleblower*, doch den gab es schon – oft sogar; das System schlug ihm vor, eine Nummer dazuzunehmen, und zwar die 101. Okay, warum nicht. Dann schrieb er eine kurze Mail über *Block Explorations* und das Vorhaben, in South Dakota Öl zu finden, um zu beweisen, dass Blocks Methode funktionierte.

Als Adresse gab er *true_robert@gmx.com* ein. Robert hatte heute Geburtstag. Mal sehen, was er mit diesem Geschenk anfing.

Markus bewegte den Mauszeiger über den Schirm, verharrte in kurzer Andacht, um anschließend auf den Button »Senden« zu klicken. Dann loggte er sich aus, löschte den Cache des Browsers und sah sich um. Alles sah unverändert aus.

Man durfte gespannt sein, wie lange das so bleiben würde.

Spät am Abend erreichte sie Thurbers Anruf: Ob sie heute schon ferngesehen hätten?

»Nein«, sagte Block, »wieso?«

»Schalten Sie ein.«

»Welchen Sender?«

»Das ist inzwischen egal«, meinte Thurber. Seine Stimme bebte vor mühsam unterdrückter Aufregung.

Also schalteten sie den kleinen Kasten ein, der in dem Wohnmobil eingebaut war, und zappten die Kanäle durch, bis Bilder des New Yorker Gebäudes auftauchten, in dem sie ihre Büros hatten. Vor dem Firmenschild von *Block Explorations* erläuterte ein Reporter, der »Ölguru« Karl Walter Block aus Österreich sei angetreten, den professionellen Ölsuchern zu zeigen, dass sie keine Ahnung hätten.

Block gluckste vor Begeisterung. »Das haben die gut erkannt.«

Es folgte ein Interview mit einem Experten, einem Mann mit von Wind und Wetter zerfurchtem Gesicht und mächtigem Schnauzbart. »Dr. Bell«, war die Frage, »Sie sind jahrzehntelang für alle großen amerikanischen Ölkonzerne tätig gewesen und kennen jedes Ölfeld auf dem Festland persönlich. Nun erfahren wir, dass Mister Block aus Österreich in South Dakota Öl zu finden beabsichtigt. Wie schätzen Sie seine Chancen ein?«

»Null«, gab der Mann unleidig zurück. »Absolut null.«

»Kann es nicht sein, dass ein kleines Ölfeld bislang übersehen wurde?«

Kopfschütteln. Der Schnurrbart flog. »Es gibt keinen Quadratfuß amerikanischen Bodens, der nicht genau untersucht worden wäre.«

Markus erlebte Block zum ersten Mal lauthals lachend. »Ja, klar«, rief er dem Mann auf dem Fernsehschirm zu. »Aber mit den falschen Methoden!«

Am nächsten Tag rückte die Presse an. Es war unklar, woher die Journalisten wussten, wo Block und Markus sich aufhielten, aber sie wussten es jedenfalls. Und da Fahrzeuge mit Senderlogos und dicken Satellitenschüsseln alles andere als unauffällig sind, folgte ihnen bald ein ganzer Tross von Schaulustigen. Innerhalb eines Tages waren so viele Leute um sie herum, dass an geregeltes Arbeiten kaum noch zu denken war.

»Das macht nichts«, sagte Block zu Markus. »Ich weiß schon alles, was ich wissen muss. Im Gegenteil, es ist mir gerade recht.«

»Na, dann«, meinte Markus unbehaglich, der sich immer noch nicht sicher war, ob die E-Mail an Robert Baldwin nicht vielleicht eine hormongesteuerte Rieseneselei von ihm gewesen war.

Block gab allen, die kamen, bereitwillig Interviews. In jedes Mikrofon, das man ihm hinhielt, sagte er mit unermüdlicher

Geduld immer wieder dasselbe: dass er Öl finden könne, wo andere nicht mal welches vermuteten; dass noch Öl für tausend Jahre vorhanden sei; dass genug da sei für alle und kein Grund zur Sorge bestehe.

»Wissenschaftler sagen übereinstimmend, dass Ihre Suche hier aussichtslos ist«, beharrte eine Reporterin, »was sagen Sie dazu?«

Zu Markus' Überraschung lächelte Block nur milde und sagte: »Warten Sie's doch einfach ab.«

Thurber rief wieder an, diesmal von einer Begeisterung erfüllt, die akustisch von sexueller Erregung kaum zu unterscheiden war. Die Abgesandten aller großen und kleinen Ölfirmen, die sich auf diesem Markt tummelten, gäben sich inzwischen die Klinke in die Hand. Wollten mehr über die Methode wissen, über Block und seinen Hintergrund. Machten Angebote. Fragten an. »Exxon-Mobil. Chevron-Texaco. BP-Amoco-Arco. Tosco. Valero. Ultramar-Shamrock«, zählte er mit überschnappender Stimme auf. »Und jetzt warten draußen die Leute von Elf-Aquitaine.«

»Das war mir klar«, erwiderte Block unbeeindruckt.

»Aber das muss vertraulich bleiben!«, rief Thurber. Das hatte er schon mindestens ein Dutzend Mal gesagt. »Das habe ich fest zugesagt. Kein Wort davon in einem Interview, hören Sie, Karl?«

»Was glauben Sie, das die tun würden? Beleidigt abspringen und anderen das Geschäft überlassen?«

»Bitte, Karl, ich muss darauf bestehen …«

»Ja, schon gut. Ich halte den Mund.«

Nach diesem Gespräch betrachtete Markus die Leute, ihren Wohnwagen und das Feld, auf dem sie ihre Untersuchungen vorgenommen hatten, mit anderen Augen. Er war sich sicher, dass das nicht alles Schaulustige waren. Einige von denen, die mit Ferngläsern herübersahen, wirkten zu ruhig, zu konzentriert, waren zu ausdauernd. Das waren keine Leute, die hier Amüsement suchten, das waren Leute, die arbeiteten. Von Ölkonzernen beauftragte Kundschafter, jede Wette.

Schließlich legte Block sich auf einige Stellen für die ersten *Wildcat*-Bohrungen fest. Sie lagen südlich eines kleinen Städtchens namens Winner, nahe bei dem Fluss Keya Paha – und damit am Rande einer atemberaubend schönen Landschaft, die überdies Lebensraum verschiedener seltener Vögel war.

Die Naturschützer gingen auf die Barrikaden. Keine achtundvierzig Stunden, nachdem die Firma *Block Explorations* das entsprechende Gesuch eingereicht hatte, untersagte ein Richter die Fortsetzung der Arbeiten bis zur weiteren Klärung der Sachverhalte.

»Die Bohrungen liegen nicht im Naturschutzgebiet«, erklärte Block der Presse.

»Aber gerade mal hundert Yards von dessen Grenze entfernt«, wandte ein Reporter ein.

»Zu diesem Zweck definiert man Grenzen«, erwiderte Block. »Um sagen zu können, was innerhalb und was außerhalb liegt. Und die geplanten Bohrungen liegen außerhalb.«

Also ging die Sache vor die Gerichte, mit anderen Worten, sie zog sich hin. Sie brachen die Arbeiten ab, gaben das Wohnmobil zurück und verbrachten den Rest des Januars sowie den größten Teil des Februars damit, zwischen New York und South Dakota hin und her zu jetten, je nachdem, was die Anwälte für erforderlich hielten. Je länger sich die Verhandlungen hinzogen, desto öfter griff Markus zu Beruhigungsmitteln, um überhaupt Schlaf zu finden; Sex allein genügte nicht mehr.

Schließlich kam das Urteil. Der Richter erteilte die Genehmigung – aber nur für eine einzige Bohrung!

»Das muss genügen«, erklärte Block grimmig.

Die Arbeiten liefen sofort an. Dass noch strenger Winter herrschte und damit alles andere als ideale Bedingungen, um tiefe Löcher in die Erde zu bohren, ließ Block unbeeindruckt. »Ich habe in Alaska gebohrt, dort ist das Wetter nie besser«, erklärte er und wies Thurber an, entsprechende Bohrtechnik und Fachleute zu besorgen. Währenddessen brütete er tagelang über seinen Karten und Unterlagen, um die Entscheidung zu treffen, an welcher der Stellen sie bohren würden.

Während der Bohrturm errichtet wurde, raue, bärenstarke Männer Stahlrohre wuchteten und Zugmaschinen düstere Aggregate in Position brachten, unbeeindruckt von den Mahnwachen und den Spruchbändern einer Hand voll vorwiegend jugendlicher Protestler am Rande des abgesperrten Geländes, sah Markus im Fernsehen eine längere Sendung über ihr Vorhaben. Ein Experte erläuterte, dass man lange Zeit vermutet habe, es gebe im Süden von South Dakota, im Grenzgebiet zu Nebraska, Öl, weil diese Region auf einer geologischen Linie liege, die die Vorkommen in Texas und Oklahoma mit denen in Kanada und Alaska verbinde. »Aber«, fuhr er fort, »so einfach sind die Dinge eben nicht.« Er hob einige dickleibige Druckwerke hoch. »In diesem Fall liegen uns außergewöhnlich gründliche Untersuchungen vor, von einem Geologen namens Ford Raymond Jasper. Er ist im Jahr 2000 verstorben, stammte aus genau der fraglichen Gegend und hat dort buchstäblich sein Leben lang nach Öl gesucht – aber keines gefunden. Wenn dieser Mister Block jetzt klüger sein will als ein Mann, der diese Region kannte wie seine Westentasche, ist das in meinen Augen mehr als tollkühn. Es ist lächerlich.«

Die Bohrungen begannen. Dicker Qualm stieg aus den Dieselmotoren in den kalten, klaren Winterhimmel, und Stange um Stange fräste sich in das hässliche Loch hinab.

Die Medien kolportierten genüsslich, dass bei britischen Buchmachern heftig auf den Ausgang der Bohrarbeiten gewettet wurde; die Quoten standen schon bei 50:1 gegen Block. Er und Markus wurden inzwischen gern als »die Ölpropheten« tituliert, und kaum ein Tag verging, an dem ihre Gesichter nicht über Mattscheiben flimmerten oder auf Zeitungsseiten zu sehen waren.

Doch dann – der Monat März war noch nicht vorbei – stießen sie auf Öl.

Viel Öl.

Diesmal war es Myers, der zu Taggard ins Büro kam. »Sieht so aus, als gäbe es eine Lösung für all unsere Probleme«, sagte er und warf ihm die gefaxte Titelseite einer Zeitung hin, deren Schlagzeile lautete: *Unsere Zukunft heißt Öl!* »Haben Sie's gelesen?«

»Selbstverständlich«, sagte Taggard.

»Das Fax kam aus Langley, zusammen mit Anweisungen, Sie betreffend«, fuhr Myers fort. »Sie kriegen ein Team und werden sich um die Burschen kümmern.« Er legte ihm die restlichen Seiten hin.

Taggard ignorierte sie, nahm das Blatt mit der Zeitungsseite auf und betrachtete das Foto, das die beiden so ungleichen Männer zeigte, die dabei waren, die Spielregeln der Weltpolitik neu zu definieren.

»Sie scheinen nicht gerade begeistert zu sein«, meinte Myers. »Gewöhnt man sich so schnell ans Nichtstun?«

Taggard ließ das Blatt sinken. »Es gibt kein Entkommen, Glen«, erwiderte er nachdenklich. »Was immer man tut in seinem Leben, irgendwann holt es einen ein.«

Das verstand Myers nicht. Konnte er auch nicht. Er verdrehte nur die Augen und ging, und Taggard konnte es ihm nicht verdenken.

Der Aufruhr war unglaublich. Im Grunde hätte nur noch eine Parade durch die Straßen Manhattans gefehlt, mit Marschmusik und Konfettiregen. Die Leute von PPP waren völlig aus dem Häuschen, was für ein dicker Fisch ihnen da ins Netz geschwommen war, erklärten, nun würden sie so schnell wie möglich an die Börse gehen. Erste Hochrechungen ergaben, dass der Gesamtwert des Unternehmens dadurch in den zweistelligen Milliardenbereich katapultiert werden würde, und das war noch konservativ geschätzt. Alles war jetzt möglich. Die Zukunft glänzte in purem Gold.

Markus beschloss, Amy-Lee einen Heiratsantrag zu machen.

Gegenwart

Ich habe übrigens niemanden erreicht«, fiel Frieder ein. »Die Nummer, die du mir gegeben hast, gibt es nicht mehr. Ich habe dann die Auskunft angerufen, und die sagen, sie finden keine Amy-Lee Wang in New York.«

Markus starrte ins Leere, lange, fast so, als habe er überhaupt nicht gehört, was sein Bruder gesagt hatte. Dann flüsterte er: »Eigenartig.«

»Tut mir Leid«, sagte Frieder.

Markus sah ihn an. »Das muss es nicht.«

KAPITEL 21

Vergangenheit

Seit dem Ölfund war die Presse hinter ihnen her wie sonst nur hinter Popstars. Es war richtig schwierig, ja, eigentlich unmöglich geworden, aus dem Haus zu gehen, um etwa einen Verlobungsring zu kaufen. Markus rief schließlich einen namhaften Juwelier in der Fifth Avenue an und schilderte sein Problem.

»Kein Problem«, sagte der Mann am anderen Ende der Leitung sofort, »wir kommen gerne mit einer Kollektion zu Ihnen nach Hause.«

Markus sah sich um in dem, was nie sein Zuhause geworden war und nun, da Größeres möglich war, auch nicht mehr werden würde: eine schäbige möblierte Zweizimmerwohnung mit tropfenden Klimaanlagen in Fenstern, durch die man die Ziegelwand des benachbarten Gebäudes sah und den Abfall in der Gasse darunter roch. Eine Küchenzeile, die wenigstens zwanzig Jahre alt war, mit einem aus einer Flasche gespeisten Gasherd und einem röchelnden Kühlschrank. Amy-Lee hatte kein einziges Mal hier übernachtet.

»Ich würde lieber zu Ihnen kommen«, sagte er. »Vielleicht lässt sich das ja unauffällig gestalten?«

Auch das war kein Problem. Es gab einen Hintereingang, der in einen separaten Raum führte, kühl, altmodisch, ringsum in Teak getäfelt, in dem Stille und der Geruch nach Reinigungsmitteln herrschten. Die Ringe, die man ihm vorlegte, sahen in Markus' Augen alle mehr oder weniger gleich aus, und allesamt waren sie unglaublich teuer. Leisten konnte er sich wahrscheinlich keinen davon. Er hatte es aufgegeben, seinen Kontostand zu verfolgen; alles, was er wusste, war, dass er, seit er Block getroffen hatte – und Amy-Lee –, mehr Geld ausgab, als hereinkam. Wesentlich mehr Geld. Das Leben, das er führte, war nur möglich, weil er das Erbe seiner Eltern im Hintergrund hatte; wie viel davon noch übrig war, wollte er gar nicht wissen. Das Leben fand jetzt statt, immer nur *jetzt*! Es gab keine andere Zeit.

Er beugte sich über die eleganten Schachteln, betrachtete Diamanten, Fassungen, Schliffe, und spürte dabei unablässig seine Erziehung panisch um sich schlagen und rufen: *Spare! Du weißt nicht, was kommt!* Dass er mitten in einer ungeheuren Umwandlung seines Lebens stand, damit konnte dieser Teil seines Wesens ganz offensichtlich nicht umgehen. In dieser Hinsicht war er geprägt durch die Armut, in der seine Eltern den größten Teil ihres Lebens verbracht hatten. Das, was sie ihm mitgegeben hatten, war ein angstvolles Klammern an das, was man besaß.

Dabei hatte er es geschafft! In ein paar Monaten würden ihm Beträge, wie sie hier im Tonfall dezenten Understatements genannt wurden, nur noch ein Schulterzucken entlocken. Die Vorbereitungen für den Börsengang liefen auf vollen Touren, binnen Jahresfrist würde er Milliardär sein. Auf dem Papier zumindest, denn eine Klausel des Vertrags erlaubte ihm den Verkauf von Aktien erst nach frühestens drei Jahren. Bis dahin musste er mit seinem Gehalt vorliebnehmen, das aber natürlich auch demnächst massiv erhöht werden würde.

Und er wollte Amy-Lee heiraten. Warum auch nicht? Sie waren verrückt nacheinander, passten zusammen wie füreinander gemacht. Sie waren Verbündete in dem Projekt, das Maximum aus dem Leben herauszuholen – maximalen Spaß, maximales Glück, maximalen Erfolg.

Abgesehen davon würde es den angenehmen Nebeneffekt haben, die Frage seiner Aufenthaltsberechtigung in den USA ein für alle Mal zu klären. Ärgerlicherweise zeigte sich der INS nämlich von dem augenblicklichen Rummel völlig unbeeindruckt: Berühmt oder nicht, das spielte keine Rolle. Man hatte seine Regeln, und an die hielt man sich eisern.

Eine dieser Regeln allerdings lautete, dass Markus sofort nach der Heirat mit einer amerikanischen Staatsbürgerin einen

Antrag auf eine Green Card stellen konnte. Und fünf Jahre später einen auf Einbürgerung.

Amy-Lee reagierte allerdings nicht so, wie er sich das ausgemalt hatte.

Er hatte sie ins *La Grenouille* eingeladen. Das Restaurant hatte er ausgesucht, weil dessen beide Speisesäle sehr romantisch mit seidenen Lampenschirmen und rotsamtenen Polstersesseln ausgestattet waren sowie mit Blumenschmuck bis unter die Decke. Sie hatten Hummer-Ravioli gegessen, Lammrücken und zum Nachtisch die warme, zartbittere Schokoladentorte, die als Spezialität des Hauses berühmt war, und als der Espresso auf dem Tisch stand, hatte er das Gespräch in, wie er fand, geschickter Weise so gelenkt, dass es nahtlos passte, ihr die kleine Cartier-Schachtel mit dem Ring darin zuzuschieben und sie zu bitten, ihn zu heiraten.

Doch nun starrte sie den Ring nur an, völlig konsterniert. Beinahe erschüttert. Etwa so, wie man die Nachricht vom Tod eines guten Freundes aufnimmt.

»Was ist?«, fragte Markus, dem der Gedanke kam, dass sie womöglich schon verheiratet war und ihm bisher nur noch nichts davon gesagt hatte.

»Das kommt…«, sagte Amy-Lee leise, »ein bisschen überraschend.«

»Das will ich doch hoffen.«

Sie nahm die Schachtel in die Hand, fingerte daran herum, betrachtete den Ring einen Moment und ließ dann den Deckel zuschnappen, mit einem dumpfen Geräusch, das Markus unpassenderweise an einen Axthieb denken ließ.

»Ich kann dazu jetzt nichts sagen«, fuhr sie fort. »Das geht nicht so einfach. Du musst erst meinen Vater kennen lernen.«

»Okay«, sagte Markus. »Kein Problem.« Ihre Mutter lebte nicht mehr, das hatte sie ihm einmal erzählt. Sie war gestorben, als Amy-Lee sechs Jahre alt gewesen war, an einer so seltenen Krankheit, dass ihr Fall in die medizinische Fachliteratur aufgenommen worden war.

»Er ist ziemlich … chinesisch«, erklärte sie.

»Sag einfach, wann und wo.«

»Ich muss ihn erst anrufen.« Sie öffnete die Schachtel, nahm den Ring heraus, probierte ihn an. Er passte. Natürlich. Markus hatte einen kleinen Silberring vermessen, den sie manchmal trug und der mal bei ihr im Bad gelegen hatte.

Sie sah hoch, sah ihn an, lächelte endlich wieder. »Du bist ein gefährlicher Mann, Mark.«

Markus erinnerte sich, dass Amy-Lee einmal etwas dahingehend gesagt hatte, ihr Vater wohne irgendwo im Westen der USA. Er dachte sich also nichts dabei, als sie einige Tage später ihre Reisetaschen in den Kofferraum seines Wagens stellten und zum Flughafen aufbrachen. Seine Sorge galt dem tadellosen Sitz seines Anzugs, seines besten, und seiner Frisur. Er war eigens zu einem teuren Frisör gegangen. Es konnte nicht schaden, mit einer ordentlichen Erscheinung Eindruck zu machen; mögliche Schwiegerväter achteten ungeachtet ihrer Herkunft auf solche Dinge.

»Ein neues Auto könntest du dir mal kaufen«, schlug Amy-Lee vor, als sie aus der Tiefgarage kamen und auf eine Lücke im Verkehr warteten.

»Sobald ich dazu komme«, erwiderte Markus.

Die Wahrheit war, dass er darüber schon nachgedacht hatte, aber wenig Antrieb dazu verspürte. Irgendwie kam ihm sein Wagen vor wie eine Art Glücksbringer: Seit er ihn besaß, ging es stetig mit ihm aufwärts. Wozu sollte er da etwas riskieren? Zumal das Auto, abgesehen von den bekannten Mängeln, mit denen er zu leben gelernt hatte, tadellos lief.

»Andere Richtung«, sagte Amy-Lee, als er nach Queens abbiegen wollte.

»Wieso?« Er wies auf ein Schild, das die Richtung zum Flughafen *La Guardia* anzeigte. »Ich kenne die Strecke, glaub mir.«

»Diese nicht. Fahr durch den Lincoln Tunnel. Wir müssen nach New Jersey, zum *Teterboro Airport*.«

»Nie gehört«, erwiderte Markus, bog aber ab wie geheißen.

Teterboro war ein kleiner Flughafen – was in New York eben so als klein galt. Sie hatten kaum die Tür der Empfangshalle passiert, als schon ein Asiate in einer schmucken grauen Uniform auf sie zutrat und sagte: »Guten Tag, Miss Wang.«

Amy-Lee strahlte ihn an. »Hallo, Xiao. Wie geht's? Das ist Mark.«

Der Mann deutete eine knappe Verbeugung an, was ziemlich ungewohnt wirkte. »Angenehm, Mister Mark. Mein Name ist Lung Xiao. Ich bin Ihr Pilot.«

Markus starrte ihn an wie eine Erscheinung. »Unser Pilot?«

Der *Teterboro Airport* war, erfuhr er nun, in der Hauptsache ein Flughafen für Privatflugzeuge. Ehe er ganz begriffen hatte, was das für ihre Reise bedeutete, nahm Xiao schon ihr Gepäck und dirigierte sie zu einem seltsamen kleinen Elektroauto mit viel Glas drumherum, einer Art Papstmobil, mit dem sie gleich darauf über das Flugfeld surrten, vorbei an Dutzenden schicker kleiner Jets: Lear-Jets, Falcons, Challengers, Hawkers, Citations, Gulfstreams. Was für ein Fabrikat es war, in das sie schließlich einstiegen, entging Markus, aber auf alle Fälle duftete es nach Leder, nach Geld, nach *viel* Geld. Die Sitze, die Kopfstützen und die Tischkanten waren mit hellbraunem und gelbem Leder bezogen. Jeder Schalter, jeder Griff und jede Lampe war vergoldet. Ein enormer Flachbildfernseher hing an der Stirnwand. Es gab eine Hightech-Telefonanlage mit Satellitenempfang, Faxgerät und Internetanschluss. Es gab eine Bar und eine Bordküche. Und unglaublich viel Platz.

»Mein Gott«, ächzte Markus. »Was *kostet* so ein Ding?«

»Fünfundvierzig Millionen Dollar«, sagte Amy-Lee.

»Und das gehört deinem Vater?«

»Er hat sechs davon. Das hier ist das kleinste.«

Markus spürte, wie ihm das Blut in den Kopf schoss. Großer Gott! Und er hatte gedacht, er würde sie mit seiner Firma beeindrucken, seinem Erfolg, seinem Aufstieg. Das hübsche junge Ding aus der Investmentabteilung der First Atlantic Bank. Etwas kratzte ihm im Hals; er musste husten. »Das klingt, als sei dein Vater nicht ganz unvermögend.«

»Auf der Liste der reichsten Menschen der USA pendelt er immer so zwischen Platz 30 und 35.«

Markus hob die Augenbrauen. »Wang? Er ist nicht etwa der Wang, der mal Computer hergestellt hat?«

»Nein, er ist nicht der Wang, der mal Computer hergestellt hat.« Sie klang, als habe sie diese Frage schon tausend Mal beantworten müssen.

Auf jeden Fall ist sie das einzige Kind, schoss es ihm durch den Kopf. Sie würde einmal alles erben; die sechs Privatjets und alles Übrige dazu. Kein Wunder, dass sie misstrauisch wurde, wenn jemand ihr einen Heiratsantrag machte.

Markus ließ sich in einen der breiten Sessel fallen, fertig mit der Welt. »Das wusste ich nicht. Ehrlich, ich hatte keine Ahnung.«

Amy-Lee beugte sich mit rätselhaftem Lächeln über ihn, küsste ihn auf den Mund und sagte: »Das weiß ich.«

Ein dumpfes Grollen erscholl irgendwo unter oder hinter ihnen, als die Triebwerke angelassen wurden. Die Stimme des Piloten erklärte aus einem verborgenen Lautsprecher, sie erhielten in zehn Minuten Starterlaubnis. Dann leuchtete ein Rauchverbots- und ein Anschnallzeichen auf.

»Fehlt nur noch die Stewardess«, versuchte Markus zu scherzen.

»Normalerweise ist auch eine da, aber ich fliege lieber ohne«, erwiderte Amy-Lee darauf jedoch völlig ernsthaft. Sie stand auf. »Was willst du denn trinken?«

Markus blinzelte. »Was will ich trinken? Keine Ahnung. Eine Cola.« Das Flugzeug setzte sich in Bewegung. Er blieb lieber sitzen.

Amy-Lee bewegte sich dagegen mit völliger Selbstverständlichkeit. Sie verschwand in der kleinen Kombüse, vorn, direkt hinter dem Cockpit, und kam mit einer Cola und einem Mineralwasser zurück. Durch das Bullaugenfenster sah Markus, dass sie bereits in der Schlange vor der Startbahn standen, einer sehr kurzen Schlange, und er war beruhigt, als Amy-Lee sich endlich auch setzte und anschnallte.

Ein Schluck, damit das Glas nicht so voll war, dann zurück damit in den Halter. Die Triebwerke gaben Vollschub, die Maschine jagte über die Startbahn, hob ab, stieg rasch höher. Draußen zogen Wolkenfetzen vorbei, das Licht wurde heller, klarer, strahlender. Schließlich erlosch das Anschnallzeichen, und das Flugzeug ging in die Waagrechte über.

Markus griff wieder nach dem Glas, nahm einen weiteren Schluck. »Wow.« Er sah sich um, versuchte zu begreifen, dass er das hier wirklich und wahrhaftig erlebte. Sein Blick blieb an dem großen Fernsehschirm hängen. »Und jetzt? Jetzt können wir uns einen Film aussuchen, oder?«

Amy-Lee stand auf. »Komm.« Sie nahm ihn bei der Hand, zog ihn nach hinten in einen Gang, von dem er gedacht hatte, er führe zu den Toiletten. Aber das Flugzeug war länger, als ihm klar gewesen war; eine Schiebetür führte in ein Schlafzimmer mit einem ovalen, ringsum mit grauem Leder gepolsterten Bett. Einem Bett, das gemacht war, das mit frischer, duftender Bettwäsche überzogen war.

Amy-Lee zog die Tür zu und verriegelte sie von innen. »Ich will«, sagte sie, während sie ihm das Hemd aufknöpfte, »dass du mich jetzt nimmst. Hier. Auf diesem Bett. In acht Meilen Höhe.«

Eight Miles High. Ihr Lieblingssong.

Ich träume, dachte Markus, während sie sich auszogen. Ich träume, dachte er, während Erregung in ihm aufstieg, eine ungeheure, unbekannte, unglaubliche Erregung, die kaum noch mit Amy-Lee zu tun hatte, sondern fast nur noch mit der Situation, in der sie sich befanden. Die Aggregate des Flugzeugs pumpten hochoktaniges Kerosin durch die Leitungen; sein Herz adrenalinhaltiges Blut durch seine Adern. Die Maschine wurde über den Himmel getrieben; er über ihren Leib. Das Kerosin verbrannte in den Triebwerken und verlor sich in der Atmosphäre; er verbrannte in ihrem Schoß und verlor sich in ihrer Umarmung. Ich träume, dachte Markus, bevor er aufhörte zu denken.

»Schau raus!«, rief Amy-Lee auf einmal, gerade als er im Begriff stand zu kommen. »Aus dem Fenster! Schau aus dem

Fenster!« Sie packte seinen Kopf, drückte ihn nach oben, sodass sein Blick aus einem der Bullaugen am Bett fiel, hinaus auf ein unendlich großes Land, auf gleißende Wolken, auf Licht von unwirklicher Intensität.

Auf eine Welt, die ihm gehörte. Er kam, durchzuckt von dem Gedanken, der wie ein triumphierender Schrei war: *Jetzt! Jetzt habe ich es geschafft!*

Gegenwart

Im Bademantel schlenderte Markus durch das Foyer des Krankenhauses und an der Pförtnerloge vorbei nach draußen. Der Pförtner sah kaum auf. Er hatte einen kleinen Schwarzweißfernseher vor sich stehen, auf dem er irgendeine Vorabendserie verfolgte.

Draußen dunkelte es schon, und die Luft, die Markus entgegenschlug, war frostig. Seit einer guten Woche machte er das: abends, wenn die offiziellen Besuchszeiten vorbei waren und wieder Ruhe einkehrte, noch einmal durch den Krankenhauspark zu spazieren.

Heute nahm er den Weg, der unter seinem Zimmer vorbei führte. Direkt unter seinem Fenster, vor dem Gebüsch, das die Räume im Erdgeschoss verdunkelte – es waren nur Lagerräume –, blieb er stehen. Er sah auf die Uhr. Er war im Zeitplan.

Sah jemand her? Nein, weit und breit kein Mensch. Markus bückte sich und holte die Reisetasche hervor, die er vorhin von oben in den Busch hatte fallen lassen. Alles wie geplant. Jetzt nur die Ruhe bewahren.

Ein paar Meter weiter war eine Sitzecke, im Sommer sicher eine kuschelige Laube. Jetzt im Herbst war hier niemand, aber es gab eine Ziegelmauer, die vor Blicken schützte. Markus entledigte sich seines Bademantels, unter dem er – was der Pförtner nicht hatte sehen können – Straßenkleidung trug, und stopfte ihn hinter eine der Sitzbänke. Er hatte das graugrüne Ding ohnehin nie leiden können.

Es war halb sieben, als er an der verabredeten Stelle ankam. Das Taxi wartete schon; der Fahrer schien erleichtert, dass tatsächlich jemand auftauchte. Er trug einen Schnauzbart, der ihm ein geradezu anatolisches Aussehen gab, fragte aber in original weichem Hessisch: »Und, wohin soll's gehe?«

»Zur S-Bahn«, sagte Markus.

»Alles klar.«

Das war er jetzt wohl, dachte Dorothea, der kalte Nordwestwind, von dem immer die Rede gewesen war. Immer wieder rannte er gegen das Haus an, und das war jedes Mal, als hiebe ein Titan einen riesenhaften Hafersack gegen die Wände. In allen Fenstern und Schornsteinen pfiff und heulte der Wind, schien es zu bedauern, das Haus nicht einfach vom Berg fegen zu können.

Und ausgerechnet jetzt war es nötig, die Heizung so weit wie nur irgend möglich runterzudrehen. Vielleicht kamen sie auf die Weise mit dem restlichen Öl hin, bis die Krise vorbei war und die Preise für Heizöl wieder auf ein menschliches Maß sanken. Die Heizung der Schwimmhalle und des Pools hatten sie abgestellt; das Wasser sah schon ganz merkwürdig aus, so, als würde es demnächst gefrieren. Julian und seine Freunde trugen den Verlust mit Fassung; mit der für Kinder typischen Kreativität hatten sie den alten Gewölbekeller als neuen Spielplatz entdeckt. Soweit Dorothea das mitbekommen hatte, spielten sie darin »Schmugglerbande«, womöglich angeregt durch ein Buch, das sie Julian zum Geburtstag geschenkt hatte.

Aber wie kalt es gleich wurde, wenn man den Verbrauch nur ein bisschen zu drosseln versuchte! Dorothea trug schon ihre dicksten Pullover und fror trotzdem den ganzen Tag; wie sollte das werden, wenn erst der richtige Winter kam? Die Vormittage im Laden waren zur Zeit ihre Rettung. Das alte Haus lag geschützt, und der kleine Kohleofen, der aussah wie ein Museumsstück, reichte tatsächlich aus, um im ganzen Verkaufsraum für angenehme Temperaturen zu sorgen. Hier konnte sie sich genug aufwärmen, um für den kalten Rest des Tages oben in ihrem eigenen Haus gewappnet zu sein.

Leider war das so ziemlich der einzige vorteilhafte Aspekt ihres Unternehmens. Wenn sie, so wie jetzt, am Küchentisch saß, das Heft vor sich, in dem sie die Buchhaltung des Ladens führte, war es schwer, sich gegen das Gefühl zu wehren, eine riesengroße Dummheit begangen zu haben.

Der Laden lief schlecht. Und selbst wenn man es so direkt sagte, war es noch geschmeichelt. Schon am Montag, am Tag der Eröffnung, waren nur eine Hand voll Leute gekommen, um mal zu schauen und sich das Paket Nudeln abzuholen – 125 Gramm Spätzle mit extra viel Eiern –, für das ein Gutschein auf jedem Flugblatt gedruckt gewesen war. Am Dienstag kam eine einzige Frau, die sechs Eier kaufte: der erste Eintrag in Dorotheas Journal.

Heute war *überhaupt niemand* gekommen. Dafür hatte sie welken Salat, faulige Tomaten und vertrocknetes Brot wegwerfen müssen.

Der Laden war ein Verlustgeschäft, so war das. Die herzlosen Fachleute von den großen Einzelhandelsketten hatten schlicht und einfach Recht gehabt: Das Dorf trug keinen Laden. Es war bitter, sich das eingestehen zu müssen. Sie würden Geld verlieren, selbst wenn Dorothea so bald wie möglich wieder aus der Sache ausstieg. Ein Glück, dass sie bei dem Mietvertrag für den Laden wenigstens darauf bestanden hatte, jederzeit kündigen zu können; jemand hatte ihr erzählt, dass das bei gewerblich genutzten Immobilien ansonsten keineswegs üblich war.

Sie räumte das Heft weg, als sie Werner kommen hörte. Auch ihre düsteren Gedanken packte sie, so gut es ging, mit in die Küchenschublade. Werner hatte gerade selber genug um die Ohren, und auf einen Tag mehr oder weniger kam es schließlich trotz allem nicht an.

»Würgen!«, rief Werner aus, als er hereingefegt kam, unübersehbar auf hundertachtzig. »Erwürgen könnte ich sie alle!«

»Wen?«, fragte Dorothea. So ganz verstand sie die verschiedenen Krisen und Intrigen nie, von denen Werner bisweilen erzählte.

»Die vom Budgetausschuss. Verdienen alle hunderttausend Euro aufwärts, tragen die Nase *so* hoch, und weißt du, was die zu steigenden Spritpreisen zu sagen haben? Ist doch toll, dann gibt es weniger Verkehr, und wir haben freie Fahrt. Und so was darf Entscheidungen in einem Weltkonzern treffen, ist das zu fassen?« Er holte sein Handy aus der Tasche, schaltete es mit einer wütenden Bewegung aus. »Ich bin nicht mehr zu erreichen. Heute nicht mehr. Und an morgen will ich gar nicht denken.«

Als hätte es ihn gehört, klingelte in genau diesem Augenblick das Wandtelefon im Flur.

Werner ließ die Schultern sinken, sah sie mit seinem Seehundblick an, den er nur hatte, wenn es wirklich schlimm um ihn stand. »Bitte, Doro, gehst du ran? Und wenn es jemand vom Büro sein sollte – ich bin nicht da. Ich würd jetzt bloß ausfällig werden.«

Doch es war niemand vom Büro, es war Frieder. Ob sich Markus bei ihr gemeldet habe, wollte er wissen.

»Markus?«, wiederholte Dorothea. »Nein, wieso?«

»Er ist nicht mehr im Krankenhaus. Sie glauben, er ist abgehauen.«

»Abgehauen?«

Frieder gab einen entsagungsvollen Ton von sich. »Ich kann dir nur sagen, was man mir gerade erzählt hat. Also, die Nachtschwester hat Markus nicht in seinem Zimmer vorgefunden. Da hätte sie sich weiter nichts dabei gedacht, er sei ja wieder auf den Beinen, aber sie musste irgendwas aus dem Schrank holen, und da lag ein Zettel, auf dem stand ›Vielen Dank für alles‹, und daneben ein Hundert-Euro-Schein. Daraufhin hat sie den Chefarzt verständigt, und der mich.«

Dorothea schüttelte den Kopf, teilweise auch, weil Werner in einer Art Gebärdensprache Fragen stellte, die sie nicht verstand und jetzt auch gerade nicht brauchen konnte. »Aber aus welchem Grund sollte Markus abhauen?«

»Keine Ahnung«, sagte Frieder. »Weit wird er nicht kommen

ohne seinen Pass; den hat die Staatsanwaltschaft. Hat er dir gegenüber nichts gesagt? Angedeutet? Was hat er denn gesagt, wozu er das Geld braucht?«

»Welches Geld?«

»Na, diese hundert Euro zum Beispiel. Hat er die nicht von dir?«

»Nein. Er hat mich nicht um Geld gebeten.« Dorothea dachte an das Handy, das sie Markus besorgt hatte. Ob das etwas mit der Geschichte zu tun hatte? Oder würde sie alles nur komplizierter machen, wenn sie Frieder jetzt davon erzählte? Sie wusste es nicht. Zu viel; es war gerade alles zu viel.

»Interessant«, war Frieders Kommentar. Typisch Frieder. »Na, wie auch immer, ich hab jetzt mal ausgemacht, dass ich am Freitag hinfahre; wäre sowieso fällig gewesen. Vielleicht wissen wir bis dahin ja mehr. Falls er sich noch bei dir melden sollte, sag Bescheid, ja?«

»Ja«, sagte Dorothea. »Mach ich.« Sie hatte ein ungutes Gefühl, als sie auflegte. Immer kam alles zusammen.

Kurz nach elf saß Markus im Zug nach Rotterdam. Die Karte dafür hatte er im vorigen Zug beim Schaffner gekauft, der sich vielleicht an ihn erinnern würde, vielleicht aber auch nicht. Eher nicht, so viel, wie los gewesen war.

Er war mit der S-Bahn nach Frankfurt gefahren, von da aus nach Dortmund und weiter nach Venlo an der niederländischen Grenze. Die mussten sie inzwischen schon passiert haben; die Sprache auf den Schildern und Plakaten, die man vom Zug aus sah, war irgendwann Holländisch gewesen.

Die Verbindungstür zum nächsten Wagen ging auf. Grenzbeamte. Zwei Niederländer und zwei Deutsche, die sich leise auf Englisch unterhielten, während sie die Sitze entlanggingen und die Passagiere musterten.

Markus griff in die Reisetasche und holte sein Tagebuch mit dem Metalleinband heraus. In der trüben Wagenbeleuchtung waren die Ziffern des Kombinationsschlosses kaum zu erkennen, er brauchte mehrere Versuche, bis er es offen hatte. Es war tatsächlich einmal vom Hersteller als Tagebuch gedacht gewesen, aber nun klaffte mitten im Block der blass linierten Seiten ein rechteckiges Loch, das Markus sorgsam mit einer Rasierklinge ausgeschnitten hatte. Hundert-Euro-Scheine lagen darin, achttausend Euro insgesamt: der letzte Rest des Geldes, das er von seinem Vater geerbt hatte. Außerdem ein Reisepass und ein Führerschein. Beides Doppel.

Sich einen zweiten Führerschein ausstellen zu lassen war weiter kein Problem; man musste nur behaupten, den alten verloren zu haben. Bei Reisepässen war das schon schwieriger. Jemand hatte ihm einmal erzählt, man könne zwei Pässe bekommen, wenn man glaubhaft versichere, man wolle nach Israel und außerdem in ein arabisches Land reisen: Da einem das gern die Einreise verweigert, wenn man ein israelisches Visum im Pass hat, stellt einem die Meldebehörde auf Antrag einen zweiten Pass aus.

Das hatte er ausprobieren müssen, und siehe da, es hatte geklappt. Davon war er so begeistert gewesen, dass er sich dieses, wie er es bei sich genannt hatte, *Notausgangspäckchen* zusammengestellt hatte. War auch schon eine Weile her, der Rappel. Er hatte beinahe vergessen gehabt, dass er es überhaupt besaß. Er fragte sich flüchtig, wo wohl sein anderer Pass sein mochte. Auf jeden Fall waren in dem jede Menge arabischer Stempel. Dieser hier dagegen war noch unberührt, allerdings auch nur noch sieben Monate gültig. Reichte gerade für das, was er vorhatte.

Die Beamten interessierten sich nicht für ihn und seinen Pass. Sie kontrollierten eine ältere, dunkelhäutige Frau und einen heruntergekommen wirkenden, mageren Mann mit ungepflegtem Bart, der bald danach ausstieg.

Kurz nach Mitternacht kam er im Bahnhof Rotterdam Centraal an. Das Bahnhofshotel hatte noch Zimmer frei; zum Glück, denn er war müde und fühlte sich halb tot. Er hatte die letzten Wochen zu lange gelegen, war alles andere als fit.

Den Gedanken, dass er sich vielleicht zu früh davongemacht haben könnte, schob er beiseite.

Auch hier wollte niemand einen Ausweis sehen. Einen Meldezettel musste er ausfüllen, und aus einem Impuls heraus schrieb er CHARLES TAGGARD in das Feld *Name.* Es war Absicht. Ein Signal. Obwohl es vermutlich niemand wahrnehmen würde.

Im Zimmer holte er sein Mobiltelefon hervor und tätigte den letzten, den heikelsten aller Anrufe, die zu tätigen waren. Die ganze Reise über hatte er sich Worte und Argumente zurechtgelegt, das Gespräch ein gutes Dutzend Mal in Gedanken geführt.

Doch nun meldete sich unter der Nummer niemand mehr. Damit hatte er nicht gerechnet. Er wusste nicht, was das zu bedeuten hatte, aber etwas Gutes war es garantiert nicht.

KAPITEL 22

Vergangenheit

Markus erwachte von der Durchsage des Piloten, sie würden in zwanzig Minuten landen. Verwirrt registrierte er, dass er nackt war, dass er in einem zerwühlten Bett lag, verheddert mit Amy-Lee, die ebenfalls nackt war und außerdem nach Sex roch. Dann fielen ihm die Einzelheiten wieder ein, nach und nach. So ähnlich musste es sein, wenn man aus einem Koma erwachte.

Ein Flugzeug? Ein fliegendes Hotelzimmer war das, eines der Luxusklasse. Er spähte aus dem Fenster, das sich kalt anfühlte, sah Wolken und Berge und hatte keine Ahnung, wo sie waren.

»Komm, wir müssen uns anziehen!« Amy-Lee sprang auf, lachte, wirkte überdreht. »Sonst wird's peinlich …«

Es gab tatsächlich eine Dusche. Und gewärmte Handtücher. Alles ein bisschen eng, und schnell musste es auch gehen, aber als die Maschine tiefer ging, waren sie sauber und angezogen und saßen ordentlich angeschnallt auf ihren Sesseln. Wer später das zerwühlte Bett aufräumen und sich dabei seine Gedanken machen würde, schien Amy-Lee nicht zu kümmern.

In einer der glattesten Landungen, die Markus je erlebt hatte, setzten sie auf, auf einer schmalen Landebahn mitten im Nirgendwo. Ringsum war nur Graslandschaft, abgesehen von ein paar beschaulich wirkenden Gebäuden am Rand der Piste. Aber immerhin, sie rollten an einem Hangar vorbei, in dem eine waschechte Boeing stand und offensichtlich gerade überholt wurde.

»Wo sind wir jetzt eigentlich?«, fiel es Markus zu fragen ein.

»In den Blue Mountains«, erwiderte Amy-Lee.

»Ah«, machte Markus. Das sagte ihm nun überhaupt nichts.

Die Maschine kam zum Stillstand. Der Pilot kam aus dem Cockpit nach hinten, ein undurchdringlich-asiatisches Lächeln auf dem Gesicht. Ob er wohl wusste, was sie getrieben hatten?

Und ein weiterer, unangenehmer Gedanke: Ob Amy-Lee sich diesen Kick schon öfter geholt hatte, mit anderen? Markus drängte diese Vorstellung beiseite. Darüber würde er jetzt nicht nachdenken.

Xiao öffnete die Tür, ließ die kleine eingebaute Treppe zum Boden hinab und arretierte das Geländer. Frische, kühle Luft drang herein.

»Es ist wärmer, als ich erwartet hätte«, sagte Amy-Lee zu Xiao.

Der Pilot nickte. »Ja. Es heißt, es sei der wärmste April seit hundert Jahren.«

»Die Klimaerwärmung«, hörte sich Markus sagen, automatisch beinahe. Dann trat er an die Tür, sah das unglaubliche Panorama und vergaß alles, was ihm noch zu diesem Thema an schlauem, angelesenem Zeug auf der Zunge gelegen hatte. In der Ferne erhoben sich majestätische, eisbedeckte Berge, eine ganze Kette davon. Ringsum erstreckten sich sanfte, ergrünende Hänge, ein kristallklarer, tiefblauer Himmel spannte sich darüber, überzogen von getupften weißen Schlieren und erfüllt von unwirklichem Licht.

»Ich träume, oder?«, murmelte Markus. »Ich weiß, dass ich träume. So etwas nennt man einen luziden Traum. Dass mich jetzt bloß keiner weckt …«

Ein großer, geländegängig wirkender Wagen kam angefahren. Zwei Männer stiegen aus und widmeten sich der verantwortungsvollen Aufgabe, ihre beiden kleinen Reisetaschen aus dem Jet in den Kofferraum umzuladen und ihnen anschließend die blecherne Tür zum Rücksitz aufzuhalten.

»Und, wie weit ist es noch bis zum Anwesen deines Vaters?«, fragte Markus, als der Wagen losfuhr.

Amy-Lee sah ihn unergründlich an. »Das hier *ist* das Anwesen meines Vaters.«

»Bitte?«

Sie machte eine knappe, kreisförmige Geste. »Alles, was du siehst. Mit Ausnahme der Gipfel.«

Dazu fiel ihm keine Erwiderung ein. Alles, was er sah? Er sah eine Menge. Sie fuhren zwischen Viehweiden dahin, auf denen enorme Herden wolliger Rindviecher grasten, vorbei an Hütten mit Heu, Bächen, Seen. Eine Ansammlung von Häusern, fast ein kleines Dorf, kam immer näher und entpuppte sich als der Ort, auf den sie zufuhren. Mitten darin tauchte das gigantischste Wohnhaus auf, das Markus je gesehen hatte, alle Fernsehsendungen und Reportagen in Zeitschriften eingeschlossen. Rowes Anwesen auf den Hamptons wirkte gegen *das da* wie eine Bruchbude.

An die fünfzehn Dienstboten standen Spalier, als der Wagen in der Auffahrt hielt; manche von ihnen schienen in der kühlen Luft zu bibbern. Da waren Zimmermädchen, die tatsächlich die Art Kleidung trugen, die Markus nur aus alten Filmen kannte. Diener in Livree standen da sowie ein distinguierter Mensch im Anzug, der aussah wie ein Butler und bestimmt auch einer war. Als Amy-Lee und Markus ausstiegen, wurden sie im Chor begrüßt, dann umringt – Amy-Lee schüttelte Hände, kannte offenbar alle mit Namen – und ins Haus geleitet, in die Halle, wo ihnen mit ausgestreckten Armen ein Mann in einem kaffeebraunen Anzug entgegenkam: Amy-Lees Vater.

Hung Wang war noch etwas kleiner als Markus und bot den irritierenden Anblick eines breiten, durch und durch amerikanischen Lächelns unter listig zusammengekniffenen chinesischen Schlitzaugen. Sein Haut wirkte wie teures Leder, und er strahlte fühlbare Energie und Tatkraft aus, Machtwillen. Es konnte keinen Zweifel daran geben, dass er das Kraftzentrum dieses Tals war.

»Sie sind also Mark?«, sagte er, nachdem er seine Tochter kurz umarmt und geküsst hatte. Er gab Markus die Hand und musterte ihn mit einer Intensität, die beunruhigte. Sein Händedruck war warm und normal, weder übertrieben stark noch weich. Trotzdem wurde Markus das Gefühl nicht los, dass Wang im Stande gewesen wäre, ihn im nächsten Augenblick über die Schulter zu schleudern, wenn er gewollt hätte. »Willkommen.«

Man hielt auf Sitte und Anstand im Hause Wang. Markus bekam ein eigenes Gästezimmer, weit entfernt vom Zimmer Amy-Lees, in einem anderen Trakt des Gebäudes sogar, wenn er das richtig mitbekommen hatte. Er war gerade damit beschäftigt, seine Tasche auszupacken, als sie zu ihm hereinschlüpfte. Sie wirkte dabei, als tue sie etwas Verbotenes und wisse es. Mit einer Besorgnis, die Markus geradezu rührend anmutete, sagte sie: »Du musst eines verstehen, Mark. Ich bin nicht nur Amerikanerin. Ich trage auch ein chinesisches Erbe in mir, und dazu gehört, dass ich nicht ohne den Segen meines Vaters heiraten kann. Es geht nicht, verstehst du? Ich könnte nie… durchbrennen oder so etwas. Ich hätte nie das Gefühl, dass das, das danach käme, *gültig* wäre.«

Markus musste schmunzeln. »Ich habe nicht den Eindruck, dass es nötig sein wird, durchzubrennen. Dein Vater scheint nichts gegen mich zu haben. Auf den ersten Blick zumindest.«

Amy-Lee nickte, wirkte gedankenverloren, so, als habe sie kaum gehört, was er gesagt hatte. »Ja. Ich wollte auch nur…« Sie trat vor ihn hin, sah ihm forschend in die Augen. »Mark – wenn mein Vater dich um etwas bitten sollte, dann gib es ihm. Bitte.«

Markus sah sie an. Er hatte nicht die leiseste Ahnung, was sie damit meinte. Wahrscheinlich ein altes Problem in der Beziehung zwischen ihr und ihrem Vater. »Klar«, sagte er. »Mach ich.«

»Gut.« Sie küsste ihn auf die Wange und verschwand so heimlich tuend, wie sie gekommen war.

Und wie immer die Spielregeln lauteten, sie hinderten Amy-Lee nicht daran, spät in der Nacht wieder zu ihm zu kommen.

Sie verbrachten wundervolle Tage. In einem Seitenflügel des Hauses gab es ein großes Schwimmbad, hundertfünfzig Fuß lang und mit einem Drei-Meter-Sprungturm ausgestattet, wo man morgens ein paar Bahnen ziehen konnte, um sich danach frisch geduscht an den Frühstückstisch zu setzen. In einem von dichtem Garten umgebenen Anbau bot ein großer Whirlpool

Entspannung, im Untergeschoss standen außerdem eine Sauna und ein Kraftraum zur Verfügung.

Unter Anleitung einer sich vor Lachen biegenden Amy-Lee musste Markus seine ersten Reitversuche unternehmen. Es ging besser, als er befürchtet hatte; er bekam ein ausgesprochen friedliches Tier, das über seine Unbeholfenheit gutwillig hinwegsah, und so ritten Amy-Lee und er bald gemeinsam über die Wiesen rings um das Anwesen. Die Luft war frisch und würzig, roch nach Wald und kommenden warmen Tagen.

Für jede Mahlzeit des Tages gab es einen anderen Speiseraum. Das Frühstück wurde in einem modern und farbenfroh ausgestatteten Wintergarten aufgedeckt, das Mittagessen bekamen sie in einem hellen, in Weiß und Blau gehaltenen kleinen Speisesaal serviert, und abends schließlich aßen sie gemeinsam mit Amy-Lees Vater und ab und an einem weiteren – geschäftlichen – Gast in einem üppig dekorierten Raum voller Gold und Antiquitäten. Auf seinen Streifzügen durch das Gebäude entdeckte Markus außerdem einen großen Speisesaal mit einem wenigstens zwanzig Meter langen Tisch, der vermutlich großen Feierlichkeiten mit vielen Gästen vorbehalten war, ebenso wie der nebenan liegende Tanzsaal.

Hier, zuckte es Markus durch den Kopf, würden sie ihre Hochzeit feiern.

Es war fast zu viel, um es zu fassen. Das Gebäude war ein als normales Haus getarntes Schloss, das Anwesen mitsamt den übrigen Besitzungen Wangs ein Königreich …

Und er, Markus Westermann, war der Kronprinz. Weil die Tochter des Königs ihn liebte.

Es war schwer, das zu denken und nicht ein Gefühl absoluter Unwirklichkeit zu bekommen. Markus hatte immer von sich geglaubt, ehrgeizig zu sein – aber das hier übertraf alles, was er je im Stande gewesen wäre sich zu wünschen oder auch nur vorzustellen.

Wang war tagsüber weitgehend unsichtbar. Er pflege sich, erzählte Amy-Lee, in seinem äußerst weiträumigen Arbeitszimmer aufzuhalten, wo ihm ein Videokonferenzsystem zur Verfügung stand, über das er seine Firmen managte. Außerdem blieb Markus nicht verborgen, dass ständig Leute kamen und gingen. Manche von ihnen wirkten wie Kuriere, andere wie Direktoren. Auf alle Fälle schienen der Flugplatz und Wangs Flotte gut ausgelastet zu sein.

Doch nach einem Mittagessen, an dem Wang überraschend teilnahm, war es so weit: Der mögliche künftige Schwiegervater hatte beschlossen, dem möglichen künftigen Schwiegersohn auf den Zahn zu fühlen. Was er von einem kleinen Spaziergang anschließend hielte, fragte Wang wie beiläufig, während das Dessert abgetragen wurde, nur sie beide?

»Gern«, sagte Markus. Puh. Jetzt galt es.

Der Boden draußen war durchgeweicht und matschig. Markus hatte keine passenden Schuhe für diese Art Spaziergang dabei, aber das war kein Problem; es standen Gummistiefel in allen Größen bereit. So stapften sie kurz darauf los, an den Pferdeställen vorbei auf einen Weg, der zu einem See und einem Bootshaus führte, in dem mehrere Segelboote auf den Sommer warteten.

»Meine Tochter ist mein Ein und Alles«, eröffnete Wang schließlich das Gespräch. »Ihre Mutter ist früh gestorben. Das war sehr tragisch.«

Markus nickte beklommen. »Das glaube ich.« Was sollte man darauf auch sagen?

»Das alles«, fuhr der alte Chinese fort mit einer Geste, die das Tal meinte, »habe ich einmal gekauft in dem Versuch, meiner Frau das Leben zu retten. Vor langer Zeit. Und leider vergebens. Seither bin ich hier.«

Markus blinzelte. »Aha«, sagte er zögernd. Worauf wollte Wang hinaus? Und was hatte dieses Tal mit der Gesundheit seiner Frau zu tun? Rätselhaft.

Wang blickte einem Vogel nach, der vor ihnen aufstob und über den See davonglitt. »Nun ja, das ist eine lange Geschichte. Lassen wir das.« Er sah Markus an. »Amy-Lee hat mir einiges über Sie erzählt. Sie sind ein Glückspilz, scheint mir.«

Markus nickte zögernd. »Kann man, glaube ich, so sagen.«

»Ihren Partner – den haben Sie wirklich zufällig getroffen?«

»Wenn man an Zufall glaubt, ja.«

»Und Sie haben Ihre Chance erkannt und mit beiden Händen zugegriffen?«

»Ich habe gehört, das macht man hier in den USA so.«

»Stimmt.« Wang musste lachen. Etwas schwang in dem Lachen mit, das Markus nicht gefallen wollte. Aber vielleicht war es auch nur der kulturelle Unterschied; Asiaten hatten es bekanntlich nicht so mit dem Lachen.

»Das haben Sie gut ausgedrückt«, fuhr Wang fort. »Ja, so macht man das hier. Der gute alte amerikanische Traum. Aber wenn Sie ihn leben wollen, müssen Sie im Stande sein zu erkennen, wann Sie eine Chance vor sich haben. Sind Sie so jemand, Mark?«

Markus nickte. »Das denke ich doch.«

Sie hatten den Bootssteg erreicht. Über dem spiegelglatten See lag frostig-weißer Nebel. Alles ringsum sah kalt und verlassen aus, am Horizont zog etwas auf, das ein Gewitter werden mochte; schwere, dunkle Wolken.

Wang blieb am Geländer stehen, stützte sich darauf und sagte, den Blick auf das Wasser gerichtet: »Chancen. Ich will Ihnen was über Chancen erzählen, Mark. Als ich in die Staaten kam, war ich niemand. Ein magerer Chinesenjunge, der nur besaß, was er auf dem Leib trug. Die erste Zeit ging es ums reine Überleben. Niemand hat mir etwas geschenkt. Aber ich habe jede Chance genutzt, die sich mir bot; ich bin allem nachgerannt, was nur im Entferntesten wie eine Chance *aussah!* Es war hart, glauben Sie mir. Wirklich hart. Aber ich habe dabei gelernt, hart zu arbeiten. Ich habe gelernt, harte Entscheidungen zu treffen. Und ich habe gelernt, mich vor Leuten in Acht zu nehmen, die mich über den Tisch ziehen wollen.« Er hüstelte. »Wenn man wie ich sein Vermögen im Handel mit Asien macht, trifft man jede Menge solcher Leute.«

Ein Pause entstand. Sicher nicht zufällig.

»Ich glaube«, sagte Markus bedachtsam, »ich kann mir nicht

annähernd vorstellen, wie das gewesen sein muss.« Er wandte sich Wang zu. »Ich wusste das alles nicht, das müssen Sie mir glauben. Ich habe von all dem erst erfahren, als ich mit Amy-Lee ins Flugzeug gestiegen bin. Sie hat nie etwas erzählt von …« Er machte eine Geste, das Tal betreffend, all die Wiesen und Felder, Gebäude, Seen und Bäche. »In erster Linie bin ich hier, weil ich Ihre Tochter liebe und heiraten möchte.«

Wang hatte sich ebenfalls zu ihm umgedreht und musterte ihn nun eindringlich. »Verstehen Sie, dass es hier nicht einfach darum geht, Kinder in die Welt zu setzen und sich ansonsten irgendwie durchzuschlagen? Dass das nicht die Frage ist?«

Markus nickte. »Ja. Verstehe ich.«

»Ein Vermögen aufbauen, das ist eine Sache. Es zu erhalten, eine ganz andere. Hier geht es darum, einen milliardenschweren Konzern in die Zukunft zu führen. Das kann niemand alleine; dafür müssen beide Ehepartner am selben Strang ziehen. Die Frage ist, ob Sie der richtige Mann an Amy-Lees Seite sind. Ob Sie bereit sind, zu tun, was getan werden muss. Sind Sie das, Mark?«

Markus hatte dem bohrenden Blick standgehalten. Jetzt bloß nicht zögern. »Ja«, sagte er.

»Gut.« Wang verschränkte die Arme. »Reden wir Klartext. Ich will diese Methode, mit der Ihr Partner Öl findet, wo andere nicht mal welches vermuten.«

Hoppla! Was ging denn jetzt ab? Markus schluckte. »Ähm, also, ich fürchte –«

»Ehe Sie darauf antworten, sag ich Ihnen etwas. Sie brauchen diese Firma nicht, deren Vizepräsident Sie sind. Firmen, die nach Öl suchen, gibt es wie Sand am Meer. Die Methode ist das Einzige, was interessant ist. Noch einmal eine Firma darum herum zu bauen – das ist Zeitverschwendung.« Hung Wang beugte sich ein Stück vor. »Wenn Sie Amy-Lee heiraten, können Sie jeden Posten in meinem Unternehmen haben, den Sie wollen. Sie kriegen die amerikanische Staatsbürgerschaft, Sie kriegen … alles, Himmel noch mal. Amy-Lee ist meine Alleinerbin. Wenn ich einst vom Stuhl kippe, fällt Ihnen das hier alles in den Schoß.« Er streckte die Hand aus, drückte Markus den ausgestreckten Zeigefinger gegen die Brust. »Aber ich will diese Methode. Bringen Sie mir die Block-Methode, und ich stimme der Heirat zu. Das ist der Deal. Das steht auf dem Etikett der größten Chance, die Ihnen in Ihrem Leben je begegnen wird.«

Gegenwart

Markus erwachte nach einem unruhigen, erschöpften Schlaf und war alles andere als fit. Vermutlich spielte die miserable Matratze des Hotelbetts dabei eine Rolle, aber nicht die entscheidende, stand zu befürchten. Er musste sich zwingen zu duschen, und jeder Schritt durch den Frühstücksraum war eine Anstrengung für sich.

Niemand sprach ihn an, niemand wollte etwas von ihm, niemand hatte eine Nachricht für ihn hinterlassen. Unbehelligt checkte er aus und fuhr weiter nach Amsterdam, zum Flughafen Schiphol. Am Schalter der KLM kaufte er ein Ticket nach Montreal, einfach. Es kostete 1900 Euro, Abflug war um 14 Uhr 20. Für einen billigeren Flug hätte er einen Tag warten müssen, was außer Diskussion stand.

Es war ein spannender Moment, als er seinen Pass das erste Mal einem Grenzbeamten aushändigte. Es handelte sich dabei um einen jungen Mann, der mit den Gedanken sichtlich woanders war, sich damit begnügte, nachzuprüfen, ob der Pass echt war und dass sein Gesicht mit dem Foto darin übereinstimmte, und ihn dann durchnickte.

Markus war sich sicher, dass das am Flughafen Frankfurt nicht funktioniert hätte. Da er polizeilich gesucht wurde, stand sein Name zweifellos in den Computern, da half ihm ein zweiter Pass auch nichts: Von dem wussten die deutschen Behörden natürlich. Aber wie er es erhofft hatte, arbeiteten die Polizeibehörden der europäischen Länder bei weitem nicht so reibungslos zusammen, wie immer behauptet wurde.

Trotzdem verbrachte er die restliche Wartezeit in zunehmender Nervosität. Er beobachtete die Umgebung, erwartete jeden Moment Polizisten auftauchen zu sehen, die nach ihm suchten. Aber nichts dergleichen geschah. Die Wartehalle vor dem Gate füllte sich mit Geschäftsreisenden und Familien, Gelangweilten und Aufgeregten. Alles ging seinen gewohnten Gang.

Kurz vor dem Boarding kam ein Mann und ersetzte die Zeitungen in den Ständern durch die aktuellen Ausgaben. Markus nahm sich ein Exemplar einer deutschen Zeitung, ehe er das Gate passierte.

Titelmeldung war die Nachricht, die Explosion, die den Hafen von Ras Tanura so schwer beschädigt hatte, sei von einer Bombe verursacht worden. Offenbar hatte die saudische Polizei dieses Untersuchungsergebnis geheim halten wollen, doch es war durchgesickert und bestätigte einen entsprechenden Verdacht amerikanischer Experten. Nun vermutete man, dass das berüchtigte Terrornetzwerk *Al-Qaida* dahintersteckte.

Al-Qaidas Attentat auf die Weltwirtschaft schrieb der Kommentator, forderte entschiedenes Handeln und warnte davor, einen Krieg anzufangen, der zweifellos zum Flächenbrand werden würde.

Markus steckte die Zeitung weg, als er seinen Sitz eingenommen hatte, schloss die Augen und wartete, bis sie endlich in der Luft waren.

Er konnte jetzt nur hoffen, dass er nicht zu spät kam.

KAPITEL 23

Vergangenheit

Markus spürte seinen Körper reagieren, als hätte ihn jemand über eine Klippe gestürzt. Oder als bedrohe ihn jemand mit einem gezückten Messer. Sein Herz raste. Schweiß rann ihm auf einmal über den Rücken, die Brust, den ganzen Körper; unangenehm bei der Kälte.

So also wurde auf dieser Ebene der Gesellschaft gespielt! Da, wo er hinwollte.

Er verspürte den Reflex, entrüstet abzulehnen. Seine Ehre zu bewahren, seine Selbstständigkeit. Sich niemandem zu unterwerfen. Und so weiter. In all den guten Büchern und Filmen machten die Helden das so, kamen deswegen in Schwierigkeiten und schafften es am Schluss trotzdem. Ehre wurde belohnt. In erfundenen Geschichten.

Aber wie war das, wenn man es mit der wirklichen Welt zu tun bekam? Da war es besser, vernünftig zu sein. Realistisch.

Ah, und noch ein anderer Gedanke: War das womöglich jetzt ein Test, wie charakterfest er war? Musste er sich *weigern*, um zu bestehen? Worauf war Wang wirklich aus?

Und er musste allmählich etwas sagen.

Markus räusperte sich. »Es ist nicht meine Methode. Mein Partner hat sie entwickelt –«

»Das weiß ich«, sagte Wang schroff. In seinem Blick lag auf einmal Argwohn. »Sie kommen jetzt hoffentlich nicht mit irgendwelchem moralischen Scheiß, Mark?«

Es war kein Test, beschloss Markus. Wang wollte wirklich schlicht und einfach nur die Block-Methode.

»Ich wollte nur sagen, dass ich die Methode selber nicht kenne.« Das Glitzern in den Augen des Mannes, der sein

Schwiegervater werden würde – oder nach diesem Gespräch vielleicht auch nicht mehr –, veranlasste Markus, hastig hinzuzufügen: »Aber es ist ausgemacht, dass er sie mir beibringt. Vertraglich festgelegt. Also, mit anderen Worten, nur eine Frage der Zeit …«

Wang sah ihn forschend an. »Ist das ein Ja, Mark?«

Was hatte er denn davon, mal ganz dumm gefragt, wenn er jetzt den ehrlichen Buben heuchelte? Denn geheuchelt wäre es gewesen. Im Grunde gab es doch nichts, was er mehr wollte, als in genau die Sphären aufzusteigen, in denen Wang lebte.

»Ja«, sagte Markus also.

Wang hielt ihm die Hand hin. »Ist das ein Ehrenwort unter Männern?«

»Ja. Ehrenwort«, sagte Markus und schlug ein.

War es so, wenn man einen Pakt mit dem Teufel schloss? Hatte er gerade seine Seele verpfändet? Oder hatte er gerade eine verdammt schlaue Entscheidung getroffen?

Keine Ahnung. In Filmen wusste man so etwas immer, dank der Musik im Hintergrund. So was fehlte im wirklichen Leben einfach empfindlich.

Alles Quatsch, sagte er sich. Er hatte aus dem Gefühl heraus zugesagt, dass es sein musste. Es war vielleicht nicht nett, aber sein Ziel war nicht, nett zu sein, sondern reich. Der Plan war, Erfolg zu haben mit OPI und OPM, *other people's ideas* und *other people's money*, und unter diesem Gesichtspunkt war er jetzt auf dem besten Weg.

»Gut«, sagte Wang. Es klang zufrieden. Er nickte knapp, legte ihm die Hand auf die Schulter. »Also, dann mach Druck, Mark. Finde raus, wie Block es anstellt, melde dich, und ich setze die Hochzeit an.«

»Okay«, sagte Markus. »Mach ich.«

»Und, Mark … Kein Wort darüber zu Amy-Lee. Diese Art Deals geht nur uns Männer etwas an, okay?«

Mark nickte, spürte seltsamerweise so etwas wie Erleichterung. »Okay.«

Zurück in New York. Zurück in einer Firma, die förmlich unter Strom stand.

Es ging los! Die nächste Tranche des Investorengeldes war da, fünfhundert Millionen Dollar. Gespräche mit der brasilianischen Regierung waren anberaumt, die geplanten Probebohrungen im Atlantik betreffend. Und PPP hatte einer Erhöhung der Geschäftsführerbezüge zugestimmt; eine Million Dollar pro Jahr, plus Prämien, beginnend ab Juli.

»Wir fliegen nächsten Dienstag«, erklärte Block, als Markus sein Büro betrat. Kein *Wie war's?* oder *Wie geht's?* oder Ähnliches; für derlei Belanglosigkeiten hatte Block nichts übrig. »Vierzehn Uhr Gespräch mit dem Energieminister, abends Empfang beim Präsidenten.«

Markus nickte, nahm das Dossier, das Block ihm hinstreckte. Alles über die Leute, mit denen sie es zu tun haben würden. »Es wäre gut, ich wüsste auch mehr über die Methode.«

»Ich bring sie Ihnen bei. Das habe ich doch versprochen.«

»Können wir nicht gleich mit dem Unterricht anfangen?«

Der Österreicher sah auf, unwillig. »Alles zu seiner Zeit«, brummte er, während er nach einem Zettel griff und rasch etwas darauf kritzelte.

Dann hielt er Markus den Zettel hin. *Nicht hier!*, stand da.

Markus riss die Augen auf.

Block schrieb etwas dazu. *Spaziergang um zwölf Uhr?*

»Gut«, sagte Markus und nickte. »Alles zu seiner Zeit.«

»Besser so«, meinte Block und ließ das Stück Papier vom Aktenvernichter zerschreddern.

»Wir müssen aufpassen wie die Haftelmacher«, meinte Block, als sie kurz nach zwölf zusammen durch die Straßenschluchten marschierten, in denen der Frühling Einzug hielt. »Inzwischen geiert die ganze Welt nach meiner Methode.«

Markus musste sich anstrengen, mit ihm Schritt zu halten. »Da haben Sie Recht, glaube ich.«

»Und allen voran unsere sauberen Investoren. Die Wände im Büro haben Ohren, glauben Sie nicht auch? Und ich sag Ihnen eins: In dem Moment, in dem die die Methode haben, lassen sie uns fallen wie heiße Erdäpfel.«

Kein Ort schien ihm sicher genug. Die offene Straße nicht, Restaurants sowieso nicht, und Parkbänke… nein, auch nicht. Schließlich landeten sie auf einem kleinen Jahrmarkt am Rand des Central Park, und Block schlug eine Fahrt mit dem Riesenrad vor. »Ich weiß nicht, ob man uns da oben auch belauschen kann, aber es wird jedenfalls schwieriger sein, denke ich.«

Also lösten sie zwei Karten. Die Gondeln waren so klein und der Besucherstrom so dünn, dass sie gleich darauf weitgehend allein in den strahlend blauen Himmel gehoben wurden.

»In Wien gibt es ein ganz berühmtes Riesenrad«, erzählte Block dabei. »Viel größer natürlich; gigantisch. Im Prater. Die haben Kabinen aus alten Eisenbahnwagons verwendet, da können Sie sich vorstellen, was das für Ausmaße hat. Aber ich bin nie damit gefahren. Ich wollt's immer, mein Leben lang, aber es ist nie dazu gekommen. Verrückt, oder? Ich bin Österreicher, aber ich kenn das Riesenrad im Prater nur von Erzählungen.«

Markus nickte, besorgt darüber, dass Block vom Thema abzukommen schien. »Wollten wir nicht mit der Vorlesung *Einführung in die Block-Methode* anfangen? Lektion eins?«

»Ja«, erwiderte Block, unverwandt nach unten auf das Treiben zwischen den Buden schauend. Er schien gar nicht registriert zu haben, was Markus gesagt hatte. »Was fällt Ihnen bei dem Wort ›Bakterien‹ ein?«

»Bakterien? Hmm.« Okay. Mitspielen. War wohl ein Ablenkungsmanöver für eventuelle Mithörer. »Krankheitserreger.«

»Mehr nicht?«

»Lungenentzündung. Durchfall. Hygiene. Händewaschen. Desinfektion…«

Block nickte schwer. »Sehen Sie? Ganz falsch. Sie können Ihre Hände waschen wie ein Chirurg, es bleiben trotzdem eine Milliarde Bakterien auf der Haut Ihres Körpers übrig. Sie haben überall Bakterien – an Haaren, Augenwimpern, auf dem Augapfel, auf dem Zahnschmelz. In Ihrem Darm leben hundert Milliarden Mikroorganismen, über vierhundert Arten, von denen eine Menge so lebenswichtig sind, dass Sie sterben würden, wenn sie verschwinden. Bakterien sind lebenswichtig, verstehen Sie? Man hat Ihnen ein ganz falsches Bild davon vermittelt. Aber so ist das. Die gesamte intellektuelle Welt ist verseucht von falschen Vorstellungen.«

Er hatte es mit wachsendem Ingrimm vorgebracht, und nach diesem Ausbruch schwieg er erst einmal wieder.

»Das ist sicher alles richtig«, sagte Markus schließlich, »aber was es mit Öl zu tun hat, verstehe ich nicht.«

Nun sprach Block leiser. »Ich erklär's Ihnen schrittweise, von Anfang an. Ich will, dass Sie sich als Erstes klarmachen, dass Sie selber aus etwa zehn Billionen Zellen bestehen, aber über hundert Billionen Bakterien enthalten. Das ist das Verhältnis. Zehn zu eins. Dann möchte ich, dass Sie sich klarmachen, dass Sie ohne diese Bakterien nicht leben können. Ausgeschlossen. Verstehen Sie, Bakterien hat es schon vor Milliarden von Jahren gegeben, ehe an uns Menschen überhaupt zu denken war. Bakterien brauchen uns nicht. Die Erde ist ihr Planet. Wir leben nur, weil sie uns mit allem versorgen, was wir brauchen. Sie erzeugen den Sauerstoff, den wir atmen. Sie reinigen das Wasser, das wir trinken. Sie machen den Boden fruchtbar, und die Pflanzen, die wir darauf anbauen, ernten und essen, zerlegen sie in die Stoffe, die wir brauchen – Zucker, Aminosäuren und so weiter. Ohne Bakterien könnten wir nichts anfangen mit dem, was wir für Nahrung halten.«

Markus verstand immer noch nicht, was das sollte, war aber dennoch beeindruckt. »Hmm. Habe ich mir noch nie so klargemacht.«

»Lassen Sie das auf sich wirken. Lassen Sie es wirklich in sich einsinken. Wir Menschen verdanken der Welt der Bakterien alles. Unsere gesamte Existenz.« Block sah Markus an. Er wartete, bis die Gondel den unteren Punkt ihrer Bahn passiert hatte und wieder emporstieg, dann fügte er hinzu: »Ist der Gedanke da so weit hergeholt, dass wir ihnen vielleicht auch das Öl verdanken?«

Markus öffnete unwillkürlich den Mund, aber er brachte

kein Wort heraus. Es war ein Gefühl, als habe ihn ein nasser Sandsack getroffen.

»Das haben Sie sich noch nie überlegt, oder?«

»Nein«, brachte Markus mühsam heraus. »In der Tat nicht.«

»Sehen Sie? Die Gehirnwäsche unserer akademischen Bildungssysteme. So schränkt sie die Menschen ein, verengt ihren Blick.« Sie stiegen höher, er schaute wieder in die Ferne. Seine Stimme bekam einen beinah schwärmerischen Ton. »Bakterien existieren überall. In tiefen Vulkanen, im ewigen Eis, in Schwefelsäure, in den Abwässern von Kernreaktoren, im Inneren von Felsen, in der Tiefsee, selbst auf der Außenseite von Weltraumsatelliten. Und im Inneren der Erde, in Tausenden Metern Tiefe. Das hat man bei Bohrungen immer wieder festgestellt. Sie fressen Gestein – fressen das Eisen, den Schwefel, das Mangan darin. Manche Wissenschaftler sind schon auf die Vermutung gekommen, dass viele Vorkommen solcher Materialien durch Bakterien entstanden sind – Eisen-, Chrom-, Kobalt-, sogar Uranlager könnten durch Bakterien erzeugt worden sein. Seltsamerweise kommen die Wissenschaftler aber nicht auf die Idee, dass es einfach auch die Bakterien sein könnten, die das Öl und das Gas erzeugen. Nein, da werden komplizierte Theorien entworfen, komplizierter als das antike Planetenmodell. Daran hat man sich einst festgeklammert, weil man unbedingt die Erde im Zentrum des Universums haben wollte. Lieber Epizyklen und was weiß ich alles in Kauf nehmen – auch, dass es eben nicht immer stimmte –, nur um das nicht aufzugeben. Wenn Sie mich fragen, erleben wir so etwas heute wieder mit den Ölentstehungstheorien. Nur nicht zugeben, dass wir Menschen nicht im Zentrum des Universums stehen. Sondern etwa, um Himmels willen, Bakterien. Künftige Generationen werden nur lachen über unsere Verbohrtheit.«

Markus war wie betäubt. »Bakterien?«

»Tief in der Erdkruste. Sie fressen weiß der Teufel was und scheiden Erdöl aus. Alles, was Sie tun müssen, ist, diese Bakterien zu finden, und Sie haben Öl zur Verfügung, bis die

Sonne erlischt. Da haben Sie das Grundprinzip meiner Methode.«

Die Betäubung ließ nach. Markus spürte unbändige Begeisterung in sich aufsteigen. »Bakterien! Das ist genial. Das ist *echt* genial.«

Block lächelte. »Und so einfach, nicht wahr? Verstehen Sie jetzt, warum ich nie tief in die Details gehen konnte?«

Markus hielt es kaum noch auf dem Sitz. Er musste sich beherrschen, nicht aufzuspringen und zu jubeln. »Das ist… Ohne Scheiß, das ist das größte Ding des einundzwanzigsten Jahrhunderts, das Sie da gefunden haben.«

Die Gondel hielt an, auf dem Scheitelpunkt. Die Fahrt war vorüber, die Phase des Ein- und Aussteigens hatte wieder angefangen. Block sah erneut hinab und sagte: »In letzter Zeit muss ich bisweilen darüber nachdenken, wieso ich nie geheiratet habe. Gelegenheiten hätt's schon gegeben. Ich hätte jetzt vielleicht einen Sohn in Ihrem Alter.« Er schüttelte versonnen den Kopf. »Seltsame Vorstellung.«

Die Begeisterung trug Markus wie Rückenwind durch die Tage, die folgten. Sie flogen nach Brasilien, und in den Gesprächen mit dem Minister und seinen Mitarbeitern argumentierte, forderte und redete Markus so eloquent und lebhaft, dass nicht nur er selber über sich staunte, sondern ihm darüber hinaus Jim Thurber so etwas wie ein Kompliment machte.

Diese Regierungsleute waren allerdings auch leichte Beute, alles was recht war. Da hatte Markus es in seiner Zeit im Vertrieb von *Lakeside and Rowe* mit Verhandlungspartnern von ganz anderem Kaliber zu tun gehabt. Dagegen waren diese braven Volksvertreter Amateure.

Entsprechend gut war das Abkommen, das sie schließlich aushandelten. Sie bekamen nicht nur die Erlaubnis für die Probebohrungen, sondern würden auch an allem, was daraus folgte, beteiligt sein, mitreden dürfen und verdienen. Vor allem Letzteres. Ein paar Hochrechnungen, die Markus abends im Hotelzimmer auf seinem Computer anstellte, erbrachten Summen, bei denen ihm ganz schwindlig wurde. Das Geld würde nur noch so über ihn hereinprasseln. Er würde bald nur noch in Millionenbeträgen denken.

Vorausgesetzt, sie wurden fündig. Bis man das wusste, würden noch einige Monate ins Land gehen, denn es war nötig, spezielle neue Ausrüstung bauen zu lassen. Block hatte grob ein neuartiges Bohrgerät skizziert; zu Hause in New York suchten sie schon emsig nach einer Firma, die man mit der Entwicklung beauftragen konnte.

Ach ja, und dann war da noch Wang.

Markus hatte beschlossen, einstweilen einfach nicht weiter über dieses Thema nachzudenken.

Der Rückflug hatte Verspätung. Markus nutzte die Zeit, um durch den Flughafen zu schlendern, und entdeckte an einem Kiosk eine deutsche Ausgabe des SPIEGEL – und nicht irgendeine, sondern ein Heft, das den Titel *Die Ölpropheten* trug und ein Foto von ihm und Block auf dem Cover zeigte!

Was für ein seltsamer Zufall. Markus nahm das Heft in die Hand. Wo war dieses Bild überhaupt aufgenommen worden? Vor der Bohrstelle in South Dakota, wie es schien. Stimmt, jetzt fiel es ihm wieder ein; jemand hatte erzählt, der SPIEGEL habe groß über sie berichtet, aber irgendwie war er in all dem Trubel nicht dazu gekommen, der Sache nachzugehen … So also sah das aus. Imposant. Das Heft war nicht mehr das neueste, wie üblich im Ausland, aber natürlich kaufte er es.

Während des Fluges hatte er genug Muße, die Zeitschrift gründlich zu lesen. Es waren gleich mehrere Artikel, die sich mit Block, seiner Methode, ihrem Unternehmen und den Auswirkungen ihrer Ölfunde auf die Weltwirtschaft befassten. Die Ölindustrie, so einer der Berichte, erwache gerade neu. In den USA plane man erstmals seit dreißig Jahren wieder den Bau einer Raffinerie. Die Ölkonzerne, bisher damit beschäftigt, einander aufzukaufen und miteinander zu fusionieren – ein Schrumpfungsprozess also, der normalerweise die Konsolidierung eines Marktes oder gar dessen nahendes Ende anzeigte –, witterten Morgenluft. Kriegskassen, so der Text, würden gefüllt, um bei dem kommenden Börsengang der Firma *Block Explorations* möglichst große Stücke vom Kuchen zu ergattern.

Mit anderen Worten: Der Ausgabekurs der Aktien würde in schwindelnde Höhen getrieben werden. Markus wurde auch ganz schwindelig bei dem Versuch, sich auszumalen, was das in Dollars hieß.

Markus ließ die Zeitschrift sinken und sah hinaus auf den dunklen, schaumigen Ozean, den sie überflogen. Wie es aussah, brauchte er Wangs Milliarden überhaupt nicht. Er würde auch so reicher werden, als er es sich jemals vorzustellen gewagt hatte.

Blieb Amy-Lee. Sie bekam er nur im Tausch gegen die Methode. Nur gegen Verrat.

Verdammt!

Er wollte die Zeitschrift schon weglegen, versuchen, ein bisschen zu schlafen, doch dann stieß er beim raschen Durchblättern weiter hinten auf einen weiteren Artikel zum Titelthema. *Das Ende der Ökos,* lautete die Überschrift, der Untertitel: *Über dreißig Jahre lang prophezeiten die Ökos das Ende des Ölzeitalters – nun ist stattdessen das Ende der Ökos gekommen.*

Der Text verkündete den »Endsieg« des *American Way of Life.* Die Zukunft gehöre nunmehr unwiderruflich dem grenzenlosen Verbrauch von Energie und Rohstoffen, dem unbeschränkten Konsum und der totalen Globalisierung.

Der Ölfund von Keya Paha, South Dakota, hieß es, sei nicht einfach nur ein Fund unter vielen; vielmehr markiere die »Methode Block« einen Paradigmenwechsel, ja geradezu eine kopernikanische Wende in der Einschätzung planetarer Reserven. Die Börsen, denen es zu eigen war, künftige Entwicklungen vorwegzunehmen, straften schon jetzt überall auf der Welt Unternehmen ab, die noch auf teure alternative Energiekonzepte setzten. Shell hatte unter dem Druck des Aktienkurses seine Abteilung zur Erforschung alternativer Energien aufgelöst. An Universitäten und bei Automobilherstellern wurden Forschungsgelder zur Entwicklung neuer Fahrzeugantriebe gestrichen. Ein Mobilfunkkonzern hatte eine neue Generation von Handys angekündigt, die benzingetriebene Energiezellen enthalten sollten, und damit seinen Börsenkurs in die Höhe getrieben. Die Umsätze der Hersteller von Windrotoren, Biodiesel, Wärmepumpen, geothermischen Kraftwerken und Solaranlagen dagegen befanden sich in freiem Fall; viele hatten schon pleitegemacht, noch mehr würden folgen.

Auf der zweiten Seite war ein Foto, das einen bedrückt dreinblickenden Frieder Westermann vor dem Haupteingang seines Firmengebäudes zeigte. Die Unterschrift lautete: *Der Bruder des Ölpropheten: Belegschaft von 70 Mitarbeitern auf 5 reduziert.*

Markus sah hoch, spürte auf einmal einen üblen Geschmack im Mund. »Scheiße«, flüsterte er. Es ging im Tosen der unablässig Kerosin verbrennenden Triebwerke unter.

An diesem Abend blieb er, obwohl er von dem Flug und den strapaziösen Verhandlungen hundemüde war, lange auf. Thurber knickte als Erster ein, dann endlich auch der normalerweise unermüdliche Block.

»Ich verzupf mich«, sagte er gegen ein Uhr nachts, die Augen rot gerändert. »Sollten Sie vielleicht auch machen. Sie sehen, mit Verlaub, auch nicht mehr aus wie das blühende Leben.«

Markus nickte, antwortete in bewusst beiläufigem Ton, um die Sache nicht hochzuspielen. »Ich geh auch gleich. Muss nur noch ein paar Sachen erledigen, die mich sowieso nicht schlafen lassen würden.«

Sobald er allein war, packte er alle Unterlagen weg und nahm sich das Computersystem vor. Er war – was den anderen nicht bewusst war, ihm jedoch sehr wohl – derjenige in der Firma mit den besten Computerkenntnissen. Der Systemadministrator kannte zwar die Computer in- und auswendig, die Software, mit der sie arbeiteten – selbstredend die von *Lakeside and Rowe* –, dagegen höchstens in Grundzügen. Markus hatte ihm bei der ersten sich bietenden Gelegenheit auf die Finger gesehen, als er das Masterpasswort eingetippt hatte. Damit konnte er alle Spuren verwischen, die er bei dem, was er vorhatte, verursachen würde.

Er brauchte drei Stunden, bis er aus dem Firmenkapitel einen größeren Betrag unauffällig abgezweigt hatte. Das Geld – es handelte sich um dreihunderttausend Dollar – seinem Bruder anonym zukommen zu lassen war dagegen vergleichsweise einfach. Die Weltwirtschaft war ein riesiger, den Erdball umspannender Organismus, und das Finanzsystem war dessen Blutkreislauf. Dessen Kapillaren reichten, fein und feinst verästelt, überallhin – und genau wie dem Blutkreislauf eines Körpers kein einziger Tropfen Blut entkommt, entkommt dem Finanzsystem kein einziger Cent. Auch seine Manipulationen erzeugten kein Geld aus dem Nichts, aber sie würden wenigstens sechs Monate lang nicht auffallen. Und bis dahin würde er den Fehlbetrag ebenso mühelos wie unauffällig aus seinen demnächst unzweifelhaft üppig fließenden persönlichen Einnahmen ausgleichen können.

Gegenwart

Abu Jabr fühlte eine wachsende Unruhe, die er seinem Alter und seiner Würde unangemessen fand. Aber in der Stunde solcher Not in der Fremde zu sein! Das Telefon war nur ein unzureichender Ersatz für seine Anwesenheit zu Hause.

Inzwischen hatte er einige Leute erreicht, aber jeder erzählte ihm etwas anderes. Im Grunde wusste er nicht, was wirklich los war. Und wieso erreichte er Zayd nicht? Das verstand er nicht. Ebenso wenig, wie er verstand, wie Wasimah dazu kam, solche respektlosen Dinge über ihren Ehemann zu sagen.

Nebenan hustete Mandhur und fing an, leise vor sich hin zu weinen. Abu Jabr öffnete die Tür. Eine der Dienerinnen redete dem Jungen beruhigend zu.

»Wo ist Wasimah?«

»Fortgegangen«, erwiderte die Frau. Sie stammte aus Malaysia, und ihr Arabisch war kaum zu verstehen.

»Wann?«

»Halbe Stunde.«

Abu Jabr hatte nichts davon mitbekommen. Anscheinend tat diese Frau, was sie wollte, sobald man einmal abgelenkt war!

In diesem Moment ging die Tür zum Krankenhausflur auf. Wasimah kam herein, ein längliches Paket unter dem Arm. Zweifellos etwas, das sie eingekauft hatte. Frauen schienen nur fürs Einkaufen zu leben.

»Wo warst du?«, fragte Abu Jabr streng.

Wasimah riss die Augen auf. »Beten«, sagte sie. »Es war Zeit für das Nachmittagsgebet.« Sie hielt ihm ihre Armbanduhr hin. Es war eine dieser neumodischen Uhren, die einen an die genauen Gebetszeiten erinnerten.

»Gebetet?«, wiederholte Abu Jabr. »Wo denn?«

»Im Erdgeschoss gibt es einen Andachtsraum.«

Jetzt erkannte er, dass das unter ihrem Arm überhaupt kein Paket war, sondern ein zusammengerollter dünner Gebetsteppich, wie man ihn auf Reisen mitnahm. »So«, sagte er und räusperte sich. »Hast du etwas von Zayd gehört?«

Wasimah schüttelte den Kopf. »Er weiß, dass Mandhur krank ist. Das genügt ihm.«

Mandhur hustete wieder, und sie ging ohne ein weiteres Wort zu ihm. Abu Jabr zog sich in das andere Zimmer zurück und hörte von dort, wie sie beruhigend, beinahe einlullend auf den Jungen einredete.

Er sah seufzend aus dem Fenster, auf die in frostigem Licht daliegende Parklandschaft. Er verlor hier das Zeitgefühl. Sollte er das verpasste Gebet nachholen? Nein, entschied er nach einem Blick auf seine eigene Uhr, zu spät. Er würde nachher das *Maghrib* einhalten. Vor allem musste er zur Ruhe finden. Die Ungewissheit erstickte ihn, und dann diese eigenwillige Frau …

Ein paar Gesprächsfetzen von nebenan ließen ihn aufhorchen.

»Werde ich wirklich gesund werden?«, fragte Mandhur leise.

Worauf Wasimah antwortete: »Das weiß ich nicht, mein Kind. Das liegt allein in Allahs Hand. Wie alles auf der Welt.«

»Aber wozu machen wir dann diese Behandlung?«

Abu Jabr musste schmunzeln. Eine gute Frage. Er war gespannt, was Wasimah darauf sagen würde.

Eine Weile überhaupt nichts. Dann: »Dass alles Allahs Wille ist, heißt nicht, dass wir nichts zu tun brauchen. Wir machen diese Behandlung, weil wir hoffen, dass sie dir hilft. Vielleicht wird es dir dadurch besser gehen, vielleicht aber auch nicht. Das haben wir nicht in der Hand, das liegt allein bei Allah. Aber weil das so ist, heißt das, dass wir uns darüber keine Sorgen zu machen brauchen. Allah will, dass wir immer unser Bestes tun, aber er will nicht, dass wir uns dabei Sorgen machen. Verstehst du? Denn wenn man sich Sorgen macht, während man etwas tut, kann man unmöglich sein Bestes tun.«

Bestürzt betrachtete Abu Jabr das Mobiltelefon in seiner Hand, wurde sich erst jetzt dessen bewusst, dass er es die ganze Zeit auf- und zugeklappt hatte. Er war beeindruckt. Das war nicht dumm. Das war sogar ausgesprochen klug von dieser Frau.

Er tat das Telefon weg, atmete aus. Dann griff er nach seinem Gebetsteppich, rollte ihn zusammen, nahm ihn unter den Arm, steckte den Kopf ins andere Zimmer und fragte: »Wasimah – dieser Andachtsraum … Kannst du mir erklären, wie ich ihn finde?«

Markus landete um 16 Uhr 10 auf dem *Montréal International Airport*. Er war einer der wenigen Passagiere, die nur Handgepäck bei sich trugen, was ihm die Warterei am Gepäckkarussell ersparte und außerdem erlaubte, der Erste am Schalter der Mietwagenfirma zu sein.

Während die Angestellte die Daten aus seinem Führerschein in den Computer tippte, fragte sie: »Werden Sie den Wagen wieder hier abgeben oder bei einer anderen Niederlassung?« Letzteres, so war den angeschlagenen Bedingungen zu entnehmen, kostete Aufpreis.

»Hier«, antwortete Markus. »Morgen Mittag, spätestens gegen zwölf Uhr.«

Etliche Unterschriften später – unter diverse Verträge und ein Formular, das den Stand des Meilenzählers und der Tankanzeige dokumentierte – erklärte sie ihm den Weg mit einer Routine, die verriet, dass sie das jeden Tag hundert Mal sagte: »Folgen Sie diesen Schildern bis zu unserem Parkplatz. In einem kleinen Büro gleich beim Eingang sitzt ein junger Mann. Das ist Will. Er wird Sie zum Wagen bringen und Ihnen den Schlüssel aushändigen. Gute Fahrt.«

Will begnügte sich damit, nach einem flüchtigen Blick auf die Papiere den Schlüssel über den Tresen zu schieben und zu knurren: »Der dritte von links.« Dann wandte er sich wieder seinem Comic zu.

Zehn Minuten später war Markus auf dem Highway 10 unterwegs, einer vierspurigen Straße, die zunächst ostwärts und später nach Süden führte, hatte sich an den Fahrzeugtyp gewöhnt und einen brauchbaren Radiosender gefunden. Bis zur Grenze waren es noch dreißig Meilen.

Die Musik endete, es kamen Nachrichten. Die erste Meldung war, dass der amerikanische Geheimdienst Hinweise darauf habe, *Al-Qaida* plane nach dem Anschlag auf den Hafen von Ras Tanura nun auch einen Anschlag auf die Tankanlagen. Der amerikanische Präsident berate zur Stunde mit seinem Krisenstab über das weitere Vorgehen, insbesondere darüber, ob die USA den militärischen Schutz der saudischen Ölindustrie übernehmen sollten. Außerdem war die allgemeine Alarmstufe hochgesetzt worden. Überall in den Vereinigten Staaten wurde der Schutz öffentlicher Gebäude und Einrichtungen verstärkt, ferner die Kontrollen an den Grenzen verschärft.

KAPITEL 24

Vergangenheit

Kurze Zeit später meldete sich ein Kunde, mit dem niemand gerechnet hatte. Sie hatten gerade die erste Besprechung mit den Leuten hinter sich, die die Geräte für die Probebohrungen vor der brasilianischen Küste herstellen würden. Stundenlang hatten sie gemeinsam über den ersten Plänen gebrütet, Block hatte mit rotem Stift eine Menge Änderungswünsche eingezeichnet, die bei den Ingenieuren der anderen Seite bisweilen Stirnrunzeln, Verwunderung oder Kopfschütteln ausgelöst hatten, und sie dann wieder heimgeschickt. Und gleich darauf war Thurber mit dem Fax hereingekommen und hatte es ihnen gesagt.

»Saudi-Arabien?«, wiederholte Block mit skeptisch gefurchter Stirn. »Man sollte meinen, die hätten genug Öl.«

»Es ist ein lukratives Engagement«, meinte Thurber. »Ideal, um die Wartezeit zu überbrücken, bis die Geräte fertig sind.«

Block rieb sich das Kinn. »Ich habe wenig Lust, offen gesagt. Und es ist ja nicht so, dass hier nichts zu tun wäre. Sie hätten die Typen gerade eben erleben sollen. Kaum verlangt man etwas von ihnen, das ihren eingefahrenen Denkschemata widerspricht, schon werden sie bockig. Den Kerlen wird man auf die Finger gucken müssen, das sage ich Ihnen!«

Thurber nickte. »Sicher. Aber das geht heutzutage alles genauso gut über Internet oder Videokonferenz.« Er wedelte mit dem Fax. »Das Angebot der Saudis ist wirklich sehr lukrativ, und ich bin mir sicher, dass ich die Konditionen noch mal deutlich hinaufhandeln kann.«

Block lehnte sich zurück und verschränkte die Arme. »Ich habe absolut keine Lust. Außerdem habe ich zu wenig Erfahrung mit Bohrungen in der Wüste. Gerade jetzt, wo alle Welt auf uns schaut, will ich nicht ausgerechnet damit anfangen.«

Markus merkte, dass Thurber diese Entwicklung des Gesprächs Unbehagen verursachte. Er wand sich regelrecht. Schließlich setzte er sein *Jetzt-reden-wir-mal-Klartext*-Gesicht auf und sagte: »Karl – die Anfrage hat uns über Washington erreicht. Diese Leute sprechen mit dem Weißen Haus, und das spricht dann mit uns.«

Block sah ihn verdutzt an. »Und was heißt das?«

»Dass der saudische König den Präsidenten gefragt hat, und der hat ihm versprochen, dass er Sie schickt. Das heißt das. Hohe Politik, Karl.«

Block schüttelte langsam den Kopf. »Es ist mir ehrlich gesagt scheißegal, was Ihr Präsident wem auch immer verspricht, Jim. Er hat mir nichts zu befehlen, würde ich sagen.«

Markus legte ihm die Hand auf den Arm und sagte auf Deutsch: »Wir sollten kurz unter vier Augen sprechen, ehe Sie weiterreden.«

Block hatte Recht. Zweifellos waren sie nicht verpflichtet, das Weiße Haus anders zu behandeln als jeden x-beliebigen Kunden. Der amerikanische Präsident hatte ihnen nichts zu befehlen.

Aber andererseits konnte er, wenn sie ihn verärgerten, mit dem INS sprechen. Und das wiederum mochte Konsequenzen nach sich ziehen, auf die Markus keinen Wert legte.

Das Gespräch unter vier Augen dauerte nicht lange. Eine Viertelstunde, vielleicht zwanzig Minuten. Dann hatten sie sich darauf geeinigt, dass sie den saudischen Auftrag annehmen würden.

Die Nächte vor dem Flug nach Saudi-Arabien waren kurz. Amy-Lee fraß ihn beinahe auf, was er sich gern gefallen ließ. Und wenn sie schliefen, schlief sie unruhig.

»Ich habe geträumt«, erklärte sie ihm einmal, als sie mitten in der Nacht hochfuhr. »Aber ich weiß, das habe ich wirklich erlebt … Ich habe deinen Namen auf einer Karteikarte gelesen.«

»Auf einer Karteikarte?«, wunderte sich Markus schlaftrunken.

»So eine große, blassgelbe Karte mit dünnen roten Linien. Wo war das?«, grübelte sie im violettfarbenen Licht des anbrechenden Tages. »Ich war mit meiner Mutter in einem Haus, das mein Vater gerade gekauft hatte. Genau. Also wird es in Seattle gewesen sein. Mom und ich haben das ganze Haus besichtigt. Im Keller war ein großer Schrank mit hölzernen Schubladen. Den habe ich aufgemacht, und da waren Karten. Mit denen habe ich gespielt. Und auf einer stand dein Name.«

Markus schüttelte grinsend den Kopf. »Das hast du geträumt.«

»Nein. Ich entsinne mich…« Sie hielt inne. »Nein, es war nicht dein Name. Da stand *Westermann, Alfred.*«

»So hieß mein Vater«, sagte Markus verdutzt. Hatte er ihr das jemals erzählt? Er konnte sich nicht erinnern. Vielleicht.

Amy-Lee ließ sich wieder in die Kissen sinken, schob ein Bein zwischen seine Waden. »Wieso träum ich von deinem Vater? Seltsam…«

Die Ankunft in Dhahran war fast, als hätten sie die USA überhaupt nicht verlassen. Der abgezäunte, Ausländern vorbehaltene Teil der Stadt hätte so auch irgendwo in Amerika stehen können – es gab Einkaufsmöglichkeiten aller Art, Freizeiteinrichtungen wie Tennisplätze und ein Schwimmbad sowie einen Golfplatz, der angeblich nichts zu wünschen übrig ließ. Den Zaun sah man praktisch nicht.

Nur dass hier hochsommerliche Temperaturen herrschten und die Sonne mit einer Intensität schien, die die Hitze in jede Zelle des Körpers eindringen ließ. Eine Hitze, die so mörderisch war, dass man irgendwann nur noch in klimatisierte Räume flüchten konnte.

Sie waren zu fünft – Block, Markus, zwei Techniker, die sich um die Geräte kümmern sollten, und ein Mann, der ›Mädchen für alles‹ spielen würde. Die drei Mitarbeiter wurden in einem Apartmenthaus untergebracht, Block und Markus dagegen bekamen jeder einen eigenen Bungalow, wenn auch nicht nebeneinander.

Beeindruckend, stellte Markus bei einem ersten Rundgang fest. Das Haus war groß, überall klimatisiert, und auch sonst fehlte es an nichts. Eine Schar von Dienstboten – in der Mehrzahl kleine, nahezu unsichtbare Inderinnen – hielt es makellos sauber und in Ordnung und trat nur in Erscheinung, um seine Wünsche in Erfahrung zu bringen. Egal, was es war – ein Vollbad, eine Mahlzeit, ein gemachtes Bett –, er brauchte es nur zu sagen, und es wurde erfüllt. Eine völlig neue Erfahrung, an die sich Markus im Handumdrehen gewöhnte.

Doch, er gratulierte sich jetzt schon dazu, Block überredet zu haben. Die Saudis! Die Herrscher des Ölpreises fragten sie um Rat! Wenn das nicht der Ritterschlag war, dann wusste er nicht, was sonst.

Gegenwart

Südlich von Montreal fuhr Markus von der Schnellstraße auf eine Landstraße ab, und von dieser wiederum bog er an einer bestimmten Stelle – genau 1,6 Meilen nach einem Einkaufszentrum mit einem blauen Elchkopf auf dem Dach, in dem er sich einige Dinge besorgt hatte – auf eine schmale, unbefestigte Piste ab, die in den Wald führte.

Der Weg endete auf einem unmarkierten, von zahllosen Reifenspuren zerfurchten Platz zwischen Bäumen und Büschen. Ein Schild, das darum bat, keine Abfälle in den Wald zu werfen, war das einzige Zeichen der Zivilisation.

Markus stellte den Wagen ab und stieg aus. Die Luft war eiskalt, und es wurde allmählich dunkel. Bis zur Grenze waren es keine drei Meilen mehr.

Er holte die Dinge aus dem Kofferraum, die er vorhin gekauft hatte. Die Bergstiefel passten; er hoffte, dass das auch so blieb. Die große Taschenlampe spendete ausreichend Licht. Der Kompass war ein Sonderangebot gewesen. Und die gepolsterte Jacke hielt mollig warm.

Gut. Er schloss das Auto ab, orientierte sich, fand den Fußweg, der ihm beschrieben worden war. Dann hängte er sich sein Gepäck über die Schulter und marschierte los.

Die Beschreibung des Weges war sehr detailliert gewesen, und er fand alle angegebenen Punkte, Wegzeichen und Merkmale. Es ging etwa eine Stunde lang durch die Hügel über dem Lake Champlain. Wo genau Kanada aufhörte und die Vereinigten Staaten anfingen, ließ sich nicht ausmachen. Es gab keinen Zaun, keine Grenzmarkierung, keine elektronische Überwachung. Dafür verrieten die ausgetretenen Pfade, wie stark dieser heimliche Übergang genutzt wurde.

Endlich ging es wieder abwärts. Die Hügel fielen zurück, das Gelände wurde flacher. Der Wald lichtete sich, und die ersten Häuser einer Siedlung kamen in Sicht, von der Markus wusste, dass sie Highgate Springs hieß und zwei Meilen südlich der Grenze lag.

Er betrat den Ort nicht. Der Fußweg führte auf ein kleines Kiefernwäldchen zu und endete auf dem Parkplatz in dessen Mitte. Ein einzelnes Auto stand darauf.

Markus ging darauf zu, doch noch ehe er es erreicht hatte, wurde das Fenster auf der Fahrerseite heruntergekurbelt.

»Herzlich willkommen in den USA«, sagte Keith Pepper.

KAPITEL 25

Vergangenheit

Die Arbeiten begannen sofort am Tag nach ihrer Ankunft in Saudi-Arabien – allerdings unter Bedingungen, die sie unmöglich zu machen drohten. Sie durften die Ausländersiedlung von Dhahran nur in Begleitung einer großen, bewaffneten Eskorte verlassen, die ihnen nicht von der Seite wich – auch dann nicht, wenn Block eigentlich seine Untersuchungen hätte durchführen müssen, um die er immer noch ein Geheimnis machte, unter diesen Umständen mehr denn je. Zudem war man nicht bereit, ihnen Zugang zu den bereits bekannten Ölfeldern zu gewähren. Block versuchte zu erklären, dass er seine Instrumente daran eichen wollte, um sie auf die besonderen Bedingungen der arabischen Wüste einzustellen, stieß aber nur auf bedauernde Ablehnung. Das sei leider unmöglich, erklärte ein Beauftragter des Königshauses unerbittlich.

»Ich weiß nicht, wie das gehen soll«, sagte Block abends zu Markus, nach einem Tag, an dem sie nur herumgefahren waren und nicht das geringste Resultat erzielt hatten. »Ich muss quasi von vorn anfangen. Wir werden wochenlang zu tun haben. Wenn nicht Monate.«

»Kann uns doch recht sein«, meinte Markus schulterzuckend. »Solange die Saudis alles zahlen …« Thurber hatte ihre Auftraggeber auf mehr als das Doppelte des ursprünglichen Tagessatzes hochgehandelt; außerdem wurden alle anfallenden Spesen übernommen, beliebig viele Transatlantikflüge inklusive.

Block nickte nachdenklich, rieb sich die Fingerspitzen, wie er es manchmal tat, wenn er schon dabei war zu überlegen, wie etwas genau anzupacken war. »Sie werden mir helfen müssen, Markus.«

»Kein Problem. Dazu bin ich mitgekommen.«

»Es wird viel Arbeit. Wir werden die Methode gemeinsam neu erfinden müssen.«

»Soll mir recht sein«, sagte Markus.

Doch dann schien jemand bei der Saudi ARAMCO noch einmal nachgedacht zu haben und machte ihnen zumindest einige der Unterlagen, um die Block gebeten hatte, zugänglich: seismische, radiologische und magnetische Bodenuntersuchungen, mit denen Block sich sogleich zurückzog, um sie zu studieren. Dabei, erklärte er knapp, könne er erst mal niemanden brauchen.

»Wäre vielleicht gut, wenn ich mitkriege, was Sie tun«, schlug Markus vor.

»Später«, lautete die Antwort. »Ich erkläre Ihnen alles, aber später.«

Ein Tag verging, noch einer und noch einer, ohne dass Block sich auch nur sehen ließ. Die drei Techniker verbrachten die freie Zeit am Pool oder vor dem Fernseher. Markus war das zu langweilig. Er beschloss, sich ein wenig die Gegend anzusehen. Begleitet und bewacht von drei bis vier breitschultrigen Männern spazierte er durch das schachbrettartig angelegte Al Khobar, das mit seinen prächtigen Anlagen und Parks vergessen ließ, dass man sich eigentlich in der Wüste aufhielt. Er besuchte eine Oase, Hofuf, eine ländlich wirkende Stadt inmitten von Millionen Palmen mit einem altertümlich-pittoresken, überdachten Markt, auf dem Markus originelle Geschenke für seine verwöhnte Freundin entdeckte, die erstaunlich wenig kosteten. Seine Leibwache störte ihn längst nicht mehr; im Gewimmel des Marktes fand er die wachsame Begleitung sogar beruhigend. Zudem hatte er den Eindruck, dass die Anwesenheit der Männer beim Feilschen ein nicht unwesentliches Argument zu seinen Gunsten war.

Die Nacht brach herein, während sie zurück nach Dhahran

fuhren. Die Straße führte in einiger Entfernung an Bohrtürmen, gigantischen Erdöltanks und Gasabfackelungsanlagen vorbei, deren blakende Flammen die weithin ebene, vegetationslose Wüste erhellten. Dutzende von Pipelines und eine Eisenbahnlinie verliefen parallel zur Autobahn, Kilometer um Kilometer in einschläfernder Gleichförmigkeit.

Als Block sich bis Donnerstagmittag immer noch nicht wieder hatte sehen lassen, rief Markus ihn kurzerhand auf dem Mobiltelefon an und fragte an, ob es in Ordnung sei, wenn er übers Wochenende zurück in die Staaten fliege; er sei mit seiner Verlobten zu einer wichtigen Feier eingeladen.

»Ja, kein Problem. Gehen Sie ruhig«, erwiderte Block. Er klang geistesabwesend. »Hauptsache, Sie sind nächste Woche wieder da. Dann geht die Arbeit los.«

Das mit der Feier war nicht gelogen, allerdings auch nur die halbe Wahrheit: Tatsächlich verbrachte Amy-Lee kein Wochenende ohne mindestens zwei Partys. Markus wiederum wollte kein Wochenende ohne Amy-Lee verbringen, weil ihm nach einer Woche unter der sengenden Sonne Arabiens die Hormone im Körper kochten. So wurde es im Lauf der Wochen, die folgten, für ihn zur Gewohnheit, freitagnachmittags ein Flugzeug zu besteigen, das non-stop nach New York flog, und sonntags mit der letzten Maschine nach Dhahran zurückzukehren – jeweils auf Kosten von Saudi-ARAMCO, verstand sich.

Das erste Mal holte ihn Amy-Lee mit einer gemieteten Stretch-Limousine ab, einer von der Sorte, deren Fahrgastraum sich durch eine abgedunkelte Trennscheibe völlig gegen den Fahrer isolieren ließ. Markus betätigte, kaum dass sie das Gelände des JFK-Airports verlassen hatten, den entsprechenden Schalter und zog Amy-Lee anschließend ohne Federlesens die Kleider vom Leib.

Von da an holte sie ihn immer auf diese Weise ab, und sie hatten den ersten Sex des Wochenendes regelmäßig auf der Fahrt in die Stadt.

In Amy-Lees Apartment duschten sie und machten sich für den Abend fertig, was meistens auch nicht ohne Sex abging;

anschließend ging es zur ersten Party: auf eine Vernissage in Greenwich Village, in einen angesagten Club, zu einem Essen mit wahnsinnig wichtigen Menschen. Dabei lief Amy-Lee stets zur Hochform auf. Sie genoss es, im Mittelpunkt zu stehen, sprühend vor Energie und gut gelaunt bis zur Ausgelassenheit. Markus musste sich ins Zeug legen, um ihr ein ebenbürtiger Begleiter zu sein, und kam bald dahinter, was für ein gutes Hilfsmittel Kokain war, um gut drauf, kommunikativ und in Topform zu sein. Wahrhaftig eine unverzichtbare Substanz, ganz ähnlich wie Erdöl. Nur eben weiß. Schwarz und weiß, das gehörte zusammen, ganz klar. Seine anfänglichen Bedenken kamen ihm inzwischen wie jungfräuliche Prüderie vor, und das, was man immer so las, wie gefährlich und süchtigmachend und so weiter Koks sein sollte – alles Unfug. Man konnte das hervorragend im Griff behalten; überhaupt kein Problem.

Wenn Amy-Lee und er freitagabends – was in der Regel hieß, samstagmorgens – zurückkamen, waren sie immer noch so auf Touren, dass an Schlaf erst mal nicht zu denken war. Dazu steckten in ihren Körpern noch zu viele Orgasmen, die es erst herauszuholen galt.

Für Schlaf blieb überhaupt wenig Zeit. Samstagmorgens gingen sie meistens shoppen, mittags war immer ein neues Restaurant zu erkunden, und der Rest des Tages verlief ähnlich wie der Freitagabend. Sonntags, nach einem ausgedehnten Frühstück im Bett und Abschiedssex, der für die Woche reichen musste, ging es dann wieder zum Flughafen, und sobald die Maschine in der Luft war, schlief Markus mit dem zufriedenen Gefühl ein, es geschafft zu haben, wirklich und wahrhaftig. Er führte genau das *high energy*-Leben, das ihm immer vorgeschwebt hatte, ein Leben, wie es sein sollte: keine Langeweile, sondern jede Minute ausgefüllt mit aufregenden, ja geradezu sensationellen Tätigkeiten.

Er hatte sich allerdings nie vorgestellt, dass dieses Leben derart anstrengend sein würde.

Einmal fiel samstagabends auf Grund, wie sich später herausstellte, eines durchgeschmorten Verteilers und einer daraus resultierenden Kaskade von Überforderungen der übrigen Systeme in New York der Strom aus. Amy-Lee und Markus waren gerade dabei, sich für die Einweihungsparty eines neuen Clubs (nur geladene Gäste) herzurichten, als es auf einen Schlag dunkel wurde – das Apartment, die Straßenbeleuchtung, alles. Die Stadt versank im Nichts.

Sie zündeten eine Kerze an und holten das Radio aus dem Bad, das mit Batterie lief. Ein lokaler Sender verlas eine Durchsage der Polizei, man solle nach Möglichkeit zu Hause bleiben; auch die Metro sei ausgefallen sowie sämtliche Verkehrsampeln. Tankstellen funktionierten nicht, alle Tunnels seien gesperrt, da keine Belüftung möglich war. Man solle auch nicht telefonieren, das Netz sei überlastet, das Mobilfunknetz zusammengebrochen. Die Reparaturen hätten schon begonnen, aber es sei noch nicht absehbar, wie lange sie dauern würden.

Es war absehbar, dass ohne Strom auch keine Party stattfinden würde, also blieben sie da. Es war eine schwüle Sommernacht, und natürlich funktionierte auch die Klimaanlage nicht mehr. Bald war es in der Wohnung drückend heiß. Sie saßen im Dunkeln nackt auf dem Bett, redeten einfach, erzählten sich gegenseitig ihre Kindheit, Geschichten, die sie sich schon erzählt hatten oder auch nicht. Es war zu heiß für Sex, seltsamerweise. Sie warteten, dass die Lampen und Geräte wieder angingen, und vergaßen auch das Warten irgendwann, ließen einfach nur die Zeit verstreichen. Alles kam zum Stillstand. Die Welt schien aufgehört zu haben, sich zu drehen. Es würde nie mehr anders werden, als es jetzt war.

Irgendwann in der Nacht wurde es kühler, und sie fanden zueinander. Es wurde eine schweigende, hingebungsvolle, bedächtige Begegnung, ganz anders als die bisherigen hitzigen, wilden Orgasmuswettläufe, Erregungsringkämpfe und Lustgipfeltreffen. Sie hatten alles vergessen, waren einfach zwei nackte Menschen, ein Mann, eine Frau, die taten, wozu Männer und Frauen geschaffen waren.

Danach Schweigen, eine nasse Hand auf nasser Haut, Halbschlaf. In die Stille hinein flüsterte Amy-Lee: »Ich hätte nie gedacht, dass ich mich mal derart verlieben würde. Nein – das ist mehr als verliebt sein … das macht mir fast Angst …«

In diesem Moment ging das Licht wieder an. Doch anstatt den Zauber des Augenblicks zu zerstören, vergrößerte es ihn: Im Schlafzimmer war nur eine kleine Lampe an, die nicht blendete. Sie sahen einander unvermittelt in die Augen, und es war, als könnte jeder von ihnen in diesem Moment dem anderen mitten in die Seele schauen, bis hinab auf den Grund. Keiner von ihnen war im Stande, etwas zu sagen, aber das war auch nicht nötig. Markus wusste auf einmal mit atemberaubender Gewissheit, dass sie füreinander bestimmt waren, und dieser Gedanke kam ihm kein bisschen lachhaft vor.

Gegenwart

Keith lenkte den Wagen über immer schmaler werdende Straßen durch die immer tiefer werdende Nacht, erzählte dabei von seinem Ferienhaus, wann und wie er es gekauft hatte und was er und seine Freunde alles so aus Kanada herüberschmuggelten, aber Markus fielen irgendwann einfach die Augen zu.

Er schreckte hoch, weil es plötzlich so still war. Scheinwerferlicht beleuchtete eine kleine Hütte aus rohen Holzplanken.

»Bist du okay?«, fragte Keith. Der Motor knackte.

»Ja«, sagte Markus. »Ja. Ich bin okay.«

»Du siehst nicht gerade fit aus.«

»Es geht schon. Es muss ja.«

»Wieso? Was *musst* du denn?«

Markus sah die Hütte an, die Müllsäcke, die sich neben der Treppe zur Tür stapelten, die zwei Butangasflaschen unter dem Regenschutz, das zweite Auto daneben, mit einer Plane abgedeckt. »Wenn ich das wüsste … Die Welt retten, vielleicht.«

KAPITEL 26

Vergangenheit

Was war das gewesen? Er saß auf dem Bett, das Laken schweißfeucht auf dem nackten Leib, Nacht ringsum. Offene Fenster, sacht wehende Vorhänge, bleich, gespensterhaft, ein kühler Luftzug… Und draußen Sterne am Firmament wie in einer Schatzkammer aus Tausendundeiner Nacht. Man musste nur diesen Sternenhimmel sehen, um zu begreifen, wieso die Araber die ersten Astronomen gewesen waren.

Da, wieder. Ein durchdringendes Schnarren. Woher kam es? Markus fuhr herum. Vom Kopfende des Bettes, irgendwie.

Ein Telefon, das ein beknackter Designer so im Fußende der Nachttischlampe verstecken zu müssen geglaubt hatte, dass Markus es bisher noch nicht einmal bemerkt hatte. Es summte noch einmal, bis er herausgefunden hatte, wie man den Hörer aus seiner Halterung herausbekam.

»Hallo?«

Es war Wang. Mochte der Himmel wissen, woher er diese Nummer hatte.

»Denken Sie eigentlich hin und wieder an unsere Abmachung, Mark?« Amy-Lees Vater klang enervierend wach und energiegeladen. Bei ihm war es ja auch nicht mitten in der Nacht.

»Was?«, keuchte Markus. »Ja, sicher.«

»Ja? Wie kommt es dann, dass ich nichts von Ihnen höre? Kein Wort! Wochen vergehen, aber Sie machen weiter, als hätte unser Gespräch nie stattgefunden.«

Mark schüttelte den Kopf, versuchte die Benommenheit abzuschütteln. »Nein, nein. Ich bin dran. Es dauert nur noch. Das ist alles nicht so einfach.«

»Kann ich Ihnen glauben, Mark? Sagen Sie mir die Wahrheit? Wissen Sie, ich bin ein misstrauischer Mann. Ich sage mir, Sie vögeln meine Tochter ja sowieso – vielleicht sind Sie zu dem Schluss gekommen, dass Ihnen das genügt? Das frage ich mich, und deswegen rufe ich an.«

»Mister Wang«, erklärte Markus, »ich kann Ihnen nur sagen, dass ich an der Sache dran bin.« Und ganz bestimmt würde er nicht mit diesem Mann sein Sexualleben besprechen. »Aber bis jetzt könnte ich Ihnen nur ganz allgemeine Dinge sagen. Und per Telefon sowieso nicht. Geben Sie mir noch ein paar Wochen.«

Schweigen. Transatlantische Stille. »Gut«, sagte Wang dann. »Ich schlage vor, dass Sie mich heute in vier Wochen wieder auf der Ranch besuchen. Da werden ein paar Fachleute da sein, die Ihnen interessiert zuhören werden. Und dann sehen wir weiter.«

Markus schluckte und hoffte, dass man das nicht hörte. »Okay.«

»Wissen Sie«, fuhr Wang fort, »es würde Amy-Lee schmerzen, wenn ich ihr den Umgang mit Ihnen verbiete. Aber sie würde mir gehorchen. In dieser Hinsicht ist sie eine brave Tochter. Denken Sie darüber nach.« Er legte auf.

Markus saß reglos im Dunkeln, den Hörer in der Hand. So war das also. Für ein hochtouriges Leben musste man offenbar auch bereit sein, einen hohen Preis zu zahlen.

Er hörte irgendwo im Haus jemanden herumgehen. Eines der Dienstmädchen wohl. Er legte auf.

Dabei waren Wangs Vorwürfe ungerecht. Markus arbeitete seit Wochen mit Block zusammen, der sich auch alle Mühe gab, ihn in die Methode einzuweisen. Aber entweder war Block ein schlechter Lehrer oder Markus ein schlechter Schüler, vielleicht sogar beides; jedenfalls, Markus hatte den Knackpunkt von Blocks Methode immer noch nicht begriffen.

Oder anders ausgedrückt: Für ihn sah das, was Block trieb, nach wie vor wie reiner Voodoo aus. Und das konnte er seinem potenziellen Schwiegervater schließlich schlecht erzählen.

Jeder Tag verlief gleich. Morgens studierte Block die Karten, bis er den nächsten Ort für ihre Untersuchungen bestimmt hatte, zu dem sie dann mit ihrer Eskorte fuhren, die irgendwie immer größer zu werden schien. Nach welchen Kriterien Block diesen Ort auswählte? Schon das blieb Markus unklar. Der Österreicher erzählte allerhand von *Verwerfungslinien*, *Gipfeltangenten* und *Hügeln mit negativer Höhe*, und da er dabei wirkte, als müsse jeder einigermaßen intelligente Mensch wissen, was damit gemeint war, nickte Markus lieber einfach nur.

Er würde, sagte er sich, einen ruhigen Moment abpassen, um nachzuhaken. Und dann würde er nicht lockerlassen, bis er es begriffen hatte.

Sobald die Kolonne hielt, mitten in der Wüste, am Fuß eines Felsens oder wo auch immer, prüfte Block stets erst mithilfe seines GPS-Empfängers nach, ob sie auch am richtigen Ort waren. Sein Misstrauen war berechtigt: Schon zweimal hatten die Koordinaten nicht gestimmt. Einmal war es kein Problem gewesen; sie hatten einfach nur ein paar Kilometer weiter fahren müssen. Ein andermal hatte man ihnen, als Block darauf bestand, zum richtigen Punkt zu fahren, erklärt, das gehe nicht, sie hätten dort keinen Zugang.

Wenn feststand, dass sie den richtigen Ort erreicht hatten, wurde ein Zelt errichtet, und anschließend hieß es: graben. Teils mit simplen Handbohrern, teils mit größeren Geräten entnahmen sie Bodenproben, die Block eigenhändig eintütete, beschriftete und katalogisierte. Wenn das erledigt war, wurden weiträumige seismische Untersuchungen durchgeführt, zu denen sie nach Kräften auch die Araber, die sie begleiteten, einspannten. Die Sprengladungen anzubringen und die Wagen mit den Sensoren durch die Gegend zu dirigieren, überließ Block den drei Ingenieuren; er bestand nur darauf, dass die Positionen stets sowohl per GPS als auch per Triangulation bestimmt wurden.

Die seismischen Untersuchungen, das begriff Markus rasch, waren reine Ablenkungsmanöver. Während es über der Wüste knallte und die Staubfahnen der Explosionen vor dem brennenden Himmel verwehten, blieben sie beide im Zelt und gingen gemeinsam diejenigen der Gesteinsfunde durch, die Block für wirklich relevant hielt.

»Wenn Sie populärwissenschaftliche Bücher über Öl lesen, bekommen Sie den Eindruck, ein Erdölfeld sei eine Art unterirdischer See«, hatte ihm Block erklärt. »Völlig falsch. Tatsächlich durchtränkt das Öl eine bestimmte Gesteinsschicht wie Wasser einen Schwamm. Man nennt das Speichergestein. Meistens handelt es sich um Sand- oder Kalkstein, auf jeden Fall ist es ein Sedimentgestein. Verstehen Sie? Ein Gestein, das sich im Lauf von Jahrmillionen durch Ablagerungen gebildet hat. Deswegen ist es porös, von zahllosen Blasen und Kanälen durchzogen. Im Gegensatz zu Eruptivgestein, das durch vulkanische Tätigkeit entstanden ist – Granit, Gneis, Basalt und so weiter. Das sind Gesteinsarten, die man für Kopfsteinpflaster, Fenstersimse oder für Denkmäler verwendet – warum? Weil sie keine Feuchtigkeit eindringen lassen. Also können sie auch kein Öl enthalten. Aber wenn sie eine ölhaltige Gesteinsschicht umschließen, dann bleibt das Öl auch, wo es ist. Deswegen sucht man nach herkömmlicher Theorie nach geologischen Formationen, bei denen Sedimentgestein von Eruptivgestein eingeschlossen ist – in Verwerfungen, Aufwölbungen, stratigrafischen oder tektonischen Fallen.«

»Verstehe«, hatte Markus gesagt, obwohl er sich unter einer *stratigrafischen Falle* nichts vorstellen konnte. Das würde er mal in einem Lexikon nachschlagen.

»Für eine Ölquelle, deren Ausbeutung sich lohnt, spielen daneben noch andere Faktoren eine Rolle – die Stabilität des Trägers, die Viskosität des Öls, der Lagerstättendruck, der Gasanteil, der Randwassertrieb, die Temperaturlage und so weiter. Aber dazu muss man ein Ölfeld erst mal finden, nicht wahr?« Dann hatte Block ihm erklärt, dass es weitaus mehr Gesteinssorten gäbe, als die klassische Geologie berücksichtige: »Hier, sehen Sie diese beiden Stücke? Beides Granit, aber das hier ist eine Sorte, die ich *Granit-1* nenne, das dagegen ist *Granit-26A*. Sehen Sie den Unterschied? Die Maserung hier, typisch. Insgesamt habe ich bei Granit alleine bisher 32 Unterarten ausgemacht; die müssen Sie erkennen lernen. Darauf kommt es an.«

»Okay«, sagte Markus. »Alles klar.« Er hatte bloß keine Ahnung, wie er das anstellen sollte. Er starrte die polierten Gesteinsscheiben an, ohne einen Unterschied zu sehen.

Während der Gebetszeiten hatten alle Arbeiten zu ruhen; das galt auch für sie, die »Ungläubigen«. Der Eskorte gehörte ein großer Mann mit rötlich gefärbtem Kinnbart an, der eine Gerte am Gürtel trug und aufpasste, dass den religiösen Pflichten Genüge getan wurde. Block nannte ihn »den Politoffizier«.

Überhaupt, ein seltsames Land, dieses Saudi-Arabien, fand Markus. Ein Gottesstaat. Wahrscheinlich hätten sie im Vatikan nach Öl bohren können, und es wäre dort nicht so streng zugegangen mit der Religion. Außerdem schien es in Saudi-Arabien nur Männer zu geben – was vermutlich hieß, dass sie ihre Frauen alle wegsperrten. Wenn man mal ein weibliches Wesen sah, war es vermummt wie jemand, der sich durch ein Epidemiegebiet bewegt.

Also ungefähr das absolute Gegenteil von dem, was sich Markus unter dem Land seiner Träume vorstellte.

Er atmete jedes Mal auf, wenn sie wieder zurück nach Dhahran kamen, in die Enklave, wo man ein Bier trinken durfte, ohne dafür ausgepeitscht zu werden. Allmählich konnte er es kaum erwarten, dass der Auftrag abgehakt war und sie dieses bekloppte Land wieder verlassen konnten.

Abends verbrachte er immer mehr Zeit mit Block in dem Labor, das dieser sich im Keller eingerichtet hatte. Markus sah ihm zu, wie er Kulturen von Gesteinsproben ansetzte, dünne Beläge von Steinen abkratzte und unter dem Mikroskop untersuchte. »Das hier darf niemand sehen«, sagte Block dabei wieder und wieder. »Ein Blick auf das, was ich hier mache, und es ist klar, wo es langgeht bei meiner Methode.«

Dieser Ansicht konnte Markus sich nicht anschließen. Er begriff fast nichts von dem, was der alte Öltechniker ihm erzählte.

»Sehen Sie diesen Schimmer? Charakteristisch für *Gneis-3*«, sagte Block, aber Markus sah keinen Schimmer.

»Hier, diese sichelförmigen Strukturen. Ich glaube, dass das Antireaktionen auf Petroleonten sind. Oder waren – das kann Millionen von Jahren her sein.« Markus sah keine sichelförmigen Strukturen. Immerhin hatte er begriffen, dass *Petroleonten* jene hypothetischen ölerzeugenden Bakterien waren, die Block suchte und von denen er vermutete, dass es nicht möglich war, sie zu isolieren, weil sie zu tief im Erdinneren lebten und abstarben, wenn man sie heraufholte.

Wenn Block im Labor fertig war, wechselten sie ins Wohnzimmer, das er zu einem riesigen Arbeitszimmer umfunktioniert hatte. Er hatte seine Hausangestellten fortgeschickt, weil er Spione unter ihnen vermutete, und entsprechend sah es bei ihm aus: überall Staub, Sand, leere Packungen, ungewaschene Wäsche. Genau wie im Keller hatte Block auch hier Wanzenaufspürer aufgestellt, drei verschiedene Fabrikate, die er aus den Staaten mitgebracht hatte und an die er niemanden heranließ. Obendrein ließ er Musik laufen – was außerhalb der Enklave Dhahran ebenfalls eine strafbare Handlung gewesen wäre.

Hier zeichnete der hagere Mann anhand der gewonnenen Daten Linien auf große Landkarten: *Zusammenhangfelder, Überhangverläufe* und vor allem mögliche *Mikroschlote.* Dabei handelte es sich, erfuhr Markus, um feinste, kapillarartige Verbindungen ins Erdinnere, die bis in unglaubliche Tiefen reichten. »Die kennt die klassische Geologie auch nicht«, erklärte Block, »die habe ich entdeckt. Anfangs, ohne dass mir klar war, was sie zu bedeuten haben. Aber wenn einer wie ich so einen Artikel schreiben und an ein wissenschaftliches Journal schicken würde – der würde überall im Papierkorb landen. Wenn Sie keinen *Professor Doktor* vor Ihrem Namen haben, können Sie's vergessen.«

»Und was bedeuten sie?«, hakte Markus nach. »Die Mikroschlote, meine ich.«

Block beugte sich vor und winkte ihn heran, sodass er noch leiser sprechen konnte. »Das Geheimnis ist, dass das Öl aus einem Kreislauf entsteht. Durch bakterielle Prozesse – also Zersetzung, Verwesung, Bodenbakterien und dergleichen – das fängt an der Erdoberfläche an und geht immer weiter und weiter hinab; da gibt es keine Stelle, an der der Prozess stoppt – jedenfalls, auf diese Weise gelangt ständig Kohlenstoff in die Erde zurück, wo er in neues Öl umgewandelt wird. Und gespeichert, natürlich. Die Rechnung mit dem CO_2 habe ich Ihnen ja mal erklärt. Wobei die Petrobakterien, die all das leisten, in enormer Tiefe sitzen, das ist das Problem. Der Prozess der Ölentstehung, der in ihnen abläuft, braucht nämlich enorme Umgebungstemperaturen. Und die liefert der Erdkern. Mit anderen Worten, es stimmt überhaupt nicht, was man immer sagt, dass das Öl fossile Sonnenenergie sei – im Gegenteil, es ist umgewandelte Energie des Erdkerns. Und damit genauso unerschöpflich.«

»Ich dachte, der Erdkern kühlt sich ständig ab?«

»Falsch gedacht. Suchen Sie sich ein gutes Buch, und lesen Sie nach. Die Temperatur im Erdkern ist in den vier Milliarden Jahren, die die Erde auf dem Buckel hat, gerade mal um etwa hundert Grad gesunken. Der Erdkern hat eine Temperatur zwischen vier- und siebentausend Grad. Das müssen Sie sich mal klarmachen: Das ist so heiß wie die Oberfläche der Sonne.«

»Ehrlich?« Markus war verblüfft.

Block lehnte sich zurück. »Sie brauchen mir das nicht zu glauben. Schlagen Sie es nach. Ist Stand der Wissenschaft.«

Markus schlug es später tatsächlich nach. Es stimmte. Wobei ihn besonders das mit der Temperatur auf der Sonnenoberfläche verblüffte. Da hatte er irgendwas von Millionen Grad im Kopf gehabt, doch das waren die Temperaturen im Kern der Sonne, wo die Kernverschmelzungsprozesse abliefen, aus denen sie ihre Energie bezog.

Er kannte sich mit all diesen naturwissenschaftlichen Dingen einfach zu wenig aus. Physik, Chemie und all das, das war schon in der Schule nicht so sein Ding gewesen. Und nun zeigte sich, dass so ein Rückstand schwerer aufzuholen war, als Block oder er sich das vorgestellt hatten.

Insbesondere, wenn man wie er eigentlich ständig müde war.

Block dagegen schien nie müde zu sein. »Die Mikroschlote transportieren das Öl aus der Tiefe nach oben«, erklärte er ihm und kritzelte entsprechende Skizzen. »Durch Kapillarwirkung oder Osmose – so ähnlich, wie sich das Papier von Kaffeefiltern vollsaugt, verstehen Sie? Und in den Sedimentschichten sammelt es sich dann an, ich vermute durch deren eigene Sogwirkung.«

»Aber dann müssten sich Ölfelder ja immer wieder auffüllen«, gab Markus zu bedenken.

Block nickte. »Das passiert auch. Man nennt dieses Phänomen *Refilling*. Hat man im Golf von Mexiko beobachtet, bei den Gasquellen in Oklahoma und im Mittleren Osten auch. Die Wissenschaft hat dafür bislang keine Erklärung, kümmert sich aber aus Gründen, die ich nie begreifen werde, weiter nicht sonderlich darum.« Er machte eine Handbewegung, als wolle er das alles beiseitewischen. »Was genau passiert, weiß ich auch noch nicht. Kann sein, man macht beim Anbohren eines solchen Feldes etwas falsch; etwas, das die Mikroschlote verschließt, blockiert, verschlammt, was weiß ich. Aber das ist auch nicht so wichtig, denn das Refilling geht sowieso zu langsam, als dass es wirtschaftlich interessant wäre. Nein, ich will ja tiefer runter, bis zu den Petroleonten selber. Verstehen Sie? Die sind die Quelle.«

»Heißt das, dass man nur durch die leeren Ölfelder hindurch tiefer bohren muss?«, wollte Markus wissen. »So einfach kann das doch nicht sein.«

»So einfach ist es auch nicht. Da kommen eben die Mikroschlote ins Spiel. Die sind offenbar im Stande, das Öl über weite, weite Distanzen zu leiten. Schon ein ganz geringer Winkel zur Senkrechten bedeutet eine große Entfernung, wenn die Tiefe entsprechend ist. Denken Sie an Diamanten. Das sind Kristalle aus reinem Kohlenstoff, zu deren Entstehung ein Druck erforderlich ist, wie er erst in mindestens hundertvierzig Kilometer Tiefe herrscht. Was übrigens beweist, dass so tief im Erdmantel

Kohlenstoff vorhanden sein muss – meine Ausgangsthese, wie Sie sich erinnern werden. Kümmert die Akademiker aber auch nicht.«

Markus begann, die Umrisse von Blocks Theorie zu verstehen. Es war deren Umsetzung in die Praxis, die ihm Schwierigkeiten machte.

»Also kommt es darauf an, die Mikroschlote und ihren Verlauf ausfindig zu machen?«, fragte er.

»Exakt.« Block nickte, ganz der zufriedene Lehrer.

»Und«, fragte Markus weiter, »wie geht das?«

Blocks Blick verschloss sich. »Tja. Das ist eben noch hochgradig intuitiv. Das war es, was ich meinte, als ich gesagt habe, die Methode ist nicht fertig entwickelt. Sie haben bestimmt bald raus, wie das geht – wenn Sie dabei sind, mir oft genug zusehen … Aber Intuition, das ist halt nichts, was man patentieren kann.« Er starrte auf einen Punkt am entferntesten Ende des Raums, als dürfe er ihn keine Sekunde aus den Augen lassen. »Es gibt bestimmt eine schlüssige Formel. Ich bin mir sicher, dass es die gibt. Ich hab sie bloß noch nicht gefunden. Aber wenn wir sie finden … dann haben wir sie alle im Sack. Alle. Dann gehört uns die Welt.«

Endlich rang sich Block zu einer Entscheidung durch und legte drei Stellen für erste Probebohrungen fest.

Teams von Saudi-ARAMCO rückten an, mit schwerem Gerät und Fachleuten – überwiegend Filipinos, Inder und Pakistani sowie einige Araber aus anderen arabischen Ländern –, denen Erfahrung, Routine und Professionalität aus allen Knopflöchern sprühten. So traten sie Block und Markus auch erst mit spürbarer Herablassung gegenüber, doch als der alte Österreicher die Maschinen begutachtete, mit ihnen fachsimpelte und von seinen Erfahrungen bei den Bohrungen vor Java erzählte, die zu den ersten *Off Shore*-Erschließungen überhaupt gehört hatten, gewann er ihre Sympathie und ihren Respekt.

»Gute Leute«, meinte Block, als sie abends zurückfuhren.

Markus hatte nichts zu erzählen gehabt und sich folglich

darauf beschränkt, zuzuhören und zuzuschauen. Ihm war ein Araber aufgefallen, der alles nur distanziert verfolgt hatte. Wie jemand, dem nicht gefällt, was vor sich geht, und der sich insgeheim schon zurechtlegt, was er denjenigen, die ihn entsandt haben, berichten wird.

Block hob nur desinteressiert die Schultern, als Markus ihm davon erzählte. »Ich weiß nicht, was Sie meinen. Mir ist nichts aufgefallen.«

Doch am nächsten Tag war alles anders. Als sie hinausfuhren, trafen sie an den Bohrstellen komplett neue Teams an, die die Arbeiten fortsetzten; allesamt Leute, die ausschließlich Arabisch sprachen. Der Mann, der Markus am Vortag aufgefallen war, fungierte als Dolmetscher. Die anderen Techniker, erklärte er mit kaltem Blick, seien leider nicht abkömmlich.

Dieser Wechsel entrüstete Block über alle Maßen.

»Hier stimmt was nicht«, raunte er Markus zu, als sie die dritte der Bohrstellen besichtigten, die Sonne den Zenit erklomm und die Hitze wie jeden Tag unerträglich wurde. »Diese neuen Leute taugen auch nichts. Waschln sind das, alle miteinander.«

Markus fand es beunruhigend, zuzusehen, wie der alte Mann über das Gelände stapfte, an seinen Nägeln kaute und zornige Blicke nach allen Seiten warf. Was war ihm entgangen? Es war doch nicht so wichtig, was für Leute an einer Bohrung arbeiteten, oder? Man machte ein Loch in die Erde, weiter nichts.

»Gefällt mir nicht«, kam Block wieder an. »Hier spielt jemand ein Spiel, sag ich Ihnen, und wir sind nur die Figuren darin.« Er klang regelrecht paranoid, fand Markus. »Wir müssen aufpassen, hören Sie, Markus, aufpassen wie die Haftelmacher. Sonst kochen die uns ein.« Oder begriff er etwas nicht, das Block sonnenklar war? Auch möglich. Markus spürte, wie auch er nervös wurde.

Tatsächlich blieb die Bohrung trocken, so tief sie auch bohrten. Block hatte Öl in zweitausend Meter Tiefe vorhergesagt. An dem Tag, an dem diese Marke erreicht wurde, fanden sie Gruppen von Saudis an den Bohrstellen vor, Männer in dünnen weißen Burnussen, mit diesen Tüchern auf dem Kopf, bei deren Anblick Markus immer an Geschirrtücher denken musste. Sie arbeiteten nicht, sahen nur zu, unterhielten sich und schienen über das Resultat amüsiert zu sein.

Markus dämmerte, dass das Geologen der Saudi ARAMCO waren, die jetzt ihrem Schöpfer dankten, dass sie Recht behielten und nicht wie Dummköpfe dastanden.

Block nahm es mit unbewegtem Gesicht zur Kenntnis, gab kurz und knapp den Befehl, weiterzubohren, und rief dann den Fahrer, um sich zurück nach Dhahran bringen zu lassen.

»Ich muss alles noch mal durchrechnen«, sagte er zu Markus. »Es ist die Wüste, glaube ich. Die Hitze, die jahrtausendelange Trockenheit … da gelten andere Gesetze.«

»Kann ich Ihnen helfen?«

»Nein.« Er schüttelte heftig den Kopf. »Ich muss allein sein, allein mit meinen Gedanken. Mich in allem vergraben. Ich erklär Ihnen alles, was ich finde, aber später. Wenn ich die Gedanken geordnet habe, die sich gerade in meinem Kopf jagen … Geben Sie einfach auf die Bohrung Obacht.«

Damit fuhr er.

Markus blieb, ohne zu wissen, was Block damit gemeint haben mochte. Worauf musste man bei einer Bohrung achten? Keine Ahnung. Er sah zu, wie die Männer mit dem Gestänge hantierten, wie Zahlen über Computerbildschirme rasten, wie Motoren heulten und dicke Abgaswolken in den gleißenden Himmel stiegen. Sand stob auf, wenn der Bohrer rotierte, und der Wind trug ihn davon. Es war langweilig und erregend zugleich – langweilig, weil er nur zusehen konnte und wenig von dem verstand, was da vor sich ging, und erregend, weil trotz allem sein eigenes Schicksal damit verknüpft war.

Er war erschöpft, als er abends zurückkam, von der Hitze und vor allem vom Nichtstun. Block ließ sich nicht blicken und war am Telefon so wortkarg, dass Markus es schließlich aufgab. Das ungute Gefühl, dass die Dinge im Begriff waren, ihm zu entgleiten, stieg in ihm hoch, doch er kämpfte es nieder und ging duschen.

Er war gerade fertig, als es klingelte. Eines der Mädchen

machte auf und verschwand hastig, als Markus, nur mit einem Handtuch um den Hüften, ankam. Doch es war nicht Block, es war ein Mann, den er noch nie gesehen hatte. Ein Amerikaner, der ihm die Hand hinstreckte, ohne sich an seiner Erscheinung zu stören. »Jim ist mein Name«, sagte er. »Wir sind Nachbarn.« Er trug ein ärmelloses T-Shirt, das tätowierte Oberarme freilegte; davon abgesehen wirkte er wie ein Buchhalter mit beginnendem Haarausfall. »Endlich erwische ich Sie mal. Sie sind viel unterwegs, was? Sagen Sie – ich mache heute Abend mit ein paar Freunden ein Barbecue und wollte Sie fragen, ob Sie nicht Lust haben, einfach rüberzukommen. Das wird ganz formlos; wir hauen Steaks auf den Grill, einige der Frauen bringen Salate mit…«

Auch das noch!, war Markus erster Gedanke. Eigentlich hatte er keine Lust. Eigentlich hatte er Kopfschmerzen, Sorgen, dass seine beginnende Milliardärslaufbahn an undurchsichtigen Intrigen hier in der arabischen Wüste zerschellen würde, und außerdem war er erschöpft von einem ausgesprochen erfolglosen Tag.

Andererseits: Die Kunst des Lebens bestand zum großen Teil darin, es nicht zu verpassen.

Und vielleicht brachte ihn das auf andere Gedanken.

»Gern«, sagte er also. »Danke für die Einladung. Leider habe ich bloß so gar nichts zur Hand, was ich mitbringen könnte…«

Jim winkte ab. »Ja, ich überfall Sie damit, sorry. Bringen Sie einfach gute Laune und Hunger mit, das reicht völlig. Sagen wir, gegen neun?«

»Gegen neun«, bestätigte Markus. »Alles klar.«

Als er Punkt neun Uhr, frisch rasiert und vorzeigbar gekleidet, das Haus verließ und über den Rasen ging, betrat er eine Szenerie, die einem Film hätte entsprungen sein können: Männer am Grill, kurzärmlig, lauthals lachend. Frauen in leichten Kostümen, gut gelaunt lächelnd. Ein Tisch, der sich unter Soßen, Brot und Salatschüsseln bog. Teller aus Plastik, aber richtige Steakmesser. Und Fackeln im Boden, die gegen die einbrechende Dämmerung anloderten. Markus fühlte sich unwillkürlich an die Gasflammen in der Wüste erinnert.

Er bekam ein Dosenbier in die Hand gedrückt, herrlich kühl, und fand sich umgehend in angenehmen Smalltalk verwickelt, harmlose Fragen, wie lange er schon hier war, wie lange er bleiben würde, ach ja, und das Wetter, unglaublich, diese Hitze, nicht wahr? Man sehne sich manchmal regelrecht nach Regen, doch, durchaus. Dann ging es um Baseball. Dabei konnte Markus nicht mitreden, was, wie ihm klar wurde, ein empfindliches Defizit war. Er beschloss, sich so bald wie möglich eine Lieblingsmannschaft auszusuchen und deren Spiele zu verfolgen. Die *New York Yankees* zum Beispiel. Von denen besaß er zumindest schon ein T-Shirt.

Inzwischen schien auch das Feuer so weit zu sein; jedenfalls wehten bereits herrliche Bratendüfte herüber. Eine der Frauen drückte Markus einen Teller in die Hand und dirigierte ihn an den Grill. »Als unser Ehrengast bekommen Sie das erste Steak«, bestimmte sie mit unnachgiebiger Freundlichkeit. »Sie warten jetzt hier, kosten, und dann berichten Sie uns, ob er es draufhat.«

Der Mann hinter dem Grill lächelte. Er war groß und knochig, hatte tiefliegende Augen und mochte Mitte fünfzig sein. Seine Gesichtszüge hatten etwas Melancholisches an sich.

Sie absolvierten noch einmal das Smalltalk-Ritual. Seit sechs Wochen sei er hier, sagte Markus. Dhahran, ja, entzückende Stadt, fast wie in Amerika, genau. Die Hitze, okay, heftig. Schon am frühen Morgen kaum auszuhalten, und es heißt, das sei das ganze Jahr so. Ja, er war das erste Mal in Saudi-Arabien. Er war der Nachbar rechter Hand. Jim hatte ihn eingeladen, vorhin, ganz spontan.

Der Mann tippte mit der Zange auf ein Stück Fleisch. »Sieht fertig aus, was meinen Sie?«

»Nur zu«, meinte Markus, hob den Teller und sah sich um. Sie standen auf einmal ganz allein auf weiter Flur. »Wo sind denn die anderen?«

Der Mann legte ihm das Steak auf den Teller. »Die haben sich dezent zurückgezogen.«

»Warum das denn?«

»Das hier«, sagte der Mann, »ist nicht wirklich ein zwangloses Barbecue. Es ist inszeniert, damit wir beide uns unauffällig begegnen.« Er streckte Markus die Hand hin. »Mein Name ist Charles Taggard. Ich arbeite für die CIA.«

KAPITEL 27

Was sagt man, wenn man jemanden von der CIA kennen lernt? Markus bemühte sich, den Teller mit dem Steak nicht fallen zu lassen, und sagte: »CIA? Wie aufregend. Sagen Sie, wie ist das so, für einen Geheimdienst zu arbeiten?«

Taggard ließ sich nicht auf den launigen Tonfall ein. »Es ist zum größten Teil ein Schreibtischjob«, erklärte er ruhig. »Nicht halb so spektakulär, wie man sich das gemeinhin vorstellt.«

»Und wie sind Sie dazu gekommen, wenn ich fragen darf?« Markus spürte das dringende Bedürfnis, Fragen zu stellen und damit die Initiative im Gespräch zu behalten, bis er seine Überraschung verarbeitet hatte.

»Auf ganz profane Weise. Ich habe Wirtschaftswissenschaften studiert, an der Ohio State University, dann erst was anderes gemacht, und als es Zeit für einen ruhigen Job wurde, stieß ich auf ein Stellenangebot der CIA.« Er wendete gelassen die Steaks, eines nach dem anderen. »Eine Laufbahn, die kaum ein Thrillerautor in ein Buch übernehmen würde, schätze ich. Tatsächlich aber eher die Regel als die Ausnahme.«

Markus holte tief Luft. »Okay. Und was jetzt? Jetzt wollen Sie mich als Agenten anwerben, nehme ich an.«

»Ich will zunächst einfach nur mit Ihnen reden.«

»Zunächst?«, wiederholte Markus argwöhnisch.

»Von Wirtschaftsfachmann zu Wirtschaftsfachmann. Sie haben auch Wirtschaft studiert, soweit ich weiß.« Taggard lud sich ebenfalls ein Steak auf einen Teller und wechselte ins Deutsche. »Wir können übrigens Deutsch sprechen. Ich habe längere Zeit in Europa gearbeitet und hatte viel in Deutschland zu tun.«

Markus war beeindruckt. Taggard sprach das fließendste Deutsch, das er je aus dem Mund eines Amerikaners gehört hatte. »Von mir aus muss das nicht sein.«

»Für alle Fälle«, beharrte der hagere Mann. »Ich schätze, der saudische Geheimdienst hat mit Deutsch erheblich mehr Probleme als mit Englisch.« Er hängte die Steakzange an einen Haken am Grill und deutete auf eine etwas entfernt stehende Sitzgruppe. »Kommen Sie, gehen wir dort hinüber, damit die anderen sich auch an den Grill trauen. Es wäre schade um die Steaks.«

Das Steak schmeckte hervorragend, die Salate ebenfalls, nur die Soßen hätten etwas herzhafter sein können. Das Bier war amerikanisches Bier – eine bittere, dünne Brühe also, die einem Deutschen höchstens höfliche Duldung abnötigen konnte –, aber in dieser Situation war Markus das nur recht. Er würde einen klaren Kopf brauchen können.

»Haben Sie sich schon einmal gefragt«, begann Taggard nach den ersten Bissen, »warum Erdöl eigentlich so billig ist?«

Markus sah auf. »Billig? Alle Welt jammert immer, es sei so teuer.«

»Ich bitte Sie«, erwiderte Taggard ungnädig. »Die Masse der Menschen hat erbärmlich wenig Ahnung von Wirtschaft und fällt auf jede Milchmädchenrechnung herein, das wissen Sie so gut wie ich.«

»Man muss nicht viel rechnen dabei. Die Zapfsäule an der Tankstelle zeigt immer an, was es kostet, und es wird jedes Jahr mehr.«

»Gut. Ich darf Ihnen das mal vorrechnen, in Ordnung?« Taggard nahm eine der noch ungeöffneten Bierdosen in die Hand. »Sagen wir, das sei ein Liter Erdöl. Was kostet der hier, wo er aus dem Boden kommt? Der Barrel um die zwei Dollar. Ein Barrel sind 159 Liter, macht also etwa 1,2 Eurocent, die dieser Liter Öl gekostet hat, wenn er aus der Erde in einen saudischen Vorratstank gelangt ist.«

Markus betrachtete die grünliche Dose Budweiser nachdenklich. Etwas mehr als einen *Cent*? Das war wenig. »Okay«, sagte er. »Und weiter?«

Taggard schob die Dose ein Stück weit über den Tisch. »Nun wird unser Liter durch eine Überlandpipeline meerwärts gepumpt, beispielsweise zum Hafen Ras Tanura. Dort hat an einem der Seeterminals ein Tanker festgemacht, ein *VLCC*, wie man sagt, ein *very large crude carrier.* Er kann 300 000 Tonnen laden, und unser Liter ist dabei.« Er ließ die Dose einen kleinen Spalt im Tisch überspringen. »In dem Moment, in dem er an Bord fließt, ist er auf einmal, sagen wir, 18 Eurocent wert. Zu diesem Preis hat die Ölhandelsfirma, die den Tanker gechartert hat, das Öl eingekauft, und zwar schon Monate vorher. Ein Termingeschäft. Je nachdem, wie sich der Ölpreis an den Rohstoffbörsen entwickelt, ein gutes oder ein schlechtes.«

Markus nickte. »Klar.« Von all diesen Dingen hatte er schon gehört oder gelesen, sich aber weiter nicht darum gekümmert. Der Handel mit Öl, das war nicht ihr Job. Ihr Job war es, das Zeug zu finden.

Taggard ließ die Dose langsam weiterwandern und dabei leichte, schaukelnde Bewegungen machen. »Unser Liter schippert jetzt aus dem Persischen Golf ins Rote Meer. Die Charter eines solchen Tankers kostet zwischen 18 000 und 23 000 Dollar am Tag, die Durchfahrt durch den Suezkanal 305 000 Dollar Gebühr. Die Fahrt bis Rotterdam dauert 25 Tage, an Treibstoffkosten fallen noch einmal 315 000 Dollar an, und an Hafengebühren kommen etwa 130 000 Dollar dazu. Insgesamt etwas über eine Million Euro Kosten – was für unseren kleinen Liter irgendwo in den riesigen Tanks aber gerade mal mit 0,3 Cent zu Buche schlägt.«

»Er kostet jetzt also 18,3 Cent«, bestätigte Markus, der sich zu fragen begann, worauf Taggard eigentlich hinauswollte.

»Genau. In Rotterdam wird der Tanker leergepumpt, was etwa 36 Stunden dauert. Unser Liter fließt in Tanks, die vier Millionen Kubikmeter fassen, und später in die Rotterdam-Rhein-Pipeline, sagen wir, zur Raffinerie in Wesseling bei Köln. Die Pipeline gehört einem Konsortium von Shell, BP und Texaco, das für den Transport drei bis vier Euro pro Tonne berechnet: Damit kostet unser Liter, wenn er vier Tage später in der Raffinerie ankommt, rund 19 Cent.«

»Immer noch nicht viel«, gab ihm Markus Recht.

Taggard nickte und riss den Verschluss der Dose auf. »Nun wird das Rohöl raffiniert – das heißt, chemisch zerlegt in Flüssiggas, Gasöl, Mittelöl, Schweröl, Benzin, Heizöl, Kerosin, Benzol, Propylen und so weiter und so fort. Das geht ziemlich schnell, ein paar Minuten. Länger, als man braucht, um sich darüber klar zu werden, wie man nun kalkulieren muss. Denn aus einem Liter Rohöl wird natürlich nicht ein Liter Benzin, sondern nur etwa ein Drittel. Zwanzig Prozent werden zu Heizöl, sechs Prozent zu Kerosin, und so fort. Aber wie immer man das rechnet, man kommt nicht auf den Preis von 1,30 oder 1,40 Euro, den ein Liter Benzin an der Tankstelle kostet.«

»Weil noch die Mineralölsteuer dazukommt«, meinte Markus.

»Ja. Haben Sie sich schon einmal überlegt, was das heißt?« Taggard lehnte sich zurück und nahm einen tiefen Schluck aus der Dose. »Diejenigen, die am meisten am Öl verdienen, sind die Regierungen der Verbraucherländer. In Deutschland macht die Mineralölsteuer 75 Prozent des Benzinpreises aus, über einen Euro pro Liter, an dem die Ölfirma nur etwa vier bis fünf Cent verdient.« Er nahm einen zweiten, kürzeren Schluck. »Nicht dass die Ölkonzerne deswegen zu den notleidenden Unternehmen gehören; viele von ihnen zählen zu den profitabelsten Firmen der Welt. Aber jetzt sagen Sie mir: Wieso begnügen sich die Saudis mit so wenig? Am Markt sind für einen Liter Benzin offensichtlich problemlos 1,40 Euro zu erzielen – so viel bezahlen Sie in Deutschland oft, und wenn an der Säule 1,20 steht, sagen Sie: ›oh, billig heute‹. Doch die Saudis geben den Liter für nicht mal 20 Cent weg – warum? Der Kuchen ist so groß. Warum begnügen sich die Saudis mit einem so schmalen Stück davon?«

»Sie sparen sich immerhin, das Zeug zu transportieren, zu raffinieren und zu verteilen. Was auch was kostet.«

»Aber nicht so viel; das habe ich Ihnen gerade vorgerechnet. Außerdem: Äpfel zu pflanzen, zu ernten, zu versaften, den Saft in Tüten zu verpacken und in die Supermärkte zu stellen ist auch nicht gerade unaufwändig. Trotzdem ist Apfelsaft billiger als Benzin. Warum?«

Markus überlegte. Er begriff allmählich, worauf Taggard hinauswollte. Die einfache Antwort auf seine Frage wäre gewesen, dass auf Apfelsaft keine Steuer erhoben wurde, aber das war nicht der Punkt. Der Punkt war, wieso es wirtschaftlich *funktionierte*, dass Benzin teurer sein konnte als Apfelsaft.

Er sah den hageren Mann an. Den CIA-Agenten, der nicht im Entferntesten aussah, wie er sich einen CIA-Agenten vorgestellt hätte. »Vielleicht zwingt man die Saudis dazu, ihr Öl so billig abzugeben?«

»Zwingt? Wer zum Beispiel?«

»Ich weiß nicht, was sich hinter den Kulissen der amerikanischen Außenpolitik tatsächlich abspielt.«

Taggard stutzte, dann lachte er auf. »Großer Gott, dass ich das noch mal zu hören kriege… Glauben Sie das ernsthaft? Dass die saudische Regierung den Ölpreis so niedrig hält, weil sie Angst haben, sonst von den USA besetzt zu werden? Mister Westermann, in den siebziger Jahren hat König Faisal die amerikanischen Ölgesellschaften im Land verstaatlicht. Das heißt, er hat alle Gebäude, Geräte und Installationen, errichtet von Amerikanern, bezahlt von Amerikanern, einfach an sich genommen, gegen den Willen der USA und gegen eine nur symbolisch zu nennende Entschädigungszahlung. Sogar den Namen hat er behalten – ARAMCO war die Abkürzung für *Arabian-American Company*, ursprünglich gegründet von Chevron, Texaco, Mobil und Exxon. Und damals waren die USA auch schon die größte Militärmacht der Welt. Nein, das ist keine haltbare Theorie.«

Markus runzelte die Stirn. »Okay, vielleicht gehören die Saudis einfach auch zu den Leuten, die auf Milchmädchenrechnungen hereinfallen?«

Taggard wurde wieder ernst. »Anfangs war das sicherlich so. Aber das ist längst nicht mehr der Fall. Die heutige Generation hat an den besten Schulen der Welt studiert und ist fit wie nur was.«

»Gut, dann muss ich passen. Sagen Sie es mir.«

Taggard musterte ihn einen Moment schweigend, trank dann sein Bier vollends aus und drückte die Dose anschließend geräuschvoll zusammen.

»Dumping«, sagte er.

»Dumping?«

»Wenn jemand seine Ware praktisch verschenkt, ist das Dumping, und wenn der *Wal-Mart* dabei erwischt wird, muss er ein saftiges Bußgeld zahlen. Dumping betreibt man, um unliebsame Konkurrenz auszuhungern. Anders als dem *Wal-Mart* kann es den Saudis niemand verbieten, und sie können es durchhalten, weil sie mit Abstand die größten Ölreserven auf diesem Planeten haben. Zur Zeit werden sie mit über 260 Milliarden Barrel ausgewiesen – kein anderes Land hat so viel Öl, nicht einmal annähernd. Saudi-Arabien ist eine Erdöl-Supermacht, die einzige, die es gibt.« Taggard beugte sich vor. »Und wir reden hier nicht von Tomaten, T-Shirts oder DVD-Playern. Wir reden von Öl, einer Substanz, die die Weltwirtschaft tiefgreifend verändert hat. Eine Substanz, von der die Weltwirtschaft *abhängig* ist und immer abhängiger wird, weil alle Prozesse immer energieintensiver werden. Wenn man nicht auf das achtet, was die Saudis *sagen*, sondern nur auf das, was sie *tun*, dann scheint es ihnen wichtiger als alles andere zu sein, dass die Welt, vor allem aber der Westen, gewissermaßen an der Nadel bleibt. Oder der Pipeline, in diesem Fall. Sie befürchten – und der berühmte ehemalige Energieminister Zakhi Yamani wird nicht müde, das bei jeder Gelegenheit öffentlich zu erläutern –, dass, sollten die Ölpreise über ein gewisses, ziemlich tief liegendes Level steigen, Ölfelder außerhalb ihres Einflussgebietes rentabel werden. Was nach dem Ölembargo 1973 ja passiert ist; die Preise sind so weit gestiegen, dass es rentabel wurde, das Öl der Nordsee zu erschließen. Und sollten die Preise noch weiter steigen, fürchten sie, dass sich alternative Energien durchsetzen.«

Markus hob ungläubig die Augenbrauen. »Alternative Energien?«

»Niemand auf der Welt glaubt so fest an die Machbarkeit alternativer Energien wie die Ölscheichs«, erklärte Taggard. »Nicht einmal Ihr Bruder.«

Frieder. Der eine Beharrlichkeit an den Tag legte, die ihn in jedem anderen Wirtschaftszweig längst zu einem steinreichen Mann gemacht hätte.

»Sie sind gut informiert.«

»Das ist mein Job.«

Markus lehnte sich zurück und verschränkte die Arme. »Und wozu erzählen Sie mir das alles? Ein solches Verhalten kenne ich von Geheimdiensten eigentlich bisher eher nicht.«

»Ich will Sie an zwei Schlussfolgerungen teilhaben lassen, die Sie betreffen. Erstens: Rechnen Sie weiter. Das überlasse ich Ihnen; die Zahlen können Sie sich überall besorgen, und es ist beeindruckender, es selber auszurechnen. Sie werden feststellen, dass, wenn man die bekannten Ölreserven der Welt und die jeweiligen Förderraten hochrechnet, in etwa zehn bis fünfzehn Jahren fast das gesamte noch verfügbare Öl am Persischen Golf liegen wird.« Taggard faltete die Hände und sah Markus an. »Was dann? Dann werden diese Länder hier eine unvergleichliche Machtposition innehaben. Könnte es nicht sein, dass die derzeitige Dumpingstrategie genau darauf abzielt?«

Markus musterte den hageren Mann seinerseits. Nicht dumm, was er da sagte. Und einleuchtend, wenn man es so erklärt bekam. »Okay. Verstehe. Bloß sehe ich nicht, wie das speziell mich betreffen sollte.«

»Die zweite Schlussfolgerung tut es. Denn jetzt kommt Ihr Partner ins Spiel. Wenn meine Annahme von eben annähernd stimmt, ist Block eine massive Bedrohung dieser Strategie. Im Grunde müssten die Saudis alles daransetzen, ihn aus dem Weg zu räumen und vor allem seine Methode. Stattdessen sind Sie beide hier und arbeiten für die saudische Regierung! Warum?«

»Weil es ein lukrativer Auftrag war.« Markus breitete die

Arme aus, dehnte den Brustkorb. »Und weil Ihr oberster Boss darauf gedrängt hat, dass wir ihn annehmen.«

»Mein oberster Boss?«

»Der Präsident. Wir haben Druck aus dem Weißen Haus bekommen.«

Das schien Taggard zu verblüffen. »Ah ja?« Er dachte nach. »Das verkompliziert die Sache. Ich weiß, dass es eine Menge enger geschäftlicher Beziehungen zwischen Amerikanern und Saudis gibt, und viele dieser Leute sind wiederum mit der Regierung eng verbunden … Trotzdem, das ändert nichts. Solange nur Sie beide die Block-Methode kennen, ist Ihrer beider Leben in höchster Gefahr.«

Markus sah an ihm vorbei ins Leere, auf die scheinbar friedlich unter dem prächtigen Nachthimmel liegende Straße. Jetzt waren es schon zwei, die etwas von ihm wollten, das er nur zu besitzen vorgab. Und Taggard gegenüber durfte er nicht einmal zugeben, nicht eingeweiht zu sein.

»Und was schlagen Sie vor?«

»Sie müssen die Geheimhaltung um die Methode beenden. Der richtige Weg ist, sie patentieren zu lassen und anschließend offenzulegen.«

»Und dann?«

»Sie würden über Lizenzen an allen Gewinnen beteiligt bleiben. Das ist der Sinn eines Patents. Unter dem Strich würde es wahrscheinlich weniger Arbeit und mehr Gewinn für Sie bedeuten, als Sie auf dem Weg erlangen werden, den Sie im Augenblick verfolgen. Vor allem aber wäre die Gefahr gebannt, dass die Methode verloren geht.« Taggard rieb sich das Kinn. »Oder einer Macht in die Hände fällt, in deren Besitz ich sie nicht sehen möchte. Von meinem Job aus gesehen ist das ein fast genauso wichtiger Gesichtspunkt.«

Ein Patent. Toll. Das war genau die Idee, auf die Block *nicht* kommen durfte. Denn dafür brauchte er ihn, Markus Westermann, nicht. Wenn Block seine Methode zum Patent anmeldete, war er aus dem Spiel.

»Warum reden Sie mit mir? Warum nicht mit Block?«

»Das ist versucht worden, aber er zeigt sich derartigen Überlegungen unzugänglich.«

Tatsächlich? Davon hatte Block nie ein Sterbenswörtchen gesagt. Seltsam.

»Ich muss darüber nachdenken«, sagte Markus.

»Tun Sie das. Und denken Sie dabei daran, dass es hier nicht nur um Geld geht, sondern unter Umständen um Krieg oder Frieden.« Taggard zog eine Visitenkarte heraus. Danach war er *Sales Manager* einer gewissen *American Agrofood Trading Company*. »Eine Tarnfirma natürlich. Sie erreichen mich jederzeit unter dieser Nummer, wenn Sie Ihren Namen nennen.« Er verzog das Gesicht. »Bestehen Sie notfalls darauf, dass die betreffende Telefonistin nachsieht. In letzter Zeit werden Billigkräfte eingestellt, die nicht immer richtig bei der Sache sind. Traurig, aber sogar die Geheimdienste müssen sparen.«

Markus studierte die Karte. Eine amerikanische Telefonnummer, aber eine Adresse in Riyadh. Interessant. »Woher weiß ich, dass Sie wirklich für die CIA arbeiten? Vielleicht sind Sie in Wirklichkeit tatsächlich nur ein *Sales Manager*, der was mitgekriegt hat und jetzt versucht, das ganz große Ding zu drehen?«

Taggard nickte. »Gut überlegt.« Er griff in die Hosentasche, holte einige mehrfach zusammengefaltete Papiere heraus, faltete sie auseinander, strich sie glatt, so gut es ging, und schob sie ihm hin. »Das ist eine Liste der Telefonate, die Sie seit Ihrem Aufenthalt in Saudi-Arabien von Ihrem Mobiltelefon aus geführt haben. Datum, Uhrzeit, Telefonnummer des Gesprächspartners und eine kurze Notiz zum Inhalt des Gesprächs. Mobiltelefone abhören, das können nur wir, okay?«

Markus starrte auf die zerknitterten Blätter. Er war wie vor den Kopf geschlagen. »Sie hören meine Telefongespräche ab?«

»Klar. Was denken Sie denn?«

Es stimmte alles. Er sah Amy-Lees Nummer, die praktisch täglich aufgeführt war. »Sie belauschen mein Liebesgeflüster mit meiner Verlobten?«

»Ihre Verlobte?« Taggard hob die Augenbrauen. »Miss Wang ist Ihre Verlobte?«

»Wenn Sie nichts dagegen haben.«

»Habe ich nicht, nein, bloß…« Der hagere Mann zögerte. »Mister Westermann, ich sage Ihnen das ungern, aber Miss Wang ist uns nicht ganz unbekannt. Sie fängt immer wieder Affären mit einflussreichen Leuten an, um sie auszuhorchen. Wir hielten sie eine Weile für eine Agentin, bis sich herausstellte, dass sie im Auftrag ihres Vaters handelt. Der nutzt das, was sie herausfindet, für seine Geschäfte.«

Markus starrte sein Gegenüber an, spürte ein heißes Gefühl in seinem Gesicht aufsteigen, so, als habe ihn dieser gerade geohrfeigt. »Das ist nicht wahr.«

»Ich hatte gestern ein langes Telefonat mit dem zuständigen Kollegen. Wir beobachten Miss Wang nicht mehr, aber ich halte jede Wette, dass Ihre Begegnung mit ihr kein Zufall war.«

»Das muss ich mir nicht anhören.«

»Sie wollten wissen, ob ich wirklich für die CIA arbeite.«

Markus stand auf, ließ die Abhörprotokolle liegen, warf die Visitenkarte dazu und sagte: »Danke für die Einladung.« Dann ging er.

Er hörte noch, durch das Donnern des Blutes in seinen Ohren hindurch, wie Taggard ihm nachrief: »Denken Sie über das nach, was ich Ihnen *davor* gesagt habe!« Aber er machte nur eine zornige Bewegung mit der Hand, ohne sich umzudrehen, und stapfte weiter. Wut wallte in ihm hoch. Er hätte am liebsten geschrien oder irgendetwas kaputtgeschlagen. Er musste an sich halten, um nicht etwas zu tun, das er bedauern würde.

Natürlich war an Schlaf nicht zu denken. Markus tigerte durch die Räume seines Hauses, griff eine Million Mal nach dem Telefon, um es eine Million Mal wieder zurückzulegen. Nein, er würde Amy-Lee nicht anrufen. Nein, er würde sich nicht von bebrillten bleichen Typen in irgendwelchen Bunkern irgendwo auf der Welt dabei zuhören lassen, wie er Amy-Lee fragte, ob sie ihn wirklich liebte oder ob sie nur auf Geheiß ihres Vaters mit ihm ins Bett gestiegen war, in der Hoffnung, über ihn an die Block-Methode zu kommen.

Außerdem … Nein, das konnte nicht stimmen. Eine fiese Lüge. Man wusste doch, wie diese Geheimdienste arbeiteten. Gewissenlos. Eine Lüge war doch noch das harmloseste; die schreckten auch vor Mord, Erpressung und dem Einsatz von Drogen nicht zurück.

Trotzdem, die Anschuldigung saß wie ein Stachel im Fleisch. Ein Stachel mit Widerhaken. Es schmerzte auch genauso. Weil er sich nur zu gut daran erinnerte, wie schnell alles gegangen war. Von jetzt auf gleich.

Klar, er hatte schon One-night-stands erlebt, bei denen es auch kein langes Zögern gegeben hatte. *Whamm, bam, thank you, M'am.* Auf manchen Sommerfesten an der Uni war das der bevorzugte Sport beider Geschlechter gewesen.

Aber konnte man das mit einer Bankerin vergleichen, die mit einem angehenden Kunden ins Bett stieg?

Verdammt. Keuchend stand er am Fenster, die Augen geschlossen, die Fäuste geballt. Das war infam. Sie hatten genau gewusst, wie sie ihn treffen, wie sie ihn verunsichern würden. Weichmachen wollten sie ihn!

Er musste mit Block reden … *Nein!* Auf keinen Fall. Wenn der hörte, dass die CIA hier war, drehte er vollends durch.

Dass man nichts mehr los wurde! Die Stimme Taggards in seinem Ohr, diese nüchternen Sätze, und wie onkelhaft-besorgt er gewirkt hatte!

Und die Erinnerung an den Tag der Präsentation. Wieder und wieder lief sie ab. Und verflucht noch mal, es sah einfach so aus, als ob sie sich gezielt an ihn herangemacht hätte. Und er, sexuell ausgehungert, wie er gewesen war, hatte nichts geschnallt …

Irgendwann schluckte er ein paar Tabletten, um ruhiger zu werden. Sie schienen schneller zu wirken als sonst, obwohl er fast bei der normalen Dosis geblieben war. Aber gut. Es tat gut.

Er würde sie fragen. Ganz einfach. Nächstes Wochenende, wenn er wieder nach New York flog, würde er sie fragen.

Er ließ sich aufs Bett fallen, schloss die Augen, spürte, dass er Angst hatte. Er wusste nur nicht genau, wovor: vor der Wahrheit? Oder vor dem Gefühl, einmal mehr angelogen zu werden?

Die nächsten Tage durchlebte Markus wie in Nebel gehüllt. Die Wirkung der Pillen schien nicht mehr nachzulassen, egal was er dagegen einwarf, und so tappte er strohköpfig durch eine Welt, in der die Kacke am Dampfen war.

Zweitausendfünfhundert Meter Tiefe, und die Bohrungen blieben weiterhin erfolglos. Dreitausend. Die arabischen Geologen hielten mit ihrem Spott nicht mehr zurück.

»Wir sind jetzt tiefer als die Arab-D-Formation, in der sich praktisch alles Öl hier im Osten Saudi-Arabiens befindet«, bekam Markus von Jim Angles erklärt, einem ihrer Techniker, einem untersetzten Mann mit haarigen Händen. »Deswegen lachen sie.«

»Verstehe«, sagte Markus, der nichts verstand. Wie konnte das sein? War Blocks Methode doch nicht unfehlbar?

Block hatte sich kommentarlos verkrochen. Markus kratzte, wie es ihm vorkam, stundenlang an der Tür des Labors, bis er endlich hineindurfte.

Der Österreicher kochte vor Wut. Jetzt sei ihm alles klar, er habe das Spiel durchschaut; die saudischen Geologen hintertrieben seine Arbeit, studiertes Pack, Akademikergesindel, ihre Gesteinsproben hätten sie vertauscht, das könne er beweisen. »Wir müssen alles noch mal durchgehen, alles, rigoros alles, jede einzelne Zahl, jeden einzelnen Messwert, hören Sie, Markus?«

Unmöglich konnte er ihm jetzt von seiner Begegnung mit dem CIA-Mann berichten.

»Rufen Sie Thurber an! Wir brauchen unsere eigenen Leute hier. Ausschließlich eigene Fachleute und Bohrtechniker, notfalls soll er noch welche einstellen. Wir müssen alles unter Kontrolle haben, rigoros alles selber machen.« Block ballte die Fäuste. »Die werden mich nicht unterkriegen. Mich hat noch nie jemand untergekriegt, und das wird auch so bleiben.«

Markus schüttelte den Kopf. »Karl... Wozu? Brechen wir doch einfach ab. Wir sagen eben, die Untersuchungen hätten gezeigt, dass es keine weiteren Ölfelder in Saudi-Arabien gibt. Punkt. Pech für die Scheichs. Und das Gegenteil kann doch erst mal keiner beweisen, oder?«

»Wie ein geprügelter Hund den Schwanz einziehen?« Block sah ihn entrüstet an. »Da warten die doch bloß darauf!«

»Na und? Es kann uns ja egal sein, wie viel Öl die Saudis haben.«

»Und wie steh ich dann da? Nachher heißt es, meine Methode funktioniert nicht. Und einen Tag später weiß jeder Schreihals, klar, konnte ja auch nicht funktionieren, war doch bloß einer, der nichts studiert hat, der keinen Abschluss hat, keinen Schein, nichts. Nein. Kommt nicht in Frage. Das lass ich nicht auf mir sitzen.«

Trotz seines Dämmerzustandes kam Markus in diesem Moment eine Erkenntnis, ach was, eine wahre Eingebung. Auf einmal verstand er, was Taggard nicht verstanden hatte: warum sie hier waren.

»Karl«, sagte er ruhig, »ich glaube, dieser Auftrag war von Anfang an als Ablenkungsmanöver gedacht. Die Saudis wollen uns beschäftigt halten, um zu verhindern, dass wir *anderswo* in der Welt Öl finden. Weil das nämlich ihre Vormachtstellung auf dem Ölmarkt gefährden würde.«

Aber Block hörte ihn gar nicht, wiederholte nur immer wieder, er solle Thurber anrufen. »Eigene Leute, eigene Geräte. Anders geht es nicht. Und alle Spesen in Rechnung stellen, hören Sie? Rigoros.«

Markus musterte seinen Partner mit wattiger Ernüchterung. Block würde sich in diesem Kampf aufreiben, notfalls untergehen, aber niemals aufgeben.

Scheiße, in was war er da bloß hineingeraten?

Wochenende. Zum ersten Mal flog Markus ohne jede Vorfreude aus dem kavernenhaften Flughafen Dhahrans ab. Wie auf Autopilot folgte er beim Umsteigen den inzwischen vertrauten

Wegen, erfüllt von einem Schmerz, für den er keinen Namen wusste. Wie auf Autopilot stieg er in die Limousine, in der Amy-Lee sich in einem dünnen, nicht mal knielangen Sommerkleid auf dem Sitz räkelte und raunte: »In der Eile habe ich ganz vergessen, ein Höschen drunterzuziehen, stell dir vor…«

Markus war, als atme er zum ersten Mal an diesem Tag aus. »Ich muss mit dir reden.«

Amy-Lee musterte ihn, teils beunruhigt, teils unwillig, aus der Stimmung gebracht zu werden. »Ist etwas passiert?«

»Ich habe jemanden getroffen, der mir erzählt hat, du hättest dich schon öfter an Männer herangemacht, um sie für deinen Vater auszuspionieren.« Es schmerzte, das zu sagen. Ihm war, als sei dies der Augenblick, in dem er sich die Widerhaken aus dem Fleisch riss. Zugleich kam er sich unsagbar dämlich vor, kindisch, lachhaft eifersüchtig, unreif. Noch während er sprach, war ihm auf einmal sonnenklar, wie haltlos diese Anschuldigung war und wie durchsichtig die Absicht dahinter. Bloß dass sich die Worte nicht mehr stoppen ließen, wie von selbst aus seinem Mund kamen, nun, da er ihn aufgemacht hatte. »Ich habe mich seither gefragt, ob das bei mir auch der Fall war.«

Er sah sie an. Sie würde ihn wahrscheinlich gleich ohrfeigen, und er würde das Wochenende damit verbringen müssen, auf Knien vor ihr zu rutschen und sie um Verzeihung zu bitten.

Amy-Lee setzte sich auf, zog das Kleid zurecht, das Gesicht eine undurchdringliche Maske. Ihr Blick glitt an ihm ab und hinaus auf die vorbeiziehende Straße.

»*Oh, shit*«, murmelte sie.

Markus sah sie fassungslos an. Dieses Dröhnen in seinen Ohren, war das der Motor? Oder das Blut in seinem Kopf?

Draußen glühte die Sonne auf die Stadt herab, als wolle sie sie verbrennen.

Mit ihm sei es etwas anderes geworden, beteuerte Amy-Lee immer wieder, während sie beide mitten auf dem Teppich ihres Wohnzimmers saßen, er zuhörte und sie erzählte. Von ihrer einsamen Kindheit. Vom Sex, ihrem Zauberreich, in dem sie die Königin war. Von dem Englischlehrer, mit dem sie geschlafen hatte, als sie sechzehn war, weil sie wusste, dass er scharf auf sie war. Und wie sie später trotz schlechter Noten bestanden hatte.

»Prostitution also«, sagte Markus tonlos.

Amy-Lee machte eine wegwerfende Handbewegung. Das Wort schien an ihr abzuperlen. »Es war immer eine Sache auf Gegenseitigkeit. Die Männer bekamen ihre Eroberung, ich bekam, was ich wollte. Und Dad war einfach eine gute Möglichkeit, Informationen zu Geld zu machen.«

»Und er findet das okay?«

»Chinesen denken anders über Sex als Westler.« Sie starrte eine Weile nachdenklich ins Leere. »Er hat nie gesagt, geh mit dem oder dem ins Bett. Er missbilligt das sogar. Aber einen Vorteil lässt er sich trotzdem nicht entgehen, so ist er nun mal.« Sie strich ihre langen schwarzen Haare zurück. »Von eurer Präsentation und worum es ging, habe ich von einem Mann bei PPP erfahren, mit dem ich mal was hatte, okay. Ich habe alle Hebel in Bewegung gesetzt, damit ich dabei sein kann. Und dann hatte ich die Wahl zwischen Block und dir …«

»Du dachtest, wir kennen beide die Methode.«

Sie seufzte. »Ja. Aber das wurde dann immer unwichtiger, das musst du mir glauben!«

»Dein Vater hat von mir verlangt, ihm die Methode zu bringen. Nur dann stimmt er der Hochzeit zu.«

Ihr Gesichtsausdruck war undeutbar. Sie sah so chinesisch aus wie noch nie. »Davon wusste ich nichts.«

»Soll ich dir das glauben?«

»Ich habe mir allerdings so was in der Richtung gedacht. Nachdem er von der Methode erfahren hatte und ich sie ihm nicht verschaffen konnte, war er ganz … wie soll ich sagen …?« Sie schüttelte den Kopf. »Das war alles ein Fehler, das sehe ich jetzt. Man sollte nicht tun, was ich getan habe, aber das habe ich eben erst danach bemerkt. Ich war feige, ja, zugegeben. Ich dachte, Schwamm drüber und vergessen, vergangen ist vergangen, es zählt nur, was kommt… Ich hatte gehofft, darüber weggehen zu können. Aber anscheinend geht das nicht so einfach. Anscheinend holt einen das, was man macht, irgendwann immer wieder ein.«

Markus hätte am liebsten geschrien, laut, wie ein angestochener Stier. Er musste sich dazu zwingen, ruhig zu reden, obwohl es sich anfühlte, als ersticke er. »Woher weiß ich, dass du mir jetzt nicht etwas erzählst, das dir dein Vater eingeschärft hat? Um mich bei der Stange zu halten?«

Sie fuhr sich mit den Fingern durchs Haar, wieder und wieder. »Man macht eben auch dumme Sachen. Handelt, ohne zu überlegen, wohin es auf lange Sicht führt.« Sie hielt inne, während sich ihr Blick in der Ferne verlor. »Auf dem College habe ich mitbekommen, wie ein Junge mit seinen Freunden um ein Fass Bier gewettet hat, dass er ein bestimmtes Mädchen rumkriegt. Er hat sie auch rumgekriegt – aber dann hat er sich wirklich in sie verliebt. Als sie das mit der Wette rausgekriegt hat, stand er genauso blöd da wie ich jetzt.«

Sie wirkte so verletzlich, so aufgewühlt, so voller Reue. Markus war hin- und hergerissen. Alles in ihm drängte danach, ihr zu glauben. Aber noch stärker war die Weigerung, sich benutzen zu lassen, an seinem Schwanz über den Tisch gezogen zu werden.

»Ich kenne Blocks Methode nicht«, erklärte er. »Und allmählich glaube ich, ich bin zu dumm, um sie je zu begreifen.«

Tränen glitzerten in ihren Augenwinkeln. »Mark, das ist mir so was von egal. Ich liebe dich. Wirklich.«

»Dann heirate mich. Jetzt.«

Amy-Lee zuckte zurück. »Nein. Mark, nein, das geht nicht.«

Markus spürte, wie irgendetwas in seinem Inneren geschah. Etwas Bedrohliches. »Was heißt das dann, dass du mich liebst?«, fragte er. »Was heißt das dann?«

»Es würde meinem Vater das Herz brechen, wenn ich ihn derart missachte.«

»Lieber brichst du mir das Herz, ist es so?« Mörderische Wut, das war es, was plötzlich in ihm aufwallte. Sein Blut schien gegen die Hinterseite seiner Augäpfel zu drücken, als wolle es sie aus den Höhlen sprengen. »Schon verstanden.« Er stand auf, griff nach seiner Reisetasche, ging zur Tür.

Amy-Lee kam ihm nachgerannt. »Mark! Nein!«

Er wandte sich ihr in einer wilden Bewegung zu. »Du hast deine Prioritäten, und ich habe meine. Und offenbar passen sie nicht so gut zusammen, wie wir dachten. Ist doch gut, dass wir das beizeiten geklärt haben, findest du nicht?«

Dann ging er, ehe ihr die Tränen kamen. Er hatte die Nase fürs Erste voll von den Waffen der Frauen.

Gegenwart

Keith hatte darauf bestanden, ihm ein kräftiges Abendessen zu kochen, ehe Markus aufbrach. Er verrührte Speck, Kartoffeln, Mais, Eier und Gewürze in einer schweren gusseisernen Pfanne, während auf dem Küchenbord Kaffee durch die Maschine lief, zischend fauchend und extra stark. Eine große Thermoskanne stand schon bereit.

»Der Wagen gehört einem Freund, der ihn die nächsten Wochen nicht braucht«, erklärte Keith. »Es ist übrigens ein Diesel, denk dran.«

Markus nickte. »Und wo muss ich tanken? Bei McDonald's?«

»Nein, nein, er hat ihn auf normalen Diesel zurückgestellt. Die Austauschteile liegen übrigens im Kofferraum, ein kleines Päckchen in Plastikfolie. Das solltest du bitte nicht wegwerfen; das will er wieder.«

»Alles klar.«

»So, hier.« Keith stellte die dampfende Pfanne vor ihn hin. Es sah… seltsam aus, aber es roch gut. »Keith Peppers Spezialimbiss für Kraft und Ausdauer. Willst du Milch und Zucker in den Kaffee?«

»Nein, danke. Ganz schwarz ist mir am liebsten.« Markus stocherte mit der Gabel nach den ersten Bissen. »Danke übrigens.«

»Schon gut«, sagte Keith rasch. Er war ein bisschen gerührt, was er sich, typisch amerikanisch, nicht anmerken lassen wollte. »Ist doch eine Ehre, einem Weltretter zu helfen. Für Bruce Willis würde ich dasselbe tun, ehrlich.«

»Weiß ich zu schätzen.« Es schmeckte nicht übel. Genau genommen gut. Zumal er nach seinem langen Fußmarsch Hunger hatte. »Und Bruce Willis sicher auch.«

Schließlich war die Pfanne leergegessen, der Wagen übergeben, die Fahrtroute bis zur nächsten größeren Straße auf der Karte erklärt und die Thermoskanne griffbereit im Handschuhfach verstaut. So ließ Keith ihn schließlich fahren, nicht ohne einen herzhaften Schlag auf die Schulter, den Markus noch dreißig Meilen später spürte.

Jetzt galt es also. Er fuhr so vorschriftsmäßig wie möglich, hielt sich an jede Geschwindigkeitsbeschränkung, auch wenn es ihm oft schwerfiel. Aber Amerikaner waren unfassbar rücksichtsvolle Autofahrer; jemand, der in Deutschland aufgewachsen war, musste fahren, als säße der Fahrprüfer auf dem Rücksitz, bloß um nicht allzu unangenehm aufzufallen.

Und Markus wollte nicht auffallen. Er wurde in den USA immer noch polizeilich gesucht. Wenn er in eine Polizeikontrolle geriet, war sein Weg zu Ende.

Doch irgendwann tat die Schulter nicht mehr weh, hatte er sein Tempo gefunden, begann das gleichmäßige Schnurren des Wagens eintönig zu werden. Er schaltete das Radio ein, mitten in die Nachrichten.

Der Präsident hatte den in Qatar stationierten Truppen Marschbefehl erteilt und außerdem zwei Flugzeugträger aus dem Indischen Ozean in den Persischen Golf beordert. Der Auftrag lautete, die saudische Ölindustrie gegen Anschläge der Al-Qaida zu schützen.

»Nach Erkenntnissen der Geheimdienste«, sagte der Radiosprecher, »verfügen die Terroristen über Raketen, mit denen sie die Öltanks von Ras Tanura in Brand schießen wollen. Ein solcher Anschlag wäre nicht nur wirtschaftlich verheerend, sondern auch eine Umweltkatastrophe ersten Ranges. Das Feuer könnte man vom Weltraum aus sehen, und der entstehende Rauch würde den Himmel über der arabischen Wüste auf Wochen hinaus verdunkeln.«

KAPITEL 28

Gegenwart

Das Erwachen war mühsam. Ein helles Rechteck gab Rätsel auf, bis es sich schließlich als Fenster entpuppte. Eine geblümte Tapete, die er noch nie gesehen hatte, obwohl sie vergilbt war. Und ein Fernseher. Der sah nagelneu aus.

Markus setzte sich auf. Ein Motel, richtig. Er erinnerte sich nicht mehr an den Namen, hatte nur noch dunkle Bilder vor Augen, wie er es spät am Abend angesteuert hatte, weil er vor Müdigkeit nicht mehr weiter konnte.

Einen Wecker gab es auch. Er hatte ihn bloß zu stellen vergessen. Schon acht Uhr vorbei. Mist!

Eine Dusche später machte er sich auf die Suche nach Frühstück. Im Café des Hauptgebäudes wurde er fündig; es gab nicht bloß den üblichen Abwasserkaffee, sondern richtigen Espresso, und das, so viel man wollte. Und weil er ein Loch im Bauch hatte, nahm er zwei Bagels dazu.

Der Fernseher lief. CNN berichtete vom Vorrücken der US-Truppen, die von aufgebrachten Islamisten behindert wurden und wenig tun konnten, weil sie Befehl hatten, keine Gewalt gegen die Zivilbevölkerung anzuwenden. Man sah steinewerfende, vermummte Jugendliche, aber auch amerikanische Offiziere, die mit aufgebrachten Transparentträgern diskutierten. *Hands off!*, stand auf den Spruchbändern und: *US Invasion – No!* Und immer, wenn ein Kommentator ins Bild kam, waren im Hintergrund Luftaufnahmen der Tanks von Ras Tanura zu sehen, nach deren Inhalt die Welt dürstete.

»Das hätten wir schon längst machen sollen«, sagte der Mann, der das schmutzige Geschirr wegräumte und das Büffet auffüllte, zu Markus. »Ihre Scheiß-Ölfelder besetzen und fertig.«

Markus sah ihn verwundert an. Hatte er nicht begriffen, dass es darum nicht ging?

»Und mit welchem Recht? Ich meine, es sind deren Ölfelder, oder?«

Der Mann kniff die Augen zusammen. »Sie sind auch so ein Linker, stimmt's? Leute wie Sie sind schuld, dass dieses Land vor die Hunde geht, wenn Sie meine Meinung wissen wollen.«

Zehn Minuten später war Markus wieder unterwegs.

Vergangenheit

Blocks Wohnzimmer sah aus, als sei ein Laster mit Büromaterial darin verunglückt. Alle Wände waren in mehreren Lagen mit Diagrammen, Skizzen, Listen und Berechnungen bedeckt, desgleichen jeder Tisch, jedes Möbelstück, jede Tür und sogar die Fenster. Block selber war bleich wie ein Gespenst.

»Mein Gott«, entfuhr es Markus, »haben Sie eigentlich mal geschlafen in der Zwischenzeit? Oder was gegessen?«

Block schien ihn nicht zu hören, war wie eingesponnen in seine Gedanken. »Ich komme der Sache auf die Spur.« Er ging an den Diagrammen entlang, streichelte sie beinahe mit der ausgestreckten Hand. »Ein fatales Wechselspiel zwischen letzten Lücken meiner Theorie und den Versuchen der Saudis, mich hinters Licht zu führen. Aber Gestein kann nicht lügen, und Bakterien tun es auch nicht. Man muss nur hartnäckig bleiben.« Er blieb vor einer Weltkarte stehen, die an einem Garderobenständer klebte und auf der alle bekannten großen Ölfelder eingezeichnet waren. »Mein Fehler war, dass ich gedacht habe, in heißen Gegenden lägen die Mikroschlote höher als anderswo. Aber das Gegenteil ist richtig – sie liegen tiefer. Die Hitze von oben hat verhindert, dass sie sich bilden. Sie können erst da entstehen, wo das Gleichgewicht zwischen der Hitze von oben und von unten hergestellt ist. Ganz einfach, wenn man erst einmal darauf gekommen ist.«

Unter großen, mit unverständlichen Skizzen bekritzelten Papierbögen entdeckte Markus mehrere Thermoskannen sowie Tassen mit eingetrocknetem Kaffee. Immerhin. Und einen Teller. Vielleicht hatte Block ja doch etwas gegessen.

»Hier.« Der alte Österreicher tippte auf die Karte, auf einen Punkt in Kanada. »Die Teersande am Athabasca-River. Fünfzehntausend Quadratmeilen ölhaltiger Schlick. So viel Öl, dass Kanada damit Nummer zwei hinter Saudi-Arabien wäre, wenn man es einfach so fördern könnte. Und niemand weiß, woher dieses Öl stammt.«

»Echt?«, entfuhr es Markus.

Block winkte ab. »Es gibt Theorien, klar. Es soll aus irgendwelchen unterirdischen Reservoirs nach oben gesickert sein. Aber wo sind diese Reservoirs? In denen müsste ja noch Öl sein. Und kein Mensch scheint diesen Gedanken weiterzudenken! Überlegen Sie mal: Wenn Öl so entstehen würde, wie die studierten Geologen behaupten, müsste es in der Welt von Teersandgebieten wimmeln. Denn nach der klassischen Theorie sind die sauber abgedeckten Ölschichten ja bloß die glückliche Ausnahme.« Er drehte sich zu Markus um, hob den Zeigefinger wie ein Lehrer. »Ich sage Ihnen, der entscheidende Punkt ist, dass es in Kanada *kalt* ist. Ich wette, ich würde unter dem Athabasca-River Mikroschlote finden, und zwar in einer so geringen Tiefe, wie sie bislang noch nirgends beobachtet wurden.«

Er drehte sich um, begann in den Unterlagen auf einem der Tische zu wühlen, und förderte ein Blatt Papier zu Tage. »Oder hier. Schauen Sie sich das an. Erkennen Sie die Gegend? Ist ein bisschen grob gezeichnet.«

Markus beugte sich darüber. Mit einem Filzstift gemalte Küstenlinien, etliche schwarze Flecken, mehr nicht. Aber halt, das sah aus wie … »Das ist hier. Das ist Saudi-Arabien, das der Persische Golf, das da … die Türkei?«

»Genau, und hier Syrien, der Irak, Iran, da – Kuwait, Oman, die Emirate … Praktisch der Nahe Osten.« Block deutete auf die dunkel schraffierten Punkte. »Ich habe einfach mal alle Ölfelder eingezeichnet, die es hier gibt. Nur grob, das reicht. Sehen Sie das Muster?«

Markus starrte auf das Blatt. Tatsächlich. Die Ölfelder schienen Bestandteil einer zusammenhängenden, etwa dreitausend Kilometer langen Region zu sein, die im Osten der Türkei begann, sich auf gerader Linie durch den Irak zog und dann leicht verbreiterte, unter dem Persischen Golf hindurch, um an der südöstlichen Spitze der arabischen Halbinsel wieder schmaler zu werden. »Wie ein ... Band oder so etwas. Als gäbe es einen riesigen See im Untergrund, aus dem hier und da etwas nach oben sickert.«

»Das haben Sie gut ausgedrückt. Ich bin sicher, genau so ist es.« Block schien begeistert. Schwungvoll zog er ein anderes, aus einem Atlas herausgetrenntes Blatt hervor, das dieselbe Gegend farbig und detailreich zeigte: offenbar die Karte, von der er die Umrisse für seine Skizze durchgepaust hatte. »Der Witz ist, dass die Gegenden, die zu dieser Region gehören, kein einziges geologisches oder topografisches Merkmal gemeinsam haben. In der Türkei: Gebirge, das Ergebnis extremer Auffaltungen. Im Irak entlang des Tigris: ebenes Schwemmland. Der Persische Golf: eine zerklüftete Absenkung. In Oman hügeliges Bergland. Flache Wüsten in Saudi-Arabien. Öl findet sich in unterschiedlichsten Gesteinsarten unterschiedlichen Alters, unter verschiedensten Deckschichten. Diese Gegenden sind alle so verschieden voneinander, dass auch in der Vergangenheit – als angeblich das Öl aus Ablagerungen entstanden ist – völlig unterschiedliche Bedingungen hinsichtlich Klima und Vegetation geherrscht haben müssen. Und trotzdem ähnelt sich, wenn man es chemisch detailliert untersucht, alles Öl, das man in dieser Region findet. Seltsam, finden Sie nicht?«

»Stimmt«, bestätigte Markus, ganz erschlagen vom Redefluss seines Partners. Er war beeindruckt, doch. Allmählich bekam er eine Ahnung davon, wie es gewesen sein musste, als Block damals bei sich zu Hause nach Öl gebohrt hatte, gegen alle Widerstände und unbeirrbar und mit einer Beharrlichkeit, die an Wahnsinn grenzte.

»Noch etwas …« Block senkte seine Stimme. »Etwas, das Sie wissen sollten. Ich weiß nicht, ob ich es erwähnt habe – damals, als ich das Öl auf meinem Hof aufgespürt habe, habe ich auch eine Art Tagebuch geschrieben. Es war ein erster Versuch, die Grundzüge meiner Methode aufzuschreiben, in Formeln und Regeln zu packen und so weiter. Das muss alles noch zu Ende entwickelt werden, das habe ich Ihnen ja gesagt, aber …« Er deutete auf das Chaos ringsumher. »Wir stehen vor dem Durchbruch. Ich fühle es. In den verfügbaren Daten liegt ein Muster verborgen, und ich bin dicht davor, es zu entdecken.« Er ballte die Faust, sah Markus triumphierend an. »Aber dass die Methode im Grundsatz funktioniert, habe ich in South Dakota ja wohl endgültig bewiesen, nicht wahr? Dieses Wissen darf nicht verloren gehen«, fügte er eindringlich hinzu. »Auch nicht, wenn mir etwas zustoßen sollte …«

»Aber –«, begann Markus.

»Nein, hören Sie zu. Erinnern Sie sich an den Tag nach meinem Vortrag auf dieser Idiotenkonferenz in Chicago? Wir haben am Abend im Motel unsere Zusammenarbeit verabredet, und am nächsten Tag habe ich Sie gebeten, nach Cleveland hineinzufahren. Nicht wahr?«

Markus nickte. »Ja. Sie mussten irgendwas Geheimnisvolles erledigen.«

»Ich habe im Touristenbüro nach einer Firma gefragt, die Schließfächer vermietet. Gibt es in den USA fast überall. Dort habe ich meine Unterlagen deponiert.« Block hob entschuldigend die Hände. »Weil ich misstrauisch war, ich gebe es zu. Aber jetzt will ich Ihnen das Versteck anvertrauen, für alle Fälle.«

»Oh«, sagte Markus.

Block beugte sich zu ihm. »Sie müssen mir versprechen, dass Sie, wenn ich es nicht mehr kann, die Unterlagen bergen und die Methode auf eigene Faust zu Ende entwickeln.«

Markus sah ihn erschüttert an. Ihm wurde auf einmal

klar, dass er dem alten Mann viel bedeuten musste. Er fühlte sich schuldig, weil er bereit gewesen war, ihn zu hintergehen.

»Ich verspreche Ihnen, dass Ihre Methode nicht verloren gehen wird«, sagte er bedächtig. Als spreche er einen Schwur. »Dass ich alles tun werde, um das zu verhindern.«

Noch während er das sagte, spürte er, dass ihm umgekehrt auch Blocks Vertrauen viel bedeutete. Er war nicht nur der Sohn, den Block nie gehabt hatte – Block war ihm auch ein Vater geworden, wie er ihn sich gewünscht hätte: Jemand, der ihn ernst nahm, der etwas mit ihm gemeinsam machte, der Hoffnungen in ihn setzte. Anstatt, wie sein leiblicher Vater, immer in Gedanken woanders zu sein, so beschäftigt damit, eine abstrakte »Menschheit« zu retten, dass er überhaupt nicht merkte, wie seine eigene Familie litt…

»Gut«, sagte Block und winkte ihn noch näher heran. »Also, dann merken Sie sich den Namen der Firma, die Schließfachnummer und vor allem das Passwort…«

Gegenwart

Es war später Nachmittag, als Markus in Cleveland ankam. Auf der Suche nach dem Parkplatz, zu dem ihn Block damals dirigiert hatte, fuhr er am Gelände der Firma *SecureBox* vorbei und sah, dass es direkt vor dem festungsartig anmutenden Gebäude eine Reihe von Kundenparkplätzen gab, alle frei.

Er parkte, stellte den Motor ab und betrachtete die graue Fassade vor sich. Zwei Monate. So lange hatte er unter dem Strich für die Strecke von New York bis Cleveland gebraucht. Während des Fluges hatte er ausgerechnet, dass das eine Geschwindigkeit von anderthalb Stundenkilometer ergab, selbst wenn man nur acht Stunden Fahrzeit pro Tag rechnete. Er hätte zu Fuß gehen können und wäre eher da gewesen.

Er betrachtete die schießschartenartigen Fenster, zu schmal, als dass sich jemand hätte hindurchzwängen können, aber trotzdem vergittert. Die Wände schienen aus massivem Beton zu sein und fielen leicht ab. Ein Bunker, mit anderen Worten.

Okay. Markus stieg aus.

KAPITEL 29

Vergangenheit

Zur nächsten Besprechung mit den Leuten von Saudi ARAMCO erschien Block mit Karten voller geheimnisvoller Zeichen und Linien, aus denen er fünf neue Stellen herauslas, an denen sie bohren sollten. Die drei bereits begonnenen Bohrungen dagegen seien fortzusetzen und so tief zu treiben, wie sie nur konnten.

»Er sagt«, übersetzte der Dolmetscher den auf Arabisch vorgebrachten Einwand eines Geologen, »dass das keinen Sinn habe. Es gibt dort kein Öl.«

»Woher weiß er das?«

Ein kurzer Redewechsel. »Es ergibt sich aus der geologischen Formation.«

»Wir werden tiefer bohren als diese Formation.«

Diesmal, so fiel Markus auf, wartete der ungnädig dreinschauende Araber nicht auf die Übersetzung, sondern redete sofort auf den Dolmetscher ein.

»Er sagt«, erklärte der, »das mache erst recht keinen Sinn. Es kann unterhalb von sechstausend Metern kein Öl geben.«

»Und woher weiß er das?«

»Es ergibt sich aus der Art und Weise, wie Öl entsteht. Man nennt die Tiefe zwischen etwa zweitausend und sechstausend Metern das ›Ölfenster‹.«

Block beugte sich vor. »Hat man an den Stellen, die ich Ihnen genannt habe, irgendwann schon einmal gebohrt?«

»Nein.«

»Also *weiß* man es nicht, oder? Man vermutet nur auf Grund von Theorien.« Block lehnte sich zurück. »Und ich habe eine andere Theorie. Aus diesem Grund bin ich hier.«

Schließlich zogen die Männer ab, murrend und zweifelnd.

Markus berichtete Block von seiner Beobachtung, worauf dieser nur meinte: »Natürlich, die verstehen alle Englisch. An der hiesigen Öluniversität ist Englisch die Unterrichtssprache; es kriegt keiner einen Abschluss, der kein Englisch spricht.« Er rollte seine Karten zusammen. »Egal. Ich glaube, diesmal klappt es. Wir müssen bloß in Evidenz halten, dass sie auch an genau den richtigen Stellen bohren. Am besten fährt ihnen jemand nach und vergewissert sich.«

»Gut.« Markus nickte. »Ich sag unseren Technikern Bescheid.«

»Vielleicht sollten wir das sogar selber machen.« Block zog einen Briefumschlag hervor. »Hat Thurber Ihnen diese Ochsenpost auch geschickt? Widerlich. Schmierenreporter, elendige.«

Markus hatte nichts dergleichen bekommen. Es waren Kopien von Zeitungsausschnitten. Die Presse berichtete zunehmend negativ über den »Ölguru« und seine Misserfolge.

»Woher wissen die überhaupt davon?«, wunderte er sich. Die Saudis hatten auf strikter Geheimhaltung bestanden.

»Irgendein Schlawiner redet immer.«

»Oder es ist eine Kampagne. Man will Sie diskreditieren.«

Block zerriss die Kopien und stopfte sie zurück in den Umschlag. »In Brasilien wären wir längst fündig. Im Atlantik vor Rio de Janeiro liegt ein riesiges Ölfeld, da bin ich mir absolut sicher. Und hier fretten wir uns ab …«

Sie hatten einige Male per abhörsicherem Satellitentelefon mit den Konstrukteuren in den USA konferiert, und der neueste Stand war, dass zwei Prototypen kurz vor der Fertigstellung standen und spätestens Ende September nach Brasilien verschifft werden würden. »Ich hätte dabei bleiben sollen, den Auftrag abzulehnen. Von vornherein. War nie gut, wenn ich nicht auf meinen Instinkt gehört habe.«

Markus hatte das nervenzehrende Gefühl, dicht davor zu sein zu kapieren, was in Wirklichkeit vor sich ging. »Vielleicht war es doch eine Falle. Die Saudis wollen verhindern, dass Sie anderswo Öl finden.«

Block schob kampflustig das Kinn vor. »Die werden sich noch wundern.«

Aber die neuen Bohrungen fanden kein Öl. Keine der fünf.

Genauso wenig wie die ersten drei, die inzwischen bis in eine Tiefe von siebentausend Metern gelangt waren.

Block bestand darauf, jeden Tag höchstpersönlich zu einer der Bohrstellen zu fahren, Fahrten, die mehrere Stunden dauerten. In der brennenden Mittagshitze, die einem das Hirn im Schädel verdörrte, stieg er auf dem Bohrgestänge herum, kontrollierte den Zustand der Meißel, den Auswurf, die Spülrückstände.

Bei einer dieser Inspektionen fiel Markus ein Saudi auf, den er zuvor noch nie gesehen hatte und vor dem die anderen ziemlichen Respekt, wenn nicht gar Angst zu haben schienen. Ein Prinz, erklärte ihm der Dolmetscher flüsternd, als er nachfragte. Er nannte auch den Namen – Said oder Zaid oder so ähnlich – und murmelte etwas in der Art, dass es sich um den persönlichen Assistenten des Erdölministers handele. Jedenfalls, dieser Prinz Said oder Zaid beobachtete Blocks Anstrengungen mit ernster Miene, ja, er wirkte eigentlich so, als ob er darauf gehofft hätte, dass die Bohrungen Erfolg haben würden.

Es waren auch wieder einige der Geologen von Saudi ARAMCO da, doch heute feixte keiner von ihnen.

Ein eigenartiges Gefühl beschlich Markus. Die sahen nicht aus wie Leute, denen ein böser Streich geglückt war. Die sahen aus, als hätten sie wirklich nach Öl gesucht, verzweifelt geradezu.

Block beendete seine Inspektion, kam von der Plattform herunter, das Hemd klatschnass am Körper, das Gesicht ungesund gerötet.

»Mir ist nicht gut«, sagte er. »Die Hitze. Ich fahre zurück.«

Damit ging er weiter zu ihrem wartenden Wagen, ohne die Arbeiter oder Geologen noch eines Blickes zu würdigen.

Markus kam mit ihm, erstens, weil er nicht an Blocks Stelle mit Fragen gelöchert werden wollte, und zweitens, weil er sich Sorgen um die Gesundheit des alten Mannes machte.

Während der Fahrt blieb Block einsilbig, sagte nur »Hmm« oder »Tja« auf Markus' Fragen, was er gefunden habe, und starrte ansonsten vor sich hin. Zum ersten Mal, seit ihn Markus kannte, wirkte er richtig alt.

Zurück in Dhahran ließ er sich vor seinem Haus absetzen. Ob er ihm nicht lieber einen Arzt rufen solle, fragte Markus, ehe Block ausstieg.

Der Österreicher warf ihm einen müden Blick zu. »Glauben Sie, ich kann das nicht alleine? Nein. Ich brauche nur Ruhe. Ich muss nachdenken.« Er ließ den Türgriff noch einmal los, sah blicklos ins Leere. »Kennen Sie das Gefühl, wenn Sie wissen, Sie sind *so* dicht dran? Es liegt Ihnen auf der Zunge?«

»Ja«, sagte Markus. Er musterte Block aufmerksam. Sein Partner wirkte matt, am Ende. Das, was er sagte, passte nicht zu dem, wie er aussah.

Block beugte sich vor, öffnete die Tür. »Mir fällt schon was ein«, erklärte er und stieg aus. »Mir ist immer was eingefallen. Halten Sie einfach die Stellung, ja?«

Dann verschwand er im Haus, ohne sich noch einmal umzudrehen.

Am nächsten Morgen wollte Markus nach Block sehen, doch der öffnete nicht und ging auch nicht ans Telefon. Markus ließ eine Stunde verstreichen. Als dann immer noch niemand reagierte, rief er jemanden vom Service und wies ihn an, die Tür aufzubrechen.

Block war nicht da.

Auch der größte Teil der Unterlagen aus dem Wohnzimmer war verschwunden. Tische lagen umgestürzt, ein Stuhl war zertrümmert, in einer der Glastüren eine Scheibe herausgeschlagen. Darunter dunkle Flecken auf den Fliesen, und als Markus sich bückte und mit dem Finger darüberfuhr, sah er, dass es Blut war.

»Nichts berühren«, rief er den Leuten vom Service zu. »Rufen Sie die Polizei.«

Man hatte Block entführt, kein Zweifel. Und allem Anschein nach hatte er es seinen Entführern nicht leicht gemacht.

Die Männer vom Service zogen sich so behutsam Richtung Eingangstür zurück, als gingen sie über rohe Eier. Einer von ihnen telefonierte dabei aufgeregt auf Arabisch. Mit der Polizei, durfte man annehmen, beziehungsweise dem von der Saudi ARAMCO aufgestellten Sicherheitsdienst, der hier in der Enklave von Dhahran die Obrigkeit vertrat.

Markus zog sein eigenes Telefon aus der Tasche und rief sich die Nummer ins Gedächtnis, die auf Taggards Karte gestanden hatte.

Offenbar hatte er sie sich richtig gemerkt. »*American Agrofood Trading Company*«, meldete sich eine Männerstimme, »was kann ich für Sie tun?«

Er wolle Mister Charles Taggard sprechen, sagte Markus, worauf der Mann nach seinem Namen fragte und ihn gleich darauf durchstellte.

»Taggard.«

»Westman. Waren Sie das?«

»Waren wir *was*?«

»Die Block entführt haben.«

»Entführt? Heilige Scheiße.« Es klang echt. Entweder war Taggard im Stande, am Telefon besser zu lügen als jeder andere, der Markus in seiner Zeit beim Vertrieb von *Lakeside and Rowe* je Storys vom Pferd zu erzählen versucht hatte, oder er hatte tatsächlich nichts damit zu tun. Jedenfalls nicht er persönlich; die CIA war ja groß.

Markus erzählte ihm, was los war. Taggard fragte ihn noch nach ein paar Einzelheiten, die zeigten, dass er so etwas nicht das erste Mal erlebte – er wollte wissen, ob die Hintertüren verschlossen gewesen seien, ob die Entführer eine Nachricht hinterlassen hätten, und so weiter –, und versprach zum Schluss, sich darum zu kümmern.

Danach stand Markus da, mitten im Chaos, und fühlte sich

unangenehm hilflos und verloren. Er wusste nicht, was er nun tun sollte. Was ausgesprochen peinlich war: Er war der Vizepräsident von *Block Explorations*, und eine Menge Leute standen bereit, auf seine Anweisungen hin zu handeln.

Wenn er nun gewusst hätte, was für Anweisungen er ihnen geben sollte.

Er atmete durch. Nur die Ruhe. Das war jetzt ohne Zweifel eine Bewährungsprobe, aber er war entschlossen, sie zu bestehen. Was war zu tun? Auf jeden Fall würde er die Stellung halten. Der saudischen Polizei Druck machen. Vielleicht meldeten sich Blocks Entführer mit Forderungen; dann musste jemand mit ihnen verhandeln …

Obwohl – Blocks Entführer würden ihre Forderungen wahrscheinlich direkt an ihr Opfer richten. Die Methode, darum ging es. Nicht um Geld oder politische Forderungen. Davon konnte man ausgehen.

Markus durchwanderte das Haus und verließ es durch die hintere Tür, die auf eine kleine, von Mauern geschützte Terrasse führte. In einer Ecke stand ein altes Fass mit größtenteils abgeschabter Beschriftung, in dem – *Asche* war.

Sie roch ganz frisch. Was hatte das zu bedeuten? Markus fischte aus den nicht ganz verbrannten Resten ein Stück einer Landkarte heraus, die einen Teil von Saudi-Arabien zeigte, bedeckt mit sinnverwirrend vielen Linien, Symbolen und Zahlen, allesamt von Hand geschrieben und, wie es aussah, in großer Eile.

Markus betrachtete das Fundstück ratlos. Nichts von dem, was Block ihm mühsam beizubringen versucht hatte, fand er hier wieder: Die Linien waren nicht die, mit denen Block seine ominösen »Zusammenhangfelder« zu zeichnen pflegte, die Symbole hatte Markus noch nie gesehen, und die Zahlen sagten ihm nichts. Trotzdem war der Anblick beeindruckend; eine Art inbrünstiger Energie ging davon aus. Er konnte sich bildhaft vorstellen, wie Block spät nachts über dieser Karte gesessen und fieberhaft darauf herumgekritzelt hatte …

Und jemand hatte das alles verbrannt. Warum?

Er ging außen um das Haus herum, das Fundstück an spitzen Fingern tragend. Vorn an der Straße waren etliche Wagen eingetroffen. Männer waren dabei, den Tatort mit Markierungsbändern abzusperren, jemand schleppte einen schweren Instrumentenkoffer zur Haustür.

»Mister Westman?«

Ein Saudi trat auf ihn zu, gekleidet in das weiße, hemdähnliche Gewand, das *dishdasha* hieß, wie Markus gehört hatte, und mit einer rot-weißen *kafiya* auf dem Kopf. Sein Blick war befehlsgewohnt.

»Ja«, sagte Markus.

Der andere nannte seinen Namen, viel zu schnell, als dass Markus ihn sich hätte merken oder ihn auch nur verstehen können – »Abdul« kam darin vor, so viel bekam er mit –, und fuhr fort: »Ich komme im Auftrag der Saudi ARAMCO, um Ihnen mitzuteilen, dass Ihr Auftrag ab heute beendet ist. Die vereinbarten Tagessätze sowie noch nicht erstattete Spesen werden Ihnen in den nächsten Tagen überwiesen.« Er machte eine einladende Geste zu einem mit offener Tür wartenden Wagen. »Ich werde Sie nun zu Ihrem Haus begleiten und Ihnen beim Packen helfen.«

Später

Taggard blieb in Saudi-Arabien, um den Spuren Blocks zu folgen und dem Geheimnis seiner Methode auf den Grund zu gehen. Die Hinweise waren spärlich, sie zu einem Bild zusammenzusetzen schwierig. Das Interesse seiner Vorgesetzten an dem Fall ließ rasch nach, und unter den Leuten, die in der Erdölindustrie tätig waren, ließ sich schon bald niemand mehr finden, der zugab, sich je für Block interessiert zu haben.

Doch Taggard machte weiter. Steinchen für Steinchen setzte er das Puzzle zusammen. Er forderte Gefallen ein, nutzte Verbindungen, bettelte sogar, wenn es nötig war. Allmählich formte sich ein Bild, doch es war ein Bild, das ihm nicht gefiel.

Die einzige Unbekannte darin allerdings blieb die Frage, wozu man Block nach Saudi-Arabien geholt hatte.

Wahrscheinlich war er jedoch der Einzige, der sich das fragte. Die Untersuchungen im Fall Block waren längst zu seinem Privatvergnügen geworden. Taggards Bitte um Verlängerung seines Einsatzes in Riyadh wurde abgelehnt; man erwartete von ihm, an seinen alten Posten zurückzukehren und sich wieder mit der europäischen Wirtschaft zu befassen.

Zwei Tage vor seinem bereits gebuchten Rückflug ereignete sich die Explosion, die den Hafen Ras Tanura so schwer beschädigte, dass auf Monate hinaus kein Öl würde verschifft werden können. In den Straßen Riyadhs meinte Taggard eine unruhige Stimmung zu spüren, als er sich am Tag darauf noch einmal zur Familie seines Freundes Hamid Al-Shamri begab, um sich zu verabschieden.

Als er ankam, hatte Hamids Vater Musaed bereits Besuch: seinen jüngeren Bruder Tareq, der in der saudischen Ölindustrie arbeitete, ein schlanker, schnauzbärtiger Mann, der zutiefst aufgewühlt wirkte. Als ihn sein Bruder dazu aufforderte, erklärte er dem *amrikani*, dem dieser offenbar vertraute, was tatsächlich hinter dem Vorfall am Hafen steckte. Mit jedem Satz, den Tareq sagte, vervollständigte sich das Bild, an dem Taggard gearbeitet hatte. Endlich verstand er.

Ihm war weh ums Herz, als er sich verabschiedete. Er würde diese Menschen niemals wiedersehen, das war ihm mit schmerzhafter Deutlichkeit bewusst.

Während des Rückflugs schrieb er seine Kündigung. Nachdem er den Brief zugeklebt und adressiert hatte – er würde ihn unmittelbar nach seiner Landung in den USA frankieren und einwerfen –, stellte er seinen Sitz zurück, schloss die Augen und dachte darüber nach, wie er es anstellen konnte, für einige Zeit vom Radarschirm seines künftigen Ex-Brötchengebers zu verschwinden. Dass das nicht leicht sein würde, war ihm nur zu klar. Andererseits kannte er die Tricks. Ein paar Monate, das würde schon reichen.

KAPITEL 30

Vergangenheit

Mehr Ruhe als die paar Stunden unruhigen Schlafs während des Rückfluges nach New York war Markus nicht vergönnt. Am JFK warteten eine Limousine auf ihn sowie zwei breitschultrige Boten, deren Auftreten keinen Zweifel daran entstehen ließ, dass ihre höflich vorgetragene Einladung ein Befehl war.

Im Büro die schreckensbleichen Gesichter der Angestellten und eine Spannung in der Luft, als würden die metallischen Geräte auf den Schreibtischen jeden Augenblick Funken schlagen. Fast die gesamte Mannschaft von PPP saß im Besprechungsraum versammelt. Kiefer mahlten, Blicke blitzten, Füße scharrten, als Markus den Raum betrat. Es war wie vor einer Hinrichtung.

Sie ließen sich von ihm berichten, was in Saudi-Arabien vorgefallen war. Markus erzählte von den fehlgeschlagenen Bohrungen, von Blocks Verdacht, dass die Saudis ihre Untersuchungen manipulierten, und schließlich von dessen Entführung. »Ich habe auf der Herfahrt noch einmal mit der saudischen Polizei telefoniert«, schloss er. »Nach wie vor gibt es keine Spur, keine Nachricht, keine Forderungen. Im Moment ist völlig ungewiss, wie es ausgehen wird.«

Betretenes Schweigen, ungefähr eine Zehntelsekunde lang. Dann räusperte sich der Sprecher von PPP und sagte: »Betrüblich, durchaus. Doch wie auch immer es ausgehen wird, wir werden nicht dabei sein.« Seine Hände schoben Papiere umher, sein Blick durchbohrte Markus. »Mister Westman, hiermit üben wir unser vertraglich festgelegtes Recht aus, die Firma *Block Explorations* zu jedem uns geeignet erscheinenden Zeitpunkt aufzulösen, wenn wir den Erfolg unserer Investition nicht länger gewährleistet sehen. Das ist der Fall. Betrachten Sie sich also bitte als mit sofortiger Wirkung entlassen; dasselbe gilt für Mister Block sowie alle Angestellten, für Letztere selbstredend unter Beachtung der geltenden gesetzlichen Vorschriften.« Er faltete die Hände. »Das wäre alles.«

Der Mann beherrschte die Kunst, etwas so zu sagen, dass man das Gefühl bekam, er habe mit einem Vorschlaghammer zugeschlagen. Markus hatte allerdings mit einer derartigen Wendung gerechnet und sich gewappnet. Dies war ein Kampf, eine ganz und gar archaische Angelegenheit. Er gegen deren Häuptling. Und sein Gegner hatte eine Menge blutiger Skalps am Gürtel hängen.

»Ist das alles, was Ihnen dazu einfällt?«, entgegnete Markus, hoffend, dass es herablassend klang, besser noch arrogant.

Silberne Augenbrauen hoben sich. »Wenn man wirtschaftlichen Erfolg will, muss man ab und zu harte Entscheidungen treffen. Wir ziehen nur längst fällige Konsequenzen.«

»Nein. Sie machen einen schweren Fehler.«

»Den haben wir gemacht, als wir den ersten Dollar in Sie investierten«, erwiderte sein Gegenüber.

Touché. Er hatte ihn aus der Reserve gelockt. Ihm die Haut geritzt.

»Sie machen den Fehler«, wiederholte Markus, »in Panik zu geraten und damit auf eine gezielte Kampagne hereinzufallen. Nichts anderes war der Auftrag der Saudis nämlich. Er hatte das Ziel, die Bedrohung des saudischen Monopols auf dem Ölmarkt auszuschalten, die Block und seine Methode darstellt.«

Ein vernichtender Blick. »Sie haben beinahe vier Monate in Saudi-Arabien zugebracht. Keine einzige Probebohrung in dieser Zeit war erfolgreich. Wobei uns bekannt ist, dass diese Bohrungen in Gegenden angesetzt wurden, von denen man *wusste*, dass dort kein Öl sein konnte.«

»Nun begehen Sie außerdem noch einen Logikfehler«, stellte Markus fest. »Denn bekanntlich ermöglicht es die Block-Methode, Öl zu finden, wo die traditionelle Theorie nicht mal welches vermutet. Logischerweise muss man, wenn man dieser Methode folgt, *gerade* in solchen Gegenden bohren.«

»Sie haben aber kein Öl gefunden.«

»Weil unsere Untersuchungen sabotiert wurden, wie Block herausgefunden hat.« Markus wandte sich an die ganze Runde: »Meine Damen und Herren, überlegen Sie doch: Die Saudis können nicht daran interessiert sein, ihre Position als Preismacher des Erdöls einzubüßen!«

»Diese Position wäre durch weitere Ölfunde auf saudischem Gebiet nicht gefährdet gewesen«, wandte eine kleine blonde Frau mit kalten grünen Augen ein.

Markus nickte. »Richtig. Wohl aber durch jemanden, der überall auf der Welt Öl finden kann.«

»Mister Westman«, zog der Sprecher die Diskussion wieder an sich, »wir sind offen gestanden nicht mehr davon überzeugt, dass Mister Block so jemand ist oder war.«

»Dann hat die Kampagne der Saudis bei Ihnen genau das bewirkt, was sie bewirken sollte.«

Der Mann neigte den Kopf ein wenig zur Seite. »Es bleibt Ihnen unbenommen, das so zu sehen, wenn Sie wollen. Aber es ändert nichts an unserem Beschluss.«

Markus hatte es mit einem harten Brocken zu tun. Wenn er noch gewinnen wollte, blieb ihm nur, voll auf Risiko zu gehen.

Warum auch nicht? Er beugte sich vor. »Entschuldigen Sie, Sir – würden Sie mir bitte Ihren Namen verraten?«

Der Sprecher runzelte die Stirn. »George Gardiner«, sagte er zögernd.

»Danke.« Markus stand auf, ging bedächtigen Schritts ans Fenster, wo ein paar Bleistifte und Notizblöcke lagen, und machte sich unter den verdutzten Blicken der PPP-Leute seelenruhig Notizen. »Gardiner mit i? Also nicht wie *garden*, sondern …«

»Mit i, ja«, erwiderte der Sprecher unwirsch. »Mister Westman, ich muss Sie jetzt wirklich bitten –«

»Gleich. Ich gehe gleich. Ich möchte nur sicherstellen, dass ich Ihren Namen dereinst in meiner Autobiografie richtig schreibe. Wissen Sie, ich finde, Ihnen steht in der Galerie berühmter Fehlentscheidungen ein angemessener Platz zu. Sie wissen schon – der Schallplattenmanager, der die Beatles ablehnte. Der Verleger, der *Harry Potter* nicht wollte. Der Softwareboss, der die IBM zu Bill Gates weiterschickte. Diese Art Entscheidungen meine ich.«

Gardiner hatte sich rasch gefangen. Ein spöttisches Lächeln umspielte seine Lippen. »Sie gehen jedenfalls mit fliegenden Fahnen unter, das muss man Ihnen lassen, Westman.«

»Ich gehe nicht unter, ich fange gerade erst an«, erwiderte Markus, ohne aufzusehen. »Sie werden sich noch wundern. Denn selbstredend mache ich mit Blocks Methode da weiter, wo er aufhören musste, und an Investoren, glauben Sie mir, herrscht kein Mangel …«

»Schön«, entgegnete Gardiner, »dann schlage ich vor, dass Sie sich an die wenden und uns künftig –«

»George«, unterbrach ihn ein schmaler, weißhaariger Mann, der deutlich älter als Gardiner war. Markus wusste, dass sein Name John Hay Aldrich war. Er hatte immer den Verdacht gehabt, dass er es war, auf den bei PPP alle hörten. »Einen Moment noch. Junger Mann«, wandte er sich an Markus, »der bisherige *modus operandi* war, dass die Methode für einige Zeit Mister Blocks Geschäftsgeheimnis bleiben sollte. Darauf hat er, wie ich mich erinnere, sehr großen Wert gelegt. Kann ich Ihrer Äußerung entnehmen, dass Sie das Geheimnis der Methode inzwischen kennen?«

Markus nickte, ohne zu zögern. Bloß nicht zögern jetzt. »Er hat es mir anvertraut.«

Aldrich sah Gardiner an und meinte: »Wir haben so viel Geld investiert, eine Chance sollten wir der Sache vielleicht doch noch geben, was meinen Sie?« Worauf der Sprecher unwillig das Gesicht verzog.

In diesem Augenblick fiel Markus ein Spruch ein, den einer der Vertreter, mit denen er in seinen ersten Monaten bei *Lakeside and Rowe Deutschland* gereist war – ein alter Kämpe auf dem Gebiet geschäftlicher Verhandlungen –, stets gebraucht hatte:

Wenn du etwas erreichen willst, dann fordere das Doppelte vom Äußersten. Auf keinen Fall, erkannte er, durfte er sich mit dem begnügen, was sie ihm von sich aus zu geben bereit waren. Er war gerade in der Offensive, und er musste es bleiben.

»Halt«, sagte er mit aller Entschiedenheit. »So nicht, das sage ich Ihnen gleich. Jetzt, da ich erlebt habe, wie zaghaft und wankelmütig Sie sind, wie wenig verlässlich und wie arm an Mitgefühl, muss der Vertrag grundlegend erweitert werden, wenn Sie wollen, dass ich weitermache.« Er war, während er geredet hatte, ein Stück am Fenster entlang gewandert. Einer der Vorhänge streifte nun, da er sich locker gegen das Fensterbrett lehnte, seine linke Schulter. Hinter dem Vorhang stand, kaum sichtbar, ein Telefon. »Ich bestehe auf Garantien. Auf Mindestlaufzeiten. Feste Investitionszusagen. Solche Dinge.«

Er sah, wie die Leute von PPP Blicke wechselten. Blicke dieser Art hießen für gewöhnlich, dass sie gleich unter sich sein wollten.

Markus streckte, vom Vorhang verdeckt, seine linke Hand nach dem Telefon aus. Er hob den Hörer ab, ließ ihn ein winziges Stück nach unten gleiten, sodass es bei einem flüchtigen Blick so aussehen musste, als liege er ordnungsgemäß auf. Dann drückte er die Kurzwahltaste seines eigenen Büros.

Und tatsächlich. Aldrich sagte: »Danke für die Klarstellung Ihrer Position, Mister Westman. Wenn ich Sie bitten dürfte, uns eine Weile allein zu lassen, damit wir uns intern über die grundsätzliche Vorgehensweise einigen können …? Ich lasse Sie dann rufen.«

Markus stieß sich vom Fensterbrett ab. »Gern. Aber lassen Sie mich nicht zu lange warten.«

Damit ging er. Bewundernswert, die Disziplin im Hause PPP: Niemand sagte ein Wort, ehe Markus nicht die dicke, schallisolierte Tür hinter sich geschlossen hatte.

Die Angestellten von *Block Explorations* hatten immer noch die Blicke verschreckter Kaninchen. »Wie steht es, Mister Westman?«, fragte Lynn Ayers, die Chefsekretärin. Ihre sonst so ausladende Lockenpracht hing heute kraftlos herab, das glühende Mahagoni ihrer Haare war einem fahlen Braun gewichen.

»Ich versuche zu retten, was zu retten ist«, hörte Markus sich sagen. In Bewegung bleiben. Noch war der Kampf nicht zu Ende. Die Leute bildeten ein Spalier, und er ging hindurch, lächelte aufmunternd, während ihm zum Schreien war, sagte aufmunternde Worte, obwohl er selber jemanden hätte brauchen können, der ihm Mut zusprach, tätschelte die Schultern von Leuten, die allesamt älter waren als er. Kalendarisch zumindest. Er hatte das Gefühl, irgendwann in den letzten Tagen um Jahre gealtert zu sein.

Das Telefon in seinem Büro war immer auf die niedrigste Lautstärke eingestellt und durch die gepolsterte Tür hindurch nicht zu hören, das wusste er aus Erfahrung. Da es sich bei dem Anruf aus dem Konferenzraum um ein internes Gespräch handelte, tauchte es auch nicht auf der Anzeigetafel der Telefonistin auf. Er brauchte nur abzuheben und war das Mäuschen bei einer internen Besprechung des legendären *Peak Performance Pools.*

Markus konnte ein Lächeln nicht unterdrücken, als er, endlich allein, den Hörer ans Ohr nahm und tatsächlich Stimmen hörte. Er musste an den Spruch denken, den diese Leute in ihrem eigenen Besprechungsraum an der Wand hängen hatten. Nun, diesmal waren sie nicht paranoid genug gewesen.

»... ihm kein Wort«, hörte er Gardiner erbittert erklären. »Westman ist ein Blender. Er will uns über den Tisch ziehen, und allein dafür gehört er skalpiert, wenn Sie mich fragen.«

Ein Schwall anderer Stimmen, die durcheinander redeten. Zu verstehen waren nur Satzfetzen: »... Risiko ... Methode entscheidend ... Fuß in der Tür ... Kriegskasse ... haben schon größere Summen in den Sand gesetzt ... der mögliche Gewinn übersteigt alles, was wir uns ...«

Es klang gut, sagte sich Markus. Vielleicht schaffte er es tatsächlich, sie zu blenden und über den Tisch zu ziehen.

Nicht für ewig, freilich. Aber alles, was er brauchte, war der finanzielle Spielraum, um Blocks Methode anhand der

Unterlagen zu rekonstruieren. Danach würde so viel Geld fließen – und Öl –, dass man ihm alle Sünden verzieh.

»Ich sage Ihnen, was wir machen«, hörte er Aldrich erklären. Ihn unterbrach niemand. »Dieser Geologe, Quinton, soll uns ein paar Datenblätter besorgen, und zwar von erfolg*reichen* und erfolg*losen* Bohrungen. Daten, wie sie Block in South Dakota erfasst hat, da war Quinton ja größtenteils dabei. Die legen wir Westman vor. Ich will sehen, was er damit anfängt. Zumindest sollte er die fündigen von den tauben Stellen unterscheiden können, denke ich, wenn er mit der Methode wirklich vertraut ist.«

Markus nahm den Hörer vom Ohr. Ihm war auf einmal heiß. Mist! Wenn er sich darauf einließ, war er geliefert.

Und wenn nicht, auch.

Etwas schien ihm die Brust zuschnüren zu wollen. Blocks Unterlagen. Die musste er sicherstellen, vor allem anderen. Was immer der alte Mann in dem Schließfach in Cleveland deponiert hatte, es war Markus' letzte Chance, aus der Sache heil herauszukommen.

Er legte leise auf. Genau. Die Unterlagen holen und hoffen, dass er daraus schlau wurde. Block würde sich ja wohl was dabei gedacht haben, als er ihm das Versteck verraten hatte.

Er zog eine Schublade seines Schreibtisches auf. Der Autoschlüssel lag so da, wie er ihn hineingelegt hatte. Das hieß, sein Wagen stand noch in der Tiefgarage. Er steckte den Schlüssel ein und griff sich, ehe er das Büro verließ, ein paar belanglose Faxe, um etwas in der Hand zu haben und beschäftigt zu wirken.

»Miss Ayers«, sagte er wie beiläufig zu der Chefsekretärin, »die Damen und Herren von *triple-P* werden noch eine Weile brauchen. Ich gehe mal eben ein paar dringende Sachen erledigen; wenn jemand nach mir fragen sollte, ich bin in zirka vierzig Minuten zurück.« Krumme Zeitangaben, das wusste er aus Erfahrung, wirkten überzeugender als runde. Wenn jemand sagt, er habe zehn Minuten Zeit, wird man ihn unbekümmert eine halbe Stunde belabern – sagt er dagegen, er habe elf Minuten Zeit, ist die Sache mit hoher Wahrscheinlichkeit sogar in sieben erledigt.

Die Sekretärin sah auf die Uhr und fasste dann, wie sie es immer tat, in ihre Haare, ehe sie nickte. »In Ordnung, Mister Westman.«

Markus erwiderte das Nicken, versuchte zu wirken, als sei alles bestens. Kaum jemand sah auf, als er zur Tür ging. Niemand hielt ihn auf. Er stieg in den Fahrstuhl, drückte den Knopf, der Motor surrte, und als sich die Tür wieder öffnete, stand er im Zugang zur Tiefgarage.

Es war beinah gespenstisch friedlich und, ja, alltäglich, einzusteigen, den Zündschlüssel zu drehen und loszufahren. Als sei nichts. Die Rampe hoch und raus und weg.

Es war viel Verkehr, wie immer, aber er kam voran. An einer roten Ampel fischte er die Karte aus dem Handschuhfach. Nach vierzig Minuten war der Freeway 80, der ihn aus der Stadt bringen würde, quasi zum Greifen nahe.

Er zog sein Telefon hervor, schaltete es ein und rief im Büro an. »Westman. Wie sieht's aus?«

Ein Seufzer der Erleichterung. »Mister Westman! Gut, dass Sie anrufen. Die Leute von PPP fragen alle fünf Minuten nach Ihnen«, erklärte die Sekretärin. »Obwohl ich ihnen gesagt habe, wann Sie wieder zurück sind. Und das die ganze Zeit – Sie waren noch nicht eine Minute fort, da sind sie schon gekommen …«

Markus stieß den angehaltenen Atem aus. Da hatte er ja noch einmal Glück gehabt.

Was man eben so Glück nannte in Situationen wie dieser.

»Schicken Sie sie fort«, sagte er.

Die Sekretärin schnappte nach Luft. »Bitte?«

»Meine … Tagesplanung hat sich geändert«, erklärte Markus. »Ich komme heute nicht mehr ins Büro zurück. Die Damen und Herren von PPP sollen es für heute gut sein lassen; sagen Sie ihnen, ich melde mich in den nächsten Tagen.«

Ein Moment vorwurfsvoller Stille. »Ich glaube nicht, dass ihnen das gefallen wird.«

»Wissen Sie«, meinte Markus, »mir gefällt auch vieles nicht. Das können Sie denen gern ausrichten. *Bye!*«

Damit kappte er die Verbindung, anschließend schaltete er das Gerät ganz aus. Keine Rückrufe, bloß nicht. Er musste nachdenken, so gründlich wie noch nie in seinem Leben. Rauf auf den Freeway, Gas geben und denken.

Zwei Stunden später stellte sich allmählich das beruhigende Gefühl ein, die ganze Angelegenheit durchgekaut, in Einzelheiten zerlegt und diese ordentlich auf die Reihe gebracht zu haben.

Folgendermaßen sah es aus: Block war verschwunden, womöglich tot. Wenn nicht, waren in diesem Moment böse Menschen dabei, ihm sein Wissen zu entreißen, um später Ungutes damit zu tun. Er, Markus Westermann, war der einzige Mensch auf der Welt, der Zugang zu Blocks Originalunterlagen hatte und folglich die Chance, die zusammen mit Block verloren gegangene Methode zu rekonstruieren.

Doch wenn er das selber versuchen wollte, brauchte er dazu Mittel, die er nicht hatte – die Möglichkeit, Probebohrungen vorzunehmen, beispielsweise. Das war alles andere als billig, und im Augenblick hätte er nicht einmal ein einziges Futterrohr finanzieren können. Im Gegenteil, sobald seine regelmäßigen Bezüge ausblieben, würde sich umgehend die *First Atlantic Bank* melden und nachfragen, wie er das beeindruckende Minus auf seinem Konto auszugleichen gedenke.

Er musste also Geld beschaffen. Zu berücksichtigen war ferner, dass Blocks Unterlagen wohlgemerkt nur eine *Chance* darstellten. Es gab keine Garantien. Vielleicht war das, was er in Cleveland vorfand, völlig unverständlich. Doch im Augenblick waren die Dokumente sein einziger Trumpf, und er tat gut daran, ihn nicht unbedacht aus der Hand zu geben. Mit anderen Worten, es würde ein bisschen Vabanquespiel nötig werden.

Bei diesem Stand seiner Überlegungen zückte Markus wieder das Telefon, wählte eine Nummer und wartete, während es am anderen Ende der Verbindung tutete.

»Ja?«, hörte er gleich darauf die Stimme von Hung Wang.

Markus nannte seinen Namen, worauf Amy-Lees Vater argwöhnisch fragte: »Woher haben Sie diese Nummer?«

»Dasselbe habe ich mich gefragt, als Sie mich in Dhahran aus dem Schlaf gerissen haben«, erwiderte Markus. »Lassen wir es dabei, dass wir beide so unsere Quellen haben.« Natürlich hatte er die Nummer aus Amy-Lees Adressbuch.

»Was wollen Sie?«

Markus lächelte. Die Straße führte gerade mitten durch die Pocono Mountains, die Aussicht war gigantisch. »Interessieren Sie sich noch für die Block-Methode?«

»Hmm... Ehrlich gesagt, habe ich die Sache schon abgeschrieben. Und was man so hört, scheint sie ohnehin nicht zu halten, was man sich davon versprochen hat.«

»Propaganda. Wenn Sie auf die Ereignisse in Saudi-Arabien anspielen: Das war eine gezielte Kampagne, um Block unglaubwürdig zu machen.«

»Sagen Sie.«

Markus spürte, wie sich etwas in ihm anspannte. Was war das jetzt? Wang war doch so heiß auf die Methode gewesen? Was blieben für Möglichkeiten, wenn Amy-Lees Vater als Investor absprang?

Er holte tief Luft. Passend, da vorne fing es an zu regnen. Eine dicke, dunkle Wolkenwand, die sich am Horizont auftürmte... Er musste jetzt Selbstbewusstsein zeigen. Etwas fordern, um die Sache interessant zu machen.

»Wenn Sie's nicht mehr interessiert, sagen Sie es einfach«, erklärte er. »Die Bedingungen haben sich allerdings geändert, das schon mal vorab.«

»Nämlich?«, wollte Wang wissen. Immerhin.

»Ich brauche gesicherte finanzielle Unterstützung. Block ist, wie Sie sicher gehört haben, spurlos verschwunden, und falls er nicht wieder auftaucht, bleibt als einzige Chance, die Methode aus seinen Originalunterlagen zu rekonstruieren.«

»Die Sie besitzen?«

»Genau.«

Wang schien nachzudenken. »Darüber lässt sich reden.«

»Wobei ich mir vorstelle, dass wir natürlich sämtliche Vereinbarungen schriftlich fixieren.«

»Sie würden mich enttäuschen, täten Sie das nicht«, meinte Wang und lachte auf. »Gut, und? Ist das alles?«

Markus dachte an Amy-Lee, seine Haut erinnerte sich an ihre Haut, pfirsichweich und elektrisierend, und er glaubte ihren Geruch in der Nase zu haben. Vorbei. Überhaupt würde er künftig Privates und Geschäftliches strikt voneinander getrennt halten.

»Ja«, sagte er. »Das ist im Moment alles.«

»Dann haben Sie meine Zusage. Wie geht es weiter?«

Ausatmen. Ihm war, als habe er kilometerlang die Luft angehalten. »Ich muss ein paar Dinge erledigen«, sagte Markus, »dann melde ich mich wieder.«

»Lassen Sie mich nicht zu lange warten, sonst glaube ich irgendwann, ich habe dieses Gespräch nur geträumt. Ich bin kein sehr geduldiger Mensch, das wissen Sie ja.«

Was war das jetzt? Die joviale Masche? Oh nein, Mister Wang, Sie haben wieder angebissen. Sie werden warten, warten und dranbleiben, wenn es sein muss, bis die Hölle gefriert.

»Ich weiß«, sagte Markus und trennte die Verbindung. Ah, wie gut, diesmal derjenige zu sein, der auflegte!

Da war es wieder, das Adrenalin, das lang vermisste Gefühl, auf der Siegerstraße unterwegs zu sein. Er hatte es wieder geschafft. Er hatte Wang an der Angel, und, ja, genau, er würde ihm einen sehr, sehr lukrativen Vertrag abhandeln, einen Vertrag, der so gestaltet sein würde, dass er in jedem Fall gewann. Das würde eine Weile dauern und nicht einfach sein, denn Wang war ein alter Fuchs, aber er platzte vor Verlangen. Er war so scharf auf die Methode Block, dass er letzten Endes beinahe jede Klausel akzeptieren würde, solange er befürchten musste, dass Markus andernfalls vom Tisch aufstand und zu jemand anders ging.

Wenn er es jetzt nicht vermasselte, würde er ein gemachter Mann sein, ganz egal, wie die Sache letztendlich ausging.

Augenblicke wie dieser verlangten den richtigen Soundtrack. Markus schaltete das Radio ein, suchte die Sender nach Musik durch, die richtig fetzte. Da, ein knackiger Rocksong. Er kannte weder Stück noch Band, aber es ging gut ab; das Schlagzeug trieb, der Bass donnerte, und die Gitarre war pure Elektrizität auf höchsten Touren.

Und zum Teufel mit dem blöden *Speed Limit*! Markus zog auf die Überholspur rüber und gab Gas. Am liebsten hätte er das Verdeck aufgemacht und laut geschrien, aber die ersten Regentropfen zierten die Frontscheibe, verschmierten den Staub darauf...

Ach, *shit!* Was war nur los mit dieser Welt, dass sie ständig versuchte, ihn zu *bremsen*?

Also wieder rüber nach rechts, Fuß vom Gas. Es pladderte ganz schön. Verrückt für diese Jahreszeit. Die Musik hörte auch auf, ein Sprecher blendete sich ein. Es schien eine Nachrichtensendung zu sein. China habe erneut erklärt, Taiwan sei eine abtrünnige Provinz und man behalte sich vor, diesen unhaltbaren Zustand zu einem geeigneten Zeitpunkt zu beenden, berichtete er und hatte zu diesem Thema jemanden am Telefon, einen gewissen Bill. Ja, kommentierte der gelassen, das müsse man als ein gegen die USA gerichtetes Drohverhalten interpretieren.

»Die Volksrepublik China sieht sich als zukünftigen globalen Gegenspieler Amerikas und bringt sich mit solchen Erklärungen ideologisch in Stellung. Interessant ist jedoch der Zeitpunkt. Chinas Volkswirtschaft expandiert, die eigenen Ölfelder reichen nicht mehr aus, um die Energieversorgung sicherzustellen. Die Chinesen sind in zunehmendem Maß auf Importe angewiesen, wenn der Aufschwung nicht abgewürgt werden soll. Das Letzte, woran sie interessiert sein können, wären kriegerische Aktionen, die einen Boykott nach sich ziehen würden.«

»Wissen die Chinesen etwas, das wir nicht wissen?«, fragte der Radiosprecher.

»Kann sein, bloß was? Da wird man abwarten müssen.«

»Okay. Danke, Bill. Wir machen hier weiter mit –«

Markus drehte das Radio ab. China! Wang war Chinese. Nicht nur das, er hatte sein Vermögen im Handel mit China gemacht. War das, was Bill nicht wusste, ein Deal, der die chinesische Regierung damit rechnen ließ, die Block-Methode zu bekommen? Hatte Wang sie ihnen schon verkauft und war deswegen jetzt unter Druck, liefern zu müssen?

Und war er, Mark S. Westman, im Begriff, etwas zu tun, das den Interessen der Vereinigten Staaten von Amerika schaden würde? Dem Land, dessen Bürger er eines Tages zu sein hoffte?

Vielleicht war das Geschäft mit Wang doch keine so gute Idee.

In diesem Moment klingelte das Mobiltelefon. Wieso überhaupt, er hatte es doch … Ah nein, hatte er nicht. Nach dem Gespräch mit Wang hatte er vergessen, das Gerät wieder auszuschalten.

Er sah aufs Display: eine Nummer, die ihm absolut nichts sagte. Ablehnen und ausschalten? Andererseits war er weit weg, und im Notfall konnte er immer behaupten, die Verbindung sei schlecht … Er drückte den grünen Knopf. »Ja?«

»Mister Westman, Gott sei Dank, dass ich Sie erreiche«, keuchte ihm die Stimme von Lynn Ayers ins Ohr. »Die Polizei ist hier! Die haben einen Durchsuchungsbefehl für Ihr Büro.«

»Wie bitte? Wieso das denn?«

»Man verdächtigt Sie, Mister Block umgebracht zu haben.« Ein dröhnendes Geräusch im Hintergrund. »Ich rufe von einer Telefonzelle an; die wissen nichts davon. Meine Karte läuft jeden Moment ab … Was soll ich denen sagen, wo Sie sind?«

»Was haben Sie denn bis jetzt gesagt?«

»Dass ich nicht weiß, wo Sie sind.«

»Bleiben Sie dabei. Das klärt sich alles.« Markus hatte keine Ahnung, wie, aber er war der Chef, er musste vor allem anderen Zuversicht ausstrahlen. »An dem Vorwurf ist natürlich nicht das Geringste dran, das ist völlig aus der Luft gegriffen.«

»Gut. Dann weiß ich einfach nichts. Viel Glück und –« Die Verbindung brach mit einem rasselnden Geräusch ab.

Markus hielt das Telefon in der Hand, merkte, dass er die ganze Strecke gefahren war, ohne irgendetwas von der Straße zu sehen. Was hatte das jetzt wieder zu bedeuten?

Sein Herz schlug heftig, der Schreck schien mit Verzögerung zu kommen. Die Polizei verdächtigte ihn?

Schlecht. Ganz schlecht. Es war eine Sache, unschuldig zu sein, aber eine ganz andere, es zu beweisen. Vor allem, wenn man gegen undurchsichtige Machenschaften antrat.

Er brauchte Hilfe.

Taggard! Er musste sich an Taggard wenden. Nur der konnte ihm jetzt helfen. Wenn überhaupt jemand.

Und er musste sich Blocks Unterlagen sichern, ehe man ihn daran hinderte. Das war wichtiger denn je.

Er griff nach dem Telefon. Wie war noch mal die Nummer gewesen? Jetzt nur keinen Fehler machen. Er tippte die Ziffern mit dem Daumen ein, den halben Blick auf die Straße gerichtet. Da vorne fuhr ein dicker Laster, einer von diesen gigantischen, endlosen Trucks, die Ladefläche mit schneeweißer Plane bespannt.

Sorry, Mister Wang. Das wird nun wohl endgültig doch nichts mit uns beiden.

Es klingelte. Endlos. Auch das noch. Und der Truck vor ihm schlich geradezu.

Endlich eine weibliche Stimme, routiniert, hörbar gelangweilt: »*American Agrofood Trading Company*, guten Tag, was kann ich für Sie tun?«

»Westman ist mein Name«, rief Markus. »Mark Westman. Ich hätte gern Charles Taggard gesprochen.«

Winzige Pause. Der Tonfall veränderte sich kein bisschen. »Tut mir Leid, Mister Taggard ist heute nicht im Haus. Ich muss Sie bitten, ein andermal anzurufen.« Es klang, als wolle sie ihn gleich wieder aus der Leitung werfen.

»Halt, halt, hören Sie! Nicht auflegen.« *Shit*, jeder auf diesem Planeten schien ihn nur aufhalten, bremsen oder behindern zu wollen. Die PPP-Leute. Diese Telefonistin. Dieser Truck vor ihm. Markus hatte die Nase allmählich gestrichen voll.

Er zog den Wagen auf die linke Spur. »Glauben Sie mir, Mister Taggard wartet auf meinen Anruf«, fuhr er fort.

Und beschleunigte mit dem letzten Tropfen Benzin …

KAPITEL 31

Gegenwart

Und nun war er also endlich angekommen. Der Schriftzug *SecureBox* stand, jeder Buchstabe aus massivem Granit gehauen, in einem Blumenbeet vor dem Eingang. Ein Laster hätte daran zerschellen können.

Ein feiner Kopfschmerz, der sich anfühlte, als ziehe jemand lange, dünne Drähte aus der Haut und den Knochen seines Gesichts. Die Narbe. Seit sie nicht mehr zu sehen war, spürte er sie. Eine Erinnerung an den Unfall, an den er sich nicht mehr erinnerte.

Er hätte gerne etwas Materielles in der Hand gehabt, als er durch die Tür aus Panzerglas trat – eine Bescheinigung, eine Vollmacht, eine Kundenkarte. Mit nichts als einem Passwort fühlte er sich beinahe nackt.

Der Empfangsraum war ringsum mit Stahl verkleidet und so kühl, dass man fröstelte. Hinter einer Theke und einer weiteren Panzerglasscheibe saß eine mütterlich wirkende Schwarze in Uniform, die ihn so freundlich begrüßte, als käme er jeden Tag und brächte einmal die Woche einen Blumenstrauß mit.

Vielleicht langweilte sie sich aber auch einfach und war froh über die Abwechslung.

Markus langweilte sich jedenfalls nicht. Er musste sich ausweisen. Er, der auf der Fahndungsliste der amerikanischen Polizei stand. Er musste sich zu einem zuversichtlichen Lächeln zwingen, als er ihr seinen EU-Führerschein aushändigte. Immerhin, das war ein Doppel mit einer anderen Nummer; vielleicht war die nicht bis in die USA gedrungen.

Er sah zu, wie sie die Daten in ihren Computer eintippte. Kein Alarm, keine zufallenden Gitter. Stattdessen schob sich mit einem surrenden Geräusch ein Teil der Stahlverkleidung neben der Empfangstheke beiseite. Eine Wandnische erschien, in der eine Tastatur lag. Dort, erklärte sie ihm, möge er bitte die Nummer des gewünschten Schließfachs eingeben und das Passwort, Letzteres zweimal hintereinander.

Ganz schön ausgeklügelt, das alles. Markus war schon gespannt, wie es weitergehen würde. Wahrscheinlich bildete sich gleich eine weitere Öffnung, durch die er direkt zum Schließfach gelangte. Erwartungsvoll tippte er die Nummer und das Passwort ein, das *Elfenbeinturm* lautete. Und ein zweites Mal. Ein Piepton erklang, und die Abdeckung schob sich langsam, aber unnachgiebig wieder herab.

Doch als er sich wieder zur Theke umdrehte, sah er, dass die Frau ihren Bildschirm mit einem besorgten Blick musterte.

»Das Passwort ist in Ordnung«, sagte sie. »Aber das Schließfach ist leer. Es war schon jemand hier, um den Inhalt abzuholen.«

Markus starrte sie an mit dem plötzlichen, brennenden Gefühl, dass unerwartete Dinge im Begriff waren, zu geschehen. Block. Es konnte nur Block gewesen sein. War er wieder aufgetaucht? Aber wie war das möglich? In den Zeitungen, die er im Krankenhaus gelesen hatte, war nichts erwähnt worden, und auch die Leute, die er deswegen angerufen hatte, hatten keine neuen Informationen über das Verschwinden des Österreichers gehabt.

»Wann war das?«, fragte er.

»Am siebzehnten September.«

Drei Tage nach dem Unfall. Das war ja noch eigenartiger. »Hat er vielleicht eine Nachricht hinterlassen?«

Sie schüttelte den Kopf. »Nein, tut mir Leid.«

Ein Gefühl der Verlassenheit stieg in Markus hoch. »Und in den Daten, die Sie erfassen, ist da nichts, wie man den Betreffenden irgendwie erreichen könnte? Oder ihm eine Nachricht zukommen lassen?«

Die Frau faltete die Hände. »Sir, es waren zwei. Ich erinnere mich wieder, ich hatte an dem Tag Dienst. Zwei Männer von einer Bundesbehörde sind gekommen, die einen gültigen richterlichen Beschluss vorlegen konnten, und haben den Inhalt des Schließfachs beschlagnahmt.«

»Von einer Bundesbehörde?«, wiederholte Markus fassungslos. »Von was für einer denn?«

»Tut mir Leid, das darf ich nicht sagen.«

Er fuhr sich durchs Haar, bemühte sich um Ruhe, Gelassenheit, Zuversicht. »Okay«, sagte er. »Hören Sie. Das ist… ziemlich problematisch für mich. Natürlich will ich Sie nicht dazu überreden, etwas zu sagen, das Sie nicht sagen dürfen, aber…« Er lächelte sie an, versuchte, unwiderstehlich hilfsbedürftig zu wirken. »Aber Sie könnten Ihren Kopf ein bisschen bewegen, bitte. Kamen die Männer von der *Central Intelligence Agency*?«

Sie presste die Lippen zusammen, starrte ihn an und nickte dann ganz, ganz unmerklich.

Also hatte Taggard sie in Saudi-Arabien abgehört. Trotz Blocks Apparaten. Trotz seiner Vorsichtsmaßnahmen. Trotz aller Paranoia. Was für ein Spiel lief hier, verdammt?

»Danke«, sagte Markus. »Vielen Dank. Das war nicht das, was ich gehofft hatte, aber… Danke.«

Er ging. Er spürte ihren Blick im Nacken, während er durch die Tür trat, aber er drehte sich nicht um.

Draußen hatte es zu regnen begonnen, ein kalter Sprühregen, der Schlimmeres verhieß. Er spurtete zum Auto und machte, dass er davonkam. Für den Fall, dass diese ominösen CIA-Leute die Anweisung hinterlassen hatten, es zu melden, falls jemand auftauchte und sich für Blocks Schließfach interessierte.

Auf dem nächsten größeren Parkplatz hielt er an, um nachzudenken. Genau genommen, fand er, hatten Taggards Leute Unterlagen gestohlen, die Block ihm zugedacht gehabt hatte. Das musste er nicht unwidersprochen hinnehmen. Er konnte wenigstens mal fragen, was hier gespielt wurde.

Er zog sein Telefon aus der Tasche und betrachtete es. Das letzte Mal, als er Taggards Nummer gewählt hatte, war ein Unglück passiert. Das mochte sich wiederholen, selbst wenn er diesmal aus einem stehenden Auto telefonierte. Dass die CIA Handys abhören konnte, hatte er ja gesehen.

Kümmerte es die CIA eigentlich, ob eine Kontaktperson polizeilich gesucht wurde? Keine Ahnung. Markus packte das Telefon weg, stieg aus und ging zu einer Telefonzelle, die einsam am Rand des Parkplatzes stand.

Unter der Nummer meldete sich immer noch die *American Agrofood Trading Company.* Wieder eine Frau, wenn auch diesmal eine andere. Er nannte seinen Namen und verlangte Charles Taggard zu sprechen.

»Haben Sie gesagt ›Mark S.‹ oder ›Markus‹?«, fragte die Telefonistin zurück.

»Markus«, antwortete er widerstrebend.

Pause, Tastaturgeräusche. »Tut mir Leid, Mister Westermann, aber Mister Taggard arbeitet nicht mehr für unsere Firma.«

Ein Tag der Überraschungen. »Entschuldigung, was heißt das genau? Wenn er nicht mehr für *American Agrofood* arbeitet, okay, aber dann kann ich ihn doch sicher anderswo im Konzern erreichen?«

»Im Konzern?« Sie begriff nicht.

Zum Teufel mit diesen blöden Spielchen. »Ich meine die CIA, Himmel noch mal.«

Er hörte sie scharf einatmen. »Moment.« Er wurde in eine Warteschleife mit klassischer Musik gelegt, ein paar Sekunden nur, dann war sie wieder da. »Ich kann Ihnen nur mitteilen, dass Mister Taggard vor kurzem gekündigt hat.«

»Und wo ist er jetzt?«

»Dazu kann ich Ihnen beim besten Willen nichts sagen.«

»Kann es jemand anders?«

»Ich fürchte, nein.«

Danach stand er ratlos in der Telefonzelle, hörte den Regen ungeduldig gegen das Glas klopfen, sah den Verkehr wie einen nicht endenden Strom vorbeibrausen. Die Gedanken in seinem Kopf jagten sich, mit einer Geschwindigkeit, gegen die die Autos wie kriechende Schnecken wirkten.

Zu spät, hallte es in ihm. Der Unfall hatte ihn weit mehr gekostet als nur zwei Monate Zeit.

Taggard hatte gekündigt? Was hieß das? Dass er sich die Unterlagen Blocks geschnappt hatte und inzwischen auf eigene Rechnung arbeitete?

Er stieß die Tür der Zelle auf und ging zurück zum Wagen, mit langsamen Schritten auf amerikanischem Boden. Was jetzt? Er verspürte den überwältigenden Wunsch, Taggard zur Rede zu stellen. Bloß wie? Wie sollte er ihn je aufspüren? Er wusste nichts über ihn. Und wenn er für die CIA gearbeitet hatte, war nicht einmal sicher, dass Charles Taggard sein richtiger Name war …

Da. Eine Erinnerung.

Ich habe Wirtschaftswissenschaften studiert, an der Ohio State University …

Das hatte er gesagt. Es mochte gelogen sein, aber wozu hätte er lügen sollen? Er hätte die Universität einfach nicht zu erwähnen brauchen.

Ließ sich damit etwas anfangen? Es musste. Es war alles, was er hatte.

War es das stundenlange Starren auf den Fernsehschirm, das ihm diese Kopfschmerzen bereitete, oder waren es die Bilder, die sie sahen? Abu Jabr hätte es nicht sagen können. Amerikanische Panzer in den Straßen von Al Khobar oder Dammam! Die Kommentatoren des amerikanischen Fernsehsenders erklärten unermüdlich, es sei keine Invasion, aber es sah trotzdem sehr wie eine aus!

In den deutschen Medien wurde das Vorgehen der USA weitgehend verurteilt. Manche zogen sogar Parallelen zum »Prager Frühling« und dem Einmarsch der Sowjettruppen in der Tschechoslowakei. Das hatte ihm Wasimah berichtet, die das Fernsehprogramm verfolgte und jeden Tag eine deutsche Zeitung kaufte. Insgeheim allerdings, erzählte sie, hoffe jeder, die US-Truppen würden die Ölkrise bald beenden und die gewohnten Verhältnisse wieder herstellen. Jedenfalls sei das der einhellige Tenor, wenn man die Gespräche in der Klinik belausche.

Sie sagten also das eine und meinten das andere. Abu Jabrs Kopfschmerzen wurden immer stärker.

»Es fühlt sich an, als würde die Verderbtheit des Westens auf mich übergreifen«, erklärte er seiner Schwiegertochter. »Als wäre sie ansteckend …«

Was war das? Verdrehte sie da etwa die Augen? Oder litt sie ebenfalls?

»Abu, Ihr solltet einfach mal rausgehen«, sagte Wasimah. »Einen langen Spaziergang machen. Der Park rund um die Klinik ist wirklich schön.«

Abu Jabr folgte ihrem Rat, schon weil es ihm widerstrebte, die Ärzte um ein Medikament zu bitten, und stellte fest, dass Wasimah Recht hatte. Es tat gut, frische Luft zu atmen, Platz um sich herum zu haben und auf Pflanzen zu schauen, auf Hügel und Seen oder die blasse, kraftlose Sonne am wolkiggrauen Himmel. Kalt war es, obwohl es hieß, dies seien schöne Tage, vielleicht die letzten sonnigen Tage des Jahres. Nun ja, er war die europäischen Verhältnisse nicht gewohnt; er hatte das Gefühl, dem Polarkreis nahe zu sein.

Aber der Kopfschmerz schwand. Er kam zu dem Schluss, dass es zwecklos war, sich den Kopf über Dinge zu zerbrechen, auf die er keinen Einfluss hatte. Es war Allahs Wille, dass er in diesen Tagen hier war, weit weg von zu Hause, und anstatt sich darüber zu grämen, tat er besser daran zu versuchen, den Grund dafür zu verstehen. Er würde den Fernsehapparat ab jetzt ausgeschaltet lassen. Zumindest die meiste Zeit. Er würde auch aufhören, Zayd anzurufen. In dieser Situation hatte sein Sohn sicher mehr zu tun, als ihm –

»Es freut mich, Sie einmal hier draußen anzutreffen, Eure Hoheit«, unterbrach jemand seine Gedanken. Der Direktor der Klinik.

Abu Jabr wandte sich um, musterte den untersetzten, rundlichen Mann und versuchte sich zu erinnern, wie er hieß. Vergebens, wie meistens, wenn er es mit Westlern zu tun hatte.

»*As-salaamu 'alaikum*«, sagte er der Einfachheit halber. Das passte immer.

»*Wa'alaikum as-salaam*«, erwiderte der weißhaarige Mann nahezu formvollendet und neigte den Kopf. Er war Abu Jabr schon bei der Ankunft spontan sympathisch gewesen: freundlich, weltgewandt und offen. »Sind Sie zufrieden?«

Abu Jabr deutete eine Verbeugung an. »Ich fühle mich willkommen.«

»Die Behandlung Ihres Enkels macht gute Fortschritte, habe ich gesehen.«

»*Al-chamdullah*«, murmelte Abu Jabr, wie es sich gehörte, und fuhr fort: »Es ist ausnahmsweise nicht die Gesundheit meines Enkels, die mein Herz bekümmert, sondern die Ereignisse zu Hause. Sie haben sicher davon gehört.«

Der Klinikdirektor – wie war nur sein Name? – nickte heftig. »Oh ja, sicher. Ich höre jede Stunde die Nachrichten. Schlimme Sache. Ich hoffe nur, die Lage entspannt sich bald.«

»Wenn Gott es will.« Abu Jabr deutete auf eine eigenartige, silberglänzende Installation auf einem der Dächer, deren Bedeutung ihm ein Rätsel geblieben war. »Sagen Sie – was ist das für eine Anlage auf diesem Gebäude dort?«

Der untersetzte Mann sah in die angegebene Richtung. »Das? Das ist unser kleines Solarkraftwerk. Wir heizen das Schwimmbad unserer Reha-Abteilung damit. Das funktioniert ganz gut, obwohl wir hier in Deutschland natürlich nicht annähernd so viel Sonne haben wie Sie in Arabien.« Er lachte auf. »Sie brauchen sich also keine Sorgen zu machen, wir bleiben weiter von Ihrem Öl abhängig.«

Abu Jabr nickte voller Verwunderung. »Ich habe schon Solaranlagen gesehen. Diese hier sieht anders aus.«

»Ja, es ist ein anderes Funktionsprinzip«, bestätigte der Klinikdirektor. »Aber ich sehe, da kommt gerade der Mann, der diese Anlage gebaut und bei uns installiert hat. Er kann Ihnen alles darüber erzählen, was Sie wissen wollen.«

Abu Jabr wandte sich um. In einiger Entfernung kam ein schlanker, beinah asketisch wirkender Mann gemessenen

Schrittes über den Fußweg vom Parkplatz her auf sie zu. Er hob kurz die Hand, als er sah, dass der Direktor ihn bemerkt hatte.

»Ist die Anlage defekt?«, fragte Abu Jabr.

»Nein, nein, die funktioniert tadellos. Er...« Der Mann hüstelte. »Er kommt, um die Sachen eines Patienten abzuholen, der uns vor ein paar Tagen überraschend verlassen hat.« Er streckte die Arme zur Begrüßung aus. »Frieder! Wie schön, Sie zu sehen? Wie geht es Ihnen?«

Abu Jabr nahm anerkennend zur Kenntnis, dass der Chefarzt aus Höflichkeit ihm gegenüber bei Englisch blieb. Auch der Hinzukommende ging ohne Zögern darauf ein. »Guten Tag, Doktor Rugland. Tut mir Leid, dass ich nicht früher kommen konnte...«

»Kein Problem. Darf ich Sie beide miteinander bekannt machen? Königliche Hoheit, das ist Frieder Westermann, der Hersteller der Solaranlage, die Sie interessiert hat. Frieder, dies ist Abu Jabr Faruq Ibn Abdulaziz Ibn Saud – ich hoffe, ich habe es richtig hinbekommen?«

Abu Jabr lächelte. »Ja.« Er schüttelte die Hand, die ihm der Mann hinhielt. »Angenehm.«

»Die Freude ist ganz auf meiner Seite«, erwiderte der Mann, der Frieder Westermann hieß. »Ich nehme an, Sie haben sich darüber gewundert, dass die Anlage silbern glänzt?«

»Ja«, bestätigte Abu Jabr. »Genau.«

»Das geht den meisten so. Ich kann Ihnen das aber ganz genau erklären...«

Dorothea beobachtete Julian, wie er am Küchentisch saß und emsig schrieb. Es war ihr irgendwie nicht gelungen, vor ihm zu verbergen, dass sie Probleme mit dem Laden hatte, und nun war er schon seit Stunden dabei, Werbeflugblätter, Plakate und dergleichen für sie zu entwerfen. Rührend. Sie hätte ihn knuddeln können, aber das hätte er sicher nicht zu schätzen gewusst.

»Jetzt habe ich's ausgerechnet«, verkündete er. »Das ist wie Dreisatz. Wenn ein Auto für hundert Kilometer acht Liter Benzin braucht, braucht es für einen Kilometer 0,08 Liter. Bis zum Supermarkt sind es fünfzehn Kilometer, hin und zurück, also dreißig. Dann braucht man dafür dreißig mal 0,08, das sind 2,4 Liter. Wenn der Liter gerade 1,42 Euro kostet, spart man, wenn man statt zum Supermarkt in deinen Laden kommt, fast genau 3,41 Euro. Das musst du den Leuten mal klarmachen! Das heißt, selbst wenn sie für die Sachen, die sie brauchen, bei dir drei Euro mehr zahlen, sparen sie immer noch.«

Dorothea staunte. So viel kostete eine Fahrt zum Supermarkt? Das hatte sie sich selber noch nie klargemacht. »Du hast Recht«, sagte sie. »Das sollte ich wirklich.«

Julian reichte ihr mit generöser Geste das Blatt. »Hier. Du kannst es nachrechnen, wenn du willst.«

»Oh, bei deinen Noten habe ich volles Vertrauen in deine –«

»Simons Papa«, fiel ihrem Sohn ein, dessen Mathematiklehrer große Stücke auf ihn hielt, »weißt du, was der für ein Auto hat? Eins, das zwölf Liter verbraucht. Das hat Simon mir erzählt. Der würde noch viel mehr sparen. Bloß wohnt er nicht bei uns im Dorf, sondern in Blaukirch.«

Dorothea hatte das Blatt umgedreht. Die Rückseite enthielt den Ausdruck eines längeren Textes, eines Artikels oder dergleichen, in Englisch. »Sag mal«, fragte sie mit einem plötzlichen, unguten Gefühl, »was ist denn das für Papier, auf dem du da malst? Woher hast du das?«

Julian sah sie erschrocken an. »Wieso?«

»Na ja, weil ...« Sie griff nach den anderen Blättern, drehte sie um. Formeln. Diagramme. Sätze wie *Super-K-zones have often been described as horizontal lenses.* »Sieht aus wie was Wichtiges. Du hast das nicht aus Vaters Arbeitszimmer genommen, hoffe ich!«

»Nein. Wir haben's im Keller gefunden.«

»Im Keller?«

»Ja, neulich, als Simon und Oliver da waren. Ein ganzer Karton voll. Der war in einem von den alten Schränken in dem Raum hinter der Heizung, wo die Wände aus Ziegelsteinen sind und die Decke rund ist, weißt du?«

»Ja, ich weiß, was du meinst.« Die alten Gewölbekeller. Seit ihrem Einzug schob sie es vor sich her, dort aufzuräumen.

»Ich hab gedacht, das Papier braucht bestimmt keiner mehr, das kann ich nehmen«, meinte Julian und schob die Unterlippe vor.

»Wenn man dich so hört, könnte man meinen, es gäbe nicht genug Papier im Haus.« Da, ein Blatt, das wie das Titelblatt des Artikels aussah. *The imminent collapse of the Ghawar oilfield as a result of long-term overproduction.* »Und wo ist der Karton jetzt?«

»In meinem Zimmer.«

Unter dem Titel standen die Namen der Verfasser: David Burns. Giorgos Leftakis.

Und Achim Anstätter.

Dorothea wurde plötzlich ganz schwach zu Mute. »Hol ihn her.«

»Probeausdrucke offenbar«, meinte Werner. Er blätterte bedächtig durch den Stapel, der in dem muffigen grauen Karton gelegen hatte. Die Seiten wiederholten sich; das Titelblatt war schon ein halbes Dutzend Mal aufgetaucht. »Verschiedene Versionen einer Studie oder so etwas, würde ich sagen. An der Anstätter mitgearbeitet hat.«

Dorothea stand an die Spüle gelehnt und hatte die Arme um sich geschlungen. »Der also Ölingenieur oder so etwas ist.«

»Sieht so aus.«

»Eine Studie, die den Zusammenbruch eines Ölfelds vorhersagt, wenn ich das richtig verstehe.«

»Mmh. Ja.«

Dorothea holte tief Luft, wie gegen einen Widerstand. »Hast du das Datum in der Fußzeile gesehen?«

»Natürlich.«

»Ich habe nachgerechnet. Er hat diese Studie geschrieben und gleich darauf sein Haus zum Verkauf gegeben. Dieses Haus, das so viel Öl braucht, als hätten die Tanks ein Loch.«

Werner sah sie mit dem Blick an, den er immer hatte, wenn er fand, dass sie übertrieben reagierte. »Ich weiß, was du denkst«, sagte er bedächtig. Betont ruhig. Fast schon psychiaterhaft. »Du denkst, Anstätter war Ölingenieur, hat herausgefunden, dass demnächst das Öl ausgeht, und daraufhin schnell nach einem Dummen gesucht, der ihm dieses Haus hier abkauft.« Er schüttelte den Kopf, rasch, ehe sie etwas erwidern konnte. »Aber Doro, das ist Unsinn. Es geht hier nur um ein einzelnes Ölfeld. Ölfelder gibt es Tausende. Jede Woche geht eines davon außer Produktion. Dafür wird ein anderes angebohrt. Das ist völlig unspektakulär.« Er hob die Blätter, die er in der Hand hielt. »Berichte in der Art schreiben wir auch. Da geht es dann, was weiß ich, um Ermüdungstendenzen an bestimmten Motorbauteilen, und wenn du das als Laie liest, kriegst du wahrscheinlich den Eindruck, wir bauen Motoren, die jeden Moment in die Luft fliegen können. Aber solche Berichte betrachten irgendwelche Teilprobleme wie mit einer Lupe – man muss schon vom Fach sein, um sie richtig einordnen zu können. Und was die Ölwirtschaft anbelangt, sind wir beide nicht vom Fach.«

Das klang alles so vernünftig. Das Problem war nur, dass ihr ungutes Gefühl völlig unbeeindruckt davon blieb. »Meine ganze Kindheit hindurch habe ich gehört, dass das Öl nur noch bis zum Jahr 2000 reicht. Und das war schon vor einer ganzen Weile. Ich könnte mir gut vorstellen, dass es jetzt eben so weit ist.«

Werner hob nachsichtig die Augenbrauen. »Na ja, entschuldige, aber dein Vater war in diesen Dingen etwas … wie soll ich sagen …?«

»Es war nicht nur mein Vater, der das gesagt hat. Alle haben es gesagt. Sogar in der Schule haben wir das so gelernt.« Sie beschloss, auszusprechen, was sowieso in der Luft lag. »Dieser Anruf damals, erinnerst du dich? An dem Tag, an dem wir von Markus' Unfall erfahren haben. Der Mann wollte Anstätter sprechen. Und als ich ihm sagte, dass wir die neuen Besitzer sind –«

»Doro! Das ist doch –«

»*Da hat er aber schnell reagiert.* Das hat er gesagt. Das passt verdammt gut dazu, findest du nicht?«

»Also, ehrlich, mir kommt das ein bisschen paranoid vor.«

Dorothea starrte ihn an. »Lass uns zu den Anstätters hinfahren und sie fragen.«

»Wir kennen nicht mal ihre Adresse.«

»Das wird ja wohl kein Problem sein. Schließlich ist der Mann, der ihnen ihr neues Haus verkauft hat, dein guter Freund, oder?«

Werner legte den Stapel bedächtig wieder zusammen. »Ich werde morgen erst ein bisschen im Internet herumsuchen und nachprüfen, was hier so an Fakten steht. Was die ganzen Abkürzungen bedeuten, zum Beispiel.« Er sah sie an, und natürlich entging ihm nicht, dass sie unzufrieden war. »Heh, komm! Nur weil die Benzinpreise ein bisschen heftig steigen, heißt das noch nicht, dass gleich das Ende der Welt bevorsteht, okay?«

KAPITEL 32

Der Verkehr war die Hölle. Markus hatte das Gefühl, eine Art besonders anspruchsvolles Computerspiel zu absolvieren, unter der verschärften Bedingung, dass ihn ein Unfall nicht nur Geld kosten, sondern ins Gefängnis bringen würde. Er fuhr mit höchster Aufmerksamkeit und lieber eine Spur zu langsam als zu schnell. Die Hölle. Und das Schlimmste war, dass er das Gefühl nicht los wurde, dass es an ihm selber lag.

Er hatte sich am Tag zuvor in einem Internetcafé in Cleveland die Website der Ohio State University angeschaut. Schick, umfassend, *state of the art,* wie üblich bei amerikanischen Universitäten. Praktisch alles, was Verwaltung anbelangte, ließ sich online erledigen, und es gab auch ein Verzeichnis der *Alumni,* der ehemaligen Studenten – doch an das kam man nur heran, wenn man selber ein ehemaliger Student war. Er versuchte eine Stunde lang, den Zugang zu überwinden, und gab es schließlich auf. Manche Dinge ließen sich eben doch nicht online bewerkstelligen. Eine halblegale Auskunft zu bekommen und dabei seinen Charme spielen zu lassen, beispielsweise.

Also war er noch am selben Abend nach Columbus gefahren, eine Fahrt von zweieinhalb Stunden. Er hatte in einem billigen Hotel außerhalb übernachtet, und diesmal hatte er sich den Wecker gestellt. Früh. Jetzt auf der Fahrt stadteinwärts fragte er sich, ob er einfach nur müde war oder, schlimmer, noch nicht wirklich gesund.

Der Campus der Ohio State University im Stadtteil Upper Arlington war ein ausgedehntes Gelände und überhaupt nicht zu verfehlen. Einem Schild zufolge, das er passierte, musste es irgendwo nördlich davon sogar einen *Ohio State University Airport* geben – allerhand. Er fand einen Parkplatz und marschierte los, umschwirrt von Leuten auf Fahrrädern oder Rollschuhen, quer über ein gewaltiges, irgendwie imperial wirkendes Rasenoval, das von Fußwegen durchzogen war und von den wichtigsten Universitätsgebäuden umringt wurde. Die Verwaltung befand sich im kleinsten und ältesten davon, doch erst als Markus nach vielem Fragen vor der Tür der Registratur angelangt war, kam ihm zu Bewusstsein, dass heute Samstag war und die Verwaltung natürlich geschlossen.

Er war wirklich noch nicht wieder fit.

Was jetzt? Er studierte die Maserung der alten, edlen Holztäfelung des Ganges und überlegte. Es würde ihm nichts anderes übrig bleiben, als bis Montag zu warten. Ab acht Uhr war geöffnet.

Zwei Übernachtungen mehr als geplant. Mit dem Geld wurde es allmählich knapp. Aber darüber dachte er im Moment am besten einfach nicht nach. Aus einem Impuls heraus drückte er die Klinke, und oh Wunder, die Tür war gar nicht verschlossen.

Im Raum dahinter schien eine Art Inventur oder Großreinemachen im Gang zu sein. Akten lagen aufgetürmt, wurden aus Schränken geholt und in Kartons gestapelt, jemand zählte irgendetwas und machte Vermerke in eine Liste, ein anderer tat nichts anderes, als neue leere Kartons zusammenzufalten …

»Wer zum Teufel hat die Tür offen gelassen?«, rief eine Frau in einem bonbonrosa Hosenanzug, während sie auf Markus zustöckelte. »Junger Mann, wir haben geschlossen. Montag früh ab acht Uhr sind wir wieder für Sie –«

»Ich habe nur eine Frage, die Sie mir sicher aus dem Handgelenk beantworten können«, sagte Markus rasch.

»Ah ja? Nämlich?«

»Ich suche einen Mann, von dem ich nur weiß, wie er heißt und dass er vor zirka dreißig Jahren hier studiert haben muss, und –«

»Verstehe«, unterbrach sie ihn spitz. »Ja, Sie haben Recht, darauf kann ich Ihnen tatsächlich aus dem Handgelenk antworten. Nämlich: Wir geben keine Auskünfte über ehemalige Studenten, es sei denn auf richterliche Anordnung. Sie brauchen sich also am Montag nicht herzubemühen. Und jetzt, bitte, wir haben zu tun, wie Sie sehen.« Sie wandte sich an einen jungen Mann mit schrecklich vielen Pickeln, der einen mit gefüllten Kartons beladenen Rollwagen zur Tür schob. »Isaac, nehmen Sie ihn mit raus, und schließen Sie hinter sich ab, okay?«

Dorothea verfolgte die Nachrichten, obwohl sie es hasste, Nachrichten zu verfolgen. Aber sie schaffte es nicht, sich vom Fernseher zu lösen.

Gestern Abend, nach dem Freitagsgebet, hatten sich die Proteste gegen die behutsam vorrückenden amerikanischen Panzer zugespitzt, und in der Nacht hatte es dann, natürlich, die erste Schießerei und die ersten Toten gegeben. Heute nun war eine richtiggehende Straßenschlacht im Gange, die einem das Fernsehen fürsorglich live ins Haus übertrug. Damit war aus der amerikanischen Aktion endgültig ein richtiger Feldzug geworden.

Zwischendurch kamen ein paar andere Nachrichten, aber alles andere – Sport, die Marotten der Reichen und Berühmten, andere politische Ereignisse – schien wie in den Hintergrund gerückt. Nebensache.

Ein ausführlicher Bericht beschäftigte sich mit China. In einer Rede vor dem Sicherheitsrat bezeichnete der chinesische UN-Botschafter das Vorgehen der USA als »getarnte Invasion eines souveränen Staates« und als Imperialismus. In Peking nahm der Staats- und Parteichef die größte Militärparade seit zwanzig Jahren ab, außerdem wurde eine neue Langstreckenrakete erfolgreich getestet. Der chinesische Außenminister, so erfuhr man, absolvierte eine Reise durch verschiedene arabische Staaten. Man erfuhr nicht, worüber geredet wurde, aber Gerüchten zufolge bot sich China den arabischen Staaten als neue Schutzmacht an. Ein Kommentator erläuterte die verführerische Logik dieses Arrangements: China lag diesen Staaten nicht nur geografisch weit näher als die USA, das Verhältnis wäre auch historisch völlig unbelastet. Die Chinesen mochten Ungläubige sein, aber sie hatten nie einen Kreuzzug gegen die Araber unternommen.

Der amerikanische Vizepräsident kommentierte diese Gerüchte mit dem Satz: »Ach was, den Chinesen geht es auch bloß ums Öl«, was wiederum Empörung auslöste wegen des Wörtchens »auch«. Dabei stimmte es: China brauchte Öl so dringend wie die USA, und das Land besaß wenig eigene Vorkommen. Der rasante chinesische Wirtschafsaufschwung hatte auch den chinesischen Öldurst steigen lassen; im Jahr 2004 hatte es Japan als zweitgrößten Ölkonsumenten abgelöst. Und China war nicht nur eine Nuklearmacht, die drittgrößte, sondern unterhielt auch das mit Abstand größte stehende Heer der Welt.

Und immer wieder die Tanks von Ras Tanura. Zweihundert Millionen Barrel Rohöl. Es würde, sobald die Verladeeinrichtungen repariert waren, mehr als einen Monat dauern, das alles zu verschiffen.

Werner kam die Treppe herunter, einige Ausdrucke in der Hand. »So«, meinte er, »ich habe jetzt mal ein paar Informationen gefunden …«

In diesem Augenblick zoomte das Fernsehbild auf einen vermummten Jugendlichen, der auf einem Dach hockte und mit einer Panzerfaust auf einen amerikanischen Bradley-Schützenpanzer anlegte. Jetzt. In genau diesem Augenblick, nur Tausende von Kilometern entfernt.

»Sag mal«, hörte sie Werner hauchen, »da geht's ja ab! Was haben die denn für *Zeug* …?«

Das Geschoss verließ das Schulterrohr und raste, eine Rauchschleppe hinter sich herziehend, auf den Panzer zu. In fast demselben Moment zuckte etwas aus einem Gerät an der Oberseite des Kampffahrzeugs, und gleich darauf explodierte das Geschoss, weit vor seinem Ziel.

Markus hielt dem Jungen die Tür auf, sodass er mit seinem Wagen hindurchfahren konnte. Dann folgte er ihm nach draußen.

Isaac lächelte verlegen. »Ich muss leider trotzdem abschließen.«

»Klar«, bestätigte Markus. »Jeder hat seine Pflichten.«

»Da sagen Sie was Wahres.«

Während Isaac mit einem beeindruckenden Schlüsselbund hantierte, betrachtete Markus die Faltkartons auf dem Wagen und fragte sich, ob womöglich Taggards Akte in einem davon steckte. Das Schicksal spielte manchmal solche Streiche.

»Sagen Sie, Isaac, Sie sehen aus wie jemand, der sich mit der ganzen Verwaltung hier bis ins Letzte auskennt«, sagte er. »Kann ich Sie mal was fragen?«

Isaac lächelte geschmeichelt. Er hatte nicht nur Pickel, dass es einen grauste, sondern auch noch schiefe Zähne. Eigentlich sah er vor allen Dingen *hässlich* aus. »Also, ehrlich gesagt, alles weiß ich natürlich auch nicht…«

»Wenn ich jemanden suche, der vor langer Zeit mal hier studiert hat, was gibt es denn da für Möglichkeiten, rauszufinden, wann genau das war und mit wem er zusammen gewesen ist?«

Isaac bleckte die Zähne. »Hat er seinen Abschluss gemacht?«

»Ja.«

»Dann gibt es eine ganz einfache Möglichkeit…« Er erklärte ihm, welche.

Zwanzig Minuten später stand Markus in der Bibliothek, die samstags selbstredend geöffnet war, durchgehend bis zweiundzwanzig Uhr, und erklärte einer Bibliothekarin, was er suchte.

Sie war ein ätherisch zartes Geschöpf mit großen Augen und weißblonden Haaren, zweifellos der Traum von zwei Dritteln der männlichen Studenten. »Die Jahrgangsbücher?«, fragte sie. »Und welche genau?«

»Alle«, sagte Markus.

Stille breitete sich im Wohnzimmer aus, nachdem sie den Fernseher abgeschaltet hatten, eine bedrückende, unheilschwangere Stille.

»Also«, sagte Werner, während er seine Ausdrucke vor Dorothea auf dem Couchtisch ausbreitete, Papiere mit langen Zahlenkolonnen darauf, »*SPE* ist die Abkürzung für *Society of Petroleum Engineers*. Das ist eine internationale Organisation von Fachleuten aus der Ölindustrie mit Sitz in Richardson, Texas. Wie es aussieht, ist Anstätter da ebenfalls Mitglied – was gut sein kann; die SPE hat sechzig- bis siebzigtausend Mitglieder, und die Hälfte davon sind keine Amerikaner. Die Ausdrucke, die Julian gefunden hat, stammen höchstwahrscheinlich von einem Vortrag, den Anstätter bei einer Veranstaltung dieser Organisation gehalten hat oder halten wollte. Es gibt Hunderte solcher Dokumente, allerdings kommt man da nur heran, wenn man Mitglied ist. Und dieses *Ghawar*, das ist ein großes Ölfeld in Saudi-Arabien. Eines von achtzig oder neunzig, die sie dort in Betrieb haben.«

Er legte die Hand auf die Blätter mit den Zahlen. »Und damit du dir keine Sorgen machen musst, habe ich mir noch ein paar Zahlen besorgt und ein paar beruhigende Rechnungen damit angestellt. Das hier sind die gesicherten Reserven und die jährlichen Förderraten aller Ölförderländer, Stand 2004.« Er schob ihr ein Blatt hin. »In der vierten Spalte habe ich die Reserve durch die jährliche Fördermenge geteilt; das ist logischerweise die Anzahl Jahre, die das Öl noch reicht. In der nächsten Spalte addiere ich das zum Jahre 2004, sodass man sieht, wann in dem betreffenden Land das Öl ausgeht. Schau, hier zum Beispiel. Erste Zeile. Ägypten. Jährliche Produktion 274 Millionen Barrel. Gesicherte Reserven 3700 Millionen Barrel. Ergibt eine Reichweite von 13,5 Jahren, das Öl versiegt folglich, wenn sie nichts mehr finden, im Jahr 2018. Die müssen sich also allmählich was einfallen lassen. Aber Länder wie Saudi-Arabien, schau, die brauchen sich noch keine Sorgen zu machen. Jährliche Produktion 2500 Millionen Barrel, Reserven 261 000 Millionen Barrel – das ergibt eine Reichweite von über hundert Jahren. Denen geht das Öl nicht vor 2108 aus, siehst du? Oder Kuwait – dort versiegt es erst im Jahr 2174.«

Er klang so beruhigend. So gelassen. Dorothea betrachtete die Zahlenkolonnen und wünschte sich, etwas von dieser Ruhe und Gelassenheit würde auf sie übergehen.

»Ganz unten habe ich noch mal alles aufsummiert«, fuhr Werner fort. »Weltförderrate 22 693 Millionen Barrel pro Jahr, bewiesene Reserven 1 079.247 Millionen Barrel – das sind über 170 Billionen Liter, übrigens. Ergibt eine verbleibende Reichweite von 47,2 Jahren, das heißt, selbst wenn man kein neues Öl mehr finden sollte, reicht das, was da ist, bis ins Jahr 2052.« Er lehnte sich zurück. »Ich würde mal sagen, dass wir beide uns keine Sorgen mehr zu machen brauchen.«

Er sah sie an, als habe er mit begeisterter Zustimmung gerechnet. Dorothea verschränkte die Arme und sagte: »Ich hatte dich gebeten, deinen Freund Volker anzurufen und ihn nach der Adresse des Bauernhofs zu fragen, den er den Anstätters verkauft hat.«

»Schon, aber wozu? Ich meine, das ist doch unnötig.«

Er sah sie an. Sie beobachtete ihn. Er begriff, dass es nicht unnötig war. Im Gegenteil: Er würde nicht darum herumkommen.

Eine ornamentierte Decke überwölbte den Lesesaal, durch hohe Kassettenfenster fiel sanftes, durch die Bäume davor angenehm gedämpftes Licht auf die Reihen der Tische: Alles wirkte, als sei es hundert Jahre alt. Tatsächlich war die Bibliothek aber erst vor kurzem erbaut worden.

Markus hatte die ersten der ledergebundenen Bände aus dem Regal mit den Jahrgangsbüchern neben sich aufgestapelt und begonnen, sie mit angespannter Aufmerksamkeit durchzublättern. Seite um Seite betrachtete er kleine Fotos jugendlich-unreifer Gesichter, las die Namen dazu, die mageren biografischen Daten und die teils launigen, teils ernsten Anmerkungen über Hobbys, Zukunftspläne, kryptisch angedeutete, unter Insidern vermutlich legendäre Streiche. Er durfte keine Seite nur überfliegen. Er musste in jedes männliche, weiße Gesicht sehen und überlegen, ob es später aussehen würde wie das des Mannes, dem er an einem Campingtisch in Saudi-Arabien gegenübergesessen hatte.

Er begann mit den Jahrgängen, die er nach seiner Schätzung von Taggards Alter für die wahrscheinlichsten hielt. Wenn er in diesen Büchern nicht fündig wurde, würde er jeweils ein Jahr nach vorn und eines nach hinten gehen.

Es war eine herkulische Arbeit. Bald fingen die kleinen Porträtfotos an, vor seinen Augen zu tanzen, und dann blieb nur, hinauszugehen, Luft zu schnappen und einen Kaffee aus dem Automaten zu trinken. Und wieder hineinzugehen. Und weiterzumachen.

Und endlich …

Da. Das war er. Sein richtiger Name lautete Vernon J. Smith, und er war jünger, als Markus erwartet hatte. Der Dienst bei der CIA schien auszuzehren.

Er ging auf die Toilette, der Kaffee forderte Tribut. Er fühlte Erleichterung, doch als er an den Tisch zurückkam, war er sich seiner Sache nicht mehr restlos sicher.

Er blätterte weiter und fand nach drei Seiten noch jemanden, der aussah wie eine jugendliche Version von Charles W. Taggard. Ein gewisser Adrian Wheaton.

Was jetzt? Er legte Papierstreifen zwischen die fraglichen Seiten und machte weiter. Er würde alle Jahrbücher durchblättern, die es gab, ganz einfach. Er hatte bis zweiundzwanzig Uhr Zeit. Und wenn das nicht reichte: Die Bibliothek hatte auch sonntags geöffnet.

Seinen heroischen Entschluss in die Tat umsetzen zu müssen blieb Markus erspart, denn schon im nächsten Band, den er aufschlug, fand sich ein Charles Walker Taggard. Er verglich das Foto mit denen der anderen Kandidaten und sah die Unterschiede. Das war der Mann, den er in Saudi-Arabien getroffen hatte, kein Zweifel. Der CIA-Agent. Und er war *älter*, als er geschätzt hatte.

Markus zückte sein Notizbuch und begann, die Namen von Taggards Jahrgangskollegen zu notieren und alles, was helfen konnte, sie aufzuspüren.

Die Gewalttätigkeiten und Kämpfe in Saudi-Arabien weiteten sich aus. Islamistische Führer und Prediger riefen zum Kampf auf, und zwar inzwischen nicht mehr nur gegen die »amerikanischen Aggressoren«, sondern auch gegen das saudische Königshaus, das das Land und seine Reichtümer schon viel zu lange an die »Ungläubigen« verhökert habe. Die Polizei riegelte alle Paläste ab, doch da es so viele davon gab, dünnte das die vorhandenen Kräfte aus und ließ das Aufgebot der Staatsmacht wenig beeindruckend aussehen. Was genau in den Straßen der saudischen Städte vor sich ging, war auf den Fernsehbildern nicht mehr auszumachen. Krawall. Verletzte. Tote. Fäusteschwingende Männer. Vermummte mit enormen Waffen. Steine wurden geschleudert, Brandsätze aus Benzin und Colaflaschen explodierten. Und dazwischen die beharrlich vorrückenden Panzer der 3. US-Infanterie-Division.

Zuerst war es nur ein Gerücht, das Reporter westlicher Medien einander erzählten, aber nicht zu senden wagten, so unglaubwürdig erschien es ihnen. Dann gab es Bilder, die alle Sender, sogar Al-Jazeerah, groß aufgemacht zeigten: Die Familie Saud, das Königshaus also, floh aus dem Land, das ihren Namen trug.

Man sah den König in ein Flugzeug steigen, das Riyadh mit geheimem Ziel verließ. Weitere prominente Mitglieder der Familie folgten, teils in kleinen Business-Jets, teils in großen Boeing-Langstreckenflugzeugen, die, wie man bei dieser Gelegenheit erfuhr, den Betreffenden *gehörten*. Es gelang keinem Reporter, näher als fünfzig Meter an eine Gangway heranzukommen, und von den offiziellen Stellen war kein Kommentar dazu zu bekommen.

»Lächerlich«, sagte Abu Jabr. »Niederträchtige Propaganda der westlichen Medien. Absurd. Absolut undenkbar. Wie können sie glauben, dass ihnen jemand so etwas Lächerliches glaubt?«

Schließlich schwieg er. Erschüttert, denn die Bilder hörten und hörten nicht auf.

»Zayd hat mich gewarnt«, sagte Wasimah leise. »Er hat gesagt, dass so etwas passieren könnte.«

Abu Jabr musterte seine Schwiegertochter. »Was? Dass solche Lügen über uns verbreitet werden?«

Wasimah senkte den Blick. »Nein. Er hat gesagt, dass es passieren kann, dass unsere Familie fliehen muss. Er hat sogar gesagt, dass es sehr wahrscheinlich ist.«

»Was? Aber … Wie kommt er auf so etwas?«

»Er sagt schon seit Jahren, dass die Herrschaft der königlichen Familie nicht mehr lange halten wird.« Sie sah seinen Blick und sagte: »Die meisten denken so wie er, Abu. Deswegen haben sie doch auch so gelebt – als gäbe es kein Morgen.«

Abu Jabr musste sich räuspern. »Wie käme Zayd dazu, so etwas zu denken?«

»Er sagt, das Haus Saud erkauft sich seine Macht. Verzeiht, Abu, das sind seine Worte. Wir werfen so viel Geld unter das Volk, sagt er, wie wir nur können, aber das Volk wird immer unzufriedener, ist überzeugt, dass wir es nicht wert sind, das Land zu führen, das die heiligen Stätten birgt. Wir geben ihnen Geld, und so lange schweigen sie, aber wenn das Öl einmal nicht mehr fließt, woher soll das Geld dann kommen?«

»Das Öl? Aber … es fließt doch noch.«

Wasimah holte einen Schlüssel hervor und reichte ihn Abu Jabr. »Das ist der Schlüssel zu einem Anwesen in Marokko. Zayd nennt es ›unseren Falkenhorst‹. Er hat gesagt, wenn … unerwartete Dinge geschehen – Dinge, die unsere Rückkehr verhindern –, dann sollen wir dorthin gehen.«

»In Marokko?«

»Es liegt in den Bergen. Sehr angenehm, sagt Zayd. Ich war noch nie dort.«

»Eine … Fluchtburg?«

»Ja.«

Abu Jabr nahm den Schlüssel, umgriff das kühle Metall. »Das also hat das Öl aus uns gemacht. Gewissenlose, vom Luxus besessene Lumpen. Erbärmliche Flüchtlinge, die aus ihrer eigenen Heimat fliehen müssen.«

Den Rest des Tages verbrachte Markus in einem Internet-Café, in dem es auch Telefonzellen mit Türen gab, die man hinter sich zumachen konnte.

Manche der Namen, die er notiert hatte, waren zu gebräuchlich, als dass sich dazu etwas finden ließ, aber ein paar von Taggards Studienkollegen machte er doch ausfindig. Die Story, die Markus erzählte, um seine Anrufe zu begründen, ging so: Ein Mann, von dem er nur den Namen Charles Taggard wisse und dass er an der Ohio State studiert habe, habe ihm geholfen, als er mit seinem Wagen auf dem Weg zu einem Termin mitten in der Einöde liegen geblieben war. Dank seiner Hilfe habe er das Geschäft seines Lebens gemacht, und nun wolle er diesen Mann ausfindig machen, um ihn daran teilhaben zu lassen.

Nur ein Einziger bezweifelte das, erklärte, er sehe keinen Anlass, einem wildfremden Anrufer persönliche Fragen zu beantworten, und hängte wieder auf. Alle anderen fanden die Geschichte großartig, kramten bereitwillig in ihrem Gedächtnis oder in alten Notizbüchern, und ja, hilfsbereit sei er wirklich gewesen, Charles Taggard. »Ohne ihn wäre ich im ersten Jahr rausgeflogen«, meinte einer sogar. Überhaupt ein angenehmer Mensch. Ziemlich klug auch, habe hervorragende Noten geschrieben. Nur mit Frauen habe er immer Pech gehabt, tragisch. Wie ein böser Fluch sei das gewesen.

Aber keiner wusste etwas über seinen Verbleib. Jeder meinte auf die entsprechende Frage, er habe keinen Kontakt mehr, leider.

Einer wusste, dass Charles Taggard nach dem Studium zu einer Unternehmensberatung gegangen war, »Eurocontact« oder so ähnlich. Das sei aber lange her, wie gesagt.

Doch schließlich erinnerte sich einer, dass Taggards Eltern in Bloomington gelebt hatten, im Nachbarstaat Illinois. »Natürlich weiß ich nicht, ob sie noch leben«, meinte er, während er ein altes Adressbuch durchblätterte. »Ich meine, sie müssten inzwischen ziemlich alt sein, über achtzig oder so. Aber andererseits, unmöglich ist es nicht, oder? Mein Vater lebt noch, und er ist einundneunzig. Ah, hier habe ich sie. Tatsächlich. Leider nur die Adresse.«

»Das hilft mir schon weiter«, sagte Markus.

»Gut. Haben Sie was zu schreiben?«

»Griffbereit.«

Nach diesem Telefonat kehrte Markus an den Computer zurück und suchte nach einem Telefonverzeichnis von Illinois. Da, die Adresse gab es noch, und eine Telefonnummer auch.

Er rief an, aber es meldete sich niemand.

Egal. Er würde hinfahren. Er ließ sich von einem Routenplaner austüfteln, wie er zu fahren hatte. Rund sieben Stunden sollte die Fahrt dauern. Gut, dann konnte er morgen Nachmittag dort sein. Gerade rechtzeitig, um sich zu Kaffee und Kuchen einladen zu lassen, wenn er Glück hatte.

KAPITEL 33

Sie mussten an die zweihundert Kilometer bis zu Anstätters Hof fahren, der nordöstlich von Stuttgart mitten in einem erstaunlich unzugänglichen Waldgebiet lag. Die Wegbeschreibung, die Werners Freund Volker ihm gemailt hatte, enthielt Passagen wie: *Am Ortsausgangsschild den Tageskilometerzähler auf null stellen; bei Stand 2,1 rechts in den Feldweg abbiegen, diesem ca. 2 km folgen.*

Der Feldweg tauchte auf, aber es gab keinerlei Schild, keinen Wegweiser oder gar Briefkasten. Während sie durch die engen, überwachsenen Spurrillen fuhren, über Stock und Stein, fragte sich Dorothea, wie jemand, der so abgelegen wohnte, Post bekommen mochte. Eine Tageszeitung konnten die Anstätters unmöglich abonniert haben.

»Gut, dass wir den Geländewagen genommen haben«, rief Werner.

»Ja«, nickte Dorothea. »Ich frage mich, wie seine Kinder jeden Tag in die Schule kommen.«

Nach etwa zwei Kilometern lichtete sich der Wald ziemlich unvermittelt. Der Weg führte durch ein großes gerodetes Feld, auf dem nichts außer einer dünnen Schicht Unkräuter wuchs. Leichter Nebel hing über allem. Es ging sanft abwärts, in eine wohl von einem schmalen Bach geformte geneigte Senke, in der auf halber Höhe und umgeben von Mauern und Zäunen das Anwesen stand.

Es bestand aus mehreren Gebäuden, einigen niedrigen Hütten aus Bruchstein, uralt, mit winzigen Fenstern und mit Schindeln gedeckt, einem großen, allem Anschein nach neu errichteten Haus, einer aus Holz erbauten Scheune und, soweit sie das erkennen konnten, mindestens zwei Treibhäusern. Und außerdem …

»Schau dir das an«, sagte Werner. »Der macht auf Selbstversorger.«

Die Dächer des Hauses und der Scheune waren komplett mit den Paneelen einer modernen Solaranlage bedeckt. Nicht der Typ, den Frieder herstellte, aber immerhin. Angesichts des bedeckten Himmels zweifellos im Augenblick wirkungslos, verstärkte diese Anlage auf eigentümliche Weise den abweisenden Eindruck, den der Hof machte. Alles daran schien zu sagen: *Bleib mir vom Leib, Rest der Welt. Ich brauch dich nicht.*

Sie hielten vor dem Hoftor, das aus massiven Balken gezimmert und an der Oberkante mit metallenen Dornen versehen war. Es roch nach Misthaufen, als sie ausstiegen. Der Boden war schmutzig. Ein Schwein quiekte irgendwo, und als Werner an dem Strick zog, der eine richtige alte Glocke schwang, gackerten ein paar Hühner erschrocken auf.

»Rustikal, mein lieber Mann«, hörte Dorothea ihn murmeln. Er schien sich unwohl zu fühlen.

Sie hatten auf der Fahrt darüber diskutiert, wie sie das Gespräch beginnen würden. Werner hatte verschlungene Wege erörtert, ihren Überfall zu begründen – denn sie hatten sich, auf Dorotheas entschiedenen Wunsch hin, nicht angekündigt – und auf die Frage hinzuarbeiten, die sie bewegte, nämlich: Warum hatten die Anstätters ihr Haus *wirklich* verkauft? Dorothea dagegen war dafür, ohne Umschweife mit der Tür ins Haus zu fallen. Deswegen war sie es, die nun den Karton mit den Papieren, die Julian gefunden hatte, unter dem Arm trug.

Wobei die Papiere nicht mehr vollständig waren. Sie hatten die Blätter behalten, die Julian schon beschrieben gehabt hatte, und außerdem einen kompletten Ausdruck des Vortrags.

Schritte waren zu hören. Eine hölzerne Klappe ging auf, und der braun gebrannte Kopf Achim Anstätters sah heraus, die Haare so kurz geschoren, dass sie nur noch ein Schatten auf seinem Schädel waren. »Oh«, sagte er. »Sie?«

»Wir haben im Keller etwas gefunden, das Ihnen gehört«, sagte Dorothea und deutete auf den Karton. »Das wollten wir Ihnen bringen.«

»Warten Sie, ich mache auf.« Er schien alles andere als erfreut.

Das Tor quietschte in den Angeln, als er es öffnete. Im Hof dahinter stand ein unscheinbares Auto mit Ladefläche, daneben ein altmodisches Fuhrwerk. Fliegen schwirrten umher. Hinter einem Lattenzaun käute eine Kuh wieder und schaute herüber, als warte sie nur darauf, eingespannt zu werden. Ein Pflug lag auf einem Gestell, die wie neu glänzenden Schaufeln nach oben gestreckt.

Und Regentonnen. Jede Menge Regentonnen. An jeder Ecke stand eine.

»Sie haben sich hier ja ziemlich autark eingerichtet«, meinte Werner, während Anstätter ihm zur Begrüßung die Hand schüttelte.

Der drahtige Mann, der einen fleckigen Overall trug, lächelte dünn. »Zurück zur Natur. Sie wissen ja, mein Motto.«

Es drohte ein freundlicher Small-Talk zu werden. Zeit, ein wenig Unfreundlichkeit an den Tag zu legen.

»Herr Anstätter«, begann Dorothea, »mein Sohn hat diesen Karton hier in dem alten Gewölbekeller gefunden. Wir haben uns die Papiere darin angesehen und würden gern wissen, was sie zu bedeuten haben.«

Anstätter machte eine vage Bewegung. »Nun ja, ich bin mir jetzt nicht sicher, was genau das für Papiere sind –«

»Entwürfe für einen Vortrag über ein Ölfeld. Wir haben darin gelesen, und seither sind mein Mann und ich nicht mehr einer Meinung. Mein Eindruck ist, dass Sie vor all dem hier Ölingenieur oder so etwas waren, dass Sie entdeckt haben, dass das Öl demnächst enorm teurer werden wird und dass Sie deswegen nach einem Dummen gesucht haben, der Ihnen Ihr aufwändig zu heizendes Haus abkauft. Uns, mit anderen Worten.«

»Doro …«, murmelte Werner voller Unbehagen.

Der Mann zögerte. »Wollen Sie nicht hereinkommen? Es

redet sich drinnen besser. Und das ist alles ein bisschen kompliziert zu erklären«, fügte er hinzu.

»Wir haben Zeit«, erwiderte Dorothea.

»Wie Sie meinen«, sagte Anstätter.

Er geleitete sie in eine der alten Steinhütten, in eine Art Küche oder Hauswirtschaftsraum. Dunkle, modrig riechende Fässer stapelten sich an einer Wand, über einem lang gestreckten Wandtisch hingen Kräuterbüschel an einer Schnur, und auf einem Spülstein standen Einmachgläser zum Trocknen. Die Sitzbank und der Tisch an der Rückwand des Raumes waren aus knorrigem Holz und zweifellos vor langer Zeit von Hand gefertigt worden.

»Es stimmt, ich war Ölingenieur«, bestätigte Anstätter, nachdem Dorothea ihm die Schachtel mit den Papieren ausgehändigt hatte.

»Und deswegen wissen Sie, dass das Öl teurer werden wird?«

Das Thema war ihm sichtlich unbehaglich. »Sagen wir, ich habe eine Theorie. Die mir den Anstoß gegeben hat, mein Leben zu ändern … *Unser* Leben, es betrifft ja auch meine Familie … Jedenfalls, ich habe beschlossen, es zu riskieren, auszusteigen und eine andere Art Leben zu führen.«

Dorothea hatte ein ungutes Gefühl. Der Mann redete doch um den heißen Brei herum! »Herr Anstätter, warum haben Sie das Haus verkauft?«

»Dort wäre es nicht gegangen. Das sehen Sie ja.«

»Weil man Unmengen Öl braucht, um es zu heizen?«

»Das war ein Punkt. Außerdem ist der Boden ungeeignet, außer Gras wächst dort nicht viel. Und Sie können kein Land dazukaufen, weil alles ringsum Naturschutzgebiet ist.« Er stellte die Schachtel auf den Tisch, sah darauf hinab, klang auf einmal leiser. Beinahe schuldbewusst. »Ich brauchte das Geld, um etwas wie diesen Hof hier zu kaufen. Ich habe vom Makler verlangt, dass er alle Interessenten auf die Nachteile des Hauses hinweist. Er hat mir versichert, dass er das bei Ihnen getan hat.«

»Ja«, sagte Werner. »Hat er.«

»Aber es hätte anders geklungen, wenn er gesagt hätte, dass das Öl teurer wird«, fügte Dorothea hinzu. Bloß nicht in Small-Talk abgleiten. Werner neigte dazu, wollte niemandem wehtun.

»Ich bezweifle, dass ich ihn dazu gebracht hätte. Außerdem ist es, wie gesagt, nur eine Theorie. Nicht einmal wir Autoren waren uns einig darüber, wie ernst man sie nehmen muss.« Anstätter knipste die trübe Glühbirne an, die über dem Tisch hing, und hob den Deckel der Schachtel ab. »Ich habe zuletzt in Saudi-Arabien gearbeitet, für Saudi ARAMCO, die königliche Ölgesellschaft. Man verdient gut dort. Aber Sie müssen einen Vertrag unterschreiben, der Ihnen verbietet, Informationen über einzelne Ölfelder weiterzugeben. Statistiken sind Staatsgeheimnisse. Wenn man einen Vortrag halten will, einen Aufsatz schreiben oder so etwas, dann muss man den Text einem Komitee bei ARAMCO vorlegen und einer anderen Stelle beim saudischen Ölministerium, und die streichen alles, was Hinweise auf geografische Details geben könnte. Als ich mich weigerte, den Namen des Ölfelds zu streichen, um das es ging, gab es Streit, und schließlich beschloss ich zu gehen.«

»Ghawar«, sagte Werner.

Anstätter nickte. »Wobei man das übrigens nicht so ausspricht. Die Buchstabenkombination ›gh‹ in Transkriptionen des Arabischen wird als gutturales ›r‹ ausgesprochen.« Er machte es vor, rollte den Laut tief hinten im Rachen. »Fragen Sie nicht, warum, das System stammt von den Engländern. Auf jeden Fall heißt das Feld *Rawar.*«

In demselben Augenblick, in dem er dieses Wort aussprach, stieg die Erinnerung in Dorothea hoch.

»Oh«, entfuhr es ihr. »Der Anruf.«

Die beiden Männer blickten zu ihr hinüber, einer so verblüfft wie der andere.

»Bitte?«, fragte der Ölingenieur.

»Vor einiger Zeit hat ein Mann bei uns angerufen, der Sie sprechen wollte. Er sprach gebrochen Deutsch. Er hat keinen Namen gesagt, nur, dass ich Ihnen etwas ausrichten solle. Ich sollte Ihnen sagen, Sie hätten Recht gehabt. Und dann sagte er, ein *Rawar* liege im Sterben.« Sie sah Anstätter an. »Er meinte das Ölfeld, nicht wahr?«

»Ja.«

»Ich dachte damals, es sei von einer Person die Rede. Und ich hatte keine Telefonnummer von Ihnen, nichts.«

Anstätter rieb sich den Hals. »Das kann nur Giorgos gewesen sein. Einer meiner Mitautoren; ein Zypriote. Er ist in Saudi-Arabien geblieben. Er hielt unsere Berechnungen für reine Spekulation ... Wissen Sie noch, wann das war?«

»Ja. Es war an dem Tag, an dem ich vom Unfall meines Bruders erfuhr. Der vierzehnte September.«

Anstätter starrte sinnend zu Boden. »Dann ist es keine Theorie mehr«, erklärte er. »Dann ist passiert, was ich befürchtet hatte.«

Ferne Vergangenheit

Der Gedanke, dass das Erdöl irgendwann einmal verbraucht sein muss, ist nicht neu. Tatsächlich begleitet er die Menschen, seit das erste Mal Erdöl gefunden wurde.

Die ersten industriell ausgebeuteten Quellen in Pennsylvania waren schnell erschöpft. Wissenschaftler, die die Erfahrungswerte der ersten Jahrzehnte hochrechneten und mit den um 1920 herum bekannten, relativ begrenzten Vorkommen verglichen, kamen zu äußerst pessimistischen Voraussagen, was die Zukunft des Erdöls als Energiequelle anbelangte.

Doch die entsprechende Diskussion hatte kaum begonnen, als im östlichen Texas und später am Persischen Golf Ölfelder von derart gigantischen Ausmaßen entdeckt wurden, dass alle Vorhersagen einfach nur lächerlich wirkten. Die Ölindustrie expandierte, der Ölverbrauch stieg, und trotzdem fand man in dieser goldenen Epoche jedes Jahr mehr Öl, als man im Stande war zu fördern. Dass das alles einmal ein Ende finden könnte, geriet außer Sicht.

Der Mann, der herausfinden sollte, wie man die Zukunft des Öls tatsächlich berechnet, wurde im Oktober 1903 in dem kleinen Ort San Saba im mittleren Texas geboren, nahe den Zentren der damaligen Erdölindustrie. Sein Name war Marion King Hubbert. Schon als Kind faszinierten ihn Dinge wie Telefone oder Dampfmaschinen, und so entschied er sich für eine wissenschaftliche Laufbahn. Er studierte Geologie, Mathematik und Physik in Chicago und lehrte in den 30er-Jahren Geophysik an der Columbia University in New York. Nebenher arbeitete er für das USGS, das geologische Forschungsamt der Vereinigten Staaten, bis er 1943 die Leitung des Forschungslabors von Shell übernahm. 1964 kehrte er ans USGS zurück, in eine leitende Stellung, die er erst im Alter von 73 Jahren aufgab.

Der erste seiner zahlreichen wichtigen Beiträge zur Geophysik war 1937 der mathematische Nachweis, dass jedes Gestein, selbst das härteste und sprödeste, unter ausreichend hohem Druck weich und plastisch reagieren kann und ungefähr die Eigenschaften von Lehm oder Schlamm aufweist, also auch fließen kann. Damit löste er ein Paradoxon hinsichtlich der Festigkeit des Gesteins, aus dem die Erdkruste besteht, das lange strittig gewesen war. In den 50er-Jahren fand er bis dahin unbekannte geologische Konstellationen, die Flüssigkeiten unterirdisch einschließen können, was zur Entwicklung ganz neuer Verfahren für die Suche nach Erdöl und dessen Förderung führte.

Seine bedeutendste Entdeckung jedoch nahm ihren Anfang bereits 1926. Damals noch Student in Chicago, arbeitete er über Öl- und Gaslagerstätten und fand, dass die Förderung aus einem typischen Ölfeld stets einer glockenförmigen Kurve zu folgen schien. Es war also nicht so, dass man ein Ölfeld anbohrte, über eine bestimmte Zeit hinweg eine bestimmte Menge Öl abpumpte und damit aufhörte, wenn keines mehr da war. Ein Ölfeld war kein Tank.

Tatsächlich läuft die Ausbeutung eines Ölfelds folgendermaßen ab: Zuerst muss man es finden, und durch die fündige Probebohrung kann man nur eine begrenzte Menge fördern. Doch unterdessen kartografiert man das ganze Ölfeld und bohrt weitere Quellen, sodass die Förderung schnell ansteigt; auch weil die am leichtesten zu erschließenden Quellen zuerst ausgebeutet werden. Ab einem bestimmten Punkt jedoch wird es schwieriger. Die Fördermenge beginnt, zurückzugehen, obwohl weitere Quellen gebohrt werden. Irgendwann wird man die Förderung einstellen, obwohl sich noch Öl im Boden befindet, weil es nicht mehr ökonomisch wäre oder sogar technisch unmöglich ist, es abzupumpen. Tatsächlich gibt es Lagerstätten, bei denen nur vierzig Prozent des vorhandenen Öls oder noch weniger gefördert werden können.

Die Kurve, die M. King Hubbert ermittelte, ähnelte sich bei allen Ölfeldern, die er untersuchte. Natürlich war sie bei großen Ölfeldern größer; sie dauerte länger und erreichte größere Höhen als bei kleinen Feldern. Aber die grundsätzliche, mathematisch beschreibbare Form war immer dieselbe.

Und das Fördermaximum, fand er, wird in der Regel erreicht, sobald ziemlich genau die Hälfte des Öls gefördert ist, das sich in dem betreffenden Feld befindet.

Im Jahr 1949 fiel ihm auf, dass *Ölfunde* einer ganz ähnlichen Kurve folgten. Er nahm die vorhandenen Statistiken über die bekannten Öl- und Gasvorräte der Welt sowie den steil ansteigenden Verbrauch als Grundlage für seine Berechnungen, und auf einem Treffen des *American Petroleum Institute* 1956 in San Antonio, Texas, machte er die Vorhersage, dass die Erdölförderung in den USA, damals größter Ölproduzent der Welt, zwischen 1966 und 1972 ihr Maximum überschreiten und danach wieder abfallen würde.

Diese Vorhersage stieß auf breite Ablehnung. Die meisten Wirtschaftsfachleute, Ölunternehmen und selbst Regierungsbehörden wie die USGS widersprachen der Auffassung, dass solche Vorhersagen überhaupt möglich seien.

Tatsächlich sollte M. King Hubbert aber Recht behalten. Im Jahre 1971 merkte man, dass die US-Ölförderung im Dezember 1970 ihr Maximum erreicht hatte und seither abfiel. Dieser Trend erwies sich allen Anstrengungen zum Trotz als unumkehrbar: Die Felder, die man noch fand, wurden immer kleiner, die förderbare Menge ebenfalls, dafür stiegen die Kosten der Förderung. 1975 bestätigte die *National Academy of Sciences* Hubberts Berechnungen und widerrief ihre eigenen, optimistischeren Voraussagen.

Hubbert hatte sich inzwischen damit beschäftigt, auch einen Zeitpunkt für das globale Fördermaximum zu errechnen. Dieses Vorhaben war mit größeren Unsicherheiten behaftet als dasjenige, ein Maximum für die USA zu ermitteln, da der Rest der Welt bei weitem nicht so eingehend erforscht war und ist wie die USA. Hubbert kam zu der Schätzung, der globale Höhepunkt der Ölförderung, der »Peak Oil«, werde zwischen 1990 und 2000 eintreten. Er selber starb im Jahre 1989.

Diese Vorhersage bewahrheitete sich nicht. Noch im Herbst 2000 stieg die Weltölförderung an, die insgesamt, bedingt durch politische Einflüsse, Börsenkrisen und Ähnliches, ohnehin einer Kurve folgt, die nur mit viel Fantasie einer Hubbert-Kurve ähnelt.

Doch Tatsache bleibt, dass im Jahr 2001 die gesamte geförderte Menge Erdöl unter der des Vorjahrs lag. Und im Jahr 2002 wurde weniger gefördert als 2001.

Im Jahr 2003 fand der Irak-Krieg statt, Iraks Diktator Saddam Hussein wurde gestürzt, und der Zugang zu den bis dahin weitgehend gesperrten irakischen Ölreserven, mit 115 Milliarden Barrel die drittgrößten der Welt, entspannte die Lage wieder.

Nach wie vor steigt der Ölverbrauch mit jedem Jahr. Es hat noch kein Jahr gegeben, in dem er niedriger gelegen hätte als im Jahr zuvor.

Gegenwart

Anstätter hatte Gläser und zwei Steinkrüge geholt, aus denen er ihnen kühlen, klaren Weißwein und Wasser einschenkte.

»Was genau hatten Sie eigentlich befürchtet?«, fragte Dorothea.

»Dass das Ghawar-Feld kollabieren könnte.«

»Und was heißt das?«

Der Ölingenieur nahm einige der Ausdrucke heraus, legte sie wieder zurück. »Dazu muss ich Ihnen erst einmal erklären, wie man in Saudi-Arabien Öl fördert. Ich nehme an, Sie wissen, wie so eine Ölförderpumpe aussieht – diese unablässig nickenden Saurier aus Eisen? Findet man auch in Deutschland hier und da, im Schwarzwald etwa. In Filmen haben Sie sie auf jeden Fall schon gesehen.«

Werner nickte. »In dem Film mit James Dean. *Giganten.*«

»Zum Beispiel«, meinte Anstätter. »In Saudi-Arabien gibt es keine einzige derartige Pumpe.«

»Ach. Und wie kriegen die dann das Öl aus der Erde?«

»Es steht unter Druck und fließt von selber heraus. Eine Ölquelle in Saudi-Arabien ist einfach ein Rohr, das im Boden steckt und oben mit einem Ventil verschlossen ist. Es gibt auch nicht besonders viele Quellen – ich schätze mal, weniger als zweitausend, die zur Zeit aktiv sind. Sie sind alle mit einem 17 000 Kilometer langen Pipelinesystem verbunden, durch das das Öl von den Quellen direkt zu den Aufbereitungsanlagen, den Raffinerien oder zu den Verladehäfen geleitet wird. Eine unglaubliche Anlage, wenn Sie das sehen.«

Dorothea wollte einwenden, dass ihr das alles viel zu tief in die Details ging, aber Werner kam ihr, völlig fasziniert – ein Techniker eben! – zuvor: »Und der Druck, woher stammt der? Das muss doch Gas sein. Wie kommt es, dass er aufrechterhalten bleibt? Ich meine mich zu erinnern, dass manche der arabischen Ölfelder schon recht lange genutzt werden.«

»›Recht lange‹ ist vornehm ausgedrückt. Neunzig Prozent der saudischen Ölförderung stammen aus bloß sechs Feldern, die alle seit mindestens dreißig Jahren in Betrieb sind. Tatsächlich ist in Saudi-Arabien nach 1967 kein Ölfeld von nennenswerter Größe mehr gefunden worden.« Anstätter lehnte sich zurück. »Um den Druck in den Lagerstätten aufrechtzuerhalten, wird Wasser hineingepresst.«

»Wasser?«

»Meerwasser. Aus dem Persischen Golf. Die Anlage an der Küste heißt Qurayyah und ist die größte ihrer Art auf der ganzen Welt. Sie pumpt über eine Milliarde Liter Wasser pro Tag aus dem Meer, um sie in die saudischen Öllagerstätten zu injizieren. Nirgendwo ist je ein vergleichbares System installiert worden.«

Werner war begeistert. Viel zu begeistert für Dorotheas Geschmack. »Und das geht?«, rief er aus.

»Unter ölführenden Schichten liegt in der Regel ohnehin Wasser, das nach oben drückt. Daher rührt ein Teil des Drucks. Der andere Teil wird durch Gas verursacht, das sich oberhalb des Öls befindet.«

»Entschuldigung«, sagte Dorothea, »aber bis jetzt verstehe ich nur, dass Saudi-Arabien das mit dem Öl fantastisch im Griff hat.«

Anstätter nickte. »Das sind alles Profis dort, kein Zweifel. Das Problem ist, dass die Herrscher des Landes keine sind.«

»Das sind Herrscher selten«, sagte Dorothea.

Werner griff nach dem obersten Blatt im Karton. Der Titel des Vortrags stand darauf. *»The imminent collapse of the Ghawar oilfield as a result of long-term overproduction«*, las er vor. »Was heißt das genau? *Der bevorstehende Kollaps* … gut, Sie sagen, wenn Ihr Freund deswegen angerufen hat, dann ist es schon passiert. Und *als Resultat langanhaltender Überproduktion* – was heißt das?«

»Wir hatten Ende der Neunziger eine Periode rasanten Preisverfalls beim Erdöl. Weil heutzutage auch Saudi-Arabien ein Staat ist, der auf keinen Dollar Einnahmen verzichten kann, wurde mehr Öl gefördert, als gut für die Ölfelder war.« Anstätter faltete die Hände. »Sehen Sie, ein Ölfeld ist kein Tank. Auch kein unterirdischer See. Das Öl befindet sich in einer porösen Gesteinsschicht, und die förderbare Menge hängt davon ab, wie durchlässig diese Schicht ist; also, wie rasch sich das Öl darin fortbewegen kann. Der Fachbegriff dafür lautet *Permeabilität*. Je permeabler eine Schicht, desto zugänglicher ist das Öl darin.«

»Okay«, meinte Werner. »Dann nehme ich mal an, die saudischen Ölfelder sind nicht so besonders in der Hinsicht?«

»Im Gegenteil.« Der zum Biobauern bekehrte Ölingenieur suchte ein paar Ausdrucke mit Illustrationen darauf und legte sie vor Werner hin. »Das Ghawar-Feld besteht aus einer Gesteinsschicht, die aus dem Jura stammt und als *Arab-D* bezeichnet wird. Sie ist weiter unterteilt in vier Zonen, von denen die Zone 2-B die relevante ist. Sie enthält nicht nur *Arab-Light-Crude*-Öl von höchster Qualität, sie ist auch zugleich sowohl außerordentlich porös als auch außerordentlich permeabel – ein kleines geologisches Wunder. Permeabilität wird in den entsprechenden Formeln mit dem Buchstaben K bezeichnet. In der Zone 2-B gibt es Bereiche von derart hoher Permeabilität, dass sich dafür der Begriff *Super-K* eingebürgert hat. Diese Gesteinsschichten sind zehnmal, hundertmal, bis zu tausendmal durchlässiger, als sie es eigentlich sein dürften. Seit dreißig Jahren versuchen Geologen und Lagerstättenexperten, diese Super-K-Zonen besser zu verstehen – unter anderem auch ich. Aber das sind nach wie vor rätselhafte geologische Formationen. Fest steht, dass die saudischen Ölfelder ihnen ihre außergewöhnlichen Eigenschaften verdanken.«

Dorothea rieb sich die Schläfen und überlegte, wie sie die beiden Männer in ihrer Fachsimpelei am besten stoppen konnte. Das führte doch jetzt wirklich zu gar nichts.

»Eine Super-K-Zone ist *beinahe* wie ein Tank«, fuhr Anstätter fort. »Das Öl kann daraus mit fast jeder Geschwindigkeit abfließen – langsam oder schnell, ganz wie Sie wollen. Sie können den Hahn sogar zeitweise zudrehen, wenn Sie genug haben, und wieder auf, wenn Sie wieder Öl brauchen. Das ist etwas, das Ihnen die meisten Ölfelder nicht verzeihen würden. Und Ghawar ist das Ölfeld mit den größten und besten Super-K-Schichten. Nur deshalb konnten die Saudis all die Jahre ihre Produktion hinauffahren und wieder drosseln, wie es gerade erforderlich war.«

»Dann sehe ich nicht, wo das Problem liegt«, meinte Werner.

Ich auch nicht, dachte Dorothea.

»Meine Mitautoren und ich hatten ursprünglich vor«, erklärte Anstätter ernst, »ein Verfahren zu entwickeln, um den Verlauf der Super-K-Zonen innerhalb der Zone 2-B darzustellen, mithilfe seismologischer Untersuchungen, Computer, Visualisierung und so weiter. Dabei sind wir darauf gestoßen, dass an einigen Stellen *Wasser* dicht davorstand, in die Super-K-Zone einzutreten.« Er hielt inne, als rechne er mit Applaus.

»Wasser«, wiederholte Werner verständnislos.

»Ja. Das injizierte Meerwasser. Man hat es offenbar dichter an den ölführenden Schichten als zuvor eingepresst, um die Förderung zu steigern. Nun war es drauf und dran, die superpermeablen Zonen zu berühren.«

»Und das ist nicht gut.«

»Ganz und gar nicht. Wenn die Super-K-Zonen für Öl ultradurchlässig sind, sind sie es natürlich für Wasser erst recht. Da Wasser weniger zähflüssig ist, überholt es zwangsläufig das Öl auf dem Weg zum Bohrloch, und wenn das geschieht, wird das verbleibende Öl so gut wie unzugänglich. Das Wasser versperrt ihm den Weg.«

Werner nickte langsam. »Verstehe. Aber man kann doch notfalls neue Quellen bohren, oder?«

»Es ist in der Praxis noch ein bisschen komplizierter, als ich es erklärt habe«, sagte Anstätter. »Das hängt damit zusammen, dass die Super-K-Schichten immer wieder von normalem Gestein durchsetzt sind… Jedenfalls läuft es darauf hinaus, dass das verbliebene Öl in unzählige winzige Blasen verteilt wird. Hier ein paar Liter, da ein Fass voll – jedes dieser Reservoirs müssten Sie einzeln anbohren. Das können Sie vergessen.«

»Und das ist passiert, denken Sie?«, unterbrach Dorothea, um die Sache endlich abzuschließen.

Anstätter wiegte den Kopf. »Wir haben dringend geraten, die Seewasserinjektion zu stoppen und die Produktion zu drosseln. Das hätte es dem Öl, das zu höherer Kohäsion neigt als Wasser, ermöglicht, sich zu sammeln und eine Art Schutzschicht auszubilden. So ähnlich, wie man Holz ölt, um es wasserfest zu machen. Aber davon wollte man nichts wissen.«

»Hätte darüber nicht etwas in den Nachrichten kommen müssen?«, überlegte Werner. »Wo gerade so viel von Saudi-Arabien die Rede ist.«

»Ich kann mir vorstellen, dass sie versucht haben, es so lange wie möglich zu vertuschen.« Der Ölingenieur betrachtete seine schwieligen Hände. »Diese Flucht der Familie Saud ... Das ist schon seltsam.«

Dorothea verdrehte entnervt die Augen. »Himmel noch mal«, stieß sie hervor. »Kann mir vielleicht bitte jetzt jemand in einem Satz sagen, was das alles praktisch bedeutet?«

Anstätter sah sie an. »In einem Satz? Es bedeutet, dass das Ende des Ölzeitalters begonnen hat.«

Es war etwas in seiner Stimme, das Entsetzen in Dorothea aufsteigen ließ. »Und was heißt *das?*«

»Das ist jetzt ein bisschen übertrieben, oder?«, murrte Werner.

»Überlegen Sie einfach.« Auf einmal wirkte Anstätter sehr müde. »Öl heizt unsere Häuser. Benzin treibt unsere Autos, die Lastwagen, die Lebensmittel in die Supermärkte bringen, die Traktoren, die diese Lebensmittel gewinnen. Aus Öl macht man Düngemittel. Medikamente. Plastik. Unsere Wirtschaft funktioniert nur, weil es Erdöl gibt und weil es im Grunde scheißbillig ist. Wenn sich daran etwas ändert, bricht alles zusammen. Und das ist, was demnächst passieren wird. Das ist das Ende der Welt, die Sie kennen.«

»Das ist Unsinn, was Sie da erzählen«, polterte Werner. »Entschuldigen Sie. Es gibt Tausende von Ölquellen auf der Welt, jede davon in einem anderen Stadium der Ausbeutung. Das Öl *kann* nicht von heute auf morgen ausgehen.«

»Ich rede nicht von Öl. Ich rede von *billigem* Öl. Das ist ein himmelweiter Unterschied. Das billige Öl kann sehr wohl von heute auf morgen ausgehen. Sie haben in einem Recht: Es gibt Tausende von Ölfeldern auf der Welt. Es sind sogar um die 43 000. Aber«, sagte Anstätter und schenkte sich Wein nach,

»keines davon kann es mit Ghawar aufnehmen. Ghawar ist das größte Ölfeld, das je gefunden wurde. Es ist so groß, dass man am Anfang geglaubt hat, es mit mehreren Feldern zu tun zu haben. Die Felder Fazran, 'Ain Dar, Shedgum, Uthmaniyah, Hawiyah und Haradh sind in Wirklichkeit alle nur Teile von Ghawar. Ghawar ist doppelt so groß wie das Saarland, und schätzungsweise sechzig Prozent allen Öls, das in Saudi-Arabien je gefördert wurde, stammt aus dem Ghawar-Feld.« Er sah Werner an. »Verstehen Sie? Es ist nicht irgendein Ölfeld. Ohne Ghawar ist Saudi-Arabien erledigt.«

Werner lehnte sich zurück. »Gut. Na und?« Er holte ein paar zusammengefaltete Blätter aus dem Jackett. »Was ändert das am Gesamtbild? Jedenfalls nicht so viel, dass man deswegen gleich in Panik machen müsste.« Er faltete die Papiere auseinander. »Hier. Ich habe gestern ein wenig gerechnet. Das sind die Ölstatistiken von 2004. Danach reicht das Öl noch bis 2052. Ohne Ihr Ghawar geht es vielleicht schon 2050 aus oder 2048 – okay. Alles kein Grund, um jetzt kopflos zu werden.«

Anstätter würdigte die Zahlenkolonnen nur eines flüchtigen Blicks. »Das können Sie vergessen«, sagte er. »Das sind alles Milchmädchenrechnungen. So einfach funktioniert das Ölgeschäft nicht.«

»Aha. Sondern?«

»Zum Beispiel sind alle Angaben über vorhandene Reserven, die aus Staaten der OPEC stammen, zweifelhaft und ziemlich sicher übertrieben.« Er verschränkte die Arme. »Die OPEC-Staaten haben auf ihren Konferenzen immer um möglichst hohe Quoten gerungen, weil sie möglichst viel Geld kassieren wollten. Und das wichtigste Kriterium in den Vereinbarungen des Kartells waren die Reserven, die ein Land vorzuweisen hatte. Je größer die Reserven eines Landes, desto höher sein Anteil an der vereinbarten Gesamtförderung. Also haben diese Staaten fleißig Entdeckungen gemeldet, die überhaupt nicht gemacht worden waren. Seit 1983 zählt der Irak zum Beispiel ein großes Feld östlich von Bagdad zweimal – ein Wachstum um 11 Milliarden Barrel. Leider nur auf dem Papier, aber wen interessiert das? 1985 hat Kuwait seine gesamten Reserven verdoppelt, einfach so. Sie werden keinen Ölingenieur finden, der weiß, wo dieses neue Superölfeld sein soll. Dasselbe in Venezuela, in den Emiraten, dem Iran, Saudi-Arabien … Sie müssen wenigstens dreihundert Milliarden Barrel von Ihrer Summe abziehen. Das ist Öl, das nie existiert hat.«

Werner sah konsterniert auf seine Zahlen. »Das ist ja allerhand.«

»Um diese Praxis zu vertuschen, veröffentlicht die OPEC seit 1983 überhaupt keine Daten über einzelne Ölfelder mehr. Sonst hätte ja jemand auf die Idee kommen können, nachzurechnen. Ich habe mich immer gewundert, wieso das in den Nachrichten nie ein Thema war.«

Dorothea verharrte still, erfüllt von einem bangen, eisernen Gefühl, unter dessen Last ihr Herz Mühe hatte, zu schlagen. Sie hatte auf eine harmlose Erklärung gehofft. Sie hatte Unangenehmes befürchtet. Doch nun ahnte sie, dass es in Wirklichkeit noch viel, viel schlimmer war, als sie sich hätte vorstellen können.

»Trotzdem«, hörte sie Werner protestieren. Er hatte den Taschenrechner, ohne den er nie unterwegs war, hervorgezogen und tippte darauf herum. »Angenommen, Ihr Ghawar ist ausgefallen, und angenommen, es liefert tatsächlich sechzig Prozent des saudischen Öls – dann reden wir trotzdem nur von einem Rückgang der verfügbaren Ölmenge um sechs Prozent. Sechs Prozent, ich bitte Sie.«

Anstätter schüttelte den Kopf. »Es ist egal, wie viel Prozent es sind. Entscheidend ist, dass, sobald Saudi-Arabien als *swing producer* ausfällt, der *Peak Oil* erreicht, also das globale Ölfördermaximum überschritten ist. In den letzten Jahren haben alle Ölförderländer am Maximum produziert, so viel sie konnten. Bis auf Saudi-Arabien. Die Saudis waren diejenigen, die immer so viel lieferten, wie nötig war, um die Preise stabil zu halten. Wenn sie das nicht mehr können, wird von da an die weltweite Ölförderung nur noch abnehmen, während der Bedarf ständig steigt. Können Sie sich vorstellen, was mit den Preisen geschieht? Für Öl? Für alles? Es ist die Mutter aller Krisen, auf die wir zusteuern.«

»Andere Länder werden ihre Produktion steigern. Wenn der Ölpreis anzieht, werden Lagerstätten rentabel, die es bis jetzt nicht waren.«

»In den USA ist all das gemacht worden. Trotzdem hat man nie mehr so viel gefördert wie im Dezember 1970.«

Werner schüttelte den Kopf, klatschte mit der flachen Hand auf seine Zahlenreihen. »Wieso denn? Es ist doch noch Öl da. Auch wenn der Bedarf steigt, okay, aber es ist doch noch jede Menge da – Milliarden von Litern!«

»Das ist nicht der Punkt. Ja, wir haben erst ungefähr die Hälfte von allem Öl verbraucht, das es je gab. Aber«, sagte Anstätter und beugte sich vor, »das war die leicht zugängliche Hälfte. Das, was noch übrig ist, sitzt tiefer unten, ist schwieriger und kostspieliger zu fördern, befindet sich in rauen, unzugänglichen Gegenden. Klar wird man weiterhin Öl aus der Erde holen. Aber es wird weniger sein als bisher, und es wird teurer sein. Die endgültige Grenze ist erreicht, sobald Sie mehr Energie brauchen, einen Liter Öl zu Tage zu fördern, als Sie aus diesem Liter Öl gewinnen können. Ab diesem Zeitpunkt ist Öl keine Energiequelle mehr.«

Werner sah ihn konsterniert an. »Stimmt. Ja. So habe ich das noch nie betrachtet.«

»Wie die meisten Leute«, meinte der Ölingenieur. »Und das Schlimmste ist: Es werden sich alle darum schlagen. Wir sind nicht nur abhängiger vom Öl als je zuvor, es gab auch noch nie so viele von uns. Dieser Planet konnte nur deshalb bis jetzt sechs Milliarden Menschen tragen, weil das Öl da war. Nun fällt es weg. Wie sollen all diese Leute künftig ernährt werden? Von Kleidung, Medizin, Klimaanlagen, Flugzeugen, all den Annehmlichkeiten, an die sie gewöhnt sind, ganz zu schweigen?«

Auf einmal kehrte Stille ein, kalte, frostige Stille, wie das Echo eines Entsetzens, das zu groß war, um es zu empfinden.

»Mein Gott«, hauchte Werner.

Dorothea sah den Mann an, der ihnen ein Traumhaus verkauft hatte.

»Das ist alles Ihr voller Ernst, nicht wahr?«, fragte sie. »Deshalb haben Sie sich diese … Burg gebaut. Weil Sie mit schlimmen Zeiten rechnen.«

Anstätter nickte bedrückt. »Ja, Sie haben Recht. Ich rechne mit schlimmen Zeiten. Und das Schlimmste ist, dass die Saudis die wahre Lage verschwiegen haben. Mit dem *Peak Oil* fertigzuwerden wäre unter allen Umständen schwer gewesen, aber man hätte sich darauf vorbereiten können. Die Technologie ist da, im Moment jedenfalls noch. Man hätte den Umstieg schaffen können, doch man hätte damit rechtzeitig anfangen müssen. Jetzt ist es zu spät. Jetzt wird uns der *Peak* treffen wie ein Vorschlaghammer.«

An diesem Morgen dachte Markus endlich einmal daran, sich zu Hause zu melden. Ehe er sein Hotelzimmer verließ, um auszuchecken, rief er Dorothea an. Allerdings erreichte er nur Julian, der ihm erklärte, seine Eltern seien weggefahren; wohin, wusste er auch nicht so genau. Sie seien wegen irgendwas ziemlich aufgeregt.

»Weil ich so plötzlich verschwunden bin?«, mutmaßte Markus.

»Nö«, meinte Julian unbekümmert. »Das sind sie schon gewöhnt.«

»Ach ja?« Schwer zu sagen, ob er das gern hörte.

»Onkel Frieder meint, du machst sowieso immer, was du willst. Und Papa sagt, du kannst auf dich aufpassen; man muss sich keine Sorgen machen.« Der Junge räusperte sich. »Mama macht sich aber trotzdem Sorgen.«

Wenigstens was. »Sag ihr, dass es mir gut geht. Kannst du das ausrichten?«

»Klar«, erwiderte Julian. »Wo bist du überhaupt?«

»In Amerika.«

»Ach so«, kam es beinahe enttäuscht zurück. »Das hätte ich

mir ja denken können. Und, hast du den Mann erreicht, bei dem man das Telefon abhört?«

»Nein«, sagte Markus. »Leider nicht.«

»Und was machst du jetzt?«

Ja, was machte er eigentlich? »Sagen wir, ich bin auf der Suche nach wichtigen Dokumenten, die man mir gestohlen hat.«

»Echt?«, staunte Julian. »Cool! Und was sind das für Dokumente?«

»Kann ich dir am Telefon nicht erzählen. Aber falls ich sie finden sollte, zeige ich sie dir eines Tages.«

»Versprochen?«

»Versprochen. Aber das bleibt unter uns, okay? Deinen Eltern brauchst du nur zu sagen, dass ich in den USA bin, dass es mir gut geht und dass sie sich keine Sorgen machen sollen.«

»Okay, mach ich.«

In dieser Hinsicht war auf seinen Neffen Verlass, das wusste Markus. Er beendete das Gespräch und packte seine Tasche. Zeit, dass er sich auf den Weg machte.

Es war spät am Nachmittag, als er Bloomington, Illinois erreichte. Ein trüber Himmel lag über der Stadt, während er auf der Suche nach der Sunset Road durch die Straßen kurvte. Die Bäume entlang der Radwege sahen nass und kalt aus. Aus den Schornsteinen der Häuser quoll es dick und weiß.

Er fand die angegebene Adresse schließlich, ein einstöckiges, mit Holzpaneelen verkleidetes älteres Haus. Doch es stand ein anderer Name am Briefkasten, und als er klingelte, öffnete ein Mann Mitte dreißig, der sich durch das Gespräch nicht aufhalten ließ, den Inhalt seiner Chipstüte zu verzehren. Taggard? Ja, so hätten die Vorbesitzer des Hauses geheißen. Kennen gelernt habe er sie leider nicht mehr, er wisse nur, dass beide kurz nacheinander gestorben seien, er an Krebs und sie am Herzen, hieß es. »Wenn ich jetzt so drüber nachdenke, hat es hier in der Straße ziemlichen Wechsel gegeben in den letzten Jahren«, fügte er kauend hinzu. »Die Nachbarn, die mir das über die Taggards erzählt haben, leben auch schon nicht mehr. So kann es gehen, was?«

Eigentlich suche er den Sohn, sagte Markus. Charles Taggard.

Der Mann überlegte drei Chips lang. »Ja. Der Name sagt mir was. Aber ich hab bloß seine Unterschrift auf dem Kaufvertrag, getroffen habe ich ihn nie. Lief alles über den Makler. *Black Bird Property.* Ziemlich fit, die Leute dort. Falls Sie was suchen sollten.«

»Wann war denn das?«, fragte Markus.

Diesmal hielt er in der Kaubewegung inne, so heftig musste er nachdenken. »1999. Im Dezember. Da hab ich das Haus gekauft, und der Makler hat mir erzählt, dass die Besitzer im Lauf des Sommers gestorben sind.«

»Und wo der Sohn sein könnte, das wissen Sie auch nicht?«

»Nein. Bedaure. Ich würde ihn nicht mal erkennen.« Er lachte auf. »Hehe – *Sie* könnten das sein. Würd ich nicht merken.«

Markus ließ die Hoffnung fahren. »Okay«, sagte er. »Danke. Und entschuldigen Sie die Störung.«

»Kein Problem«, rief der Mann unbekümmert. »Schönen Tag noch.«

Die Nachbarn wussten auch nichts. Die meisten waren tatsächlich erst in den letzten Jahren zugezogen, lediglich eine kleine Frau mit strohigen weißen Haaren drei Häuser weiter erinnerte sich noch an den jungen Charles Taggard. »So ein ganz Schlaksiger, immer sehr dünn für sein Alter. Hat jedes Mal höflich gegrüßt, ja, daran erinnere ich mich.«

Wo er heute sein könnte? »Das weiß ich nicht, tut mir Leid«, bedauerte sie. »Das heißt, warten Sie… Washington, glaube ich. Ich habe mal gehört, dass er dort wohnen soll.«

Markus bedankte sich, kehrte zurück zu seinem Wagen und schlug sich, als er wieder hinter dem Steuer saß, erst einmal kräftig vor die Stirn. Washington, natürlich! Der logischste Wohnort für einen CIA-Agenten, der seinen Posten als Bürojob beschrieb.

Er war wirklich noch nicht wieder fit.

In der Innenstadt fand er ein Café mit Internet-Terminal. Bis der bestellte Cappuccino kam, hatte er schon Taggards

Washingtoner Adresse und Telefonnummer. Er achtete darauf, genügend Quarter als Wechselgeld zu bekommen, dann marschierte er zur nächsten Telefonzelle.

Nach dem dritten Klingeln wurde abgehoben, aber es meldete sich niemand.

»Hallo?«, sagte Markus.

»Wer spricht dort, bitte?«, fragte eine tiefe Stimme, die nicht die von Charles Taggard war.

Eine Szene aus einem lange zurückliegenden Film schoss Markus durch den Kopf. Irgendein Agentenfilm, in dem ein Killer in der Wohnung seines Opfers gewartet hatte. Der hatte sich am Telefon genauso seltsam gemeldet.

Markus legte auf und wagte es erst dann, wieder auszuatmen.

KAPITEL 34

Auf der Rückfahrt herrschte erschüttertes Schweigen im Wagen. Erst als sie wieder auf der geteerten Straße waren und schon etliche Kilometer zurückgelegt hatten, war Dorothea im Stande zu fragen: »Denkst du, er hat Recht?«

Werner kaute lange an der Antwort. Und dann kam nur ein mageres »Ich weiß auch nicht«.

Wieder Schweigen. Zum ersten Mal fiel Dorothea auf, wie laut es im Inneren eines solchen Geländewagens eigentlich war. Man fühlte den Motor arbeiten. Das Benzin verbrennen, literweise, das bald unerschwinglich sein sollte.

Das es womöglich demnächst überhaupt nicht mehr geben würde.

Unvorstellbar.

Und wann?, hatte sie Anstätter gefragt. *Wann soll das passieren?*

Demnächst, hatte er gesagt.

Was heißt demnächst? In zehn Jahren? In fünf? Nächstes Jahr?

Er hatte den Kopf geschüttelt. *Es hat schon begonnen,* hatte er erklärt. *Die Welt weiß es nur noch nicht.*

»Ich weiß nicht«, stieß Werner schließlich erneut hervor. »Mir kommt das trotzdem alles ziemlich übertrieben vor. Irgendwie… fanatisch. Ich meine, okay, es mag ja sein, dass dieses Riesenölfeld den Geist aufgegeben hat und eine Ölkrise bevorsteht. Aber Ölkrisen, die hat's doch immer wieder gegeben. Die erste, wann war denn das? Anfang der Siebziger. Ich war damals fünf oder so. Viel mitgekriegt habe ich nicht, aber ich entsinne mich noch, dass wir in einer ewig langen Schlange vor einer Tankstelle gestanden sind und mein Vater immer aufgeregter wurde. Ich glaube, wir waren gerade im Urlaub, weil er immer gesagt hat: ›Was machen wir denn, wenn wir nichts mehr kriegen, wie sollen wir dann nach Hause kommen?‹« Er lachte auf, kurz und trocken. »Ging auch alles vorbei.«

»Es gab Sonntagsfahrverbote«, fiel Dorothea ein. »Bei uns zu Hause hing im Flur ein Foto, wie meine Eltern auf der völlig leeren B14 spazieren gehen. Meine Mutter war damals gerade mit Frieder schwanger.«

»Ja, genau. Die berühmten Sonntagsfahrverbote. Wir sind auch mal auf einer Bundesstraße spaziert. Waren richtig viele Leute unterwegs. Fand ich toll.«

Erinnerungen stiegen in Dorothea auf. »Mein Vater hat die B14 immer als die Strafe des Schicksals dafür bezeichnet, dass Gottlieb Daimler in Cannstatt den Viertaktmotor erfunden hat. Die lief ganz bei uns in der Nähe, und es war oft so viel Verkehr, dass du kaum Luft gekriegt hast.« Die Gespräche bei Tisch, die oft in Vorträge ihres Vaters ausgeartet waren. Über die Geschichte der Technik. Darüber, wie die Menschen die Welt zerstörten. »Ich weiß noch, wie mein Vater uns von Bertha Benz erzählt hat und wie sie die erste wirkliche Autofahrt unternommen hat. 1888, von Mannheim nach Pforzheim. Ich war so stolz, dass es eine Frau gewesen ist, die das gewagt hat.« Erinnerungen … »Sie musste das Benzin unterwegs flaschenweise in Apotheken kaufen. Es gab ja noch keine Tankstellen. Benzin hat man nur als Reinigungsmittel benutzt.«

Eine Weile herrschte sinnende Stille, während ihr Auto, ein perfektionierter Nachfahre jener ersten motorgetriebenen Kutschen, über eine breite, solide Straße rollte, wie es sie damals auch noch nicht gegeben hatte.

»Die Welt hat sich seither ganz schön verändert«, meinte Werner.

Dorothea nickte. »Und alles nur, weil das Erdöl da war.«

Ein Wagen überholte sie, mit irrwitziger Geschwindigkeit fahrend.

»Wenn Anstätter Recht hat, gibt es solche Raser jedenfalls bald auch nicht mehr«, grollte Werner. »Wäre kein Fehler.«

Er hing diesem Gedanken eine Weile nach. »Wir müssen uns noch mal anschauen, ob man in Sachen Isolierung bei unserem Haus nicht doch was machen kann. Ich meine, wenn das Heizöl gravierend teurer wird … Wir könnten uns von deinem Bruder eine Solaranlage installieren lassen, fürs Schwimmbad zum Beispiel. So wie in der Klinik, in der Markus war. Und so groß wie dort ist unser Pool ja bei weitem nicht, da müsste für den Rest des Hauses auch was abfallen.«

Bloß, dass sie sich das zur Zeit nicht leisten konnten, nicht einmal zu dem Vorzugspreis, den Frieder ihnen natürlich machen würde. Und wenn alles teurer wurde … Dorothea dachte an ihren Laden. Damit war es dann auch vorbei. Den musste sie schließen, sobald es ging.

»Wenn das Benzin teurer wird«, räsonierte Werner, »dann sind die Straßen vielleicht bald nicht mehr so voll. Und wenn man überlegt, dass heutzutage jeder Joghurtbecher über tausend Kilometer herumkutschiert wird, ehe er im Laden steht … Das muss ja eigentlich auch nicht sein. Oder dass Konserven von einem Ende Europas zum anderen gefahren werden, nur um die Etiketten in einem Billiglohnland draufkleben zu lassen. Das ist doch Wahnsinn.« Er grinste. »Uns kann es sowieso egal sein, ich tanke ja in der Firma, wo es keinen Cent kostet …«

Dorothea wandte den Kopf und betrachtete Werner mit einem Gefühl vollkommener Irrealität. Als sei das alles ein böser Traum. Das hatte er eben nicht gesagt, oder? Sie hatte nicht einen Mann geheiratet, der angesichts einer solchen Gefahr nur bis zu seiner eigenen Nasenspitze dachte?

Doch. Er hatte es gesagt. Er *meinte* es sogar.

»Werner Utz«, sagte sie. »Ist das alles, was dir dazu einfällt? Wenn das Öl wirklich ausgeht, ich meine, wenn es wirklich *zu Ende geht* damit, und die ganze Welt ist darauf angewiesen – das kannst du doch nicht abtun mit ›Ich tank ja in der Firma‹. Die kann es auch nicht herzaubern, wenn es keines mehr gibt, Himmel!«

»Na ja, schon …«, murmelte Werner unbehaglich.

»Überleg doch nur, was alles aus Erdöl hergestellt wird. Plastik. Die ganzen Verpackungen. Praktisch alles, was man im Supermarkt kaufen kann, ist in irgendeine Folie, eine Schale, was weiß ich eingepackt, und die ist immer aus Plastik. Julians Vesperbrote tue ich ihm jeden Tag in eine Plastiktüte. Und wenn alles teurer wird, dann werden auch Autos teurer. Teure Autos, teures Benzin, das heißt, die Leute werden nicht mehr so viele Autos kaufen. Und dann? Woher soll dein Gehalt kommen, zum Beispiel?«

Werner war blass geworden. »Scheiße«, murmelte er. »Scheiße, ja, du hast Recht. So habe ich das noch gar nicht gesehen. Ich könnte meinen Job verlieren.«

Stumm fuhren sie weiter, Kilometer um Kilometer. Angst schien sich im Inneren des Fahrzeugs auszubreiten wie ein schlechter Geruch. Die Tanknadel sank; es sah aus wie ein schlechtes Omen.

»In Deutschland hängt jeder zweite Arbeitsplatz an der Automobilindustrie«, sagte Werner irgendwann. »Ich darf gar nicht darüber nachdenken. Wenn das stimmt, was Anstätter sagt, dann steuern wir auf die absolute Katastrophe zu.«

Dorothea lauschte auf den Klang dieser Worte. Die Landschaft draußen schien auf seltsame Weise immer grauer zu werden.

»Nicht darüber nachdenken …«, sagte sie. »Vielleicht war das der Fehler.«

So saßen sie also in der VIP-Lounge des Frankfurter Flughafens. Mandhur hielt ein großes Stofftier mit seltsam dicken Füßen umklammert, das die Schwestern auf der Station ihm zum Abschied geschenkt hatten. Wasimah trug eine Ledertasche mit den Medikamenten, die Dr. Rugland ihnen mitgegeben hatte, zusammen mit ausführlichen Anweisungen und Ratschlägen. Sie war nicht bereit gewesen, diese Tasche mit dem Gepäck aufzugeben. Gepäck, hatte sie erklärt, ginge verloren, und bis es wieder auftauche, könne ihr Sohn bereits erstickt sein.

Sie trug immer noch ihr Kopftuch. Offenbar dachte sie nicht daran, den Schleier wieder anzulegen. In Marokko würde sie ihn auch nicht brauchen.

»Der Westen hat uns unterwandert und korrumpiert«, erklärte Abu Jabr voller Bitterkeit. »Die Kreuzfahrer mögen damals gescheitert sein, die amerikanischen Kaufleute mit ihrem Geld sind es nicht. Sie haben uns unsere Moral abgekauft, unseren Glauben –«

Er schrak zusammen, als Wasimah neben ihm mit einem geradezu inbrünstigen Seufzen ausrief: »Abu, bitte – ich kann's nicht mehr hören!«

»Wasimah!«

Sie schloss die Augen und sagte: »Ich. Kann's. Nicht. Mehr. Hören.« Dann öffnete sie die Augen wieder und sah ihn wild an. »Ich kann es nicht mehr hören, wie wir Araber uns in einem fort Leid tun. Wie wir immer, immer schnell mit Erklärungen bei der Hand sind, warum andere an allem schuld sind. Ja, die Kreuzzüge. Klar, die waren eine Katastrophe, eine Schweinerei ersten Ranges – aber, Abu, das ist tausend Jahre her. *Tausend Jahre.* Das taugt nicht als Begründung dafür, dass wir heute nichts mehr auf die Reihe kriegen.«

»Nichts mehr auf die Reihe ... Weib, was redest du?«

»Versucht einfach mal, in Riyadh einen Handwerker zu finden, dann wisst Ihr, was ich meine. Selbst wenn man einen kriegt, ist es ein Pakistani, kein Araber.« Sie machte eine Handbewegung, als wolle sie das alles beiseite wischen. »Wir kontrollieren das Öl, trotzdem sind wir machtlos. Wir sind untereinander zerstritten. Wir müssen uns von den Vereinten Nationen einen Bericht gefallen lassen, wonach wir in unserer Bildung immer weiter hinter dem Rest der Welt zurückfallen, und wir können nicht einmal etwas dagegen sagen, denn es stimmt. Als Mohammed – Gott segne ihn und schenke ihm Heil – die Schrift empfing, war Europa ein dunkler, blutiger Kontinent, und in Amerika rannten die Indianer mit Steinspeeren hinter Bisons her. In der Blütezeit des arabischen Reiches, zu Zeiten von Gestalten wie Saladin, Al-Biruni oder Ibn Hazm, da waren die arabischen Städte Hochburgen der Kultur und Gelehrsamkeit, war kein Ort ohne Bibliothek, war Arabien das Licht der Freiheit und Toleranz in einer barbarischen Welt. Niemand hätte damals ernsthaft geglaubt, dass Europa je wieder von Bedeutung sein würde.«

Sie klang wie eine Universitätsdozentin. Abu Jabr erkannte erschüttert, dass seine Schwiegertochter eine Gelehrte war.

»Wisst Ihr, was den Unterschied ausgemacht hat? Die Europäer haben gelernt. Von uns haben sie die Grundlagen der Medizin gelernt, der Astronomie, der Mathematik. Sie nennen ihre Zahlen bis auf den heutigen Tag ›arabische‹, obwohl sie längst nicht mehr so aussehen. Sie sprechen immer noch von *Algebra*, von *Algorithmus*, von *Ziffern* und so weiter – alles arabische Wörter. Die meisten helleren Sterne am Himmel tragen immer noch die Namen, die arabische Astronomen ihnen gegeben haben. Sie haben von uns gelernt, versteht Ihr, von uns und anderen, und sie haben das, was sie gelernt haben, weiterentwickelt, während wir Araber stehen geblieben sind. Wir haben uns nie für irgendetwas interessiert, das wir von den Europäern hätten lernen können. Seit tausend Jahren schmoren wir im eigenen Saft. Und wenn heute ein Araber den Nobelpreis bekommt, ist er garantiert amerikanischer Staatsbürger. Wir –«

Wasimah hielt erschrocken inne, schlug die Hände vor den Mund und sah ihn mit großen Augen an. »Verzeiht, Abu«, stieß sie hervor. »Ich wollte Euch gegenüber nicht unehrerbietig auftreten; vergebt mir. Allah ist mein Zeuge, ich verehre Euch, Abu …«

»Schon gut«, sagte Abu Jabr leise. »Du hast ja Recht. Schweigen wir davon.«

So schwiegen sie. Jenseits der großen Fenster sah man die gewaltigen Flugzeuge rangieren, starten, landen. Millionen Menschen passierten diesen Flughafen, Tag für Tag. Wie all dies organisiert wurde, dass jeder dorthin gelangte, wohin er wollte, überstieg Abu Jabrs Vorstellungsvermögen. Fest stand nur eins: Das, was er hier sah, war eine Manifestation der gegenwärtig beherrschenden Kultur auf dieser Welt, einer Kultur, zu der kein Araber Relevantes beigetragen hatte.

Es schmeckte bitter, dies zu denken. Aber er schmeckte hin, ließ sich durchdringen von der Wahrheit dieser Feststellung. Lernen, ja. Das war der Schlüssel.

Ihr Flug nach Marrakesch wurde aufgerufen. Noch so eine bittere Angelegenheit: heimatlos zu sein, Flüchtling in einem fremden Land, der Gnade eines fremden Königs ausgeliefert. Aber alles ging reibungslos. Die Sitze waren bequem, Mandhur war wie immer begeistert, zu fliegen, und schlief bald nach dem Start ein, die Stirn gegen das kleine Fenster gelehnt.

»Sag, meine Tochter«, begann Abu Jabr, nachdem Wasimah ihren Sohn hingelegt und mit einer Decke zugedeckt hatte, »da ist etwas, das mich interessieren würde...«

Sie sah auf. »Ja?«

»Was denkst du über Sonnenenergie?«

»Es ist noch viel schlimmer, als wir gedacht haben«, sagte Werner, nachdem er zwei Stunden lang im Internet nach einschlägigen Informationen gesucht hatte.

Julian war schon im Bett; als Dorothea ihm seinen Gutenachtkuss gegeben hatte, hatte er gefragt, ob sie beide Streit hätten, seit ihrer Rückkehr von ihrem Ausflug sei so eine komische Atmosphäre gewesen.

Sie hatte ihn beruhigt, so gut sie es konnte. Nein, sie hätten keinen Streit. Aber Sorgen, ja. Julian hatte nicht gefragt, was für Sorgen, hatte nur gemeint, Sorgen hätte jeder mal, das kenne er auch. Er redete manchmal schrecklich altklug daher. Es wurde höchste Zeit für ein Geschwisterchen. Aber andererseits, wenn das mit dem Öl stimmte, dann war das viel zu riskant...

Dass Markus ausgerechnet heute angerufen hatte! Andererseits – klar, am Sonntag. Er hatte sicher geglaubt, sie so am besten zu erreichen. In den USA also. Das hatte sie sich halb gedacht. Schade, dass sie ihn nicht hatte sprechen können; sie hätte gern mehr gewusst, was das alles sollte.

Dann kam Werner die Treppe herunter, einen Stapel Ausdrucke in der Hand, und sie vergaß die Sorgen um ihren Bruder.

»Anstätter hat Recht, aus Erdöl macht man auch Düngemittel.« Er ließ sich mit seinen Notizen auf den Couchsessel fallen. »Und Schädlingsbekämpfungsmittel. Felder, auf denen man konventionell anbaut, ohne all diese Mittel, bringen nur ein Achtel des Ertrags oder noch weniger. Um ein einziges Rind schlachtreif zu kriegen, braucht man alles in allem tausend Liter Öl – für die Erzeugung des Futters, den Antrieb der Maschinen und so weiter. Wenn das Öl ausgeht, heißt das, dass selbst in Europa die Nahrungsversorgung wieder zum Problem werden kann. Von der Dritten Welt ganz zu schweigen; dort, wo die Ernährung der Bevölkerung heute noch nicht gesichert ist, wird es zu unvorstellbaren Hungersnöten kommen.« Sein Blick ging ins Leere, sah Schreckliches. »Und zu Flüchtlingsströmen. Sie werden versuchen, zu uns zu kommen, in die reicheren Länder. Wenn du nichts mehr zu verlieren hast … Man kann es verstehen. Aber das heißt, die Welt wird auseinanderfallen. Es wird Krieg geben … Obwohl, wie will man Krieg führen ohne Treibstoff für Panzer, Kriegsschiffe, Flugzeuge?«

Ein kalter Hauch schien auf einmal vom Fenster her zu wehen. Dorothea sah hinaus, über das weite, nachtdunkle Land unter ihnen, in dem Tausende von Lichtern glommen. Lichter, die demnächst ausgehen würden, wenn das alles stimmte.

»Ich kann mir das nicht vorstellen«, flüsterte sie. »Das ist so … jenseits von allem.«

Aber es war das, was ihr Vater immer gepredigt hatte. *Eines Tages zerbricht diese ganze technische Zivilisation an ihrer Überdrehtheit,* hatte er gesagt.

»Medikamente sind ein anderes Problem«, fuhr Werner fort. »Ich habe eine Aussage gefunden, dass bei einem der großen Pharmakonzerne an die 150 000 verschiedenen Produkte hergestellt werden, und das einzige, bei dem Erdöl keine Rolle spielt, ist Aspirin! Stell dir das vor – Hungersnöte, kein Sprit, um wenigstens ein paar Lebensmittel in die betroffenen Gebiete zu bringen, und dann nicht mal Medikamente gegen die Krankheiten, die auftreten werden. Das heißt, es wird zu Seuchen kommen, zu richtigen Pandemien womöglich …«

»Keine Einmalspritzen mehr«, fiel Dorothea ein. »Keine Infusionsschläuche. Keine Plastikhandschuhe …«

»Es geht endlos weiter. Farben, Lacke, Lösungsmittel werden aus Erdöl hergestellt. Kunstharze. Synthetische Fasern für Kleidung oder Teppichböden – Nylon, Perlon und wie sie alle heißen. Konservierungsmittel. Fotochemikalien. Waschmittel. Sprengstoffe. Druckerschwärze. Schmierstoffe. Isoliermaterialien gegen Feuchtigkeit. Kosmetika. Süßstoff. Nicht zu vergessen Asphalt für den Straßenbau!« Werner zog am Kragen seines Hemdes. »An unseren neuen Fahrzeugmodellen bestehen über vierzig Prozent der Teile aus Kunststoff. Egal ob noch jemand welche kauft oder nicht, wir werden gar nicht mehr in der Lage sein, sie herzustellen.«

»Und wie sollen die Supermärkte versorgt werden? Ohne Treibstoff für die Lastwagen?«

»Es wird zu Hamsterkäufen kommen, zu regelrechten Plünderungen.« Werner atmete heftig. »Ich fand das früher immer gruselig, wenn meine Großeltern über die Zeit nach dem Krieg erzählt haben. Aber gegen das, was los sein wird, wenn das Öl ausgeht, war das alles Pillepalle.«

Sie sahen einander an. Keiner sagte etwas, aber Dorothea wusste, dass sie in diesem Augenblick beide das Gleiche dachten: Das konnte das Ende der Menschheit bedeuten.

Werner sprang auf, tigerte durch das Wohnzimmer. »Wir müssen überlegen, wie wir uns darauf vorbereiten. Wie wir uns notfalls selbst versorgen. Im Keller ist noch viel Platz, wenigstens das ist ein Vorteil. Wir können einen Grundvorrat für einige Monate, vielleicht sogar Jahre einlagern. Mehl, Öl, Zucker, Konserven – solche Sachen. Lange haltbar. Die erste Zeit wird auf jeden Fall die schlimmste; wenn wir die überstehen …« Ihm fiel etwas ein. »In den Telefonbüchern war hinten drin früher immer eine Anleitung, wie man für Katastrophen vorsorgt. Vom Amt für Zivilschutz oder so. Sirenensignale, was für Dokumente man bereithalten soll, und wie man einen Notvorrat anlegt. Im Vorwahlverzeichnis war das, glaube ich. Ich weiß nicht, ist das heute immer noch so?«

Dorothea schüttelte den Kopf. »Wir haben nur eine CD.«

»Na klasse. Die nützt einem was, wenn der Strom ausgeht …« Werner nahm seine unruhige Wanderung wieder auf. »Kerzen. Wir brauchen einen Vorrat an Kerzen, und Streichhölzer. Einen Wasservorrat haben wir, aber wir bräuchten noch etwas, um das Chlor und so weiter herauszufiltern.« Er richtete den ausgestreckten Zeigefinger auf sie. »Das gehen wir gleich nächste Woche an. Lass mal überlegen …« Vor dem Wandkalender blieb er stehen. »Morgen ist Bereichsleitersitzung, am Dienstag haben wir Team-Meeting … Am Mittwoch, da könnte ich nachmittags gleiten. Lass uns da einen Großeinkauf machen. Bis dahin können wir uns noch genau überlegen, was. Wir sollten es irgendwie so machen, dass wir die Sachen auch allmählich aufbrauchen können, falls alles falscher Alarm war …«

Ein plötzlicher Windstoß ließ die Scheiben zittern. Werner hielt inne, fuhr sich mit den Händen übers Gesicht. Ratlosigkeit stand in seinen Augen, als er sie ansah. »Übertreiben wir?«

Sie hob ratlos die Schultern. »Ich weiß es nicht.«

»Mir fiel gerade die Panik ein, die damals wegen des Jahr-2000-Fehlers geherrscht hat. Damals hieß es auch, die Welt geht unter. Und es klang auch alles schrecklich logisch. Die Computer verschlucken sich am Datum, weil man früher die Jahreszahlen nur zweistellig gespeichert hat, und dann stellen sie den Strom ab, löschen alle Kontostände, lassen das internationale Finanzsystem kollabieren oder starten die Atomraketen. Und was ist dann tatsächlich passiert? Ein paar 106-jährige haben einen Bescheid bekommen, sich einschulen zu lassen, oder so was in der Art. Und alle, die sich Dieselgeneratoren und Survivalausrüstung gekauft hatten, waren am 2. Januar 2000 die Deppen.«

»Wir wollten damals auch einen Notvorrat kaufen«, erinnerte sich Dorothea. »Wir sind nur nicht mehr dazu gekommen, weil du so viele Überstunden machen musstest.«

Werner grinste schief. »Am Silvesterabend habe ich noch die Badewanne voll Wasser laufen lassen.«

»Ja. Das habe ich dann zum Blumengießen verwendet.«

Er rieb sich das Kinn. »Vielleicht wird das alles auch halb so wild. Bestimmt. Ich meine, schau – irgendwer ist immer da, der gerade das Ende der Welt verkündet, oder? Im Studium zum Beispiel war in meinem Semester so ein Vogel, der es mit Nostradamus hatte. Er war überzeugt, dass die Welt untergeht, noch ehe er seinen Abschluss macht. Entsprechend wenig hat er sich angestrengt, und im dritten Semester hat es ihn dann rausgehauen.«

Dorothea stand auf und begann, die Vorhänge zuzuziehen. Ihr war kalt. »Lass uns auf jeden Fall Heizöl kaufen. Die Tanks noch mal vollmachen.«

»Das ist gerade so teuer wie noch nie«, erwiderte Werner.

»Trotzdem«, bat Dorothea.

Am Montagmorgen frühstückte Markus noch einmal in dem Café mit dem Internet-PC. Er verzehrte eine Portion Rührei mit Speck, trank Kaffee dazu und stöberte nebenher eine Datenbank auf, die ihm verriet, dass Charles Taggards Nachbar zur Linken Hamid Al-Shamri hieß und der zur Rechten Keith Snow. Samt deren Telefonnummern, die Markus notierte.

Anschließend suchte er sich wieder eine Telefonzelle. Keith Snow. Das klang unproblematisch.

Er bekam dessen Frau an den Apparat, die sich als erfreulich redselig erwies, ja geradezu glücklich schien, jemand zu haben, der ihr zuhörte. Markus behauptete, ein Freund von Mister Taggard zu sein und dass er seit Tagen versuche, ihn zu erreichen; da sei nie jemand, der Anrufbeantworter sei auch nicht eingeschaltet, ob am Ende was passiert sei? Ob sie ihm da etwas sagen könne?

Sie fragte nicht einmal, woher er überhaupt ihre Nummer hatte – vielleicht kannte sie diese Art Internetverzeichnis längst –, sie redete gleich drauflos. Ganz seltsam sei das, sie habe Mister Taggard selber schon seit *Ewigkeiten* nicht mehr gesehen, und dabei gingen seit etlichen Wochen fremde Leute bei ihm ein und aus. »Die haben meinen Mann befragt, stellen Sie sich vor, ob er wisse, wo Mister Taggard sei. Und den anderen Nachbarn, der Kinderarzt in Beltsville ist und ein ganz friedlicher Mensch, den haben sie mitgenommen. Und ziemlich unfreundlich behandelt, soweit ich das von hier aus gesehen habe.«

»Das klingt ja beunruhigend«, sagte Markus, um auch ein wenig zu dem Gespräch beizutragen.

»Ja, es sieht irgendwie so aus, als ob Mister Taggard etwas angestellt hätte und jetzt gesucht wird. Wobei ich mir das beim besten Willen nicht vorstellen kann.«

Ich mir schon, dachte Markus.

»In vierzehn Tagen werden Sie sich ärgern«, meinte der Fahrer des Tankwagens, während das Öl in die Tanks strömte. »Vielleicht schon nächste Woche.«

»Macht nichts«, erwiderte Dorothea und wünschte sich, die Strickjacke übergezogen zu haben. Der Wind blies heftiger, als es von drinnen ausgesehen hatte, und war so kalt, dass er einen zu schneiden schien.

»Spätestens übermorgen haben die Amis die Tanks unter Kontrolle«, fuhr der Fahrer fort. Es war derselbe, der fast immer kam, ein vierschrötiger Mann mit rotgeäderten Wangen und einem blonden Bart, der Dorothea immer wie ein verirrter Seefahrer vorkam. Er kannte den Weg zu ihrem Haus im Schlaf, schließlich fuhr er ihn oft genug. »Wahrscheinlich geht der Ölpreis dann auf der Stelle wieder runter, ist ja so mit den Börsen heutzutage. Da braucht noch kein Liter Öl auf irgendeinem Tanker zu sein. Obwohl das auch schnell gehen wird. Wenn die Amis das in die Hand nehmen, dann ist das nur eine Frage von ein paar Tagen, dann fließt das Zeug.«

Die Pumpe stoppte, die Tanks waren voll. Der Mann ließ sich mit dem Einholen des Schlauchs Zeit; er hatte eingangs erzählt, dass zur Zeit so gut wie nichts los sei, jeder warte darauf, dass die Preise wieder normal würden.

Der Atem stockte ihr, als sie den Tankbeleg bekam und den Gesamtbetrag sah, für den sie quittieren musste. Mehr als doppelt so viel wie das letzte Mal!

»Ich sage ja, Sie werden sich ärgern«, meinte der Mann.

»Man muss sich über so vieles ärgern heutzutage«, sagte Dorothea, »da kommt es darauf auch nicht mehr an.«

Nachdem er eingehängt hatte, starrte Markus durch die Scheibe der Telefonzelle und überlegte, was er nun tun sollte. Sein Blick blieb auf einem Schild über einem kleinen Schaufenster hängen. *Black Bird Property.* Hatte der Mann mit der Chipstüte nicht diesen Namen erwähnt? Genau. Der Makler, der ihm das Haus der Taggards verkauft hatte.

Vielleicht konnte ihm der weiterhelfen.

Der Mann, der in dem kleinen Büro hinter der Schaufensterscheibe saß, hieß Peter Gwin. Er hatte ein lang gezogenes, pferdeartiges Gesicht, war gut gekleidet und zeigte sich überaus hilfsbereit.

»Taggard, ja, klar, ich erinnere mich. Gut sogar. Da war damals das mit dem Haus seiner Eltern, das lief ganz problemlos ab, und vor ein paar Monaten hat er sich wieder bei mir gemeldet.« Er zog eine Schublade auf, holte mit einem Griff eine zusammengefaltete Karteikarte heraus, wie Ärzte sie verwenden. Überhaupt wirkte sein Büro beeindruckend organisiert, obwohl er nicht einmal einen Computer zu besitzen schien. Das modernste Gerät, das Markus erspähte, war ein klobiges Faxgerät.

»Genau. Er hat mich angerufen und gefragt, ob ich ihm helfen könne. Er wollte ein Ferienhaus in Montana oder so kaufen. In der Wildnis, wie er sich ausdrückte.«

»Das ist aber nicht gerade Ihr Einzugsgebiet.« Markus rief sich die Karte der USA ins Gedächtnis. Er hatte noch auf der Schule beträchtliche Mühe darauf verwendet, die Bundesstaaten und ihre Anordnung auswendig zu lernen. Montana, das war fast am anderen Ende des Kontinents.

Gwin lächelte gewinnend. Die Art Verkäuferlächeln, die Markus selber einmal einstudiert hatte. »*Black Bird Property* ist eine Franchisekette. Wir kennen uns alle untereinander gut. Ich habe Mister Taggard an einen Kollegen in Idaho weitergereicht, der mir erzählt hat, dass er ihm dort ein kleines Haus in einem Nest am Ende der Welt verkauft hat.«

»Den Namen dieses Nestes wissen Sie nicht zufällig?«

»Doch.« Er sah auf seine Notizen. »Ein Ort namens Bare Hands Creek. Aber fragen Sie mich bloß nicht, wo das liegt.«

Das herauszufinden, erwies sich tatsächlich als unerwartet schwierig. Im Internet ließ sich nichts finden, schon gar keine neue Telefonnummer Taggards. Markus musste zwei Buchhandlungen durchstöbern, ehe er eine Karte von Idaho in einem Maßstab fand, der auch Orte wie Bare Hands Creek zeigte.

Es lag wirklich mitten in der Wildnis. Eine dünne gestrichelte Linie und dann ein winziger Punkt im Payette Nationalpark, an der Grenze zu einem Schutzgebiet, das *River of no Return Wilderness Area* hieß.

Anhand seiner Straßenkarte ermittelte Markus die Entfernung. Gut dreitausend Kilometer. Mit dem Auto gute drei Tage.

Er beschloss, sofort aufzubrechen.

KAPITEL 35

Es war beinahe zwölf Uhr, als Markus endlich loskam. Aus dem Gefühl heraus, dass man für eine Fahrt von fast dreitausend Kilometern nicht einfach so ins Auto steigt, hatte er sich noch diverse Ausrüstungsgegenstände besorgt – eine warme Decke, eine Thermoskanne, einen Klappspaten und natürlich Proviant, Letzteres obwohl ihm klar war, dass das nun wirklich unnötig war in einem Land, in dem an jeder Straße alle paar Meilen eine Imbissbude oder dergleichen auf Kundschaft wartet. Er spielte auch mit dem Gedanken, sich noch rasch ein Navigationsgerät zuzulegen, aber keines von denen, die er ausprobierte, kannte einen Ort namens Bare Hands Creek, also ließ er es. Er würde mit der Karte großartig zurechtkommen.

Um halb drei erreichte er die Grenze nach Iowa, eine Stunde später Iowa City, wo er eine kurze Pause machte, um Benzin und Kaffee zu tanken.

Gegen die Strecke, die er zu fahren hatte, waren die eintönigsten Straßen von Pennsylvania oder Illinois geradezu aufregend gewesen. Im Wesentlichen ging es jetzt immer geradeaus, und zu sehen gab es rechts Felder bis zum Horizont und links Felder bis zum Horizont. Man hätte das Steuerrad festbinden und ein Schläfchen machen können, ohne dass viel hätte schiefgehen können.

Als er Des Moines erreichte, war es schon dunkel und hatte zu regnen begonnen. So verpasste er die Abfahrt auf die Interstate 80 hinter der Stadt, blieb auf der 35 und fuhr eine ganze Weile Richtung Süden, ehe er es merkte.

Umdrehen, zurück, richtige Abzweigung nehmen. Er passierte ein Hinweisschild, das ihn, ohne dass die Motivation für eine solche Information einsichtig gewesen wäre, davon in Kenntnis setzte, dass Iowa in der Rangliste der amerikanischen Bundesstaaten, was die Fläche anbelangte, auf Platz 23 stand, mit umgerechnet rund 143 000 km^2 aber größer war als Griechenland.

Kurz vor Council Bluffs, immer noch in Iowa, gab Markus für diesen Tag auf, suchte sich ein Motel, ließ die Hälfte des Abendessens stehen, legte sich ins Bett und schlief schwer und traumlos.

Am Dienstagmorgen erwachte er früh und trotzdem ausgeschlafen. Er fühlte sich richtiggehend fit, beeilte sich mit dem Frühstück und fuhr so bald wie möglich los. Nebraska, endlich. Er ließ Omaha hinter sich, hielt auf Lincoln zu.

In Nebraska lag die erlaubte Höchstgeschwindigkeit höher als bisher, bei 75 Meilen pro Stunde, was immerhin gut 120 km/h entsprach. Leider musste das Theorie bleiben, denn es begann zu schneien, und obwohl der Schnee nicht liegen blieb, tat man doch gut daran, nicht übermäßig schnell zu fahren.

Grand Island zog vorbei. Bestimmt war die Landschaft von Nebraska traumhaft, Markus sah bloß nichts davon, nur Straßen. Genau genommen nur eine Straße, die Interstate 80, die ihm allmählich so vorkam, als sei sie sein Schicksal, als befahre er sie seit Anbeginn der Zeiten und sei dazu verdammt, ihr zu folgen, bis die Sterne erloschen.

Nachmittags erreichte er Wyoming, mit Kopfschmerzen, Halsschmerzen und Husten. In der Nähe von Cheyenne – eigentlich in der Nähe eines Schildes mit diesem Namen darauf, das ebenso wie er und die Straße in einer Art formlosem Nebel schwebte, dem Schnee und Nieselregen beigemischt waren – fand er eine Apotheke, wo er ein Mittel gegen Erkältung kaufte, das stärkste, das rezeptfrei zu bekommen war.

In der Nähe von Laramie gab er dann für diesen Tag auf. Es war längst dunkel, er war über 12 Stunden gefahren und fühlte sich zum Wegwerfen. Seit Stunden hatte er fiebrige Träume hinterm Steuer, die um Blocks Unterlagen kreisten. Es reichte wirklich. Er hatte nicht einmal Hunger. Er schloss die Tür seines Motelzimmers hinter sich ab, nahm die Maximaldosis des Medikaments, legte sich ins Bett und war eingeschlafen, ehe sein Kopf das Kissen berührte.

Dorothea hatte die Kälte im Haus nicht mehr ertragen und geheizt. Das hungrige Fauchen des Ölbrenners machte ihr Angst, gleichzeitig tat es so gut, endlich wieder im Wohnzimmer sitzen zu können, ohne zu frieren.

Werner kam eher als sonst, die Team-Sitzung war ausgefallen. So hockten sie gemeinsam vor den Nachrichten und Sondersendungen, die alle Kanäle mit nur einem Thema beherrschten: das Chaos in Saudi-Arabien.

Inzwischen waren es ein halbes Dutzend geistliche und andere Führer, die die Herrschaft über den Wüstenstaat beanspruchten. Jeder von ihnen hatte seine Anhänger, die die Anhänger der anderen bekämpften. Sogar in Mekka kam es zu blutigen Auseinandersetzungen, was die anderen islamischen Staaten auf den Plan rief, die sich um die heiligen Stätten sorgten.

Einer Meinung waren die selbst ernannten Führer in der Ablehnung der amerikanischen Militäraktion. Die USA sollten das Land sofort und ohne Umschweife verlassen und sich nicht länger in die inneren Angelegenheiten des saudischen Volkes einmischen. China unterstützte diese Haltung und brachte ständig neue Resolutionen in den Sicherheitsrat der Vereinten Nationen ein, die dort jedoch umgehend von den USA mit einem Veto blockiert wurden. Der amerikanische Präsident erklärte in einer Fernsehansprache, keiner derjenigen, die nun die Macht in Saudi-Arabien beanspruchten, täte dies rechtmäßig, und da sich die Anschläge auf die saudische Ölindustrie häuften, seien die USA als traditionelle Schutzmacht dazu aufgerufen, die Ruhe und Ordnung im Rahmen ihrer Möglichkeiten wiederherzustellen und den Reichtum des saudischen Volkes, das Erdöl, vor Veruntreuung und Zerstörung zu bewahren. Im Übrigen sei Erdöl ein zu wichtiger Rohstoff und die Weltwirtschaft zu sehr darauf angewiesen, als dass man zulassen könne, dass es zum Spielball einander bekämpfender Cliquen werde.

Unmittelbar nachdem diese Ansprache über die Sender gegangen war, verbreiteten die US-Streitkräfte in Saudi-Arabien über Radio, Fernsehen, Flugblätter und Lautsprecher die ultimative Aufforderung, den vorrückenden Sicherheitskräften keinen Widerstand mehr zu leisten. Man werde ihn ab sofort mit allen verfügbaren Mitteln niederschlagen.

Markus erwachte in einem Bett, das so nass war, als habe jemand in der Nacht einen Eimer Wasser über ihm ausgeleert. Aber tatsächlich war alles Schweiß.

Ein gutes Zeichen, fand er. Er fühlte sich auch gut. Es war nicht mehr ganz früh, und die meisten Gäste hatten das Motel schon verlassen, als er den Frühstücksraum betrat, in dem es herrlich still war. Der Fernseher schien kaputt zu sein; jedenfalls hatte ihn ein griesgrämig dreinblickender Mann geöffnet vor sich stehen und schraubte darin herum. Einziger Nachteil dieses unerwartet sonnigen Mittwochmorgens war, dass es im ganzen Gebäude intensiv nach Benzin roch.

Gegen Mittag erreichte Markus Utah, von dem er nur die äußerste nordöstliche Ecke durchfahren würde. Er wechselte auf die Interstate 84 nach Norden, und zwei Stunden später war er in Idaho. Er wusste, dass immer noch über fünfhundert Kilometer vor ihm lagen, trotzdem hatte er das Gefühl, bald da zu sein.

Fahren, fahren, fahren. Böen voller Schnee wechselten sich mit Regenschauern ab, doch zwischendrin riss der Vorhang ab und zu auf und gewährte Ausblicke in eine Landschaft so urwüchsig und gewaltig, dass Markus fast das Herz stehen blieb. Was für ein Land! Selbst wenn er Taggard nicht finden sollte …

Nein. Diesen Gedanken verbot er sich. Er würde ihn finden.

Twin Falls. Und weiter. Es war schon dunkel, als er Boise erreichte. Zum ersten Mal tauchten Schilder auf, die die Richtung zum Payette National Forest wiesen.

Er erwog zu tanken. Nötig wäre es allmählich gewesen, aber an zwei Tankstellen, die er passierte, warteten geradezu absurd lange Schlangen vor den Zapfsäulen, also ließ er es erst mal bleiben. Das konnte Stunden dauern, und so viel Zeit hatte er nicht.

Aufpassen hieß es jetzt. Da, Cascade. Jetzt näherte er sich seinem Ziel allmählich wirklich. Richtung McCall, ja, das war richtig. Aber er musste an der richtigen Stelle abbiegen.

Er fuhr inzwischen wie unter Hypnose, wie von einer übernatürlichen Macht gelenkt. Er bog ab, ordnete sich ein, las Schilder, kontrollierte die Karte, und immer war er richtig. Aus Highways waren längst einfache Straßen geworden, schmale Straßen inzwischen, eng und kurvenreich und nicht immer ganz in Schuss, aber er fuhr einfach weiter, durch die Dunkelheit, den Schneeregen, den Nebel. An Weggabelungen ohne Wegweiser nahm er bedenkenlos einen der Wege nach Gefühl, nur um später festzustellen, dass er richtig geraten hatte. Es überraschte ihn nicht einmal. Es musste so sein. Der Tankanzeiger stand schon tief in der Reserve, doch auch das beunruhigte ihn nicht. Er würde Taggard finden, dessen war er sich sicher. Taggard und die Unterlagen.

Seine Stirn glühte, schien zusätzliches Licht auf den schmalen geteerten Weg zu werfen, den er bergauf fuhr.

Und dann: ein Schild aus Holz. *Bare Hands Creek*, die Buchstaben herausgeschnitzt und mit schwarzer Farbe ausgemalt. Er war da. Undeutlich ließen sich geduckte Holzhütten, Bäume und Lagerschuppen in der Dunkelheit ausmachen.

Er kurbelte das Fenster herunter und sprach zwei Männer an, die mit Regenkapuzen überm Kopf und Gewehren im Arm des Weges kamen. Er suche Charles Taggard.

Der eine zeigte in Richtung der Straße und sagte: »Bis zur Kreuzung, dann ist es das Haus rechter Hand.«

Der andere boxte ihn dafür in die Seite und zog ihn fort.

Auch das wunderte Markus nicht. Er rollte weiter, hielt vor dem Haus, stieg aus und klopfte. Und es war tatsächlich Taggard, der öffnete. »Sie?« Er hob die Augenbrauen.

»Sie haben Blocks Unterlagen«, sagte Markus.

Der hagere Mann musterte ihn. »Kommen Sie rein.«

Überwältigende Wärme umfing Markus, als er das Haus betrat. Es roch muffig, nach gebratenem Fleisch, nach Schweiß, nach Wäsche, die man längst hätte waschen müssen.

»Ich weiß, was für ein Spiel Sie spielen«, erklärte Markus.

Taggard deutete auf die Couch. »Setzen Sie sich doch.«

Markus ließ sich auf die abgeschabten Polster nieder. Die Wände ringsum waren mit Holz verkleidet. Hier und da hingen ein paar ausgebleichte Poster, mit leicht bekleideten Frauen darauf, die inzwischen vermutlich schon Großmütter waren, oder Bildern wilder Berglandschaften.

»Sie haben uns abgehört. Block und mich. In Dhahran. Nach Blocks Entführung haben Sie seine Unterlagen sichergestellt und beim CIA gekündigt, um das Geschäft damit alleine zu machen.«

Taggard setzte sich auf den einzigen Sessel, über dessen Lehne etliche Kleidungsstücke hingen. »Sehen Sie mich hier irgendwelche Geschäfte machen?«

»Sie müssen sich verstecken. Ihre ehemaligen Kollegen suchen Sie nämlich. In Ihrer Wohnung in Washington lauern sie schon.«

Taggard lächelte dünn. »Die werden anderes zu tun haben, als mich zu suchen. Wenn sie das ernsthaft täten, hätten sie mich längst. Sie haben mich ja schließlich auch aufgestöbert.«

Er sah verändert aus. Das mochte daran liegen, dass er Jeans und ein rotkariertes Baumfällerhemd trug, oder an dem dünnen Bart, den er sich hatte wachsen lassen.

»Sie warten ab«, sagte Markus. »Sie sehen zu, wie die Lage in Saudi-Arabien eskaliert…«

»Was sie weiß Gott tut«, meinte der ehemalige CIA-Agent.

»… und wenn die Kacke so richtig am Dampfen ist, wenn der Ölpreis astronomische Höhen erreicht hat und die Weltwirtschaft dicht vor dem Zusammenbruch steht, dann kommen Sie mit der Block-Methode an. Und kassieren ab, dass Bill Gates neben Ihnen wie ein Fall für die Sozialhilfe aussehen wird.«

Wieso sah ihn der Mann so eigenartig an? Fast so, als täte er ihm leid. Das war kein triumphierendes Grinsen, das war kein Ausdruck von jemandem, der sich erwischt und überführt sieht …

Taggard musterte ihn mit, ja, Wehmut im Blick.

»Darf ich Ihnen etwas anbieten?«, fragte er. »Ich habe gerade Tee gemacht; ideal bei dem Wetter. Oder wollen Sie etwas essen?«

Markus schnaubte unwillig. »Lenken Sie nicht ab.«

»Sie sehen schlecht aus, wenn ich das so sagen darf. Krank beinahe.«

»Die Unterlagen Blocks gehören mir. Er hat geahnt, dass ihm etwas zustoßen würde. Er hat eine ganze Menge geahnt.« Markus lehnte sich zurück. Es tat gut, zu sitzen. Und dass es warm war, tat auch gut. »Ich frage mich sogar, ob Sie nicht doch etwas mit seiner Entführung zu tun hatten.«

Taggard stand ruckartig auf, ging nach nebenan und kehrte mit vier dicken, in schwarzen Karton gebundenen Notizbüchern zurück. Er warf sie vor Markus auf den Couchtisch. »Bitte. Blocks Unterlagen.«

Markus sah den hageren Mann irritiert an. Was hatte das jetzt zu bedeuten? Er nahm das oberste Notizbuch in die Hand, befühlte den abgegriffenen Einband, öffnete es. Die Seiten waren so eng beschrieben, dass sie knisterten, wenn man sie umblätterte. Block hatte Kugelschreiber in mehreren Farben verwendet, hatte riesige Tabellen auf die Seiten gequetscht, voller Zahlen, Symbole, Plus- und Minuszeichen. Listen von feinst differenzierten Gesteinsarten. Skizzen von Bohrtürmen, Maschinen, geologischen Schichtungen. Kartenskizzen, dazu winzig kleine Anmerkungen in schwer lesbarer Handschrift. So auf den ersten Blick verstand Markus nichts, aber zweifellos hielt er eine Fundgrube bahnbrechender Erkenntnisse in Händen.

Und dann, plötzlich, schmerzhaft beinahe, begriff er.

»Sie werden mich damit nicht gehen lassen. Nicht mit diesen Büchern im Gepäck.«

Wie hatte er so naiv sein können? Daran war nur die Erkältung schuld, die er mit sich herumschleppte.

Taggard hob die Hände. »Heute lasse ich Sie nicht mehr gehen, da haben Sie Recht. Und morgen nur, wenn Sie Schneeketten dabei haben. Denn heute Nacht wird hier alles zuschneien.«

Markus klappte das Notizbuch zu, legte es neben sich, griff nach den anderen. »Sie haben natürlich Kopien gemacht. Trotzdem. Warum sollten Sie mich damit gehen lassen?«

»Warum nicht?«

»Wie haben Sie damals selbst gesagt? Es geht nicht nur um Geld, sondern unter Umständen um Krieg oder Frieden.« Er legte seine Hände auf den Stapel der vier Bücher. »Meine ehemaligen Geschäftspartner, die Firma *Peak Performance Pool*, haben mich auf Schadensersatz in Höhe von einhundert Milliarden Dollar verklagt. Das ist das, was diese Unterlagen mindestens wert sind.«

Taggard seufzte. »Es tut mir Leid, Sie enttäuschen zu müssen. Aber diese Unterlagen sind überhaupt nichts wert.«

»Netter Versuch.«

»Nachdem wir sie sichergestellt hatten… Ja, wir haben Sie abgehört. Natürlich. Die Bemühungen Ihres Partners, das zu verhindern, waren auch nur ein netter Versuch. Wir haben diese Unterlagen Experten vorgelegt. Vielen Experten. Keiner konnte etwas damit anfangen. Diese vier Notizbücher sind von der ersten bis zur letzten Seite gefüllt mit absolut unverständlichem Zeug.«

Jetzt musste Markus lächeln. Das glaubte er Taggard sogar. Es blieb nur zu hoffen, dass er selbst etwas damit anfangen konnte. Dass ihm das bisschen, das ihm Block hatte beibringen können, helfen würde, das System zu durchschauen.

»Dann haben wir diesen Experten«, fuhr Taggard fort, »die Aufzeichnungen der Gespräche zwischen Ihnen und Block vorgespielt, die wir hatten. Sie wissen schon – die Bakterien, die Öl erzeugen. *Petroleonten.* Dieses hübsche Wort ist allerdings das Einzige, was an der Theorie neu ist.«

Markus musste schlucken. »Ach ja?«

»Es ist eine Variante der Theorie über die Entstehung von Erdöl, die herrschende Lehrmeinung in der Sowjetunion war. Block ist zweifelsohne damit bei seinen verschiedenen Einsätzen in Kontakt gekommen.« Taggard beugte sich vor. »Es war eine ideologisch motivierte Theorie, wie vieles im Kommunismus. In der Ölindustrie werden Sie keine Fachleute finden, die ihr anhängen, auch in Russland nicht. Spätestens seit man anhand der Isotopen im Erdöl dessen Herkunft genau analysieren kann, ist diese Idee erledigt.«

Markus musste husten. Ausgiebig. Es war ihm rätselhaft, wie man ein Wohnzimmer dermaßen aufheizen konnte. »Aber... Block hat Öl gefunden. Er hat auf dem Grundstück seines Vaters nach Öl gebohrt und welches gefunden.«

»Das hat er Ihnen erzählt. Es stimmt sogar, aber es ist nicht halb so spektakulär, wie Sie offenbar denken. Wenn Sie ein wenig Zeit darauf verwendet hätten, sich aus anderen Quellen kundig zu machen, dann hätten Sie rasch festgestellt, dass in Österreich, speziell in der Gegend um Steyr, schon in den dreißiger Jahren des letzten Jahrhunderts Öl gefördert wurde. Bereits 1906 fand man in der Nähe von Schärding ein Schwerölvorkommen in wenigen hundert Metern Tiefe. Während des Dritten Reiches wurden die Ölfelder Österreichs rücksichtslos ausgebeutet, und bis 1960 war Österreich, was Öl anbelangte, Selbstversorger. Noch heute werden in Österreich an die achthunderttausend Tonnen Öl pro Jahr gefördert, im Wiener Becken hauptsächlich, aber auch in der Molassezone, einer Formation, die sich unter dem Alpenvorland erstreckt und zu der auch Blocks kleine Ölquelle gehören dürfte. Vermutlich eines der Vorkommen, die schon seit einem halben Jahrhundert bekannt waren, deren Ausbeutung sich aber wirtschaftlich nicht lohnte. Auch Block hat ja quasi nichts damit verdient.« Taggard faltete die Hände, die Ellbogen auf seine Knie gestützt. »Das wusste ich alles auch nicht. Die Experten, die wir befragt haben, haben es mir erzählt.«

Markus sah ihn konsterniert an. Was war das jetzt? Okay, peinlich, dass er das mit dem Öl in Österreich nicht nachgeprüft hatte, aber irgendwie war nie die Zeit dafür gewesen …

Nein. Halt. Unsinn. »Ihre Experten waren sich auch sicher, dass es in South Dakota kein Öl gibt. Und Block hat trotzdem welches gefunden.«

»South Dakota?«

»Genau«, trumpfte Markus auf. »Der Beweis, dass Blocks Methode funktioniert. Egal, was irgendwelche Experten sagen. Oder Kommunisten glauben.«

Taggard seufzte mitleidig. »Okay. South Dakota. Eine bizarre Geschichte. Sie erinnern sich vielleicht – während Sie damals bohrten, haben alle Medien die eingehenden geologischen Untersuchungen eines gewissen Ford Raymond Jasper zitiert?«

»Der in der Gegend geboren war und sie wie seine Westentasche kannte.« Markus nickte.

»Er hat sie offenbar vor allem *geliebt*. Seine Witwe – er ist im Jahr 2000 in White River gestorben – hat uns schließlich erzählt, dass Jaspers Untersuchungen gefälscht waren.«

»Gefälscht?«

Himmel, wieso war es so heiß hier?

»Jasper muss schon Anfang der sechziger Jahre im Alleingang Anzeichen für ein größeres Ölfeld in South Dakota gefunden haben. Aber weil er aus eigener Anschauung wusste, wie Ölfirmen eine Landschaft zerstören, wenn sie nach Öl bohren, hat er diesen Fund nicht nur verschwiegen, er hat über die Jahre hinweg so umfassend und gründlich aussehende Untersuchungen erstellt, dass niemand auf die Idee kam, seinen Befund in Frage zu stellen. Einer seiner ehemaligen Vorgesetzten lebt noch; er hat erzählt, dass Jasper immer wieder zu ihm kam und um Geld für neue Messungen bat – regelrechtes Schmierentheater. Jeder sollte glauben, er sei von dieser Idee besessen. Dabei wollte er nur die Schönheit seiner Heimat schützen.« Taggard spreizte die Hände. »Wir haben ferner herausgefunden, dass sich Jasper und Block bei den Bohrarbeiten in Nigeria dieselbe Unterkunft geteilt haben.«

Markus starrte sein Gegenüber an und hatte auf einmal das seltsame Gefühl, riesige Schwungräder in seinem Gehirn, die sich seit ewigen Zeiten auf vollen Touren gedreht hatten, kämen nun zum Stillstand. Erinnerungen stiegen auf, versanken wieder, ein Reigen innerer Bilder zog vorbei ... Er versuchte zu verstehen, einzuordnen, Gegenargumente zu finden. Doch er fand keine.

»Sie meinen, Block hat ihm sein Geheimnis ...?«

»Abgekauft? Gestohlen? Keine Ahnung«, sagte der ehemalige CIA-Agent. »Vielleicht hat Jasper im Schlaf geredet, wer weiß.«

Markus sah hinab auf die Notizbücher, auf denen seine Hand ruhte. Er nahm sie fort. »Dann war alles ... Schwindel?«

Sein Gegenüber lehnte sich zurück. »Nach allem, was ich rekonstruiert habe, ist Folgendes passiert: Kurz bevor Sie und Block einander getroffen haben, gab es in Saudi-Arabien erste Anzeichen dafür, dass das Ghawar-Ölfeld Gefahr lief, durch Wassereinbruch zu ›kippen‹. Angebracht wäre es gewesen, die Förderrate drastisch zu drosseln, doch Ghawar ist das größte je gefundene Ölfeld und verantwortlich für ungefähr die Hälfte der Produktion Saudi-Arabiens, und der Staat war auf beständige hohe Einnahmen aus dem Ölgeschäft angewiesen, also senkte man die Förderung nur bis an den Rand des roten Bereichs, bildlich gesprochen ...«

»Aber Saudi-Arabien ist doch irrsinnig reich?«, wandte Markus ein.

»Das war es, in den Siebzigern. Doch man hat aus dem Reichtum nichts gemacht. Die königliche Familie hat das Geld mit vollen Händen verprasst, und damit das Volk nicht aufbegehrt, hat es auch ein bisschen davon abbekommen – Almosen, um die Menschen ruhigzustellen. Aber die Zukunftsaussichten waren schon vor den Unruhen alles andere als rosig. Saudi-Arabien hat die höchste Geburtenrate außerhalb von Afrika, Schulden in Milliardenhöhe und atemberaubend hohe Arbeitslosigkeit. Das Bruttoinlandsprodukt pro Kopf erreicht kaum die Hälfte des ärmsten OECD-Lands. In all den Jahrzehnten hat man es nicht geschafft, neben der Ölindustrie irgendeine andere Art von Wirtschaft in nennenswertem Umfang aufzubauen. Zudem sind heute die Bildungseinrichtungen fest in den Händen der Geistlichkeit. Von drei Universitätsabschlüssen sind zwei in islamischer Theologie, und wenn Sie einen Elektriker brauchen, sind Sie verloren.«

»Schulden? Die Ölscheichs?«

»Das Land stand seit Jahren mit dem Rücken an der Wand. Und dann sind Sie aufgetaucht.«

»Wir?«

»Blocks Coup in South Dakota hat die Erdölpreise in den Keller getrieben. Irrealerweise, denn tatsächlich wurde ja nicht mehr Öl gefördert als zuvor. Aber so funktionieren die Rohstoffmärkte heutzutage. Die berüchtigte ›Ölschwemme‹ Ende der Neunziger war genauso ein Mythos, der nur auf Gerüchten beruht hat. Jedenfalls, die Saudis waren in Zugzwang. Block war eine Gefahr, aber auch eine Chance. Sie beschlossen, auf die Chance zu setzen und ihn zu engagieren.«

»Um neue Ölfelder zu finden.«

»Genau. Ersatz für das gefährdete Ghawar-Feld. So, wie Ihr Partner immer getönt hat, würde das für ihn ja kein Problem sein.« Taggard schlug die Beine übereinander. »Saudi ARAMCO hat in den letzten Jahren enorme Mittel in Anstrengungen investiert, neue Ölvorkommen ausfindig zu machen. Insgeheim übrigens; wir haben auch nur bruchstückhafte Daten darüber. Angaben über einzelne Ölfelder werden als Staatsgeheimnis betrachtet. Doch soweit wir wissen, haben diese Suchaktionen nicht zu adäquaten Entdeckungen geführt. Das letzte wirklich große Ölfeld, das in Saudi-Arabien gefunden wurde, war das Shaybah-Feld. Und das war 1967.«

»Wir hatten das Gefühl, die Saudis würden unsere Arbeit sabotieren.«

»Sie wollten nur verhindern, dass Sie erfahren, wie prekär die Lage war. Die Geologen von Saudi ARAMCO, ja, die waren sicher stinksauer auf Sie. Aber der Erdölminister hat wahrscheinlich für Ihren Erfolg gebetet.«

»Und dann hat er Block entführen lassen.«

Taggard schüttelte den Kopf. »Zunächst passierte das, was man befürchtet hatte. Ghawar kollabierte. Innerhalb weniger Tage kam aus allen Quellrohren nur noch öliges Wasser. Und die Bohrungen, die Block angesetzt hatte, blieben trocken wie der Wüstensand. In aller Eile schmiss man Sie aus dem Land und begann, noch nicht erschlossene Felder anzubohren. Um Zeit zu gewinnen, ließ der Erdölminister den Hafen Ras Tanura in die Luft sprengen –«

»Was?«, entfuhr es Markus. »Das haben die selber gemacht?«

»Es sollte wie ein Unfall aussehen. Über Ras Tanura wurde ziemlich genau die Menge verschifft, die das Ghawar-Feld geliefert hatte. Wenn man die Reparatur lange genug hinauszögerte, so der Plan, konnte man es vielleicht schaffen, Ersatz zu finden, ohne dass jemand etwas von der Panne mitbekam.«

»Stattdessen hat der Präsident gedacht, es sei ein Terroranschlag, und die Armee in Marsch gesetzt.«

»Damit hatte man offenbar nicht gerechnet.« Taggard sah ihn ernst an. »Man hat auch Block nicht entführt. Er ist abgehauen, als er gesehen hat, dass das, was er für seine Methode hielt, in Wirklichkeit nicht funktionierte. Er hat sich an dem Tag seines Verschwindens in aller Frühe zum Flughafen Dhahran bringen lassen und eine Maschine nach Frankfurt genommen. Wir haben ihn in Österreich aufgespürt. Er hatte sich im Haus seines Vaters eingeschlossen, war völlig verwahrlost, als meine Kollegen ihn fanden, und befindet sich jetzt in der psychiatrischen Abteilung des Landeskrankenhauses Steyr.«

»In der … *was?*«, ächzte Markus.

Taggard deutete auf die Notizbücher. »Block war von dem, nun ja, im wahrsten Sinne des Wortes krankhaften Ehrgeiz besessen, den ›Studierten‹ zu beweisen, dass er es mit ihnen aufnehmen konnte. Eine *Borderline*-Persönlichkeit von der Art, die bisweilen ein erstaunliches Charisma an den Tag legen kann. Und andere überzeugen kann, weil sie selbst felsenfest glaubt, was sie sagt.«

Markus starrte den hageren Mann an und hatte das Gefühl,

dass seine Augäpfel jeden Augenblick anfangen würden zu brennen. Diese Hitze …

Da war noch etwas. Eine kleine Unstimmigkeit in dem so logisch aussehenden Bild. Er überlegte. Es fiel ihm schwer; er war müde, hungrig, am Ende seiner Kräfte. »Eine Sache verstehe ich noch nicht«, sagte er mühsam. »Die Explosion von Ras Tanura – die war doch erst später. Da war ich längst wieder in Deutschland. Wenn das Ghawar-Feld schon vor meiner Abreise aus Saudi-Arabien kollabiert sein soll – wie hat man dann die Zeit dazwischen überbrückt? Ich meine, da müssen die Saudis doch auch jeden Tag Öl verschifft haben.«

Taggard nickte langsam. »Ach so. Das wissen Sie noch gar nicht.«

»Was weiß ich noch gar nicht?«

»Wann haben Sie das letzte Mal getankt?«

Markus kniff die Augen zusammen, versuchte sich zu erinnern. »Heute Mittag, glaube ich. Noch in Wyoming.«

»Ganz schöne Strecke.«

»Mein Tank dürfte praktisch leer sein.«

»Schlecht. Haben Sie keine Schlangen an den Tankstellen bemerkt?«

»Doch«, gestand Markus, während ihn ein zunehmend mulmiges Gefühl beschlich. »Wieso?«

»Das Öl, das die Saudis verschifft haben, stammte nicht mehr aus dem Ghawar-Feld, sondern aus den Vorratstanks.« Taggard stand auf, schaltete den Fernseher ein und spulte den Videorekorder ein Stück zurück. »Das kam vor, na, gut drei Stunden auf CNN. Da dürften Sie gerade auf Boise zugerollt sein.«

Es war eine Liveübertragung des Vormarsches auf Ras Tanura. In Saudi-Arabien war es kurz nach Mitternacht. Ein fast voller Mond, Scheinwerfer und Leuchtkugeln erhellten die Nacht, ab und zu sah man das diffuse Grünbild eines Nachtsichtgeräts. Als die schier endlosen Reihen gigantischer Tanks ins Bild kamen, entfuhr dem Sprecher der knappe Kommentar: »Hier sehen wir die Beute.«

Es kam nicht zu Schießereien. Der Kommandant der saudischen Streitkräfte war klug genug, seinen Leuten den Rückzug zu befehlen. Die US-Truppen konnten problemlos vorrücken und die Tankanlagen einnehmen.

Der auf dem vordersten Panzer stationierte Kameramann Glenn Freeman Schwartz fing die Bilder ein, die Geschichte machen sollten.

»Nun die symbolische Handlung, die in solchen Fällen obligatorisch ist«, kommentierte er, während er die Kamera auf einen Soldaten im Kampfanzug der Army gerichtet hielt, der, ein Sternenbanner schwenkend, die Leiter an einem der Öltanks emporkletterte.

Es handelte sich, wie später bekannt wurde, um Sergeant Rusty Shelton von der 3. Infanteriedivision, 31 Jahre alt, verheiratet und Vater einer zweijährigen Tochter. Er würde einige Tage danach in einem Interview erzählen, dass es anstrengender gewesen sei als gedacht, diese endlos lange Stahlleiter hinaufzuklettern, weil die Tanks größer seien, als sie aussähen; gigantisch geradezu.

Endlich hatte er das leicht kuppelförmige Dach erreicht und marschierte unter dem frenetischen Jubel der Truppe auf dessen Scheitelpunkt zu. Hubschrauber tauchten über ihm auf und beleuchteten seinen Weg mit einem starken Scheinwerfer. Über das Head-Set, das er trug, hörten ihn Millionen Fernsehzuschauer schwer atmen. Die Fahne flatterte im Wind. Er öffnete das zentrale Wartungsluk mit der freien Hand, klappte den Deckel hoch und leuchtete mit einer Stablampe hinein. Minutenlang.

Dann wandte er sich um und rief voller Erstaunen: *»It's all empty!«* Dabei sank ihm das Sternenbanner ebenso unwillkürlich wie symbolträchtig aus den Händen.

Es war das perfekte Bild.

TEIL ZWEI

KAPITEL 36

Wenn man, von Oldenburg kommend, auf der Autobahn A29 nach Wilhelmshaven-Rüstringen fährt, gelangt man über die Ausfahrt Coldewei zu einer der vier Kavernenanlagen der Nord-West Kavernengesellschaft, die hier rund 450 000 Tonnen Rohöl in einem Salzstock in etwa tausend Meter Tiefe lagert. Sie tut dies im Auftrag des Erdölbevorratungsverbandes, einer Körperschaft des öffentlichen Rechts, die in einem prachtvollen Gebäude am Hamburger Jungfernstieg untergebracht ist und dafür zu sorgen hat, dass, wie es das Erdölbevorratungsgesetz vorschreibt, stets Reserven an Motorenbenzin, Mitteldestillaten und schwerem Heizöl für mindestens neunzig Tage vorrätig sind. Diese Vorräte belaufen sich für die Bundesrepublik Deutschland auf etwas mehr als 23 Millionen Tonnen, die über das Bundesgebiet verteilt gelagert werden, wobei aus technischen Gründen ungefähr die Hälfte dieser Menge in den Kavernen von Wilhelmshaven-Rüstringen, Bremen-Lesum, Heide und Sottorf bei Hamburg untergebracht ist. Alle Ölfirmen sind verpflichtet, sich an diesem System zu beteiligen, das über eine Zwangsabgabe von etwa 0,005 Cent je Liter finanziert wird.

Man sieht nicht viel von dieser Anlage. Von weitem sieht sie aus wie eine große Scheune, von nahem fallen Rohre, Füllstutzen, Manometer, Schieberegler und Verteiler auf, oft von Unkraut überwuchert, was der angestrebten Unauffälligkeit dienlich ist.

Das Gelände ist von einem massiven Stahlzaun umgeben, nachts patrouillieren Wachleute mit Hunden. In der Nacht, als die amerikanischen Streitkräfte Ras Tanura einnahmen, war

Karl Petersen einer davon. Er ging auf die fünfzig zu, von der blonden Haarpracht seiner Jugend war wenig übrig geblieben, dafür verlor der Bauch an Form, und mit der Verdauung funktionierte auch nicht mehr alles so, wie es sollte. Aber seine Muskeln, auf diese Feststellung legte er Wert, waren jederzeit in Topform.

Er saß im Wachbüro und verfolgte, was der kleine Fernseher auf dem Schreibtisch zeigte. Immer noch die Sache in Saudi-Arabien. Dem Kommentator fiel inzwischen nichts mehr ein; wenn er nicht Sachen wiederholte, die er zehn Minuten zuvor schon einmal gesagt hatte, beschrieb er einfach, was man sowieso sah. Und das war langweilig genug und seit über einer Stunde immer das Gleiche: ein Tanklager eben.

Draußen waren die Hunde zu hören, dann ging die Tür auf. Sein Kollege Heiner Steffens, der von der Ein-Uhr-Runde zurückkam. Heiner war zehn Jahre jünger, hatte das Gesicht voller Narben und liebte es, sich in geheimnisvollen Andeutungen über sein bewegtes Vorleben zu ergehen. Das zweifellos nicht so abenteuerlich gewesen sein konnte, wie es klang, sonst hätte er den Job hier nicht bekommen.

»Und?«, fragte er.

Petersen zuckte mit den Schultern. »Sie sind immer noch dabei. Aber wie es aussieht, sind alle Tanks leer bis auf den Grund.«

»Mann«, sagte Heiner. »Das gibt Ärger.«

Der Ärger ließ nicht lange auf sich warten. Auf einmal bellten die Hunde wie verrückt. Ein dumpfes Brummen wurde lauter, von dem Petersen in dem Moment, in dem er es wahrnahm, wusste, dass es schon eine ganze Weile da gewesen war. Scheinwerferlicht zuckte durch den Raum, ließ die Wanduhr, den Kalender und das Notfalltelefon aufleuchten. Dann stand unvermittelt ein mächtiger grüner Panzerwagen vor dem Fenster, und Karl Petersen las die Aufschrift *Bundesgrenzschutz*.

»Die polizeiliche Sicherung der Anlagen, die zur strategischen Mineralölreserve gehören, ist nur eine vorbeugende Maßnahme«, erklärte der Pressesprecher der Bundesregierung und lächelte gelassen. »Um Panikreaktionen zu unterbinden. Zu denen, wie ich an dieser Stelle hinzufügen möchte, kein Anlass besteht.«

Kein Grund zur Panik, notierten die Unerfahreneren unter den anwesenden Journalisten. Die alten Hasen kauten an ihren Kugelschreibern und fragten sich, wie schlimm es wirklich stehen mochte, wenn der Pressesprecher das so ausdrücklich betonte.

»Zu Ihrer Information«, fuhr der Mann fort, den ein Boulevardblatt unlängst als einen der zehn bestangezogenen Männer Deutschlands bezeichnet hatte, »einige statistische Angaben. In Deutschland spielt Öl bei der Stromerzeugung praktisch keine Rolle; der Anteil liegt bei weniger als einem Drittel Prozent. Hauptenergieträger ist nach wie vor Stein- und Braunkohle, zum Teil auch noch Atomenergie, ferner Gas, Wasser und Sonstiges, Windenergie zum Beispiel.«

Ein Reporter, der in der ersten Reihe saß und offenbar zu denjenigen gehörte, auf deren Zwischenrufe der Pressesprecher hörte, machte darauf aufmerksam, dass es nicht nur um die Erzeugung von Strom gehe. Viel kritischer sei die Situation für den Bereich Transport und Verkehr; außerdem stehe der Winter unmittelbar bevor: Wie würde die deutsche Bevölkerung in den nächsten Monaten heizen?

»Hier ist es so«, erklärte der Pressesprecher, »dass Deutschland bisher ohnehin nur in geringem Umfang Öl aus Saudi-Arabien bezogen hat. Der größte Teil des Öls, das hier zu Lande verbraucht wird, stammt aus der Nordsee sowie aus Russland respektive den GUS-Staaten. Soweit wir Öl vom Persischen Golf beziehen, kommt es aus Kuwait.«

Ob man von einer Ölkrise reden könne, fragte ein anderer.

»Ölkrise? Wenn Sie so wollen, ja. Aber wie ich eingangs gesagt habe, laufen bereits Konsultationen auf höchster Ebene, um die Probleme, die sich aus der Situation am Persischen Golf ergeben, so schnell wie möglich beizulegen. Die Energiekonzerne haben uns versichert, über ausreichende Reserven zu verfügen, die schnellstens mobilisiert werden.« Er faltete die manikürten Hände. »Eine Krise, meine Damen und Herren, ist immer auch eine Chance. Im Chinesischen wird bekanntlich für ›Krise‹ und ›Chance‹ dasselbe Schriftzeichen verwendet. Blättern Sie in den Geschichtsbüchern, blättern Sie in Ihren eigenen Archiven: Die erste Ölkrise im Oktober 1973 war nach ein paar Monaten vorbei, hat aber dazu geführt, dass neue Ressourcen erschlossen wurden – das Öl in der Nordsee beispielsweise –, dass neue Technologien entwickelt wurden, dass sich generell das Bewusstsein der Menschen gewandelt hat. Wir haben damals gelernt, bewusster, sparsamer und sinnvoller mit Energie umzugehen. Ich denke, dass wir auch aus dieser Krise lernen können, ja, lernen *werden*.«

Am nächsten Tag stieg der Preis für einen Liter Superbenzin erstmals über zwei Euro.

Während der UN-Sicherheitsrat tagte, in dem Versuch, eine Lösung für das von seiner regierenden Kaste im Stich gelassene Saudi-Arabien zu finden, wurden dort bereits massenhaft amerikanische Erdölspezialisten eingeflogen. Ihr Auftrag: die saudischen Ölquellen zu untersuchen und stillgelegte Reserven zu aktivieren.

Es dauerte keine vierundzwanzig Stunden, bis der erste derartige Konvoi, unterwegs zu den Ölquellen von Safaniya und begleitet von Soldaten, in die Luft flog. Die amerikanische Militärführung in Saudi-Arabien hatte eine Ausgangssperre verhängt, trotzdem kam es in jeder Nacht und in jeder Stadt zu gewalttätigen Auseinandersetzungen. Es gab Prediger, die dazu aufriefen, die Pipelines zu sprengen, um die Wirtschaft des Westens endgültig in die Knie zu zwingen, und andere Prediger, die forderten, all jene einen Kopf kürzer zu machen, die solche Anschläge auf den wertvollsten Besitz des saudischen Volkes guthießen. Ein Versuch, eine Pumpstation in den Aramah-Bergen zu sprengen, die die Ost-West-Pipeline von Abqaiq quer über die arabische Halbinsel bis zum Hafen Janbu versorgte, wurde vereitelt. Doch rechte Freude darüber wollte bei den Verantwortlichen nicht aufkommen. Jeden Tag flossen eine Million Barrel extraleichtes Rohöl durch diese mehr als tausend Kilometer lange Leitung, die selbst da, wo sie unterirdisch verlief, in weniger als einem Meter Tiefe lag. Ein Spaten und ein Akkubohrer sowie ein Kamel, um beides zu transportieren, würden genügen, um sie zu sabotieren.

Trotz allem gewannen die Fachleute relativ rasch einen Überblick über die Situation. Das Ghawar-Feld war fast vollständig kollabiert – das wusste man schon von einigen leitenden Angestellten von Saudi ARAMCO, die eingeweiht gewesen waren und sich kooperativ zeigten. Eine neue Erkenntnis war jedoch, dass auch das Abqaiq-Feld einen unerwartet starken Produktionsabfall zeigte. 1940 entdeckt und damit eines der ältesten Ölfelder Saudi-Arabiens, war Abqaiq trotz allem bislang eines der zuverlässigsten Arbeitspferde von Saudi ARAMCO gewesen, eines der sechs großen Ölfelder, aus denen neunzig Prozent der saudischen Produktion stammten.

»Die modernen Techniken der Tertiärförderung«, erklärte einer der Sachverständigen im Fernsehen, »sind teuer, aufwändig und umweltbelastend – und trotzdem letztendlich nur Strohhalme. Kennen Sie das? Sie stecken einen Strohhalm in eine Getränkedose, und dann saugen Sie und saugen Sie, alles scheint O.K. – bis es auf einen Schlag aus ist. Genau so geht es bei Ölfeldern auch. Je mehr Technik Sie einsetzen, desto abrupter kommt am Ende der Absturz der Förderrate.«

Kein Sender hielt sich mehr an das in den Fernsehzeitschriften angekündigte Programm. Wann immer man einschaltete, es schien nur noch Talkrunden zu geben, und alle drehten sich nur um das Thema, das der Titel einer dieser Sendungen auf den Punkt brachte: *Panikmache oder Untergang der Zivilisation?*

»Was *gab* es nicht für Geschrei, als das Jahr 2000 drohte, alle Computer lahmzulegen!«, amüsierte sich ein mondgesichtiger Publizist, der für seinen unerschütterlichen Optimismus bekannt war. »Und was ist passiert? Gar nichts.«

»Weil man auf die Warnungen gehört und sich vorbereitet *hat*!«, widersprach ihm eine schmale, zart gebaute Frau mit wallenden kastanienbraunen Locken, die eine Vehemenz an den Tag legte, die man ihr nicht zugetraut hätte. Sie war die Geschäftsführerin eines Vereins, der schon seit Jahren das Thema *Peak Oil* auf seiner Tagesordnung gehabt hatte. »Wobei der Vergleich mit Y2K hinkt. Denn selbst im schlimmsten Fall – also wenn tatsächlich alle Computer ausgefallen wären – hätte uns das höchstens bis ins Jahr 1965 zurückgeworfen. Ohne Öl aber, mein Herr, wird die Menschheit geradewegs zurück ins 18. Jahrhundert katapultiert! Mit einer viel zu großen Weltbevölkerung und mit dem Unterschied, dass es damals noch Öl zu entdecken gab, heute dagegen nicht mehr. Das, was wir jetzt erleben, ist die befürchtete *harte Landung*. Das ist ein Schlag, von dem wir uns nicht mehr erholen werden.«

Mondgesicht lächelte unbeirrbar. »Meine Teure, Sie übertreiben, wie immer. Es sind gerade mal, na, sechs Prozent oder so, deren Verlust wir verschmerzen müssen. Wenn Sie hundert Euro im Geldbeutel haben und sechs davon verlieren, dann geraten Sie doch auch nicht gleich in Panik, oder?«

Die Frau faltete mit einem ergebenen Gesichtsausdruck die Hände. »Es ist immer dasselbe. Die Titanic sinkt, aber das Orchester spielt weiter«, erklärte sie. »Nur dass es diesmal überhaupt keine Rettungsboote gibt.«

Die Deutsche Bahn gab Fahrgastzahlen in Rekordhöhe bekannt.

Die Deutsche Post kündigte Tariferhöhungen an. Ein Sprecher stellte zudem die tägliche Auslieferung in ländlichen Gebieten in Frage; angesichts steigender Transportkosten könne man sich das in absehbarer Zeit nicht mehr leisten.

Der Preis für einen Liter Superbenzin erreichte drei Euro.

KAPITEL 37

Französische Fischer waren die Ersten, die gegen die hohen Benzinpreise protestierten. »Wogegen protestieren sie als Nächstes?«, kommentierte, so wurde kolportiert, ein hochrangiges Mitglied der Regierung. »Gegen das schlechte Wetter? Gegen die Schwerkraft?«

Doch die Proteste weiteten sich rasch aus: Selbstständige Kleinspediteure, denen die steigenden Benzinkosten den ohnehin mageren Gewinn wegfraßen, schlossen sich an, kurz darauf Berufspendler. Als der Dezember anbrach, gingen auch in den meisten anderen Staaten Europas die Menschen auf die Straße. Ihre Forderung war, die Mineralölsteuer abzuschaffen.

Bald fanden sich Politiker quer durch alle Parteien, die sich diese Forderungen zu eigen machten. Wobei man die Mineralölsteuer ja nicht gleich abzuschaffen brauche. Aber man könne und müsse sie wenigstens aussetzen, solange die gegenwärtige Krise dauere.

Es gab Volkswirte, die davor warnten und voraussagten, das werde nichts bringen, doch gingen diese Stimmen unter. Die Regierungen beugten sich dem Druck und verabschiedeten entsprechende Regelungen. Da die Mineralölsteuer fast überall mehr als einen Euro pro Liter Benzin ausgemacht hatte, sanken die Preise an den Tankstellen umgehend um diesen Betrag, mancherorts sogar noch weiter: Bei einigen Tankstellen stand wieder eine Eins vorne, ein optisches Signal, das ihnen mehr Zulauf verschaffte, als sie bewältigen konnten.

Überall stiegen die Preise, prozentual am stärksten in den Supermärkten. Das Weihnachtsgeschäft, orakelten die Händler, würde dieses Jahr so schlecht verlaufen wie lange nicht mehr.

»Man schimpft in diesen Tagen viel auf die Börsen«, sagte die dunkelhaarige Moderatorin, die ihre Gäste in ruhiger, konzentrierter Zweisamkeit zu interviewen pflegte und sich dafür jeweils eine ganze Stunde Zeit nahm. »Spielcasinos der Weltwirtschaft seien das, heißt es, der Neoliberalismus sei an allem schuld und so weiter. Was stimmt daran? Sind die Rohstoffbörsen verantwortlich für die Preise, die wir im Augenblick an der Tankstelle zahlen?«

Ihr Gast war ein Ökonomieprofessor, Leiter eines angesehenen Wirtschaftsforschungsinstituts. Er trug einen gepflegten Bart, und seine himmelblauen Augen hatten einen spöttischen Glanz, wenn er sprach. »Das stimmt, das sind sie schon seit Jahren. Die Preise für Rohöl werden an drei Börsen fixiert, wie man das nennt, nämlich an der Nymex in New York, der SGX in Singapur und an der IPE, der International Petroleum Exchange in London.«

»Ein Abgeordneter hat vorgeschlagen, die Rohstoffbörsen staatlicher Kontrolle zu unterwerfen und die Preise für Rohstoffe per Verordnung festzulegen.«

Der Professor lächelte nachsichtig. »Dieser Abgeordnete ist offensichtlich mit völligem Unverständnis ökonomischer Zusammenhänge gesegnet. Natürlich sind alle Börsen schon seit jeher staatlicher Kontrolle unterworfen; es ist beschämend, dass er das nicht weiß. Aber Preise per Verordnung festzusetzen – nun, das ist Planwirtschaft, und wir wissen ja, wohin die führt.«

»Aber können Börsen nicht überreagieren?«

»Das kommt darauf an, wen Sie fragen. Man kann sich mit einigem Recht auf den Standpunkt stellen, dass der an einer Börse ausgehandelte Preis immer der richtige ist.« Er hatte schmale, gepflegte Hände, die er beim Sprechen sanft bewegte. »Sehen Sie, wenn ein Gut knapp ist, nützt es niemandem etwas, wenn ein niedriger Preis dafür vorgeschrieben wird. Davon entsteht auch keine ausreichende Menge.«

»Aber durch hohe Preise auch nicht.«

»Natürlich nicht, aber sie sorgen dafür, dass derjenige das knappe Gut erhält, dem es am meisten wert ist.«

»Oder der es sich leisten kann«, wandte die Moderatorin ein.

Ihr Gast nickte widerstrebend. »Tatsächlich haben wir die Situation, dass sich zum ersten Mal, seit man Öl fördert, ein wirklicher Marktpreis dafür bildet. In den frühen Jahren der Ölwirtschaft hat John D. Rockefellers *Standard Oil Corporation* als Monopolist agiert und die Preise nach Gutdünken festgesetzt – nämlich so hoch wie möglich. Dieses Monopol hat man Anfang des 20. Jahrhunderts mehr oder minder erfolgreich zerschlagen, doch den daraus hervorgegangenen Teilfirmen ist oft und vermutlich bisweilen nicht zu Unrecht vorgeworfen worden, ein Kartell zu bilden. In den letzten Jahrzehnten waren es die Saudis, die durch Anpassung ihrer Ölförderung an den Bedarf *de facto* den Ölpreis festgesetzt haben. Das können sie nun nicht mehr. Und jemand anders, der es kann, existiert nicht. Alle anderen Ölproduzenten fördern schon seit Jahren so viel, wie ihre Felder nur hergeben. Mit anderen Worten: Im Augenblick gibt es auf dem Markt einfach eine bestimmte Menge Öl, und die, die es haben wollen, müssen sich darum balgen. Und auf einem Markt tut man das nicht mit Fäusten, sondern indem man mehr bietet als die anderen. Zum ersten Mal in seiner Geschichte wird der Preis von Erdöl tatsächlich von Angebot und Nachfrage bestimmt, und da das Angebot gerade niedriger ist als die Nachfrage, pendelt er sich auf einem sehr, sehr hohen Niveau ein.«

»Müsste man dann nicht nach Wegen suchen, das Angebot zu steigern?«

»Dafür bietet der hohe Preis naturgemäß einen starken Anreiz. Ja, zweifellos wird man das tun. Sie müssen aber bedenken, dass das nicht so einfach ist, wie es klingt. Ein Erdölvorkommen muss bei seiner Nutzung über Jahrzehnte hinweg behutsam entwickelt werden, um sein inneres Gleichgewicht aus Öl, Gas und Wasser nicht durcheinanderzubringen oder gar zu zerstören. Auch auf dem weiteren Weg gibt es jede Menge Engpässe. Der Durchmesser der Pipelines begrenzt den Ölfluss, die Lagerkapazitäten sind endlich, die Zahl der Schiffe, die den

Suezkanal pro Tag passieren können, ebenfalls, und es mangelt auch an Raffineriekapazität.«

Die Moderatorin zückte eine ihrer Stichwortkarten. »In den USA ist seit dreißig Jahren keine neue Raffinerie gebaut worden. Wieso? Der wachsende Bedarf war doch absehbar. Haben die Ölmultis die Ausgaben gescheut, weil man dort schon wusste, dass das Ende des Öls naht?«

Dieser Einwurf brachte den Gelehrten sichtlich aus dem Konzept. »Also, natürlich lassen diese Konzerne sich ungern in die Karten schauen … Ich meine, so eine Raffinerie, die baut man nicht so eben mal, das ist ja eine enorme Investition …«

»Steht das Ende des Öls bevor? Sind wir, was das anbelangt, auf dem absteigenden Ast?«

Der Professor zögerte mit der Antwort. »Möglicherweise müssen wir künftig mit einer Reduzierung der Ölproduktion leben, ja.«

»Reduzierung – was heißt das in Zahlen?«

»Zwischen anderthalb und drei Prozent pro Jahr.«

Das Interview lief über einen normalerweise wenig beachteten Kultursender mit marginalem Marktanteil. Trotzdem stand diese Aussage am nächsten Tag in allen Zeitungen.

Es kam zu Stromausfällen, weil viele Leute angesichts der Heizölpreise anfingen, elektrisch zu heizen. Baumärkte hielten preiswerte fahrbare Elektroheizkörper in großen Mengen bereit und kamen kaum mit dem Abladen nach, so gut verkauften diese sich. Die Energieversorger verschickten mahnende Rundschreiben, das Stromnetz nicht zu überlasten. Als das keine Wirkung zeigte, beschlossen sie, die Haussicherungen auszutauschen, um die entnehmbare Strommenge je Haushalt zu begrenzen. Als sie jedoch damit begannen, verbreitete sich diese Nachricht per Internet und Gerüchteküche in Windeseile, und die Techniker standen überall nur noch vor verschlossenen Türen.

Dafür gingen, sobald die Temperaturen wieder sanken, immer wieder in ganzen Straßenzügen die Lichter aus.

Aus ländlichen Gegenden wurden Diebstähle von Feuerholz aus Wäldern, Scheunen und Lagerhäusern berichtet, eine wahre Epidemie. Wie sich herausstellte, waren es jedoch nicht, wie zuerst vermutet, Arbeitslose und Sozialhilfeempfänger, die sich da bedienten – diese wohnten meist in stadtnahen Sozialwohnungen mit Fernwärmeanschluss –, sondern wohl situierte Bürger mittleren Einkommens, die in ihren Einfamilienhäusern über offene Kamine oder Kachelöfen verfügten.

Am ersten Dezember kam Werner sichtlich beunruhigt nach Hause. Das Schlimmste war, dass er versuchte, so zu tun, als sei nichts. Das war kein gutes Zeichen.

»Es werden doch gerade so viele Kaufverträge storniert. Jetzt hat der Vorstand unser Entwicklungsprojekt auf Eis gelegt«, sagte er, als Dorothea nachfragte, was los sei.

»Und was beunruhigt dich *wirklich*?«

Er sah zu Boden, kaute auf seinen Lippen herum, ohne es zu merken, musterte die Kanten und Schubladen der Küchenschränke, als sähe er sie zum ersten Mal, und sagte schließlich: »Sie haben das freie Tanken eingestellt. Wegen Missbrauchs, heißt es.«

»Oh.«

Es war blanke Existenzangst, was aus ihm herausbrach. »Doro, ist dir eigentlich klar, dass ich jeden Tag hundert Kilometer fahre, hin und zurück? Mit einem Wagen, der elf, zwölf Liter verbraucht? Das sind bei den Preisen gerade locker dreißig Euro, nur um zur Arbeit zu kommen. Hundertfünfzig pro Woche. Über sechshundert pro Monat, nur für Benzin!«

Dorothea schluckte. »So viel hat unsere alte Wohnung Miete gekostet.«

Eine andere Sendung, ein anderer Professor, diesmal einer für Mathematik.

»Die Leute machen sich nicht klar, was das heißt: ein jährlicher Rückgang der Ölförderung von 1,5 bis 3 Prozent«, verkündete er und ließ auf der Tafel hinter sich ein Diagramm mit zwei rapide fallenden Kurven aufleuchten. »Wenn man diese Rate weiterrechnet, heißt das, dass wir in zehn Jahren zwischen dreißig und sechzig Prozent weniger Öl zur Verfügung haben werden als heute, in fünfzehn Jahren fünfundvierzig bis *neunzig* Prozent weniger!«

»Neunzig?«, vergewisserte sich der Moderator, ein adretter junger Mann, der bislang in seinen Sendungen vorwiegend Liebeshungrige miteinander verkuppelt hatte.

»Neunzig, ja«, bestätigte der Mathematiker. »Und in zwanzig Jahren –«

»Das heißt, es bleiben nur zehn Prozent übrig?«

Der Professor musterte ihn, als erwäge er, ihn zu einer Strafarbeit wegen Begriffsstutzigkeit zu verdonnern. »Zehn Prozent«, nickte er schließlich. »Ganz genau. Das Ende des Ölzeitalters in klaren, nackten Zahlen.«

Der Moderator lächelte sein jungenhaftes Lächeln, das sonst seine vorwiegend weiblichen Fans jeden Alters dahinschmelzen ließ. »Guter Spruch«, meinte er. »Schade, dass *der* jetzt nicht von mir war.«

KAPITEL 38

Markus verbrachte die Tage nach dem Schock von Ras Tanura mit hohem Fieber auf der Couch in Taggards Wohnzimmer. Er schlief, erwachte, trank den kühlen Tee, den man ihm reichte, schlief wieder ein. *Sie haben sich überanstrengt,* sagte man ihm, und ja, dachte er, das war wohl richtig.

In manchen Momenten fragte er sich, wer der knochige Mann war, der ihm Tee einflößte und kühle Tücher auf die Stirn legte, in anderen Stunden erkannte er Charles Taggard und fragte sich, warum der ehemalige CIA-Agent sich um ihn kümmerte.

Es war, als hätte er das alles schon einmal erlebt. Wieder ein Bett, in dem er dahindämmerte. Wieder ein Fenster, vor dem ein Baum stand. Er war weiß, voller Schnee. Überhaupt sah man nur weiß, wenn man hinausschaute. Einen weißen Himmel, formlos, konturlos.

Wieder Schlaf, wieder jemand, der etwas zu ihm sagte. »Hier. Nehmen Sie die.« Pillen. Er nahm sie, steckte sie in den Mund, schluckte sie mit etwas Wasser hinunter.

Eines der Mädchen auf den Postern hatte Schlitzaugen, und das ließ ihn von Amy-Lee träumen, so intensiv, dass er zeitweise überzeugt war, dass sie da gewesen sein musste. Einmal suchte er alles ringsum ab, weil da doch eine Nachricht von ihr sein musste, ein Brief, irgendetwas! Aber da war nichts.

Irgendwann erwachte er davon, dass er Taggard zu jemandem sagen hörte: »Bei mir ist jetzt das Öl auch aus. Ich muss die Heizung auf Holz umstellen.«

»Ich zeige Ihnen, wie das geht«, sagte eine andere, brummige Stimme. »Ich hol nur eben mein Werkzeug.«

Später hörte er die beiden durch eine offen stehende Tür am Heizkessel herumschrauben. Dabei fragte der andere Mann: »Was haben Sie denn mit diesem unnützen Esser da vor?«

Ein hässlicher, gefährlicher Ton klang in diesem Satz mit, und Markus fühlte sein Herz heftiger schlagen, als er begriff, dass er damit gemeint war.

»Er ist mein Gast«, erwiderte Taggard. »Und ich wollte, er würde endlich mal was essen.«

Am Abend des vermutlich selben Tages bedankte sich Markus bei Taggard für die Unterbringung und Pflege und versprach ihm, wieder abzufahren, sobald er konnte.

»So bald wird das nicht sein«, meinte Taggard. »Sie haben den Tank Ihres Wagens quasi geleert. Es war nicht mehr genug Sprit drin, um ihn in die Garage zu fahren. Wir mussten ihn schieben. Ein paar Meilen mehr, und Sie wären mitten im Wald stehen geblieben.«

Markus blinzelte mit seinen heißen, schweren Lidern. »Kann ich nicht irgendwo tanken?«

Der Mann mit den tiefliegenden Augen und dem dünnen Bart schüttelte bedauernd den Kopf. »Wie es aussieht, können Sie nirgendwo mehr tanken.«

Am nächsten Morgen erwachte Markus davon, dass draußen jemand Holz hackte. Er setzte sich auf und sah aus dem Fenster. Taggard, natürlich, auch wenn man zweimal hinschauen musste, um ihn in der dick wattierten Jacke und unter der Fellmütze, die er trug, zu erkennen.

Es sah unbeholfen aus, wie er mit der Axt hantierte, aber jeder Schlag ließ Scheite fliegen, die er ab und zu auflas, weiße Atemwolken vor dem Gesicht, und in einen geflochtenen Korb warf.

Das, was Markus von der Siedlung sah, versank im Schnee: kleine, einfache Holzhäuser, die sich, umgeben von mächtigen Bäumen, auf den Boden zu ducken schienen. Er fragte sich, ob die Siedlung aus der Luft überhaupt zu erkennen sein mochte.

Dann hob er den Blick und sah auf die Berge. Giganten waren es, bedeckt von verschneiten, endlosen Wäldern, ein Anblick von elementarer Wucht. Noch nie zuvor hatte Markus so stark das Gefühl gehabt, sich auf einem anderen Planeten zu befinden.

»Wieso hier?«, fragte er, als die Tür aufging und Taggard hereingestapft kam, begleitet von einem wilden Schwall eiskalter Luft. »Wieso ein Ort wie *Bare Hands Creek*?«

Taggard warf die Mütze auf einen Haken und schlüpfte aus seiner Jacke. »Es scheint Ihnen besser zu gehen«, stellte er fest.

Richtig. Erst jetzt wurde Markus bewusst, wie gut er sich fühlte. »Sieht so aus«, gab er zu.

»Hab ich mir gedacht. Heute Nacht haben Sie anders geklungen als die Nächte bisher.« Taggard stiefelte quer durch den Raum zur Küchenzeile und goss sich aus einer Thermoskanne Kaffee ein. »Wollen Sie auch einen?«, fragte er und hob die Tasse.

Markus nickte. »Wenn Sie haben.«

»Genug.« Taggard holte eine Tasse aus dem Schrank. »Noch jedenfalls.«

Der Kaffee war herrlich, das reinste Lebenselixier. Markus fühlte sich, als könne er nach Belieben da hinausgehen und Bäume ausreißen.

»Bare Hands Creek«, wiederholte Taggard, während er sich in den Sessel setzte. »Ja. Kein zufälliger Name natürlich. Das Dorf ist vor, na, vierzig Jahren gegründet worden, von Leuten, die entschlossen sind, den Untergang der Zivilisation zu überleben. Als mir klar wurde, dass uns genau das bevorsteht, habe ich mich hier sozusagen eingekauft. Leider erst vor ein paar Wochen.« Er deutete umher. »Sie sehen ja, alles noch etwas unfertig.«

Markus umschloss die Tasse mit den Händen, wärmte sich daran. »Der Untergang der Zivilisation?«, fragte er behutsam. »Ist das nicht ein bisschen … übertrieben?«

»Ja, das dachte ich auch einmal. Aber dann …« Er hielt kurz

inne. »Nein, ich muss Ihnen die Geschichte von Anfang an erzählen.« Er stand auf, ging in die Küche und holte etwas aus einem Fach, ein Stück Hefegebäck oder dergleichen. »Mögen Sie auch? Es ist nicht mehr ganz frisch, aber es wird vielleicht das letzte Stück Kuchen für lange Zeit sein.«

Markus nickte. »Gern, danke.«

»Also, die Vorgeschichte war die, dass ich nach ein paar... sagen wir, Schicksalschlägen wieder anfing, in die Kirche zu gehen. Wie man das manchmal so macht. Die Kirchengemeinde an dem Ort bei Washington, wo ich zuletzt gelebt habe, hat ab und zu Vorträge veranstaltet, und eines Tages besuchte ich einen davon – einen Vortrag von Reverend Small, dem Gründer von Bare Hands Creek.« Er kam zurück, stellte ihm einen Teller mit zwei Scheiben bleichen Gebäcks hin. »Wobei ich das, was er sagte, damals, wie gesagt, völlig überzogen fand. Aber als ich kurz darauf nach Saudi-Arabien gekommen bin, hatte ich trotzdem sozusagen eine andere Brille auf. Ich habe auf Dinge geachtet, die mir ohne den Vortrag nicht aufgefallen wären. Und so habe ich allmählich begriffen, auf was für tönernen Füßen unsere Energie-Monokultur steht. Ich habe angefangen, nachzudenken. Mir Fragen zu stellen.«

Markus nahm eines der Kuchenstücke. Es schmeckte altbacken, aber er aß es trotzdem. »Fragen«, wiederholte er kauend. »Was für Fragen zum Beispiel?«

Taggard ließ sich wieder in den Sessel sinken und griff nach seiner Kaffeetasse. »Schauen Sie, Markus – Sie wissen, wie die Menschen in diesem Land leben. Gehen Sie in irgendeine kleine Stadt: Was finden Sie vor? Eine Hauptstraße, ein paar Blocks lang, üblicherweise mit einem Frisör, einem Drugstore, einem Secondhand-Laden, einer Pizzeria und einem chinesischen Imbiss. Und davor, auf ganzer Länge der Straße, Parkplätze. Sie sehen Leute aus Autos aussteigen oder in welche einsteigen, aber kaum jemanden, der mehr als zehn Meter zu Fuß geht. Die Häuser, in denen die Einwohner leben, sind alle weit draußen und ohne Auto nicht zu erreichen. In den Städten ist es noch schlimmer. Die meisten amerikanischen Innenstädte sind praktisch tot. Die Bevölkerung lebt in riesigen Suburbs, Vorstädten aus endlosen Reihen gleich aussehender Billighäuser, die das Land überziehen wie Schimmelpilz. Und jetzt fragen Sie sich doch selbst, wie das alles funktionieren soll, wenn es kein billiges Öl mehr gibt. In Vorstädten sind Sie ohne Auto verloren; jedes Familienmitglied braucht ein eigenes Fahrzeug. Viele von diesen Leuten sind heute schon verschuldet, arbeitslos oder halten sich mit schlecht bezahlten Jobs über Wasser, für die sie jeden Tag dreißig, fünfzig, hundert Meilen fahren müssen. Was werden sie tun, wenn das Benzin richtig teuer wird? Und denken Sie daran: Auch wenn sie bloß einkaufen wollen, müssen sie fahren, dreißig, fünfzig oder noch mehr Meilen. Wie soll das gehen, wenn Benzin unerschwinglich wird? Was bleibt ihnen dann? Viele werden versuchen, in die Stadt zu ziehen – aber wohin dort? Die alten Wohnhäuser sind weitgehend zerfallen, und neue zu errichten kostet Zeit, die drängen wird, Geld, das man nicht haben wird, und natürlich Treibstoff für Baumaschinen, der ebenfalls fehlen wird, genau wie Asphalt, um die Straßen zu teeren, und die tausend anderen aus Erdöl hergestellten Baumaterialien, die üblich geworden sind. Doch selbst wenn es diese Wohnhäuser gäbe, wer könnte sie sich leisten? Die Menschen haben viel Geld für ihre Häuser weit draußen bezahlt, die Ersparnisse ihres Lebens, und darüber hinaus die Einkünfte kommender Jahrzehnte verpfändet – für Häuser, die schlicht unverkäuflich sein werden, wenn es kein billiges Benzin mehr gibt. Die billigen Supermärkte, zu denen sie nicht mehr fahren können, werden aufhören, billig zu sein, und zum größten Teil auch aufhören, überhaupt zu existieren. Wie wird die Bevölkerung dann versorgt werden? Wo werden die, die bislang dort gearbeitet haben, arbeiten? Wie werden die Menschen ihre Wohnungen im Winter ohne erschwingliches Öl heizen, wie sie im Sommer kühlen, wenn der Strom so teuer wird, dass sie ihn sich nicht mehr leisten können – falls er nicht in weiten Teilen des Landes sowieso ausfällt? Wie werden die Kinder in die Schule kommen? Was für Karrieren stehen ihnen noch offen? Zweifellos wird niemand mehr Berufe wie Mediendesigner oder Public-Relations-Manager ergreifen, aber wovon werden die Leute leben, die heute bereits Mediendesigner oder Public-Relations-Manager *sind*? Werden sie anfangen, sich aus ihrem Garten selbst zu versorgen?«

Markus fühlte sich durch Taggards Wortschwall regelrecht erschlagen. »Klingt so, als würde ihnen nichts anderes übrig bleiben«, sagte er, während er überlegte, dass der Beruf eines Vertreters für Finanzdienstleistungssoftware vermutlich auch nicht mehr sonderlich gefragt sein würde.

»Ganz recht«, meinte Taggard, »aber das ist nicht so einfach, wie es klingt. Denken Sie daran, die heutige Generation ist in dem Glauben aufgewachsen, dass die Milch aus dem Supermarkt kommt. Was wissen solche Menschen darüber, wie man Schimmel, Mehltau oder Blattläuse bekämpft? Wissen sie, wann, wo und wie man sät? Wann und wie man erntet? Können sie ihre Pflanzen gegen Wildtiere und Vögel schützen? Können sie auch nur einen Gartenzaun errichten, mit Händen, die bloß die Arbeit an Tastaturen gewöhnt sind? Und wo kriegen sie das Material dafür her, wenn der nächste Baumarkt vierzig Meilen weit weg ist? Können sie mit Hühnern, Schafen oder Kühen umgehen? Wissen sie, was bei der Geburt eines Kalbs zu tun ist?«

»Kann man in einem Garten überhaupt so großes Vieh halten?«, fragte Markus.

»*Haben* solche Leute überhaupt einen Garten?«, fragte Taggard zurück. »Was machen all jene, die nur eine hippe Fabriketage bewohnen? Eine Sozialwohnung? Ein Kellerloch?«

Markus sah sich um. Die Couch, das zerwühlte Laken unter ihm, das schäbig bezogene Kissen. »Ich habe nicht mal das.«

»Sie können hier bleiben«, sagte Taggard und stand auf. »Werden Sie erst wieder gesund, dann findet sich alles.«

Am Abend ging Taggard noch fort, »für ein, zwei Stunden«, wie er sagte. Draußen war es schon dunkel, und ›dunkel‹ meinte in diesem Teil der Welt und der Geschichte: rabenschwarze Nacht. Man musste eine Laterne bei sich tragen, um sich draußen orientieren zu können.

Eine Weile blieb Markus sitzen, wo er war, hörte die Schritte seines Gastgebers sich durch den Schnee entfernen und ließ das, was er gerade gesehen hatte, noch einmal vor seinem inneren Auge passieren: Wie aufwändig es war, eine mit Pflanzenöl betriebene Laterne zu entzünden. Und wie tranig ihr Licht funzelte.

Sah so die Zukunft aus, in der er den Rest seines Lebens verbringen würde?

Er schaltete den Fernseher ein. Auf allen Kanälen nur weißes Rauschen. Er prüfte den Sitz des Koaxialkabels, aber das saß bombenfest und sah sogar ziemlich neu aus. Mist. Nicht dass er die überdrehten Nachrichten oder gar die Werbeblöcke vermisste, aber es hätte ihn doch beruhigt, welche zu sehen.

Er sprang auf, ging zu seiner Reisetasche im Eck neben der Couch und wühlte sein Mobiltelefon hervor. Einschalten, PIN-Code. Der Ladezustand der Batterie lag bei zwei Drittel, immerhin etwas. Aber so lange er auch wartete und wie nah er auch an die Fenster trat, das Gerät fand kein Netz.

Bare Hands Creek, hieß das, lag wirklich am Ende der Welt.

Er steckte das Ding wieder weg. Gab es irgendwo ein normales Telefon? Im Wohnzimmer sah er nichts dergleichen. Die Tür zum Schlafzimmer war zu, aber nicht abgeschlossen. Er verharrte in der Bewegung, nach dem Türknauf greifend. Das war ein Vertrauensbruch. Nein, beschloss er, so dringend war es nicht.

Die Uhr zeigte zehn, als Taggard zurückkam, nachdenklich, in sich gekehrt. Wie jemand, der aus der Kirche kam und sich seiner Sündhaftigkeit bewusst geworden war. Markus fragte ihn nach einem Telefon.

Taggard rieb sich die Stirn und gähnte. »Ich hatte eins, aber ich hab's in die Garage geräumt. Das Telefonnetz ist längst tot.« Er warf einen unwilligen Blick auf den Fernseher. »Wo Sie davon reden – den könnte ich eigentlich auch rausstellen. Falls noch jemand senden sollte, dringt es jedenfalls nicht bis zu uns durch.«

Zwei Tage später war Markus wieder auf den Beinen. Nach einer richtigen heißen Dusche fühlte er sich wie ein neuer Mensch. Er machte sich daran, das durchgeschwitzte Bettzeug abzuziehen, und trug dann alles hinüber in die Garage, wo er die Waschmaschine vermutete.

Die Garage war riesig, sein Wagen verlor sich fast darin. Man hätte mühelos noch ein, zwei Fahrzeuge dazustellen können …

Ach ja. Wo war eigentlich Taggards Wagen?

»Den habe ich verkauft«, erklärte Taggard, als er ihn deswegen befragte. »Gegen Werkzeug und Vorräte getauscht, sozusagen. Die meisten im Dorf haben ihre Autos aufgegeben; wir haben nur noch ein paar Fahrzeuge, die der Gemeinschaft gehören. Für Notfälle.«

Das besagte Werkzeug füllte eine kleine Werkstatt, und die Vorräte lagerten in Schränken und endlosen Regalen. Reihenweise Dosen mit Fleisch, Fisch, Gemüse oder Obst. Säckeweise Mehl, Reis, Mais, getrocknete Linsen, Zucker, Salz, Haferflocken und Nudeln. Kanisterweise Essig und Wasser. Barrenweise Bratfett. Kartons mit Dörrobst, Gewürzen, Kaffee. Unmengen an Klopapier, Waschpulver, Müllsäcken. Und so weiter. Enorm. Auf den ersten Blick wirkte es, als könne eine vierköpfige Familie den Rest ihres Lebens davon zehren, aber wahrscheinlich war es nur etwa ein Jahresvorrat für eine einzige Person.

Der zu zweit natürlich nur halb so lange reichen würde.

Die Heizung stand, durch eine schmale Balkenwand vom Rest getrennt, direkt neben dem Durchgang in den Wohnbereich, und die Waschmaschine sowie ein großes, steinernes Waschbecken befanden sich auf der anderen Seite dieser Wand.

Falls das überhaupt eine Waschmaschine war. Die amerikanischen Fabrikate waren Markus sowieso immer fremdartig erschienen; bei diesem Gerät schien es sich aber eher um eine Eigenkonstruktion zu handeln.

»Das geht hier ein bisschen anders«, erläuterte Taggard. »Der Generator des Dorfes erzeugt nicht genug Strom, als dass wir herkömmliche Waschmaschinen betreiben könnten. Das Gerät hier enthält im Wesentlichen nur einen Motor, der die Waschtrommel bewegt, und eine Steuerung dafür. Eine einfache, mechanische. Sie müssen heißes Wasser jeweils aus dem Heizkessel einfüllen und auch das Waschpulver bei Bedarf selber zugeben …«

»Das Dorf hat einen eigenen Generator?«

»Natürlich. Die Siedlung liegt an einem kräftigen Gebirgsbach; man hat weiter oben einen wunderschönen Fischteich aufgestaut, dessen Abfluss zwei Generatoren antreibt. Ausreichend für elektrisches Licht in allen Häusern, für die Kühlschränke und dies und das.«

Mit dieser Maschine war das Wäschewaschen eine mühsame Angelegenheit. Immer wieder musste Markus das Wasser ablassen, neues einfüllen, das Programm neu starten. Zwischendurch galt es, Holz im Heizkessel nachzulegen. Und natürlich schleuderte das Gerät nicht richtig gut, und so war die Wäsche noch klatschnass, als er sie endlich herausnehmen und vor der Heizung, dem wärmsten Platz in der Garage, aufhängen konnte.

Er war gerade dabei, als Taggard wieder auftauchte.

»Das ist zum Beispiel etwas, mit dem ich zu spät dran war«, sagte er. »Ich hätte die alte Ölheizung rechtzeitig durch einen Kachelofen ersetzen sollen. Damit nutzt man das Brennmaterial am besten. Wussten Sie übrigens, dass es Benjamin Franklin war, der den Kachelofen erfunden hat? Einer der Väter der amerikanischen Unabhängigkeitserklärung? Hat mir neulich jemand erzählt. Faszinierende Sache.«

Markus runzelte die Stirn. »Wieso ist in einem Survivaldorf überhaupt ein Haus mit Ölheizung gebaut worden?«

»Gute Frage. Aus demselben Grund, der uns ins Verderben geführt hat: weil das Öl eben immer so scheißbillig war.«

»Und wenn das Waschpulver mal aus ist, was machen Sie dann?«

Taggard lehnte sich mit verschränkten Armen gegen die Wand. »Ein paar der Frauen sind schon dabei, welches aus natürlichen Rohstoffen herzustellen. Das wird natürlich nicht weißer als weiß waschen, aber doch sauber.«

»Oh«, machte Markus und betrachtete die Wäscheklammern. Die waren auch noch aus Plastik. Am besten, er vertiefte dieses Thema nicht unnötig.

»Es ist eine Menge Arbeit, sich selber zu versorgen«, fuhr Taggard fort. »Sie werden sich an dieser Arbeit beteiligen müssen, wenn Sie hier bleiben wollen.«

»Ich will nicht hier bleiben«, sagte Markus.

»Glaube ich Ihnen. Sie werden aber müssen.«

Markus hängte das letzte Teil an die Leine – seine Schlafanzughose –, stellte den Wäschekorb zum Trocknen hin und ging dann hinüber zu seinem Wagen. Der Schlüssel steckte. Er machte die Tür auf, drehte ihn in die Zündposition und beobachtete den Zeiger der Tankuhr.

Er rührte sich keinen Millimeter.

Grandios. Markus stieg aus, schlug die Tür zu und ging zum Heck, stellte sich mit den Füßen auf die Stoßstange und sprang wieder herunter, um das Fahrzeug ins Schaukeln zu bringen. Man hörte das Geräusch, das der restliche Diesel im Tank machte: ein dünnes, lächerliches Plätschern. Es konnte keine Tasse voll mehr darin sein.

»Sie haben Recht«, räumte Markus ein. »Es bleibt mir nichts anderes übrig.«

Taggard lächelte milde. Sein Bart wurde immer dichter, fiel Markus auf. »Es liegt sowieso grade zu viel Schnee. Sie würden nicht durchkommen.«

Allmählich erlangte Markus auch seine Orientierung in der Zeit wieder. Heute, so erfuhr er, war Sonntag, und als die Dämmerung anbrach, erklärte Taggard, er würde ihn nun gern mit in den Gottesdienst nehmen.

»Aha«, machte Markus. Er betrachtete sich nicht als religiös, als fromm schon gar nicht, aber wahrscheinlich war es nicht angesagt, das hier und jetzt an die große Glocke zu hängen. »Ja, warum nicht?«

»Der Gottesdienst sonntagabends ist so etwas wie ein zentraler Treffpunkt der Gemeinde«, erläuterte der ehemalige CIA-

Mann. »Ich halte es für angebracht, dass die anderen Sie mal zu sehen bekommen. Ehe Gerüchte anfangen zu kursieren; Sie wissen schon, wie so was geht.«

»Klingt … vernünftig«, stimmte Markus zu. Gerüchte. Aha. Na, das konnte ja heiter werden.

Es war keine Glocke oder dergleichen zu hören, man brach einfach um siebzehn Uhr auf. Taggards Haus lag am äußersten Rand des Dorfes. Als sie über den Hügel kamen und der Weg wieder abwärts führte, wurden die Häuser größer, gab es auf einmal Schuppen, Ställe und Treibhäuser. Markus fühlte sich an eine Siedlung der Amish People erinnert, die er allerdings nur aus diesem Film mit Harrison Ford kannte; wie hatte der noch mal geheißen? Ah ja, »Der einzige Zeuge«.

Er machte eine entsprechende Bemerkung zu Taggard. Der nickte. »Ja, die werden auch ohne Probleme überleben. Die Amishen in Pennsylvania, wir hier in Idaho, die eine oder andere ähnliche Siedlung in Montana – und die Kannibalen von Papua Neuguinea. Die werden sogar die allerwenigsten Probleme haben.«

Es war kalt. Die Winterstiefel, die Markus noch in Kanada gekauft hatte, waren offenbar nicht von besonders guter Qualität; jedenfalls kroch ihm die Kälte nach diesen paar Schritten bereits bis zu den Knien hoch. Aber er würde jetzt nicht fragen, woher das nächste Paar Winterstiefel kommen würde, das er brauchte. Wahrscheinlich lief es darauf hinaus, dass man ihm ein Gewehr in die Hand drückte und ihn aufforderte, ein pelziges Tier zu schießen.

Er hatte den Gedanken noch nicht beendet, als zwei Männer auftauchten, die, Gewehre über der Schulter, Streife zu gehen schienen. Richtig, jetzt fiel es ihm wieder ein. Einer solchen Streife war er bei seiner Ankunft begegnet.

Die Kirche war groß, ein schmuckloser, nüchterner Bau mit einem schlichten Holzkreuz an der Stirnseite. Die Bankreihen waren schon gut gefüllt, als sie eintrafen; Markus fühlte die Blicke aus Hunderten von Augenpaaren auf sich, als sie durch den Mittelgang gingen. Sie fanden einen Platz im vorderen Drittel.

Taggard deutete auf die erste Reihe, wo der Geistliche leise mit einem Mann und einer Frau diskutierte. »Das ist er. Reverend Edward Small. Er und die beiden, mit denen er spricht, sind der Dreier-Rat, der von der Gemeinde gewählt wird und alle Beschlüsse bis auf die trifft, die einer Vollversammlung bedürfen.«

»Klingt, als hätten Sie hier Ihre eigene Verfassung.«

»Wir haben sogar eine eigene Unabhängigkeitserklärung.«

Edward Small? Was für ein denkbar unpassender Name. Mit seinen breiten Schultern und seinem kantigen Gesicht wirkte er eher wie ein als Priester verkleideter Dschungelkämpfer denn wie ein echter Kirchenmann.

Der Mann, mit dem er sprach, trug sein langes weißes Haar nach hinten gekämmt und eine dünnrandige Brille. Das war Dr. James Heinberg, der Arzt. Er gehörte dem Dreierrat seit der Gründung der Gemeinschaft an. Die Frau an seiner Seite war seine Gattin, eine streng dreinblickende Matrone mit leicht negroidem Einschlag und deutlich jünger als er. Sie hieß Alice, erfuhr Markus, und war die Lehrerin des Dorfes.

Der Gottesdienst begann damit, dass alle ein Lied sangen. Dessen Text war in so altertümlichem Englisch, dass Markus nicht verstand, worum es dabei ging, doch die Melodie klang schmerzvoll und nach tragischem Leid, und es hatte etwas, das aus Hunderten kräftiger Kehlen gesungen zu hören.

Dann wandte sich Reverend Small mit ausgebreiteten Armen an seine Gemeinde. »Lasset uns der Menschen gedenken, die der Ölschock unvorbereitet getroffen hat. Lasset uns der Menschen gedenken, die der Gnade Gottes, die sie rechtzeitig an eine Zufluchtstätte hätte führen können, nicht teilhaftig werden konnten. Lasset uns der Menschen gedenken, die in diesen schweren Zeiten Leid erfahren, da das Unglück geschieht, das vorauszusehen uns vergönnt war.« Er holte einen Zettel aus seinem Gewand. »Wie wir erfahren haben, ist in Phoenix, Arizona, in Albuquerque, New Mexico sowie in Teilen von Los Angeles die Wasserversorgung zusammengebrochen. In den betroffenen Gebieten wurde der Notstand ausgerufen.« Er senkte die

Notiz und fasste die gebannt lauschenden Kirchenbesucher ins Auge. »All diesen Städten ist gemeinsam, dass es *Wüstenstädte* sind, die bisher nur lebensfähig waren dank einer Wasserversorgung über Hunderte von Meilen hinweg, dank Klimaanlagen und Transportmitteln. An allem fehlt es nun, an Benzin und an Strom, da vierzig Prozent des Stroms in den Vereinigten Staaten durch das Verbrennen von Öl erzeugt wurden.«

Taggard beugte sich zu Markus hinüber. »James Heinberg besitzt einen Kurzwellenempfänger«, raunte er. »Das ist im Moment unsere einzige Verbindung zum Rest der Welt.«

»In den betroffenen Städten«, fuhr der Reverend donnernd fort, »heißt es, es sei ein Glück, dass wir Winter haben, sonst wäre die Not viel größer. Ich aber sage euch: Es ist ein *Unglück*! Denn nun werden viele Menschen der Versuchung erliegen, in diesen unglückseligen Städten zu bleiben, diesen Manifestationen menschlichen Größenwahns, entstanden aus dem Glauben, alles sei technisch machbar. Und dann? Was wird geschehen? Wie soll der Notstand je wieder enden, nun, da das Öl dabei ist, zu versiegen? Der Sommer wird kommen, und dann? Bis dahin werden andere an den Orten sein, an die diese Menschen jetzt hätten gehen können. Sie werden bleiben müssen, viele werden verdursten oder an der Hitze sterben, und es werden der Überlebenden nicht genug sein, um alle zu begraben. Seuchen werden ausbrechen, die man, mangels Medikamenten und der Möglichkeit, diese an ihren Bestimmungsort zu befördern, nicht wird eindämmen können.« Er hielt inne, sah wieder auf sein Notizblatt. »Wir haben ferner erfahren«, fuhr er fort, »dass es in Mexiko zu Unruhen gekommen ist und dass die Zahl der Flüchtlinge, die über die Grenze kommen, stündlich steigt.« Er faltete die Hände und senkte das vierschrötige Haupt. »Lasset uns beten.«

Diese Aufforderung mündete nahtlos in eine ausgedehnte, inbrünstige Beterei, an der sich der ganze Saal vielstimmig und lautstark beteiligte und die für Markus fast unerträglich sentimental klang. Er atmete auf, als endlich wieder gesungen wurde.

Dann gab es Ermahnungen. Es gelte nun, betonte der Reverend, zusammenzuhalten, die Abgeschiedenheit zu wahren und alle Regeln einzuhalten, die man in den zurückliegenden Jahren und Jahrzehnten für diesen Fall erarbeitet hatte. »Verzagt nicht!«, rief er mit Stentorstimme. »Auch wenn euch manches Mal das Gefühl von Vergeblichkeit anwandeln mag angesichts der Katastrophen ringsum: Gebt nicht auf! Denkt daran, dass es nicht mehr als zweitausend Menschen gewesen sind, die die letzte Eiszeit überlebt haben. Die ganze große Menschheit ist aus diesen wenigen Stammvätern und -müttern erneut hervorgegangen. Genau so kann es einmal wieder geschehen, und es ist an uns, an jedem Einzelnen, dies möglich zu machen.«

Eine Lesung aus der Bibel schloss sich an. Es war, passend natürlich, die Geschichte von Noah, die Doktor James Heinberg mit sonorer Stimme vortrug. Wider Willen stieg ein Gefühl beklommener Ergriffenheit in Markus hoch, als er diese uralte Erzählung von der Arche und der Sintflut wieder hörte und von den Tieren, die paarweise an Bord gingen. Es sah ganz so aus, als hätte er sein Glück, im entscheidenden Augenblick hier eingetroffen zu sein, noch gar nicht begriffen.

KAPITEL 39

Ein bärtiger rothaariger Mann namens Jack, mit Pranken so groß wie Schaufelblätter, teilte Markus zur Arbeit ein.

»Was können Sie?«, wollte er wissen.

Markus hob ratlos die Schultern. »Nun ja, also –«

»Was haben Sie früher gearbeitet?«

»Mit Computern. Im Vertrieb und so.«

»Also können Sie nichts«, resümierte Jack und griff nach dem Bleistift, der in seinen Händen wie Kinderspielzeug aussah (*womit würden sie in zehn Jahren schreiben?*). »Dann fangen Sie am besten mit dem Heu an. Da kann man wenig falsch machen.«

Das hieß, um sechs Uhr morgens im großen Heuschober in der Dorfmitte anzutreten, um anschließend mit einer schweren, dreizinkigen Gabel in den Vorräten an getrocknetem Gras zu wühlen, es zu wenden und wieder zu wenden, damit es frisch blieb.

Gut riechen tat es, das musste er zugeben, nach Sommer und blühenden Hängen, nach Wiesen, Freizeit und Sorglosigkeit. Aber es war noch nicht annähernd Mittag, als ihm von der ungewohnten Anstrengung schon jeder Knochen im Leib wehtat.

»Dann füttern Sie jetzt die Tiere drüben im Stall«, meinte Jack, als er vorbeikam, um nach dem Rechten zu sehen, und erkannte, was los war. »Das ist nicht so anstrengend.«

Das hieß, mit einer großen Schubkarre einen Ballen Heu quer über den verschneiten Hof in den Stall fahren und auf die Futterkrippen der Tiere verteilen, die dort untergebracht waren. Das waren hauptsächlich Kühe, riesige Viecher, die ihn mit riesigen Augen anglotzten. Wie viel so eine Kuh wohl wiegen mochte? Tonnen, oder? Er hatte noch nie im Leben eine Kuh von so nahe gesehen, geschweige denn gerochen.

Außerdem standen in mehreren Boxen Pferde. Die waren ihm besonders unheimlich. Sie wurden immer nervös, wenn er kam, tänzelten dann in ihren Ställen herum und wirkten, als erwögen sie, mit einem Satz über die hölzerne Absperrung zu springen und ihn totzutrampeln. Er warf ihnen dann so rasch wie möglich ihr Heu in den Trog und machte, dass er davonkam.

Näher musste er zum Glück nicht an diese Tiere heran. Es kam ein Mädchen, um sie zu bürsten und zu striegeln.

Es dauerte über eine Woche, bis Markus begriff, dass sie absichtlich immer dann kam, wenn er im Stall zu tun hatte.

Kein Zweifel. Schon wie sie immer zu ihm herübersah, sprach Bände.

Markus betrachtete sie aus den Augenwinkeln genauer. Sie war noch jung, ein Backfisch, der für den geheimnisvollen Fremden schwärmte. Sie hatte große schwarze Augen, und eine Flut dunkler Locken reichte bis zur Mitte ihres Rückens. Ihre Haut war so rein, dass sie in dem dämmrigen Licht, das die zwei müden Glühbirnen im Stall verbreiteten, zu schimmern schien. Sie war züchtig gekleidet, doch die Knöpfe an ihrem Wams spannten von der Oberweite, die sie darunter verbarg, und auch ihre breiten Hüften ließen sich nicht verheimlichen. Ein gebärfreudiges Becken zweifellos, bereit, die Geschichte der Menschheit wieder von vorn beginnen zu lassen, wenn es sich als notwendig erweisen sollte.

Sinnlichkeit lag in der Art, wie sie mit den Pferden umging, und wenn Markus zusah, wie sie sich reckte und streckte und die gewaltigen Tierleiber striegelte, spürte er ein Ziehen in den Lenden. Sie strahlte Lebenshunger aus, Neugier, Ungeduld. Sie war ... *willig.*

Die Arbeit im Heu ging leichter und schneller, wenn man etwas dabei zu denken hatte, und Markus hatte viel zu denken. Sah so seine Zukunft aus? War das das Leben, das das Schicksal für ihn vorgesehen hatte? Körperlich zu arbeiten, sich hier in Bare Hands Creek einzuleben, Kontakte zu knüpfen? Jeden Sonntag in die Kirche zu gehen wie alle und so zu tun, als sei er fromm, um nicht als Außenseiter zu gelten? Eine neue Karriere zu durchlaufen, mit anderen Regeln, aber dem Ziel, das Karrieren immer und zu allen Zeiten gehabt haben, nämlich weiter oben auf der Leiter zu stehen zu kommen, egal, wo sich diese Leiter befand und wie lang sie war?

Und schließlich eine der Töchter des Dorfes zu ehelichen, Kinder zu zeugen und zu vergessen, dass es einmal Computer und schnelle Autos und Telefone für die Hemdtasche und eine Raumstation und Marsroboter und Wolkenkratzer und Autobahnen über gähnende Abgründe hinweg gegeben hatte?

Vergessen, dass er einmal die Vision eines gläsernen Turmes gehabt hatte, der seinen Namen trug und den die ganze Welt kannte?

Mit jedem Tag wurde es kälter, und fast jede Nacht fiel wieder Schnee. Der kleine Stausee begann zuzufrieren. Da seine Wasserkraft dadurch abnahm, musste der Strom rationiert werden. Es gab morgens beim Aufstehen eine Stunde lang Strom, damit man keine Zeit mit dem Anzünden von Lampen verlor und die Männer sich rasieren konnten (woher würde er in zwei, drei Jahren Ersatzklingen für seinen Rasierer kriegen, fragte sich Markus), und abends eine weitere Stunde. Die übrige Zeit blieben die Schieber geschlossen, und wer Licht wollte, musste eine Kerze anzünden.

»Beschaulich ist es jedenfalls«, meinte Taggard, als sie abends noch bei einem Bier zusammensaßen und die Kerze zwischen ihnen auf dem Küchentisch glomm.

Man könnte auch ›primitiv‹ sagen, dachte Markus, sagte aber: »Jedenfalls sind wir die Verkehrsstaus endgültig los.«

»Und die E-Mails.«

»Die Werbesendungen, die den ganzen Briefkasten zumüllen.«

»Und sogar das Finanzamt«, grinste Taggard. »Nie mehr Formularkram. Das ist es fast wert, finden Sie nicht?«

Dann wurden sie aufgefordert, mit dem Holz sparsamer umzugehen. Ab sofort durfte nur noch einmal pro Woche warm geduscht werden, die übrige Zeit hatte man sich mit ungeheiztem, also eiskaltem Wasser zu waschen.

»Macht frisch«, meinte Taggard.

»Ja«, sagte Markus.

»Soll auch gesund sein.«

»Sagt man.«

Aber es stimmte, er fühlte sich prima. Eigentlich so gesund wie noch nie. Die körperliche Anstrengung tat ihm gut, ließ ihn nachts schlafen wie einen Stein, und obwohl die Mahlzeiten alles andere als *haute cuisine* waren, hatte es ihm selten im Leben so geschmeckt. Abgesehen davon war die Arbeit auch nicht mehr so erschöpfend wie anfangs; er hatte sogar den Eindruck, dass seine Muskeln an Umfang zunahmen.

An einem der folgenden Tage sprach er das Mädchen an. Nichts Großartiges. Er sagte einfach nur »Hallo«, als er hereinkam und sie schon bei dem Schimmel mit der schwarzen Mähne ganz außen zu Gange war.

Sie lächelte. Aufmunternd. Aufregend. Auffordernd.

»Macht viel Arbeit, so ein Pferd, was?«, fuhr Markus fort. Es passierte wie von selbst. *So ein blöder Spruch!*, schalt er sich selbst, kaum dass die Worte über seine Lippen waren.

Sie lächelte. »Ich mach's gern.«

»Sieht man.«

Sie schien etwas darauf sagen zu wollen, aber stattdessen biss sie sich auf die Lippen und bürstete mit doppelter Geschwindigkeit weiter. Sie ähnelte dem Pferd. Irgendwie. Sie war auch so … ausladend. Energiegeladen. Unheimlich.

Okay, dachte Markus nach einer Weile, als immer noch keine Antwort kam. Das war's dann wohl.

Also widmete er sich den Kühen, füllte ihre Futterkrippen auf. Inzwischen hatte Jack ihn schon so weit befördert, dass ihm gestattet war, den Kühen die Scheiße unterm Hintern wegzuräumen und frisches Stroh hinzuschütten. Eine unangenehme Arbeit, aber irgendjemand musste sie tun. Irgendjemand musste sie schon immer getan haben, auch vor dem Ölschock. Da waren die Kühe auch nicht aufs Klo gegangen und bei Erreichen des Schlachtgewichts von selber zum Metzger spaziert.

Über all das hatte er sich früher nie Gedanken gemacht, nicht eine Sekunde. Fleisch, das war etwas gewesen, das in Plastik abgepackt und mit Preis und Haltbarkeitsdatum etikettiert im Kühlregal lag. Wenn es nicht ohnehin fertig zubereitet mit einem Teller darunter vor ihm auf dem Tisch gelandet war.

Dass man das, was man hatte, immer erst zu schätzen lernte, wenn es vorbei war! Was hatte er doch für ein bequemes, erfreuliches, aufregendes und privilegiertes Leben geführt, ohne sich dessen bewusst zu sein. Stattdessen hatte er diese ganze herrliche Zeit damit verbracht, damit unzufrieden zu sein und sich auszumalen, wie großartig es einmal sein würde, wenn er erst Vorstandsvorsitzender war. Milliardär. Besitzer eines Ferraris, einer Luxusvilla, eines eigenen Jets. Was auch immer.

Und nun war er Stallknecht im ersten Lehrjahr. Vom Millionär zum Tellerwäscher, sozusagen.

Er war mit den Kühen fertig und wollte gerade gehen, da rief sie: »Du?«

Markus blieb stehen. »Hmm?«

»Willst du mit zum Mittagessen?«

Markus hatte bisher mittags immer nur zwei Brote gegessen, die er sich morgens eingepackt hatte. »Ja. Wohin denn?«

»Ins Haupthaus.«

Er hatte keine Ahnung, was sie damit meinte. »Okay. Wenn du mich mitnimmst.«

Sie kam aus der letzten Pferdebox und verriegelte den Schlag hinter sich. »Komm.«

Sie wuschen sich nebeneinander die Hände an dem langen Waschbecken aus Stahl. Zwei dünne Wasserstrahlen plärrten auf das Blech herab, so eiskalt, dass die Seife gar nicht richtig schäumte und sie beide knallrote Hände bekamen. Das mit der Seife war blöd; Markus hatte das Gefühl, immer noch zu stinken, als sie aufbrachen.

»Wie heißt du?«, fragte sie und fügte hinzu: »Ich muss das wissen, damit ich dich vorstellen kann.«

»Mark«, sagte Markus.

»Ich heiße Rebecca.«

»Schöner Name.« Das rutschte ihm einfach so heraus. Ein eintrainierter Reflex aus seiner Aufriss-Zeit an der Uni? Nein, damals hatte so ein Spruch auch schon nicht funktioniert.

»Findest du?« Sie freute sich richtig. Sie überquerten nebeneinander die Straße, stapften durch den kniehohen Schnee auf ein großes Gebäude neben der Kirche zu. Es war ein beschwerliches Gehen, aber sie hüpfte beinahe. »Weißt du, ich finde, du bist gar nicht so, wie alle sagen.«

Markus horchte auf. »Ach ja? Was sagen denn alle?«

»Na, du bist einfach so gekommen, hast nie hier gelebt, hast dich nicht eingekauft und kannst überhaupt nichts Besonderes. Und trotzdem darfst du mit uns überleben. Viele denken, das ist ungerecht.«

Markus ließ sich das durch den Kopf gehen. »Denkt niemand, dass es eine Gnade Gottes sein könnte?«

Der Gedanke schien selbst sie zu verblüffen. »Nein«, lachte sie auf.

Vermutlich, überlegte Markus, war es so, dass *jeder* in die Kirche ging und nur so tat, als sei er fromm.

Das Haupthaus war das erste Haus, das er in Bare Hands Creek sah, das ein weiteres Stockwerk besaß. Ein köstlicher Duft nach Gebratenem, nach Kartoffeln und Kräutern schlug ihnen entgegen, als sie, Rebecca voran, die Tür öffneten, die in einen großen Speisesaal führte. Auf den Tischen standen geflochtene Körbe mit Besteck und Stoffservietten darin, man saß auf Bänken.

»Ich habe Mark mitgebracht«, verkündete Rebecca allen, die schon da waren. »Er arbeitet im Kuhstall.«

Allgemeines Nicken ringsum, neugierige Blicke, aber auch kritische, wobei Markus nicht ausmachen konnte, wem diese galten.

Sie setzten sich an das Ende einer Bank. Markus sah sich

rasch um. Es waren nur Frauen anwesend, vorwiegend ältere. Einige konnten, selbst wenn sie schon bei der Gründung des Dorfes dabei gewesen waren, auch damals nicht mehr ganz jung gewesen sein. Sie saßen auf Stühlen entlang der Wände und – strickten. Socken, sah Markus, aber auch Unterwäsche. Mit Schaudern stieg die Vision einer dicken, aus knotiger Schafwolle gestrickten Unterhose vor seinem inneren Auge auf. Er schwor sich, so schnell wie möglich flicken und stopfen zu lernen und auf seine wenigen Unterhosen so gut aufzupassen, wie es nur ging.

»Essen hier nur Frauen?«, fragte er Rebecca flüsternd.

Sie schüttelte den Kopf. »Die Männer kommen gleich.«

Der erste kam zur Tür herein, als hätte er nur auf das Stichwort gewartet; er hatte Holzmehl auf dem Overall. Er schäkerte mit ein paar der Frauen am Eingang, setzte sich, und dann ging es Schlag auf Schlag. Keine fünf Minuten später war der Speisesaal voll besetzt.

Vier Frauen kamen mit Servierwagen aus der Küche und stellten einen gefüllten Teller vor jeden hin. Der Duft, der davon aufstieg, verschlug Markus für einen Moment die Sprache. Unglaublich. Zum ersten Mal im Leben spürte er am eigenen Leib, wie es ist, wenn einem das Wasser im Mund zusammenläuft.

Noch aß niemand, also wartete Markus auch, obwohl es ihm schwerfiel. Sobald alle Teller ausgeteilt waren, sprach jemand ein kurzes Tischgebet, in dem wieder der Menschen gedacht wurde, die es nach »dem Zusammenbruch«, wie es hieß, nicht so gut hatten wie sie, dann griff endlich alles nach Messer und Gabel.

Es war einfach ein Stück gebratenes Fleisch mit Kartoffeln, verschiedenen Gemüsen und einer weißen Soße darüber, aber es schmeckte himmlisch. Wenn es notwendig werden sollte, gestrickte Unterhosen zu tragen, um weiterhin in den Genuss einer derartigen Küche zu kommen, so war das, fand Markus zumindest in diesem Moment, vielleicht doch einer Erwägung wert.

Die ersten Minuten des Essens vergingen schweigend, dann kamen hier und da gedämpfte Unterhaltungen in Gang, und kurz darauf herrschte der in Speisesälen übliche Geräuschpegel. Worauf Rebecca fragte: »Magst du Pferde?«

Markus kaute, was ihn davor bewahrte, spontan zu antworten. »Sie sind mir, ehrlich gesagt, eher unheimlich.«

Das schien sie nicht tragisch zu nehmen. »Ich finde Pferde toll. Im Sommer reite ich immer. Ich kann gut reiten. Wenn du willst, bringe ich es dir bei.«

Für einen Moment stand Markus ein Bild vor Augen von einem sommerlichen Ausritt zu zweit, von glutender Hitze und einem grünen Blätterdach, einem Lager im Unterholz und zwei verschwitzten, nackten Körpern … Dann atmete er tief durch, das Bild verschwand, und er sagte sich ganz nüchtern und ganz sachlich, dass es vernünftig, ja sogar nötig sein würde, das Reiten *richtig* zu lernen, um für die Zukunft gerüstet zu sein. »Ja«, sagte er. »Gern. Das wäre toll.«

Ein strahlendes Lächeln glitt über ihr Gesicht. Mit einem Schlenkern des Kopfes warf sie eine vorwitzige Strähne nach hinten, und in diesem Moment, bei dieser Bewegung erkannte Markus auf einmal, was ihn an ihr faszinierte: Ihr auffallender Lebenshunger, ihre unverblümte sexuelle Bereitschaft erinnerten ihn schlicht und ergreifend an Amy-Lee! Nur mit dem Unterschied, dass bei Rebecca die Konventionen dieser Gemeinschaft und der Religion den Deckel fest auf allem draufhielten. Aber darunter brodelte es, und wie.

Amy-Lee. Wie es ihr wohl erging? Bestimmt nicht schlecht, bei den Möglichkeiten, die ihr Vater hatte. Bestimmt hatte sie längst den nächsten Liebhaber und verschwendete keinen Gedanken mehr an ihn. So wenig, wie sie je über die Männer vor ihm nachgedacht hatte, als er angesagt gewesen war. Zumal ja er es gewesen war, der gegangen war.

Es wurde Zeit, dass er darüber hinwegkam. Das alles hatte im wahrsten Sinne des Wortes in einem anderen Leben stattgefunden.

»Woran denkst du?«, fragte Rebecca.

»An jemanden, der … wie soll ich sagen …?«

»Der in den Zusammenbruch geraten ist.«

»Ja.«

»Eine Frau?« Der sichere Instinkt der Jägerin.

»Ja«, sagte Markus. »Eine Frau.«

Rebecca sah auf ihren Teller hinab, scharrte mit der Gabel in der Soße. »Es werden nicht alle da draußen sterben, weißt du? Mein Vater sagt das. Vielleicht hat sie Glück gehabt, und es geht ihr gut.«

»Dein Vater?«

»Der Reverend«, sagte Rebecca.

Am nächsten Tag nahm ihm Jack die Heugabel aus der Hand und erklärte, er werde ihm jetzt das Schießen beibringen.

»Das Schießen?«, wiederholte Markus begriffsstutzig.

»Hast du schon mal geschossen?«, fragte Jack.

»Nein.«

»Na also.«

Sie marschierten zum Haupthaus, das sie diesmal durch einen anderen Eingang betraten. Es ging in den Keller hinab, in einen Raum, in dem entlang der Wände Schränke aus massiv wirkendem Stahl standen. Jack holte einen Schlüssel hervor, den er an einer Kette um den Hals hängen hatte, und schloss einen davon auf. Hinter der Tür hingen fünf Gewehre in Halterungen, am Boden türmten sich Schachteln mit Munition. Jack nahm eine davon. »Fünfzig Schuss«, sagte er und drückte sie Markus in die Hand. »Das ist die Ration für den Unterricht. Beim fünfzigsten Schuss musst du es können.«

»Okay«, meinte Markus unbehaglich.

Das Gewehr trug Jack zunächst lieber selber. Er verriegelte alles, dann ging es wieder hinaus in die Kälte. Sie marschierten die Dorfstraße entlang und auf der Seite des Dorfs, die Taggards Haus entgegengesetzt war, in den Wald, bis sie an eine längliche Bodensenke kamen, die offenbar als natürlicher Schießstand genutzt wurde. Auf einem Querbalken am Ende der Senke standen fünf reichlich demoliert aussehende Konservendosen.

»Also, Regel Nummer eins«, sagte Jack und hob das Gewehr an. »Eine Waffe immer so behandeln, als sei sie geladen. Regel Nummer zwei: Wenn du eine Waffe trägst, muss die Mündung immer auf den Boden zeigen. Regel Nummer drei: Ausgenommen den Fall, dass du absichtlich auf jemanden anlegst, um ihn zu bedrohen oder zu töten …«

Markus durchfuhr die Selbstverständlichkeit, mit der der rothaarige Hüne vom Töten eines Menschen sprach, wie ein elektrischer Schlag.

»… darf die Mündung auch beim Hantieren nie auf einen Menschen gerichtet sein. Klar? Wenn ich dich doch dabei erwische, gibt's zehn Stockhiebe.«

»Stockhiebe?«

»Hilft ungemein dabei, die dritte Regel zu beherzigen, glaub mir.«

Dann erklärte er ihm die Waffe. Wie man sie lud. Wie man sie hielt. Wie man anlegte und zielte. »Entsichert wird erst unmittelbar vor dem Schuss«, schärfte er ihm ein, »und der Zeigefinger bleibt bis zu dem Moment, in dem du abdrückst, außerhalb des Bügels.«

»Okay«, sagte Markus.

Jack reichte ihm das geladene Gewehr. Markus hantierte bedachtsam damit, bemüht, die drei Grundregeln einzuhalten, stellte sich in Position, legte auf die erste Dose an und –

Im Moment des Schusses war ihm, als trete ihm ein Elefant gegen die Schulter. Die Kugel pfiff durch das Geäst davon, und der Gewehrlauf zuckte, wohin er wollte.

»Typischer Anfängerfehler«, sagte Jack. »Du musst den Kolben *fester* an die Schulter drücken. Du hast versucht, den Schlag abzufangen – was unmöglich zu schaffen ist. Aber je fester du den Kolben an deine Schulter presst, desto weniger Anlauf kann er nehmen, um dich zu treffen, klar? Du und das Gewehr, ihr müsst eins werden. Der Rückschlag muss auf den gemeinsamen Schwerpunkt von dir und dem Gewehr wirken, dann ist es richtig.«

Markus brauchte neun Schüsse, bis er das verstanden hatte.

Der einundzwanzigste Schuss traf zum ersten Mal die Dose, und ab dem dreißigsten Schuss traf er jedes Mal.

»Gut«, meinte Jack zufrieden. »Ein Naturtalent, wie es aussieht. Du kannst gleich morgen mit auf Streife gehen.«

Als Markus an dem Abend zurückkam, hatte Charles Taggard schon einen lecker duftenden Braten auf dem Feuer. Er arbeitete, wie Markus inzwischen mitbekommen hatte, in der Schlachterei und bekam ab und zu ein besonderes Stück ab.

»Leisten Sie mir Gesellschaft?«, begrüßte er ihn, eifrig dabei, den Braten in seiner Form mit seiner eigenen Soße zu beträufeln. »Ich habe beschlossen, eine der wenigen verbliebenen Weinflaschen zu köpfen. Ein kalifornischer Syrah. Nicht die erste Lage, aber doch ein guter Jahrgang. Vorausgesetzt, und deswegen die Frage, dass mir jemand hilft, die Flasche zu leeren.«

»In solchen Fällen helfe ich immer gern«, erklärte Markus.

Das gute Essen, der Wein und das Kerzenlicht machten Taggard redselig. Er erzählte von der Arbeit im Schlachthaus, erläuterte, wie man ein Kalb tötete – man betäubte es durch einen kräftigen Schlag mit dem Hammer auf die Hirnschale, schnitt den Hals in Längsrichtung auf, ohne die Gurgel zu verletzen, kappte die Adern rechts und links und ließ das Tier ausbluten – und wie man es anschließend richtig zerlegte. »Es ist kaum zu glauben, was man an einem Tier alles verwerten kann. Eigentlich alles. Vom Fell über die Knochen bis zum Darm und der Blase…«

»Unappetitlich, oder?«, meinte Markus und nahm sich noch eine Scheibe. Mit Pflaumen, das war oberlecker.

»Grausam, ja«, räumte Taggard ein. »Auf den ersten Blick zumindest. Ich war am ersten Tag völlig fertig, das können Sie mir glauben. Und das, obwohl ich in meinem Beruf ja auch allerhand gesehen habe…« Er goss sich versonnen noch etwas Wein nach. »Man versucht, es so zu machen, dass das Tier nicht leidet. Nicht unnötig jedenfalls. Soweit wir das einschätzen können. Aber man tötet es, klar. Und zerteilt den Körper anschließend in Einzelteile. Vorher ist es ein Lebewesen, und nachher ist es nur noch Fleisch. Nahrung. Unentbehrlich in unserer Lage.« Er nahm einen Schluck, ließ ihn auf der Zunge zerfließen, schmeckte ihm gedankenvoll nach. »Eigenartig, wie das alles eingerichtet ist auf der Welt, finden Sie nicht? Ich verstehe es immer weniger, je älter ich werde.«

Später erzählte er von seiner Familie und wie er sie verloren hatte.

»Es war eine Lebenskrise. Und wie das so läuft, manche gehen dann zum Psychotherapeuten, andere holen die Bibel wieder aus dem Schrank. Bei mir war es die Bibel. Wobei ich nicht behaupten will, dass ich Gott gefunden hätte. Habe ich nicht. Aber ich suche jedenfalls.« Taggard sah gedankenverloren in sein Glas, in dem nur noch ein Bodensatz übrig war. »Und nun bin ich hier. Und dass Sie auch hier aufgekreuzt sind, in letzter Minute zudem – schon seltsam.« Er stellte das Glas zurück. »Nun ja, aber wie heißt es? Die Wege des Herrn sind unergründlich.«

Der Mann, mit dem Markus zusammen auf Patrouille ging, war um die fünfzig und hieß Bruce Burgess. Er hatte ein Vollmondgesicht, eine knollige Nase und den Blick eines von der Welt enttäuschten Mannes.

Jede Patrouille musste sich bei einem fülligen Mann an- und abmelden, den jeder nur Kane nannte. Jeder von ihnen erhielt ein Gewehr ausgehändigt, geladen und gesichert, dazu je ein Zusatzmagazin. Bruce bekam ein Fernglas, Markus wurde ein Walkie-Talkie anvertraut. Kane bestand auf einem Uhrenvergleich, notierte die Uhrzeit ihres Aufbruchs in eine Liste und nannte ihnen die Uhrzeit, zu der er sie spätestens zurückerwartete.

Bruce kannte den Weg. Sie waren für die Südroute eingeteilt, die unter anderem die von der 55 heraufführende Straße passierte, über die Markus gefahren war. Vor hundert Jahren, wie es ihm jetzt vorkam.

»Wir werden keiner Menschenseele begegnen«, prophezeite Bruce. »Kommt niemand rauf hier, schon gar nicht im Winter. Es weiß kaum jemand, dass es uns überhaupt gibt.«

Markus nickte, während sie gemessenen Schrittes den Waldweg entlangmarschierten. »Mit anderen Worten?«

»Wir gehen natürlich trotzdem. Man muss wachsam bleiben. Ich sag das bloß, damit du nicht unnötig durch die Gegend ballerst.«

»Tu ich nicht.«

»Es ist nämlich höchstens ein Bär, wenn es irgendwo rascheln sollte. Oder ein Wolf. Kein mexikanischer Flüchtling mit seinen siebzehn Kindern im Rucksack, oder wie manche sich das hier so vorstellen.«

»Es gibt hier Bären und Wölfe?«

»Massenhaft.«

Darüber dachte Markus nach, während sie weitergingen. Der Schnee knirschte unter ihren Füßen; die vorigen Patrouillen hatten den Weg gut festgetreten. Es war nicht allzu kalt heute, mit der Fellmütze aus Kanada ließ es sich aushalten, und sogar seine Stiefel machten mit.

Bruce stammte aus New York, erzählte er Markus, hatte als Wertpapierhändler gearbeitet und war mit James Heinberg, dem Arzt, zur Schule gegangen. Sie waren in Kontakt geblieben, und schließlich hatte Bruce sich auch in Bare Hands Creek eingekauft. Zusammen mit seiner Frau, bloß hatte die kurz vor dem großen Knall unbedingt noch zum achtzigsten Geburtstag ihrer Mutter fliegen müssen, und seither hatte er nichts mehr von ihr gehört.

»Tut mir Leid«, sagte Markus und fragte sich, ob Bruce ihm wohl insgeheim grollen mochte, weil er nun gewissermaßen den durch seine Frau frei gewordenen Platz einnahm.

Der Wald sah harmlos aus. Bäume eben, und jede Menge davon. Man sah kein Ende; irgendwann verlor sich der Blick zwischen den Stämmen und Ästen. Man sah Spuren im Schnee, aber die stammten alle von kleineren Tieren. Vielleicht wollte Bruce ihm bloß Angst einjagen.

»Sag mal«, begann der ehemalige Wertpapierhändler nach einer Weile wieder, »es heißt, du hättest was mit der Tochter vom Reverend.«

»Nein«, sagte Markus.

Sie gingen weiter, aber es war deutlich zu spüren, dass das Thema damit noch nicht erledigt war.

»Wie kommen dann solche Gerüchte zu Stande?«

»Keine Ahnung. Wir arbeiten bloß im selben Stall. Sie bei den Pferden, und ich wische den Kühen die Hintern.«

»Okay. Ich würde dir nämlich abraten. Zu heiß. Der Reverend wäre nicht angetan, verstehst du?«

Markus nickte. »Das denke ich mir.«

Alle fünfzehn Minuten meldete sich Kane und verlangte Rückmeldung und Standort.

»Sag, wir sind am Hasenbau«, soufflierte Bruce.

Markus gab das durch und meinte, nachdem Kane sich zufrieden abgemeldet hatte: »Wo ist hier ein Hasenbau?«

Bruce schüttelte den Kopf. »Da müssten wir jetzt einen Schlenker machen, der *weit* runter- und *steil* wieder raufführt. Nichts für meinen Kreislauf. Ich kenne eine schöne Abkürzung, die alles viel gemütlicher macht.«

»Ich tu alles, was man mir sagt«, meinte Markus schulterzuckend.

Die Abkürzung war bequem zu gehen. Kane meldete sich noch einmal, diesmal riet Bruce, als Antwort »Kartenpunkt 15« durchzugeben. Doch als Markus das Funkgerät danach in die Tasche zurücktun wollte, glitt es ihm aus den behandschuhten Fingern und rutschte den Abhang zu ihrer Rechten hinab.

»Okay«, seufzte Bruce und ließ sich auf einem Baumstumpf nieder. »Pause für die Leute mit den Ferngläsern. Die anderen gehen ihre Funkgeräte suchen. Ich pass so lange auf dein Gewehr auf, wenn du willst.«

Es blieb nichts anderes übrig. Markus stellte sein Gewehr neben das von Bruce, dann folgte er der zum Glück gut auszumachenden Schleifspur hangabwärts.

Natürlich war das Gerät genau an der Schneekante über einer Art Höhle zum Stillstand gekommen, einem Loch, das allem Anschein nach durch die Entwurzelung eines Baumes zu Stande gekommen war. Und natürlich brauchte Markus bloß behutsam die Hand auszustrecken und es zu berühren, damit es sofort weiterrutschte und ins Loch hinabfiel.

»Großartig«, fluchte Markus leise, während er hinterherkletterte und spürte, wie der Schnee anfing, ihn zu durchnässen. Der Rest der Patrouille würde ausgesprochen unangenehm werden.

Das Funkgerät lag in einer kreisrunden Vertiefung im Schnee. Als Markus danach griff, wischte er damit etwas Schnee von dem auffallend gleichförmigen Rand. Darunter kam schwarzes Plastik zum Vorschein.

Was war das jetzt? Markus steckte das Funkgerät ein, dann fegte er den Rest des Schnees beiseite. Machte nichts mehr, wenn sein Handschuh auch noch nass wurde.

Es war ein Kabel. Schwarz und zusammengerollt. Er rollte es aus und las die Aufschrift darauf: *Property of AT&T.*

Das Telefonkabel. Er sah sich das Ende an. Abgeschnitten. Jemand hatte dieses Kabel mit einem guten Bolzenschneider durchtrennt, und das konnte, dem blanken Glanz der Schnittfläche nach, noch nicht lange her sein.

Er fand das Gegenstück einen halben Meter unter dem gegenüberliegenden Rand des Lochs. Das Ende des Telefonkabels, das zum Dorf führte.

KAPITEL 40

»Offen gestanden: Ich weiß nicht, warum die Ölpreise derart hoch sind«, sagte der Wirtschaftsminister in der Bundespressekonferenz. Er war ein untersetzter, kahlköpfiger Mann, ein blasser Parteisoldat, der zeitlebens nie durch sonderliche Eigeninitiative aufgefallen war. Seine Berufung war eine Notlösung gewesen; das wusste jeder, auch er selbst. »Tatsache ist, dass zur Zeit nicht weniger Öl auf dem Markt ist als vor dem Vorfall von Ras Tanura.«

»Aber seit der Zerstörung des Hafens entfallen doch an die fünf Millionen Barrel pro Tag«, wandte ein Reporter aus der ersten Reihe lautstark ein.

»Das stimmt«, bestätigte der Minister. »Doch diese Menge schießen die Mitgliedsländer der IEA seither jeden Tag aus ihren Reserven zu. Ich habe die entsprechende ministerielle Anordnung zwei Tage nach der Explosion im Hafen von Ras Tanura unterzeichnet.«

Ferne Vergangenheit
1937–1947

König Ibn Saud hatte sich stets besorgt geäußert hinsichtlich der Pläne, einen jüdischen Staat in Palästina zu errichten. In einem Gespräch mit einem britischen Gesandten 1937 sagte er, er unterstütze eine Fortsetzung der Besetzung und Verwaltung Palästinas durch Großbritannien, hundert Jahre lang, wenn nötig: Das sei immer noch besser, als das Gebiet zu teilen und einen jüdischen Staat zu gründen.

In einem Interview, das er dem amerikanischen *Life-Magazine* 1943 gab, wiederholte er seine Einwände.

1945, bei dem Treffen mit dem amerikanischen Präsidenten Franklin D. Roosevelt, sagte er, wenn nach Ende des Weltkriegs der Frieden wiederhergestellt sei, sollten die Juden entweder in die Länder zurückkehren, aus denen sie vertrieben worden waren, oder, wenn sie lieber einen eigenen Staat haben wollten – ein Wunsch, den er grundsätzlich verständlich fand –, dann sollte dieser in Europa gegründet werden, zum Beispiel, indem man die Territorien der besiegten Staaten entsprechend beschnitt. Den Staat der Juden jedoch in Palästina errichten zu wollen, warnte er, würde zu Konflikten mit der arabischen Welt führen, zu Unruhen und womöglich zu Krieg. In einem solchen Krieg, erklärte er, werde er als gläubiger Muslim aufseiten seiner arabischen Brüder kämpfen müssen. Da er auf der anderen Seite die Freundschaft der Vereinigten Staaten von Amerika suchte, sei damit ein Loyalitätskonflikt vorprogrammiert.

Roosevelt hörte sich das alles an und versprach dem saudischen König, sein Land werde stets einen Platz an dem Tisch haben, an dem über das Palästina-Problem entschieden werde.

Bereits sein Nachfolger Harry Truman brach dieses Versprechen. Als er seinem Kabinett ankündigte, er gedenke die UN-Resolution zur Schaffung des Staates Israel zu unterstützen, wandte, so wird berichtet, sein Außenminister George Marshall, der Urheber des später nach ihm benannten *Marshall-Plans* zum Wiederaufbau Europas, ein: »Mr. President, das können Sie nicht tun. Das werden uns die Araber nie verzeihen.«

»Araber nehmen nicht an Wahlen in Amerika teil«, erwiderte Truman. »Juden schon.«

So wurde am 14. Mai 1948 der Staat Israel gegründet, und es zeigte sich, dass Marshall, der 1953 den Friedensnobelpreis erhielt, mit seinen Befürchtungen Recht behalten sollte.

König Faisal, der Saudi-Arabien seit 1964 regierte und seit der Beilegung des saudisch-ägyptischen Konflikts, in dem er eine maßgebliche Rolle gespielt hatte, als international bedeutende politische Persönlichkeit Beachtung fand, hatte im Verlauf des Jahres 1972 mehrfach mit einer Reduzierung der Öllieferungen oder gar einem Embargo gedroht, sollten sich die USA im Nahostkonflikt weiterhin auf die Seite Israels stellen.

Am 6. Oktober 1973, dem jüdischen Feiertag *Jom Kippur,* fielen ägyptische und syrische Truppen in Israel ein, um die im Sechstagekrieg 1967 verlorenen Gebiete zurückzuerobern. Trotz anfänglicher Erfolge dank des Überraschungsmoments scheiterte dieses Vorhaben; die israelische Armee konnte den Angriff zurückschlagen und eroberte sogar weiteres Territorium.

Als Präsident Richard Nixon vom amerikanischen Kongress die Zustimmung für Waffenlieferungen an Israel im Umfang von 2,2 Milliarden Dollar verlangte, gab König Faisal dem Drängen des ägyptischen Präsidenten Anwar El Sadat nach: Er »zog das Ölschwert«, wie Historiker es blumig umschreiben, und es folgte, was später als die erste große Ölkrise in die Geschichte eingehen sollte.

Konkret geschah Folgendes: Zehn Tage nach Beginn des Feldzugs trafen sich zehn arabische Ölminister in Kuwait, erhöhten die Ölpreise um 70 % und vereinbarten, ihre Ölproduktion um fünf Prozent pro Monat zu drosseln, und dies so lange, bis der Nahostkonflikt zu ihrer Zufriedenheit gelöst sei, mit anderen Worten, bis Israel sich aus allen besetzten Gebieten zurückgezogen habe. Am Tag nach Nixons Vorlage kündigte Saudi-Arabien an, seine Ölproduktion sogar um zehn Prozent pro Monat zu verringern; außerdem würde für die Dauer des Embargos kein Öl mehr in die USA oder in die Niederlande verschifft werden. Die Einbeziehung der Niederlande zielte auf Rotterdam, den wichtigsten Ölhafen Europas und von zentraler Bedeutung für die Versorgung des Kontinents.

Es war also nur eine geringe Menge Öl, die auf dem Markt tatsächlich fehlte. Zudem begann der Iran, der damals noch Persien hieß und von Schah Reza Pahlewi regiert wurde, unverzüglich, seine eigenen Ölförderungen zu steigern, um die Fehlmengen nach Kräften auszugleichen. Außerdem endete das Embargo, ohne irgendetwas erreicht zu haben, nach wenigen Monaten wieder.

Doch für die betroffenen Länder war es ein Schock. Überall in den Industrienationen erkannte man, wie blind man sich darauf verlassen hatte, dass die Ölimporte stets reichlich und problemlos fließen würden. Man besaß keine Reserven. Man hatte keine Informationen über vorhandene Lagerbestände. Und man hatte keine wirklichen Alternativen. Die Wirtschaft war inzwischen vom Öl abhängig.

Es war ein böses Erwachen. Obwohl nur wenig Öl fehlte, es *fehlte* eben, und das trieb die Preise in die Höhe. Hatte das Öl bis Ende 1970 relativ stabil 1,90 Dollar pro Barrel gekostet, hatte die OPEC den Preis zunächst auf drei Dollar erhöht und kurz vor Beginn des Embargos auf fünf. Bis Anfang 1974 erhöhte sich der Ölpreis jedoch bis auf 11,65 Dollar pro Barrel.

In den Jahren 1974 und 1975 kam es weltweit zum steilsten Absturz gewerblicher Aktivitäten seit dem Krieg. Lebensmittel und Konsumgüter wurden rasant teurer, Firmen gingen pleite, Banken brachen zusammen, und ganze Branchen wie Stahl, Schiffsbau und Chemie rutschten in eine Depression, aus der sie sich so schnell nicht wieder erholen sollten. In Deutschland verloren unmittelbar durch die Ölkrise etwa eine halbe Million Menschen ihre Arbeit. Etliche bis dahin weitgehend unbekannte Begriffe wie *Kurzarbeit*, *Staatsverschuldung* und *Arbeitslosenrate* wurden in der Folge Teil des allgemeinen Sprachschatzes.

Am schlimmsten traf Faisals »Ölschwert« Länder, die an dem Konflikt überhaupt nicht beteiligt waren: Entwicklungsländer wie Indien, die Philippinen, Thailand, ganz Afrika und Lateinamerika. Der Preisanstieg des Erdöls erstickte die vielversprechenden Ansätze in Landwirtschaft und Industrieentwicklung. Die Teuerung bei Düngemitteln, Baustahl und chemischen Produkten trieb die Länder zurück in die Misere, aus der sie gerade begonnen hatten, sich herauszuarbeiten.

Die Ölkrise führte zu Reaktionen der Industriestaaten, die sich ihrer Abhängigkeit bewusst geworden waren.

Erstens begannen Anstrengungen, weitere Ölvorkommen anderswo zu erschließen – was in vielen Fällen gerade durch die gestiegenen Ölpreise erst rentabel wurde. Die größten derartigen Projekte waren die Offshoreförderung in der Nordsee und vor Alaska.

Zweitens begann man, Alternativen zu schaffen. Wesentlichstes Element hiervon war der massive Ausbau der Kernenergie. Die Regierung der Bundesrepublik Deutschland unter Bundeskanzler Helmut Schmid beschloss ein Atomprogramm, das vorsah, bis 1985 mindestens 45 Prozent der Elektrizität aus Kernkraftwerken zu gewinnen. Spanien, Italien und Frankreich legten ähnliche Programme auf, wobei das französische noch ehrgeiziger als das deutsche war und auch mit größerer Entschiedenheit umgesetzt wurde.

Drittens beschloss man, Ölreserven anzulegen.

1974

Am 18. November des auf das Embargo folgenden Jahres setzten die Vertreter der sechzehn wichtigsten Industrienationen ihre Unterschriften unter das *International Energy Program*, einer Vereinbarung, die zum Ziel hatte, Beeinträchtigungen durch vorübergehende Schwierigkeiten mit der Ölversorgung zu vermeiden. Wichtigste Maßnahme hierfür war die Verpflichtung jedes Landes, Ölvorräte für sechzig Tage ohne Importe vorzuhalten, ein Level, das man wenige Jahre später auf neunzig Tage erhöhte. Ferner wurde eine Behörde eingerichtet, die *International Energy Agency IEA*, die ihren Sitz in der Rue de la Fédération in Paris hat und ein weltweites Informationssystem unterhält, um über die vorhandenen Reserven sowie drohende Gefahren für die Energieversorgung auf dem Laufenden zu sein.

Die größte Einzelreserve dieses Systems und überhaupt der größte Vorrat an regierungseigenem Öl für Notfälle befindet sich natürlich in den USA. Es handelt sich um die *Strategic Petroleum Reserve (SPR)*, die in vier Salzstöcken lagert, und zwar in Bryan Mound und Big Hill in Texas sowie in West Hackberry und Bayou Choctaw in Louisiana. Hier wurden durch Ausspülen des Salzes Speicherkavernen geschaffen, die so groß sind, dass jede einzelne mühelos den Chicago Sears Tower aufnehmen könnte – und 62 solcher Speicher gibt es, alle gefüllt mit Öl. Es ist genug Öl, um die Verpflichtung gegenüber der IEA zu erfüllen und darüber hinaus noch genügend Reserven für die nationale Verteidigung zu haben.

Das Notfallsystem der IEA wurde bisher, abgesehen von Tests und routinemäßigen Überholungen, erst zweimal beansprucht: das erste Mal 1991 während des Golfkriegs, am Tag des Beginns der *Desert Storm* genannten Angriffe auf den Irak, und das zweite Mal im September 2005, nachdem der Hurrikan Katrina die in Louisiana gelegenen Raffinerien und Ölverladehäfen zerstört hatte und die Ölversorgung der USA damit akut gefährdet war.

Zuständig für alle den Ölnotfall betreffenden Fragen ist die so genannte *SEQ*, die *Standing Group on Emergency Questions*. Sie hatte auch unmittelbar nach der Explosion am Hafen von Ras Tanura getagt und beschlossen, dass dies ein Notfall war, der es rechtfertigte, die Märkte mit Öl aus den Reserven in der Menge zu versorgen, die während der Reparaturarbeiten am Persischen Golf fehlen würde.

Es herrschte also im Augenblick überhaupt keine Ölknappheit.

Trotzdem stiegen die Preise.

Früher war Dorothea, nachdem sie Julian zum Schulbus gebracht hatte, immer noch einmal nach Hause gefahren, um zusammen mit Werner zu frühstücken, und war erst, wenn er fort war, zum Laden gefahren. Nun hatten sie beschlossen, dass es auf jeden gesparten Kilometer ankam. Also frühstückten sie vorher, und sie kehrte nicht noch einmal zurück, sondern ging gleich zum Laden.

Lange würde sie ihn ohnehin nicht mehr haben.

Trauer erfüllte sie, als sie die blaue Tür aufschloss. Sie hatte sich schon an diese Atmosphäre gewöhnt, liebte die Stille, in die sie eintrat, in der nichts zu hören war außer dem Summen des Kühlregals, liebte den Geruch, der ihr entgegenkam, nach Obst, nach Gewürzen, nach Staub und Reinigungsmitteln ... nach Laden eben. Der Geruch ihres kleinen Reiches. Ihres Hobbys, das sie sich nun nicht mehr würde leisten können, weil es zu teuer kam. Sie würden das Geld stattdessen für Benzin ausgeben müssen.

Traurig, wenn man darüber nachdachte. Und ungerecht, dass es nur ein so kurzer Traum gewesen war.

Sie öffnete die Fensterläden. Im Licht der anbrechenden Dämmerung sahen die Regale geheimnisvoll aus. Es war noch viel zu früh. Vor acht Uhr durfte sie nicht öffnen; über eine Stunde also, die sie herumbringen musste.

Zeit, um schon mal ein wenig Abschied zu nehmen.

Sie machte einen Rundgang. Es gab nichts zu tun, sie hatte am Tag zuvor aufgeräumt und ausgefegt, alles war in bester Ordnung. Alles, was fehlte, waren Kunden. Sie hatten Julians Flugblatt drucken lassen, und er hatte es zusammen mit ein paar Freunden verteilt, für ein paar Euro Taschengeld, aber das hatte auch nichts gebracht.

Ihr Blick fiel auf die Tür, die nach hinten ins Haus führte. Vielleicht, wenn sie sich da mal wieder umsah. Ob man dort schon wieder putzen musste, zum Beispiel. Zumal sie das nach der Übernahme eher nur flüchtig erledigt hatte; zu viel anderes, Aufregenderes war damals zu tun gewesen. Als ihre Träume noch nicht mit der Wirklichkeit aneinandergeraten waren.

Welcher Schlüssel war es noch mal? Der altmodische, genau. Dorothea schloss auf. O je, Modergeruch. Besser, sie brachte morgen das ganze Arsenal an Putzgeräten mit. Der Sohn von

Frau Birnbauer, der sich um alles kümmerte, was mit der Vermietung zusammenhing, kam immer sofort, wenn etwas war, selbst wenn sie nur irgendeinen Stromzähler oder Absperrhahn nicht fand. Wenn sie ihm kündigte, stand er bestimmt auch gleich auf der Matte, und dann wollte sie das Haus in Ordnung wissen.

Die Zimmer lagen in schummrigem Licht, das durch kleine Fenster hereinkam. Es war, als gehe man durch ein altes Hexenhaus. Dabei, nein, eigentlich war die Wohnung gut geschnitten. Nichts Besonderes, keinerlei architektonisch beeindruckende Details – einfach nur eine simple, aufs praktische Leben ausgerichtete Wohnung.

Die Möbel hatte der Sohn von Frau Birnbauer immer noch nicht alle abgeholt. Manche waren grauslig, aber es gab auch ein paar Schmuckstücke darunter, regelrechte Antiquitäten. Die beiden Nachttische zum Beispiel. Das Bord im Flur. Ob sie mit ihm reden konnte, ob er ihr die verkaufen würde …? Unsinn. Sie hatten kein Geld mehr übrig, schon gar nicht für Möbel, die sie im Grunde nicht brauchten.

Von der Küche aus führte eine Tür in einen hübschen kleinen Innenhof, mit einer Terrasse aus alten Steinplatten, umgeben von Ziegelmauern. Jetzt war natürlich alles kahl, struppig und vereist, aber sie hätte gerne gesehen, wie der Hof im Sommer aussah. Bestimmt war es ein Traum, hier zu sitzen, mitten im Dorf und doch abgeschieden von aller Welt.

Die Küche sah auch ziemlich praktisch aus. Mit einem großen schmiedeeisernen Herd noch, der mit Holz befeuert worden war. Du meine Güte, wie man damit nur kochte?

Obwohl – wer konnte wissen, ob man das nicht bald wieder lernen musste. Wenn das so weiterging mit dem Öl und dem Strom.

In der Mitte stand ein weißer Küchentisch mit vier Stühlen darum herum. Richtig klassisch. Erinnerungen stiegen in ihr auf. Ihre Großmutter hatte auch so einen Tisch gehabt. Sie erinnerte sich nicht an viel, aber sie sah noch vor sich, wie sie an so einem Tisch gesessen und wie Oma eine Glasschüssel mit Schokoladenpudding vor sie hingestellt hatte …

»So, und jetzt holst du dir das nötige Handwerkszeug aus der Schublade«, hatte sie gesagt. Das Besteck hatte sie damit gemeint, und Dorothea hatte lachen müssen. Weiße Haare hatte sie gehabt, zum Dutt hochgesteckt. Und ein goldenes Kreuz an einem Kettchen um den Hals. Und blaue Augen.

Hatte dieser Tisch auch eine Schublade? Tatsächlich. Dorothea zog sie auf, aber es war kein Besteck darin, sondern ein uralt aussehendes Notizbuch. Weiter nichts.

Ulkig. Was das wohl war? Das Kassenbuch vielleicht. Sie holte es behutsam heraus und schlug es auf.

Es war kein Kassenbuch. Es war ein Handbuch, wie man einen Laden führte. Die gesammelten Erfahrungen der Amalia Birnbauer, niedergeschrieben in einer feinen, regelmäßigen Handschrift.

Dorothea schloss die Schublade und ließ sich auf einen der Stühle sinken. Das war ja nicht zu fassen. Es war eine Mischung aus Tagebuch und Checklistensammlung, anrührend altmodisch aussehend und zugleich verblüffend modern. Jeder Eintrag trug ein Datum und eine Nummer, die erste Notiz stammte aus dem Jahr 1957 und lautete: *Einen Laden zu führen ist nicht einfach, wenn man es richtig gut machen will. Lernen! Alles, was ich lerne, aufschreiben!*

Ganz hinten hatte sie eine Art Inhaltsverzeichnis angelegt, von der letzten Seite aus rückwärts aufgelistet und regellos durcheinander. *Wie man Preise aushandelt* stand da, gefolgt von *Waren frisch halten, Richtig reklamieren* und *Bestellmengen.* Hinter jedem Schlagwort standen eine oder mehrere Nummern, die auf die Einträge verwiesen. Von denen wiederum waren manche durchgestrichen; da stand dann zum Beispiel: *Bisher ganz falsch gemacht! Siehe jetzt Nr. 214.*

Dorothea blätterte fasziniert durch die Seiten. Jede Menge Adressen, die sicher nicht mehr relevant waren, aber auch Pflegetipps, Anleitungen, wie man alte Brötchen noch einmal auffrischte (kurz in kaltes Wasser tauchen und dann sofort im heißen Backofen bei 200° zehn Minuten aufbacken) oder Gemüse frisch hielt. Mohrrüben hatte Frau Birnbauer immer in einer Kiste mit Sand aufbewahrt. Interessant. Und mit feuchten Tüchern und Salat hatte sie auch eine Menge anzufangen gewusst. Am faszinierendsten waren ihre Notizen, wie man mit Lieferanten zurechtkam und mit Kunden umging. *Sei selbstbewusst,* schrieb sie. *Du bist kein Supermarkt, also versuche nicht mit einem zu konkurrieren. Deine Stärken liegen ganz woanders …*

Dorothea schreckte hoch. Hatte es geklopft? Sie stand auf, ging nach vorn, das Notizbuch in der Hand.

Tatsächlich, da war jemand an der Tür. Und es war schon nach acht! Dorothea schloss auf. Zwei Frauen aus dem Dorf standen da, von denen eine sagte: »Na also, ich dachte doch, Ihr Auto steht da, da müssen Sie doch auch da sein …«

»Ich … habe nicht auf die Uhr geachtet«, brachte Dorothea nur heraus. »Kommen Sie herein.«

»Das Flugblatt gestern, das war ja wirklich allerliebst«, plapperte die andere. »Wer hat das gemalt? Ihr Sohn?«

»Ja«, sagte Dorothea und stutzte. Gestern? *Oh, dieser Schlingel!,* dachte sie. Hatte er es also verschwitzt, die Blätter zu verteilen. Gestern Mittag hatte sie ihn gefragt, ob alles glattgegangen war, und er hatte gesagt, ja, ja. Und dann hatte er auf einmal noch mal dringend weg müssen …

»Aber Sie haben völlig Recht«, fuhr die Frau fort, »das macht man sich gar nicht klar, was so eine Fahrt bis zum Supermarkt eigentlich kostet …«

»Haben Sie nur die zwei Sorten Olivenöl?«, rief die andere von hinten.

»Ähm … ja«, antwortete Dorothea und umfasste das Buch der alten Frau Birnbauer fester. »Ich tue von allem immer zwei Sorten her: die beste und die billigste. Mehr Auswahl braucht kein Mensch, finde ich.«

Die Frau sah sie überrascht an. »Da ist was dran.« Sie nahm eine Flasche Olivenöl – das teure, gute – und legte es in ihren Korb.

Bis mittags Schlag zwölf verging keine Minute, in der nicht mindestens ein Kunde im Laden war.

Werner war fröhlich, beinahe aufgekratzt, als er an diesem Abend nach Hause kam. »Es ist alles halb so wild, sage ich dir«, erklärte er und küsste sie heftig. Dann meinte er, noch telefonieren zu müssen. Ihr Werner eben, wie er leibte und lebte.

Sie hörte ihn im Flur auf und ab gehen. »Ja, Werner Utz mein Name. Ich habe Ihnen heute ein Mail geschickt und auch versucht anzurufen... Ja, genau. Fahr und spar. Ach so, Herr Schneider hat Sie schon erreicht? Dann wissen Sie ja schon... genau, morgen sieben Uhr vierzig am Parkplatz Untere Buche. Alles klar.«

»Das klang eben, als wolltest du eine Fahrgemeinschaft gründen«, stellte Dorothea fest, als Werner zurück in die Küche kam.

»Schon passiert«, grinste er. »Das geht bei uns im Büro grad rum wie ein Lauffeuer. Es gibt da jetzt eine tolle Internetadresse, da meldest du dich an, zahlst fünf Euro Gebühr, gibst deine Daten ein, wann und wo du fahren willst, und der Server sucht dir passende Fahrpartner raus, mit Routenplan und Treffpunkten und allem. Wir sind zu viert, wie findest du das? Ich muss morgens bloß noch bis zu dem Park&Ride-Parkplatz hinter Duffendorf fahren, ab dort fahre ich zusammen mit einem, der nach Stuttgart rein muss und uns andere in Sindelfingen absetzt. Das Programm hat auch schon genau ausgerechnet, was wir ihm dafür an Kostenbeteiligung zahlen müssen. Auf die Art spare ich eine Menge Geld, und wer weiß, vielleicht ist es ja sogar ganz nett, wenn man morgens nicht allein im Auto hockt.« Ein nachdenklicher Glanz trat in seine Augen. »Wenn man es genau überlegt, hätte ich auch früher schon auf die Idee kommen können. Blöd, dass einen immer erst das Geld auf so was bringt...«

Der Reporter, der für die Tagesschau von der Frankfurter Börse berichtete, kommentierte die zunehmend unruhiger ausschlagenden Kurse ebenso beiläufig wie hellsichtig: »Es stimmt zwar, dass trotz der drastischen Verringerung der saudischen Exporte genug Öl am Markt ist, aber natürlich kann die ständige Freigabe von Reserven keine Dauerlösung sein. Wenn es stimmt, dass wir das Ölfördermaximum überschritten haben – und die

Zeichen dafür mehren sich –, dann ist klar, dass ein Barrel, das aus den Speichern der Mineralölreserve entnommen wird, nicht wieder aufgefüllt werden kann. Das weiß die Börse. Mit anderen Worten, die Uhr läuft. Der Umstieg auf andere Energiequellen muss erfolgt sein, ehe die Reserven zu Ende gehen. Und wie die Börse die Aussichten dieses Unterfangens einschätzt, wird bestimmen, wohin die Wirtschaft sich bewegt.«

Die Topmeldung unmittelbar nach den Weihnachtsfeiertagen: Der saudische König, der sich – angeblich aus gesundheitlichen Gründen – in einem Landsitz in der Nähe von Nizza aufgehalten hatte, war dort ermordet worden.

Der amerikanische Kongress hatte eine Eilverordnung verabschiedet, die den Schutzstatus des Naturschutzgebiets *Arctic National Wildlife Refuge* in Alaska aufhob. Die Verordnung trat mit sofortiger Wirkung in Kraft und ermöglichte es, dort mit Bohrungen zur Erschließung der sich darunter befindlichen Ölfelder zu beginnen.

Umfragen ergaben, dass eine deutliche Mehrheit der Amerikaner dieses Vorgehen befürwortete. Die Deckung des Energiebedarfs, fanden sie, hatte Vorrang vor dem zweifellos ebenfalls wichtigen Schutz der Natur und der Umwelt.

Dass das Ölfeld dort nur so viel Öl enthielt, um den Bedarf der USA für zirka sechs Monate zu decken, war über 98 % der Befragten unbekannt.

Die Ölkonzerne würden so viel verdienen wie noch nie, berichtete die *Financial Times* unter Berufung auf Insiderinformationen. Da sie das Öl, das sie jetzt verkauften, schon vor den Unruhen in Saudi-Arabien und damit wesentlich billiger eingekauft hatten, realisierten sie Gewinnspannen ohne Beispiel in der Geschichte.

Die Vorstandsvorsitzenden der Konzerne wiesen diese Behauptung zurück, gleichwohl stiegen die Börsennotierungen aller Ölkonzerne.

Zugleich stieg auch der Benzinpreis wieder. Hatte er sich nach der Aussetzung der Mineralölsteuer zunächst auf einem Level von durchschnittlich 2,10 Euro eingependelt, kletterte er zu Jahresbeginn schier unaufhaltsam erneut der bisherigen Höchstmarke entgegen.

Der Unterschied war, dass der Staat diesmal keinen Cent mehr mitverdiente, sondern der gesamte Betrag nun in die Kassen der Mineralölkonzerne floss. Der Finanzminister grollte: »Ich sehe nicht, wie wir die Mineralölsteuer je wieder in Kraft setzen sollen. Wir können doch nicht auf diese exorbitanten Benzinpreise noch mal was draufsatteln!«

Er fügte hinzu, der zu erwartende Einnahmeausfall betrage voraussichtlich um die 42 Milliarden Euro pro Jahr. Wie der Staatshaushalt das verkraften solle, sei noch völlig offen.

Die *taz* wollte erfahren haben, dass dies eine von den Konzernen abgesprochene Strategie war. Dies wurde jedoch nicht einmal kommentiert.

Zwischen den amerikanischen Firmen, die mit der Erschließung der Ölvorkommen am Kaspischen Meer befasst waren, und der russischen Regierung kam es zu Streit. Die Amerikaner würden staatliche Auflagen missachten, klagte ein Sprecher des Moskauer Energieministeriums. Die Gegenseite bestritt dies; man halte sich exakt an die vertraglichen Vereinbarungen. Der russische Präsident erwähnte zur allgemeinen Verwunderung diesen Vorfall in einer Fernsehansprache und warnte vor einer Eskalation. Wenn jemand, nur weil er über Kapital verfüge, glaube, sich über die staatliche Autorität hinwegsetzen zu können, so werde man dies nicht hinnehmen.

KAPITEL 41

Abends in der Kirche, während er seine Lippen bewegte und versuchte, so auszusehen, als singe er aus vollem Herzen mit, wusste Markus immer noch nicht, was er von seinem Fund an diesem Nachmittag halten sollte.

Sein erster Impuls war gewesen, Bruce zu rufen und ihm das abgeknipste Kabel zu zeigen. Sensation! Empörend! Sabotage! Doch noch ehe er Luft dafür geholt hatte, war ein zweiter, mächtiger Impuls in ihm aufgestiegen, der gesagt hatte: *Vorsicht!* Eine jähe, unheilvolle Ahnung, hier an Dingen zu rühren, mit denen er besser nie in Kontakt gekommen wäre.

Woher mochte dieses Gefühl kommen? Er stand reglos, das Kabelende in der Hand, während ihm dämmerte, was sein Unterbewusstsein offenbar sofort kapiert hatte: Jemand hatte das Telefonkabel der Siedlung gekappt. Jemand, der genau gewusst haben musste, wo es verlief. War es weit hergeholt zu denken, dass die nächsten Mobilfunkmasten vielleicht auf eine ganz ähnliche Weise außer Funktion gesetzt worden waren?

Wer konnte das gewesen sein? Und aus welchem Grund? Markus wusste es nicht, aber er hatte das Gefühl, dass ihm die Antworten auf diese Fragen nicht gefallen würden.

Also hatte er nichts gesagt. Er hatte sich die Stelle gemerkt, war wieder nach oben geklettert, und sie hatten die Patrouille fortgesetzt.

Und irgendwo in der Ferne, da war er sich ganz sicher, hatte er einen Wolf heulen hören.

An dem Abend wartete er, bis Taggard schlafen ging, und dann noch eine Stunde im Dunkeln. Ganz dunkel war es nicht; Mondlicht schien herein, gerade auf die Schwarzwälder Kuckucksuhr, die an der Wand hing und von der Taggard gesagt hatte, er habe sie nur gekauft, weil sie statt mit Batterien mit Gewichten betrieben wurde. Und in einem Laden in Boise, nicht in Deutschland.

Die Schnarchgeräusche, die leise durch die Schlafzimmertür hindurch zu hören waren, klangen nach tiefem, festem Schlaf. Markus schlug die Decke beiseite, schlüpfte in Hose und Schuhe, nahm seine Winterjacke vom Haken und öffnete behutsam die Tür zur Garage.

Es war kalt, das Feuer im Heizkessel glomm nur noch. Markus tastete sich zu seinem Wagen durch, der sich anfühlte, als sei er zu Eis geworden. Die Innenbeleuchtung glomm beunruhigend schwach, als er die Tür öffnete. *Kaum noch Saft in der Batterie,* dachte er. Aber ein Radio brauchte auch nicht sonderlich viel Strom, soweit er wusste.

Bloß dass da kein Radio mehr war.

Markus starrte das leere Rechteck im Armaturenbrett an. Das träumte er jetzt bloß, oder? Das Stromkabel schaute noch heraus. Er fasste mit der Hand hin, tastete die Halterung ab und fand, dass es sich für einen Traum zu realistisch anfühlte.

Er musste hier weg. Dringend. Wo immer seine Zukunft liegen mochte, in Bare Hands Creek konnte es nicht sein.

»Jemand hat das Radio aus meinem Auto ausgebaut«, sagte er am nächsten Morgen beim Frühstück.

Taggard sah auf. »Ah ja. Das habe ich vergessen, Ihnen zu sagen. Vor ein paar Tagen war James mal wieder auf der Jagd nach Radios.«

»James?« Markus musste einen Moment überlegen. »Ach so, Heinberg.«

»Ja. Er baut den Verstärker seiner Anlage ständig aus, und dazu braucht er Teile aus anderen Radiogeräten.« Er zuckte mit den Schultern. »Offen gesagt verstehe ich nicht das Geringste von Elektronik. Aber neuerdings scheint er Nachrichten bis aus

Asien zu empfangen, ist Ihnen das aufgefallen? Letzten Sonntag, als der Reverend von den Hungersnöten auf Malaysia und den Philippinen berichtete?«

Markus nahm einen Schluck Kaffee. Taggard hatte angefangen, den echten Röstkaffee aus seinem Vorrat mit hiesigem, selbst gemachtem Getreidekaffee zu mischen; es schmeckte zum Abgewöhnen. »Er hat damit so ziemlich das Informationsmonopol im Dorf, finden Sie nicht? Heinberg, meine ich. Wir haben kein Telefon, kein Fernsehen – und jetzt auch keine Radios mehr…«

Taggard hob müde die Augenbrauen. »Na ja. Und wenn schon.«

»Können Sie sich vorstellen, dass wir vielleicht nicht alles erfahren, was draußen vor sich geht?« Er hatte ihn eigentlich fragen wollen, ob das weiße Rauschen, das der Fernsehapparat noch zeigte, von einem Störsender herrühren mochte. Aber er brachte die Frage nicht über die Lippen.

»Das erfahren Sie sowieso nicht. Das war auch früher nicht anders. Die Nachrichten waren schon immer eine Auswahl, die irgendjemand trifft.«

»Aber Regierung und Medien waren nicht in einer Hand.«

Taggard lehnte sich steifnackig zurück. »Markus, ich habe den größten Teil meines Lebens mit der Beschaffung von Informationen verbracht. Oder besser gesagt: vergeudet. Geheimdienstler sind sowieso Informationsfreaks, schon immer gewesen. Das steckt auch an. Informationen sind der wichtigste Rohstoff, die schärfsten Waffen, sind alles entscheidend, blah, blah, blah. Das ganze Geschwätz eben. Ich habe es geglaubt, und jetzt bin ich es müde, Markus. Ich habe mehr über die Welt erfahren, als ich wissen wollte. Es reicht mir. Ich muss nicht bis in die Details mitkriegen, wie alles vor die Hunde geht. Eigentlich könnte ich auch auf die Hiobsbotschaften gut verzichten, die der Reverend immer verliest.«

Markus sah auf seine Tasse hinab. »Verstehe«, sagte er. Mit anderen Worten, Taggard würde ihm keine Hilfe sein.

»Du sollst zum Reverend kommen«, sagte Jack ein paar Tage später.

Markus war gerade mit den Kühen fertig. »Warum?«

»Das wird er dir schon selber sagen. Hier, mach dich ein bisschen zurecht.« Er reichte ihm einen Kamm. »Du kannst dich bei mir drin waschen; ich habe warmes Wasser da.«

Was mochte der Reverend von ihm wollen? Bestimmt ging es um die Gerüchte, ihn und Rebecca betreffend. Dabei war er ihr die letzten Tage erfolgreich aus dem Weg gegangen.

Mit Bangen näherte er sich dem Haus, einem unscheinbaren Gebäude hinter der Kirche, umgeben von einem Lattenzaun und einem in Schnee und Eis erstarrten Garten. Die Frau des Geistlichen, das hatte er erzählen hören, war früh verstorben, an einem Dschungelfieber während einer Missionsreise in Südostasien. Seither lebe er hier in Bare Hands Creek, allein mit seiner Tochter.

Das erklärte vielleicht einiges.

Small öffnete ihm persönlich. Er schien allein im Haus zu sein. Aus unmittelbarer Nähe wirkte er noch imposanter als im Gottesdienst; es war, als fülle er das Zimmer aus mit seiner Statur und physischen Präsenz. Er bat Markus ins Arbeitszimmer, nahm hinter einem ungeheuren Schreibtisch Platz und sah dort aus, als würde er, wenn er wieder aufstünde, mit dem Kopf unweigerlich durchs Dach stoßen.

»Setzen Sie sich«, sagte der Reverend und deutete auf den Stuhl vor seinem Schreibtisch.

Markus setzte sich. Es war ein schmaler Stuhl mit hoher Lehne, der zu demütiger Haltung zwang. Die psychologischen Tricks der Macht, ganz klar. Das kannte er auch aus ganz und gar weltlichen Büros.

»Ihr Name ist Markus Westermann?«, vergewisserte sich Small.

»Ja«, sagte Markus.

»Ihr Gastgeber hat uns Ihren Namen genannt. Er hat sich auch für Sie verbürgt. Wir verdanken Charles viel, müssen Sie wissen. Er war in der kritischen Zeit in Saudi-Arabien, hat die Ereignisse aus nächster Nähe verfolgt und uns rechtzeitig gewarnt, dass sich die Dinge zuspitzen. Dass der große Knall bevorsteht. Obwohl wir natürlich seit Jahrzehnten grundsätzlich auf alles vorbereitet waren, war das doch sehr hilfreich.«

»Verstehe.«

»Trotz dieser Fürsprache«, fuhr der Reverend fort, »muss ich von Ihnen verlangen, dass Sie sich, wenn Sie hier leben wollen, in unsere Gemeinschaft einfügen. Das heißt insbesondere, dass Sie auch nach den Regeln leben, die wir uns gegeben haben. Regeln, die unter anderem Dinge wie Anstand, Sittsamkeit und, ja, die Keuschheit Unverheirateter umfassen.«

Mit anderen Worten, dachte Markus, *Hände weg von meiner Tochter.* Vielleicht war das ein Punkt, an den er anknüpfen konnte. Wenn der Reverend sich solche Sorgen um seine läufige Tochter machte, würde er es sich möglicherweise etwas kosten lassen, ihn loszuwerden ...

»Reverend, um das klarzustellen: Ich bin nicht mit der Absicht hergekommen, hier zu bleiben. Das hat sich so ergeben, ohne dass ich gewusst hätte, was es mit diesem Ort auf sich hat. Ich war lediglich auf der Suche nach Mister Taggard ...«

»... und zum richtigen Zeitpunkt am richtigen Ort«, ergänzte der Reverend.

»Ja, mag sein«, räumte Markus ein. »Aber was ich damit sagen wollte, ist, dass ich durchaus bereit bin zu gehen. Im Grunde fehlen mir nur ein paar Liter ... ich meine, Gallonen Sprit ... Diesel, genauer gesagt ... Also, wenn der Tank meines Wagens nicht leer wäre, wäre ich längst weg.«

Der Geistliche musterte ihn. Die Augen in seinem brachialen Schädel schienen aus Glas zu sein. »Gehen«, wiederholte er und faltete seine ungeheuren Hände. »Wohin wollen Sie gehen?«

»Das weiß ich nicht. Woandershin eben.«

»Die Welt da draußen zerfällt, Markus.«

»Ich denke, ich werde schon irgendwo ein Plätzchen finden.«

»Sie machen sich den Ernst der Lage nicht klar, Markus.

Sicher, es hat erst angefangen. Es mag Orte geben, an denen alles noch recht harmlos aussieht. Bewältigbar. Halb so wild. Aber das, was geschehen wird«, sagte der Reverend, »wird geschehen. Es ist unaufhaltsam.«

»Ja, aber –«

»Sie haben sicher schon einmal von Malthus gehört. Das exponentielle Wachstum der Bevölkerung, so seine Erkenntnis, muss das lediglich lineare Wachstum der Nahrungsgrundlagen zwangsläufig irgendwann übersteigen. Dies ist ein mathematisches Gesetz, und es kann keinen Zweifel daran geben, dass es richtig ist. Die auf dem Öl basierende Technik und Wirtschaft hat es lediglich geschafft, diese Gleichungen einige Zeit lang auszuhebeln und uns damit den größten Bevölkerungszuwachs in der Geschichte der Menschheit zu verschaffen. Die Zahl der Menschen auf diesem Planeten hat sich seit dem Zeitpunkt meiner Geburt beinahe verdreifacht – eine ungeheure, nie zuvor da gewesene Rate der Vermehrung. Dank der so genannten ›Grünen Revolution‹ ist es auch gelungen, diese sechs Milliarden zu ernähren, einigermaßen zumindest. Doch worauf beruht sie, die ›Grüne Revolution‹? Nur zu einem ganz geringen Teil auf der Züchtung neuer Sorten, Genetik und anderen wissenschaftlichen Methoden. Zum größten Teil beruhen die Erfolge in der modernen Landwirtschaft auf dem Einsatz enormer Mengen an Düngemitteln und Pestiziden, gewonnen aus Erdöl, und massiver Bewässerung mithilfe benzingetriebener Pumpen. Das ist das wahre Geheimnis: Die Landwirtschaft des zwanzigsten Jahrhunderts war nichts als die Kunst, Erdöl in Nahrung zu verwandeln. Doch Erdöl ist die gespeicherte Sonnenenergie von Jahrmillionen. Was davon einmal verbraucht ist, ist für alle Zeiten fort. Wir haben nur hundert Jahre gebraucht, um diesen gewaltigen Vorrat zu verzehren – und nun? Jetzt, da diese Grundlage wegbricht, wird man unweigerlich feststellen, dass die Erde mehr Menschen trägt, als sie auf natürliche Weise zu ernähren vermag. Das kann nur eine logische Konsequenz haben: Die Zahl der Menschen wird abnehmen. Mit anderen Worten: Menschen werden sterben. Viele. Ungeheuer viele, und nichts, was jetzt noch getan werden kann, wird das verhindern. Ihre einzige Chance, Markus, dem zu entgehen, ist hier.«

Es klang beeindruckend, was er sagte und wie er es sagte. Furchteinflößend. Beinahe überzeugend.

Markus räusperte sich. »Sir«, sagte er mühsam, »ich habe nichts zu Ihrem Dorf beigetragen. Ich habe nicht geholfen, es aufzubauen, ich habe mich nicht eingekauft, ich bin nur zufällig hier. Und ich habe die starke Befürchtung, dass Sie auf Dauer nicht zufrieden mit mir sein werden. Ich hielte es trotz allem für besser, wenn ich aufbreche, sobald die Straße wieder befahrbar ist. Alles, worum ich bitten würde, wären ein paar Liter Diesel, falls Sie welchen vorrätig haben sollten.«

An Reverend Smalls Kinn zuckten ein paar Muskeln. »Ich fürchte, das geht nicht.«

»Sie haben keine Vorräte.«

»Doch, natürlich. Wohl verwahrt. Aber ich kann Sie nicht gehen lassen. Ich kann nicht riskieren, dass Sie jemandem von uns erzählen, dass sich Gerüchte verbreiten und dann Tausende von Flüchtlingen über uns herfallen.«

Markus erstarrte. Das hieß im Klartext, dass er hier gefangen war! »Sir, ich verspreche Ihnen –«

»Ich denke, wir haben uns verstanden. Sie können wieder an Ihre Arbeit gehen.«

Nach einigen bitterkalten Tagen, an denen ein so eiskalter Wind durchs Dorf gefegt war, dass Markus bisweilen das Gefühl gehabt hatte, ihm würde die Nase abfallen – die Winterjacke aus dem kanadischen Supermarkt taugte für so ein Wetter nicht viel –, schneite es endlich einmal wieder. Dicke Flocken, die um Häuser und Bäume wirbelten, in einer Luft, die sich beinahe warm anfühlte.

Jeder Schritt durch die weiße Pracht war beschwerlich. Am Morgen waren alle Männer erst einmal zwei Stunden damit beschäftigt, die wichtigsten Wege freizuräumen, und es schneite unentwegt weiter; morgen würde es dasselbe sein.

Danach kam er mit seinem Handkarren kaum voran. Das

Heu darauf wurde feucht, bis er den Stall erreichte, obwohl er sich nach Kräften beeilte.

Er hatte das Tor gerade wieder hinter sich zugezogen, als sie ihn aus dem Dunkel heraus ansprang, sich an ihn drängte, die Lippen feucht, ihm ihren warmen Atem ins Gesicht hauchend.

»Wo warst du denn?«

Rebecca.

Markus wich zurück, aber da war nur das hölzerne Tor. »Wo soll ich denn gewesen sein?«

»Ich hab auf dich gewartet.« Feurige Wellen gingen von ihr aus.

»Wieso das denn?«

»Hab ich halt.« Sie suchte mit ihren Augen sein Gesicht ab. Ihre Hände bewegten sich ohne Unterlass, aber sie traute sich doch nicht, ihn zu berühren. Zum Glück. »Würdest du mich eigentlich gerne küssen?«, fragte sie und streckte die Lippen vor, zu einem hungrigen Spalt geöffnet.

Markus schluckte. »Weißt du, ich glaube, das lassen wir lieber.«

»Och, komm.«

»Dein Vater würde mir den Kopf runterreißen.«

»Der sieht uns doch nicht.«

»Außerdem bist du zu jung.«

»Bin ich nicht. Ich bin fast sechzehn. So gut wie.«

»Also vierzehn.«

»Wenn du mir nicht glaubst«, stieß sie hervor, »dann musst du eben selber nachsehen, ob ich eine richtige Frau bin.«

Es brach ihm fast das Herz. Er hatte noch nie so viel Verlangen in einer Stimme gehört, nicht einmal, als Amy-Lee und er … Und dass sich in seiner Hose ein absolut gewissenloser Körperteil regte, machte es auch nicht leichter.

»Rebecca, lass gut sein. Du bist ein nettes Mädchen, aber du gehörst hierher und ich nicht, also … das kann nichts werden mit uns. Verstehst du?«

Ihr Blick begann zu zittern. »Du kannst mich nicht abweisen«, flüsterte sie. »Ich will dich, hörst du? Ich *liebe* dich doch …«

Die einzige Möglichkeit, ihre pubertäre Libido wirksam zu dämpfen, überlegte er, war, ihr wehzutun.

»Aber ich dich nicht.«

Sie wich zurück, als hätte er sie geohrfeigt. Einen Moment sah er noch ein Glitzern in ihren Augen, von dem er nicht wusste, ob es schrecklicher Schmerz oder bittere Wut war, dann wandte sie sich ab und rannte ohne ein weiteres Wort davon.

Danach bekam er sie nicht mehr zu Gesicht. Es kümmerte sich jemand anders um die Pferde, ein stier dreinblickender Junge, der vielleicht neunzehn, zwanzig sein mochte. Er hatte eine mächtige Kinnlade, strohige blonde Haare und schaute einen nicht an, wenn man mit ihm sprach.

Dieses Problem schien also gelöst zu sein.

Eines Abends ging er nach einer Patrouille noch einmal in den Heuschober, weil ihm während des Rundgangs eingefallen war, dass er vergessen hatte, die Heugabel an ihren Platz zu hängen. Das sah Jack nicht gern, wenn er es bemerkte.

Er betrat den Schober durch die schmale Seitentür und hörte sofort die eigenartigen Laute irgendwo im Dunkeln. Ein gurgelndes »Hmmmf, hmmf, hmmf«, als würde jemand erwürgt und wehre sich nach Kräften.

Markus duckte sich. Was tun? Hilfe zu holen würde zu lange dauern. Er packte den nächstbesten Gegenstand, der als Waffe taugte, einen armlangen Holzprügel, mit dem man sonst Großvieh trieb, dann ging er den erstickten Schreien nach.

Es kam von oben, vom ersten Heuboden. Leise stieg er die Leiter hinauf, von der er wusste, dass sie stabil war und nicht knarrte, lugte vorsichtig über das Gitter …

Es war nur ein Streifen Mondlicht, der durch ein schmales Fenster im Dach hereinfiel, und er brauchte ein paar Sekunden, bis er begriff, was er da sah: zerwühlte Kleidung, gespreizte nackte Schenkel und dazwischen ein behaarter Hintern, der heftig auf und nieder pumpte.

Markus bewegte den Kopf zur Seite, so weit es ging. Rebecca, tatsächlich. Den Mann erkannte er nicht, er sah nur, dass er ihr mit einer Hand den Mund zuhielt, um ihre Schreie zu dämpfen.

Was für eine eigenartige Beschäftigung Sex doch war, wenn man jemand anderem dabei zusah. Aber gut, damit war das ja wohl geregelt. Markus kletterte behutsam abwärts und machte, dass er hinauskam. Was die Heugabel anbelangte … Sollte Jack ruhig schimpfen.

KAPITEL 42

Dorothea sagte sich bisweilen, dass sie über die hohen Benzinpreise beinahe froh sein musste, denn in erster Linie waren sie es, die ihr die Kundschaft zutrieben. Sie hatte die Flugblattaktion noch einmal wiederholt, was auch deutlich Wirkung gezeigt hatte, und Julians Zeichnungen zum Text schienen den Leuten zu gefallen – trotzdem durfte man sich nichts vormachen: Die meisten kamen, um das Benzin für eine Fahrt zu den Supermärkten in Duffendorf zu sparen.

Wie auch immer, momentan lief ihr kleiner Laden jedenfalls wie geschmiert. Er war beinahe *zu* klein. Den ganzen Vormittag über war Betrieb; sie kam manchmal kaum damit nach, neue Ware aufzufüllen. Immer öfter wurde sie gefragt, ob sie denn nicht auch nachmittags öffnen könne. Vielleicht war das der nächste Schritt, in der Tat. Ein Schritt, vor dem sie sich allerdings noch etwas fürchtete. Jemanden einzustellen war entsetzlich kompliziert. Sie hatte sich ein wenig erkundigt, sich ein paar Broschüren schicken lassen, doch nach deren Lektüre war ihr ganz schwindlig gewesen. So viele Vorschriften, die es zu beachten galt! Außerdem war es ein nicht unbeträchtliches finanzielles Risiko; wenn sie jemanden einstellte, der zum Beispiel gleich darauf krank wurde oder gar schwanger – wobei sie nicht danach fragen durfte, das war rechtswidrig! –, dann würde sie das Gehalt weiter zahlen müssen, ohne etwas davon zu haben. Wenn das geschah, konnte das ihr kleines Unternehmen gleich wieder ruinieren.

Wenn in den Nachrichten von der zunehmenden Zahl der Firmenpleiten und der Arbeitslosen die Rede war, sah sie das inzwischen mit anderen Augen. Sie wunderte sich im Grunde, dass überhaupt irgendwer irgendjemanden einstellte.

Sie hatte eifrig weiter in dem Notizbuch der alten Frau Birnbauer gelesen. Ein guter Teil des Gewinns, hatte diese irgendwann erkannt, lag darin, möglichst günstig einzukaufen und immer über Preise und Bezugsmöglichkeiten auf dem Laufenden zu sein. Dorothea hatte daraufhin wieder einmal mit ein paar Bauern gesprochen, und einer, ein sympathischer junger Mann, dem sie wohl gefiel, hatte ihr verraten, dass die Supermärkte schlecht zahlten und überhaupt unangenehme, arrogante Kunden waren. Dorothea hatte festgestellt, dass sie zwar nicht so viel abnehmen, aber dafür besser zahlen konnte, außerdem hatten die Bauern der umliegenden Höfe zu ihr keinen so weiten Weg, was auch ein Argument war. So hatte sie inzwischen Vereinbarungen über direkte Belieferung mit Kartoffeln, Zwiebeln und diversen Gemüsesorten aus dem Wintervorrat. Im Frühjahr würde frischer Salat dazukommen, von dem sie einen bestimmten Teil auch zurückgeben konnte, wenn er verdarb, ohne verkauft zu sein; der würde dann verfüttert werden.

Außerdem hatte sie – noch ein Tipp von Amalia Birnbauer – ein schwarzes Brett neben der Eingangstür angebracht. Das alte Brett hatte noch im Schuppen gestanden; sie hatte es nur feucht abwaschen und zwei Schrauben in die Wand drehen müssen. Es hatte bereits in den Sechzigern und Siebzigern als Anschlagbrett gedient; die alte Frau hatte es jedoch entfernt, als es immer leerer wurde, weil niemand es mehr beachtete. Leer durfte ein schwarzes Brett nicht sein, das war ihre Regel. Es abmontieren zu müssen war für sie Anlass gewesen zu langen philosophischen Betrachtungen über die Dummheit der Menschen, sich wegen ein paar Mark den großen, mächtigen, undurchschaubaren Handelsketten anzuvertrauen und dafür zuzulassen, dass das Leben im Dorf selbst, zu dem nun mal Läden und Wirtschaften und ein Marktplatz und sonstige Treffpunkte gehörten, eines stillen Todes starb. *Die Leute haben zu viele Autos,* war ihre Schlussfolgerung gewesen.

Ein schwarzes Brett darf nicht leer sein: Dorothea hatte die Vorstände des Sport- und des Wandervereins angerufen und, ja, direkt gebeten, sie möchten ihre Bekanntmachungen auch an ihrem schwarzen Brett anbringen, dort würden viele Menschen sie sehen. Peinlicherweise hatte der Vorstand des Wandervereins gar nicht gewusst, dass es einen Laden im Dorf gab.

Außerdem hatte Dorothea fertig zugeschnittene Zettel an die Kasse gelegt und einen Kugelschreiber sowie einen Abroller für Klebstreifen daneben gestellt, sodass jeder, der etwas suchte oder anzubieten hatte, eine private Annonce anbringen konnte. Ihre eigene erste Annonce hatte im Handumdrehen Erfolg gehabt: Sie hatte jemanden gesucht, der ihr den Schuppen zu einem größeren Lager umbaute, worauf sich drei junge Männer gemeldet hatten, die das in die Hand zu nehmen versprachen und mit der Bezahlung, die sie angeboten hatte, zufrieden waren.

»Ich weiß jetzt bloß nicht, ob das eigentlich legal ist so«, erklärte sie Werner beim Abendessen. Sündhaft teures Heizöl heizte den Wohnbereich, und die Aussicht über die kahle, frostige Winterlandschaft war wie immer großartig. »Oder ob es vielleicht Schwarzarbeit ist. Keine Ahnung. Ich hab beschlossen, ich stell mich dumm und denk einfach nicht weiter darüber nach.«

Werner nickte kauend. »Weiß ich auch nicht, so was. Blickt heutzutage kein Mensch mehr durch.«

Er wirkte, als höre er ihr nur mit halbem Ohr zu. Etwas beschäftigte ihn.

»Weißt du, wen ich heute getroffen habe? Margit!«

Dorothea musste überlegen. »Margit …?«

»Margit Müller. Die Frau von Siegmund. Der den Herzinfarkt in Dubai hatte. Also eigentlich seine Witwe.«

Jetzt fiel es Dorothea wieder ein. »Die mal da waren.« Das schien Ewigkeiten her zu sein. Als wäre es in einem anderen Leben gewesen. »Wie geht es ihr?«

»Gut. Wirklich unglaublich. Ich hätte sie fast nicht erkannt … Eigentlich hab ich sie auch nicht erkannt, sie hat mich erkannt.

Sie sah gut aus, top modisch gekleidet, frisiert und so weiter. Sie hat erzählt, dass sie wieder arbeitet. Das Arbeitsamt hat ihr einen Kurs in Webdesign bezahlt, und jetzt halt dich fest: Die Website, über die ich meine Fahrgemeinschaft organisiert habe – die gehört ihr! Die hat sie aufgezogen, als das mit dem *Peak Oil* anfing, durchzusickern. Ihr Sohn hat ihr mit der Programmierung der Datenbank geholfen, den Rest hat sie selber gemacht. Und wie es klingt, verdient sie irre Geld damit. Allein mit der ganzen Werbung, die sie da draufhat. Außerdem hat sie einen Förderpreis des baden-württembergischen Wirtschaftsministeriums gewonnen, und als ich sie getroffen habe, kam sie gerade von einem Interview beim Rundfunk. Die haben da doch so eine Sendung, ›Leute‹ oder so, wo sie alle möglichen Persönlichkeiten jeweils zwei Stunden lang interviewen.« Werner klatschte begeistert in die Hände. »Das ist der Hammer, findest du nicht? Ich sag mir, auf die Idee hätte ich auch kommen können. Das Benzin wird teurer, Fahrgemeinschaften sind ein Weg, das auszugleichen, die Vermittlung per Internet eine praktikable Lösung – zack, und schon brummt der Laden. Und alles geht vollautomatisch! Schlau, einfach schlau. So muss man's machen!«

Dorothea hatte mit einem Gefühl wachsender Verzweiflung zugehört. Zuerst hatte sie sich für die Frau gefreut und dass sie nach dem Verlust ihres Ehemanns einen neuen Weg für sich gefunden hatte, aber nun dachte sie an die Kisten mit Kohlrabi und Weißkohl, die sie täglich auf die Ständer wuchtete, um das Stück für achtzig Cent oder einen Euro zwanzig zu verkaufen, und hatte das Gefühl, in sich zusammenzusinken.

»Was ist denn?«, fragte Werner. Also sah man es.

»Ich stehe die halbe Woche im Laden, habe mittags Kreuzschmerzen und freue mich, wenn am Ende hundert Euro übrig bleiben«, sagte Dorothea dumpf, »und dann erzählst du mir, dass jemand ein paar Bits zusammenbastelt und damit das Zigfache verdient. Und berühmt wird. Und das findest du auch noch toll!« Sie stützte den Kopf auf die Hände. »Ich komme mir so doof vor. Wie die Liesl vom Lande.«

Ein paar Tage lang herrschte dicke Luft im Hause Utz. Dorothea war sauer und niedergeschlagen, Werner gab sich alle Mühe, sie aufzumuntern, versicherte ihr immer wieder, er habe es nicht so gemeint und dass es toll sei, wie sie den Laden hochbringe, von dem das keiner geglaubt hätte, die Experten schon gar nicht. Und dass sie immerhin ihr eigener Chef sei. Und Kontakte habe sie doch nun auch, was sie ja eigentlich gewollt habe.

Das stimmte. Innerhalb weniger Tage hatte sie mehr über das Dorfleben, die Beziehungen untereinander, den Klatsch und Tratsch, die Eifersüchteleien und Liebeleien und so weiter erfahren als in all den Monaten vorher, in denen sie nur zu Hause gelebt hatte. Und sie hatte eine Frau kennen gelernt, ungefähr so alt wie sie und sympathisch, die Interesse zeigte, nachmittags im Laden zu arbeiten. Monika Wiesner hieß sie. Sie hatte die Idee gehabt, dass man die Kinder – sie hatte eine Tochter namens Maia, die ein wenig jünger war als Julian – gemeinsam betreuen und auf diese Weise Arbeit und Familie unter einen Hut bekommen konnte. Das schien Dorothea bis jetzt der gangbarste Weg, um den Laden auch nachmittags öffnen zu können, und das war es schließlich, das ihre Laune wieder aufhellte: Das Gefühl, dass es trotz allem aufwärts ging.

Sie wurde allerdings den Verdacht nicht los, dass Werner insgeheim immer noch davon träumte, es »schlau anzufangen«, wie er es nannte. Und dass es irgendwie damit zusammenhing, dass er kurz darauf einen neuen Bekannten zum Abendessen anschleppte, einen Kollegen aus der Firma, der in der Organisationsabteilung arbeitete und, wie Dorothea erst erfuhr, als er schon da war, nebenher als Anlageberater.

Er hieß Eberhardt Krahn, hatte eine habichtartige Hakennase, langgliedrige Hände und eine schleimige, besserwisserische Art zu reden. Fand Dorothea jedenfalls. Nach der Besichtigung des Hauses, die Werner wie immer durchzog, rief er mit glitzernden Augen: »Toll. Fabelhaft. Kaum zu glauben. Ich hoffe, dir ist klar, was für ein unglaubliches Kapital dein Haus darstellt?«

Werner lächelte geschmeichelt. »Ich habe nicht vor, es zu verkaufen.«

Krahn wedelte mit dem Zeigefinger, eine Geste, die er an diesem Abend noch oft wiederholen sollte. »Denkfehler, Werner. Anfängerfehler. Du musst es nicht verkaufen, du musst nur seinen Wert liquide machen. Jede Bank wird dir mit Handkuss eine Hypothek darauf bewilligen. Und das ist dann Geld, mit dem man arbeiten kann.«

»Schon, aber im Moment liegt ja bereits eine Hypothek drauf«, sagte Werner. »Es ist noch lange nicht abbezahlt.«

»Hypotheken zur Kauffinanzierung schöpfen den Wert eines Objekts nie aus«, belehrte Krahn ihn. »Da geht immer noch was.«

»Aber damit würden wir trotzdem das Haus aufs Spiel setzen«, wandte Dorothea ein.

Krahn sah sie an, allem Anschein nach bass erstaunt, dass eine Frau sich zu Gelddingen äußerte. »Schon«, räumte er schließlich ein. »Das darf man natürlich nicht. Aber es gibt genug risikolose Finanzinstrumente. Man muss sie nur kennen.«

Das zu hören gefiel Werner, sie sah es ihm an. Es war also nicht weiter verwunderlich, dass sich das Tischgespräch während des Abendessens rasch auf Geldanlagen und dergleichen einschoss. Anders gesagt: Krahn schwallte sie regelrecht damit zu. Wobei Werner begierig an seinen Lippen hing, während Dorothea nicht wusste, ob sie sich langweilen sollte oder befürchten musste, dass Werner sich zu irgendwas überreden ließ.

»Die Spielregeln ändern sich gerade«, erklärte er, den guten Wein achtlos hinabstürzend. »Die Ölkrise schlägt auf die Finanzmärkte durch und wirbelt alles durcheinander.«

»Trotz der Ölreserven?«, wandte Werner ein. Er hatte seinen *Ich-kann-mitreden*-Tonfall drauf, der Dorothea zum Stöhnen gebracht hätte, wenn sie unter sich gewesen wären.

Krahn winkte ab. »Das bringt ja nichts auf Dauer. Die Tatsache bleibt, dass die Ölförderung weiter zurückgehen wird; aus den Ölreserven zuzuschießen federt das nur ab. Und lange kann man das auch nicht mehr treiben; man kann die Reserven ja nicht völlig leeren. Für akute Notlagen, für Polizei, Militär und so weiter muss man etwas zurückbehalten – du kannst davon ausgehen, dass man die Freigaben aus den Reserven bald zurückfahren wird. Und das nehmen die Finanzmärkte natürlich alles vorweg.«

Werner warf Dorothea einen Blick zu. »An der Börse werden eben vor allem Erwartungen gehandelt, sagt man ja.«

Sie hatte Mühe, ein Seufzen zu unterdrücken.

»Der Rückgang der Ölförderung wird vor allem die amerikanische Währung treffen«, dozierte Krahn, wieder reichlich Gebrauch von seinem hochgereckten Zeigefinger machend. »Rohöl wurde bislang weltweit zum größten Teil in Dollar bezahlt, das heißt, es bestand immer Bedarf an Dollars, und die amerikanische Notenbank konnte fröhlich grünes Papier drucken und damit in aller Welt einkaufen. Petrodollar nennt man das, aber mit dem geht es in absehbarer Zeit zu Ende. Der Wechselkurs des Dollars wird sinken, das heißt umgekehrt, dass der Euro steigt, was dann hier bei uns die Exporte trifft, zusätzlich zu den demnächst weiter steigenden Transportkosten.« Wedel, wedel, wedel. »Das sieht man jetzt schon. Das Kapital flieht aus den Exportbranchen, und die Kurse sacken ab. Der unserer geschätzten Firma schließlich auch.«

Werner nickte sorgenvoll. »Denkst du, das gibt noch Probleme?«

»Da kannst du drauf wetten. Wenn es dumm läuft, kaufen uns die Chinesen und verlagern alle Werke nach China.«

»Die Chinesen?« Jetzt wirkte Werner doch reichlich verdattert.

Krahn lächelte überlegen. »China versorgt die halbe Welt mit Kleidung und billigen Konsumgütern. Die amerikanische *Wal-Mart*-Kette, der größte Handelskonzern der Welt, kauft für Milliarden in China ein. Die Chinesen haben ungeheure Dollarmengen angehäuft, und wenn der Wechselkurs in den Keller geht, werden sie sie lieber schnell ausgeben, ehe sie gar nichts mehr wert sind. Was den Dollar natürlich noch weiter nach unten treiben wird, davon abgesehen.« Er schüttelte den

Kopf. »Nein, für die amerikanische Wirtschaft sieht es gar nicht gut aus. Jetzt rächen sich die ganzen Außenhandelsdefizite und vor allem das unglaubliche Outsourcing, das die Amis in den letzten Jahrzehnten betrieben haben. Denk dir Hollywood und die paar Computerchip-Fabriken weg – in denen summa summarum auch bloß ein paar tausend Leute beschäftigt sind –, woraus besteht die amerikanische Wirtschaft dann heute noch? Seit den Neunzigerjahren hat man im Wesentlichen nichts anderes mehr getan als Vorstädte zu bauen, zu möblieren und die Finanzierung dafür zu verwalten. Und die Straßen dorthin zu errichten. Und den Leuten die zusätzlichen Autos zu verkaufen, die sie brauchen, wenn sie dort wohnen – ein Geschäft, an dem wir auch beteiligt waren. Ansonsten gibt es noch jede Menge Pseudodienstleistungen und Internetbubbles, aber alles andere – Schwerindustrie, Chemie, Bergbau, Textilindustrie, *you name it*: praktisch alles ausgelagert. Wird alles eingekauft und hertransportiert. Was, wenn diese Versorgungswege aufhören zu funktionieren? Oder nur ein bisschen ins Stocken kommen? Dann heißt es *hasta la vista, baby.*«

Werner hatte ihm mit Stirnrunzeln zugehört. »Ist das jetzt nicht ein bisschen übertrieben? Die Amerikaner haben doch jede Menge Hightech – Gentechnik, Raumfahrt, Flugzeugbau …«

»Alles Branchen, für die du höchstqualifizierte Leute brauchst. Die gibt es nicht an jeder Straßenecke. Eine gesunde Wirtschaft braucht vernünftige Jobs für das ganze Spektrum, vom Überflieger bis runter zum Dummkopf.« Wieder hob Oberlehrer Krahn den Zeigefinger. »Und das ist immer noch nicht alles. Auch die Bau- und Immobilienbranche bricht nämlich grade mit Getöse ein. Und warum? Weil die steigenden Benzinpreise und vor allem die Aussicht, dass das nicht mehr anders werden wird, die Bewegung raus aufs Land gestoppt hat. Im Gegenteil, wer kann, zieht wieder näher an die Stadt. Die Immobilienpreise sind in freiem Fall, ein Haus in der Vorstadt ist nichts mehr wert. Nimm das und die bisher schon atemberaubende Verschuldung der amerikanischen Privathaushalte, und du hast den Fahrplan für den Zusammenbruch. Die ersten

Kredite platzen bereits, die Banken geraten reihenweise ins Taumeln, und eine Pleitewelle haben die drüben natürlich auch.«

»Aber Banken haben doch einen Sicherungsfond oder wie das heißt?«

Krahn nahm sich noch eine Scheibe von dem Kalbsbraten; die dritte, wie Dorothea bemerkte. »So ein Fond ist gut, wenn *eine* Bank in Schieflage gerät. Aber wenn *alle* anfangen zu kentern ... Hinzu kommt noch eine weitere pikante Schwierigkeit. Wie wir alle mitbekommen haben, inklusive unappetitlicher Bilder vom Ort des Geschehens, ist der saudische König tot. Sein designierter Nachfolger ist verschollen. Die gesamte herrschende Klasse hat das Land verlassen und wird, wie es aussieht, den Rest ihres Lebens von ihren Ersparnissen zehren müssen. Ein erklecklicher Teil dieser Ersparnisse – man schätzt, ungefähr eine Billion Dollar – ist in amerikanischen *security markets* angelegt. Das ist wie ein Damoklesschwert: Das ist Geld, das die saudischen Prinzen jederzeit abziehen können – und wenn sie das auf einen Schlag tun sollten, zwingt das das amerikanische Finanzsystem in die Knie. Und das globale wahrscheinlich mit.«

Dorothea bemerkte, dass Werners Finger ein wenig zitterten, als er nach der Weinflasche griff und nachgoss. »Ich kann mir nicht vorstellen, wie man unter solchen Bedingungen irgendwo Geld investieren und dann noch ruhig schlafen können soll.«

Krahn lächelte wissend. »So denken alle. Genau das ist die Chance. Wenn Kapital dringend gebraucht wird, aber schwer zu kriegen ist, kann man die besten Bedingungen aushandeln. Abgesehen davon, dass es ja jede Menge Instrumente zur Risikoeindämmung gibt. Du kannst mit Put-Optionen auch in einem fallenden Markt Gewinne machen, du kannst dein Risiko hedgen ... und es werden gerade laufend neue Konzepte entwickelt. Eine große Krise ist auch eine große Chance, da hat unser schöner Regierungssprecher schon ganz Recht gehabt.«

Spät am Abend, nachdem Krahn abgefahren war und sie sich im Badezimmer für die Nacht fertig machten, sagte Dorothea: »Mir ist er unsympathisch.«

Davon wollte Werner nichts hören. »Du musst zugeben, dass er kein einziges Mal versucht hat, uns was zu verkaufen. Im Gegenteil, ich habe eine ganze Menge gelernt.«

Dorothea musterte ihr Spiegelbild und verrieb einen letzten Fleck Creme. »Hoffentlich«, murmelte sie so leise, dass Werner es nicht mitbekam.

Wenige Tage später beherrschte die Meldung die Schlagzeilen, dass Einheiten der russischen Armee in einer nächtlichen Überraschungsaktion die Bohrstellen am Kaspischen Meer besetzt hatten. Verletzte hatte es keine gegeben. Der US-Botschafter in Moskau hatte bereits beim Präsidenten Protest eingelegt, den dieser mit steinerner Miene zur Kenntnis genommen hatte. Der amerikanische Präsident sprach von einer »Belastung« des Verhältnisses zwischen den beiden Staaten.

Zayd war nicht in Marokko aufgetaucht. Nach ein paar Tagen hatten sie Nachricht erhalten, er sei in Singapur. »Er hat dort eine Mätresse«, erklärte Wasimah, und Abu Jabr merkte, dass sie das schwer traf.

Am nächsten Tag sprach er das Thema noch einmal an, und Wasimah erzählte ihm, dass Zayd immer wieder Affären gehabt habe, ja, er sei schließlich ein Mann, viel unterwegs, vielen Versuchungen ausgesetzt, ja. Aber er sei jedes Mal zu ihr zurückgekommen. Jedes Mal. Dass er es ausgerechnet jetzt, in einer solch schweren Situation, nicht tat, verletzte sie zutiefst.

Doch die Wochen vergingen, ohne dass sie etwas von Zayd hörten.

Abgesehen davon war es angenehm, den Winter in dem Haus am Hang des Atlas-Gebirges zu verbringen. Die Luft war frisch, eine wohltuende stete Brise, die von der Küste heraufstrich und samtene Wärme in alle Gemächer trug. Klares Licht erfüllte die Räume und beförderte klare Gedanken. Abu Jabr genoss die Ruhe, die diesen Ort erfüllte.

Die Ruhe wurde gestört, als eines Tages jemand die Tür seines Zimmer öffnete, jedoch nicht wie üblich eine Hausangestellte, die frischen Tee brachte oder dergleichen. Es war Wasimah, die sagte: »Da sind drei Herren, die Euch sprechen wollen, Abu. Amerikaner.«

Abu Jabr sah von dem Buch auf, in dem er gelesen hatte. »Was wollen sie?«

»Sie sagen, sie kommen von der Regierung.«

Die Männer, die er wenig später in dem für Empfänge vorgesehenen Raum traf, sahen einander seltsam ähnlich. Alle waren sie beleibt und mittleren Alters, trugen dunkle Anzüge, hatten mühsam gezügelte Ungeduld im Blick, und die Haare gingen ihnen aus.

»Wir kommen im Auftrag des amerikanischen Präsidenten«, sagte einer der drei, der sich als ›Miller‹ vorgestellt hatte, »und sollen Ihnen seine Grüße überbringen.«

Abu Jabr neigte den Kopf. »Danke. Wie geht es ihm?«

Diese Frage schien Miller zu irritieren. »Gut«, stieß er hervor. »Er ... ja, es geht ihm gut.«

Ein anderer, der auffallend helle, fast wasserklare Augen hatte, sagte: »Der Präsident sorgt sich um die Situation in Ihrem Heimatland. Die Dinge haben sich dort in unvorhergesehener Weise entwickelt.«

»Das ist wahr«, sagte Abu Jabr.

»*De facto* sind die Vereinigten Staaten im Augenblick die Besatzungsmacht in Saudi-Arabien«, sagte Miller, der sich gefangen zu haben schien. »Das ist eine Rolle, die wir nicht zu spielen vorziehen würden. Dem Präsidenten ist daran gelegen, unsere Streitkräfte baldmöglichst wieder abzuziehen. Er wünscht sich eine Wiederherstellung der Freundschaft zwischen unseren beiden Nationen, die Ihr Vater, König Ibn Saud, und Präsident Roosevelt begründet haben.«

Abu Jabr deutete einladend auf den Tee, der auf niedrigen, mosaikgeschmückten Tischchen bereitstand, und die silbernen Schalen mit Datteln. Die drei Gesandten griffen gehorsam zu, aber eher diplomatischer Pflicht gehorchend als ihrem eigenen Appetit.

»Es wäre ohne Zweifel gut, die Truppen abzuziehen«, sagte

Abu Jabr. »Das Volk ist mit ihrer Anwesenheit nicht einverstanden.«

Miller stellte die Teetasse zurück. »Wir befürchten jedoch den Ausbruch eines Bürgerkriegs ohne eine ordnende Kraft.«

»Wir denken«, fügte der mit den hellen Augen hinzu, »dass das Land einen neuen König braucht.«

Abu Jabr nickte. »Das denke ich ebenfalls. Bedauerlicherweise weiß auch ich nicht, wo sich Kronprinz Muhammed befindet.«

»Wir denken, dass alle diejenigen, die das Land in der Stunde der Krise im Stich gelassen haben, sich für eine Regentschaft ohnehin disqualifiziert haben«, erklärte der mit den hellen Augen. »Auch der Kronprinz.«

»Wir sind der Ansicht«, sagte Miller, »dass Sie der neue König werden sollten.«

Abu Jabr sah den Amerikaner mit einem Gefühl des Erstaunens an. Er legte eine respektvolle Haltung an den Tag, ohne Zweifel, aber dennoch ging von seinen Worten eine eigenartige Geschäftsmäßigkeit aus. So, als könne man alles *managen*, wie die Amerikaner das gerne taten; jedes Problem bewältigen, wenn man es nur mit genügend Tatkraft anging.

Und er… König? Der jüngste, der letzte Sohn Ibn Sauds? Viele der Enkel seines Vaters waren älter als er und kamen für eine Nachfolge eher in Frage.

»Ich war«, sagte er gelassen, »in der Stunde der Not ebenfalls nicht da.«

»Man hat Sie fortgelockt. Ihr Sohn Zayd war der Organisator der Explosion am Hafen von Ras Tanura. Er wusste, wie riskant dieser Plan war, und wollte seine Familie in Sicherheit wissen.«

»Ich habe wenig Erfahrung in diesen Dingen«, sagte Abu Jabr.

»Aber Sie genießen großes Ansehen in der Bevölkerung Eures Landes. Man vertraut Ihnen nach wie vor. Das ist viel wichtiger als Erfahrung«, sagte Miller. »Und Sie sind ein Sohn Ibn Sauds.«

Ja. Aber gezeugt mit einer Sklavin. Daraus einen Anspruch auf den Thron ableiten zu wollen war … kühn.

Abu Jabr nahm eine Dattel, lutschte sie aus und legte den Stein beiseite. »Ich muss darüber nachdenken«, erklärte er.

Miller verneigte sich, seine beiden Begleiter taten es ihm nach. »Das verstehen und respektieren wir, Euer Hoheit. Sie sollten sich allerdings nicht zu lange Zeit lassen mit Ihrer Entscheidung. Die Dinge entwickeln sich nicht zum Besseren.«

Der mit den hellen Augen fügte hinzu: »Die dringlichste Maßnahme wäre, dass eine legitime saudische Regierung – Ihr zum Beispiel – die Sperrung der Auslandskonten veranlasst, ehe die Flüchtigen diese leergeräumt haben.«

Abu Jabr sah den Mann an und nickte. Er begriff, wie das laufen sollte. Er würde König sein, aber seine amerikanischen Berater würden ihm sagen, welche Entscheidungen er zu treffen hatte.

»Ich werde darüber nachdenken«, beschied er seine Besucher und erhob sich. »Morgen um diese Zeit werde ich Sie meine Entscheidung wissen lassen.«

In einer Fernsehansprache kündigte der amerikanische Präsident an, die allgemeine Wehrpflicht wieder einzuführen. Er begründete diese Entscheidung sehr ausführlich. Die Herausforderungen der Gegenwart und die besondere Rolle der Vereinigten Staaten von Amerika darin erforderten, alle Reserven zu mobilisieren, um sie zu bewältigen. Die Wehrpflichtigen würden insbesondere bei Notlagen im eigenen Land eingesetzt werden, wenn es darum ginge, Recht und Ordnung aufrechtzuerhalten, den Schwachen und Notleidenden zu helfen und bedrohtes Eigentum zu schützen.

Kritiker deuteten diese Entscheidung anders. Die USA, sagten sie, machten sich bereit, um jeden verbliebenen Tropfen Öl zu kämpfen.

KAPITEL 43

Krieg ums Öl zwischen USA und Russland?, titelte ein Boulevardblatt und illustrierte das Ganze mit einem Foto brennender kuwaitischer Ölfelder aus dem letzten Golfkrieg, in das ein B2-Bomber einmontiert war.

Der Ton der diplomatischen Noten nahm täglich an Schärfe zu. Die Amerikaner pochten auf Verträge, die Russen auf … nun ja, so genau verstand niemand, worauf eigentlich. Sie schienen auf alle Fälle zu dem Entschluss gekommen zu sein, das Öl am Kaspischen Meer lieber selber behalten zu wollen.

Ein in der Ölindustrie angesehener Berater erklärte, das Vorkommen sei ohnehin kaum zu realisieren. Es handle sich nur um ein kleines Ölfeld, dessen Erschließung außerdem den Bau einer Pipeline erforderlich mache – kurzum, es rechne sich nicht. Doch auch diese klare Feststellung änderte nichts an den Gewittern in den hohen Schichten der weltpolitischen Atmosphäre.

In dieser Situation sackte auf einmal der Druck in der Gasleitung ab, die aus Russland gen Westen und schließlich nach Deutschland führte. Die mit russischem Gas betriebenen Kraftwerke fielen aus, die Stromnetze brachen reihenweise zusammen. Ein Drittel Deutschlands war für mehrere Stunden völlig ohne Strom. Insgesamt dauerte es fast einen halben Tag, bis dank massiver Stromimporte aus Frankreich alles wieder lief, wie es sollte.

»Ein bedauerlicher Fehler auf unserer Seite«, versicherte ein zerknirscht wirkender Sprecher von *Gazprom*, dem russischen Energiekonzern. Eine Gasquelle sei versiegt, und der zuständige Techniker habe wegen einer Reparatur von Messeinrichtungen versäumt, rechtzeitig umzuschalten.

So erfuhr die Öffentlichkeit bei dieser Gelegenheit, dass Gasvorkommen, anders als Ölvorkommen, nicht allmählich nachlassen, sondern in der Regel praktisch schlagartig versiegen. Aus einigen texanischen Ölquellen der ersten Stunde, aus denen vor fünfzig, sechzig Jahren das Öl in kaum zu bändigenden Fontänen geschossen war, saugte heute eine gemächliche Pumpe noch ein, zwei Fass pro Tag aus dem Boden. Bei Erdgas gab es derlei nicht. Eine Gasquelle, aus der es an einem Tag kräftig strömte, konnte am nächsten Tag völlig tot sein. Das sah man manchmal kommen, manchmal aber eben auch nicht.

Doch abgesehen davon glaubte niemand auch nur ein Wort von dem, was der *Gazprom*-Sprecher sagte. Das Ganze war, darin waren sich alle einig, eine Machtdemonstration. *Gazprom*, das größte Unternehmen Russlands und größter Erdgasförderer der Welt, verfügte allein über wenigstens ein Sechstel aller als gesichert geltenden Gasvorkommen der Erde. Über ein Fernleitungsnetz mit einer Gesamtlänge von 150 000 Kilometern exportierte der Energieriese das Gas zu ermäßigten Preisen in die anderen GUS-Staaten und zu Weltmarktpreisen ins europäische Ausland.

Und insbesondere Deutschland war, das hatte dieser Vorfall gezeigt, längst völlig abhängig von russischem Erdgas. Sollte der Konflikt zwischen Russland und den USA eskalieren, so zweifelte niemand daran, dass Russland den Gashahn zudrehen würde, sollte sich Europa im Rahmen seiner NATO-Bündnispflichten an die Seite der USA stellen. Vorräte an Erdgas gab es so gut wie keine; Erdgas zu speichern war auch technisch bei weitem nicht so einfach wie bei Erdöl.

War der Nachbar Frankreich in der Vergangenheit ob seiner Nuklearpolitik oft scheel angesehen worden, wurden die Blicke über den Rhein nun zunehmend neidischer. Frankreich erzeugte sage und schreibe 81 % seiner gesamten Elektrizität in Atomkraftwerken – weitaus mehr als jedes andere Land auf der Welt. An den Meilern war auch in technischer Hinsicht nichts auszusetzen: Gehörte die Zukunft am Ende doch der Atomenergie? Die Partei der Grünen in Deutschland bezog eindeutig gegen diese Idee Stellung und verlor bei einer anstehenden Landtagswahl drastisch an Stimmen. Die anderen Parteien zogen es vor, sich nicht festzulegen.

Der junge Mann, der ihn für den Fernsehauftritt schminkte, war nervös. Einen künftigen König abzutupfen, das zerrte offenbar an seinen Nerven. Abu Jabr lächelte ihm beruhigend im Spiegel zu. Jedenfalls versuchte er es; er war selber angespannt.

Er befühlte das zusammengefaltete Blatt Papier in seiner Tasche. Er wusste, dass es nicht herausfallen konnte, und inzwischen hätte er den Text auch auswendig gekonnt, trotzdem musste er immer wieder danach tasten. Im Grunde, überlegte er, war dieses Papier eine Waffe. Ein Schwert des Wortes.

Hoffte er jedenfalls.

Er war erschüttert gewesen über das Ausmaß der Zerstörungen in Riyadh. Ausgebrannte Geschäfte, zerstörte Häuser, beschädigte Fassaden – und dazu das Bild patrouillierender amerikanischer Panzer! Das musste alles so schnell wie möglich anders werden. Am erschütterndsten fand er allerdings die Lethargie, die in der Stadt herrschte und im ganzen Land, soweit er es gesehen hatte. *Inshallah!* Das war keine Antwort. Das war auch nicht das, was Gott vom Menschen erwartete. Die Kämpfe ruhten schon seit etlichen Wochen, doch niemand griff zur Schaufel, um die Trümmer zu beseitigen.

Miller streckte den Kopf herein. »Es geht gleich los, Euer Hoheit.« Miller, das hatte Abu Jabr inzwischen aus ihm herausbekommen, war verheiratet, hatte drei Kinder und lebte in einem Vorort von Boston. Und er machte sich Sorgen, wie sie das Haus halten sollten, wenn das Benzin ausging.

»Haben Sie Ihre Rede?«, fragte Miller.

»Keine Sorge.« Abu Jabr erhob sich, das Manuskript in Händen.

Eigentlich war es Millers Rede. Oder jedenfalls hatte er sie mit ihm durchgesprochen, einige Änderungswünsche akzeptiert und sie mit ihm eingeübt. Miller war ein erfahrener Pressemann und sein Arabisch passabel, wenn er auch lieber Englisch sprach. Er würde, so hatte er angekündigt, ihn so lange beraten, wie er das wünsche.

Es hatte nicht so geklungen, als habe man wirklich vor, Abu Jabr in dieser Hinsicht eine Wahl zu lassen.

Abu Jabr war nie auf eine Schule gegangen, anders als die Kinder heute. Seine Mutter hatte ihm Lesen und Schreiben anhand des Korans beigebracht. Er hätte es allerdings vorgezogen, in eine Schule zu gehen. Und er war entschlossen, dafür zu sorgen, dass Kinder auch künftig in eine Schule gehen würden.

Obwohl er schon in Fernsehstudios gewesen war, überraschte ihn die Helligkeit darin und die von den Scheinwerfern ausgehende Hitze immer wieder aufs Neue. Ob das wirklich nötig war? Nach all den Fortschritten, die die Technik gemacht hatte?

Während Miller mit dem Aufnahmeleiter sprach, holte Abu Jabr den Zettel aus der Tasche, faltete ihn auseinander, glättete ihn und legte ihn sorgsam zwischen die Seiten der Rede. Dann ließ er sich von einem der Assistenten, der ihm ebenfalls überaus ehrfürchtig begegnete, an den Platz begleiten, an dem er während seiner Ansprache sitzen würde.

Letzte Korrekturen. Jemand zupfte an seinem Bart herum, ein anderer ordnete den Fall der *ghutra*, prüfte den Sitz der *agal*, der einfachen Kordel, auf der er bestanden hatte. Noch war er nicht König.

Es begann wie in den Proben. Miller, der ihm ermunternd zunickte, der Aufnahmeleiter, der mit den Fingern rückwärts zählte, dann das rote Licht über der Kamera.

Die Rede war gut geschrieben, sowohl vom Klang der Worte als auch vom Inhalt her. Es ging, natürlich, um die Ereignisse der letzten Monate: den Unfall von Ras Tanura, der ein Versuch gewesen war, einen anderen Unfall, nämlich den Wassereinbruch im Ölfeld Ghawar, zu vertuschen. Wie die Dinge außer Kontrolle geraten waren. Abu Jabr spürte, wie seine Stimme beinahe von selber schärfer wurde, als er die Passagen verlas, die die Flucht der Regierung vor dem Zorn des Volkes kritisierten. »Diese Personen können nicht länger beanspruchen, unser Land zu regieren.«

Er nahm den Zettel zur Hand, mit dem Text darauf, an dem er stundenlang gefeilt hatte. »Doch ich will mich nicht einfach auf meine Abstammung berufen«, las er weiter und sah, wie Miller zusammenzuckte. »Mein Vater hat diese Nation begründet, gewiss – aber kann ich daraus irgendeinen Anspruch herleiten? Das weiß ich nicht. Ich weiß jedoch, dass dieses Land zur Einigkeit zurückfinden muss. Ich bin bereit, euer König zu werden, doch ihr müsst bereit sein, mich als euren König anzunehmen. Ich verlange zu wissen, dass ihr bereit dazu seid. Ich verlange es von jedem Einzelnen von euch zu wissen. Deswegen setze ich hiermit eine Abstimmung an, in der jeder erwachsene Bürger Saudi-Arabiens, und zwar jeder Mann und jede Frau, eine Stimme hat, die er in Abgeschiedenheit abgeben soll, verantwortlich nur vor sich und Allah, er ist gepriesen und erhaben. Diese Befragung des Volkes setze ich hiermit an; sie soll innerhalb der nächsten zwei Wochen stattfinden, und Beobachter aus allen Ländern, die dies wünschen, sind dazu eingeladen. Nur wenn die Mehrheit von euch mit mir als König einverstanden ist, werde ich diese Würde akzeptieren. *Ma'a as-salaama.*«

Der Aufnahmeleiter, der auf eine etwas längere Rede eingestellt war, wusste nicht, was er machen sollte, und sah ihn nur ratlos an. Es würde ihm schon etwas einfallen. Abu Jabr legte die Blätter seines Manuskripts zusammen, stand gelassen auf und ging aus dem Bild. Aus den Augenwinkeln sah er, dass jemand heftige Gesten machte, die vermutlich jemanden dazu bringen sollten, die Übertragung zu beenden.

»Das war nicht abgesprochen«, sagte Miller, als er danach in den Schminkraum kam.

»Nun ja«, erwiderte Abu Jabr heiter. »Da es schließlich ein Schritt in Richtung Demokratie ist, war ich mir sicher, dass Sie sowieso nichts dagegen gehabt hätten.«

Inzwischen war der PKW-Absatz nahezu völlig zusammengebrochen. Niemand, der nicht unbedingt musste, dachte mehr im Traum daran, ein neues Auto zu kaufen. Der März brach an, und die deutsche Automobilbranche befand sich »in der schwersten Krise ihrer Geschichte«, wie es hieß. Bei allen Automobilherstellern herrschte Kurzarbeit, und dass Entlassungen in großem Umfang bevorstanden, lag in der Luft.

Vielleicht, begann man einander zuzuflüstern, war es ja mehr als eine Krise. Vielleicht war es schon der Todeskampf.

Die Krise schlug auch auf andere Industriezweige durch. »Jeder zweite Arbeitsplatz in Deutschland hängt am Auto«, hörte man überall. Für die direkten Zulieferer der Automobilindustrie, infolge jahrelanger Preisoptimierungen ohnehin nicht mit großen Gewinnspannen gesegnet und folglich weitgehend ohne Reserven, war der Konkurs nur eine Frage der Zeit. Unternehmen der zweiten Reihe, Werkzeugmaschinenbauer etwa, mussten ebenfalls die Gürtel enger schnallen, rechneten sich aber, da deutsche Werkzeugmaschinen in der Welt nach wie vor etwas galten, Chancen aus zu überleben. Diejenigen jedoch, die es am schnellsten vom Platz fegte, waren die Hochspezialisierten, die Start-Ups, die Vorreiter neuer Technologien: jung, erst kurz am Markt und noch im Begriff, sich zu etablieren. Solche Firmen tauchten seit Wochen massenhaft in den Insolvenzlisten auf. *Hightechschmelze* taufte eine Zeitung das Phänomen, dass die fundamentale Krise einer Technologie, deren Ende ohnehin absehbar geworden war – der des benzingetriebenen Ottomotors –, dazu führte, dass ausgerechnet in den Technologien Knowhow in großem Umfang verloren ging, von denen man sich eine Ablösung und Weiterführung versprochen hatte.

»Das Einzige, was noch geht, sind Omnibusse«, erzählte Werner.

Es war spät am Abend, und sie saßen im Wohnzimmer beisammen. Julian, vor dem sie keine Hiobsbotschaften zu diskutieren beschlossen hatten, war längst im Bett.

»Busse werden geordert wie blöde. Die Amis – du glaubst nicht, was die gerade Busse kaufen. Ich hab heute in der Kantine einen getroffen, der die Amerika-Geschäfte abwickelt; er sagt, sie kommen kaum mit den Exportpapieren nach. Anscheinend sind die jetzt dabei, in ihren ganzen riesigen Vorstädten Nahverkehrsnetze aufzubauen.«

»Werden in den USA denn keine Busse gebaut?«, wunderte sich Dorothea.

»Doch, klar. Aber anscheinend nicht genug.«

Außerdem hatte der Vorstand nun definitiv entschieden, das Neuwagenprojekt, an dem Werner beteiligt gewesen war und das man Anfang Dezember auf Eis gelegt hatte, nicht wieder aufzunehmen. Es würde also keinen Nachfolger für das aktuelle Mittelklasse-Modell geben.

»Mit anderen Worten«, resümierte Werner, »wir haben zwei-, dreihundert Millionen in den Sand gesetzt.«

»Es hat ja aber auch keinen Sinn, noch mehr Geld auszugeben für ein Auto, das keiner kaufen wird«, meinte Dorothea.

Werner sah ins Leere. »Das will mir trotzdem nicht in den Kopf. Ich meine, okay, wir haben eine Krise. Aber eine Krise ist irgendwann auch wieder vorbei. Und dann?«

Ein Moment des Schweigens schien seine Worte aufzusaugen. Einen Herzschlag lang war es, als hätte er überhaupt nichts gesagt. Dorothea betrachtete das weite, elegante Wohnzimmer, mit seinen hohen Fenstern, dem aus flachen, grauen Steinen gemauerten Kamin, und dachte zum ersten Mal, dass es zwar schön war, aber nicht wirklich behaglich. Im Grunde war es gebaut worden, um auf Fotos schön auszusehen.

»Und wenn nicht?«, fragte sie leise. »Wenn es nicht vorbeigeht?«

Werner holte heftig Luft, machte ein eigentümliches Geräusch dabei und warf ihr einen kurzen, flackernden Blick zu. Dann fuhr er, als habe sie nichts gesagt, fort: »Die neue Marschrichtung, die der Vorstand ausgegeben hat, ist: alternative Konzepte! Autos mit Brennstoffzellen. Elektroautos. Wasserstoff. Ich meine, klar, da gibt es schon eine Menge – aber eben bloß im Labor. Völlig experimentell. Das dauert wenigstens noch zehn Jahre, ehe da was auf der Straße steht, das der TÜV absegnet. Optimistisch gedacht. Da darf nichts schiefgehen. Ich meine, Wasserstoff, das ist so mit das Explosivste, was wir kennen. Damit ein Auto anzutreiben, das ist … Junge! Ich möchte da nicht Testfahrer spielen.«

»Und Elektroautos?«, fragte Dorothea.

»Klar, das wäre toll. Ein Elektromotor ist ein Traum von einer Maschine. Aber da hast du eben immer noch das Problem mit den Batterien, und mittlerweile glaube ich nicht mehr, dass man das je lösen wird.« Werner rieb sich den Hals. »Am ehesten machbar wäre es für uns, ein Modell mit Hybridantrieb rauszubringen. So, wie es die Japaner schon eine Weile machen. Damals hat der Vorstand gesagt, das sei nichts für uns – jetzt hätten sie's am liebsten gestern. Aber letztlich ist das auch nur eine Übergangslösung, und außerdem fehlt uns die Erfahrung. Theoretisch weiß man natürlich, wie es geht. Du spannst einen Elektromotor und einen Benzinmotor zusammen und kombinierst die Vorteile beider. Ein alter Hut, hat man schon vor hundert Jahren versucht. In der Praxis sieht so was aber immer noch mal anders aus. Bei den Details. Da müssten wir ganz von vorne anfangen.« Er stockte, schluckte. »Wenn die nicht beschließen, einfach Leute mit entsprechendem Knowhow einzukaufen. Und solche wie mich dafür rauszuschmeißen.«

Dorothea streckte die Hand aus, legte sie auf seine. Er bebte innerlich, das spürte sie schon den ganzen Abend. »So einfach ist das nicht, jemanden zu entlassen.«

Er nickte. Sie merkte, wie er ein wenig ruhiger wurde.

»Wie läuft der Laden?«, fragte er mit einem mühsamen Lächeln.

»Gut«, sagte Dorothea. »Dass wir jetzt auch nachmittags offen haben, macht sich bemerkbar. Und mit Monika klappt es prima, auch mit den Kindern. Julian und Maia kommen gut miteinander klar.«

»Wie sieht es mit dem Geld aus?«

»Nicht so gut wie bei gewissen Internetseiten, aber letzte Woche waren es fast vierhundert Euro, und das, obwohl ich die Reparatur am Kühlregal bezahlen musste.« Erst jetzt kam ihr zu Bewusstsein, dass in Werners Frage ein eigenartiger Unterton mitgeschwungen hatte. Sie sah ihn an. »Wieso fragst du?«

Er sah zur Decke. »Man wird uns die Gehälter kürzen. Die Ankündigung kam heute. Vom Betriebsrat abgesegnet.«

Sie würden es verkraften, denn inzwischen brummte Dorotheas Laden. Die Phase, in der jeder größere Gewinn gleich wieder von Reparaturen oder notwendigen Anschaffungen aufgefressen worden war, war vorbei. Mittlerweile blieb am Ende einer Woche richtig was übrig; zudem konnte sie ihren eigenen Haushalt zum größten Teil aus Lebensmitteln bestreiten, deren Haltbarkeitsdatum gerade abgelaufen war, was zusätzliche Ersparnis bedeutete. Seit sie nachmittags offen hatte, kamen auch immer mehr Kinder, um ihr Taschengeld in Süßigkeiten, Comicheften und in unsäglichen, aber offensichtlich heiß begehrten Sammelbildchen anzulegen. Ihr Laden war ein Treffpunkt im Dorf geworden, eine Entwicklung, die sie zu fördern gedachte. Im Sommer, hatte sie sich vorgenommen, würde sie ein Marktplatzfest organisieren, wie es noch vor zwanzig Jahren hier im Ort gang und gäbe gewesen sein musste. Sie hatte schon erfragt, wer im Rathaus deswegen zu kontaktieren war.

Seit einigen Tagen beobachtete sie eine Frau, die täglich kam, sich ewig lange in den Regalen umsah – bestimmt hatte sie jede einzelne Dose und jedes einzelne Glas schon in die Hand genommen –, um sich dann, wenn an der Kasse eine Schlange war, anzustellen, mit einem Korb, in dem Ware für vielleicht zehn, zwölf Euro lag. Dorothea wurde das Gefühl nicht los, dass diese Frau jede ihrer Bewegungen beobachtete. Unheimlich. Sie hatte kurzes, dunkles Haar, fast keinen Busen und war etwas mollig. Sie wirkte eigentlich völlig durchschnittlich, nicht wie jemand mit einem Sprung in der Schüssel oder so.

Dorothea begann, ihr durchs Fenster nachzusehen, wenn sie den Laden verließ. Draußen stieg sie in ein Auto mit einem Kennzeichen, das jedenfalls nicht von hier war. Gut, das mochte nichts zu bedeuten haben; ein Firmenwagen vielleicht, der weiß Gott wo zugelassen war. Aber in Kombination mit ihrem sonstigen Verhalten … Und sie fuhr nie gleich los. Es sah aus, als notiere sie erst etwas in ein Notizbuch. Wie viel sie ausgegeben hatte? Dazu dauerte es zu lange.

Schließlich, als sie einmal mit ihr im Laden allein war, fragte sie sie einfach, ob sie von hier sei; sie habe sie im Dorf noch nie gesehen.

»Nein«, sagte die Frau, »ich komme aus Buchfeld.«

»Buchfeld?« Gehört hatte Dorothea diesen Ortsnamen schon, aber sie hätte nicht einmal sagen können, in welcher Himmelsrichtung das lag. Nicht in der Nähe jedenfalls. »Und da kommen Sie ausgerechnet in meinen Laden?«

Die Frau schien sich einen Ruck zu geben. »Ja. Offen gesagt: um zu lernen.«

»Zu lernen?«

»Ich will Ihnen keine Konkurrenz machen, keine Sorge«, sagte die Frau hastig. »Es ist bloß so – ich trage mich mit dem Gedanken, bei uns im Ort auch einen Laden aufzumachen. So wie Sie das gemacht haben. Das fehlt bei uns genauso, glaube ich. Na ja, und ich dachte, ich kann mir bei Ihnen vielleicht das ein oder andere abgucken …«

Dorothea musterte die Frau verblüfft, einen Moment lang unsicher, was sie von dieser Situation halten sollte. Dann fiel ihr eine Passage aus Amalia Birnbauers Notizbuch ein. Sie lächelte.

»Sie können mich gerne einfach fragen«, erklärte sie. »Ich denke nicht, dass ich irgendwas verheimlichen muss. Ich heiße übrigens Dorothea Utz«, fügte sie hinzu und streckte ihr die Hand hin.

Die andere schlug, sichtlich erleichtert, ein. »Gabriele Elser. Gabi, einfach.«

»Am besten treffen wir uns mal zum Kaffee und besprechen alles«, meinte Dorothea. »Wenn wir zu zweit sind, sollten wir nämlich eine Einkaufsgemeinschaft bilden. Dann können wir größere Mengen bestellen, kriegen günstigere Konditionen, und die Großhändler werden sich vielleicht sogar merken, wie wir heißen.«

Es passierte an einem Tag, an dem sowieso alles schiefging. Werner hatte im Büro unerwartet Überstunden aufs Auge gedrückt bekommen. Sein Chef hatte ihm eine Präsentation, an der er lange gefeilt hatte, zurückgegeben: sei inhaltlich absolut in Ordnung, entspreche aber nicht den neuen Gestaltungsrichtlinien. Und er brauche sie morgen.

Das war irgendwie an Werner vorbeigegangen. Er hatte Leute sich beschweren hören, dass die Organisationsabteilungen in diesen schwierigen Zeiten nichts anderes zu tun hätten, als jede Menge neue Richtlinien und Formulare zu produzieren. Nun traf es ihn. In der gesamten Präsentation waren andere Schriftarten, andere Hintergründe, andere Farbkombinationen und so weiter zu verwenden. Das war nicht mehr zu schaffen, es sei denn, er blieb länger. Und seit er mit der Fahrgemeinschaft ins Büro fuhr, war so etwas ein Problem.

Er telefonierte mit den anderen. Ob die nicht zufällig länger machen könnten, das hatte er umgekehrt auch schon gemacht, weil jeder das Problem mal hatte … Nein. Zwei hatten abends dringende Verpflichtungen und mussten pünktlich los.

Er ging auf Margits Website, meldete sich an und forschte in der Rubrik *Sporadische Mitfahrgelegenheiten und Notfälle* nach, fand auch zwei Leute, die seine Strecke fuhren und ab und zu jemanden mitnehmen wollten, aber er bekam keinen der beiden ans Telefon.

Und es wurde immer später. Anstatt die Präsentation anzugehen, hatte er jetzt eine Stunde vertelefoniert. Es kam nicht in Frage, die Präsentation so zu lassen, wie sie war. Zur Not musste er im Hotel übernachten.

Dann kam er auf die Idee, Margit Müller selber anzurufen und ihr brühwarm zu berichten, was für Probleme er hatte.

»Ja, das kommt immer häufiger vor«, seufzte sie, »und ich wollte, ich wüsste, wie man das lösen kann. Aber weißt du was? Ruf mich an, wenn du fertig bist, ich fahr dich.«

»Ehrlich?«, meinte Werner verblüfft.

»Du bist doch mein Lieblingskunde«, sagte sie.

Es war spät am Abend, als sie ihn am Park&Ride-Parkplatz Untere Buchen absetzte. Werner war schwer beeindruckt von dem Wagen, den sie fuhr; ein Luxusschlitten mit einem bestimmt schmerzhaft hohen Verbrauch. Er war froh, dass sie ihn gefahren hatte, und zugleich war es ihm peinlich. Er hatte das Gefühl, sich gar nicht oft genug bedanken zu können, blieb stehen und winkte ihr nach, bis sie außer Sicht war, und dann fluchte er erst mal aus vollem Herzen.

Sein Auto war das letzte auf dem Platz, und schon von weitem hatte er das Gefühl, dass etwas nicht stimmte. Einsam stand es da in der Dunkelheit. Von den zwei Laternen, mit denen der Parkplatz ausgestattet war, war, um Strom zu sparen, nur noch eine in Betrieb, und die flackerte beunruhigend. Leichter Nebel hing in den Bäumen und Büschen ringsum und rief einem unweigerlich Filmszenen mit anschleichenden Mördern und Irren in Erinnerung.

Dann sah er, was nicht stimmte. Verflucht, der Tank stand offen. Etwas, das nicht sein durfte, denn er hätte verriegelt sein müssen.

Werner spürte sein Herz bis in den Hals schlagen, während er auf das Fahrzeug zueilte. Es durfte nicht das sein, wonach es aussah …

Doch. Benzindiebe. Das war inzwischen die reinste Epidemie; fast jeden Tag fanden sich entsprechende Meldungen in der Zeitung. Sie hatten seinen Tankdeckel einfach aufgestemmt, brachial, das ganze Blech zerbeult, der Lack blätterte ab. Der Tankdeckel selber lag am Boden. Werner schloss auf und versuchte, den Wagen anzulassen, aber natürlich vergebens. Die Tankanzeige rührte sich nicht einmal.

Werner legte die Hand über die Augen, verfluchte die Diebe und die Ölscheichs und alle, die sonst schuld sein mochten an dieser *verfluchten Scheiß-Situation!* Dann holte er sein Mobiltelefon aus der Tasche, dachte an Margit mit ihrem dicken Wagen und ihren teuren Klamotten und sagte sich, dass er irgendwas, *irgendwas* falsch machte.

Am späten Nachmittag desselben Tages, kurz bevor es Zeit war, den Laden zu schließen, kam ein Mann herein, der einen teuer aussehenden Anzug und eine übertrieben modische Brille trug. Er wirkte ausgesprochen fehl am Platz, und Dorothea ging davon aus, dass er sich nur nach dem Weg erkundigen wollte oder dergleichen, doch er fragte: »Sind Sie zufällig Frau Utz?«

»Ja«, sagte Dorothea.

Er reichte ihr die Hand, die sich kalt und irgendwie gewalttätig anfühlte. »Eberfeld. Ich würde Sie gern einen Moment sprechen.«

Ein Vertreter? Jemand vom Rathaus, wegen des Sommerfestes? »Ja, worum geht's denn?«

Der Mann legte die dünne Ledermappe, die er dabeihatte, auf den Kassentisch. »Sie machen den Supermärkten Fixkauf und EuroCenti in Duffendorf Kunden in einer Weise abspenstig, die wettbewerbswidrig ist, wissen Sie das?«

Ein kalter Schreck durchfuhr Dorothea. Ihr war, als habe sie auf einmal Stahl im Bauch. »Wie bitte?«

»Sie bringen immer mehr Leute dazu, bei Ihnen einzukaufen statt in den Supermärkten, in denen sie sich bisher versorgt haben.«

Das war ein Anwalt, oder? Der in Drohgebärden machte. Das war unglaublich. Was bildeten sich diese Märkte eigentlich ein? Widerspruchsgeist erwachte in Dorothea. Und irgendwie war es ja sogar schmeichelhaft, dass diese riesigen Märkte in ihr eine Konkurrenz sahen.

»Na und?«, erwiderte sie. »Das ist die normalste Sache der Welt. Ich biete Ware an, Sie bieten Ware an, und die Leute entscheiden, wo sie kaufen. Was soll das überhaupt? Ich beschwere mich ja auch nicht, dass der Fixkauf die Milch billiger verkauft, als ich sie einkaufen kann.«

Der Mann sah sie ausdruckslos an. »Es gibt so etwas wie ein Wettbewerbsrecht. Gesetze, die regeln, was erlaubt ist und was nicht.«

»Ich wüsste nicht, was ich Unerlaubtes getan haben sollte.«

»Da kann ich Ihnen auf die Sprünge helfen.« Der Anwalt öffnete seine Mappe, holte ein hellgrünes Blatt Papier heraus und hielt es ihr unter die Nase. Ihr eigenes Flugblatt. »Hier rechnen Sie den Leuten vor, was sie an Benzin sparen, wenn sie statt nach Duffendorf zu fahren zu Ihnen kommen. Sie nennen explizit die Namen meiner Klienten. Das ist vergleichende Werbung und in dieser Form nicht erlaubt.«

Dorothea fühlte, wie ihre Knie zu zittern begannen. »Aber –«

»Sie können die entsprechenden Gesetzestexte gerne nachlesen.« Er holte einen Briefumschlag hervor. »Normalerweise hätte ich Ihnen meine Abmahnung einfach mit der Post geschickt, doch auf Wunsch meiner Klienten überbringe ich sie Ihnen persönlich, um Ihnen bei dieser Gelegenheit zu versichern, dass meine Klienten gesprächsbereit sind.« Er überreichte ihr den Umschlag.

»Was heißt das?«

»Wenn Sie Ihren Laden – der ohnehin wenig rentabel zu sein scheint – zu schließen bereit sind, werden meine Klienten von einer weiteren Verfolgung dieser Angelegenheit absehen.« Er legte ihr noch eine Visitenkarte hin. »Sie erreichen mich jederzeit unter einer dieser Nummern. Guten Tag.«

Dann war er fort. Irgendwie war es irritierend, dass kein Schwefelgeruch zurückblieb, ging es Dorothea durch den Kopf. Das hätte so sein müssen. Ob sie Schnupfen hatte?

Dann traf sie der Schreck, und sie musste sich setzen. Das war immer ihr Albtraum gewesen. Gegen irgendeine Vorschrift zu verstoßen – von denen es so viele gab, dass es ein Vollzeitjob gewesen wäre, sie alle zu lesen – und dann Schwierigkeiten zu kriegen.

Sie zerriss den Umschlag, so stark zitterten ihr die Finger. Faltete das Schreiben auseinander. Überflog es. Juristisches Kauderwelsch, von dem sie so gut wie nichts verstand – bis auf die Zahl, die groß, fett und zentriert im unteren Drittel stand. Die war unmissverständlich.

Ihre Konkurrenten forderten eine Abmahngebühr, die höher

lag als der gesamte Umsatz, den sie mit ihrem Laden bis jetzt erzielt hatte. Andernfalls würden sie Klage erheben.

Nach und nach hatte Markus das Gefühl dafür verloren, dass die Zeit verging. In Bare Hands Creek kam ihm jeder Tag wie der andere vor. Er erwachte morgens davon, dass Taggard quer durch das Wohnzimmer ins Bad schlappte, wusch sich dann selber mit dem eiskalten Wasser, an das er sich nie gewöhnen würde, während Taggard Kaffee machte. Nach einem Tag immer gleicher, weitgehend stumpfsinniger Arbeit war er abends müde, sie aßen wortkarg, und schließlich schlief er wieder auf der Couch, auf der ihm der Rücken wehtat und die ihm kein Gefühl von Privatheit vermittelte.

Inzwischen arbeitete er nicht mehr im Stall, sondern im »Silo«, wie man den großen, düsteren Bau nannte, der im Inneren wie ein Labyrinth aus lauter kleinen Kammern, Gängen und Behältern wirkte. Die Vorräte an Weizen, Gerste und Hirse wurden hier gelagert, und seine Aufgabe war es, das Getreide zu belüften und immer aufs Neue zu sieben sowie Mausefallen aufzustellen und zu kontrollieren. Ab und zu durfte er Körner mahlen, mit einer Mühle, die zu seiner Verwunderung elektrisch betrieben wurde. Man habe auch eine mechanische in Reserve, erklärte ihm Abigail, eine hoch gewachsene, verhärmte Frau Mitte fünfzig, die das Silo beaufsichtigte. Sie trug selbst gestrickte Pullover und hatte langes, gewelltes Haar, das vermutlich noch nie einen Frisiersalon von innen gesehen hatte.

Inzwischen war der März angebrochen, behauptete der Kalender in Taggards Küche. Auf jeden Fall war der Schnee weitgehend verschwunden, dafür regnete es viel, und die Wege im Dorf waren schlammig. So warm sei der Februar noch nie gewesen, sagten die anderen.

Die Wälder erschienen ohne den Schnee unheimlicher, dunkler, waren auf einmal voller Geräusche. Tierlaute erfüllten ihn, wenn man auf Patrouille ging, und unerwartete Knacklaute ließen einen zusammenzucken.

Im Silo war es immer trocken, aber dunkel und kühl. Manchmal öffnete Markus Türen, um zu sehen, was dahinter war. Er fand Kisten mit Nüssen, zum Beispiel, oder Dreschflegel oder Säcke voller kleiner, schwarz-weiß gestreifter Kerne.

»Das sind Sonnenblumenkerne«, erklärte Abigail, als er sie fragte.

»Isst man die auch?«, fragte Markus, ehe ihm einfiel, dass er in Deutschland oft Brot mit Sonnenblumenkernen gesehen hatte.

»Kann man«, sagte Abigail. »Man muss sie natürlich vorher schälen. Geröstet auf Salat, das geht. Aber wir machen hauptsächlich Öl daraus.«

»Öl?«

»Sonnenblumenöl. Mit einer Presse.«

Öl. Markus starrte die Kerne auf seiner Handfläche an und musste an Keith Pepper denken, zum ersten Mal seit langer, langer Zeit. Wie es ihm wohl ging? Ob er überhaupt noch lebte? Es schien Ewigkeiten her zu sein, dass er in dessen Garage zugesehen hatte, wie ein Motor mit Pflanzenöl betrieben wurde.

War das die Lösung? Hielt er gerade das Ticket in Händen, das ihn aus Bare Hands Creek fortbringen würde?

Das kleine Päckchen im Kofferraum fiel ihm wieder ein, irgendwelche kantigen Gegenstände in Plastikfolie gewickelt und verschnürt. Die Teile, die man austauschen musste, um den Motor auf die Verbrennung von Pflanzenöl umzurüsten. Früher hätte er nicht im Traum daran gedacht, an einem Auto herumzuschrauben, aber nach allem, was er hier schon hatte machen müssen, fand er es nicht mehr undenkbar, es zumindest zu versuchen. Immerhin war sein Vater ein Bastler gewesen, sein Bruder bastelte heute noch, also besaß er ja wohl auch ein paar entsprechende Gene. Und angenommen, er bekam es hin, dann musste er nur noch …

Stehlen. Einen Sack Sonnenblumenkerne.

Im gleichen Moment wusste Markus, dass er das nicht tun würde. Ausgeschlossen.

Während er zurück zu dem Lagerraum ging, um die zehn

Kerne in seiner Hand wieder in den Sack zu legen, aus dem er sie genommen hatte, versuchte er sich darüber klar zu werden, was ihn mehr bestürzte: dass er hier in Bare Hands Creek quasi gefangen war oder dass er sich trotz allem schon so eingelebt hatte, dass er sich kaum noch vorstellen konnte, je zu gehen.

KAPITEL 44

König Faruq«, murmelte Abu Jabr Faruq Ibn Abdulaziz Al-Saud seinem Spiegelbild zu, während er seine *ghutra* zurechtzog. Daran musste er sich erst noch gewöhnen.

Hinter ihm ging der Blick durch die Fenster der Hotelsuite über die futuristische Skyline von Kuwait City. Das Treffen der Führer der arabischen Erdöl exportierenden Länder war die erste Auslandsreise nach seiner Inthronisation.

Die Abstimmung hatte eine Zustimmung von mehr als siebzig Prozent ergeben. Das hatte sich schon früh abgezeichnet, und nach der Auszählung aller Stimmzettel waren es schließlich 71,3 % gewesen.

»Ein kluger Schachzug«, hatte Frank Miller ihm säuerlich attestiert. »Auf keinem anderen Weg hätten Sie Ihre Machtposition derart stärken können.«

»Ja«, hatte Abu Jabr gesagt und dann erst erkannt, was der Gesandte der amerikanischen Regierung damit meinte: auch gegenüber den USA. Deswegen war er so angesäuert.

Jemand klopfte verhalten. »Es ist Zeit, Euer Hoheit.« Die Stimme Ahmads, seines Assistenten. Ja, es war Zeit. Zeit, der Versammlung gegenüberzutreten.

Bis zum Konferenzzentrum waren es nur dreihundert Meter, aber die mussten im vergoldeten Luxusauto und begleitet von einem Motorradkonvoi zurückgelegt werden. Fahnen entlang der Straße, Sicherheitsleute, dahinter fähnchenschwenkende Kinder. Abu Jabr winkte ihnen zu, ohne zu wissen, ob man ihn im Inneren des Wagens überhaupt sehen konnte.

Endlich betrat er den Konferenzraum, der wie üblich eine

Mischung aus in Beton nachgebildeter Beduinentradition und westlicher Konferenztechnik darstellte. Als er dem ersten anderen Monarchen begegnete, merkte er, dass es eine Sache war, einen Machtanspruch aus Abstammung, Tradition oder der Loyalität einer Armee herzuleiten, aber eine völlig andere, die Mehrheit derer, die man regierte, hinter sich zu wissen.

Die Blicke, denen er begegnete, sprachen Bände. Natürlich war ihm klar, dass man ihm nachsagte, ein Herrscher von Gnaden der Amerikaner zu sein – doch tatsächlich hatte er sich dank der Abstimmung aus genau dieser Umklammerung befreit. Die Amerikaner konnten sich nicht mehr gegen ihn stellen, weil nun klar war, dass sie sich damit gegen das saudische Volk gestellt hätten. Und auch die anderen Führer wussten, dass das so war. Er las in diesen Blicken Misstrauen, vor allem aber Angst, erbärmliche, unwürdige Angst. Keiner der anderen wusste, wie viele seiner Untertanen wirklich hinter ihm standen. Und keiner hätte es gewagt zu versuchen, das herauszufinden.

Natürlich verdankte er vieles den turbulenten Ereignissen der letzten Monate. Die dadurch entstandene Situation hatte es ihm ermöglicht zu erreichen, woran selbst so hervorragende Führer wie König Faisal oder König Abdallah gescheitert waren: die Privilegien der königlichen Familie radikal zu beschneiden, ja im Grunde abzuschaffen. Die Auslandsvermögen der Flüchtigen waren beschlagnahmt und eingefroren, die Apanagen derer, die geblieben waren, auf einen Minimalbetrag gekürzt. Damit war nicht nur der vom Volk mit wachsendem Unwillen betrachteten Prunksucht ein Riegel vorgeschoben, auch die Staatsfinanzen waren dank dieses Schnittes wieder saniert, selbst unter den neuen Verhältnissen.

So konnte Abu Jabr, als die Reihe an ihm war, mit einem Selbstvertrauen sprechen, von dem er selber nicht geglaubt hätte, es zu besitzen.

Nach den einleitenden Worten, wie sie üblich waren und erwartet wurden, und einem ausführlichen Rückblick auf die vergangenen Ereignisse kam König Faruq auf das Thema Öl zu sprechen. »Saudi-Arabien ist immer noch ein Land mit großen Ölreserven und einer der größten Förderraten der Welt. Doch wir müssen und werden uns von dem bisherigen Anspruch, beliebig viel Öl produzieren zu können, verabschieden. Im Gegenteil, Saudi-Arabien wird seine Produktion zunächst drosseln. Ich habe lange mit den Experten unserer Ölgesellschaft gesprochen und mich überzeugen lassen, dass viele der großen, alten Ölfelder in den letzten Jahren zu sehr beansprucht wurden. Wenn wir verhindern wollen, dass sie in Kürze dasselbe Schicksal wie Ghawar erleiden, dann ist jetzt der Zeitpunkt, die Entnahme zu reduzieren. Das heißt, dass die Preise für Erdöl weiterhin steigen werden.« Er nickte dem greisen ehemaligen Erdölminister Saudi-Arabiens und Architekten des ersten Ölembargos, Ahmed Zaki Yamani, zu, der als Ehrengast zu dieser Konferenz eingeladen worden war. »Wir wissen, dass *Sheikh* Yamani stets davor gewarnt hat, die Ölpreise zu hoch werden zu lassen, weil sonst das Öl seine führende Bedeutung für die globale Energieversorgung einbüße. Diese Sorge mag berechtigt gewesen sein oder auch nicht – Tatsache ist, dass wir keinen Einfluss mehr darauf haben. Ich bin außerdem der Überzeugung, dass wir das Selbstvertrauen aufbringen sollten, hohe Ölpreise gutzuheißen. Auch teures Öl ist ein wertvoller und gefragter Rohstoff und wird es auch in Zukunft bleiben. Unsere Ölvorkommen sind das wertvollste Vermögen unserer Länder, und wir sollten aufhören, danach zu trachten, sie so rasch und so billig wie möglich zu verschleudern. Stattdessen sollten wir danach trachten, sie weise zu verwalten, und das heißt: sparsam. Unser Ziel sollte sein, dass auch unsere Kinder, deren Kinder und die Kinder unserer Kindeskinder noch Nutzen aus dem Öl ziehen.«

Diese Rede wurde übersetzt und überall auf der Welt verbreitet. Auch dem Letzten war damit klar, dass die alten Zeiten nicht wiederkehren würden.

»Höchste Zeit, dass das als Chefsache behandelt wird.«

Derjenige, der das gesagt hatte, war ein untersetzter Mann

mit mühsam gebändigter Löwenmähne, der immer wieder an seinem Kragenknopf fummelte. Man merkte ihm an, dass er es nicht gewohnt war, eine Krawatte zu tragen.

Die anderen am Tisch nickten, und der eine oder die andere sah verstohlen auf die Uhr. Schon zehn Minuten nach dem Termin, den man ihnen auf der Einladung genannt hatte. Und bei der Begrüßung. Und beim Sicherheitscheck. *Cum tempore.* Die akademische Viertelstunde. Die Wissenschaftler unter den Geladenen nahmen es leichter als die Bosse aus der Wirtschaft, die Vertreter der Energiekonzerne oder Automobilhersteller etwa.

Immerhin, der Blick aus dem in einem der oberen Stockwerke des Bundeskanzleramtes gelegenen Konferenzraum war großartig. Der Tiergarten zeigte die ersten Anzeichen des nahenden Frühlings, und die Kuppel des Reichstagsgebäudes glänzte frisch gewaschen in der Sonne.

»Sie kommt«, sagte jemand, dann ging die Tür auf, und die Bundeskanzlerin kam herein, im Eilschritt fast. Sie umrundete den Tisch, gab jedem die Hand, war, wie man sie aus dem Fernsehen kannte, klein, umgänglich, zielstrebig. Nur die stahlharte Ausstrahlung, die kannte man so nicht.

Sie ließ sich die verschiedenen Konzepte vorstellen, fragte scharfsinnig nach, kürzte Wortgewölk gnadenlos ab. Woher sollte in Zukunft die Energie für Deutschland kommen, für Industrie und Wirtschaft, für Haushalte und Verkehr? Das war die Frage, und was keine Antwort darauf war, war unwillkommen.

Zuerst ging es um die so genannten alternativen Energien. Dass Wasserkraft eine nahezu ideale Energiequelle war, aber in Deutschland praktisch schon überall, wo sich dies realisieren ließ, genutzt wurde, war innerhalb von fünf Minuten geklärt. Solarenergie? Ja, räumte der Vorstandsvorsitzende eines Energiekonzerns ein, trotz des eher mäßigen Sonneneinfalls in Mitteleuropa sei da noch ungenutztes Potenzial. Wenn man auf jedem Dachziegel eine Solarzelle hätte, das brächte schon einiges. Es gebe allerdings zwei Probleme: Erstens, da Solarenergie immer dann anfalle, wenn man sie eigentlich nicht brauche, müsste nicht nur in die Zellen selbst, sondern auch in großem Umfang in Speichervorrichtungen investiert werden. Vor allem Letzteres sei teuer. Zweitens sei die Ökobilanz von Solarzellen äußerst umstritten.

»Ist das eine echte Sorge oder eine Ausrede?«, fragte der Vertreter eines Umweltverbandes.

»Ich habe Enkelkinder«, entgegnete der Vorstandsvorsitzende. »Und ich möchte nicht, dass die mal beim Schein von Talglichtern leben müssen.«

Die Kanzlerin hob die Hand, um den Disput zu stoppen. »Kann das ein Ansatz sein?«

Kopfschütteln in der Runde. »Wenn man die Weichen vor Jahrzehnten anders gestellt hätte, könnte man darüber reden«, meinte ein Wissenschaftler. »Aber aus der jetzigen Lage heraus ist das allein vom Kapitalaufwand unerschwinglich. Außerdem fehlt weitgehend die Infrastruktur zur Herstellung, Wartung und so weiter von Anlagen in den benötigten Größenordnungen.«

»Wie sieht es mit Wind aus?«

Da sei, erläuterte man ihr, auf dem Land nur noch wenig möglich, ohne die Landschaft für marginale Energiegewinne zuzuspargeln. »Wenn wir darauf bestehen, dass eine Windturbine nicht nur als Steuersparmodell funktionieren, sondern sich real rechnen soll«, erklärte der Chef eines Windparks, »dann sind nur noch Offshorewindparks sinnvoll.« Er warf das computergenerierte Bild einer Rotorenplattform in der Nordsee an die Wand. »Da könnten uns übrigens die Kollegen von den Ölfirmen mit Knowhow beispringen. Die haben mit Plattformen im Meer schließlich jahrzehntelange Erfahrung.«

»Sie werden lachen, wir haben sogar entsprechende Projekte baufertig in der Schublade«, meinte der Forschungsleiter eines Ölkonzerns lächelnd. Von ihm wusste man, dass er aus dem Vorruhestand zurückgeholt worden war.

»Wie schnell kann das gehen?«, fragte die Kanzlerin.

»Fünf, sechs Jahre, wenn wir uns ins Zeug legen.«

»So lange?«

»Ich mache darauf aufmerksam«, meldete sich der Vorstand mit den Enkelkindern zu Wort, »dass Windenergie nur in begrenztem Umfang zu unserem Energiebedarf beitragen kann. Das ist bedingt durch das Prinzip. Wind weht nun mal nicht nach Plan. Wir rechnen pro Kilowatt Windleistung 0,9 Kilowatt Leistung, die wir in Reserve halten müssen. Anders lässt sich ein störungsfreier Betrieb nicht garantieren.« Er hob die Schultern. »Das ist wieder das Problem der Speicherung von Energie. Was wir brauchen, ist Energie auf Abruf. Alles andere kann nie mehr als Zubrot sein.«

»Was gibt es an Energie auf Abruf?«, hakte die Kanzlerin nach.

Der Mann mit der Löwenmähne zählte an den Fingern ab. »Öl und Gas – das, wovon wir weg wollen beziehungsweise müssen. Kohle – ebenfalls ein fossiler Energieträger, der natürlich ebenfalls irgendwann seinen *Peak* haben wird, dankenswerterweise aber erst in hundert oder noch mehr Jahren …« Er sah die Leute von den Umweltverbänden an. »Das ist unstrittig, nicht wahr?«

»Wenngleich der Peak natürlich näher heranrückt, falls jetzt alle Welt auf Kohle setzen sollte«, sagte eine grauhaarige Frau.

»Was für uns in Deutschland wenig problematisch ist, da wir große Vorräte an Kohle guter Qualität besitzen.«

»Die Nutzung von Kohle zur Energiegewinnung wirkt sich negativ auf die Luftqualität aus«, wandte ein Mann ein, der einzige, der nur einen Pullover trug.

»Heutige Rauchgasreinigungsanlagen werden damit fertig.«

»Aber nicht mit dem CO_2-Ausstoß. Außerdem besteht ein großer Teil der deutschen Kohlevorkommen aus Braunkohle – das bedeutet großmaßstäbliche Zerstörung von Landschaft und Lebensraum.«

»Kohle jedenfalls«, resümierte der Mann mit der Löwenmähne und umfasste den nächsten Finger an seiner Hand. »Und natürlich Kernenergie.«

»Davon wollten wir auch weg«, sagte die Kanzlerin.

»Das werden Sie nicht können.«

Am Tisch entstand Unruhe, die sich diesmal nur mühsam dämpfen ließ. »Kernenergie ist umstritten, das weiß ich«, erklärte der Mann mit der Löwenmähne, als ihm die Kanzlerin wieder das Wort erteilte. »Aber es ist die einzige Energiequelle, die keine Treibhausgase freisetzt, fossile Brennstoffe wirksam ersetzen kann und potent genug ist, um den globalen Bedarf zu befriedigen.«

Eine Weile ging die Diskussion erregt hin und her. Nur ein Einziger beteiligte sich nicht daran; tatsächlich hatte er bis jetzt außer »Guten Tag« beim Betreten des Raumes überhaupt noch nichts gesagt. Es war ein bekannter Philosophieprofessor aus Süddeutschland, der bisweilen eine Talkrunde im Fernsehen leitete und auf persönlichen Wunsch der Kanzlerin – und zu seiner eigenen Überraschung – nach Berlin eingeladen worden war. Er saß auf seinem Stuhl, ein Mann mit einem rundlichen Gesicht, einem Schnauzer und etwas wirr abstehenden Haaren, die Hände vor dem beachtlichen Buddhabauch gefaltet, und beobachtete das Treiben, als gehe ihn das alles gar nichts an.

»Herr Professor«, sprach ihn die Kanzlerin schließlich direkt an, »nun hätte ich gerne Ihre Gedanken dazu gehört.«

Er nickte, wartete, bis alle Augen auf ihn gerichtet waren, dann räusperte er sich. »Ich mag mich irren, aber mein Eindruck ist, dass die Diskussion bis jetzt völlig am eigentlichen Problem vorbeigegangen ist. Die Frage, wie wir Strom erzeugen sollen, ist doch im Augenblick nicht die brennendste, sondern: Womit werden wir künftig Fahrzeuge betreiben? Und wie Wohnungen heizen? Bei Letzterem sehe ich, wenn auch ungern, eine gewisse Anwendung für Strom oder gar Kohle – aber bei Automobilen und Flugzeugen, tut mir Leid, ist der Engpass. Und wenn Sie den nicht lösen, nützt Ihnen alles andere auch nichts, denn ob Sie Kernkraftwerke bauen oder Windräder, Sie brauchen Baumaschinen dazu, die Sie wiederum weder mit Uran noch mit Wind betreiben können.«

Einen Moment lang herrschte Stille. Erschrockene Stille.

Werner saß stumm am Küchentisch, las das Anwaltsschreiben wieder und wieder, und Dorothea konnte sehen, wie sein Gesicht einen rötlichen Ton annahm, der äußerst selten bei ihm vorkam.

»Wenn ich so was lese, möchte ich am liebsten eine Bombe schmeißen«, brach es schließlich aus ihm heraus. »Allein dieser Ton, dieser arrogante … herablassende … Diese verfluchten Anwälte gehören doch alle auf den Mond geschossen. Ohne Raumanzüge.«

Nebenan im Wohnzimmer dröhnte der Fernseher. Julian schaute irgendeine Wissenschaftssendung, seine neueste Leidenschaft. Gerade ging es um das aktuelle Vorhaben der Bundesregierung, mehrere neue Anlagen zur Kohleverflüssigung zu errichten, um die Versorgung mit Treibstoff irgendwann auch ohne Ölimporte sichern zu können. Der Kommentator erzählte, dass die entsprechende Technologie 1913 von dem deutschen Chemiker und Nobelpreisträger Friedrich Bergius erfunden und in den dreißiger Jahren zur Herstellung von synthetischem Benzin aus Kohle verwendet worden war. Das Verfahren sei in Verruf geraten, weil der auf diese Weise erzeugte Treibstoff vorrangig Hitlers Kriegsmaschine angetrieben hatte.

»Julian«, rief Dorothea. »Geht's auch ein bisschen leiser?«

Mit unwilliger Verzögerung kam ein »Ja, ja«. Der Fernseher wurde minimal leiser gedreht. Der Bericht wandte sich, immer noch gut vernehmbar, dem ebenfalls geplanten Ausbau der Fernwärmenetze zu. Der Bau von Blockheizkraftwerken, also kleinen Kraftwerken, deren Abwärme, anstatt einfach in die Umwelt abgeleitet zu werden, dazu genutzt wurde, die Wohnungen in den umliegenden Stadtvierteln zu heizen, sollte steuerlich begünstigt werden.

Was ihnen hier draußen allerdings nichts nützen würde.

»Die Frage ist«, sagte Dorothea, »was wir konkret tun. Soll ich den Laden zumachen?«

Werner sagte nichts, starrte nur auf den Brief.

Dorothea holte bebend Luft. Es tat regelrecht weh, diesen Gedanken auch nur ausgesprochen zu haben. Sie schlang die Arme um sich. »Das will ich nicht. Ich will es einfach nicht.«

»Das ist das Gemeine«, sagte Werner mit brüchig klingender Stimme. »So große Firmen können einem mit Prozessen drohen, nach denen du auf jeden Fall ruiniert bist, allein durch die Anwaltskosten. Während sie selber das aus der Portokasse bezahlen.« Er lachte bitter auf. »So viel zum Thema Gleichheit vor dem Gesetz.«

Dorothea hatte das Gefühl, jeden Moment von dem Beben in ihr überwältigt zu werden. »Ich fühle mich so hilflos«, flüsterte sie.

Endlich ließ er den blöden Brief, stand auf und kam und nahm sie in die Arme. Endlich. Auch wenn er wahrscheinlich genauso hilflos war. Trotzdem.

»Als Erstes fragen wir einen Anwalt. Ich ruf Volker an, der kennt einen guten, glaube ich. Der auch nicht gleich die Wahnsinnsrechnung stellt.« Er rieb ihr über den Rücken. »Und ich … ich werd mich nach Wegen umtun, wie wir das mit dem Geld ein bisschen schlauer anfangen als bisher.«

Dorothea wollte sich nur seiner Umarmung und seinen Händen hingeben, aber ihre Gedanken drehten diesen letzten Satz immer wieder ratlos hin und her. Was mochte er damit gemeint haben?

Am Abend des darauf folgenden Tages fing sie an zu begreifen, als Werner wieder diesen hakennasigen Anlageberater anschleppte, diesen Krahn. Und diesmal hatte der eine große, dicke Mappe mit Unterlagen dabei.

»Ihr habt sicher verfolgt, was gerade so in den Nachrichten ist, nicht wahr?«, begann er. Dorothea registrierte verärgert, ungefragt mitgeduzt zu werden. »Auch unsere Regierung hat jetzt erkannt, dass es nichts nützt, bloß Kraftwerke zu haben. Damit kann man die Eisenbahn betreiben und vielleicht noch Oberleitungsbusse, aber dann ist auch schon Ende Gelände. Für alles andere braucht man Treibstoff, den man in Motoren füllen kann. Das wird den Leuten gerade klar. Was ihnen noch nicht klar ist«, fuhr er fort und hob wieder seinen dürren Zeigefinger, »aber sehr bald klar werden wird, ist, dass unser gutes altes Benzin alles andere als leicht zu ersetzen ist. Eigentlich überhaupt nicht.«

Dorothea schob das Tablett mit den belegten Broten in die Mitte des Couchtisches. Werner hatte so knapp angerufen und Bescheid gesagt, dass es nur zu Häppchen gereicht hatte. »Aber es wird doch jetzt gerade so viel von Wasserstoff geredet«, warf sie ein. »Dass das der Treibstoff der Zukunft sein soll.« Julian hatte ihr vor dem Zubettgehen einen langen Vortrag darüber gehalten. Sogar in der Schule schien das Thema zu sein.

Krahn schüttelte mit einem dünnen Lächeln den Kopf. »Man muss sich mal klarmachen, was für eine unglaubliche Substanz Öl eigentlich ist. Es enthält eine enorme Menge an Energie pro Kilogramm oder pro Liter. Es ist einfach zu transportieren – man kann es durch simple Leitungen pumpen, über Tausende von Kilometern, wenn es sein muss; man kann es in Zügen, Schiffen oder Lastwagen umherfahren; man kann es sogar mit Flugzeugen befördern, die andere Flugzeuge in der Luft betanken. Öl ist auch einfach zu lagern, bei normalem Luftdruck und Zimmertemperatur, in anspruchslosen Metalltanks, und es geht nicht kaputt, verdirbt nicht, verflüchtigt sich nicht. Und es ist fantastisch einfach zu handhaben. Klar, es ist entflammbar, feuergefährlich, das ist ja der Sinn der Sache. Trotzdem ist der Umgang erwiesenermaßen einfach genug, dass auch Idioten damit zurechtkommen.« Er spreizte die Hände. »Nichts davon, meine Liebe, trifft auf Wasserstoff zu. Oder auf irgendeine andere Substanz, die wir kennen. Nichts schlägt Öl, was Energiedichte, Handhabbarkeit, Transportierbarkeit und Lagerfähigkeit anbelangt. Und darüber hinaus war es bisher sogar billig und reichlich verfügbar.« Er schüttelte den Kopf. »Wir hatten es ganz schön gut, oder? Wenn ich das so überlege. Und wir haben es gar nicht richtig bemerkt.«

Es widerstrebte Dorothea, von Krahn »meine Liebe« genannt zu werden. Nichts schlug diesen Mann, was Widerlichkeit und Plumpheit anbelangte, das stand auch fest.

Und wieder dieser oberlehrerhafte Zeigefinger! »Die Gebrüder Wright«, dozierte er, »haben nicht deshalb den ersten Motorflug vollbracht, weil sie so viel mehr von Aerodynamik verstanden haben als andere. Sie waren von Beruf Fahrradmechaniker, okay? Sie haben es geschafft, weil sie einen Benzinmotor zur Verfügung hatten, der stark genug und zugleich *leicht* genug war. Und das ist der Punkt, den man zur Zeit übersieht, wenn von Verkehr geredet wird. Man hat dabei immer Autos und LKWs vor Augen – aber was ist mit Flugzeugen?«

»Stimmt«, meinte Werner, offensichtlich tief beeindruckt. »Davon ist so gut wie nie die Rede.«

Krahn verschlang ein Lachsbrötchen. »Alle Airlines befinden sich gerade mehr oder weniger im Sturzflug«, verkündete er mit vollem Mund. »Sie waren schon vor Ras Tanura am Kämpfen, aber jetzt wird es richtig blutig. Vorher haben die Ausgaben für Kerosin ein Viertel der Betriebskosten ausgemacht, inzwischen ist der Anteil jenseits von Gut und Böse. Und noch gibt es Sprit aus der Mineralölreserve. Wenn da mal nichts mehr kommt, dann gute Nacht. Und da kommt bald nichts mehr.« Ein Salamibrötchen folgte. »Das ist eine tödliche Spirale. Die Flugpreise steigen, die Fluggastzahlen sinken. Sobald sich der gewöhnliche Bürger das Fliegen nicht mehr leisten kann, und sei es einmal im Jahr in den Pauschalurlaub, bricht dem ganzen Laden die Grundlage weg. Die Flugbranche braucht diesen großen Durchsatz, alles ist darauf hinkonstruiert – die Flughäfen, die Flugzeuge, der Flugplan selber. Von den paar Businessclass-Reisenden allein lassen sich diese Flotten nicht unterhalten. Denn die Flugpreise sind gerade, egal wie hoch, Discountpreise. Die Airlines machen keine Gewinne, und das können sie auf Dauer nicht durchhalten. Im Augenblick zehren sie Kapitalreserven auf, verschieben notwendige Investitionen – was dann wieder auf die Flugzeugindustrie wirkt – und so weiter. Eine tödliche Spirale abwärts. Es werden schon die ersten Verbindungen mangels Auslastung gestrichen, was das Fliegen zusätzlich unattraktiv macht. Am Schluss bleiben bloß noch ein paar Privatflugzeuge für Reiche übrig, für die es dann aber auch keine Flughäfen mit den heute üblichen Standards gibt. Das wird die Rückkehr zu den Schotterpisten.«

Werner schien erschüttert. »Es hängt also im Grunde alles am Treibstoff«, sagte er und sah Dorothea an. »Das habe ich mir so auch noch nie klargemacht, muss ich sagen.«

Dorothea lehnte sich nach hinten in die Sofakissen und verschränkte die Arme. »Na schön«, meinte sie. »Aber was will man machen? Das Öl geht nun mal aus, das ist eine Tatsache. Und Benzin und Kerosin und so weiter damit auch.«

Mit einem triumphierenden Grinsen beugte sich Krahn zu der Mappe hinüber, die er mitgebracht hatte, und zückte einen großen Prospekt daraus. »Auftritt *Thermale Depolymerisation*«, tönte er im Stil eines Zirkusdirektors, der die Attraktion der Attraktionen ankündigt. »Auch bekannt unter dem Kürzel TDP.«

Er entfaltete den Prospekt und legte ihn auf den Tisch. Farbige Diagramme waren zu sehen, die einen komplizierten chemischen Prozess verdeutlichen sollten, daneben Fotos von Gebäuden in einem Industriegebiet, von glänzenden Maschinen und schließlich von einem Hahn, aus dem eine schwarze, zähflüssige Masse floss: Öl, wie es aussah.

»Die grundsätzliche Idee ist, das, was die Natur macht, nachzuahmen«, erklärte Krahn. »Mit anderen Worten: das Öl, das wir brauchen, einfach selber zu machen. Wobei das natürlich ein bisschen schneller gehen muss, weil wir keine Jahrmillionen Zeit haben. Aber, nicht wahr, es lässt sich heute alles Mögliche künstlich herstellen. Zum Beispiel Diamanten. Die Natur braucht Jahrtausende und den Druck von riesigen Gebirgen – wir bauen eine Maschine, die innerhalb von ein paar Minuten aus einem Stück Kohle einen Diamanten presst. Also, warum nicht auch Öl?«

Werner deutete auf die Fotos. »Wo ist das?«

»Die Fotos stammen von einer Fabrik in Kanada, in Ontario, genauer gesagt, wo das Verfahren entwickelt wurde. TDP schlägt – was es besonders attraktiv macht – zwei Fliegen mit einer Klappe; es verwandelt nämlich Abfälle in Öl. Die einzige

Bedingung ist, dass sie in irgendeiner Weise kohlenstoffbasiert sind, was aber sowieso meistens der Fall ist.« Er tippte auf das große, bunte Faltblatt. »Die können Öl machen aus Altreifen, Plastikflaschen, alten Computern, Gartenabfällen, Altpapier, Krankenhausmüll, Raffinerieschlämmen und so weiter; konkret steht dieses Werk neben einer Fabrik, die Truthähne zu Schnitzeln verarbeitet, und nutzt die dabei anfallenden Abfälle.«

»Das geht?«, wunderte sich Dorothea.

Krahn grinste sie an. »Öl ist kein Zauberstoff. Öl ist eine komplexe Mischung aus Kohlenwasserstoffen, das ist alles.« Wieder tippte er auf die Fotos. »Wenn ich in diese Maschine fallen würde, kämen am Ende etwa zwanzig Liter Öl, etwas Gas, drei Kilo Mineralien und sechzig Liter destilliertes Wasser heraus.«

Was Dorothea eine Veränderung zum Besseren gefunden hätte. Sie musste ein Grinsen unterdrücken.

Krahn kramte in seiner Mappe und holte, etwas zögernd, wie es aussah, ein paar Unterlagen heraus, simple Ausdrucke, die an einer Ecke geheftet waren. »Also, das ist jetzt ein echter Freundschaftsdienst. Im Badischen wird gerade eine solche Anlage projektiert, nur größer, moderner, leistungsfähiger. Abfallentsorgung und Produktion von synthetischem Öl in einem – das wird ein Pilotprojekt für eine ganze Reihe weiterer Anlagen, die in ganz Deutschland geplant sind.« Er reichte die Unterlagen an Werner weiter. »Finanziert wird das Ganze über einen geschlossenen Investmentfond, an dem ich euch, wenn ihr euch schnell entschließt, noch Anteile vermitteln kann.«

»Hmm«, machte Werner und blätterte die Seiten um, die voller Zahlen standen.

»Ich hab da selber auch Geld reingesteckt«, fügte Krahn hinzu. »Logisch. Ich meine, sonst könnte ich es ja wohl kaum empfehlen. Aber ich bin sicher, das wird der Renner. Das wird Gewinne abwerfen, dass uns schwindlig wird.« Er lachte auf. »Und das Beste ist, dass Anteilseigner Heizöl zum Sonderpreis kriegen, sobald die Anlage läuft. Läuft dann praktisch als Privatentnahme, kostet also bloß den Steuervorteil.«

Dorothea sah Werner an, sah den Ausdruck auf seinem Gesicht und konnte nur denken: *Oh, Gott. Nein.*

»Du musst mir noch mal erklären, wie das mit der Hypothek auf das Haus gehen soll«, sagte Werner, an Krahn gewandt.

Nachts um zwei, die Bettdecke bis ans Kinn gezogen und müde, gab Dorothea ihren Widerstand schließlich auf. Auf ihr wieder und wieder vorgebrachtes Argument, Krahn sei ihr suspekt und außerdem unsympathisch, entgegnete Werner immer nur, sie müsse ihn ja nicht heiraten. Ob sie nicht, wenn sie schon einen zusätzlichen Kredit aufnähmen, mit dem Geld einfach eine neue Heizung einbauen lassen könnten? Die zum Beispiel diese Holzpellets verbrannte, für die zur Zeit überall geworben würde? Oder einfach ganz verschiedene Brennstoffe?

»Glaubst du, Holz oder was auch immer bleibt so billig, wenn das Öl ausgeht?«, erwiderte Werner. »Nein, das ist alles Kleinkram. Diese TDP-Anlage, das ist unsere Chance, bei was ganz Großem mitzumischen! Lass diese Gewinnrechung im Prospekt zur Hälfte übertrieben sein, dann machen wir immer noch einen richtig guten Schnitt. Doro – ich wäre diese ewige Sorge ums Geld gern endlich ein für alle Mal los!«

Sie seufzte. »Also, von mir aus.«

Ein Gerücht ging um in Bare Hands Creek. Rebecca, die Tochter des Reverends, sei schwanger. Niemand wusste, wer der Vater des Kindes war, denn das Mädchen verriet es nicht.

Markus ignorierte den Tratsch. Das ging ihn nichts an, außerdem verfolgte er andere Pläne. Von Abigail hatte er erfahren, dass für Ende April eine Art Expedition mit zwei Lastwagen hinunter nach Yellow Pine geplant sei, vielleicht sogar noch weiter, je nachdem. Ziel war, herauszufinden, wie und womit man mit dem Rest der Welt handeln konnte, um etwa an benötigte Medikamente, soweit sie noch hergestellt wurden, zu kommen, oder an Ersatzteile.

An dieser Fahrt wollte Markus teilnehmen. Er wusste nur noch nicht, wie. Aber, so war er überzeugt, das würde er herausfinden. Noch war ja Zeit.

Bis ihn Bruce eines Abends auf der Straße abpasste, am Arm festhielt und sagte: »Alter Freund. Ich habe eine Frage und bitte dich, mir die Wahrheit zu sagen: Bist du der Vater von Rebeccas Kind?«

Markus sah ihn mit großen Augen an. »Was? Nein.«

»Sie behauptet offenbar etwas anderes.«

»Was? Das ist gelogen.«

Bruce verstärkte den Druck um seinen Arm. »Sie hat es bis jetzt nur Dr. Heinberg gesagt. Der hat mir das natürlich nicht erzählt, aber ich habe das Mädchen gehen sehen, und James hat mich nach dir ausgefragt, weil er weiß, dass wir öfter zusammen auf Streife waren. Und ich zähle eins und eins zusammen.«

Markus hatte das Gefühl, gegen einen Strick um seinen Hals anzuatmen. »Ich hatte nichts mit ihr, klar? Wir haben nur mal miteinander geredet, und sie hat mich zum Mittagessen ins Haupthaus eingeladen.«

»Nur geredet?«

Markus musterte den fahlhäutigen Mann. »Sie war … na ja, scharf drauf. Das habe ich schon gesehen. Rallig, könnte man sagen. Aber ich habe sie nicht angerührt. Sie war deswegen sogar sauer auf mich.«

Bruce sah ihn forschend an und schien ihm Glauben zu schenken, denn er ließ ihn schließlich los. »Also, der Punkt ist, dass sie minderjährig war, als es passiert ist. Das gibt Ärger. Ich schätze mal, James sagt es dem Reverend heute Abend, wenn sie sich nach der Kirche zur Dreierratssitzung treffen. Und wenn ich meine Beobachtungen richtig interpretiert habe, könnte dir ein Prozess vor dem Dorfgericht blühen.«

»Dorfgericht?«, wiederholte Markus.

Bruce sah ihn ernst an. »Wenn es eine Vergewaltigung war, verhängen wir hier die Todesstrafe.«

KAPITEL 45

Das, was da in seinen Eingeweiden hochkroch, war Entsetzen. Wenn Wort gegen Wort stand, was würde dann geschehen? Wem würde man glauben? Ihm, dem Flüchtling, dem Fremdling, dem unnützen Esser?

Markus sah sich um. Es war, als erwache er aus einem schlechten Traum. Da, die Häuser, tief an den Boden geduckt. Der Himmel, an dem sich die nachtschwarzen Wolken eines nahenden Unwetters ballten. Der Wald ringsum, dunkel, unbekannt, bedrohlich, eine schwarze Wand, vor der die Bäume standen wie Wachsoldaten. Was tat er hier? Nein, der Zeitpunkt war gekommen, zu gehen. Auch wenn sie eine Flucht als Eingeständnis seiner Schuld werten würden.

Er besaß sein Auto. Niemand hatte bisher weiteren Anspruch darauf angemeldet; es stand immer noch in der Garage. Alles, was er brauchte, war Treibstoff.

Er überlegte. Die Vorräte an Benzin und Diesel lagerten, das hatte er einmal mitbekommen, in einem unterirdischen Gewölbe am Ortsrand. Das Gelände war eingezäunt, der Zugang abgeschlossen, und ein großes Rudel Gänse lebte innerhalb der Umfriedung, das bei jeder Annäherung so laut zu schnattern anfing, dass man es im halben Dorf hörte.

Dort würde man außerdem zuerst suchen. Nein, die Idee mit dem Pflanzenöl war viel besser. Wie viel würde er brauchen? Zur Not reichte es, wenn er bis Yellow Pine kam. Wie weit war das? Vierzig Kilometer, vielleicht fünfzig? Fünf, sechs Liter, damit konnte er es schon schaffen.

Dumm, dass Charles Taggard eher ein Anhänger von hartem Palmfett war. Keith Pepper und seine Freunde hätten das zwar sicher als Herausforderung empfunden, aber was ihn anbelangte, war damit nichts anzufangen. Er musste schon richtiges Sonnenblumenöl auftreiben.

In der Küche des Haupthauses. Er war sich sicher, dort schon einmal einen Kanister stehen gesehen zu haben.

Schnell. Er musste sich vor allem beeilen. Die Kirche fing gleich an, und es würde auffallen, dass er nicht da war… Er marschierte los, schlug sich seitlich durchs Gebüsch, ging durch die dunklen Seitengassen. Er kam an, als die Frauen, die in der Küche arbeiteten, gerade schwatzend und tuschelnd das Haus verließen.

Er konnte sich schon denken, worüber sie zu tuscheln hatten.

Die Haustüre war unverschlossen. Niemand schloss Haustüren ab in Bare Hands Creek. Markus huschte hinein, lauschte. Niemand mehr da. Er stieß die Tür zur Küche auf.

Es war dunkel bis auf eine kleine rote Leuchtdiode am Kühlschrank, die diffuse Helligkeit verbreitete. Doch die reichte bei aller Gewöhnung nicht aus, mehr zu erkennen als die gröbsten Umrisse. Markus tastete über Arbeitsflächen aus fettigem oder rissigem Holz, über Messergriffe und Brotkrümel, bis ihm einfiel, dass es ohnehin unnötig verdächtig aussehen würde, wenn jemand hereinkam und ihn so vorfand. Besser, er machte Licht und ließ sich eine gute Ausrede einfallen.

Ein Dreh am Schalter, und die Leuchtröhre an der Decke tauchte die Küche in klinische Helligkeit. Immerhin, so viel Luxus gab es noch. Und es bedurfte nur eines Blicks, um zu finden, was er suchte: das Regal unter dem Herd.

Zwei Plastikkanister, unbeschriftet, der eine weiß und der andere blau. Der blaue war voll. Markus wuchtete ihn hoch, schraubte den Verschluss auf und roch daran: Essig. Damit fing er nichts an.

Im weißen Kanister war Öl, aber nur noch ein Bodensatz. Kein Liter mehr, nicht mal mehr ein halber. Damit würde er auch nicht weit kommen.

Was nun? Er hatte keine Ahnung, wo die übrigen Vorräte an

Öl sein mochten. Er konnte versuchen, in den anderen Wohnhäusern welches zu finden, oder aber zu den Gänsen gehen … Beides war gleichermaßen riskant und verzweifelt.

Er schritt eilig die Küche ab, sah in alle Regale, unter alle Tische …

Da. Was war das? Eine Art Presse, oder? Ein altmodisches, massiv wirkendes Gerät mit einer Drehspindel, über die man einen Stempel in eine runde Auffangschale pressen konnte. Markus betastete den Rand der Abflussrinne, roch an seinen Fingern: Öl.

Mit einem Schlag stand ihm vor Augen, was er machen würde. Der Plan war fix und fertig, so, als hätte sein Unterbewusstsein ihn vorbereitet, um ihn im geeigneten Moment einfach nur aus der Schublade zu ziehen. Er würde diese Spindelpresse, den fast leeren Kanister und einen der Trichter mit hinüber ins Silo nehmen, und dort wusste er auch schon, in welcher Kammer er ungestört sein würde mit all diesen Geräten und einem Sack Sonnenblumenkernen.

Ferne Vergangenheit
1913

Am 29. September begab sich der 55-jährige Ingenieur Rudolf Diesel an Bord des Postdampfers »Bremen«. Ziel seiner Reise war London, wo er an einer Versammlung der *Consolidated Diesel Manufacturing Ltd.* teilnehmen wollte.

Rudolf Diesel war als Erfinder des nach ihm benannten Motors ein bekannter Mann. Es lag sechzehn Jahre zurück, als sein Motor zum ersten Mal erfolgreich gelaufen war; seit nahezu fünfzehn Jahren wurde er in Augsburg in Serie gefertigt. Motorschiffe wurden damit betrieben, seit kurzem auch Lokomotiven.

Rudolf Diesel war ein genialer Tüftler, als Geschäftsmann jedoch nicht besonders talentiert. Jahrelange Patentprozesse hatten ihn gesundheitlich ausgelaugt. Dennoch berichteten Mitreisende später, Diesel sei guter Laune gewesen, als er abends in seine Kabine gegangen war.

Danach wurde Rudolf Diesel nie wieder gesehen. In dieser Nacht verschwand er von dem Dampfer, der unterwegs war nach London.

Am 10. Oktober sichtete die Besatzung des holländischen Lotsenboots »Coertsen« eine im Wasser treibende Leiche. Es herrschte so schwerer Seegang, dass es nicht gelang, den Körper zu bergen. Man wurde lediglich einiger Gegenstände aus der Kleidung des Toten habhaft – eines Brillenetuis, eines Portmonees und einer Pastillendose. Eugen Diesel, der Sohn des Erfinders, identifizierte diese Dinge später als Besitztümer seines Vaters.

Die genauen Umstände des Todes oder des Verschwindens von Rudolf Diesel wurden nie geklärt. Bis heute ist der Verdacht nicht verstummt, er sei im Auftrag der gerade an Einfluss gewinnenden Erdölindustrie ermordet worden. Er hatte zu der Zeit an einem für den Betrieb mit Pflanzenöl geeigneten Motor gearbeitet. Nach seinem Tod wurden diese Forschungen eingestellt, und für nahezu den Rest des Jahrhunderts sollte nur der Motor für Dieselöl fossilen Ursprungs weiterentwickelt werden.

Gegenwart

Markus schreckte hoch. Was? Was? Er war eingeschlafen, auf dem Stuhl, einfach so, mit dem Kopf gegen die nackte Wand gelehnt …

Oh, und alles tat ihm weh. Schwindlig war ihm auch. Und die Arme, oh Mann …

Immer noch halb betäubt sah er sich um, versuchte zu begreifen. Wie spät war es? Er hatte keine Ahnung. Da war die Spindelpresse, und … Richtig. Das Öl.

Jetzt, da er das Massaker vor sich sah, fiel ihm alles wieder ein. Der Boden lag voller ausgepresster Kerne. Der Sack war halb leer. Und in dem Glas, in dem er das Öl gesammelt hatte, stand die Flüssigkeit gerade mal zwei Finger hoch.

Er erinnerte sich, wie er irgendwann in Trance geraten war, nur noch: Kurbel linksrum, Reste raus, neue Kerne drauf, Kurbel rechtsrum, rechtsrum, fester, fester, bis ein Tropfen kam oder zwei … Weiter, hatte er sich gesagt, einfach weitermachen. Nicht nachdenken. Nicht zählen. Einfach nur diese Kerne auspressen, mit aller Kraft, nichts drin lassen von dem Zeug.

Und irgendwann hatte er vergessen, was das alles sollte und wozu er das machte.

Er hatte ja keine Vorstellung davon gehabt, wie aufwändig es sein würde. Wie unergiebig diese Ölfrüchte waren. Das war aussichtslos; er würde eine Million Jahre brauchen und die Ernte eines ganzen Jahres, bloß um einmal seinen Tank zu füllen.

Wie viel Abfall das war! Auf geheimnisvolle Weise schien das Zeug mehr geworden zu sein. Es bedeckte den ganzen Boden.

Da, ein Geräusch. Ein Riegel, der zurückgeschoben wurde. Schritte. War etwa schon wieder Tag? Hatte er die ganze Nacht mit all dem hier verbracht?

Das konnte nicht sein. Oder doch? Man sah nichts von hier drin, kein Dunkel, kein Licht.

Er bückte sich, fing hastig an, sauber zu machen. Mit den Händen, weil er nicht an Dinge wie Besen und Schaufel gedacht hatte und es jetzt zu spät war, sie zu holen.

Die Schritte kamen näher. Markus erstarrte, versuchte, sich durch reine Willenskraft unsichtbar zu machen …

Die Tür wurde aufgerissen. Es war natürlich Abigail, wer auch sonst?

»Hi, Abi«, sagte Markus und versuchte ein Lächeln. »Das sieht alles schlimmer aus als es –«

Sie hörte ihm überhaupt nicht zu. Sie sah ihn nur mit immer größer werdenden Augen an, dann drehte sie sich um und rannte schreiend davon. »*Hier! Er ist hier!*«

Es klang, als habe er mit gezücktem Messer auf sie gewartet.

Markus ließ alles fallen, rannte ihr nach, aber zu spät.

Sie sprangen grob mit ihm um. Sie packten ihn, an Armen, Beinen, an den Haaren, am Hals, und jemand schrie etwas von den Vorräten, an denen er sich vergriffen habe. Das schien auf einmal schlimmer zu sein als die Vergewaltigung, wegen der sie nach ihm gesucht hatten, schien den Zorn der Männer regelrecht hochkochen zu lassen. Sie schraubten ihm die Arme rücksichtslos auf den Rücken, dass die Gelenke krachten, schlangen einen groben Strick um seine Handgelenke und zogen schmerzhaft zu. Und mit den Beinen dasselbe. So schleppten sie ihn davon, über schlammige Straßen voller Pfützen und Dreck, bis zum Platz vor der Kirche. Markus begriff jäh, wozu der Pfahl gedacht war, der dort aufgerichtet stand. Seit er das erste Mal ins Dorf gekommen war, hatte er sich das gefragt, und nun …

»Holt den Reverend!«, schrie jemand, während sie ihn daran festbanden, zerschunden und dreckig, wie er war, und ein anderer: »Macht ihm den Prozess!«

»Ach was, Prozess – macht ihn alle!«

»Hängt ihn auf!«

»Nicht lang reden!«

Sie schrien ihn an, schlugen ihn, die Männer und auch die Frauen, waren außer sich vor Wut, hassten ihn, hatten Angst. Und Angst, ja, die hatte er auch, die hatte ihn voll im Griff; seine Lunge pumpte, sein Herz raste, und es gab nichts, was er dagegen machen konnte.

»Wo bleibt der Reverend?«, hörte er aus dem Geschrei, aus dem Hexenkessel um sich heraus.

»Hab ihm Bescheid gesagt, er kommt gleich …«

»Macht nicht lang rum! Hängt ihn auf!«

Und Schläge. Und Tritte. Und Spucke ins Gesicht. War an die Vorräte gegangen. Ein Mädchen schwängern, das wäre ja noch gegangen, sie vergewaltigen, so was kam vor, aber sich an den Vorräten zu vergreifen …

Mann! Wäre er doch bloß einfach in den Wald gegangen. Kein Bär wäre so schlimm gewesen wie das hier …

Und dann, wie aus dem Nichts und alles übertönend, eine Stimme, die er kannte. »*Halt!*«

Es war Taggard.

Sie wichen zögernd beiseite, ließen ihn näher treten. Etwas lief Markus ins Auge, Spucke vielleicht oder Blut, aber er spürte, dass er lächelte. Er suchte den Blick seines Beschützers und lächelte.

Taggard erwiderte das Lächeln nicht, sah ihn nur ernst an. »Er hat das Recht auf einen fairen Prozess«, rief er dann in die Runde. »Er hat das Recht, gehört zu werden. Er hat das Recht –«

»Hey, Taggard!«, schrie jemand. »Spiel dich nicht so auf!«

»Genau. Du hast hier nichts zu sagen.«

Taggard sah umher, versuchte die Sprecher auszumachen. »Es spielt keine Rolle, ob ich etwas zu sagen habe oder nicht«, erwiderte er. »Wir sind immer noch in Amerika. Hier gelten Recht und Gesetz –«

»Der Kerl hat geklaut! Und die Kleine vom Reverend hat er auch genagelt! Was sollen wir mit so einem?«

»Das ist nicht bewiesen«, rief Taggard. »Jeder Mensch hat bis zum Beweis seiner Schuld als unschuldig zu gelten.«

Jemand schrie, mit einer Stimme, die sich beinahe überschlug. »Wir haben es doch gesehen! Mit eigenen Augen haben wir gesehen, dass er noch zwischen den leeren Säcken gesessen hat!«

»Wo bleibt bloß der Reverend?«, raunte man ringsum.

Und dann war da plötzlich ein Mann mit einer Pistole, der sagte: »Geht beiseite. Ich erledige das jetzt.«

Alle wichen zurück. Alle bis auf Taggard, der stehen blieb, wo er war, und nur tadelnd den Kopf schüttelte.

»Das kommt nicht in Frage, Joe.«

Joe gab einen schnaubenden Laut von sich. »Kann mal jemand dieses Arschloch beiseite ziehen?«

Arme tauchten auf, Hände, die Taggard ergriffen und aus der Schusslinie zerrten.

Markus starrte auf die schwarze, kreisrunde Öffnung des Laufs. Seine Gedanken schienen mit einem Schlag zum Stillstand gekommen zu sein. Bis auf einen. *So ist das also,* dachte er mit seltsamer Ruhe. *So ist das also, wenn man stirbt.*

Dann geschahen irgendwie zwei Dinge gleichzeitig. Taggard riss sich mit einem ärgerlichen Schrei los, und ein ohrenbetäubender Knall zerriss die Luft, die Welt, den Wald.

Die Sonne kam zwischen den Wolken hervor, ließ die regennassen Wipfel der Bäume diamanten aufleuchten. Die schlammigen Spuren auf den Wegen bildeten moderne Kunst. Atemlose Stille erfüllte den Wald, die Welt, die Luft.

Ich spüre gar nichts, dachte Markus.

Dann sah er Taggard, der ihm den Rücken zugewandt hatte, auf die Knie fallen, sich die Hände vor die Brust legen und seitwärts in sich zusammensinken.

Die mörderische Stimmung war wie weggeblasen. Erschrocken umschwärmte man Taggard, drehte ihn auf den Rücken, nestelte an seinem Hemd herum, das vor Blut troff, rief nach einer Decke, nach Wasser, nach dem Arzt.

»Er lebt noch!«

»Schnell, ruft Dr. Heinberg!«

Der Arzt erschien, zusammen mit dem Reverend, und kniete bei dem Verletzten nieder. »Wir sollten ihn ins Haus schaffen«, meinte er zu dem Geistlichen.

»Tragt ihn rein«, befahl der Reverend und zeigte auf sein eigenes Haus. Dann deutete er auf Markus. »Und bindet den da los.«

Der Blick, mit dem er Markus ansah, war kalt.

Es wurde ein langer Tag. Markus saß im Arbeitszimmer des Reverends, bewacht von einem Mann mit Gewehr, der kein Wort redete. Stunde um Stunde verging. Man brachte ihnen etwas zu trinken, und ein anderer, genauso schweigsamer Mann übernahm die Wache.

Es war ein kahles Zimmer. Die Wände waren weiß, die Pflanzen auf der Fensterbank der einzige Schmuck.

Und die Bücher. In drei Schränken standen sie hinter Glas, und Markus vertrieb sich die Zeit damit, die Titel auf den Rücken zu entziffern. Viele fromme Bücher natürlich. Der Weltuntergang schien das häufigste Thema zu sein. Der Reverend besaß auch viele Bücher über Ökologie, Politik und Landwirtschaft. Auf einem Lesepult lag ein dickes Werk mit dem Titel »Biblischer Ackerbau«.

Durch die halb offen stehende Tür bekam man immer wieder etwas von dem mit, was im Rest des Hauses geschah. Wie blutige Tücher vorbeigetragen wurden oder Schüsseln. Es roch inzwischen nach Desinfektionsmitteln. Manchmal waren gedämpfte Stimmen zu hören.

»... nicht gut ...«

»Kann er ...?«

Türen wurden geöffnet und leise geschlossen, Schritte huschten umher. Wasser lief.

Markus wurde zwischendurch müde, hätte auf der Stelle einschlafen können. Eine Frau brachte ihm einen Apfel und einen Kanten Brot, das belebte ihn wieder.

Er hörte den Reverend. »Ja, ich komme«, sagte der. Eine Tür ging, dann herrschte wieder Stille.

Vielleicht, überlegte Markus, schickten sie ihn nun fort. Verbannung, das war doch eine sinnvolle Strafe für Leute, die sich an den Vorräten einer Gemeinschaft vergriffen. Bestimmt kam es so.

Irgendwann bemerkte er, dass die Sonne auf der anderen Seite des Hauses aus den Wolken lugte. Saß er schon den ganzen Tag hier?

»Ich muss mal auf die Toilette«, sagte er zu seinem Wächter.

Der sah ihn seltsam an, und Markus begriff, dass er es wieder versiebt hatte. In Amerika ging man nicht auf »Toiletten«, hier ging man ins »Badezimmer«. Er würde es nie lernen.

Der Wächter begleitete ihn an den Ort, dessen Bezeichnung nicht benutzt wurde. Die Fenster waren vergittert, an Flucht war nicht zu denken. Markus pinkelte einfach nur, wusch sich die Hände, und als er wieder in den Flur hinaustrat, sah er den Reverend warten, eine große, mächtige Gestalt im Halbdunkel.

»Sie sollen zu ihm reinkommen«, sagte er.

Markus nickte beklommen. »Okay.«

Er ging langsam auf den Geistlichen zu, seinen Wächter und

dessen Waffe im Rücken wissend. Er deutete auf die Tür, vor der der Reverend wartete. »Hier?«

Reverend Small winkte ihn näher heran.

»Er wird die Nacht nicht überleben«, raunte er Markus zu. »Er weiß es. Er wollte sie noch einmal unter vier Augen sprechen. Benehmen Sie sich entsprechend.«

Markus schluckte. »Mach ich.«

Er ging hinein, bekam mit, wie man die Tür hinter ihm wieder schloss, ließ sich von dem Geruch nach Krankenhaus und Tod umfangen und konnte nur den Mann anschauen, der da, im Rücken hochgelagert, auf dem Bett lag, den Oberkörper verbunden, ein Tuch über den Schultern, blass und bleich im Gesicht, die Augen noch tiefer liegend als bisher schon.

»Ah«, hauchte er. »Markus. Da sind Sie. Gut.«

Markus trat näher. »Es tut mir Leid, dass es so gekommen ist. Es war dumm von mir, mich an den Vorräten zu vergreifen.«

»Warum haben Sie das überhaupt gemacht?«

»Ich wollte Öl gewinnen, um meinen Wagen flott zu kriegen. Anstatt Diesel. Und abzuhauen, ehe man mir das mit der Tochter des Reverends anhängt.«

Taggard betrachtete ihn sinnend. »Ja«, sagte er schließlich. »Das war wirklich dumm.«

»Tut mir Leid«, meinte Markus zerknirscht.

Taggard deutete auf einen Stuhl. »Ich muss Ihnen noch etwas erzählen. Setzen Sie sich. Es dauert ein bisschen.«

Markus nickte, zog den Stuhl heran und setzte sich so, dass sie einander gut sehen konnten. »Okay«, sagte er.

Der ehemalige CIA-Agent schien seine Kräfte zu sammeln. Er wirkte wie ein Zehnkämpfer, der schon neun Disziplinen hinter sich hat, aber noch eine vor sich weiß, und auch, dass es die schwierigste wird.

»Sie müssen wissen, Markus«, begann er, »ich kannte Ihren Vater.«

KAPITEL 46

Markus war wie vor den Kopf geschlagen. »Ehrlich?« Als würde ein Mann im Angesicht des Todes anfangen, Märchen zu erzählen.

Auf Charles W. Taggards Stirn stand Schweiß. Das Gespräch strengte ihn an, schon jetzt, kostete Überwindung. Später sollte Markus begreifen, dass er miterlebte, wie jemand ein Geheimnis offenbarte, das er viel zu lange mit sich herumgetragen hatte.

»Was wissen Sie über die Geschäfte Ihres Vaters, Markus?«

Markus sah ihn an, musste überlegen. »Fast nichts. Ich war noch ein Kind, als er gestorben ist.« Weil Taggard schwieg, auf etwas wartete, fuhr er fort: »Was ich weiß, ist, dass er zuletzt einen Vertrag für eine seiner Erfindungen gemacht hat, der uns viel Geld eingebracht hat. Nach seinem Tod.« Er stutzte, als ihm etwas klar wurde. »Geld, ohne das ich jetzt nicht hier wäre. Dieses ganze Abenteuer, die Firma mit Block, das hätte es nie gegeben ohne diese …«

»Ohne diese zwei Millionen Euro«, ergänzte Taggard. Er beobachtete Markus, schien zu wissen, dass er sich fragte, woher um alles in der Welt … »Der Mann, mit dem Ihr Vater diesen Vertrag ausgehandelt hat, war ich.«

»Sie?«

Taggard lächelte mühsam. »Ich gebe zu, ich habe auch erst gedacht, was für ein Zufall, als ich Ihr Bild in der Zeitung sah und Ihren Namen gelesen habe … Aber vielleicht ist weniger im Leben Zufall, als wir denken.«

Markus hatte sich vorgebeugt. »Dann müssen Sie wissen, was

das für eine Erfindung war!« Er verzog das Gesicht. »Wir wissen es nämlich nicht.«

Taggard nickte, schien um den nächsten Atemzug kämpfen zu müssen. »Das sollten Sie auch nicht. Niemand sollte davon erfahren.«

»Aber …«

»Alles gehört zusammen, Markus. Die Erfindung, der Vertrag, das Geld. Der Einbruch. Und der Unfall.«

Nein, dachte Markus. *Nein.*

»Ich war, ehe ich zur CIA ging, bei einer Unternehmensberatung namens *Eurocontact.* Auf den ersten Blick nichts Besonderes; viele Absolventen aus meinem Jahrgang sind in die Beratungsbranche gegangen. Die hatte damals ihre große Zeit. Man hat unglaublich gut verdient, allerdings auch unglaublich viel dafür gearbeitet. Die Consultingfirmen konnten sich die Besten aussuchen. Es war also auch eine Art Auszeichnung.« Er holte rasselnd Luft. »Normalerweise.«

»Soll ich irgendwas machen?«, erkundigte sich Markus besorgt. »Das Fenster aufmachen? Den Doktor rufen?«

Taggard schüttelte den Kopf. »Hören Sie mir einfach zu, solange meine Lunge noch nicht kollabiert ist. Ich muss das loswerden, das ist alles, was noch zählt.«

Markus nickte. »Okay.«

»Also … *Eurocontact* war nach außen hin eine Unternehmensberatung, tatsächlich aber haben wir eng mit der NSA zusammengearbeitet, der *National Security Agency.* Wir waren Wirtschaftsspione. Unser Job war es, die Vorherrschaft der amerikanischen Wirtschaft auf der Welt zu sichern, mit illegalen Mitteln, wenn es sein musste.« Er hustete, mit einem unguten, erstickt klingenden Geräusch. »Ich war damals stolz darauf, dabei zu sein. Ich dachte anfangs ehrlich, das sei eine gute Sache.«

Markus sah ihm beunruhigt zu, wie er sich mit jedem Satz plagte. »Die Erfindung meines Vaters …«

»Gleich. So schnell geht das nicht. Es reicht schon noch für mehr als ein paar geflüsterte Worte.« Er fuhr sich mit der

Zunge über die Lippen, befeuchtete sie. »Das lief so, dass wir von der NSA Informationen bekamen, wo in Europa sich etwas anbahnte. Sie wissen sicher, dass die NSA ein weltweites Abhörsystem unterhält, das alle Telefongespräche, Faxe, E-Mails und so weiter abhört – alle, egal wo? Es heißt ECHELON; in den letzten Jahren ist einiges davon durchgesickert. Es muss ein riesiges System sein; Computer, die Sprache erkennen können und auf Kombinationen bestimmter Wörter reagieren, durchforsten alle Telefonate; andere Computer entschlüsseln verschlüsselte Dateien, die NSA ist im Besitz von Decodiertechniken, die dem, was allgemein bekannt ist, um Jahrzehnte voraus sind … Jedenfalls, wir bekamen Informationen, wenn irgendwo in Europa jemand etwas erfunden hatte, das eine potenzielle Bedrohung amerikanischer Interessen war. Und dann sind wir losgezogen, um die Gefahr zu bannen.«

Markus fühlte eine Ahnung heiß in sich aufsteigen. »Indem Sie den Betreffenden –«

»Nein. Das hat mich ja so fasziniert. Wir waren Krieger, die nicht töten mussten und trotzdem siegten. Unsere Waffen waren Schlauheit, Täuschung und juristische Tricks. Und Geld natürlich.« Er berührte sachte eine Stelle auf seiner Brust, strich bedächtig darüber. »Es geht schon«, lächelte er, als er Markus' Blick bemerkte. Dann schien er sich wieder in der Vergangenheit zu verlieren. »Ein Vergnügen war es trotzdem nicht, uns in die Hände zu geraten. Wir haben zwar nicht getötet, aber wir haben doch Existenzen ruiniert. Oft genügte Bestechung. Oder Erpressung. Ein Bordellbesuch, bei dem belastende Fotos entstanden, zum Beispiel. Zur Not haben wir belastendes Material gefälscht, damit jemand seinen Job verlor oder das Vertrauen seiner Kreditgeber. Wir hatten die besten Fälscherwerkstätten der Welt zur Verfügung, verstehen Sie? Und wir spielten Spiele, die unsere Opfer nicht durchschauen *konnten*. Bestochene Gutachter, Notare, die unter unserem Druck logen – wir haben einen Sport daraus gemacht, alles legal aussehen zu lassen, die andere Seite so einzuwickeln, dass sie, wenn sie ihre Unterschrift unter die Verträge setzte, nicht wusste, wozu sie sich eigentlich verpflichtete und was sie alles aufgab und abtrat. ›Exekution‹ nannten wir das. Danach war der Fall gelaufen. Böses Erwachen für die andere Seite, was meistens hieß: Bankrott. Noch ein paar Penner mehr, die herumliefen und allen damit auf die Nerven gingen, dass alles nicht ihre Schuld gewesen sei, dass man sie betrogen habe – na ja. Was ihnen eben kein Mensch abnimmt. Und wir hatten die Erfindung, Entwicklung, das Konzept, die Formel – was auch immer. Und das haben wir dann an eine amerikanische Firma weiterverkauft, ein gutes Geschäft gemacht und den American Way of Life vor Widersachern geschützt.«

Markus spürte ein heißes Brennen hinter seinen Augen. »Ich habe solche Geschichten immer für blühenden Unsinn gehalten. Verschwörungstheorien, Sie wissen schon.«

Taggard schloss die Augen. Er sprach leise, wie für sich selbst. »Wir haben damals gegen den Kommunismus gekämpft. Gegen Unterdrückung und für die Freiheit. Und soweit wir sehen konnten, waren wir – Amerika – in diesem Kampf allein auf weiter Flur. Insbesondere auf die europäischen Staaten war in dieser Hinsicht wenig Verlass. Und Europa, verstehen Sie, das machte uns Angst. Wir waren Wirtschaftswissenschaftler, vergessen Sie das nicht. Wir konnten rechnen. Wir sahen, was für ein wirtschaftlicher Gigant Europa war. Wenn wir nicht dafür sorgten, dass Amerika wirtschaftlich in Führung blieb, dann sahen wir unsere Freiheit in Gefahr.«

Markus musterte den im Sterben liegenden Mann und fragte sich, ob es herzlos war, wenn er versuchte, das Gespräch noch einmal auf seinen Vater zu bringen.

Taggard schien seine Gedanken zu lesen. Er schlug die Augen auf. »Ihr Vater«, sagte er, »hat sich gewehrt. Und er wollte sich nicht an die Spielregeln halten.«

Vergangenheit

Jim Doonan kam ins Zimmer wie die personifizierte Hiobsbotschaft, schloss die Tür hinter sich und lehnte sich dagegen.

»Charly, dein Westermann macht Probleme.«

Charles Taggard, mit Ende dreißig der Jüngste im Team South Germany und damit der, dem man den ungeliebten Detailkram aufhalste, sah geistesabwesend von seinen Listen auf. »Westermann?«

»Stuttgart. Der Erfinder.«

»Was ist mit ihm?«

»Er droht, an die Presse zu gehen.«

Charles rieb sich die Augen. »Das darf er nicht. Paragraf 32 des Vertrages. Wenn er den Mund aufmacht, ist die Vertragsstrafe fällig. Dann ist er ruiniert.«

»Das ist ihm anscheinend egal. Die Eierköpfe haben uns ein paar Telefonmitschnitte geschickt. Wie es aussieht, bereitet Westermann schon was vor.«

»*Fuck.*« Charles Taggard überlegte. »Vielleicht war es doch keine so gute Idee, ihn und seinen Rechtsanwalt auseinanderzubringen. Der könnte ihm jetzt wenigstens erklären, in was für eine Scheiße er sich reinreitet.«

»Der Chef hat entschieden, das MIKADO-Team einzusetzen. Einen Plan gibt's schon; sie kommen heute Abend.«

»Ah, gut.« Das MIKADO-Team waren die Leute für die heiklen Fälle. Genau wie in dem Spiel waren sie darauf spezialisiert, Unerwünschtes zu entfernen, ohne dass das Ganze ins Wackeln geriet. Die beliebteste Strategie dabei war, den Betreffenden so zu kompromittieren, dass ihm niemand glauben würde.

Allerdings war ihm unklar, wie sie das bei Alfred Westermann bewerkstelligen wollten. Der Mann war ein Verrückter. Außer seinen Erfindungen hatte der Mann praktisch keine Laster. Man hätte ihm eine nackte Frau auf den Schoß setzen können, ohne dass er seine Formeln auch nur einen Moment vergessen hätte.

»Hab ich auch einen Job in dem Einsatz?«

Jim nickte. »Du rufst Westermann an, sagst, dass alles ein Missverständnis war, und bittest ihn, morgen Abend nach Karlsruhe zu kommen. In das Restaurant *Oberlandstuben*. Tisch für drei Personen ist schon reserviert. Sag ihm, ihr trefft dort den CEO einer amerikanischen Firma, die seine Erfindung produzieren und weltweit vertreiben will.«

»Okay.« Also lief etwas anderes. Ein großes Schauspiel, vermutlich. Der »CEO« würde natürlich ein schauspielerisch begabter Mann aus dem MIKADO-Team sein und dem Stuttgarter Erfinder das Blaue vom Himmel versprechen. »Wie viel Uhr?«

»Neun Uhr abends. Einundzwanzig, wie die hier sagen.«

Gegenwart

Ihr Vater war pünktlich«, erzählte Taggard mühsam. »Aber misstrauisch. Und dann kam der MIKADO-Mann nicht. Ich versuchte, ihn hinzuhalten, überzeugt, dass etwas schief gegangen sein musste. Ich telefonierte, erreichte aber niemand von den anderen. Schließlich platzte Ihrem Vater der Geduldsfaden, und er ging wieder.«

»Und fuhr in den Tod«, sagte Markus, erfüllt von einem elenden Gefühl.

»Und fuhr in den Tod. Ich habe es erst am nächsten Morgen erfahren. Es war ein MIKADO-Mann da gewesen – aber er war in die Tiefgarage des Restaurants gegangen, um das Auto Ihres Vaters zu manipulieren. Ich weiß nicht genau, was er gemacht hat. Sicher nichts Einfaches wie Bremsschläuche durchzuschneiden, weil das die Polizei festgestellt hätte. Wenn MIKADO so etwas machte, war es Hightech. Der Unfall ist zweifellos auf plus minus zehn Meter genau geplant gewesen.«

»Und ein anderes Team ist in das Labor eingebrochen.«

»Ja.«

Markus stützte die Ellbogen auf die Knie, faltete die Hände

und sah den ehemaligen CIA-Agenten und Wirtschaftskrieger an. »Und warum das alles? Was um alles in der Welt hat mein Vater erfunden?«

Taggard seufzte. »Ich wollte, ich könnte es Ihnen sagen, aber ich habe die Unterlagen nie zu Gesicht bekommen. Das war Vorschrift bei uns, verstehen Sie? Wir sollten nicht in Versuchung kommen, mit dem, was die Experten im Hintergrund für die heißesten Erfindungen hielten, eigene Geschäfte zu machen. Es ging um ein Verfahren, so viel weiß ich noch, das Ihr Vater *Ostraktion* nannte.«

»Ostraktion?« Dieses Wort hatte er nie gehört.

»Im Bericht der Expertengruppe hatte es drei Sterne. Das hieß höchster Handlungsbedarf.«

Markus grübelte. »Mein Bruder hat mir einmal erzählt, unser Vater sei überzeugt gewesen, mit dieser Erfindung die Weltwirtschaft zu revolutionieren.«

»Zweifellos. An mangelndem Selbstbewusstsein litt Ihr Vater nicht. Allerdings ist das eine bei Erfindern generell häufig anzutreffende Eigenschaft.«

»Was ist aus den Unterlagen geworden?«

»Markus«, sagte Taggard eindringlich, »Sie sind hier nicht in einem Roman von Michael Crichton. Was immer es war, das Ihr Vater erfunden hat, es wird die Welt nicht retten.«

»Sagen Sie es mir einfach.«

Taggard holte rasselnd Luft. »Wenn ich mich recht entsinne, gingen die Unterlagen an ein gewisses *Farsight Institut* in Crooked River Pass, Oregon. Was die wiederum damit gemacht haben, weiß ich nicht. Derlei Dinge haben wir nie erfahren.«

Oregon. Der an Idaho angrenzende Bundesstaat. Noch vor einem halben Jahr wäre das ganz in der Nähe gewesen. Jetzt hätten die Unterlagen genauso gut auf der Rückseite des Mondes liegen können.

»So war das also«, konstatierte Markus bitter.

»Danach habe ich *Eurocontact* verlassen. Ein Schreibtischjob bei der CIA, wie ich Ihnen gesagt habe. Aber es hat all die Jahre auf mir gelastet, an einem Mordkomplott beteiligt gewesen zu sein. Ich bin wohl doch nicht so abgebrüht, wie ich mal dachte…« Taggards Stimme wurde leiser. Die Kräfte schienen ihn nun endgültig zu verlassen. »Ich wollte es an Ihnen wieder gutmachen, Markus. Darum habe ich ein bisschen auf Sie aufgepasst. Habe nach Ihrem Unfall dafür gesorgt, dass Ihr Bruder Sie außer Landes bekam. Ich dachte, vielleicht wird mir auf diese Weise doch einmal vergeben…« Er schloss die Augen, atmete mit gurgelnden, röchelnden Lauten. »Was denken Sie, Markus?«

Markus schluckte, dachte an die zurückliegenden Wochen, die Abende… Männergespräche, belanglos im Grunde, und andererseits… »Bestimmt«, sagte er. »Bestimmt ist es so.«

Wenn er nur die Worte gefunden hätte, dem sterbenden Mann zu sagen, dass er ihm dankbar war.

Taggard stemmte die Augen wieder auf, hob mühsam die Hand, bedeutete ihm, näher heranzukommen. Er roch nach Tod. Seine Stimme war nur ein Hauch. »Ich muss Ihnen noch etwas sagen, Markus…«

Als Markus das Zimmer verließ und die Tür leise hinter sich schloss, stand der Reverend immer noch im Gang, ein düsterer Berg von einem Mann in der einsetzenden Dämmerung.

»Wie geht es ihm?«, wollte er wissen.

»Er hat gesagt, er will jetzt schlafen.«

Der Reverend nickte. »Gut. Sie waren ja ewig da drin. Das hat ihn sicher angestrengt.«

»Er wollte mich nicht eher gehen lassen.«

Einen langen Moment herrschte Stille, die sich wie ein Druck auf den Ohren anfühlte.

»Wahrscheinlich wird er nicht mehr erwachen«, sagte Reverend Small dann. Er schien in sich hineinzuhorchen. »Gott wird sich seiner annehmen.«

Markus schwieg. Er trauerte bereits um den Mann, der ihm das Leben gerettet hatte. Der ihn aufgenommen und sein Brot mit ihm geteilt hatte, im wahrsten Sinne des Wortes.

»Kommen Sie«, sagte Small und wies Richtung Haustür.

Sie gingen hinaus. Draußen begann es schon, dunkel zu werden. Markus konnte es kaum fassen. Der Tag war wie im Flug vergangen.

Vor der Tür legte Small ihm seine schwere Hand auf die Schulter.

»Nun zu Ihnen«, sagte er.

Die Hand wog eine Tonne.

»Ich war das nicht«, sagte Markus. »Mit Ihrer Tochter, meine ich.«

»Ich weiß«, sagte der Reverend. »Rebecca kann mich nicht lange anlügen. Auch wenn sie es bedauerlicherweise immer wieder versucht.«

Er sah auf Markus hinab. »Aber Sie haben sich an den Vorräten der Gemeinschaft vergriffen. Das kann nicht unbestraft bleiben.« Er ließ ihn los. »Wir lassen die Angelegenheit ruhen, bis sich das Schicksal von Charles Taggard erfüllt hat. Danach werden wir über Sie zu Gericht sitzen und ein Urteil fällen, wie es unsere Gesetze vorsehen. Bis dahin erlege ich Ihnen Hausarrest auf. Sie werden jetzt in Charles' Haus gehen und dort bleiben, bis man Sie holt.«

Der Wald umstand das Dorf schwarz und schweigend und sah mehr denn je wie ein Befestigungswall aus. Markus spürte, wie ihm Tränen kamen.

»Dann gehe ich mal«, sagte er.

Sie wollten nicht kommen, die Tränen. Vielleicht, weil er nicht wusste, worum er weinen sollte. Um seinen Vater? Um Taggard? Um sich selbst?

Beim Schein einer Kerze saß er am Küchentisch, während die Nacht hereinbrach, und lauschte dem Schmerz, der in ihm wühlte. Bilder tauchten auf, Erinnerungen. Der Stapel *Life*-Hefte, den er als Kind im Sperrmüll gefunden hatte; großformatige Zeitschriften mit riesigen Fotos atemberaubender Landschaften und Stadtsilhouetten, in die er sich hineingeträumt hatte … Ein regelrechter Schatz, das hatte er später gemerkt – komplette, gut erhaltene Jahrgänge aus den fünfziger Jahren!

Bei einem Klassenkameraden war er auf alte *Reader's-Digest*-Hefte gestoßen, hatte sie ihm abgeschwatzt und verschlungen. In der bedrückenden Atmosphäre seines Elternhauses, in der man unablässig den nahenden Weltuntergang, die ökologische Katastrophe und den bevorstehende Zusammenbruch beschworen hatte, wurden diese Hefte seine Zuflucht, sein Rettungsboot, seine seelische Arche Noah. Er hatte sich regelrecht am Leben erhalten mit den Geschichten darin, die erzählten, wie Menschen es durch Klugheit und Tüchtigkeit schafften, Widerstände zu überwinden und mit Schwierigkeiten fertigzuwerden. Es hatte ihm Mut gemacht zu lesen, dass andere es geschafft hatten, vom Tellerwäscher zum Millionär aufzusteigen, vom Schuhputzer zum Industriellen, vom Laufburschen zum Senator. Und so wurde Amerika für ihn der Inbegriff von Freiheit und Zuversicht. Das Land, in dem man ungehindert seine Kräfte an der Welt messen und das verwirklichen konnte, was in einem steckte. Nicht »alles«, wie es immer so vereinfachend hieß; das hatte er nie erwartet. Doch er hatte sich stets viel zugetraut, hatte große, wilde, maßlose Träume geträumt im Vertrauen darauf, dass man das durfte, ja *musste*, dass ein Traum, den man stark genug zu träumen im Stande war, einem die Kraft gab, ihn letzten Endes zu verwirklichen. Das war, was er aus all diesen Artikeln, Geschichten, Lebensberichten herausgesogen hatte; der Nektar, an dem er sich gelabt und mit dem er sich innerlich frei von der Angst gehalten hatte, die seinen Vater beherrscht hatte, ja, das ganze Land. Um zu der inneren Freiheit die äußere zu finden, hatte er keinen anderen Weg gesehen als den nach Amerika. Nur dort, so hatte er geglaubt, wurde einem die Freiheit zugestanden, zu siegen oder zu scheitern. Dort, so hatte er geglaubt, gab es die Angst nicht, die einen an beidem hinderte.

Und nun das. Die Lebensbeichte eines Mannes, der Amerika und seine Ideale zu verteidigen geglaubt hatte, indem er sie verriet. Der sich von einer kollektiven Angst hatte leiten lassen und dabei geglaubt hatte, die Freiheit zu retten.

Und sein Vater hatte deshalb sterben müssen.

Und die Erfindung, die vielleicht revolutionär gewesen wäre, ebenfalls.

Vielleicht war es das, worum er in Wirklichkeit trauerte. Um einen Traum vom wahren Leben.

Gegen elf Uhr war die Kerze heruntergebrannt. Er löschte sie, nahm die Taschenlampe und machte sich ans Werk.

»Sie waren ein Narr«, hatte Taggard ihm, unter anderem, ins Ohr geflüstert. »Sie brauchen Diesel? Heizöl ist nichts anderes. In meinem Haus ist eine Ölheizung, erinnern Sie sich? Gewiss, der Tank ist leer – aber nur, soweit es die Heizung anbelangt. Man füllt einen Heizöltank immer auf, ehe das letzte Zehntel des Inhalts verbraucht ist, wussten Sie das nicht? Man lässt ihn nicht ganz leer werden, weil das letzte Zehntel der Sumpf ist, voller Schwebstoffe und anderer Verunreinigungen. Meine Heizung ist verstopft, und daraufhin habe ich sie abgeschaltet, aber das letzte Zehntel ist immer noch im Tank. Gut dreißig Gallonen, schätze ich. Sie müssen sie nur ablassen und filtern …«

Der Öltank stand ganz hinten in der Garage, ohne größere Vorsichtsmaßnahmen als die, dass er an der Stelle so weit vom Wohnbereich weg war wie möglich. Er hatte am unteren Ende sogar einen Ablasshahn.

Markus suchte aus den Regalen alle Filtertüten zusammen, die er fand, dann ging er nach hinten, mit der Taschenlampe, den Kaffeefiltern, einer Kasserolle und leeren Wasserkanistern.

Es war eine langwierige Arbeit: einen halben Liter Heizöl in die Kasserolle ablassen, dann durch das Filterpapier in den Kanister rinnen lassen, bis schwärzlicher, grießeliger Schmutz alles verstopfte. Den Filtereinsatz wegwerfen, einen neuen einsetzen, weiter. Es stank, bis man nach einer Weile unempfindlich wurde.

Gegen vier Uhr morgens hatte er den Wagen aufgetankt und noch zwei volle Kanister im Kofferraum. Er packte seine Tasche, nahm auch die Schmutzwäsche mit, alles an Geld, was er fand, und von den Vorräten, was er brauchen konnte. Einige von den Werkzeugen. Nicht zu viel, damit das Auto nicht zu schwer wurde. Gewicht kostete Sprit.

Zuletzt packte er noch die Notizbücher Blocks ein, die seit seiner Ankunft unbeachtet auf einem Stapel alter Zeitungen herumgelegen und Staub gesammelt hatten. Mochten sie auch nichts wert sein, war er doch ihretwegen hergekommen.

Hatte er sich zumindest einmal gesagt. Im Augenblick wusste er nicht, warum und wozu er hier war. Nur, dass er weiter musste.

Dann galt es. Er öffnete das Garagentor, leise, leise, unendlich behutsam. Zwar mochte die Nacht gerade am tiefsten sein, aber dafür trug sie auch die Geräusche jetzt am weitesten.

Stille. Niemand, der »Alarm« schrie. Einfach nur Dunkelheit.

Markus ging zum Wagen, zog die Tür auf. Die Innenbeleuchtung hatte er vorsorglich ausgeknipst, die Tür geöffnet, ehe er ans Garagentor gegangen war, und auch jetzt schlug er sie nicht zu, zog sie nur klickend heran, griff nach dem Zündschlüssel, glühte vor. Jetzt. Lass es klappen. Auf Anhieb.

An wen war diese Bitte gerichtet? Nicht an den Gott des Reverends, das stand fest. Markus drehte den Schlüssel, der Anlasser jaulte wie eine Sirene, und der Motor sprang an. Und Gas. Einfach losfahren, ohne Licht, aufs Geratewohl, Hauptsache in Schwung kommen, stark genug, damit sie ihn nicht mehr stoppen konnten.

Niemand versuchte es auch nur. Draußen auf der Straße schaltete Markus das Standlicht ein, fand die Richtung und fuhr einfach drauflos, hinaus aus dem Dorf Bare Hands Creek und in den Wald hinein, immer der Straße nach, wo er dann richtig Licht machte und fuhr, so schnell er konnte.

KAPITEL 47

Es war kalt, Licht drang durch seine Augenlider, und er lag irgendwie verkrümmt und eingezwängt da. Auf dem Rücksitz eines Autos, sah er, als er die Augen öffnete. Ach ja, richtig. Halb so wild. Er würde nie wieder aufrecht stehen können, aber wenigstens war er frei.

Zu kalt war es. Die Decke, die er dabeihatte, war nicht warm genug. Mist. Mühevoll, sich hochzustemmen. Die Scheiben waren beschlagen; alles, was man sehen konnte, war, dass es schon Tag war. Egal, er wusste auch so, dass er auf einem schmalen Waldweg stand, in der Deckung eines Busches.

Er stieß die Tür auf. Kalte Luft kam herein, klamm und feucht. Auf allen vieren, und endlich sich aufrichten … Es ging also doch noch. Bäume ringsum, die in den Himmel ragten, und Vögel, die ihn schreiend auspfiffen.

Durch die Fahrertür stieg er wieder ein. Er musste jetzt sofort rausfinden, ob der Wagen ansprang. Die Zeiten, als man einen Rettungsdienst rufen konnte, waren zweifellos für immer vorbei, dachte er, während er vorglühte. Und neunundzwanzig, dreißig … Er drehte den Schlüssel, und der Motor kam.

Eine halbe Stunde später hatte Markus den Wald hinter sich, gleich darauf kam eine Siedlung. Nicht groß, zwei Dutzend Häuser entlang der Straße, eins davon ein kleiner Supermarkt oder Drugstore oder so etwas. Vor dem hielt er. Der Ort sah aus wie tot, aber in der Ladentür hing ein Schild *We're open.*

Die Tür ging tatsächlich auf, mit einem leisen, schabenden Geräusch. Irgendwo hinter all dem vollgestopften Durcheinander, dem Markus gegenüberstand, ertönte eine Glocke.

Neben der Kasse gab es eine Theke, davor standen drei Barhocker. Bei einem war das Polster aufgeplatzt. An der Wand dahinter eine Kaffeemaschine, darüber eine amerikanische Flagge und ein schäbiges Fernsehgerät. Vielversprechend. Und Zeitungen gab es auch, massenhaft sogar, wenn sie auch etwas unordentlich und ausgebleicht aussahen.

Das hatte seinen Grund. Markus fand eine *Washington Post* von Anfang Februar, alle anderen Blätter waren entweder noch älter oder so lokal, dass er nichts damit anfangen konnte.

»Es kommen keine neuen mehr«, erklärte eine brüchige Stimme.

Markus drehte sich um. Eine alte Frau kam, an einem bonbonrosafarbenen Krückstock gehend, hinter einem Regal hervor.

»Zeitungen«, fuhr sie fort. »Der Wagen bleibt fort. Weiß nicht, warum. Ich hab angerufen, aber ich versteh nicht, was die mir erklärt haben.«

Markus hob die *Post*. »Ist okay. Ich nehm die hier.« Eine alte Zeitung war ihm grade recht, um mehr über das zu erfahren, was inzwischen in der Welt passiert war. Saudi-Arabien hatte einen neuen König, und auch noch einen, der sich vom Volk hatte wählen lassen. Das war doch zum Beispiel interessant.

»Ich geb sie Ihnen für einen Dollar. Weil sie nicht mehr neu ist.«

Markus fischte einen Dollarschein aus der Hosentasche und legte ihn neben die Kasse. »Sagen Sie, kann ich auch einen Kaffee haben?«

»Nur frisch gebrühten. Eine Tasse. Siebzig Cent.«

»Okay.«

Sie holte ein abgepacktes Filterpad aus einer Schachtel und steckte es in die Maschine. »Milch?«, fragte sie, während der Apparat loszischte, und hob eine Milchflasche hoch, in der nur noch eine bleiche, käsige Substanz war. »Oh. Die ist nicht mehr gut.«

»Ich trink ihn sowieso schwarz«, sagte Markus rasch.

»Auch keinen Zucker?« Sie nahm die Tasse und verschüttete die Hälfte, bis sie sie vor ihm auf der Theke hatte.

»Nein, danke.« Markus deutete auf ein Drahtregal, in dem abgepackte Gebäckstücke lagen. »Kann ich hiervon was nehmen?«

»Der Preis steht dran.«

Er entschied sich für ein undefinierbares Hefegebäck mit nicht allzu viel Zuckerglasur. Es schmeckte wie Stroh. Er suchte auf der Verpackung nach dem Haltbarkeitsdatum und stellte fest, dass es ein halbes Jahr zurücklag.

»Die sind alle weg«, sagte die Frau. »Wollten mich zwingen, mitzugehen, stellen Sie sich vor. Und wer kümmert sich dann um die Katzen, hab ich gefragt? Und wer um den Laden? Es muss sich doch jemand um den Laden kümmern.« Sie beäugte ihre Vorräte zweifelnd. »Na ja. Es kommt fast niemand zur Zeit. Hätte vielleicht auch mit fortgehen können.«

Markus musterte sie. Sie musste wenigstens achtzig sein. Sie hatte weißes, formloses Haar, war ausgemergelt, und entlang ihres Gesichts sah man weiße Linien, Narben vom Liften möglicherweise. Ein süßlicher Parfümgeruch ging von ihr aus, in den sich Spuren anderer, unappetitlicher Düfte mischten.

Er würde im nächsten Ort jemand dazu bringen müssen, sich um die Frau zu kümmern. Zur Polizei konnte er allerdings nicht. Höchstens, wenn er anonym anrief.

Das brachte ihn auf einen Gedanken. »Sagen Sie, Ihr Telefon – funktioniert das noch?«

Sie sah ihn misstrauisch an. »Wieso soll's denn nicht funktionieren?«

»Könnte ich da wohl mal telefonieren?«

Sie machte ein schmatzendes Geräusch mit dem Mund. »Die Einheit zwanzig Cent. Aber ich muss erst meine Brille holen, sonst kann ich den Zähler nicht ablesen.«

Das Telefon funktionierte tatsächlich. Sogar eine Verbindung ins Ausland kam anstandslos zu Stande. Während es klingelte, überlegte Markus, wie spät es in Deutschland war. Nicht mitten in der Nacht, oder? Nein, wenn es hier etwa zehn Uhr war, dann war es drüben … achtzehn Uhr? Abends jedenfalls.

»Westermann«, meldete sich Frieders sonore Stimme.

»Hallo, großer Bruder«, sagte Markus. »Ich bin's.«

Ein Keuchen war die Antwort. »Hat der Mann Nerven! Verschwindet für ein Vierteljahr, und dann sagt er einfach nur ›Hallo‹!«

»Was soll ich denn sonst sagen?«

Frieder zögerte. »Gut, auch wieder wahr.« Er schien sich wirklich ernste Sorgen gemacht zu haben. Andererseits kein Wunder, wenn man bedachte, dass die Zivilisation seither einen Eisberg namens *Peak Oil* gerammt hatte und im Begriff war, zu versinken. »Wo bist du? Und wie geht's dir?«

»Irgendwo in Idaho, auch wenn sich's reimt, und es geht mir… Na ja, gut nicht, aber auch nicht schlecht.« Markus räusperte sich. »Weswegen ich anrufe… Du hast Recht gehabt. Vater wurde ermordet. Ich habe einen Mann getroffen, der darin verwickelt war.«

»Wer?«

»Er ist inzwischen tot.«

»Nein, ich meine, war es die CIA?«

»So was in der Art.« Er gab ihm eine kurze Zusammenfassung dessen, was er von Taggard erfahren hatte, und fragte dann: »Sagt dir der Begriff *Ostraktion* etwas?«

»Ostraktion?« Frieder dachte lange nach. »Nein. Nie gehört.«

»Darum ging es bei der Sache. War irgendein Verfahren.«

»Das sagt mir nichts«, erklärte Frieder. »Alles, was ich weiß, ist, dass Vater es für seine bedeutendste Erfindung hielt.«

»Nicht nur er offenbar.«

Frieder seufzte. »Dabei waren seine übrigen Erfindungen schon nicht ohne. Weißt du…? Nein, weißt du nicht. Also: Es könnte sein, dass Vaters Solaranlage doch noch ihren Durchbruch erlebt.«

»Hat sie das nicht längst? Ich meine, deine Firma –«

»Das Funktionsprinzip ist auf heiße Länder zugeschnitten, das meine ich.« Frieder grinste, das hörte man. »Du bist übrigens nicht unbeteiligt.«

»Bitte?«

»Nachdem du abgezwitschert bist, musste ich ja deine Sachen aus der Klinik abholen. Dabei habe ich einen Araber kennen gelernt, der sich für die Solaranlage dort auf dem Reha-Bad interessiert hat. Und, oh wundersame Wege des Schicksals, inzwischen ist dieser Mann neuer saudischer König und will sich eine Testanlage in die Wüste stellen lassen. Von mir.«

»Gratuliere«, sagte Markus und sah auf seine Zeitung hinab. Da war ein Bild des Königs, wenn er das richtig sah. Ein alter Mann mit weißem Kopftuch und markanten Gesichtszügen.

»Hier steht gerade alles Kopf deswegen, das kann ich dir sagen«, meinte Frieder.

»Toll.« Er hätte ihm noch etwas zu sagen gehabt, aber dann musste er an das ECHELON-System denken, dessen Computer alle Telefone überall auf der Welt abhörten, und beschloss, es zu lassen.

Sie verabschiedeten sich, er versprach, sich so bald wie möglich wieder zu melden, und so weiter. Danach stöberte Markus ohne große Hoffnung in einem Ständer mit Landkarten, wurde aber zu seiner Überraschung fündig. Zweifellos war die Karte des nordöstlichen Oregon, die er kaufte, nicht mehr ganz neu, doch das spielte hoffentlich keine Rolle. Er fand noch zwei Briefumschläge samt Briefpapier, bezahlte und fuhr weiter.

Das Amerika, in das er kam, war nicht mehr das Land, das er gekannt hatte.

Die Straßen, auch die vier- und sechsspurigen Highways, waren so leer, als laufe gerade das Endspiel der Baseballmeisterschaft oder als habe eine Seuche die Einwohner dahingerafft. Wenn man Fahrzeuge sah, waren es meist Busse oder Lastwagen; einzelne PKWs sah Markus so gut wie keine.

Das war unangenehm, denn es hatte zur Folge, dass man ihm nachsah. Wenn er an einem Bus vorbeikam, verdrehten die Insassen die Köpfe; standen einmal Leute am Straßenrand, unterbrachen sie ihre Gespräche und sahen ihm nach, wenn er vorbeifuhr. Und nicht wenige dieser Leute trugen Ledergürtel mit Revolvern im Holster.

In vielen Orten, durch die er kam, standen reihenweise FOR-SALE-Schilder vor verlassenen Häusern. In Industriegebieten war es noch schlimmer; sie sahen vielfach aus wie von einer unbekannten Naturkatastrophe verheert: angekohlte Stahlgerippe, wo Hallen abgebrannt waren, ganze Fensterfronten, in denen keine einzige Scheibe mehr heil war, und zerbeulte, geplünderte Autos vor verfallenden Händlerbaracken. An manchen Gebäuden, deren sämtliche Öffnungen mit Brettern vernagelt waren, hingen verwitterte SELL-OUT-Plakate.

In McCall fand er eine Telefonzelle, die noch funktionierte. Er rief die Polizei an. Der Mann, mit dem er sprach, seufzte, versprach aber, man werde sich um die alte Frau kümmern.

In Meadows hielt er an, holte die Briefumschläge hervor und schrieb zwei Briefe. Beide adressierte er an Frieder, beide enthielten denselben knappen Bericht über seine Erlebnisse und das, was er von Charles Taggard erfahren hatte. Einen davon brachte er in Meadows auf die Post, wo man ihm versicherte, dass Briefe ins Ausland noch zugestellt würden, allenfalls etwas später als gewohnt.

Den zweiten Brief gab er in Fruitvale auf. Konnte die NSA auch heimlich den gesamten Briefverkehr überwachen? Eher nicht. Das ließ sich nicht mit Computern erledigen, dazu hätte man Arbeitskräfte in gigantischer Zahl benötigt, die Briefe öffneten, lasen und wieder verschlossen.

Hier und da schienen noch Supermärkte in Betrieb zu sein. Sie waren mit massiven, sichtlich rasch zusammengeschweißten Stahlgittern vor allen Zugängen gesichert, die Parkplätze davor lagen weitgehend leer, und wo jemand seine Einkäufe zu seinem Auto schob, wurde er von einem Uniformierten begleitet, der ein Gewehr über der Schulter trug und den Einkaufswagen anschließend wieder mit hineinnahm. Die Tankstellen warben noch mit niedrigen Benzinpreisen, waren aber mit Ketten abgesperrt, die Zapfsäulen abgeschlossen. NO GAS LEFT informierte ein handgeschriebenes Schild unmissverständlich.

Markus fuhr an all dem vorbei. Er hatte Vorräte im Auto, fuhr ruhig, gleichmäßig, sparsam. Nicht zu schnell, sowieso.

Möglichst wenig beschleunigen. So schnell wie möglich hochschalten. Er hatte das Gefühl zu spüren, wie der Diesel in den Motor strömte, wie der Inhalt des Tanks weniger und weniger wurde. Es war beinahe schmerzhaft, aber es half ihm, seinen Gasfuß im Zaum zu halten und nicht in alte Gewohnheiten zu verfallen.

Militär war reichlich auf den Straßen. Immer wieder graugrüne Transporter voller Soldaten, die seinen Wagen ebenfalls anstarrten. Und immer wieder Reihen klobiger Panzerfahrzeuge, unterwegs zu unbekannten Zielen und Einsätzen.

Einmal kam er an eine Tankstelle, die noch in Betrieb war. Das Gelände, auf dem sie stand, war ringsum mit Betonpfosten und Stacheldraht gesichert. Die Frau, die in einer vergitterten Kabine an der Zufahrt saß, schrie ihm durch einen schmalen Schlitz in der Scheibe entgegen: »Für wie viel?«

»Hundert Dollar«, rief Markus zurück. »Diesel!«

Sie verdrehte die Augen, nahm die Scheine, die er ihr hinschob, tippte etwas in ihre Kasse und schrie: »Nummer zwei!«

Markus rollte zur Zapfsäule 2. Man wurde bedient, immerhin. Ein stumpf dreinblickender Mann erhob sich von einem Stuhl, hantierte mit dem Zapfschlauch, und die Anzeige schaffte es knapp über 7 Gallonen, bis Schluss war.

Kurz bevor er Oregon erreichte, stotterte der Motor zum ersten Mal. Er rollte an den Straßenrand, ließ den Wagen eine Weile auskühlen, lauschte der unheilschwangeren Einsamkeit ringsum. Dann versuchte er es noch einmal, aber es hörte sich immer noch nicht gut an.

Also musste er sich doch die Hände schmutzig machen. Unlustig öffnete er die Motorhaube, rief sich ins Gedächtnis, was ihm Keith über diese schmierigen, stinkenden Maschinen erzählt hatte, und überlegte. Das da war wohl die Kraftstoffleitung. Wenn man bedachte, woher seine erste Tankfüllung stammte, war der Verdacht sicher nicht zu weit hergeholt, dass hier einfach irgendwas verstopft war.

Er holte das Werkzeug. Sehr vorausschauend, welches mitzunehmen. Nach einigen Versuchen gelang es ihm, die Leitung abzuschrauben. Tatsächlich, da war ein kleines Filternetz, total zugesetzt mit etwas, das wie feingemahlener Rost aussah. Er kratzte darin herum, bekam aber fast nichts davon los.

Hmm. Eine Weile saß er da und starrte die Bauteile an. Er konnte den Filter einfach weglassen und das Beste hoffen. Wie weit war es noch? Dreihundert Kilometer vielleicht. Oder er konnte versuchen, einen Ersatz zu basteln.

Er schnitt schließlich ein Stück eines Unterhemds heraus und bastelte es an Stelle des Filters in die Zuleitung. Mit gespannter Erwartung drehte er, nachdem alles andere wieder an Ort und Stelle war, den Zündschlüssel. Das Ergebnis war ermutigend: Der Motor sprang an und schnurrte wie ein Kätzchen. Na bitte. Alles halb so schwierig.

Das Hochgefühl hielt keine hundert Kilometer weit. Er überquerte die Grenze und fuhr die grandios in die Berge führende Interstate 84 hinauf, schaffte es noch an Huntington vorbei, dann krachte etwas äußerst ungut vorne unter der Haube. Er nahm den Fuß vom Gas – eine lächerlich unzureichend anmutende Maßnahme – und ließ den Wagen am Straßenrand ausrollen. Qualm quoll aus den Ritzen der Motorhaube, als er stand.

Das sah nicht gut aus, und es wurde nicht besser, nachdem er die Haube geöffnet hatte. Irgendwo war irgendetwas geplatzt, hatte alles mit stinkend schwarzer, öliger Brühe vollgespritzt, und dieselbe Brühe tropfte nun unaufhörlich zu Boden.

Was jetzt? Den Wagen konnte er vergessen.

Ein Laster kam angebraust, donnerte vorbei, ein silberglänzendes Ungetüm. Er konnte es per Anhalter versuchen. Er sah sich um, musterte die Straße, die von Horizont zu Horizont führte, das einzige Anzeichen von Zivilisation in einer ansonsten menschenleeren Einöde. Genau genommen blieb ihm gar nichts anderes übrig.

Er ließ die Motorhaube zufallen, ging zum Kofferraum und begann zu packen. Alles konnte er nicht mitnehmen. Die Reisetasche ließ sich in so etwas wie einen Rucksack umrüsten, das war schon mal gut. Proviant, soweit es sich nicht um Dinge handelte, die aufwändige Zubereitung erforderten. Wasser, auch wenn es schwer wog. Kleidung zum Wechseln. Werkzeug, von dem er glaubte, dass er es am Ziel seiner Reise brauchen würde. Die Taschenlampe. Das Mobiltelefon, für alle Fälle.

Was sollte er mit Blocks Notizbüchern anfangen? Vier Bücher voller sinnloser Aufschriebe. Aber er brachte es nicht fertig, sie einfach zurückzulassen, also stopfte er sie auch noch dazu.

Blieben die zwei Kanister mehr oder minder schmutzigen Diesels. Um die war es schade. Einen Moment erwog er, sie zu verstecken; vielleicht konnte er eines Tages zurückkommen? Unsinn, sagte er sich dann. Besser, er schenkte sie demjenigen, der ihn mitnahm.

So stand er dann am Straßenrand, zwei weiße Kanister zu Füßen, den dick gepackten Rucksack daneben. Im Verlauf der ersten halben Stunde brausten zwei Lastwagen an ihm vorbei, ohne ihn eines Blickes zu würdigen. Das heißt, einer der Fahrer hatte ihn im Vorbeifahren misstrauisch angeschaut. Vielleicht musste ein Truck Angst vor Überfällen haben. Markus hoffte auf einen Bus; er hatte so viele Busse getroffen. Ein Bus würde sicher anhalten.

Doch das nächste Fahrzeug, das kam, war kein Bus, sondern ein kleines, knallgrünes Auto, eine japanische Marke. Und das hielt, sogar direkt neben ihm. Der Fahrer, ein älterer Mann mit gebirgigem Gesicht, beugte sich über den Beifahrersitz, stieß die Tür auf und rief: »Mann! Steigen Sie ein!«

Markus erklärte das mit dem Diesel, worauf der Mann die beiden Kanister bedauernd ansah und meinte: »Schade, kann ich nichts mit anfangen.« Er klopfte auf das Lenkrad. »Ist ein Benziner.«

»Vielleicht für zu Hause? Als Heizöl?«

»Danke, aber da brauch ich nur Holz. Gott sei Dank. Kommen Sie, stellen Sie die Dinger einfach in den Kofferraum; der Nächste freut sich bestimmt. Wohin wollen Sie denn? Ich fahre nach Portland.«

Sie verstauten die Kanister, dann konsultierte Markus seine

Karte. »Wenn Sie mich vielleicht bis Baker City mitnehmen würden. Ich muss hierhin.« Er zeigte auf den winzigen Punkt, an dem *Crooked River Pass* stand.

Der Mann schüttelte den Kopf. »Würd ich Ihnen abraten. Von da kommen Sie nicht weiter. Üble Gegend.« Er betrachtete die Karte. »Besser, ich nehm Sie bis Pendleton mit. Von da versuchen Sie es über die 395 südwärts; da fährt immer jemand.«

Für Markus sah dieser Vorschlag aus wie ein Umweg von hundertfünfzig Kilometern, aber er tat wohl besser daran, diesem Rat zu folgen; der Mann schien sich auszukennen. »Okay«, sagte er.

Gleich darauf fuhren sie.

»Ich konnte Sie da nicht stehen lassen«, erklärte der Mann, während das Wrack des Wagens, den Keith ihm anvertraut hatte, außer Sicht geriet. »Sich einfach an die Straße zu stellen! Man könnte meinen, Sie hätten die letzten Monate im Winterschlaf verbracht.«

Wie er das meine, fragte Markus.

»Sagen Sie bloß, Sie haben das verpennt. Die Unruhen? All die Idioten, die meinen, sie könnten sich das, was sie wollen, mit der Knarre in der Hand holen?«

»Ich habe in einem abgeschiedenen Dorf gelebt, ohne Fernseher und alles«, sagte Markus und überlegte, dass der Reverend Recht gehabt hatte mit seiner Sorge: Er war noch keinen ganzen Tag unterwegs, und schon fing er an, von dem Dorf zu erzählen. Er nahm sich vor, weiter nichts zu verraten, und fragte den Mann, was *er* eigentlich hier draußen mache.

»Ich bin Techniker«, erwiderte der und wies auf die Rückbank, auf der zwei große Werkzeugkästen und Plastikboxen mit irgendwelchen Teilen darin standen. »Die ganze Zeit auf Achse. Wayne P. Miller, Wartung von Druckmaschinen und Fotokopierern. Wobei, inzwischen kümmere ich mich auch um Faxgeräte, Briefsortierer und so was, und neulich habe ich sogar mal 'nen Bargeldautomaten in Schuss gebracht. Grob gesagt alle Geräte, die in irgendeiner Form Papier transportieren. Ich bin ein Papierfreak, müssen Sie wissen. Papier, das ist Zivilisation, wenn Sie mich fragen. Nehmen Sie das Papier weg, und unsere Kultur verschwindet. Wissen Sie, warum das alte China dem Rest der Welt siebenhundert Jahre lang überlegen war? Weil sie Papier hatten und alle anderen nur dieses blöde, teure, unhandliche Pergament. Erst als sich das Papier ausbreitete und dann noch der Buchdruck dazukam, hat sich das gedreht.«

Markus nickte höflich. »Da ist was dran.«

»Aber es wird immer schwieriger, von Woche zu Woche, könnte man sagen«, fuhr Wayne Miller fort. Seine Finger waren schwarz verschmiert; Druckerschwärze vermutlich. »Man kriegt immer schwerer Ersatzteile. Was nützt es Ihnen, wenn Sie wissen, was kaputt ist und wie man es repariert, und Sie kriegen das Teil nicht, das Sie brauchen? Sie können's auch nicht zur Not selber machen; dazu sind die Maschinen heutzutage zu kompliziert. So ein moderner Kopierer, ich sag's Ihnen ... Dagegen ist ein Computer ein Scheiß. Überhaupt können Sie das Internet vergessen: alles Müll. Das ganze Gerede von wegen *Information Super Highway* war doch nur eine Kampagne, damit ein Haufen Computer verkauft werden. Aber Wissen, Mann, Wissen kriegen Sie nur aus einer Bibliothek. Aus Büchern. Papier, wie gesagt.«

Sie passierten Baker City und folgten der Interstate 84 weiter durch ein immer wüstenhafter werdendes Tal, während der Mann mit der Knollennase und dem zerfurchten Gesicht Markus erklärte, »warum dieses Land vor die Hunde geht. Weil wir allesamt ein Haufen Dummköpfe sind, darum. Ich red nicht mal davon, dass Sie ein Studium abschließen können, ohne eine Fremdsprache lernen zu müssen. Das ist bloß peinlich, aber ich schätze, wir können uns das leisten. Nein, ich rede erst mal einfach nur vom Lesen. Über vierzig Millionen Amerikaner sind praktisch Analphabeten. Und die, die's nicht sind, bringen im Jahr keine hundert Stunden damit zu, Bücher zu lesen, hocken aber fast zweitausend Stunden vor der Glotze. In der nur Müll kommt, Schwachsinn, absoluter Bockmist. Auf die Weise werden hirnlose Zombies gezüchtet. Ich meine, schauen

Sie sich doch einfach um. Schon vor Jahren ist in Kalifornien ständig das Stromnetz zusammengebrochen und in New York die Trinkwasserversorgung, und das war zu Zeiten, als alles andere noch lief. Und was hat man gemacht? Nichts. Wundert es Sie da, dass die jetzt in Kalifornien ohne Strom dasitzen und dass in New York die Cholera ausgebrochen ist? Mich nicht. Und das wird nicht mehr besser, sag ich Ihnen. Ich seh doch die Schulgebäude, in die ich komme. Die fallen regelrecht auseinander, schon seit Jahren. Ich hab Fotokopierer repariert in Räumen, in denen die Decke einsturzgefährdet war. An Schulen, in denen die Hälfte der Räume gesperrt war und der Unterricht in der Turnhalle stattfand. Und die Bibliotheken, wenn es welche gibt… Ich sag Ihnen, mir kommen manchmal fast die Tränen. Alte, zerfledderte, vergilbte Bücher. Bücher, die vor Schmutz richtig *klebrig* sind. Ich meine, wenn Sie in eine Bücherei gehen, ohne ein Nachschlagewerk, in dem wenigstens der vorletzte Präsident drinsteht – was soll das werden?«

Allmählich ging es steil abwärts, öffnete sich der Blick auf weites, ebenes Farmland.

»Schauen Sie mich an. Ich habe nicht studiert und behaupte auch nicht, dass ich in irgendwas eine große Leuchte bin. Ich bin eben Techniker, kenne mich mit Druckmaschinen und Papiertransport ein bisschen aus, und ansonsten habe ich ein paar Bücher gelesen. Aber sagen Sie, was Sie wollen, das hat schon gereicht, dass mir völlig klar war, wohin die Reise geht, als es da in Saudi-Arabien geknallt hat. War mir so klar wie 'ne Straßenkarte. Konnte bloß traurig lachen über die Blödmänner im Fernsehen, wenn sie davon angefangen haben, dass für eine Nation wie unsere, blah, blah, blah, das mit dem Öl ein verkraftbares Problem sei. Schließlich haben wir ja unsere riesenhaften Reserven da unten in Texas und Louisiana, nicht wahr? Wenn der Welt das Öl ausgeht, das braucht uns erst mal lange nicht zu kratzen, nicht wahr? Idioten, alle miteinander. War vermutlich klar. Jemand, der für so ein Idiotenmedium arbeitet, muss selber einer sein, sonst ist er nicht richtig qualifiziert.«

Markus räumte ein, durchaus verblüfft gewesen zu sein über den Anblick, den die Straßen und Städte inzwischen boten.

»Dabei ist das hier noch die heile Welt«, rief der andere bitter. »Was man so hört aus den richtig großen Städten … Und das ist erst der Anfang. Lassen Sie den nächsten Winter kommen. Das gibt die Katastrophe.«

Ein Lastwagen kam ihnen entgegen, der einen Container mit chinesischen Schriftzeichen darauf transportierte.

»Sehen Sie? Da haben Sie das Geheimnis der Sehergabe von Wayne Prescott Miller. Das Stichwort lautet: Außenhandelsbilanz.« Er schüttelte den Kopf. »Das kann die Hälfte der Bevölkerung nicht mal buchstabieren. Und die andere Hälfte, die Burschen in Washington inklusive, hält es für unwesentliches Zahlenzeug.« Er warf Markus einen Blick zu. »Wie steht's mit Ihnen? Wissen Sie, was das ist?«

»Das Verhältnis von exportierten zu importierten Gütern.«

»Schon mal gut. Ist Ihnen womöglich geläufig, dass die USA seit über dreißig Jahren eine negative Außenhandelsbilanz haben?«

»Hab ich mal gehört, ja.«

»Und was war daraus für den Verlauf der Krise zu folgern?«

Markus starrte das abgeschabte Armaturenbrett vor sich an. »Ähm – keine Ahnung.«

Wayne seufzte. »Vielleicht bin ich doch ein Genie? Also. Negative Außenhandelsbilanz heißt, wir importieren mehr, als wir exportieren. Wenn man genau hinschaut, importieren wir nicht bloß Rohstoffe und Öl – das wäre ja noch okay gewesen für ein hoch entwickeltes Land, abgesehen davon, dass wir das weitgehend nur noch in unserer Einbildung sind –, nein, wir importieren Güter des täglichen Bedarfs. Klamotten. Videorekorder. Plastikzeug. Lebensmittel. Schlicht und ergreifend *alles*. Das heißt, seit dreißig Jahren konsumieren wir mehr, als wir selber produzieren. Wir haben der ganzen Welt abgekauft, was wir brauchen. Und jetzt frage ich Sie: Wie haben wir uns das leisten können? Wie haben wir das finanziert?«

Markus sah ihn verdutzt an. Diese Sachverhalte kannte er

noch aus seinem Studium; das war sogar in einer Prüfung mal gefragt worden. Aber niemand war je auf die Idee gekommen, diese simple Frage zu stellen.

»Ähm«, sagte er, »keine Ahnung.«

»Ganz einfach: auf Pump. Das Bizarre war, dass der Rest der Welt uns nicht nur seine Waren verkauft hat, er hat uns auch mit dem Geld versorgt, das nötig war, um sie zu bezahlen. Finden Sie das nicht merkwürdig? Ich fand es immer merkwürdig. Und das Ganze geschah völlig freiwillig. Weil die amerikanische Wirtschaft immer noch einen so guten Ruf genossen hat, haben jeden einzelnen Tag, den Gott werden ließ, irgendwo in der Welt irgendwelche Leute beschlossen, ihr hart verdientes Geld in den USA zu investieren, es in Staatsanleihen zu stecken oder in Aktien amerikanischer Unternehmen, und zwar durchschnittlich eine Milliarde Dollar pro Tag. Eine *Milliarde*, Mann! Investitionen, wohlgemerkt, für die Rendite erwartet wurde. Aber wir haben das Geld einfach nur fröhlich ausgegeben und dumm-doof darauf vertraut, dass auch am nächsten Tag wieder welches hereinkommt. Im Grunde haben wir zuletzt überhaupt nichts Wesentliches mehr produziert, nur noch Dollars. Bedrucktes Papier, wenn Sie so wollen.« Er seufzte wieder. »Das wurmt mich am meisten.«

Markus nickte langsam, während er begriff. »Und jetzt funktioniert es nicht mehr. Weil niemand mehr Geld übrig hat.«

»Genau. Darum bricht alles zusammen. Das war mir von Anfang an klar. Wenn der Rest der Welt den Gürtel enger schnallen muss, dann wird es für uns zappenduster. Bloß dass ich kaum noch Ersatzteile kriegen würde, das habe ich nicht vorhergesehen.« Er schüttelte den Kopf. »Keine Ahnung, wie wir aus der Schraube wieder rauskommen sollen. Keine Bildung, und dann gehen die Druckmaschinen vor die Hunde, sodass man kaum noch neue Bücher drucken kann … Das ist eine Spirale abwärts, wenn Sie meine Meinung wissen wollen.«

Schließlich erreichten sie Pendleton. Wayne ließ es sich nicht nehmen, einen Rastplatz kurz vor der Stadt anzusteuern, mit Markus im Schlepptau in die Wirtschaft hineinzugehen und herumzufragen, bis er ihn an einen Lastwagenfahrer vermittelt hatte, der den Highway 395 nach Süden fuhr und nichts gegen zwei Kanister Diesel einzuwenden hatte.

Es war ein milchig wirkender Mann, der seltsam heiter-gelassene Zuversicht ausstrahlte. Offenbar versuchte er, sich einen Vollbart wachsen zu lassen, hatte es bisher jedoch nur zu etwas hellem Flaum gebracht, der seine Kinnlinie umkräuselte.

»Sie wirken bedrückt«, stellte er nach einigen Meilen fest, während deren er vor sich hin gesummt und Markus über das zuvor Gehörte nachgedacht hatte.

Markus sah auf. »Ja. Kann sein.«

»Gibt es einen Grund dafür?«

»Keinen speziellen. Es ist einfach... na ja, die Situation, in der sich die Welt befindet. Dass das Öl ausgeht und dass niemand zu wissen scheint, wie wir damit zurechtkommen sollen.«

»Das finden Sie bedrückend?«, fragte der Fahrer in einem Ton, als wundere es ihn aufrichtig.

Ein bisschen, fand Markus, klang er wie jemand, der gerade auf Psychotherapeut umschulte. »Sie nicht?«

Kopfschütteln. »Der Herr ist mein Hirte, er wird mich leiten, und mir wird nichts mangeln.«

Ach daher wehte der Wind. »Okay«, erwiderte Markus behutsam, »so gesehen ...«

»Sie glauben das nicht?«

»Hmm. Ich weiß nicht. Mag sein, dass es so ist.« Das, was ihm widerfahren war, hätte er allerdings durchaus auch in diesem Sinne interpretieren können, stellte er zu seiner Verblüffung fest. Wenn er gewollt hätte.

Der Fahrer sagte darauf erst mal nichts, und die Fahrt auf dem einsamen Highway ging in unangenehmem Schweigen weiter.

»Als Sie ein Kind waren«, fragte der Mann mit dem milchigen Gesicht plötzlich, »haben Sie da jemals mit Ihrem Vater längere Wanderungen durch die Wälder gemacht?«

»Bitte?« Markus schrak hoch. Mit seinem Vater? Er wäre schon vollauf glücklich gewesen, wenn sein Vater sich ein einziges Mal das Baumhaus angeschaut hätte, das er zusammen mit einem Jungen aus der Nachbarschaft in dem kleinen Garten hinter dessen Haus gebaut hatte. »Nein.«

»Bedauerlich. Ich schon. Mein Vater und ich, wir sind öfters mehrere Tage durch einsame Wälder gewandert, mit einem Zelt, mit Ausrüstung und Proviant …«

»Muss schön gewesen sein.«

»Ja. Und ich habe eines dabei gelernt: Man nimmt möglichst nicht mehr mit auf eine solche Reise, als man braucht.«

»Klingt vernünftig«, gab Markus zu. »Wobei man das im Voraus eben oft nicht weiß.«

»Aber je erfahrener jemand ist, desto besser kann er es abschätzen.«

»Zweifellos.«

»Jemand, der *alles* wüsste, würde seinen Rucksack perfekt packen können, nicht wahr?«

Markus nickte. »Wenn es so jemanden gäbe, sicher.«

»Gott zum Beispiel«, half ihm der Fahrer auf die Sprünge. »Gott weiß alles.«

»Okay«, gab Markus zu. »Wenn man mit Gott wandern ginge, wäre es sicher ratsam, ihm das Packen zu überlassen.« Was wurde das hier? War der Typ auf irgendeiner Droge?»

Der Fahrer lächelte glücklich. »Das ist natürlich bildlich gemeint«, sagte er, »aber in gewisser Weise wandern wir alle mit Gott durchs Leben. Und er hat für uns gepackt. Verstehen Sie? Deswegen mache ich mir keinerlei Sorgen um das Öl. Das hat schon seine Richtigkeit. Dass es zur Neige geht, heißt einfach, dass die Zeit nahe ist.«

»Die Zeit?«

»Die Rückkehr des Herrn. Er hat uns das Öl gegeben, damit wir uns wärmen und unsere Autos betreiben können. Wenn es zu Ende geht, dann deshalb, weil wir es bald nicht mehr brauchen werden.« Ein strahlender Seitenblick. »Ganz einfach, nicht wahr? Und ein so herrlicher Anlass zur Hoffnung.«

Markus war das Kinn heruntergefallen, was nicht weiter tragisch war; er wusste ohnehin nicht, was er sagen sollte.

»Sie sagen gar nichts«, bemerkte der Fahrer nach einer Weile.

»Ich, ähm … bin noch ganz ergriffen von dieser Logik«, brachte Markus mühsam hervor. Er musterte den Mann verstohlen. Der meinte das bierernst, so viel stand mal fest.

»Das klingt nicht, als ob Sie diese Hoffnung teilen.« Das milchige Gesicht sah ihn forschend an. »Sind Sie etwa jemand, der Anlass hat, die Wiederkehr des Herrn zu fürchten?«

»Nein«, erwiderte Markus und musste husten. »Absolut nicht. Es gibt nichts, was mir weniger Sorgen macht.«

»Das ist gut.«

»Ich frage mich allerdings«, fuhr Markus fort, »warum Gott, wenn er uns doch das Öl gegeben hat, den größten Teil davon bei den Moslems untergebracht hat?«

Diese Frage hätte er sich vielleicht besser verkniffen, dachte er gleich darauf, als er mit seinem Rucksack am Straßenrand stand und dem Lastwagen nachsah, das Geräusch der zuschlagenden Tür noch im Ohr. Es roch nach Staub und Abgasen, und als der Laster verschwunden war, war es auf einmal sehr still.

KAPITEL 48

Er war falsch. Völlig falsch. Der Hurensohn war eine ganz andere Strecke gefahren, als er am Rastplatz zugesagt hatte. Nur um an die Kanister mit dem Diesel zu kommen. Na, wenn sein Herr wiederkehrte, würde der ihm hoffentlich den Marsch blasen!

Markus war zunächst in der Richtung weitergewandert, in der der Laster abgedüst war, bis er an einen Meilenstein gekommen war, neben dem ein Wegweiser stand. Auf dem Wegweiser hatte ein ganz falscher Ortsname gestanden, und er hatte die Karte wieder und wieder konsultieren müssen, bis er begriff, dass er auf dem falschen Weg war. Zwischen ihm und seinem Ziel lagen noch an die hundert Kilometer Luftlinie. Und es war immer noch weit und breit kein Fahrzeug zu sehen.

Die Lauferei hatte ihn durstig gemacht, und Hunger hatte er auch. Er setzte sich neben den Stein, lehnte sich dagegen, trank ein paar kräftige Schlucke Wasser und aß ein Stück altes Brot und etwas von der Hartwurst, die er dabeihatte. Dann starrte er vor sich hin und überlegte, was er tun sollte.

Die Lage, dämmerte ihm, war durchaus ernst. Es fühlte sich an, als gäbe es im Umkreis von wenigstens fünfzig Kilometern keine Menschenseele. Seine Vorräte waren nicht besonders groß, die Nacht stand bevor, und er hatte keine Ahnung, ob es hier wilde Tiere gab und wenn, wie er sich gegen sie schützen konnte. Alles nicht lustig.

Er kramte in seinem Rucksack. Das Mobiltelefon war noch aufgeladen, fand aber kein Netz. Na toll. Wenn er wenigstens eines von diesen Geräten mit eingebautem GPS-Empfänger gehabt hätte …

Immerhin hatte er daran gedacht, den Kompass einzupacken. Er konsultierte noch einmal die Karte. Er würde zunächst den Weg zurückmarschieren, den er bis jetzt gegangen war, auch wenn ihm das sauer aufstieß, und dann noch ein gutes Stück weiter an der Straße entlang. Falls ein Wagen kam, musste er ihn mit allen Mitteln stoppen, und sei es, dass er sich laut schreiend und winkend mitten auf die Fahrbahn stellte.

Doch es kam kein Wagen. Er marschierte und marschierte die Straße entlang, ohne dass irgendwo ein Haus zu sehen oder eine Maschine zu hören gewesen wäre. Immer, wenn er auf die Karte sah, stellte er fest, dass er langsamer vorankam, als er erwartet hatte. Und es wurde immer dunkler. Und kühler.

An einer Art Behelfsparkplatz fand er einen großen braunen, verwitterten Holzkasten, der von Unkraut umwuchert war und Reste von Streugut enthielt, gerade genug, um den Boden zu bedecken.

Ja. Man konnte darin schlafen, zweifellos. Ob es bequem sein würde, war eine andere Frage. Eher nicht. Vor allem aber war es ein Nachtlager, in dem man Platzangst kriegen konnte.

Der Deckel ließ sich schließen. Gut gegen wilde Tiere jeder Größe, klar. Aber würde man ihn auch wieder aufkriegen? Und würde man da drin Luft bekommen?

Markus untersuchte das Ding genau. Also, öffnen ließ es sich, sofern niemand von draußen daran herumfummelte, ein Vorhängeschloss in den Riegel steckte oder dergleichen. Um dem vorzubeugen, holte er die Zange aus dem Rucksack und bearbeitete die Verriegelung damit so lange, bis sie abbrach. Schon besser. Er würde zwar wahrscheinlich trotzdem kein Auge zumachen, aber er riss nichtsdestotrotz ringsum alles an Gras und Kräutern ab, was ging, um die kieselige Kuhle auszupolstern.

Und wider Erwarten schlief er wie ein Toter.

Am nächsten Morgen fühlte er sich auch fast so – gerädert, zerschlagen, steif. Unbequem war gar kein Ausdruck; er spürte jeden Muskel im Körper.

Waschgelegenheiten fehlten. Gut, es würde auch so gehen. Einstweilen war ja niemand da, der sich an Körpergeruch stören konnte. Und falls ein Wagen kam, würde er auch mit einem Platz auf der Ladefläche vollauf zufrieden sein.

Er aß noch etwas von dem Brot aus den Backöfen von Bare Hands Creek, hätte ein Königreich für einen Kaffee gegeben, dann ging es weiter. Mit Beinen, die sich anfühlten wie eingerostet, und Muskeln, die bei jedem Schritt protestierten.

Die Abzweigung, die er sich auf der Karte ausgeguckt hatte, stellte sich als unbefestigter Feldweg heraus. War das möglich? Er prüfte die Karte eingehend, ging sogar noch ein Stück auf der Straße weiter, aber die nahm dann tatsächlich den Bogen nach Nordwesten … Nein, er war richtig.

War das klug, hier weiterzugehen? Wenn schon auf der Straße halbe Tage kein einziges Auto gefahren kam, würde hier erst recht keines kommen. Wenn er diesen Weg nahm, lief es auf einen einsamen Fußmarsch hinaus.

Andererseits sah er keinen anderen Weg. Wenn er auf der Straße bleiben wollte, musste er nach Pendleton zurück, eine Strecke von reichlich siebzig Kilometern.

Er zermarterte sich eine Weile den Kopf auf der Suche nach einer Alternative, aber er fand keine. Also, dann eben nicht. Dann würde er eben zu Fuß gehen.

Zunächst ließ es sich gar nicht so übel an. Nach einer Weile hatte er sein Tempo gefunden, marschierte gleichmäßig vor sich hin, hing seinen Gedanken nach, und das Ganze sah machbar aus.

Dann kam die erste Steigung.

Es ging aufwärts, bis er aus der Puste kam, und dann wurde der Weg noch steiler. War der überhaupt noch für Fahrzeuge gedacht oder schon für Maulesel? Du meine Güte! Und dann kam auch noch die Sonne zum Vorschein, und er begann zu schwitzen. Immer öfter musste er keuchend stehen bleiben, sich von Insekten umschwirren lassen, ohne die Kraft zu haben, nach ihnen zu schlagen. Und die Sonne stieg immer höher, lief zu Hochform auf. Am liebsten wäre er mit bloßem Oberkörper gewandert, aber das hätte vermutlich einen Sonnenbrand und zahllose zusätzliche Insektenstiche bedeutet, also behielt er das längst durchgeschwitzte T-Shirt an.

Mittags war die erste Flasche Wasser leer und nur noch eine zweite übrig. Was, wenn er kein Wasser fand? Bis jetzt war er weder an einer Quelle noch an einem Bach vorbeigekommen. Und selbst wenn, er hätte nicht gewusst, ob das Wasser trinkbar gewesen wäre.

Die Riemen des Behelfsrucksacks schnitten tief in die Schultern. Die Haut unter den Gurten war gerötet, teilweise waren Blutergüsse zu sehen. Es war eben doch kein richtiger Rucksack; das spielte sicher eine Rolle.

Er machte Rast, versuchte seine Position zu bestimmen. Genau war das nicht möglich, dazu hatte die Karte, die er besaß, nicht den richtigen Maßstab, aber auf jeden Fall blieb der Eindruck, dass er zu langsam vorankam. Er legte zu viele Pausen ein, das war es. Andererseits brauchte er die Pausen, weil er erschöpft war.

Dass es so anstrengend sein konnte, zu Fuß zu gehen! Wann war er das letzte Mal eine so große Strecke gewandert? War er überhaupt schon einmal so weit zu Fuß gegangen? In der Schule hatten sie Wanderungen gemacht, aber mehr als zehn, zwölf Kilometer waren das nie gewesen, oder?

Und alle anderen Strecken hatte er immer mit Verkehrsmitteln zurückgelegt. Beschämend irgendwo.

Mittags wurde es so heiß, dass er Zuflucht unter einem Baum suchen musste. Auch im Schatten war es warm, und er schlief ein wenig. Bloß der Boden blieb kalt. Kaum zu glauben, dass es erst März war.

Ehe er weiterging, sah er den Rucksack noch einmal durch. Blocks Notizbücher – es war wirklich sinnlos, die weiter mit sich herumzuschleppen. Er zerrte sie heraus und legte sie beiseite. Dann das Werkzeug. Die Schraubenzieher wogen nicht viel, die Kombizange war unverzichtbar. Die Brechstange war schwer, aber da sie gleichzeitig als Waffe dienen konnte, wollte er sie nicht zurücklassen. Was war überhaupt entbehrlich? Der Hammer vielleicht.

Er nahm eines der Notizbücher noch einmal zur Hand. Eigentlich nur als Vorwand, um noch ein bisschen hier sitzen zu können. Er merkte, dass er insgeheim auch die Hoffnung nicht aufgegeben hatte, doch noch zu verstehen, wie Block Öl gefunden hatte; herauszufinden, dass Block Recht und Taggard Unrecht gehabt hatte. Und wenn ihm die Erleuchtung hier kommen würde, mitten in der Einöde, am Ende der Welt, auf einem Fußmarsch durch ein Niemandsland – das wäre geradezu wert gewesen, von künftigen Dichtern besungen zu werden.

Aber auch diesmal war es wie immer. Er blätterte durch Tabellen voller Zahlen, deren Sinn er nicht verstand, betrachtete Diagramme, von denen er nicht wusste, was sie bedeuteten, und las Begriffe, die ihm nichts sagten. Würde man jemals sicher wissen, dass all das wahrhaftig nichts bedeutete? Nur das Produkt einer ins Wahnhafte abdriftenden Fantasie war?

Er las einen Tagebucheintrag in Blocks winziger, energiegeladener Handschrift. *Ich lasse mich nicht unterkriegen. Niemals, niemals, niemals. Heute war der Pfarrer da, wollte mich überreden, aufzuhören. Ein Rawunzel von einem Mann, hat noch nie im Leben einen Streich getan, weiß gar nicht, was schmutzige Hände sind. Trotzdem hat er das Reißen, da sieht man mal. Und ein Dodl ist er obendrein.*

Er hörte Blocks Stimme regelrecht vor sich, seinen knorrigen österreichischen Akzent, glaubte wieder diese Gewissheit zu spüren, die der alte Mann stets ausgestrahlt hatte und die ihn so faszinierend hatte wirken lassen.

Auf einmal war Markus sich sicher, dass er diesen Marsch bewältigen würde. Was war denn groß zu tun? Er musste einen Schritt tun, danach den nächsten und so weiter. Solange er immer einfach nur den nächsten Schritt tat, war alles in Ordnung. Nur darum ging es, um den nächsten Schritt. Unnötig, an Kilometer und Meilen und andere ohnehin schwer vorstellbare Maße zu denken; das bedrückte einen nur unnötig. Es genügte, an den nächsten Schritt zu denken, ihn zu tun, und immer so weiter.

Er stand auf, fühlte sich regelrecht beflügelt. Nein, er würde diese Bücher nicht hier liegen lassen. Er tat sie wieder in den Rucksack. So viel schwerer machten die ihn auch nicht. Er zog die Riemen wieder an und machte den nächsten Schritt und den nächsten und den nächsten.

Irgendwann ging es wieder abwärts. Das Gehen fiel leichter, zunächst, aber bald zerrte jeder Schritt an den Kniegelenken, und die Füße begannen, wehzutun. Überhaupt waren die Schuhe viel zu warm, für den Winter gedacht; er hatte das Gefühl, dass das Wasser darin stand. Es forderte Willenskraft, den nächsten Schritt zu tun.

Dann ging es wieder aufwärts. Aus unerfindlichen Gründen lag ein paar Kilometer lang Schotter, war der Weg breit und so gebaut, als solle er befahren werden, sodass Markus schon hoffte, demnächst in bewohnteres Gebiet zu kommen, doch mit einem Schlag hörte der Schotter wieder auf, der Pfad wurde wieder eng und wand sich durch Dickicht.

Manchmal stolperte er und fing sich nur mit Mühe. Er hatte sich das andere T-Shirt nass auf den Kopf gelegt, trotzdem pochte ihm das Blut im Schädel. Manchmal stapfte er durch schlammige Stellen, dann wieder peitschten ihm Zweige über die Arme oder ins Gesicht. Die Insektenstiche begannen zu jucken, und das Kratzen machte es nur noch schlimmer. Er hatte die Hosenbeine hochgekrempelt, seine Knie waren zerschrammt, die Waden zerbissen.

Schlammiger Grund? Er schalt sich einen Narren. Bei der nächsten derartigen Stelle ging er der Feuchtigkeit nach, drang ins Unterholz ein, zwängte sich durchs Gebüsch, bis er auf einen Tümpel stieß, in dem Wasser stand. Er fingerte die leere Plastikflasche heraus, tauchte sie ein, doch das Wasser sah darin schlammig aus, braun und undurchsichtig.

Er leerte es wieder aus, suchte nach einem Taschentuch, versuchte, das Wasser damit zu filtern. Aber es sah immer noch eklig aus, als er die Flasche voll hatte.

Mutlos sank er zu Boden. Auf einmal kam er sich so dumm vor, wie ein Idiot. Wahrscheinlich hatte er sich sogar längst verlaufen und es nicht einmal gemerkt.

Verflucht noch mal! Und diese Stiche und Bisse überall, das machte ihn rasend. Seine Füße fühlten sich an wie blutiges Fleisch, und womöglich waren sie das auch; das wollte er gar nicht so genau wissen.

Wieder eine von diesen verfluchten Mücken, groß und aufdringlich! Er schlug danach, erwischte sie aber nicht.

Er war am Ende seiner Kräfte. So sah es doch aus. Von wegen immer nur an den nächsten Schritt denken. Alles Quatsch. Diese ganze Selbstmotivierung, all dieses Psychozeug, das sie einem in den Verkäuferseminaren eingetrichtert hatten – für den Arsch alles. Am Ende zählte bloß, dass man mutterseelenallein in der Scheiße saß und nicht mehr weiterwusste.

Er zerrte sich den Rucksack vom Rücken, machte ihn auf, wühlte das Telefon heraus. Großer Gott – es fand ein Netz! *Welcome* stand da auf dem Display!

Halt. Halt. Ein Zittern überlief ihn. Rettung war nahe, nur ein paar Tastendrücke entfernt, aber … Ein großes Aber. Sie würden ihn retten, vielleicht. Aber dann würden sie ihn auch gleich verhaften. Wenn er diese Tasten drückte, dann war sein Weg zu Ende. Dann war alles umsonst gewesen. Jeder Schritt. Alles.

Er befühlte das kleine Gerät. So winzig war es, lag schweißfeucht in seiner Hand. Plastiktasten, Ziffern darauf. Schon jetzt rasten digitale Daten zwischen ihm und einer Funkstation irgendwo hin und her. Man würde ihn anhand dieser Funksignale aufspüren können, auf ein paar Meter genau.

Was sollte das Ganze, wenn er es nicht überlebte? Vielleicht hatte ihm längst eines der Insekten ein Gift injiziert, mit dem er allein nicht fertigwerden würde? Vielleicht hatte er sich an einem der Dornenzweige mit Wundstarrkrampf angesteckt? Es gab so viele Gefahren hier draußen, und die meisten kannte er wahrscheinlich gar nicht.

Einfach nur den Notruf wählen. Jetzt, solange er noch Verbindung hatte. Das konnte ein paar Kilometer weiter schon wieder anders sein. Den Notruf wählen, und alles war gut.

So schlimm war das doch nicht. Verhaftet, na und? Für illegale Einreise würde man ihm nicht viel tun. Und ob die übrigen Punkte noch galten … Na ja, wahrscheinlich galten sie noch.

Der Gedanke kam an die Oberfläche wie ein langsam aufsteigender Wal, und tausend ängstliche Stimmen wollten ihn übertönen, wollten, dass er endlich die Notrufnummer tippte, 9-1-1, das war doch ganz einfach …

Wenn er das tat, würde er nie erfahren, weswegen sein Vater hatte sterben müssen.

Etwas lief ihm über die Wangen, aber es waren keine Insekten, es waren Tränen. Mit einer mühsamen, fast arthritischen Bewegung seiner Finger schaltete er das Telefon ab. Er umfasste es, während unbändige Wut in ihm aufstieg, packte es und holte aus und schleuderte es fort, weit weg durch die Bäume, auf Nimmerwiedersehen.

Dann schlug er die Hände vor den Mund, dem ein Geräusch entstieg, das halb Lachen und halb Schluchzen war. So saß er eine ganze Weile, bis er endlich im Stande war, sich hochzustemmen und den Marsch fortzusetzen.

Irgendwann sank die Sonne dem Horizont entgegen, und die Frage, ob er den nächsten Schritt machen sollte, stellte sich überhaupt nicht mehr. Seine Füße taten es automatisch. Seine Gedanken waren erloschen. Stumpf und lethargisch schleppte er sich dahin, erfüllt allenfalls von einer wachsenden Ahnung, sich auf seinen Tod zuzubewegen.

Es wurde dunkel. Er suchte einen Platz, an dem er sich hinlegen konnte. Um wilde Tiere machte er sich längst keine Sorgen mehr. Er zog seine Schuhe und die Socken aus, betrachtete die Sohlen, die voller Blasen waren, wenn auch weniger schlimm, als es sich angefühlt hatte. Er aß den Rest seines Proviants, trank noch etwas von dem Wasser, legte sich hin und schlief ein.

Er erwachte davon, dass Licht über sein Gesicht kitzelte. Wie ein Roboter setzte er sich auf, begutachtete den Zustand seiner Füße, zog Socken und Schuhe darüber und erhob sich. Er wusste nicht mehr, wozu er weiterging. Er hatte aufgegeben, darüber nachzudenken. Er ging, das genügte.

Es war etwas kühler als am Tag zuvor. Manche der Äste, die ihm ins Gesicht fuhren, waren feucht, netzten ihm die Haut. Das tat wohl.

Schritt um Schritt. Er fand einen Rhythmus, der mehr war als bloße Schritte, einen Rhythmus, der *Fortbewegung* war. Ein eigenartiges Empfinden stieg in ihm hoch, das kraftvolle, archaische Gefühl, Teil einer uralten Tradition zu werden, einer Tradition, die älter war als er, als alles, was er bisher gekannt hatte. Es war, als stiege die Erinnerung an Urzeiten in ihm auf, als erinnerten sich seine Zellen daran, dass sie von Jägern abstammten, die Jahrmillionen lang durch die Savannen eines jungen Planeten gestreift waren.

Seine Finger griffen nach Blättern, kleinen, grünen, frischen Sprösslingen, rissen sie ab und steckten sie in den Mund. Er kaute, schmeckte das Bittere, das Feuchte, schluckte es mit seltsamer Selbstverständlichkeit.

Der Weg führte bergan, öffnete ihm den Blick in die unbegreifliche Weite des Waldes, den er durchquerte. Graue, ferne Zacken aus Granit an einem Horizont, ein knittriger Streifen Gelb am anderen, und dazwischen nur Wald, Wald, über tief gestaffelte Hügelrippen gefaltet, unter einem endlosen Himmel voller bleierner Wolken. Es war windstill, überhaupt lautlos, ein Ozean aus Bäumen, der ihn mit diamantener Ruhe umfing. Dünner Rauch lag in den Tälern wie Milch. Eine Krähe flog krächzend über ihn hinweg. Die Welt schien zu atmen.

Wolkenschatten glitten über Wipfel. Der Himmel war ein Bild, das Zirpen der Zikaden ein Lied. Jeder Schritt, den er tat oder nicht tat, war Teil dieser Aufführung, eine Note im Lied der Schöpfung, das in jedem Augenblick neu entstand, ewig jung, altbekannt und zugleich nie zuvor gehört.

Für einen erhabenen Augenblick war alle Mühsal von ihm

abgefallen, alle Schmerzen vergessen – nein, nicht vergessen. Akzeptiert. Auf eine Weise, die er niemandem hätte erklären können, verstand er in diesem Moment, dass all das nötig gewesen war und dass das, was er sah, diese Mühen wert war. Und eigentlich sah er nicht, er erkannte. Er schaute die Natur und sah sich selbst. Es war unmöglich, sich getrennt davon zu denken. Wo hörte er auf, wo fing die Welt an? War die Luft in seinen Lungen die Welt, oder gehörte sie zu ihm? Und wie lange? Gehörten die toten Schuppen auf seiner Haut noch zu ihm, oder waren sie schon etwas, das er an die Welt ringsum abgegeben hatte? Unmöglich, eine Grenze zu ziehen. Ein fließender Übergang, ein Kontinuum, ein Ganzes.

Wie gegen die Welt kämpfen, wie ihr etwas abringen, wie sie unterwerfen, ohne sich selber zu schaden? Es ging nicht. Er sah einen Raubvogel kreisen und spürte ihn in seinem Blut. Er sah ferne Nadelwipfel unter einem Windstoß wogen und fühlte sie in seinem Bauch. Für einen magischen Moment, den er niemals vergessen sollte, war er eins mit allem.

An diesem Abend erreichte er Crooked River Pass, einen kleinen Ort an einer Brücke über einen schmalen Wasserlauf. Der Pfad, den er gegangen war, endete direkt am *Farsight Institut*.

Die Schilder hingen an dem Zaun, der das gesamte Gelände umgab, und lasen sich beeindruckend: Farsight Institut. Privatgrundstück, Betreten verboten. Gelände wird bewacht. Achtung – wissenschaftliche Experimente, Lebensgefahr!

Gut, Markus hatte, abgesehen davon, dass es noch hell war, ohnehin nicht vorgehabt, direkt hineinzuspazieren. Er zog sich zurück, suchte und fand einen Baum, von dem aus er einen guten Blick haben würde, und erkletterte ihn, nicht ohne sich über sich selbst zu wundern.

Dann wartete er, ruhte sich aus und beobachtete das Institut.

Das weitläufige Areal wirkte wie eine Farm und auch wieder nicht, dazu sahen einige der Gebäude zu technisch aus.

Er machte Ställe aus, ein Wohnhaus, und in der am weitesten davon entfernten Ecke erhob sich ein länglicher Erdwall, der aussah, als befinde sich darunter eine unterirdische Anlage. Ein Teilchenbeschleuniger? Ein Schießstand? Oder einfach nur eine Kegelbahn? Das war nicht zu erkennen.

Wo mochte sich ein Archiv befinden, das technische Unterlagen enthielt? Gestohlene Konstruktionspläne zum Beispiel. Schwer zu sagen. Er stellte sich einen Keller vor, sicher unter einem der Hauptgebäude.

Wobei vielleicht alle Mühen vergebens und die Unterlagen seines Vaters längst anderswo lagerten. Immerhin war das alles zwanzig Jahre her. In der Zeit konnte viel passiert sein.

Wenn sich Taggard nicht ohnehin getäuscht hatte.

Wieder und wieder glitt Markus' Blick über das Institutsgelände hinaus. Die Landschaft kam ihm irgendwie bekannt vor. Die Bergkette im Hintergrund, die Spitzen in Eis gehüllt … Wahrscheinlich hatte er schon einmal irgendwo ein Foto von dem Institut gesehen. Der Name klang auch so, als könnte er schon einmal davon gehört haben. Bloß wann? Wo? Er kam nicht darauf.

Die Anlage wirkte allerdings ziemlich heruntergekommen, ja verlassen. Das Gras stand kniehoch, einige der Dächer wirkten, als regne es durch, und überall stand rostiger, staubbedeckter, von Unkraut überwucherter Abfall herum.

Doch als es dunkelte, gingen im Wohnhaus Lichter an. Verlassen war das Institut also nicht. Aber reger Forschungsbetrieb herrschte jedenfalls auch nicht.

Er schmiedete seinen Plan, solange er noch etwas sah. Hunde schien es keine zu geben, auch Hundehütten sah er nirgends. Genauso wenig wie andere sichtbare Abwehr- oder Alarmanlagen, Sirenen, Warnhupen oder Flutlichtlampen. Was es gab, waren eine Reihe von Videokameras, an denen rote Dioden blinkten: Er war sehr geneigt, sie für Attrappen zu halten. Denn wenn es kein Licht mehr gab, was wollten die Kameras dann sehen? Außerdem waren sie ziemlich undurchdacht angeordnet.

Er machte eine Stelle aus, die so aussah, als könne er den Zaun dort unbemerkt und ohne großen Aufwand überwinden: eine rostige Ecke, an der der Maschendraht ohnehin schon halb umgebogen war. Dahinter würde er sich an besagtem Erdhügel entlangtasten, anschließend die hölzerne Scheune umrunden, deren Tor, wie er gesehen hatte, mit einem großen Vorhängeschloss verriegelt war. Danach ging es ein wenig über freies Feld, bis zu einem lang gestreckten Anbau an das Wohnhaus, der senkrecht zu diesem stand und eine große Werkstatt sein mochte. Ein massiver Ziegelbau, wie es aussah, mit einem Kellergeschoss und vergitterten Kellerfenstern. Wenn er ein Archiv hätte irgendwo unterbringen wollen, er hätte diesen Keller gewählt.

Als es zu dunkel wurde, um den Plan noch weiter zu verfeinern, wartete er einfach nur. Ungeduldig zunächst, weil die Zeit nicht vergehen wollte, doch dann wich die Ungeduld einer ungewohnten, tiefen Ruhe, die ihn erfüllte wie ein Nachklang des heute Geschauten. Er war, seltsam genug, nicht müde. Aber auch nicht nervös. Er wusste einfach, dass er da hineingehen würde, fertig.

Irgendwann erloschen die Lichter. Eine Weile war noch ein schwaches, gelbliches Licht in einem der Dachfenster zu erkennen, dann erlosch auch das. Wer immer dort wohnte, er war zu Bett gegangen. In einer halben Stunde würde er in tiefem Schlaf liegen.

Markus ließ sich vom Baum auf den Boden hinabgleiten, in eine Dunkelheit, die ungewohnt war. Er musste nach dem Rucksack tasten und darin nach der Taschenlampe, sie dann auf kleinster Stufe zwischen Schulter und Hals klemmen und in dem schwachen Schimmer das restliche Werkzeug zusammenstellen: das Brecheisen natürlich, wie es sich gehörte. Das würde er tragen. Die Schraubenzieher und die Zange fanden in der Jackentasche Platz. Handschuhe wären stilecht gewesen, aber er hatte keine. Er hatte nicht daran gedacht, als er aus Taggards Haus aufgebrochen war, und selbst wenn, hätte er wahrscheinlich keine passenden gefunden.

Es war sowieso egal. Auf Fingerabdrücke kam es heute Nacht nicht an.

Er wartete eine Dreiviertelstunde, dann setzte er sich behutsam in Bewegung, die Taschenlampe zu Boden gerichtet. Der Zaun war tatsächlich kein Hindernis; er knipste eine Hand voll Maschen durch, dann brachen die übrigen von selbst, so verrostet waren sie.

Er lauschte, nachdem der Draht sich mit leisem Klirren beiseite gedreht hatte. Nichts. Kein Licht, kein Laut, kein Schrei. Gut. Weiter.

Und keine Eile. Er schob einen Fuß vor den anderen, sicherte jeden Schritt, bewegte sich langsam. Besser langsam als über irgendetwas stolpern, das Krach machte. Keine vergebliche Vorsicht; er verfing sich tatsächlich einmal in einer Drahtschlinge, die zu einer Verpackung gehört haben musste. Keine Falle jedenfalls.

Am Kellerabgang des Anbaus angekommen, blieb er, mit dem Rücken gegen das Gebäude gelehnt, stehen, bis sein Atem und sein Herzschlag sich wieder beruhigt hatten. Dann trat er die paar Stufen hinab zur Kellertür und beleuchtete das Schloss.

Der Spalt zwischen Türblatt und Zarge war groß genug, um das Brecheisen anzusetzen. Die Tür knarrte herzzerreißend, als er zudrückte, dann brach das Schloss knirschend aus der Verankerung.

Die Nacht schien alle Laute zu verstärken. Er huschte rasch die Treppe wieder hoch, lauschte, ob jemand sich rührte. *Das* war jetzt wirklich laut gewesen!

Eine fluchtbereite Viertelstunde später war alles immer noch ruhig. Klar, er konnte von hier aus nicht hören, ob jemand in diesem Augenblick mit der Polizei telefonierte, aber es fühlte sich nicht so *an*. Markus entschied, dass der Einbruch bis jetzt unbemerkt geblieben war.

Licht wieder an, die Stufen hinunter, die Tür zum Keller aufgedrückt. Es roch nach Holz und Sägespänen, nach Chemie, nach Moder. Eine Werkstatt, also doch. Wenigstens zum Teil.

Im Schein der Lampe tauchte ein schmaler Gang auf, der geradeaus führte und von dem rechts und links allerhand Türen abgingen. Markus probierte sie der Reihe nach durch. Verschlossen war keine. Hinter der ersten links lag eine Art Heizungskeller, rechts standen Regale voller Farbdosen oder dergleichen. Zweite Tür links war ein Tank, zweite Tür rechts …

In den Filmen sagten die Helden gern »Bingo!«, wenn sie fanden, was sie suchten, und das hatte Markus immer albern gefunden. Doch nun spürte er, wie stark die Versuchung war, es genauso zu machen.

Ein Raum lag vor ihm, vielleicht sechs auf vier Meter groß, der ringsum mit altmodischen Karteischränken aus massivem Holz vollgestellt war.

»Na also«, flüsterte er, was, wie er fand, ein angemessener Ausdruck war. Er ging die Fronten ab. Jedes Schubfach war beschriftet, mit Nummernkreisen, die ihm nichts sagten.

Und außerdem war jedes Schubfach abgeschlossen.

Markus machte die Tür zum Gang zu und setzte seine Brechstange an. Großartiges Instrument. Ein trockenes Knacksen, und die erste Schublade voller Hängemappen kam ihm entgegen.

Es ging ziemlich durcheinander. Die Nummern entsprachen wohl einer chronologischen Ablage, und irgendwo musste sich eine Hauptkartei befinden oder eine Datenbank, über die man gezielt nach bestimmten Dokumenten suchen konnte. So was in der Art *Erfindung von Alfred Westermann, Deutschland (gestohlen); siehe Nummer 20345.*

Doch diese Hauptkartei schien sich nicht hier zu befinden. Schade. Er hatte sich schon am Ziel gewähnt.

Was enthielten diese Mappen eigentlich alles so? Er zog eine heraus, blätterte sie auf. Versuchsreihen, wie es aussah, mit irgendwelchen Pflanzenkulturen. Datiert vom Januar 1988. Was das sollte, stand nicht dabei, nur ein Hinweis auf …

Markus hörte ein eigentümliches Summen von irgendwoher, wollte sich schon umdrehen, als es »*SCHLARKKK*« machte und ihm etwas die Akte aus der Hand fetzte.

Und gegen den nächsten Karteischrank nagelte.

Ein Nagel, tatsächlich! Groß genug, um jemanden zu kreuzigen, und er war wie aus dem Nichts …

»Keine schnellen Bewegungen, rate ich Ihnen«, sagte eine tiefe, raue Frauenstimme. »Ich halte eine elektrische Nagelmaschine in der Hand. Damit kann ich Sie genauso töten wie mit einer Pistole – aber es wird viel, viel mehr wehtun.«

KAPITEL 49

Die Frau mochte Mitte vierzig sein und hatte die Statur eines Waldarbeiters. Sie trug eine Trainingshose und ein ärmelloses T-Shirt, das ihre mächtigen Arme unübersehbar zur Geltung brachte. Die summende Maschine in ihren Händen schien schwer zu sein, jedenfalls wanderte die Öffnung, in der Markus schon die Spitze des nächsten Nagels glitzern zu sehen meinte, unruhig hin und her.

Und das Ding hatte ein Kabel, das sie draußen im Gang eingesteckt haben musste. Wie bizarr!

»Wer sind Sie?«, fragte sie. Sie atmete schwer. »Und was tun Sie hier?«

Markus versuchte ein beruhigendes Lächeln. »Nun, in gewisser Weise könnte man sagen, dass ich ein Einbrecher bin. Allerdings suche ich nur etwas, das mir gehört und das ich hier –«

Er hatte unwillkürlich seine Hände gesenkt, was die Frau zusammenzucken und den Abzug drücken ließ. Es machte *SCHLARKKK-SCHLARKKK*, und zwei weitere Nägel pfiffen dicht an seinem Kopf vorbei.

»Keine Bewegung!«, schrie sie.

Markus erstarrte zur Statue, obwohl es ihn drängte, nachzusehen, ob er richtig gehört hatte und die beiden Nägel tatsächlich hinter ihm in den Beton eingedrungen waren. Er hatte Respekt vor dieser Nagelmaschine gehabt, weil es so ausgesehen hatte, als könne die Frau damit umgehen. Nun hatte er echte Angst, weil es so aussah, als könne sie es *nicht*.

»Hören Sie, ich habe nicht die Absicht, Ihnen irgendwas zu tun. Können Sie mit dem Ding vielleicht ein klein wenig zur Seite zielen? Nur für alle Fälle?«

Sie keuchte immer noch. »Das werde ich ganz bestimmt nicht tun.«

Blöde Situation. Markus nickte gefasst. »Okay. Wie Sie meinen.« Er hatte die Hände wieder oben. »Was tun wir stattdessen?«

Sie musterte ihn mit zusammengepressten Lippen, offenbar völlig unschlüssig darüber, wie es weitergehen sollte. Na toll. Und nicht mal so was wie: *Sie gehen jetzt langsam und mit erhobenen Händen vor mir her nach oben, damit ich die Polizei anrufen kann*, wie sie es in diesen Krimis immer machten, würde hier funktionieren, weil das Kabel ihrer Maschine ihr keine zwei Meter Spielraum ließ.

Kurzum: eine Situation, die nach einem Verkaufsgespräch verlangte.

»Hören Sie«, begann Markus, »lassen Sie uns reden. Einfach nur reden. Wir werden keine Lösung finden, wenn wir nicht reden. Und wir müssen eine Lösung finden, sonst stehen wir immer noch so da, wenn die Sonne aufgeht.«

»Keine Tricks!«, zischte sie.

»Mir ist absolut nicht nach Tricks zu Mute, das können Sie mir glauben«, versicherte Markus ihr, sich der Tatsache unangenehm bewusst, dass die Kniffe der Rhetorik und des Kundengesprächs, wie man sie ihm einst beigebracht hatte, natürlich durchaus in gewisser Weise als Tricks betrachtet werden konnten und von Vertriebsprofis auch als solche betrachtet wurden. »Sagen Sie, gibt es irgendwas, das Sie überzeugen würde, dass ich im Grunde ein harmloser Bursche bin? Ich habe keine Waffe bei mir. Wenn Sie wollen, komme ich einen Schritt nach vorn – mit erhobenen Händen natürlich –, sodass Sie mich untersuchen können.«

Die Nagelmaschine zuckte hoch. »Bleiben Sie, wo Sie sind!«

»Schon gut, ich rühre mich nicht von der Stelle.« Sie hatte keinen Plan, das war klar. Die Situation überforderte sie. »Anderer Vorschlag: Ich werde Ihnen meinen Namen nennen. Ich heiße Markus Westermann. Ich könnte Ihnen meinen Pass zeigen; ich habe ihn in der Brusttasche meiner Jacke. Heikle Stelle, klar.

Aber wenn ich verspreche, nur eine Hand zu bewegen und auch die ganz langsam …?«

In diesem Augenblick verstummte das Summen der Nagelmaschine.

Ihre Augen wurden riesig. »*Verdammt …!*«, heulte sie auf.

»Ist schon in Ordnung, Bernice«, kam eine andere Stimme aus dem Flur. »Du kannst das Ding runternehmen. Ich kenn den Kerl.«

Bernice ließ die Nagelmaschine sinken und drehte sich um, vor Entrüstung schnaubend. Den Eindringling schien sie völlig vergessen zu haben. »Was *machst* du hier? Bist du von allen guten Geistern verlassen, in deinem Zustand –«

»Beruhige dich.«

Markus glaubte seinen Ohren nicht zu trauen. Diese Stimme!

In der Tür tauchte eine Hand auf, die den Stecker am anderen Ende des Kabels hielt, gleich darauf die Besitzerin der Hand.

Es war Amy-Lee.

Hochschwanger.

»Du?«, entfuhr es Markus, dann fiel ihm ein, wo er diese Landschaft und diese Bergkette schon einmal gesehen hatte. Es war nicht auf einem Foto gewesen. »Das hier ist die Ranch deines Vaters!«

Aber wie war das möglich? War er am falschen Ort gelandet? Er hatte sich nie gefragt, wo genau er damals eigentlich gewesen war; und seit seiner Flucht aus Bare Hands Creek wäre er nicht im Traum auf die Idee gekommen, er könne hierher unterwegs sein …

»Genau genommen ist das hier *meine* kleine Ranch«, sagte Amy-Lee. Sie trug nur ein Nachthemd und darüber einen dünnen rosa Morgenmantel. »Doch da mein Vater mir das Gelände geschenkt hat: ja.«

»Aber wieso … Ich dachte, das hier ist das *Farsight Institut*? Jedenfalls steht das am Zaun und –«

»Amy-Lee, du wirst dich hier unten erkälten«, unterbrach Bernice.

»Mir ist nicht kalt.« Amy-Lee sah die muskulöse Frau an. »Könntest du uns einen Moment allein lassen?«

Jetzt fiel Bernice der Einbrecher wieder ein. Sie fuhr herum und musterte Markus böse. »Mit diesem Kerl? Hier unten? Nein.«

»Ich verspreche, dass ich in spätestens fünf Minuten nach oben komme.«

»Auf keinen Fall.«

»Bernice!«

Die muskulöse Frau ließ die Nagelmaschine am Kabel zu Boden sinken. »Fünf Minuten. Sonst komm ich wieder.«

Amy-Lee lehnte sich mit über ihrem gewaltigen Bauch verschränkten Armen gegen den Türrahmen. »Bernice ist meine Hebamme«, erklärte sie. »Ich will das Baby nach Möglichkeit zu Hause zur Welt bringen.«

Markus nickte. »Eine überaus fürsorgliche Hebamme, muss ich sagen.«

»Ist sie, ja.« Amy-Lee betrachtete ihn von oben bis unten. »Aber jetzt sag mal… Ich weiß gar nicht, was ich sagen soll. Dich in meinem Keller vorzufinden war so ungefähr das Letzte, was ich erwartet hätte. Was um alles in der Welt *machst* du hier? Du siehst übrigens furchtbar aus.«

Markus sah an sich herab. Was das betraf, war kein Widerspruch möglich. »Das ist eine ziemlich lange Geschichte. Ich fürchte, dafür reichen die fünf Minuten nicht.« Er sah sie an. »Du siehst großartig aus, wenn ich das sagen darf.«

»Danke«, erwiderte sie kühl. »Aber als Vertriebler solltest du wissen, dass es nichts gibt, was man nicht innerhalb von dreißig Sekunden erklären kann. Also?«

Sie sah noch schöner aus, als er sie in Erinnerung hatte. Was sicher mit der Schwangerschaft zusammenhing. Wenn er ihren Bauch so sah, musste sie nach seinem Fortgang *Mr. Right* ziemlich schnell gefunden haben. Und mit dem väterlichen Segen hatte es wohl auch rasch geklappt.

Na, wahrscheinlich kam er aus dem richtigen Elternhaus. Ein Kennedy, ein Rockefeller, ein Bush oder so jemand.

Markus holte Luft. »Also, die Kurzform: Ich bin auf der Suche nach der letzten Erfindung meines Vaters. Jemand, der an seiner Ermordung beteiligt war, hat mir gesagt, die gestohlenen Unterlagen seien damals an das *Farsight Institut* gegangen.« Er deutete auf die Karteischränke. »Hier irgendwo, vielleicht. Falls ich mich nicht total verlaufen habe.«

»Na also. Geht doch.« Sie sah nachdenklich umher. »Und: Nein, ich glaube, du hast dich nicht verlaufen. Ich beginne überhaupt erst zu begreifen, wie das alles zusammenhängt …«

»Was meinst du damit?«

Sie legte eine Hand auf ihren Bauch und atmete tief ein. »Puh. Ich erzähl dir alles, und von mir aus kannst du auch gern in dem alten Zeug suchen, aber das muss ja nicht mitten in der Nacht … Oh, Himmel.«

Markus musterte sie besorgt. »Alles okay?«

Sie nickte. »Geht schon.«

»Ähm, sag mal … Ist es nicht doch ein bisschen riskant, bloß zusammen mit einer Hebamme hier einsam in der Wildnis zu leben? Ich meine, wenigstens der Vater deines Babys könnte …« Er hielt inne. War es das? Hatte der Kennedy- oder Rockefeller- oder Bush-Sohn sie im Stich gelassen?

»Der Vater meines Babys«, ächzte Amy-Lee, »ist gerade dabei, in fremde Häuser einzubrechen, die einsam in der Wildnis stehen. Außerdem stinkt er, als hätte er sich eine Woche lang nicht gewaschen.«

Markus sah sie an mit dem deutlichen Gefühl, auf der Leitung zu stehen. »Was?«

Sie verdrehte die Augen. »*Du* bist der Vater, verdammt noch mal!«

»Ich?« Markus lachte auf. »Wie soll denn das gehen?«

Amy-Lee hob die Augenbrauen. »Das hat etwas mit Sex zu tun, weißt du? Mit dem, was so ähnlich ist, wie nach Öl zu bohren. Du erinnerst dich hoffentlich noch?«

»Zeitlich, meine ich«, erklärte Markus. »Eine Schwangerschaft dauert … Oder?«

»Neun Monate, genau. Und rechnerisch wäre es gestern soweit gewesen.« Sie streichelte ihren Bauch. »Außerdem war ich nach dir mit niemandem mehr zusammen. Also, entweder bist du der Vater, oder ein medizinisches Wunder ist geschehen.«

Markus starrte sie an, während er rechnete. »Wir haben März … minus neun Monate … Juli! Tatsächlich.« Lag das alles so kurz zurück? Ihm kam es vor, als seien seit damals Jahrzehnte vergangen.

»Die Nacht, in der der Stromausfall war, glaube ich.«

Markus sah sie an. »Ja.«

Einen Herzschlag lang lag ein Sehnen in der Luft, die schmerzliche Erinnerung an einen erhabenen Moment außerhalb von Raum und Zeit, an etwas, das größer gewesen war als sie beide, als die ganze Welt … Die Erinnerung an eine Zeit, von der sie damals nicht gewusst hatten, wie gut sie war.

Amy-Lee verschränkte wieder die Arme. »Du brauchst dich deswegen jetzt nicht verpflichtet zu fühlen. Ich komme zurecht, wie du siehst. Ich werde dich auch nicht auf Alimente verklagen, versprochen.«

»Aber ich *fühle* mich verpflichtet«, erwiderte Markus. »Ich meine, ich bin … Ich … Ich weiß gar nicht, was ich sagen soll. Du warst verschwunden, und –«

»*Ich* war verschwunden? *Du* bist gegangen, wenn ich dich erinnern darf. Und als ich von deinem Unfall erfahren habe, hat man mir gleich dazu gesagt, dass du unauffindbar seist.« Sie zuckte mit den Schultern. »War doch alles klar. Letzten Endes hab ich's mir ja auch selber zuzuschreiben.«

»Was? Nein! So war das nicht –«

Amy-Lee zog ihren Morgenmantel enger um sich. »Du brauchst nichts zu tun, nur weil du dich zu irgendwas verpflichtet fühlst, klar? Ich komme zurecht. Ich bin eine reiche Frau; wenn ich mit so was nicht zurechtkomme, wer dann?«

Markus sah sie an, ratlos, wusste nicht, was er sagen sollte. Am liebsten wäre er vor ihrem Bauch niedergekniet, und dass er diesen Wunsch verspürte, erschütterte ihn mehr als alles andere. Sie hatten ein Kind gezeugt. Damals, in jener magischen Nacht, in der die Welt stillgestanden hatte …

»Komm jetzt nach oben«, sagte sie. »Du brauchst eine Dusche und ich meinen Schlaf. Außerdem wird es mir allmählich doch kalt hier.«

»Das muss ich meinem Mann zeigen«, sagte Monika, als Dorothea ihr die Abmahnung zu lesen gab. »Der ist Anwalt, weißt du?«

»Oh«, sagte Dorothea. »Das wäre gut.« Der Freund aus Werners ehemaligem Geländewagen-Club – der Club hatte sich inzwischen aufgelöst – hatte versprochen, sich zu melden, aber seither hatten sie nichts mehr von ihm gehört. Werner war es inzwischen leid, ihm nachzutelefonieren und sich von dessen Sekretärin abwimmeln zu lassen.

Gabi hatte noch eine andere Idee. »Häng es doch an dein schwarzes Brett. Das wird deine Kunden auch interessieren.«

Etwas wie ein elektrisches Kribbeln durchlief Dorothea bei diesem Gedanken. Vielleicht war es auch Kampfeslust? »Gute Idee«, sagte sie, kopierte den Brief und pinnte ihn mitten auf das Brett, mit einem knallroten, etwas größeren Papier dahinter, damit er richtig auffiel.

»Also, das ist wohl das Letzte!«, sagte die erste Kundin, die hereinkam und ihn las.

»Denen schreib ich auch einen Brief, aber einen, den sie sich hinter den Spiegel stecken können!«, empörte sich eine andere.

»Das erzähl ich meinem Mann«, sagte eine dritte. »Der ist bei der Zeitung; der soll da was drüber schreiben.«

Drei Tage später kam tatsächlich ein großer Artikel in dem Blatt, das hier in der Gegend in praktisch jedem Haushalt auf dem Frühstückstisch lag. Eine ganze Seite, unübersehbar. Ein Bericht über Dorotheas Laden, mit Fotos. Ein Bericht über die Abmahnung der Supermärkte, garniert mit zwei Fotos der jeweiligen Filialleiter, auf denen sie wie finstere Mafiosi aussahen.

Und ein Kommentar, der unverhohlen zum Boykott aufrief.

Zwei Wochen später tauchte ein erschöpft aussehender junger Mann in Dorotheas Laden auf. Er drückte sich zwischen den Regalen herum, bis ein Moment kam, in dem außer ihm und Dorothea niemand im Laden war. »Frau Utz?«, fragte er sofort. »Kann ich Sie mal sprechen?«

Dorothea, die ihn schon angefangen hatte zu beobachten, nickte misstrauisch. »Tun Sie ja schon.«

Er kam nervös näher. »Ich komme aus Duffendorf. Ich bin der neue Filialleiter von Fixkauf und möchte Sie bitten, dass wir diesen Streit beilegen. Wir ziehen diese dämliche Abmahnung natürlich zurück, und wenn Sie wollen, kriegen Sie den Kopf unseres Anwalts, der uns dazu angestiftet hat, auf einem Tablett – nur, bitte, stoppen Sie diesen Boykott. Wir sind echt am Limit. Die Transportkosten sind dermaßen gestiegen, wir machen nur noch Miese … Der Boykott bricht uns das Genick.«

Danach lief alles wieder wie gehabt, doch an manchen Tagen wurde Dorothea trotzdem das Gefühl nicht los, sich in ihrem Laden eigentlich zu verstecken, zu verschanzen gegen eine Welt, die aus den Fugen geriet, die ihr vorkam wie ein Uhrwerk, das nach und nach in seine Teile zerfiel und einem Zahnräder, Achsen und Federstahl um die Ohren fliegen ließ.

Nachrichten schaute sie schon lange nicht mehr. Wenn die Tagesschau anfing, ging sie aus dem Zimmer. Aber sie bekam die Zeitungen von den Nachbarn, als Packmaterial. Sie hatte die Schlagzeilen den ganzen Tag vor sich auf dem Tisch, wickelte Salatköpfe in Katastrophen ein und Mohrrüben in Untergangsmeldungen.

Jeden Tag machte eine andere Fluglinie pleite. Sie hatte gar nicht gewusst, dass es so viele davon gegeben hatte. Reisebüros boten fast nur noch Reisen mit Bussen oder der Bahn an; die im Herbst gedruckten Kataloge waren alle für ungültig erklärt, die Charterflugreisen storniert worden. Wer nach Mallorca wollte, nahm besser das Schiff. Eine Kundin erzählte von einer Freundin, die auf dem Flughafen Palma de Mallorca gearbeitet hatte und nun arbeitslos war. Der Flughafen selber sei eine Geisterbahn geworden, gespenstisch leer und leblos.

Und immer mehr Meldungen über Länder, in denen Beamte kein Gehalt bekamen, Rentner auf ihre Rente warteten, Arbeitslosengeld gestrichen wurde. In vielen östlichen Ländern lag die Wirtschaft am Boden, in Polen, in Tschechien, in Griechenland, in den Balkanländern – der Staat nahm keine Steuern ein, und wenn er versuchte, über Steuererhöhungen das Geld hereinzubekommen, das er brauchte, würgte das die Betriebe noch weiter ab.

Wenn sie so etwas las, beschlich Dorothea das Gefühl, dass es nur eine Frage der Zeit war, bis das auch hier in Deutschland passieren würde.

Und Werner deutete an, dass weitere Gehaltskürzungen ins Haus standen. Noch nicht offiziell, aber es zeichnete sich ab. Neben dem dramatischen Auftragseinbruch hatte die Firma Probleme bei der Fertigung; ein bestimmter, wichtiger Motorentyp ließ sich nicht mehr herstellen, weil ein einziges, winziges Teil fehlte. Eine Art Düse aus einer speziellen Keramik. Werner hatte ihr natürlich genau erklärt, was und warum und welche Rolle das Bauteil spielte, aber eben so, wie es seine Art war, ausschweifend und detailversessen, bis sie überhaupt nichts mehr verstanden hatte. Jedenfalls, ohne dieses eine Teil war der Motor nicht betriebsfähig. Es gab nur einen einzigen Hersteller dafür, der außerdem das Patent darauf besaß, und der war pleitegegangen. Nun rotierte die Einkaufsabteilung, um eine andere Firma zu finden, die bereit und vor allem im Stande war, diese Keramikteile herzustellen, führte schon Lizenzverhandlungen und bereitete für den Fall, dass diese scheiterten, einen Antrag auf Löschung des Patents wegen Nichtausübung vor … Und solche Dinge ereigneten sich anscheinend zur Zeit überall.

Alles hing mit allem zusammen. Das war es. Wie bei einem Uhrwerk eben. Nahm man ein Teil heraus, hörte der Rest bald auf zu funktionieren.

Ihre große Sorge war, dass das auch für den Laden gelten mochte. Wenn sie keine Ware mehr bekam, war es vorbei. Wenn ihre Kunden nicht mehr genug Geld verdienten, um bei ihr einzukaufen, auch. Jeder war ein Teil des Spiels. Niemand war sicher.

Doch Werner sah das anders. Jeden Abend fing er von dieser Geldanlage an, dem TDP-Projekt. Wenn ein Rundmail der Firma zum Stand der Bauarbeiten kam, druckte er es aus und kam in die Küche herunter, um es ihr vorzulesen. Er konnte sich neuerdings stundenlang über Mahlwerke und Erhitzungsmethoden und so weiter auslassen. Er richtete geradezu inbrünstige Hoffnungen auf dieses Projekt, und das bereitete Dorothea Unbehagen.

Dabei klang alles immer so durchdacht bei ihm. So zum Beispiel, wenn er davon erzählte, dass man versuche, vor dem Kohlebenzin am Markt zu sein, um sich rechtzeitig Marktanteile zu sichern. Da das Kohlebenzin schon angekündigt war, hieß das Beeilung – und auch, dass demnächst die ersten Erträge ins Haus stünden, hatte er ihr erklärt.

Hoffentlich. Denn wenn das so weiter ging mit den Benzinpreisen und den Gehaltskürzungen, dann verdiente Werner nämlich bald nicht mehr genug, um auch nur die tägliche Fahrt ins Büro finanzieren zu können.

Es war eine kurze Nacht im Gästebett, nach einer ausgiebigen nächtlichen Dusche. Als Markus am späten Morgen herunterkam, saßen die beiden Frauen schon beim Frühstück und diskutierten ausgiebig, ab wann es Zeit war, das mit der Hausgeburt zu vergessen und in die Klinik zu fahren, um die Geburt einleiten zu lassen.

»Es ist noch nicht so weit«, erklärte Amy-Lee. »Es wartet, das spüre ich.«

»Wie ich das liebe: Mütter und ihre telepathische Verbindung mit ihren Ungeborenen«, erwiderte Bernice unleidig. »Die Klinik ist nicht um die Ecke, denk dran!«

Markus machte sich bemerkbar und bekam sofort Pfannkuchen und guten Kaffee in genau den gleichen Unmengen vorgesetzt, die die beiden Frauen verschlangen. Bernice entschuldigte sich dafür, dass sie ihn ums Haar an die Wand genagelt hätte, Markus entschuldigte sich seinerseits für die nächtliche Ruhestörung, und Amy-Lee, so hatte er das Gefühl, musterte ihn immer dann, wenn er gerade nicht hinsah.

Was er sich aber vielleicht auch nur einbildete. Wunschdenken.

Die Wohnküche war urgemütlich; ringsum mit hellem Holz verkleidet und einem beschaulichen Blick auf Bäume und Büsche und einer soliden, betagten Einrichtung von der Art, die mit dem Alter schöner wurde. Um den Esstisch herum hätten zehn Personen Platz gefunden, so war genug Tischfläche da für all die verschiedenen Marmeladen, Kompotte und Sirupe, die er »unbedingt auch noch probieren« musste.

Und natürlich kam er nicht darum herum, die ausführliche Version zu erzählen, wie er schließlich hierhergelangt war.

»Gruselig«, meinte Amy-Lee, als er damit fertig war. »Und du hast keine Ahnung, was es ist? Diese Erfindung?«

»Nicht die geringste.«

»Dann lass uns danach suchen«, sagte sie, und dabei blitzte etwas von jener hungrigen Unternehmungslust in ihren Augen auf, an die er sich noch gut erinnerte. Sie schob den Stuhl zurück und hievte sich in den aufrechten Gang.

»Amy-Lee!«, zeterte Bernice. »Du musst dich schonen. Du bist im neunten Monat schwanger, bitte denk daran. Im zehnten, wenn man es genau nimmt.«

»Eine Frühgeburt wird es nicht mehr, schon klar«, erwiderte Amy-Lee.

Zwei Stufen führten in einen Flur und an dessen Ende in ein Arbeitszimmer, in dem schon lange niemand mehr gearbeitet hatte: Auf allen Flächen lag Staub, und an der Wand hing ein Kalender aus dem Jahr 1992.

»Hier, schau mal«, sagte Markus und zeigte auf das Firmenlogo.

Es war ein Werbegeschenk der Firma *Eurocontact.* Jeden Monat ein anderes Wahrzeichen aus einer europäischen Hauptstadt.

Amy-Lee starrte den Kalender an. »Allmählich fange ich an, dir zu glauben.«

»Dabei glaub ich mir selbst kaum«, murmelte Markus. Das

sah so bieder aus, so unspektakulär. Eine Firma, die Geschäftskontakte nach Europa einfädelte, nichts weiter.

Amy-Lee zog eine Schreibtischschublade auf, die voller Schlüssel lag. »Vielleicht finden wir die Unterlagen deines Vaters ja tatsächlich«, meinte sie, während sie darin wühlte. Dann hob sie einen Schlüssel hoch. »Hier. *Katalog Archiv.*«

Sie ließ es sich nicht nehmen, ihn in den Keller hinab zu begleiten. Insgesamt gab es sechs Räume voller Aktenschränke, einer davon war der Katalograum, und der Schlüssel passte.

In den Schubladen der obersten Reihe lagerten Magnetbänder und große, labbrige Fünfeinviertel-Zoll-Disketten.

»Na toll«, murrte Markus. »Dafür kriegt man heutzutage gar keine Laufwerke mehr.«

»Du beginnst am falschen Ende«, meinte Amy-Lee und zog eine der Schubladen ganz unten auf. »Ein kleines Kind kommt nur an die unterste Reihe.«

»Was für ein Kind?«

»Ich«, erwiderte sie. »Der Traum, von dem ich dir mal erzählt habe, erinnerst du dich? Es war nicht in Seattle. Es war hier.« Sie hielt ihm eine große, speckige Karteikarte hin. Blassgelb, an den Rändern verstaubt und eingerissen, mit dünnen roten Linien.

Und ganz oben stand *Westermann, Alfred*. Mit Schreibmaschine getippt.

»Ich werd verrückt«, entfuhr es Markus. Er nahm ihr die Karte ab.

In der Zeile darunter, etwas eingerückt, stand:

Ostraktion (III-2010, source: Eurocontact).

Er sah Amy-Lee an, die sich gerade mühsam wieder in aufrechte Position brachte. »Das musst du mir jetzt erklären.«

Sie stützte sich auf den Karteischrank. »Ja. Muss ich wohl. Also – soweit ich verstanden habe, was Dad mir erzählt hat, war es folgendermaßen: Als Mutter krank wurde, hat er alle Hebel in Bewegung gesetzt, um ihr zu helfen. Es war eine seltene Krankheit, über die wenig bekannt war, also beschloss er, die Forschung in eigener Regie voranzutreiben. Er suchte erst nach einer Universität, die sein Geld nehmen und einen entsprechenden Forschungszweig einrichten würde, fand aber keine. Dann versuchte er, ein eigenes Institut zu gründen, bekam jedoch nicht die nötige Erlaubnis – immerhin ging es um Bakterien und andere gefährliche Dinge. Schließlich stieß er auf eine Forschungsanlage der Regierung, die diese gern losgeworden wäre.«

Markus deutete zu Boden. »Dieses Anwesen hier.«

»Genau. Damals war das ein unter Präsident Carter gegründetes Forschungsinstitut, das an alternativen Energien forschte, an Bakterien, die Ölschlamm und andere Schadstoffe auflösen sollten, und so weiter. Die Reagan-Administration wollte das Ding einfach loswerden. Weil die Anlage aber ursprünglich ein Labor des Militärs gewesen ist und das ganze Tal Sperrgebiet, verkaufte man es Dad als Gesamtpaket.«

Eine Erinnerung. Wang, wie er auf sein Tal zeigte. »Darum hat dein Vater gesagt, er hätte das Tal gekauft, um zu versuchen, deine Mutter zu retten.«

»Es hat bloß nichts genützt. Sie ist gestorben, ehe auch nur die nötigsten Umbauarbeiten begonnen hatten.«

Markus sah sich um, staunend. »Und dann?«

»Seither hat Dad dieses Gebäude nicht mehr betreten. Ich musste es erst wieder herrichten lassen.«

»Unglaublich.« Markus schüttelte den Kopf. »Ich weiß gar nicht, was ich sagen soll.«

Amy-Lee stemmte eine Hand in den Rücken. »Dann lass uns aufhören zu reden und endlich diese Erfindung aufstöbern.«

Es war nur noch ein Spaziergang. Die römische Drei bezeichnete den Archivraum schräg gegenüber. Markus holte den Schlüssel für den Aktenschrank mit der Aufschrift *1-2999*, und gleich darauf hievte er mehrere dicke Manila-Mappen sowie einen Faltkarton aus dem untersten Schubfach, auf denen dick *Ostraktion* stand.

Der größte Teil der Unterlagen war in Deutsch verfasst, teilweise in der Handschrift seines Vaters, der Rest auf einer Schreibmaschine getippt. Er breitete alles auf dem Boden der Wohnküche aus, und dann sahen ihm die beiden Frauen zu, wie er sich durch die Papierstapel las.

»*Ostraktion*«, konnte er schließlich erklären, »soll eine Abkürzung für *osmotische Extraktion* sein.«

»Wow«, sagte Amy-Lee. »Jetzt weiß ich Bescheid.«

»Die Erfindung meines Vaters«, fuhr Markus fort, fasziniert von dem, was er las, »sollte dazu dienen, aus nahezu beliebigen pflanzlichen Abfällen, wie sie in der Landwirtschaft ohnehin in großen Mengen anfallen, Alkohol zu gewinnen. Und zwar speziell zu dem Zweck, Motoren damit zu betreiben.«

Jetzt hatten sie verstanden. »Als Ersatz für Benzin?«

»Genau. Das Grundprinzip ist folgendes: Die pflanzlichen Abfälle werden zerkleinert und mithilfe von Bakterien zur Gärung gebracht. So weit klassisch, Bier wird so ähnlich gebraut. Das Problem dabei war immer, dass alkoholerzeugende Bakterien schon bei einem relativ geringen Alkoholgehalt absterben – sie bringen sich sozusagen selber um. Wenn man Alkohol gewinnen wollte, der sich zur Verbrennung eignet, musste man ihn bisher aufwändig destillieren, ein Energieaufwand, durch den der Wirkungsgrad unter eins gerutscht ist.«

»Sodass es sich nicht rentiert.«

»Die Zahlen waren bisher nicht ermutigend. Wenn man Äthanol – so heißt der trinkbare Alkohol – aus pflanzlichen Grundstoffen gewinnt, benötigt man insgesamt rund 36 000 Kilojoule Energie für Anbau, Düngung, Ernte und vor allem Destillation, um einen Liter davon zu gewinnen. Der Energiewert dieses Liters beträgt seinerseits aber nur 21 200 Kilojoule. Das heißt, wir haben einen Verlust von über vierzig Prozent.«

»Du sagst: ›bisher‹?«, warf Amy-Lee ein.

»Mein Vater hat sich Folgendes überlegt: Wenn man die Abfälle nutzt, die bei der Landwirtschaft ohnehin anfallen – die leeren Stauden, die Hüllblätter beim Kohl, die Spreu, das Stroh, alles, was an einer Maisstaude oder einer Sonnenblume *nicht* essbar ist – dann hat man kaum zusätzlichen Energieaufwand. Denn man pflanzt das alles zu Ernährungszwecken ohnehin an, nicht wahr? Dann muss man nur noch die Destillation umgehen ...«

»Nur noch?«

Markus nickte. »Das ist der Dreh dabei. Mein Vater hat einen Weg gefunden, den Alkohol ohne Destillation zu gewinnen.« Er streckte sich nach der Faltschachtel aus, in der sie eine dicke, schwarze, etwa einen Quadratmeter große Folie von eigentümlicher Beschaffenheit vorgefunden hatten. Er hob sie an. »Das ist eine – na, heute würde man sagen, nanotechnisch hergestellte Folie, die durch eine Art Osmoseprozess aus dem Sud kontinuierlich Alkohol extrahiert. Sie hat zwei Seiten – eine geriffelte und eine glatte. Der Sud ist auf der glatten Seite, und auf der anderen, der geriffelten, tritt eine Mischung aus Äthanol und Methanol aus, die giftig ist, wenn man sie trinkt, sich aber bestens in Motoren verbrennen lässt.«

»Die Lösung des Transportproblems«, konstatierte Amy-Lee.

»Genau. Alkohol ist fast so energiereich wie Benzol und kann es problemlos ersetzen. Zudem verbrennt er umweltfreundlicher, und da er aus Pflanzen gewonnen wird, entsteht kein zusätzliches Kohlendioxid.«

Bernice räusperte sich. »Kann mir mal jemand erklären, was das ist: *Osmose*?«

Markus zog ein Blatt hervor, auf dem ein paar Grundlagen auf Englisch erklärt standen. »Ein Diffusionsvorgang zwischen zwei Lösungen unterschiedlicher Konzentration, die durch eine halbdurchlässige Membran voneinander getrennt sind«, las er vor. »Das klingt immer noch kompliziert, aber ich glaube, das Beispiel ist einleuchtend: Die Niere funktioniert nach dem Prinzip der Osmose. In den Nieren gibt es Membranen, durch die Wasser, Harnstoffe und sonstige unerwünschte Stoffe aus dem Blut in den Harn überwechseln, während alles andere bleibt, wo es ist. So ähnlich muss man sich das hier auch vorstellen.«

Amy-Lee furchte die Stirn. »Das klingt so verdächtig einfach. Da fragt man sich immer, warum da noch kein anderer draufgekommen ist.«

»In Wirklichkeit ist es nicht einfach«, sagte Markus. Er stapelte die Unterlagen entsprechend der Problembereiche, die darin behandelt wurden. »Der Prozess läuft nur dann von selbst ab, wenn bestimmte Umgebungsbedingungen gegeben sind. Und alles hängt von dieser Folie ab. Das ist im Grunde eine hochkomplizierte Maschine, die im Stande ist, das Alkoholmolekül sozusagen auszusieben, ohne das wesentlich kleinere Wassermolekül passieren zu lassen. Die Beschreibung, wie sie herzustellen ist, liest sich ziemlich anspruchsvoll.«

Am späten Nachmittag saßen Amy-Lee und Markus gemeinsam auf der Couch, das Durcheinander der Unterlagen vor sich auf dem Teppich. Wo Bernice abgeblieben war, hatte Markus nicht mitbekommen; es war ihm auch egal. Ihm genügte es, hier zu sitzen und der Sonne zuzusehen, die sich orangerot auf den Horizont zu senkte und gesprenkeltes Licht auf die Baumwipfel zauberte. Träge Wärme erfüllte den Raum, der mit riesigen Pflanzen vollgestellt war.

»Und was hast du jetzt vor?«, fragte Amy-Lee.

Markus betrachtete sinnend die Papierstapel, das Vermächtnis seines Vaters. »Ich denke, das ist mein Weg. Die Erfindung meines Vaters zu vervollständigen. Zu Ende zu führen.«

»Aber du bist doch nicht gerade der Tüftler und Bastler. Und mit ein paar Mausklicks und klugen Sprüchen wirst du nicht weit kommen.«

»Das Zeitalter der Mausklicks ist, glaube ich, sowieso vorbei. Und alles andere kann man lernen.«

»Und wo willst du das machen? Und wie?«

Am liebsten hier, dachte Markus. *Bei dir.* »Weiß ich noch nicht.«

»Du wirst Geld brauchen.«

»Klar. Das wird auch nicht leicht. Vor allem, wenn man bedenkt, dass ich polizeilich gesucht werde, illegal im Land bin und irgendjemand noch jede Menge Geld schulde.«

»Du bist verrückt.«

»Wahrscheinlich.« Am liebsten hätte er sie umarmt. Aber

sie hatte seit ihrem Wiedersehen noch keine Berührung von ihm geduldet. Auch jetzt saß sie für sich, am anderen Ende der Couch, ein aufgeblähtes Muttertier und zugleich schöner denn je. »Ich finde schon einen Weg«, fügte er hinzu.

Sie nickte. »Ja, bestimmt. Hierher hast du ja auch gefunden. Und auch das, was du gesucht hast.«

Was habe ich denn eigentlich gesucht?, fragte sich Markus. »Ja«, sagte er. »Kaum zu glauben.«

Sie zog ein Kissen neben sich. »Willst du eigentlich morgen wieder gehen? Ich kann Xiao anrufen, dass er dich ein Stück fährt. Wenn du willst.«

Okay. Sie wollte ihn los sein. Das war hart, aber wahrscheinlich musste er das akzeptieren.

»Ich dachte eigentlich …«

»Was?«

»Na ja. Wenn es sowieso jeden Moment so weit ist, dann könnte ich unser Kind doch wenigstens noch sehen. Begrüßen.«

Amy-Lee schüttelte den Kopf. »Das halte ich für keine gute Idee.«

»Ich finde, das ist das Mindeste.«

»Das will ich aber nicht.«

»Wieso denn nicht?«

»Weil das bloß irgendwelche Gefühle aufwirbelt, und wer weiß, was man dann Dummes tut.« Schmerz war in ihrer Stimme zu hören.

Markus sah hinaus, folgte einem silbern schimmernden Vogelschwarm mit seinem Blick. »Das hier wirbelt sowieso Gefühle auf. Selbst wenn wir bloß hier sitzen.«

»Vergiss es.«

Er schüttelte den Kopf. »Nein. Das vergesse ich nie. So wenig, wie ich dich aus meinem Kopf gekriegt habe.«

»Hör auf«, sagte sie scharf.

»Ich möchte nicht, dass es aufhört. Willst du wissen, was ich möchte? Ich möchte hier neben dir sitzen, bis wir beide alt und grau sind. Das möchte ich.«

Amy-Lee drehte den Kopf weg, lachte humorlos auf. »Männer. Du siehst bloß meinen dicken Bauch, und das schüttet Hormone bei dir aus, das ist alles.«

»Ich sehe *dich.* Und ich kann nicht begreifen, dass ich es damals fertiggebracht habe zu gehen.«

»Du hattest Recht damit. Ich war eine dumme Nuss. Ein Flittchen, das auch noch stolz darauf war, wenn ihm alle Männer im Raum in den Ausschnitt gestarrt haben.«

Die Erinnerung, mit welcher Leichtfertigkeit er damals, an jenem Tag in New York, die Weichen seines Lebens gestellt hatte, verschlug Markus den Atem. »Es wäre alles anders gekommen, wenn ich nicht gegangen wäre …«, flüsterte er. Dann fiel ihm ein, was noch daran gehangen hatte. Was vielleicht sogar eine Rolle gespielt hatte. »Ich hätte Block an deinen Vater verraten müssen.«

Amy-Lee nickte langsam. »Ja. Block. Die verdammte Methode.«

Ein paar Sekunden lang war es ganz still. Irgendwo hörte man ein sanftes Knacken, wie von Holz, das sich ausdehnt.

Dann hörte Markus sie sagen: »Mein Vater hat verlangt, dass ich das Kind abtreibe.«

Es durchfloss ihn kalt. »Was?«

»Er hat gesagt, es würde …« Sie schüttelte den Kopf, Tränen in den Augen. »Ach was. Das wiederhole ich jetzt nicht.«

Markus streckte die Hand aus, berührte ihre Schulter, aber sie entzog sich ihm.

»Und dann?«, fragte er.

Sie hob die Achseln. »Das war der Bruch. Es gab nicht mal einen großen Streit. Ich bin einfach gegangen, nach Seattle, wo ich Freunde hatte. Bernice zum Beispiel. Später haben Dad und ich uns darauf geeinigt, dass er mir einen Teil seines Vermögens überschreibt und ich dafür den Kontakt mit ihm halte. Daraufhin bin ich hierhergezogen.« Sie holte zitternd Luft. »Vielleicht wird es besser werden, wenn das Kind da ist. Wenn ich sehe, dass er es akzeptiert. Aber wie früher wird es nie wieder sein … Wozu auch? Wenn ich heute daran zurückdenke, fasse ich es nicht, wie dumm ich war. Was ich mir angetan habe. Und dabei habe ich mich für so klug gehalten. Die Frau, die weiß, wie man das Leben anpackt. Unfug. Aber das habe ich erst begriffen, als ich das Kind zum ersten Mal in mir gespürt habe. Das hat alles verändert.«

Markus betrachtete den runden roten Webteppich, das vage Muster darin, und spürte, dass er es jetzt sagen musste, weil er es sonst nie sagen würde.

»Amy-Lee, ich würde gern bei dir bleiben. Oder dich mitnehmen. Was auch immer, Hauptsache, mit dir zusammen –«

Sie schüttelte den Kopf, mit zusammengepressten Lippen. »Nein. Das würde nicht gut gehen.«

»Aber wieso denn nicht?«

Sie umfasste ihren Leib, atmete tief und langsam und sagte leise, wie eine Beschwörung: »Weil du nie vergessen wirst, dass ich dir nur etwas vorgespielt habe. Dass ich dich nur geködert habe, um ein Geschäft zu machen. Dass ich dich benutzt habe. Das wirst du immer wissen – wie willst du mir da je vertrauen können? Und wenn wir einander nicht vertrauen können, werden wir nicht glücklich sein.«

Markus dachte an ihre erste Begegnung zurück, an ihr schlüpfriges Gespräch über Bohrtürme und Spülflüssigkeiten. »Weißt du was? Irgendwo habe ich das gewusst. Das war alles zu abgedreht, um echt zu sein. Aber der Punkt ist: Es war gar kein Argument für mich. Ich wollte einfach mit dir ins Bett. Ehrlich gesagt, wollte ich damals nur mit *irgendeiner* Frau ins Bett, und du bist mir gerade recht gekommen. Ich hatte seit Ewigkeiten keinen Sex gehabt, war bis in die Haarwurzeln voll mit Testosteron … Mir war völlig egal, aus welchem Grund du mit mir ins Bett gehst. Hauptsache, dass. Und Sex, ehrlich, das war damals für mich ein Spiel, bei dem es ohnehin darum ging, dem anderen was vorzumachen. Sex, das war gegenseitiges Sich-benutzen.« Das brach alles so aus ihm heraus, er konnte bloß staunen, aber ja, so war es gewesen. Und so war es nicht mehr.

Er sah sie verlegen an. »Männer sind so. Das ist die Defaulteinstellung ab Werk, fürchte ich.«

Sie musterte ihn skeptisch. »Ich bin nicht mehr die Frau, die du gekannt hast.«

»Ich bin auch nicht mehr der Mann, den du gekannt hast.«

»Ich werde wahrscheinlich die nächsten Jahre bloß um dieses Baby kreisen. Ich werde eine Glucke werden. Genau so ein Weib, wie ich es früher nie ausstehen konnte.«

»Ich wage gar nicht, mir vorzustellen, was so ein kleiner Wurm mit mir anstellen wird.«

»Keine Partys mehr, keine Vernissagen, keine durchtanzten Nächte. Das habe ich alles aufgegeben.«

»Die waren eh immer ein fürchterlicher Schlauch.«

»Keine Pillen. Kein Koks. Nichts mehr, das stärker ist als Rotwein.«

»Hauptsache, du hast deine schrecklichen alten Platten behalten.«

Sie musste lachen. »Ja, die hab ich noch.«

»Dann lass uns heiraten«, sagte er und spürte eine wahnwitzige, bergwipfelstürmende Anspannung in sich, eine himmelhochtragende Hoffnung, dass sie zustimmen würde.

»Okay«, sagte Amy-Lee.

»Jetzt sofort.«

»Du bist verrückt.«

»Am besten, du gewöhnst dich gleich daran.«

Bernice fiel aus allen Wolken, als Amy-Lee ihr erklärte, sie würden heiraten, und zwar noch diesen Abend. Sofort, quasi. Sie seien ja übergeschnappt. Und wie denn das gehen solle? Keinesfalls würde sie erlauben, dass Amy-Lee heute Abend noch aus dem Haus ginge, schon gar nicht für irgendwelche längeren Autofahrten; nur über ihre Leiche.

»Ruf Xiao an«, rief Amy-Lee. »Er soll einen Standesbeamten auftreiben und herbringen.«

»Einen Standesbeamten? Wo bitte schön soll er den um diese Zeit auftreiben? Es ist Freitagabend!«

»Gut«, erwiderte Amy-Lee. »Dann hat er schon keine anderen Termine.«

Verwünschungen murmelnd zog Bernice ab, telefonierte irgendwo im Haus, während Amy-Lee bestürzende Aktivität entfaltete. Sie stellte zwei Flaschen Champagner kalt. Schob Toastbrot in den Toaster, holte Dosen und Gläser mit Aufstrich hervor, fing an, Häppchen zu machen. Zwischendurch brachte ihr Bernice das Telefon: Sie hatte einen Friedensrichter aufgetrieben, und der wollte mit ihr reden.

Sie erklärte ihm die Lage: hochschwanger, der Vater des Kindes endlich überraschend aufgetaucht, nichts ahnend, alle glücklich – nur er fehle noch, um dem Kind zu einer ehelichen Geburt zu verhelfen.

»Du bist unglaublich«, raunte ihr Markus ins freie Ohr.

»Er sagt, gesetzlich ist es machbar«, gab Amy-Lee weiter, »vorausgesetzt, du hast deinen Pass da …«

»In meiner Jacke.«

»… wir können siebzig Dollar Gebühren zahlen …«

»Können wir, oder?«

»… und haben zwei Zeugen. Xiao soll mit reinkommen, dann haben wir ihn und Bernice. Ist das okay für dich?«

Markus hob die Hände. »Mir ist alles recht.«

»Ringe haben wir keine«, fiel ihr ein.

Markus hielt die Luft an. »Stimmt. Ringe haben wir keine.« Er war gespannt, was nun kam. Würde sie auch noch einen Juwelier auftreiben, oder würde sie alles wieder abblasen?

Weder noch. »Egal«, sagte sie ins Telefon. »Ringe sind nicht das Wesentliche. Kommen Sie einfach.«

Dann zog sie Markus mit sich, riss die Tür zu einem muffigen, unbenutzt wirkenden Raum auf und sagte: »Den müssen wir ein bisschen herrichten.«

So saugte er Staub, wuchtete Möbel umher, einen Tisch vor allem und fünf Stühle, je eine Pflanze rechts und links des Tisches, eine Stehlampe, und lüften musste man natürlich auch.

Der Friedensrichter traf kurz nach halb zehn Uhr abends ein. Äußerst unamüsiert betrat er das Haus; der Anblick des improvisierten Trauungsraumes hob seine Laune nur unwesentlich. Er legte mit einem knappen Nicken die abgeschabte Mappe auf den Tisch, die er unter dem Arm getragen hatte, und entnahm ihr, was er an Dokumenten, Stempeln und dergleichen benötigte.

»Sind Sie das Brautpaar?«, fragte er Markus und Amy-Lee knapp und meinte, als sie ihm das bestätigten: »Gut. Dann wollen wir beginnen.«

Er hatte ein schiefes Gesicht, einen krummen Rücken und wirkte derb wie ein Bauer, aber sein Geschäft beherrschte er im Schlaf. Er prüfte die Pässe, hatte kein Problem damit, Markus' Europapass zu entziffern, nahm die Personalien der Zeugen auf, füllte die Heiratslizenz aus und hielt anschließend eine überraschend eindrückliche Ansprache, und das alles, die ganze Prozedur, die sich da entfaltete, war wie ein Strudel, in dem Markus versank. Irgendwann wurde er gefragt, ob er die hier anwesende Amy-Lee Wang zu seiner rechtmäßigen Ehefrau nehmen wolle, und er sah in ihre Augen, die jung waren und alt zugleich, und sagte Ja, und es ging weiter, und sie sagte Ja zu ihm, und dann erklärte der dunkle, schiefe Mann sie zu Mann und Frau.

Einen Atemzug später und noch ehe sie dazu kamen, sich zu küssen, schrie Amy-Lee auf, und ein Sturzbach klarer Flüssigkeit platschte zwischen ihren Beinen auf den Teppich.

»Jetzt aber!« rief Bernice höchst befriedigt. »Die Fruchtblase ist geplatzt.« Sie nahm die frisch gebackene Mrs. Westermann am Arm und führte sie unter beruhigendem Zureden hinaus.

Xiao bewahrte asiatischen Gleichmut und gratulierte Markus mit wohlgesetzten Worten. Der Richter griff nach dem bereitstehenden Glas Champagner, stürzte den Inhalt hinunter und erklärte: »Ich habe schon weiß Gott viel erlebt, aber so was noch nicht.«

KAPITEL 50

Markus verabschiedete Xiao und den Friedensrichter, und als er wieder ins Haus kam, hatten bei Amy-Lee die Wehen eingesetzt, ein Anblick, der ihn nicht wenig aus der Fassung brachte. Es sah aus, als würden Dämonen an ihrem Körper zerren, und auf einmal schien ihm ganz und gar undenkbar, dass der Vorgang der Geburt so ablaufen konnte, wie er es in der Schule gelernt hatte.

Zum Glück war Bernice da und die Ruhe selbst, ein unbeirrbarer Fels in der Brandung. Sie redete der werdenden Mutter gut zu und hielt den immer nervöser werdenden Vater mit allerlei Arbeiten beschäftigt.

Er bekam kaum mit, wie der Tag anbrach und die Sonne in den Himmel kletterte. Es gab in diesen Stunden nur Amy-Lee, die schwitzte und schrie und fluchte und von Kräften geschüttelt wurde, die jenseits ihrer Kontrolle waren. Und Bernice, die immer wieder sagte: »Du machst das großartig, Amy-Lee.«

Und endlich war es so weit und das Wunder geschehen. Ein Mädchen. Winzig und blutverschmiert und zerknittert und hässlich und einfach wunderbar lag es auf Amy-Lees Brust, ein menschliches Wesen in Miniaturausgabe, an dem tatsächlich alles dran war. Es ballte die Fäustchen und protestierte aus Leibeskräften, während die riesenhafte Bernice zufrieden summend an ihm herumhantierte.

Erst jetzt merkte Markus, dass er heulte und flennte und völlig am Ende war. Dabei hatte er gar nichts gemacht! Nichts außer Amy-Lee zu halten. *Wie lachhaft, von den Männern als dem starken Geschlecht zu sprechen*, dachte er.

Die Stille danach war vollkommener Frieden. Sie lagen in einem sauberen Bett, alle drei, das Kind gebadet, gestillt und in weiche Tücher gewickelt, und Müdigkeit senkte sich auf sie herab, so unbezwingbar wie die Schwerkraft selbst.

»Ein Wunder«, murmelte Markus, ganz in die Betrachtung der unfassbar winzigen Schrumpelfinger seiner Tochter versunken.

»Das sagst du jetzt bestimmt zum zwanzigsten Mal«, meinte Amy-Lee matt.

Er spürte ein Lächeln auf seinem Gesicht. Das geschah neuerdings ganz von selbst. »Ich hätte geschätzt, zum hundertsten Mal.«

Es roch nach Baby. Nach Milch. Nach irgendwelchen Cremes, Puder und Shampoo. Bernice hatte ihn angeleitet, das Kind zu baden, und er hatte tatsächlich nichts daran kaputt gemacht.

»Wie nennen wir sie denn nun?«, fragte Amy-Lee.

Markus überlegte. »Joy.«

»Ich dachte an Carolin. Nach meiner Mutter.«

»Auch schön.« Er probierte beides im Geist aus, versuchte sich vorzustellen, wie es sein würde, nach einem Kind zu rufen, das sich im Garten herumtrieb und nicht ins Bett wollte. »Nehmen wir doch einfach beide Namen.«

»Joy Carolin Westermann?«

»Klingt gut, finde ich.«

»Ja. Klingt gut.«

Hung Wang kam am übernächsten Tag zu Besuch. Klein und still stand er vor der Haustür und wartete, bis er ausdrücklich hereingebeten wurde. Er wirkte älter, als Markus ihn in Erinnerung hatte. Der ledrige Ton seiner Haut war eine Spur dunkler geworden, und er sah mitgenommen aus, wie jemand, der zu viel arbeitete.

Aber vielleicht war er schon immer so gewesen, und Markus hatte es nur nicht wahrgenommen.

Von einer Verstimmung zwischen Vater und Tochter war nichts zu spüren; sie begrüßten einander mit jener asiatischen

Beherrschtheit, die Markus wahrscheinlich nie durchschauen würde. Immerhin, so fiel ihm auf, verlor Hung Wang kein Wort über ihre abrupte Heirat, obwohl er zweifellos durch Xiao davon erfahren hatte.

Doch der Anblick seiner Enkeltochter rührte ihn sichtlich, und als er ihren Namen erfuhr, verschlug es ihm die Sprache. Er setzte sich neben Amy-Lees Bett, griff nach ihrer Hand, sah lange ins Leere und sagte schließlich leise: »Weißt du, in letzter Zeit wird mir bewusst, dass ich nicht immer alles richtig gemacht habe. Das ist eine ganz neue Erkenntnis für mich.« Er nickte, in Erinnerungen versunken. »Nein. Tatsächlich habe ich eine Menge falsch gemacht. Eine Menge.«

Markus hatte das Gefühl, dass die beiden einen Moment miteinander allein sein wollten. Er erklärte, er werde mal einen Tee aufsetzen, und ging in die Küche.

Nach einer Weile kam Wang ebenfalls. »Sie schläft«, sagte er und setzte sich auf einen der Hocker an der Küchentheke. »Es hat sie wohl sehr angestrengt, oder?«

»Ja«, sagte Markus. Er goss eine Teeschale voll und reichte sie ihm.

Wang nippte daran. »Was ist das für eine Erfindung, von der Amy-Lee erzählt hat?«

Markus erklärte es ihm. Der alte Mann hörte ihm aufmerksam zu.

»Alkohol«, sagte er dann. »Hmm.«

Weiter nichts. Er trank den Tee in kleinen, bedächtigen Schlucken, hielt ihm die leere Schale wieder hin, und während Markus nachgoss, fragte er, wie es eigentlich komme, dass er plötzlich wieder da sei.

Also erzählte Markus noch einmal alles ausführlich. Wang fragte auch nach; insbesondere das, was Taggard über seine Tätigkeit bei *Eurocontact* erzählt hatte, interessierte ihn.

»Ja«, meinte er schließlich. »So ist das. Da bekämpfen sie lautstark den Terrorismus in aller Welt, aber für den im eigenen Haus sind sie blind. Der Splitter im Auge des anderen, der Balken im eigenen.«

»Denken Sie, das ist wirklich so?«, wollte Markus wissen. »Dass eine Verschwörung hinter allem steckt?«

Wang schüttelte den Kopf. »Schön wär's. Eine Verschwörung, die könnte man aufdecken, die Verschwörer vor ein Gericht bringen, und der Spuk wäre vorbei. Nein, ich fürchte, es ist viel schlimmer.« Er trank einen Schluck Tee, dachte nach. »Es ist eine Art Mafia. Das hat eine lange Tradition in diesem Land. Die Gründerväter und die Ideale, die sie in der Unabhängigkeitserklärung festgeschrieben haben – Leben, Freiheit, das Streben nach Glück und so weiter –, das ist die helle Seite der amerikanischen Geschichte. Aber leider nicht die einzige. Die Mafia, die *Cosa Nostra,* die chinesischen Triaden – das ist die dunkle Seite. Die Geschichte dieses Landes ist ohne diesen Aspekt nicht zu verstehen.«

Markus hob den Deckel von der Kanne, um nachzusehen, wie viel Tee noch darin war. »Hatten Sie jemals selber mit solchen … Leuten zu tun?«

»Ich habe Geschäfte mit China gemacht«, erwiderte Hung Wang beinahe belustigt. »Denkst du, das ging ohne Bestechungsgelder ab? Ohne ein paar gezückte Messer, ohne Drohungen, ohne Blut?« Er schwenkte nachdenklich seine Tasse. »Das Heimtückische ist, dass sich solche Strukturen nahezu von selbst entwickeln. Ich habe Ansätze dazu schon bei mir selber entdeckt. Man hat einen guten Bekannten, der in einer einflussreichen Position ist, dem man einen Gefallen tun kann und tut – und eines Tages ist man unter Druck und bittet ihn seinerseits um einen Gefallen, am Gesetz vorbei, ein ganz kleines bisschen nur … Aber so fängt es immer an.«

»Verstehe«, nickte Markus.

»Es ist keine Verschwörung. Es ist ein *Das-machen-doch-alle-so*-Ding. Ein Schimmelpilz, der überall dort wuchert, wo Menschen keinen Sinn für Werte haben, keinen Sinn für ihre eigene Würde.« Wang leerte die Tasse vollends. »Ich wollte, ich wüsste, was man dagegen tun kann.«

Damit war der Moment der Besinnlichkeit beendet, und der tatkräftige, vor Energie strotzende Hung Wang kam wieder zum

Vorschein. Er stand auf, ging die paar Schritte zur Terrassentür, drehte sich um und sagte: »Diese Erfindung deines Vaters … Das wird das Öl nicht ersetzen. Das ist dir hoffentlich klar?«

Markus zuckte mit den Schultern. »Es reicht, wenn es das Benzin ersetzt.«

»Wird es genauso wenig. Du machst dir die Größenordnungen nicht klar.« Er begann, auf und ab zu gehen und mit seinen Händen zu hantieren, als seien seine Finger ein Abakus. »Es gibt derzeit auf der Welt ungefähr, na, 800 Millionen Autos. Nehmen wir der Einfachheit halber an, es seien alles PKWs, und jeder davon fährt, sagen wir, 20000 Kilometer pro Jahr. Das macht insgesamt 16 Billionen gefahrene Kilometer. Lass jedes Auto einen Verbrauch von nur sieben Litern auf hundert Kilometer haben, dann kommst du auf einen Treibstoffbedarf von etwas mehr als einer Billion Liter pro Jahr.« Er blieb stehen. »Eine Billion, verstehst du? Eine Million Millionen Liter.«

»Ja. Verstehe«, meinte Markus beeindruckt.

»Ich habe vor ein paar Jahren kurz mit dem Gedanken gespielt, eine Firma zu kaufen, die Industriealkohol aus Mais herstellt. Hauptsächlich als Treibstoffzusatz, übrigens. Weißt du, wie viel Alkohol die aus einem Hektar Mais gewonnen haben? Ganze dreitausend Liter. Ein Hektar wohlgemerkt, das sind zehntausend Quadratmeter. Und um diese dreitausend Liter Alkohol zu gewinnen, waren zehntausend Liter Benzin allein für den Anbau, das Düngen und die Ernte nötig; die Destillation noch gar nicht mitgerechnet.«

Markus musste unwillkürlich schlucken. »Puh!«

Wang nickte verkniffen. »So sieht die Realität aus. Klar, du kannst das mit dieser Folie machen, aber du musst dir darüber im Klaren sein, dass das immer nur ein Nischenprodukt sein kann. Das große Rad, das wird anderswo gedreht.«

Auf einmal war es wieder da, das alte Gefühl, am wahren Leben vorbei zu existieren. »Und wo?«, fragte er.

Wang kam heran. »Wir haben eine Krise. Überall erzählen sie gerade, dass das chinesische Schriftzeichen für Krise und Chance dasselbe ist. Das stimmt sogar. Jetzt werden die Karten neu gemischt. Jetzt bieten sich Gelegenheiten, wie man sie in normalen Zeiten nicht hat – und die gilt es zu ergreifen!« Er kniff die Augen listig zusammen. »Ich habe rechtzeitig vor dem Kollaps in die Aktien von Firmen investiert, die Atomkraftwerke bauen. Deren Kurse sind in den ersten Wochen durch die Decke gegangen, eine wahre Freude. Und ich bin ausgestiegen, ehe der Masse der Anleger klar wurde, dass auch Uran nicht ewig reicht. Dass wir auf die Weise bloß in dreißig oder vierzig Jahren dasselbe Drama noch mal erleben. Nur dass dieser Abfall viel gefährlicher sein wird als die paar Abgase, die vom Öl bleiben.« Er tippte Markus auf die Brust. »Ich habe im letzten halben Jahr mein Vermögen verzehnfacht. Ein enormes Kapital, das ich in die Entwicklung der Kern*fusion* stecken werde. Wasserstoff zu Helium verschmelzen – das ist die Energie der Sterne. Nach unseren menschlichen Maßstäben wahrhaft unerschöpflich. Derjenige, der diese Kraft als Erster zähmt, hält die Zukunft der Menschheit in Händen.«

Markus sah seinen Schwiegervater zweifelnd an. »Aber forscht man daran nicht schon seit Jahrzehnten vergeblich?«

»Halbherzig. Ein paar Millionen hier, ein paar Milliarden da. Es ist schon mehr Geld in die Entwicklung von Formel-1-Motoren, Katzenfutter oder von Rasierklingen gesteckt worden als in die Fusionsforschung.« Wangs Hand wanderte höher, auf Markus' Schulter. »Ihr seid jetzt eine junge Familie, ihr müsst erst zueinander finden. Aber in einem halben Jahr oder so … Überleg es dir. Ich bin schon dabei, alles einzufädeln. Und weißt du, wo? In China. Dort ist eine Menge anders als früher. Die alten Betonköpfe sind ausgestorben, die neuen Führer denken knallhart wirtschaftlich. Ich habe bereits ein Gelände mit besten Bedingungen, ein Minimum an Auflagen, Zugriff auf Werkstätten und Zulieferer aller Art und so weiter. Demnächst fliege ich wieder hin; es sind noch eine Menge Vertragsdetails auszuhandeln. Aber das wird das führende Forschungszentrum der Welt, glaub mir. Dort werden wir die Zukunft bauen.«

Später kam Amy-Lee zu ihnen, und sie redeten nur über das

Baby, das bald darauf ebenfalls erwachte und nach der Mutterbrust schrie. Schließlich verabschiedete sich Wang.

Und Markus spürte den alten, süßen Hunger nach dem Großen, Gigantischen wieder in seinen Adern brennen wie eine Droge.

Die erste Woche verging, ein nicht immer ganz leichter Gewöhnungsprozess. Das wunderbare, süße kleine Wesen riss sie nachts erbarmungslos zweimal, dreimal oder noch öfter aus dem Schlaf, widersetzte sich dem Wickeln und dem Anziehen, füllte seine Windeln mit befremdlichen Produkten, schwarzem, pappigem Zeug, das klebte wie Pech und sich nur mit enormem Babyöl- und Papiertuchverbrauch abwischen ließ. Kaum hatten sie raus, wie man damit zurechtkam, folgten dünnflüssige Stühle, die sich über den ganzen Körper verteilten, einen unglaublichen Gestank ausströmten und sofortige Notbadungen erforderten.

Und die Vorräte an komfortablen Windeln mit Klettverschlüssen, Saugzonen und Kunststoffabdichtung gingen rapide zur Neige. Sie seien, erklärte Amy-Lee, auch kaum noch zu kriegen, nicht einmal für viel Geld. In absehbarer Zeit werde man auf Stoffwindeln zurückgreifen müssen.

»Ich telefoniere mal herum, ob man irgendwo wenigstens Zellstoffeinlagen herbekommt«, erklärte Markus seufzend.

Es waren müde Tage, und es schien, als sei ein Baby zu viel Arbeit für drei Erwachsene. Und dann wurde es auch noch Zeit für Bernice, nach Seattle zurückzukehren; eine neuerdings lange und gefahrvolle Reise, selbst wenn Xiao sie bis zur Haltestelle einer Buslinie brachte, in deren Wagen bewaffnete Sicherheitsleute mitfuhren.

Doch irgendwie überstanden sie den ersten Tag ohne Bernice einigermaßen. Abends, nachdem Joy Carolin endlich schlief, kam Amy-Lee zu Markus in das alte Arbeitszimmer, in dem er sich mit den Plänen und Unterlagen ausgebreitet hatte, ohne freilich bisher zu viel gekommen zu sein.

»Hallo, Ehemann«, sagte sie und ließ sich in den alten Ledersessel fallen.

»Hallo, Ehefrau.«

Sie sah den Notizblock vor ihm, das Telefon, die Pläne. »Das hast du doch immer gewollt, nicht wahr? *Other people's ideas,* die du mit *other people's money* verwirklichst.«

Markus nickte. »Bloß werde ich diesmal ohne ein paar richtig gute eigene Ideen nicht hinkommen. Und ob die es retten, fange ich gerade an zu bezweifeln.«

Sie runzelte die Stirn. »Wieso das?«

Er deutete auf das Telefon. »Ich habe viel herumtelefoniert, das hast du ja mitgekriegt. Und das Ergebnis ist… Also, die Ostraktionsfolie ist ein Hightechprodukt. Und Hightech, das ist gerade am Aussterben. Mangels Energie, mangels Nachfrage, warum auch immer.« Er zog den Block mit seinen Notizen zu sich heran. »Die Firma, die damals dieses Stück Folie für meinen Vater hergestellt hat, gibt es längst nicht mehr. Auch keine andere, die noch dazu im Stande wäre. Man bekommt die nötigen Ausgangsmaterialien nirgends, und soweit ich das feststellen konnte, sind Maschinen, mit denen man besagte Ausgangsmaterialien herstellen könnte, ebenfalls nicht mehr aufzutreiben.«

Amy-Lee furchte die Stirn. »Das klingt nicht gut.«

»Es ist ein geniales Konzept«, sagte Markus, »aber wir sind zu spät dran damit. Die technischen Möglichkeiten sind schon so weit unten, dass man die Folie nicht mehr herstellen kann.«

KAPITEL 51

Der Wirtschaftsminister verteidigte seine Entscheidung, bis auf weiteres keine weiteren Ölreserven freizugeben. Er folge damit im Übrigen den Empfehlungen der IAE.

»Es ergibt keinen Sinn«, erklärte er der Traube von Journalisten, »durch immer weitere Freigaben von Reserven den Benzinverbrauch auf dem alten Niveau zu halten. Wir werden uns an die neuen Gegebenheiten anpassen müssen, daran führt kein Weg vorbei.«

Ein Gewitter von Fragen, aus denen er Worte wie »Pendler« und »Weg zur Arbeit« und »Transportkosten« heraushörte.

»Ich sag Ihnen was: Wenn wir so weitermachen würden, wären die Kavernen Ende des Jahres leer. Und dann? Was machen wir, wenn nicht mal mehr die Polizei Benzin hat? Die Streitkräfte? Wenn ein Kraftwerk zu bauen ist und kein Diesel für die Baumaschinen mehr verfügbar ist?«

Die Reserven aufzufüllen, erklärte er weiter, sei nicht möglich. Dazu wären Einkäufe in solchen Größenordnungen nötig, dass der Ölpreis am Markt gerade dadurch erst recht in die Höhe getrieben werden würde. »Das gilt für den Augenblick«, fügte er hinzu. »Man muss abwarten, was die diversen Projekte rund um den Globus und bei uns bringen. Spätestens im Juli kommt bei uns das Kohlebenzin auf den Markt, das wird die Versorgungslage entlasten. In Kanada geht man daran, die Ölsande der Athabasca-Bucht großindustriell zu erschließen …«

Das freilich war ein umstrittenes Projekt. Rein rechnerisch stellte der Ölsand in der kanadischen Provinz Alberta das zweitgrößte Ölvorkommen nach den saudischen dar – inzwischen vielleicht sogar das größte überhaupt –, aber die Gewinnung des Öls aus dem pechverschmierten Sand erforderte so ungeheure Mengen an Frischwasser, Chemikalien und eben auch Energie, dass Kritiker von einer großmaßstäblich geplanten Umweltkatastrophe mit zudem zweifelhaftem Ertrag sprachen. Wann immer man Bilder der ungeheuren Tagebaufelder entlang des Athabasca-Rivers zu sehen bekam, glaubte man, einen anderen Planeten zu sehen oder einen Albtraum.

Die Preise für Benzin stiegen weiter, wofür die Boulevardpresse unverdrossen abwechselnd die Regierung, die Ölkonzerne oder »die Scheichs« verantwortlich machte. Verschiedene Gruppierungen von Globalisierungsgegnern nahmen dagegen das erstmalige Übersteigen der Marke von fünf Euro je Liter Superbenzin zum Anlass, auf dem Platz vor dem Reichstagsgebäude ein Fest unter dem Motto *Forget Globalization!* zu veranstalten.

»Der Preisanstieg beim Öl ist das Aus für die Globalisierung!«, erklärte die attraktive, den frühsommerlichen Temperaturen entsprechend gekleidete Pressesprecherin der Veranstaltung den zahlreich anwesenden Kameras. »Es war das billige Öl, das die billigen Transporte ermöglicht hat, die wiederum bewirkt haben, dass regionale Produzenten keinen geografischen Vorteil gegenüber großen Konzernen mehr hatten. Wenn ein Apfel, der aus Übersee eingeflogen wird, billiger sein kann als ein Apfel, den ein Landwirt vor der Haustür vom Baum holt, zerstört das lokale wirtschaftliche Strukturen und zementiert ausbeuterische Verhältnisse. Gewinner ist in jedem Fall der mit dem meisten Kapital, alle anderen sind Verlierer.«

Die meisten Teams waren mit diesem Statement und einer guten Perspektive auf den Ausschnitt der Sprecherin zufrieden. Einer fragte jedoch nach, wie das denn mit Medikamenten, Düngemitteln und dergleichen sei, die durch das teure Öl ja auch teurer und für Entwicklungsländer unerschwinglich geworden seien.

»Da müssen Sie sich klarmachen, wer wofür verantwortlich ist. Das billige Öl mit all seinen Produkten hat nämlich genau in den Regionen, in denen seit Jahrhunderten hohe Geburtenraten, aber auch hohe Kindersterblichkeit herrschten, zu rapider Bevölkerungszunahme geführt. Die Leute haben im Grunde Erdöl gegessen, und zwar in Form von industriell produzierten Nahrungsmitteln, vorwiegend aus den USA. Die waren oft billiger als das, was die Landwirte vor Ort erzeugen konnten – also wurden sogar die arbeitslos. Mit anderen Worten, durch das billige Öl und die damit verbundene Politik sind enorme Mengen an billigen Arbeitskräften herangezogen worden, denen gar nichts anderes übrig blieb, als zu minimalsten Löhnen für große Konzerne zu arbeiten. Unter dem Strich waren diese Länder schon vor dem *Peak Oil* schlechter dran als zuvor, aber das ist die Schuld derer, die die Entwicklung bis dahin zu verantworten haben. Und wenn die nun dank des teurer werdenden Öls ihrer Möglichkeiten beraubt werden, ist das der erste Schritt zur Besserung der Verhältnisse.«

Ein ungewöhnlich früher, brütend heißer Sommer kam und mit ihm Berichte über Dürren, Ernteausfälle und Hungersnöte in vielen Ländern rund um den Äquator. Es wurde zu Spenden aufgerufen, die auch Summen erbrachten, die angesichts der Probleme vor der eigenen Tür erstaunten.

Dann der Skandal: Eine Hilfsorganisation hatte von Spendengeldern Lebensmittel für ein Hungergebiet im Sudan gekauft, diese waren jedoch in Lagerhäusern in verschiedenen italienischen und spanischen Häfen verschimmelt, weil man keinen Weg gefunden hatte, sie in die betroffenen Gebiete zu transportieren. Die Bilder von aufgequollenen Getreidesäcken und Männern, die mit Atemmasken in schwarz angelaufenen, zerfallenden Kartons stocherten, schockierten.

Das Militär habe den Transport versprochen, dann aber ohne Nennung von Gründen abgesagt, erklärte der Leiter der Organisation, den ein Fernsehteam unter Mühen aufgestöbert hatte. Und man selbst habe kein Geld mehr übrig gehabt.

Ein paar Tage drehte sich die Berichterstattung nur um dieses Thema. Würde jetzt die Europäische Union einspringen und Lebensmittel in die betroffenen Gebiete bringen? Die Kommission antwortete ausweichend. Man werde das erwägen, müsse prüfen, ein Ausschuss werde sich mit der Problemstellung befassen.

Dann, von einem Tag auf den anderen, verschwand der Hunger in Afrika völlig vom Radarschirm, und ein anderes Thema beherrschte die Schlagzeilen und Talkshows: die Liberalisierung des Fernsehens. Es könne nicht länger angehen, hatte eine Gruppe einflussreicher Politiker in einem Statement erklärt, dass das Fernsehen weiterhin durch ein Korsett von Vorschriften daran gehindert werde, sein Programm frei den Wünschen und Bedürfnissen seines Publikums anzupassen. In keiner anderen Branche gebe es das.

Wie üblich, fasste die BILD-Zeitung die Initiative in einem plakativen Satz zusammen: *Künftig Porno-TV ab 23 Uhr?*

Landauf, landab wurde nichts anderes mehr diskutiert. Mehr Kanäle oder weniger? Abschaffung der Gebühren? Bezahlfernsehen? Kanäle mit Zugangskontrolle? Die Sender gingen auf große Einkaufstour, um sich reichlich mit Filmen aus indischer Produktion, brasilianischen Telenovelas, mexikanischen Schmonzetten und so weiter einzudecken, solange dergleichen noch preiswert zu haben war. Während noch diskutiert wurde, wagten Sender erste Vorstöße in bisherige Tabubereiche, wurden verklagt, riefen Protestaktionen besorgter Eltern auf den Plan.

Für Berichte über Hungersnöte war gar kein Platz mehr im Programm.

Das wurde auch immer schlimmer mit der Post. Der Brief mit den beiden Karten von Markus darin hatte fast sechs Wochen gebraucht. Aber schöne Karten, mit Fotos. Ziemlich bizarr fand Dorothea die Daten darauf: Sie hatten geheiratet, und schon einen Tag später war ihr Kind auf die Welt gekommen. Wenn das nicht schnell war! Na ja, Markus war es schon immer wichtig gewesen, einer der Schnellsten zu sein.

Diese Amy-Lee war hübsch, dem Foto nach zu urteilen. Asiatische Gesichtszüge, klar, aber irgendwie passten die beiden zueinander, fand Dorothea. Es freute sie, dass ihr Bruder endlich irgendwo angekommen zu sein schien. Sie würde ihm auch schreiben. Oder anrufen, das ging am schnellsten. Auf der Karte war zwar eine E-Mail-Adresse angegeben, aber das Internet funktionierte zur Zeit seltsam unzuverlässig; Werner hatte erzählt, dass sie in der Firma für wichtige Dokumente wieder die Faxgeräte hervorgekramt hatten.

Am entzückendsten war natürlich das Foto von der kleinen Joy Carolin. Was für ein bezauberndes Baby! Dorothea pinnte das Foto an die Wand neben der Kasse, damit sie es den ganzen Tag anschauen konnte, und wenn jemand fragte, wer das sei, sagte sie: »Meine Nichte. In Amerika.« Wie das klang!

Der Laden lief immer besser. Inzwischen beschäftigte sie zwei weitere Frauen, um wirklich den ganzen Tag offen haben zu können und auch in den Stoßzeiten – ja, inzwischen gab es so etwas! – nicht unterzugehen. Die zweite Kasse hatte sie gebraucht günstig übers Internet ersteigert, als es noch so funktioniert hatte, dass man sich darauf verlassen konnte.

Und nun plante sie schon das nächste Projekt. Ihr war aufgefallen, dass viele Leute in diesem Frühjahr Teile ihrer bisherigen Ziergärten umgegraben hatten, um Gemüse, Salat und dergleichen anzupflanzen. Zu dieser Beobachtung passte eine Zeitungsmeldung, wonach die Bau- und Gartenmärkte zur Zeit hohe Umsätze mit Gartengeräten, Saatgut und Bausätzen für Treibhäuser und Beetabdeckungen machten.

Sie hatte einige Gartenbesitzer im Ort angesprochen, ob sie eventuell den Teil ihrer Ernte, den sie nicht selber verzehren konnten, über den Laden verkaufen wollten. Dabei erfuhr sie, dass viele Leute mit dem Anlegen eines Nutzgartens nicht besonders gut zurechtkamen. Der Salat wurde Opfer von Schnecken, die Mohrrüben wuchsen schief, die Petersilie ging ein, die Rettiche gerieten holzig, und so weiter.

Das brachte sie auf die Idee, einen Kurs zu organisieren.

Dazu musste sie natürlich vor allem jemanden finden, der sich mit Fragen des Anbaus von Gemüse und Obst nicht nur auskannte, sondern auch im Stande war, sein Wissen weiterzuvermitteln. Die meisten der Bauern, die sie kannte, schieden da aus; das waren alles Brummbären, die keine Geduld mit unbedarften Stadtmenschen haben würden.

Sie packte gerade einer Kundin, einer älteren Dame, die jeden Tag kam, aber immer nur homöopathische Mengen einkaufte, drei Möhren und eine kleine Salatgurke ein, als das Telefon klingelte. Normalerweise ließ sie es in solchen Situationen klingeln und den Anrufbeantworter abnehmen, aber da sie gerade auf den Rückruf eines gewissen Tom Hannen wartete, den man ihr empfohlen hatte, eines jungen Landwirts, der Artikel über ökologischen Anbau schrieb, bat sie: »Entschuldigen Sie, ich muss da rangehen. Es könnte wichtig sein.«

Die betagte Dame nickte. »Gehen Sie nur. Ich überlege mir derweil, ob ich noch eine Tomate nehme.«

Es war nicht Tom Hannen, es war Gabi. »Hast du es schon gehört?«

»Gehört?«, fragte Dorothea. »Was denn?«

»Dann weißt du es noch nicht. Ich hatte gerade eine Kundin im Laden, die mir erzählt hat, dass der Fixkauf zum Ende des Monats zumacht!«

»Ist nicht wahr«, sagte Dorothea.

»Ich hab beim Rathaus Duffendorf angerufen und nachgefragt, und weißt du, was die mir gesagt haben? Der Eurocenti schließt auch. Ab nächsten Ersten ist das gesamte Gewerbegebiet dort tot und verlassen.« Sie lachte auf. »Doro, wir haben sie überlebt!«

»Meine Güte«, murmelte Dorothea. Ihr war nicht zum Lachen zu Mute. Die Leute würden ihr die Bude einrennen.

Abgesehen davon, dass es nun im Umkreis von dreißig Kilometern keine Tankstelle mehr gab.

Jede Woche wurde es besser. Das Gefühl von Ausnahmezustand ließ nach, die Erschöpfung schwand, und wenn ihn seine Tochter schiefäugig anlächelte, war Markus der glücklichste Mensch der Welt.

Ein Gefühl, das allerdings nicht aufkommen wollte, wenn

er einmal Zeit fand, ins Arbeitszimmer zu gehen. Meist saß er nur da, sah dieselben Pläne und Konstruktionszeichnungen und Berechnungen wieder und wieder durch und war dabei alles andere als glücklich.

Es war bestürzend aussichtslos. Er hatte Pläne gemacht, richtige Projektunterlagen, wie er es gelernt hatte, mit Listen, Zeitplänen und einzelnen Schritten. Ein Pferd anzuschaffen, Pflug und Egge, und auf dem Grundstück ein Feld anzulegen. Platz genug hatten sie; ein benachbarter Farmer würde ihm zeigen, worauf es ankam. Dann alles Mögliche anzubauen, Mais, Getreide, Gemüse, Sonnenblumen und so weiter, damit er etwas hatte, das er vergären konnte. Eine Werkstatt einzurichten. Das eilte sogar, denn es begann schon schwierig zu werden, bestimmte hochspezialisierte Werkzeuge zu bekommen, selbst für viel Geld.

Doch bis jetzt hatte er nichts davon umgesetzt. Nichts. Die Werkstatt hatte er noch nicht einmal *betreten*!

Klar, die Kleine. Aber das war es nicht. Das würde nicht mehr lange als Ausrede durchgehen.

Nein, es war das Gefühl, mit diesem Projekt sowieso seine Zeit zu vergeuden. Er musste immer an das denken, was der alte Wang erzählt hatte. Wie er ihm das mit der Billion Liter Alkohol pro Jahr vorgerechnet hatte. Absolut utopisch, klar. Da hätte er auch selber draufkommen können.

Ja, und dann war da das andere, wovon Wang angefangen hatte. Die Zukunft zu prägen. Die großen Chancen ergreifen. Das ganz große Rad zu drehen. Das lockte.

Es lockte, und andererseits saß da tief in ihm das Gefühl, dass es das eben doch nicht war. War das nicht bloß wieder so eine Vorstellung, um sich aufzuputschen? Sich auszumalen, dass er mit Wang zusammen anfing, die Welt aufzumischen – das kam ihm vor wie eine fade Wiederholung. Das hatte er mit Block schon hinter sich. Es fühlte sich an wie der Versuch, das Lebensgefühl von früher wiederzubeleben, diese schnelle, aufgedrehte, nervenkitzelnde Dauerekstase zurückzuholen, diese überdrehte, auspowernde, rastlose Existenz …

Das ging nicht. Nicht, wenn er so darüber dachte. Er hatte die Naivität verloren, die nötig war, um so zu leben. Er glaubte nicht mehr daran, und das war eine nicht rückgängig zu machende Wandlung.

Und trotzdem lockte es. Vielleicht würde es immer locken, wer konnte das wissen? Vielleicht musste er damit umgehen wie ein geheilter Alkoholiker mit dem Alkohol: vorsichtig, sich der Gefahr bewusst, wieder ins Rutschen zu geraten.

Aber wenn es das nicht war, was war es dann?

Er räumte auf. Räumte um. Stellte die Aktenschränke anders hin. Wischte in allen Fächern Staub. Ordnete die Papiere seines Vaters, seine eigenen Notizen, legte die Notizbücher Blocks in eine Schublade …

Block. Er nahm eines der Bücher, setzte sich in den Sessel und schlug es irgendwo auf, blätterte, bis er wieder an einem Tagebucheintrag hängen blieb.

Ich muss mir merken, mich nie darauf zu verlassen, was Experten sagen. Sie fragen, das muss sein. Aber dann selber nachprüfen. Selber nachrechnen. Das meiste kann man auch ohne Matura herausfinden. Selber denken, darauf kommt's an.

Hmm. Markus sah auf, blickte ins Leere. Er dachte an das Gespräch mit Wang. Wie war das gewesen? Dreitausend Liter aus einem Hektar.

Er legte die Aufzeichnungen Blocks beiseite, holte Notizpapier und einen Taschenrechner hervor. Ein Hektar, wie viel war denn das? Ein Quadratkilometer, das waren … hundert Hektar. Also hieß das, aus einem Quadratkilometer ließen sich 300 000 Liter Alkohol gewinnen.

Das klang doch schon anders.

Er rechnete weiter. Für eine Billion Liter waren demnach erforderlich …

An die 3,3 Millionen Quadratkilometer. Hmm. Das war viel. Das war ungefähr zehnmal die Fläche Deutschlands.

Er ließ den Stift sinken, massierte sich die Augen. Wahrscheinlich hatte Taggard Recht gehabt. Die Zivilisation ließ sich auch mit der Erfindung seines Vaters nicht retten.

Dann wurde ihm sein Denkfehler klar.

Er sprang auf, eilte ins Wohnzimmer, suchte die Bücherwand nach einem Lexikon ab, einem Atlas, irgendeinem Buch, das Zahlen und Daten über Länder und Kontinente enthielt.

Hier. Die Vereinigten Staaten von Amerika hatten eine Fläche von 9,3 Millionen Quadratkilometer. Fast das Dreifache. Und der springende Punkt in den Überlegungen seines Vaters war ja gerade, nichts nur zum Zweck der Alkoholgewinnung anzubauen. Angebaut wurde, was man zu essen gedachte. Aber der essbare Teil einer Pflanze war immer nur ein winziges Stück davon, das meiste war Abfall. Den pflügte man bislang unter, kompostierte ihn, verbrannte ihn oder dergleichen – Vaters Idee war, stattdessen erst mal Alkohol daraus zu gewinnen.

Damit entfielen auch alle Berechnungen, welchen Energieaufwand es erforderte, eine bestimmte Menge Mais oder dergleichen anzubauen. Dieser Aufwand galt dem, was man aß, nicht dem zu gewinnenden Treibstoff. Wenn es gelang, Alkohol ohne Destillation zu extrahieren, bekam man ihn beinahe umsonst.

Die gesamte Landmasse der Erde, las er, betrug 135 Millionen Quadratkilometer, die Antarktis nicht mitgerechnet. Davon war ein ordentlicher Teil Wüste, Steppe, Gebirge oder dergleichen, klar. Aber selbst wenn die Ostraktion nur halb so gut arbeitete wie die Destillation – sechs Millionen Quadratkilometer Land, das *ohnehin* landwirtschaftlich genutzt wurde, das war allemal realisierbar.

Mit anderen Worten: Wang hatte sich verschätzt.

»Selber denken«, murmelte Markus. »Das ist es.«

Das Vorhängeschloss: groß, schwer, rostig. Aber der Schlüssel passte und ließ sich drehen. Klirrend gab es den Riegel frei. Rumpelnd schob Markus das Tor auf, sodass das helle Licht des Tages hereinströmen konnte.

Es beleuchtete eine Schatzkammer. Ein Pflug stand schon da. Eine Egge ebenfalls. Dahinter Regale, in denen Holz lagerte, Plexiglas, Metall in Form von Bändern, Blechen, Rohren. Schränke voller Schrauben und Nägel. Eine Drehbank, ein Oberkopffräser, eine Kettensäge, diverse Bohrmaschinen. Ein Schweißbrenner samt Gasflaschen. Eine Werkbank, an der man ein Dutzend Leute unterbrachte.

»Die Werkstatt fürs Grobe«, konstatierte Markus. »Alles klar.«

Das Erdgeschoss des Anbaus enthielt ein Laboratorium, in dem Reagenzgläser, Bunsenbrenner, Heizöfen und diverse Analysegeräte vor sich hin staubten, ferner eine feinmechanische Werkstatt mit einer beeindruckenden Ausstattung. Die Anlage unter dem Erdwall war ein hermetisch abgeriegeltes Laboratorium für Experimente mit Pflanzen, Pilzen und Bakterien. Der Eingang war eine Luftschleuse mit Desinfektionsdusche, die Belüftung funktionierte nicht nur noch, sondern verfügte sogar über Hochleistungsfilter, und im Vorraum hingen sechs Schutzanzüge in verschiedenen Größen.

Außerdem gab es einen eigenen Brunnen, der Wasser aus über hundert Metern Tiefe holte, sowie ein Notstromaggregat.

Mein Vater hätte seinen rechten Arm hergegeben für eine solche Arbeitsumgebung, dachte Markus erschüttert. Wenn er es hiermit nicht schaffte, dann war er ein hoffnungsloser Fall.

»Außerdem steht nirgends, dass ich alles *alleine* machen muss«, sagte er sich.

Die private Telefonnummer von Keith Pepper existierte nicht mehr. Die für Paradise Valley zuständige Auskunft war überfragt, was seinen neuen Aufenthaltsort anbelangte, berechnete aber trotzdem drei Dollar fünfzig für diese Antwort. Schließlich rief Markus in seiner ehemaligen Firma an.

»Oh, auch *Lakeside and Rowe* hat Federn lassen müssen wie alle«, jammerte ihm der Mann am Telefon vor. »Über neunzig Prozent sind entlassen worden, und wer weiß, wie es mit uns weitergeht… Das Geld ist ja nichts mehr wert, kein Mensch braucht mehr Finanzberater, und von den installierten Systemen werden jeden Monat Wartungsverträge gekündigt, so viele, das glauben Sie nicht…«

»Das heißt, Sie können mir nicht sagen, wo Keith Pepper abgeblieben ist?«, hakte Markus nach.

»Also, ich muss gestehen, der Name sagt mir gar nichts. Ich meine, ich bin schon lang bei dieser Firma, aber alle Mitarbeiter beim Namen zu kennen, das ist doch –«

»Ich suche nur jemanden, der mir weiterhelfen kann. Vielleicht ist ja noch ein Kollege aus seiner Abteilung zu sprechen?«

»Hmm. Tja. Also – mit dem Chef könnte ich Sie verbinden?«

»Okay«, meinte Markus. Simon Rowe würde sich an ihn erinnern. Ob er sich freilich an Keith Pepper erinnern würde, war eine andere Frage. Aber er würde wissen, wie er –

»Murray«, sagte eine dunkle, humorlose Stimme.

Markus schloss unwillkürlich die Augen. John Murray war der Chef der Niederlassung, richtig. Den hatte er ganz verdrängt. Aber er brauchte nur seine Stimme zu hören, um jenen Satz wieder im Ohr zu haben, dieses: *Ich misstraue Ihnen; Sie wissen, warum.*

Okay, da musste er jetzt durch. Mehr als schiefgehen konnte es nicht.

Lächeln, mahnte er sich. Man hört ein Lächeln am Telefon, hatte man sie in den Schulungen unzählige Male ermahnt. Ein Lächeln macht sympathisch.

In dem Fall sicher nicht.

»Guten Tag, Mister Murray«, sagte er. »Hier ist Markus Westermann.« Beinahe hätte er die amerikanisierte Version seines Namens genannt. »Erinnern Sie sich an mich?«

Eine Pause, so still, als sei die Leitung gekappt worden. Dann: »Ja. Durchaus.«

Oh, fiel das schwer. »Mister Murray, ich habe eine große Bitte. Ich suche Keith Pepper, einen ehemaligen Programmierer aus der Abteilung –«

»Ich erinnere mich«, sagte Murray knapp. Wieder eine Pause. »Er arbeitet nicht mehr bei uns.«

Markus nickte. »Ja, das habe ich schon gehört. Ich hatte

gehofft, dass Sie mir helfen können, ihn zu finden. Es ist wirklich sehr, sehr wichtig.«

Murray zögerte. Markus hätte wetten können, dass er überlegte, ob er einfach auflegen solle. »Meines Wissens«, sagte er dann, und man merkte, dass es ihm schwerfiel, über seinen Schatten zu springen, »arbeitet er in einer Autowerkstatt in Reading. Rüstet Motoren auf den Betrieb mit Frittierfett oder dergleichen um.« Ein tiefer Atemzug. »Ich kann Ihnen seine Telefonnummer geben.«

»Das wäre großartig, Sir«, sagte Markus sofort. Klar. Murray musste Keiths Telefonnummer haben. Es gab immer Situationen, in denen man einen Programmierer etwas zu seinem Programm fragen muss, selbst wenn man ihn längst entlassen hat.

Murray diktierte ihm die Nummer und fügte hinzu: »Richten Sie ihm Grüße von mir aus.«

»Mach ich«, versprach Markus erleichtert. »Mache ich ganz bestimmt. Herzlichen Dank, Sir, und alles Gute!«

»Danke«, kam es zurück, nicht ganz so mürrisch, wie Murray schon geklungen hatte. »Ihnen auch.«

Keith kam eine gute Woche später an, mit einem rosaroten Straßenkreuzer, der im ganzen Tal einen intensiven Geruch nach Frittenbude verbreitete.

Er strahlte vor Begeisterung, Markus wieder zu sehen, hätte ihn ums Haar sogar umarmt, fing sich aber rechtzeitig und hieb ihm nur auf die Schulter, dass es krachte. Amy-Lee schüttelte er artig die Hand und machte ihr ein paar etwas wirre Komplimente, die vermutlich nur ein Technikfreak wirklich zu würdigen gewusst hätte.

Er wollte nichts essen und nichts trinken, sondern zuerst die Pläne sehen, von denen Markus ihm am Telefon erzählt hatte, und das Konzept dahinter verstehen.

»Genial. Das ist genial.« Er hatte die große Zeichnung mit der Molekülstruktur der Ostraktionsfolie in der Hand, die ein wenig aussah wie die Architektur eines besonders komplexen

Softwaresystems, und fuhr mit dem Finger die Linien darauf nach. Dabei kaute er intensiv an seiner Lippe. »Doch, das kann funktionieren. Ein intelligenter Filter, sozusagen. Haut mich weg. Und das hat sich dein Vater ausgedacht? Schon vor zwanzig Jahren?«

»Vor einundzwanzig, um genau zu sein«, bestätigte Markus und erklärte ihm die Probleme, die sich bei der Herstellung der Folie stellten.

»Halt, langsam«, unterbrach ihn Keith schließlich. »Also, das ist das Rastermaterial, das lila Gezeichnete hier?«

»Ja. Darauf müssen diese Teile angebracht werden, die mein Vater *Molekülsubstrate* nennt – heute würde man vermutlich Nano-Partikel sagen.«

»Wie werden die überhaupt hergestellt? Ich meine, das sind ja nur Moleküle. Chemisch?«

»Oder mit einer Art Lithografieverfahren.«

»Ah, verstehe. Und dann muss man sie magnetisch ausrichten…«

»…und festigen. Und das Ganze irgendwann in großindustriellem Maßstab.«

Keith stieß einen erschütterten Pfiff aus. »Junge. Das ist schwierig.«

»Ich hatte gehofft, du kannst mir mehr sagen als das.«

Der rothaarige Mann, der seit ihrer letzten Begegnung jedenfalls nicht abgenommen hatte, lachte. »Klar. Ich verlasse eine Firma doch nie mit leeren Händen.«

Er holte seinen Notebook-Computer, klappte ihn auf, schaltete ihn ein – aber es gab nur ein hässliches Geräusch, und der Bildschirm blieb dunkel.

Keith zerbiss einen Fluch zwischen den Zähnen. »Endgültig hin, fürchte ich. Gerade wenn's spannend wird.«

»Ich habe bestens ausgerüstete Werkstätten hier«, sagte Markus und war unverdienterweise stolz, das sagen zu können.

»Schön. Aber vermutlich keinen 8219-Controller.«

»Das allerdings nicht. Was ist das überhaupt?«

Keith seufzte, während er mit einem zusammensetzbaren

Schraubenzieher, den er am Schlüsselbund trug, die Unterseite seines Gerätes aufschraubte. »Was ganz Neues. Unausgereiftes. Ein harter Schlag, und seither muckt das Teil.«

Ein erster Reparaturversuch schlug fehl, worauf sie sich für einen zweiten Anlauf in die Werkstatt im Anbau begaben. Doch schließlich stand fest, dass der Computer nur noch Müll war.

»Wir müssen die Festplatte in einen anderen PC einbauen«, erklärte Keith.

Sie fanden einen PC, der nicht zu altmodisch war, und waren gerade dabei, das Gehäuse abzunehmen, als Amy-Lee erschien und fragte, wie es denn nun wäre mit etwas zu trinken oder zu essen.

»Gleich«, beschied Keith sie. »Sobald wir mit diesem nackten Computer dieser Festplatte die ersten Daten entlockt haben.«

Amy-Lee musterte den Verhau aus Kabeln und silbrig glänzenden Kästen. »Was denn für Daten?«

»Jeder Mitarbeiter des technischen Außendienstes von *Lakeside and Rowe*«, erklärte Keith, »hatte Anweisung, vor Arbeiten am System eines Kunden eine Sicherungskopie auf seinen Computer zu ziehen. Diese Kopie wiederum wurde auf unserem Backup-Server gesichert – und den habe ich mir zu kopieren erlaubt. Um mich über den Verlust meines überaus angenehmen Arbeitsplatzes hinwegzutrösten.«

Amy-Lee lachte ungläubig auf. »Und das ging? Das haben die dich so einfach raustragen lassen?«

Keith lächelte breit. »Ich habe alles in eine Datei gepackt, und dann habe ich diese Datei gelöscht. Der Wachmann hat sich meinen Computer angeschaut, aber nichts darauf gefunden. Und zu Hause habe ich ein *Undelete* laufen lassen. Ganz einfach.«

»Unglaublich«, meinte Amy-Lee grinsend. Im Haus klingelte das Telefon. »Lass nur, ich geh schon«, sagte sie und verschwand wieder.

Der PC fuhr hoch, erkannte die Platte und bekam Zugriff. »Sieht gut aus«, brummte Keith zufrieden. »So. Was suchst du? Wir haben hier nicht die gesamte Wirtschaft der USA drauf, aber der Sektor Hightech dürfte so ziemlich weiträumig abgedeckt sein.«

»Zumal mir eine einzige Firma, die das herstellt, was wir brauchen, schon genügt.« Markus setzte sich neben Keith und überlegte. »Wir suchen Firmen, die Nanoprodukte herstellen und gleichzeitig bilanzmäßig so gut dastehen, dass sie mit einiger Wahrscheinlichkeit noch existieren.«

»Okay.« Keith's Finger huschten über die Tastatur. Eine Liste erschien. »Hier. Zweiundzwanzig. Gut für den Anfang, oder?«

»Wunderbar.«

In diesem Moment kam Amy-Lee wieder, bleich wie eine Kellerwand und nur mühsam die Fassung bewahrend.

Es ist etwas mit Joy passiert!, durchfuhr es Markus, als er sie sah. Mit einem Sprung war er bei ihr, hielt sie fest, sah sie erschrocken an. »Was ist?«

Sie zitterte. »Dad. Er hat einen Unfall gehabt.«

»Einen Unfall?«

»Sein Flugzeug ist über dem Pazifik abgestürzt. Er und Xiao sind … Oh Gott.«

KAPITEL 52

Reiche und mächtige Menschen – Wirtschaftskapitäne, Präsidenten, Konzernchefs, Minister und so weiter – kommen deutlich häufiger auf Grund von Flugzeugabstürzen ums Leben, als dem Risiko der Gesamtbevölkerung entspricht. Die auf der Hand liegende Erklärung dafür ist, dass diese Menschen auch wesentlich häufiger mit einem Flugzeug unterwegs sind als der normale Bürger, ja, dies auf Grund ihrer Aufgaben überhaupt nicht vermeiden können. Zudem benutzen sie häufig kleinere Flugzeuge, die ein inhärent größeres Risiko darstellen: Je größer ein Flugzeug, desto besser widersteht es den Unbilden, die der Luftraum bereithält. Insofern scheint es einfach eine Frage der Statistik zu sein.

Doch man kann auch andere Überlegungen anstellen. Es ist eine beunruhigende Übung, eine Liste politisch oder wirtschaftlich einflussreicher Personen aufzustellen, die bei Flugzeugabstürzen zu Tode gekommen sind, sich die Begleitumstände jedes einzelnen Vorfalls anzuschauen und sich folgende zwei Fragen zu stellen: Erstens – wem nützte der Tod dieses Menschen zu diesem Zeitpunkt am meisten? Und zweitens – wer hätte die Mittel und Möglichkeiten gehabt, ein Flugzeug abstürzen und es wie einen Unfall aussehen zu lassen?

Ferne Vergangenheit

Der französische Ingenieur Ferdinand de Lesseps, der schon den Suez-Kanal konzipiert hatte, entwickelte auch den Plan, bei Panama einen Kanal durch die mittelamerikanische Landbrücke zu bauen. Die Arbeiten begannen 1881, kosteten 22 000 Arbeitern das Leben und führten 1889 zu einem finanziellen Desaster. 1902 übernahmen die USA das Projekt für 40 Millionen Dollar.

Panama gehörte damals zu Groß-Kolumbien. Dieses weigerte sich, den Vorschlag des amerikanischen Präsidenten Theodore Roosevelt zu akzeptieren, das Landgebiet um den Kanal an ein nordamerikanisches Konsortium abzutreten. Daraufhin tauchte 1903 das amerikanische Kriegsschiff *Nashville* vor der Küste Panamas auf, Soldaten gingen an Land und setzten eine Regierung unter dem französischen Ingenieur Philippe Buneau-Varilla ein. Panama wurde für befreit und zum unabhängigen Staat erklärt, und die neue Regierung stimmte der Schaffung einer US-amerikanischen Hoheitszone um den Kanal herum zu. Interessanterweise wurde der entsprechende Vertrag nur von dem amerikanischen Außenminister Hay und Buneau-Varilla unterzeichnet, jedoch von keinem einzigen Panamaer.

Von 1906 bis 1914 wurde der Panama-Kanal schließlich fertig gestellt.

1968 gelangte ein Mann namens Omar Torrijos in Panama durch einen Militärputsch an die Macht. Er war der erste Staatschef Panamas, der sich für soziale Belange und die Probleme der Armen einsetzte und den zahlreichen ausländischen Konzernen, die bisher von den Verhältnissen profitiert hatten, Schwierigkeiten bereitete. Er machte keinen Hehl aus seiner Entschlossenheit, die Freiheit und Souveränität Panamas zu behaupten, und zwar, ohne sich den USA oder der UdSSR anzuschließen. Und selbstverständlich betrachtete er die Kanalzone als unveräußerlichen Teil des panamaischen Staatsgebiets und den Vertrag von 1903 als nichtig.

Zu der Zeit, als Jimmy Carter Präsident der USA war, begann Torrijos, Mitarbeiter verschiedener amerikanischer Einrichtungen auszuweisen, mit dem Vorwurf, diese unterhielten in der Kanalzone geheime Ausbildungslager, in denen unter anderem Verhörtechniken und Foltermethoden für Geheimdienstoperationen in Südamerika trainiert würden. Carter widersetzte sich diesen Ausweisungen nicht; er schloss zur Empörung der republikanischen Opposition 1977 sogar einen Vertrag mit Torrijos, wonach die volle Autonomie über den Wasserweg ab dem Jahr 2000 an Panama zurückfallen würde.

Am 31. Juli 1981, wenige Monate nach dem Amtsantritt Ronald Reagans, der, ebenso wie der spätere Vizepräsident George Bush und Verteidigungsminister Caspar Weinberger, den panamaischen Präsidenten mehrfach öffentlich geschmäht hatte, stürzte Omar Torrijos bei einem Routineflug ab. Sein Nachfolger wurde Manuel Noriega, der heute in Florida, USA, lebt.

In Ecuador leben über fünfzehn Prozent aller existierenden Vogelarten, und es werden praktisch täglich neue, bislang unbekannte Pflanzenarten entdeckt. Doch seit der Ölkonzern Texaco im Jahre 1968 Öl in der Amazonasregion von Ecuador entdeckt hat, sind große Teile des Regenwalds gerodet worden. Eine Pipeline, die über die Anden verläuft, hat seit ihrem Bau doppelt so viel Öl durch Lecks verloren, als bei dem Tankerunglück der *Exxon Valdez* ausgelaufen ist; Öl, das die Umwelt weiträumig verseucht, Tiere getötet und Flüsse in stinkende Kanäle verwandelt hat. Giftige Abwässer voller Schwermetalle und kanzerogener Stoffe wurden einfach in Löcher im Boden oder in Flüsse gepumpt.

Doch Erdöl war bald zum wichtigsten Exportgut des Landes geworden und Ecuador zu einem der größten Öl-Lieferanten der USA.

Nachdem 1979 Jaime Roldós Aguilera zum Präsidenten von Ecuador gewählt worden war, legte dieser Anfang 1981 einen Gesetzentwurf zur Neuregelung des Energiesektors vor. Er sah vor, den Bau von Wasserkraftwerken zu fördern, der sich in der wasserreichen, gebirgigen Geografie Ecuadors anbietet, und das Verhältnis zwischen Ölkonzernen und dem Staat Ecuador auf eine neue gesetzliche Grundlage zu stellen.

Die betroffenen Ölkonzerne starteten daraufhin eine Kampagne, die versuchte, Roldós Aguilera als zweiten Castro darzustellen. Roldós seinerseits begann, Verbindungen zwischen der amerikanischen Politik und dem Ölgeschäft offenzulegen, und gebrauchte dabei den Begriff »Verschwörung«. Er drohte den Ölkonzernen, sie müssten das Land verlassen, wenn sie Projekte verfolgten, die dem Wohl des ecuadorianischen Volkes nicht zuträglich seien, und ließ missliebige Amerikaner ausweisen.

Am 24. Mai 1981 starb er zusammen mit seiner Frau, einigen Mitgliedern seiner Regierung und den Piloten beim Absturz seiner Maschine über der Provinz Loja im Süden Ecuadors.

Sein Nachfolger wurde Vizepräsident Osvaldo Hurtado Larrea. Er ließ die Ausgewiesenen zurückkehren, und Ende 1981 begann Texaco mit einem gigantischen Erschließungsprojekt im Golf von Guayaquil.

Oder der Tod des zweiten UN-Generalsekretärs Dag Hammarskjöld am 17. September 1961 bei einem stets mysteriös gebliebenen Flugzeugabsturz im Kongo. Es gab britische, belgische und amerikanische Unternehmen, denen Hammarskjölds Bemühungen, die Kämpfe in dem Land, das bis vor kurzem noch belgische Kolonie gewesen war, zu beenden, ein Dorn im Auge waren ...

Oder der Absturz von John F. Kennedy jr. ...

Oder, oder, oder ...

Gegenwart

Prinz Abu Mandhur Zayd, Euer Hoheit. Euer Sohn.«

König Abu Jabr Faruq nahm die Mitteilung schweigend entgegen. Er war in die Betrachtung eines Mosaiks am Boden versunken – verflochtene florale Elemente in Perlmutt und Obsidian vor einem Hintergrund aus Lapislazuli – und sinnierte über die Bürde, die einem ein Amt wie das seine auferlegte.

Er wusste von seinem Geheimdienstchef, dass Zayd aus Singapur zurück war. Er wusste auch eine Menge darüber, was Zayd dort getan hatte. Er wünschte sich, er hätte diese Begegnung vermeiden können, doch auch die Macht eines Königs hatte Grenzen, und dies war eine davon.

»Er soll hereinkommen«, sagte König Faruq.

Die Tür wurde geöffnet. Der Mann, der hindurchtrat, hatte kaum noch Ähnlichkeit mit dem Sohn, an den Abu Jabr sich erinnerte. Er taumelte mehr, als dass er ging. Da war keine Spur mehr von der Ausstrahlung eines Prinzen. Zayd sah schlecht aus, krank, gezeichnet von Drogen und anderen Exzessen, deren Bezeichnungen Abu Jabr fremd gewesen waren.

Doch es war trotz allem sein Sohn. Er trat ihm entgegen, streckte die Arme aus und sagte: »Sei gegrüßt.«

Zayd blieb in einigem Abstand stehen, sah ihn an, sah gleich wieder weg. In ihm schien ein Kampf zu toben.

»Wie konntest du das tun?«, brach es endlich, kaum zu verstehen, aus ihm heraus. »König zu werden von der Gnade der Amerikaner?«

Abu Jabr schüttelte nachsichtig den Kopf. »Das bin ich nicht.«

Zayd sagte nichts, schien ihn überhaupt nicht gehört zu haben. War er geistig überhaupt ganz da? Er war ein Wrack. Er gehörte in eine Klinik. Ja, er würde Zayd in eine Klinik bringen lassen. Wenn das hier gut überstanden war.

»Es ist gut, dass du zurückgekehrt bist«, sagte er. »Wir brauchen dich. Wir haben eine … nun ja, man könnte sagen, *diwaniya* einberufen, um Klarheit über die Vorfälle um Ghawar und Ras Tanura zu schaffen, und wir wünschen, dass du –«

»Ich habe bloß die Drecksarbeit erledigt«, zischte Zayd und funkelte ihn böse an. Er schwankte. »Das ist immer alles, was mir bleibt. Die Drecksarbeit …«

Mit unvermuteter Plötzlichkeit riss er eine Pistole aus der Tasche und richtete sie auf Abu Jabrs Brust. Dann erstarrte er, als könne er weder vor noch zurück, und sein ausgestreckter Arm mit der Waffe bebte.

Abu Jabr hatte sich um keine Haaresbreite bewegt. »Mein Sohn«, sagte er ruhig, während er versuchte, den irrlichternden Blick Zayds mit dem seinen zu fassen, »ich bin sicher, dass du nicht tun willst, was du im Begriff bist zu tun.«

Zayds Unterkiefer bebte. Seine Lippen zitterten. Er sagte etwas, aber es war kaum zu verstehen. »Sie durften es doch nicht merken. Die *amrikani* durften doch nicht merken, was los war…«

Abu Jabr streckte langsam seine Hand aus. »Das ist alles Vergangenheit und hat keine Bedeutung mehr. Denk an deinen Sohn, Zayd, und lass diese Waffe fallen. Noch ist nichts geschehen, was unverzeihlich wäre.«

Endlich. Endlich ein Schimmer von Begreifen in seinen Augen. Ein Gewahrwerden. Zayds Arm sank herab, er beugte sich vor, keuchte wankend.

Aber er behielt die Pistole in der Hand.

»Zayd«, sagte der König. »Lass sie los. Bewahre deine Ehre.«

In einem einzigen schrecklichen Moment ruckte Zayds Kopf hoch, traf sein Blick den seines Vaters, trat ein schrecklicher, fremder Glanz in seine Augen, und er hob die Waffe und schoss, zwei Mal, zwei Schüsse, die den König in die Brust trafen, taumeln und schließlich nach hinten über einen Tisch zu Boden stürzen ließen. Dann waren die Männer heran, die hinter den Vorhängen entlang der Wände gewartet hatten, überwältigten den Attentäter und schlugen erbittert auf ihn ein.

»Genug!«, ließ sich, hustend, die Stimme des Königs schließlich wieder vernehmen. Er richtete sich mühsam auf, hielt sich die Brust. Zwei Männer von der Wache eilten zu ihm, halfen ihm, aufzustehen.

»Eine schusssichere Weste ist eine gute Sache«, sagte der König keuchend, »aber ich hätte nicht gedacht, dass es trotzdem so schmerzen würde.«

»Ihr müsst euch untersuchen lassen, Euer Hoheit«, mahnte

einer der Männer. »Es kann sein, dass euch die Schüsse eine Rippe gebrochen haben.«

Abu Jabr winkte ab. »Ja, gewiss. Nachher.« Er trat zu Zayd, seinem Zweitgeborenen, der schon immer sein schwierigstes Kind gewesen war. Nun lag er da am Boden, mit glasigen Augen, ein Bild des Jammers und des Scheiterns.

»Dieser Vorfall tut mir sehr leid, mein Sohn«, sagte Abu Jabr leise. »Ich wollte, ich wüsste, mit wem du dich eingelassen hast...«

Zayd sagte nichts. Blut rann aus einer kleinen Wunde an der Stirn.

Blut, ja. Der Gedanke, seinen Sohn auf dem Richtplatz wiederzusehen, schmerzte. Aber so würde es geschehen müssen.

»Schafft ihn fort«, sagte er.

Später, während er sich von seinem Geheimdienstchef helfen ließ, die Kevlar-Weste auszuziehen, die unter seinem *thoub* nicht zu sehen gewesen war, kam der Energieminister, nach dem er hatte rufen lassen.

»Euer Hoheit«, begann er, »ich kann gar nicht sagen, wie froh ich bin, dass Ihr –«

»Ja, schon gut«, unterbrach ihn Abu Jabr. »Es haben mir bereits genug Leute gesagt, dass ich ein unverantwortbares Risiko eingegangen sei.« Er warf dem Geheimdienstchef einen Blick zu. »Er war mein *Sohn*.«

»Gewiss, Euer Hoheit«, beschwichtigte der.

Abu Jabr strich sein Gewand glatt. »Ruft diesen jungen Deutschen an, und dankt ihm für seine Warnung. Und erteilen Sie ihm den Auftrag für das Projekt, das er uns vorgeschlagen hat.« Der König überlegte einen Moment, dann fügte er hinzu: »Und schickt mir den Außenminister. Es wartet viel Arbeit.«

Nach dem Anruf aus Riyadh hielt Frieder Westermann das Telefon noch eine ganze Weile erschüttert in Händen. Wenn er daran dachte, dass er erst gezögert hatte, aus dem, was ihm Markus berichtet hatte, die nahe liegenden Schlüsse zu ziehen und das saudische Königshaus zu warnen! Und nun hatte sein Hinweis einen Anschlag auf König Faruq verhindert.

Er sah aus dem Fenster hinaus auf den Hof seiner Fabrik und fragte sich, ob er dabei war, Geschichte zu machen, oder im Begriff, in sein Unglück zu stürzen.

Er zog eine der Schubladen seines Schreibtischs auf, kramte den Brief hervor, den sein Bruder ihm vor Monaten aus den USA geschickt hatte.

Lieber Frieder,

ich schreibe dir diesen Brief als Nachtrag zu unserem Telefonat. Es gibt einige Dinge, die du wissen solltest, die ich dir aber nicht telefonisch erzählen kann, weil ich angefangen habe, Telefonleitungen zu misstrauen. Ich hoffe, ein Brief ist ein sichereres Medium.

Im Wesentlichen will ich dir weitersagen, was mir ein ehemaliger CIA-Agent aus Gründen, die zu erklären hier zu weit führen würde, auf seinem Sterbebett anvertraut hat…

Vergangenheit

Charles W. Taggard hatte, als er seinen Saudi-Arabien-Bericht an Donald R. Hartfield geschickt hatte, einen Brief beigelegt. Unwillkürlich war er darin in jene Art von mit Worten spielendem Humor verfallen, den sie damals an der Universität gepflegt hatten: »Leite es weiter! Es muss etwas geschehen, andernfalls geschieht etwas.«

Eine gute Woche später klingelte das Telefon in seinem Apartment. Donald, und er war in Riyadh. »Wir müssen uns treffen. Sagen wir, um zwölf im ›Globe‹? Ich lade dich ein.«

›The Globe‹ war ein dreistöckiges Luxusrestaurant in 240 Metern Höhe, in der Glaskugel an der Spitze des *Al-Faisaliah-Towers*, eines ultramodernen Bauwerks aus Stahl und Glas, das der englische Stararchitekt Norman Foster entworfen hatte.

Der Fahrstuhl brauchte nur fünfundzwanzig Sekunden bis

nach oben. Danach hatte Taggard Ohrenschmerzen von dem abrupten Druckunterschied. Immerhin, der Ausblick über die Stadt in der Wüste war spektakulär.

Während ein Ober ihn zu dem Tisch brachte, an dem Donald auf ihn wartete, fielen Taggard die vielen Zweiertische auf, an denen Pärchen saßen, deren Gebaren etwas Verstohlenes an sich hatte. Offenbar diente das Restaurant als heimlicher Treffpunkt von Liebespaaren; da praktisch alle Frauen unverschleiert waren, konnte es nur so sein, dass die Sittenwächter hier keinen Zutritt hatten.

Donald Hartfield sah älter aus, als er ihn in Erinnerung hatte, und auch härter. Sein Gesicht war kantig, die kurz geschnittenen Haare grau, genau wie seine Augen, deren Blick illusionslos wirkte.

Spektakulär waren auch die Preise auf der Speisekarte. Die Menüs begannen bei hundert US-Dollar, pro Person, verstand sich. Und die Sündigkeit des Restaurants kannte ihre Grenzen: Zu trinken gab es nur Fruchtsäfte oder Wasser.

»Ich habe deinen Bericht bekommen«, sagte Donald, nachdem sie den Teil mit den Erinnerungen an die Ohio State abgewickelt hatten. »Hast du ihn sonst noch an jemand geschickt?«

»Bis jetzt nicht«, sagte Taggard.

»Gut.« Die Vorspeise kam. Die Küche des ›Globe‹ war mediterran, mit viel Gemüse und Olivenöl. »Du machst dir übrigens Illusionen darüber, wer auf dieser Welt das Sagen hat.«

Taggard nahm den ersten Bissen. »Sind das nicht wir? Dachte ich immer.«

»Sind wir auch.«

»Aber auf Widerruf. Die Saudis können uns jederzeit das Licht ausknipsen.«

Donald schüttelte den Kopf, mit nachsichtigem Grinsen. Dann sah er Taggard eine Weile kauend an, als überlege er, wie er ihm beibringen könne, was er ihm beizubringen hatte.

»Du warst doch mal bei ›Eurocontact‹, nicht wahr?«, fragte er schließlich.

»Ja«, sagte Taggard.

»Da habt ihr doch auch nicht bloß die Art Geschäfte gemacht, die in euren Firmenprospekten erklärt worden sind. Sondern ihr habt dafür gesorgt, dass die Europäer uns nicht auf der Nase herumtanzen und dass sie nicht mit den Sowjets ins Bett gehen.«

Taggard nahm einen Schluck Wasser. Das war etwas, das ein Außenstehender nicht wissen konnte. »Über gewisse Aspekte meiner damaligen Arbeit darf ich nicht reden«, sagte er.

Donald grinste. »Schon klar. Wir sind Kollegen. Ich bin bei HEAD. Noch so eine Consultingfirma. Wir machen dasselbe wie ihr damals, nur im wilden Rest der Welt.«

»Ach ja?«

»In armen Ländern läuft das Spiel natürlich ein bisschen anders«, erklärte Donald. »Da gibt's keine Erfindungen zu holen, und Wirtschaftsbosse, denen man den Stuhl absägen muss, sind auch eher selten. Wir bauen diese Länder auf. Fachleute wie ich erstellen für die Regierungen Gutachten, wie unglaublich rentabel und fortschrittlich irgendwelche riesigen Infrastrukturprojekte sein werden – Stromnetze, Straßen, Staudämme, Häfen und so weiter – und wie sie damit die wirtschaftliche Kraft ihres Landes steigern. Sobald wir sie überzeugt haben, vermitteln wir ihnen auch die nötigen Kredite. Günstige Kredite. Die einzige und auch nachvollziehbare Bedingung ist, dass sämtliche Aufträge an amerikanische Firmen gehen müssen.«

»Das Geld verlässt die USA also gar nicht.«

»Nein. Es wird von Banken in Washington an Ingenieursbüros in Boston oder L.A. überwiesen. Aber das jeweilige Land muss natürlich alles zurückzahlen, die gesamte Summe zuzüglich Zinsen. Und wir kalkulieren so schlau, dass sie das bald nicht mehr können. Was dann? Dann wird über Stundungen verhandelt. Dafür wollen wir aber Gegenleistungen. Einen Militärstützpunkt vielleicht. Oder Zugang zu Ressourcen. Manchmal auch nur, dass sie bei den UN so stimmen, wie wir das gerne möchten.«

»Und das funktioniert?«

»Seit Jahrzehnten. Der Kniff ist, darauf zu achten, dass wir der jeweiligen Oberschicht in dem Land nicht wehtun. Wir lassen sie in Geld schwimmen. Genug Geld, dass sie ein bisschen davon weitergeben und sich die Unterstützung kaufen können, die sie brauchen.«

Taggard schob den halb geleerten Teller von sich. Ihm war der Appetit vergangen. »Das ist nicht fair.«

»Stimmt.« Donald kaute unbeeindruckt weiter. »Aber wir sind nicht bei den Olympischen Spielen. Es geht nicht darum, fair zu spielen. Es geht darum, zu gewinnen.«

»Das ist nicht die Art von Politik, die die Gründerväter gewollt haben. Das ist die Art von Politik, gegen die sie *gekämpft* haben – die Politik des britischen Empire.«

Donald leerte seinen Teller unbeeindruckt. »Die Gründerväter in Ehren, aber damals war die Welt groß genug für alle. Das ist sie heute nicht mehr. Heute gibt es nur zwei Alternativen: Entweder wir kontrollieren die Welt, oder die Welt kontrolliert uns.«

»Also kontrollieren wir die Welt.«

»Genau. Du hast nicht Unrecht; was wir tun, ist die modernste Variante, ein Weltreich zu errichten. Wesentlich unblutiger, als das die alten englischen Kolonialherren gemacht haben.« Er lächelte überheblich. »Es ist eine mentale Sache. Unser Imperium ist so abstrakt, dass die meisten überhaupt nicht durchschauen, was da passiert.«

»Ein paar durchschauen es bestimmt.«

Donald lachte auf. In diesem Moment sah er wieder aus wie der schlaksige Junge mit den Super-Noten und dem rasiermesserscharfen Verstand, der ihm am Ende einer alkoholreichen Nacht einmal anvertraut hatte, dass selbstredend die klügsten Köpfe bestimmen müssten, wo es langgehe, nicht Mehrheitsverhältnisse. »Und was wollen die machen? Wenn die anderen gar nicht kapieren, wovon sie reden?«

Sie schwiegen, während der Ober die Teller abräumte und eine neue Flasche Wasser brachte.

»Und was hat das alles mit mir zu tun?«, fragte Taggard dann.

»Ich wollte verhindern, dass du deinen Bericht als Nächstes an, sagen wir, die *Washington Post* schickst. CIA-Mann packt aus – so was reizt Journalisten gern zu Höchstleistungen. Unnötiger Stress, wenn du mich fragst.« Er rieb sich das Ohrläppchen. »Weißt du, die MIKADO-Leute gibt es immer noch. Aber wir finden es immer etwas peinlich, wenn wir sie rufen müssen.«

»Und wen ruft ihr, wenn die Sauds den Ölhahn zudrehen?«

»Werden sie nicht tun. Nie.«

Das Hauptgericht kam. Fisch. Absurd, mitten in der Wüste. Vermutlich wurde er von der Küste eingeflogen. Für diese Preise war das ja wohl nicht zu viel verlangt.

»Was du da erzählt hast, trifft alles nicht auf Saudi-Arabien zu. Ich glaube kaum, dass die einen Kredit gebraucht haben.«

»Stimmt.« Donald betrachtete seine Fingernägel. »Das war ein Problem. Nachdem das mit dem Öl losging, hatten die Saudis auf einmal irrsinnig viel Geld, mit dem sie nicht umgehen konnten. Eine Herausforderung, sie trotzdem an den Haken zu kriegen, nicht wahr? Wir haben ihnen angeboten, das für sie zu managen.«

»Bitte?«

»Dasselbe Spiel, bloß dass wir *deren* Geld ausgeben konnten. Was den Vorteil hatte, dass der Kongress nicht zustimmen musste und niemand beanspruchen konnte, in die Bücher zu schauen. Auf die Weise macht alles viel mehr Spaß.«

Taggard musterte seinen ehemaligen Studienkollegen. Erst jetzt fiel ihm auf, dass Hartfield unaufdringlich, aber teuer gekleidet war. Der Anzug sah italienisch aus, die Uhr an seinem Handgelenk kostete unter Brüdern wenigstens fünfzigtausend Dollar. *Spaß* – das war für Donald Hartfield seit eh und je ein Synonym für *Geld* gewesen.

»Wir haben ihnen gesagt, sie sollten mit ihrem Geld US-Staatsanleihen kaufen.« Er konnte ein glucksendes Lachen nur mit Mühe bändigen. »Fanden sie gut. Ist ja auch eine tolle, sichere Anlage, wie wir alle wissen. Und von den Erträgen haben sie all die Straßen, Hochhäuser, Wasserleitungen, Flughäfen, Städte in der Wüste und so weiter bezahlt, die amerikanische

Firmen für sie gebaut haben. Wir nannten das *Petrodollar-Recycling.*« Er fing sich wieder. »Das Hauptziel war natürlich, Saudi-Arabien mindestens so abhängig von uns zu machen, wie wir es von ihnen waren.«

Taggard schüttelte den Kopf. »Ich verstehe nicht, wie sie sich darauf einlassen konnten.«

»Sie mussten.«

»Und warum?«

Donald lächelte sardonisch. »Weil die Sauds um ihre Macht fürchten müssen, seit sie das süße Leben kennen, das viel Geld ermöglicht. All die Partys, die Nächte im Spielcasino, die Orgien mit einem Dutzend Prostituierten. Das Jetset-Leben. Der Alkohol.«

Charles Taggard sah seinen ehemaligen Studienkollegen an. Er begriff. »Weil das … *unwahhabitisch* ist!«

»Exakt. Das Bündnis mit den islamischen Puritanern war bis dahin die Basis ihrer Macht, die Rechtfertigung ihres Herrschaftsanspruchs. Aber um das aufrechtzuerhalten, hätten sie zu einem Leben zurückkehren müssen, das sie nicht mehr wollten. Also wurden wir die Garanten ihrer Herrschaft. Das war der Deal. Amerika schützt das Haus Saud, notfalls auch gegen andere arabische Länder. Dafür kriegen wir das Öl garantiert und zu dem Preis, den wir brauchen, damit alles rund läuft.« Donald lehnte sich zufrieden zurück. »In aller Bescheidenheit – das war unser Meisterstück.«

Taggard stocherte nachdenklich in seinem Fisch. »Habt ihr nicht Angst, dass das alles einmal in sich zusammenbricht?«

Donald Hartfield schüttelte den Kopf. »Auf lange Sicht gewinnen wir immer. Und wer sich uns widersetzt, bezahlt irgendwann dafür.«

Charles Taggard sah auf das Geschirr hinab, las die Inschrift *The Globe – Al-Faisaliah Tower.* »König Faisal hat sich den USA widersetzt.«

Donald nickte. »Eben.«

»Was meinst du damit?«

»Du weißt doch, was aus ihm geworden ist?«

»Er wurde von einem Neffen ermordet. Der geistesgestört gewesen sein soll.«

Donald faltete bedächtig die Hände und lächelte überlegen. »Exakt. 1975 war das, kurz nach dem Embargo. MIKADO arbeitet gern mit Unfällen, wie du weißt. Aber es gibt dort ein paar Leute, die sind spezialisiert auf geistesgestörte Einzeltäter.«

KAPITEL 53

Gegenwart
Fast ein Jahr später

Werner kam spät, wie immer. Seit er den größten Teil der Strecke mit der Eisenbahn fuhr, dauerte es mehr als doppelt so lange. Es war anstrengend in den stets vollen Zügen und langwierig mit dem Umsteigen, aber für die meisten – auch für sie – war die Eisenbahn das einzig noch erschwingliche Verkehrsmittel für größere Strecken.

»Was gibt's Neues?«, murmelte er und küsste Dorothea erschöpft auf die Wange. Er roch nach Rauch. Nicht nach Zigarettenrauch – kaum jemand konnte sich noch Tabak leisten –, sondern nach dem Smog der Großstadt. Seit wieder viel Holz und Kohle verfeuert wurde, lagen erneut dicke braune Wolken über den großen Städten, nahmen die Fälle von Asthma und Pseudo-Krupp zu. Und das Kohlebenzin hatte sich als wahre Dreckschleuder entpuppt, auch wenn die Hersteller versprachen, die nächste Ausbaustufe der Anlagen werde das alles ändern.

»Ein Brief von Markus ist gekommen«, erzählte Dorothea. Der Tisch war schon gedeckt, das Essen – ein schlichter Gemüseeintopf – so gut wie fertig.

»Und? Was gibt's Neues?«

»Joy Carolin läuft inzwischen wie eine Wilde, sie kriegen sie kaum gebändigt. Du musst dir das Foto ansehen. So ein hübsches Kind.«

Werner öffnete den Kühlschrank. »Haben wir noch Bier?«

»Eins. Im unteren Fach.«

»Das brauch ich jetzt«, sagte er und fischte die braune Flasche heraus. »Und der Prozess?«

Dorothea hob den Deckel vom Topf, rührte noch einmal um. »Ja. Der ist vorbei.«

»Und?«, fragte Werner, den Flaschenöffner in der Hand.

»Dasselbe Urteil wie in der ersten Instanz. Vater in betrügerische Geschäfte verwickelt, und so weiter und so fort.«

»Amy-Lee erbt also nichts?«

»Keinen Cent. Und die Anwaltskosten waren so hoch, dass sie's jetzt bleiben lassen müssen. Sie haben die Farm und die Werkstatt und noch ein bisschen Geld, und damit müssen sie irgendwie durchkommen.«

Werner öffnete die Bierflasche mit einer grimmigen Bewegung. »Aber diese Beweise waren gefälscht, hat dein Bruder gesagt. So was muss man doch feststellen können.«

»Offenbar hat der Staat kein Interesse, so was festzustellen, wenn er dafür zweihundert Milliarden Dollar einziehen kann.« Sie nickte in Richtung Flur. »Du kannst den Brief lesen; ich hab ihn auf den Telefontisch gelegt.«

Werner setzte sich seufzend, rief nach Julian und meinte dann: »Und von der TDP-Anlage? Immer noch nichts?«

»Nein. Bloß der Brief und ein Prospekt von einer Firma, die alte Computer aufkauft.«

»Ja, das ist grade das große Geschäft. Neue sind so teuer geworden ... Wegen des Silbers, das man dafür braucht. Ist scheinbar energieintensiv, das zu gewinnen.«

Die Bauarbeiten an der TDP-Fabrik zogen und zogen sich. Inzwischen war der dritte Termin vorbei, zu dem die Anlage *diesmal ganz bestimmt* funktionieren und als Erstes die Haushalte der Anteilseigner mit Heizöl beliefern sollte.

Lieferprobleme, wie überall. Aber wenn da nicht bald was kam, würde ihnen nichts anderes übrig bleiben, als die Heizung doch umbauen zu lassen. Von Geld, das sie nicht hatten.

Julian kam zu Tisch, ließ sich auf den Stuhl fallen und rümpfte die Nase. »Schon wieder Kartoffeln!«

»Ja«, erklärte Dorothea bestimmt, »und morgen wird es wieder Kartoffeln geben. Es gibt das, was wir haben.«

»Sei froh, dass wir überhaupt was haben«, knurrte Werner.

»Hast du nicht die Nachrichten gesehen? Von den Kindern, die in Bulgarien hungern?«

»War das nicht in Lettland?«, meinte Dorothea und begann auszuteilen.

»Nee«, sagte Julian, »das verwechselst du mit dem Unfall. Wo sie diese Methanhydrate oder wie das heißt abbauen. Das haben sie irgendwie nicht im Griff, da passiert dauernd so was.«

»Irgendwo hat es wieder Plünderungen und Schießereien gegeben«, fügte Werner hinzu. »Mexiko? Oder Kanada, kann das sein? Keine Ahnung. Überall geht die Wirtschaft den Bach runter, der Staat nimmt keine Steuern mehr ein, kann den Arbeitslosen kein Geld mehr geben … Ein Teufelskreis.«

»Früher hat der Staat immer Schulden gemacht«, sagte Dorothea.

Werner verzog das Gesicht. »Würde er immer noch machen, wenn er könnte. Elf Prozent gäb's jetzt für Bundesschatzbriefe. Aber es kauft sie keiner.«

Dorothea setzte sich. »Guten Appetit.«

Lebensmittel waren zur Zeit schwer zu kriegen. Der Winter war streng gewesen, und die Kriege und sonstigen Konflikte in aller Welt machten die Lage nicht einfacher. Angeblich ging es dabei nie um Öl, aber in Wirklichkeit eben doch. Von den Hungersnöten erfuhr man nur aus winzigen Meldungen; ein Journalist hatte im Fernsehen einmal gesagt, sie würden sich selbst Beschränkungen auferlegen, weil die Bilder oft einfach zu schrecklich seien. Abgesehen könnten aus Mangel an Treibstoff auch Reporter nicht mehr überallhin reisen, wo etwas geschehe.

»Es ist kaum noch auszuhalten«, berichtete Werner nach dem Essen leise, nachdem Julian wieder auf sein Zimmer verschwunden war. »Nichts als Probleme. Heute haben wir elf Konkursmeldungen von Lieferanten bekommen. Jetzt wissen wir nicht, wo wir Reifen herkriegen sollen, stell dir das vor. Und der Auftrag über fünf Busse für Madrid ist geplatzt; sie haben kein Geld mehr.«

Dorothea nickte. »Ich habe schon hundert Anmeldungen für den nächsten Gartenbaukurs. Ich glaube, dieses Jahr läuft das wirklich an.« Sie sah aus dem Fenster, hinab auf das dunkle Land, in dem bei weitem weniger Lichter brannten als vor zwei Jahren. »Es muss auch. Es wird bald nicht mehr anders gehen.«

Ein Moment der Stille. Dann stützte Werner den Kopf in die Hände, sah sie an und sagte: »Sie haben mir eine Abfindung angeboten, wenn ich innerhalb der nächsten vier Wochen gehe.«

Das hatte ja so kommen müssen. Dorothea sah ins Leere, vergegenwärtigte sich die Kontostände. »Wie viel?«

»Ein Jahresgehalt.«

»Ich könnte jemanden brauchen, der zu den Großmärkten fährt«, sagte Dorothea, und erst, als sie es gesagt hatte, wurde ihr klar, wie verletzend das für Werner sein musste.

»Schöne neue Welt«, grollte er. »Das ist es also, wozu ich noch gut bin.«

Sie langte über den Tisch, fasste ihn am Arm. »Entschuldige, ich habe es nicht so gemeint. Aber schau, du plagst dich doch bloß noch mit diesem Job. Er lohnt kaum, und jeden Tag die weite Strecke…«

»Nein, es ist schon so«, beharrte er dickköpfig. »Ich kann im Grunde nichts. Java-Programmierung. Assembler. Wen interessiert das denn noch? Belangloses Zeug. Luxuswissen.« Er lehnte sich ruckartig zurück. »Einen Tisch bauen, das sollte man können. Eine Kuh melken. Ein Feld pflügen.«

So gab Werner seinen Job auf. Sie kauften mit einem Teil seiner Abfindung einen kleinen Lieferwagen (während der nach wie vor unverkäufliche Geländewagen weiter still vor sich hin rostete), und von nun an stand er täglich sehr, sehr früh auf, um rechtzeitig in den Großmärkten zu sein. Er stellte fest, dass es eine durchaus anspruchsvolle Aufgabe war, gute Ware und günstige Angebote zu erkennen sowie die richtigen Beziehungen aufzubauen, um auch bei Knappheit die Sachen zu bekommen, die man brauchte. Er lernte, oft schmerzhaft, wem er vertrauen konnte und wem nicht, und nach und nach bekam er die Sache in den Griff. An manchen Tagen fing es sogar beinahe an, Spaß zu machen.

Alles in allem, sagte er sich, hatten sie es noch gut getroffen. Ein türkischer Gemüsehändler erzählte von seinem Bruder, der in Antalya ein großes Hotel besaß: Das würde er demnächst schließen müssen, weil keine Touristen mehr kamen. Überhaupt sei der Tourismus praktisch zusammengebrochen, niemand habe mehr das Geld, Urlaub zu machen. In den Regionen, die bisher von Urlaubern gelebt hatten, herrschte inzwischen bittere Not und Arbeitslosigkeit, und die Menschen flüchteten, so sie nur konnten.

»Und hat mein Bruder es noch gut«, sagte der Händler zum Abschluss. »Du gehört von Krim? Schwarzes Meer? Da ist Seuche ausgebrochen.«

Tatsächlich hörte man das immer öfter, dass in ehemaligen Ferienparadiesen Seuchen wüteten, darunter so abgehakt geglaubte Krankheiten wie Diphterie oder die Pest.

Im Verlauf des Frühjahrs zeichnete sich ab, dass es in Deutschland immer schwieriger wurde, an neue Schuhe oder überhaupt neue Kleidung zu kommen. Da in Deutschland kaum noch Textilien hergestellt wurden, die Transporte aus den Ländern, wohin man die Fertigung verlagert hatte, enorm teuer geworden und die Handelshäuser ohnehin in finanziellen Nöten waren, kam es immer häufiger vor, dass Leute sich regelrecht um T-Shirts oder Unterwäsche balgten. Schneiderkurse und der Handel mit Stoffen boomten, und es kamen wieder Illustrierte mit Schnittmusterbögen auf den Markt.

Die einzige einigermaßen positive Nachricht war, dass sich einige gefährdete Fischbestände erholt zu haben schienen, weil die Motorschiffe der Fischereiindustrie im vergangenen Jahr seltener ausgefahren waren und viele Firmen aufgegeben hatten.

Und dann platzte das TDP-Projekt.

Draußen goss es in Strömen, es blitzte und donnerte, eine wahre Verschwendung an Energie, während Werner und Dorothea in ihrem Wohnzimmer saßen, das Gutachten lasen, das die Bank ihnen geschickt hatte, und der Regen wie ein Wasserfall an der Glasfront herablief.

Der Wirkungsgrad von maximal 85 %, urteilte das von der Bank bei einem Sachverständigen in Auftrag gegebene Gutachten, werde in der Praxis nie erreicht werden. Das Verfahren der Thermalen Depolymerisation und die Kalkulation seiner Rentabilität beruhe auf Annahmen, die in Zukunft nicht mehr gegeben sein würden. So gehe das Konzept etwa davon aus, dass Abfall einer bestimmten Kategorie im Überfluss vorhanden sei: Plastik, Autoreifen, organische Abfälle aus Massentierhaltung und so fort. Dies seien aber Abfallprodukte der bisherigen, energieintensiven Wirtschaft, die gerade im Schwinden begriffen sei. Man müsse daher davon ausgehen, dass auch diese Art Abfall in absehbarer Zeit nicht mehr verfügbar sein werde. Zudem würden derartige Abfälle bereits heute anders recycled, ja teilweise gesucht und aufgekauft, seien also nicht mehr umsonst, und es sei auch nicht mehr mit einem Erlös aus Entsorgungsgebühren zu rechnen, was die Kalkulation endgültig zum Einsturz bringe.

»Alles in allem«, las Werner vor, »ist TDP keine Energiequelle, sondern lediglich ein Recyclingverfahren, und unter den für die Zukunft zu erwartenden Bedingungen kein besonders gutes.«

Daher hatte die Bank die weitere Unterstützung des Projekts gekündigt und forderte nun die gewährten Kredite zurück, gemäß dem Vertrag vom soundsovielten, Paragraf soundso, und so weiter.

War es das seltsame Licht, dass Werner so kreidebleich wirkte?

»Wie sollen wir denn das zurückzahlen?«, fragte er mit brüchiger Stimme. »Von jetzt auf gleich? Die sind wohl wahnsinnig.«

Dorothea schwieg. Es war sicher nicht der Moment, ihn daran zu erinnern, dass sie von Anfang an kein gutes Gefühl dabei gehabt hatte.

Werner legte das Schreiben beiseite. »Ich red mal mit denen.«

Es überraschte Dorothea nicht, dass er von dem Termin bei der Bank mit hängenden Schultern zurückkam und sagte: »Wir werden das Haus verlieren.«

»Ja«, sagte Dorothea und umarmte ihn, hielt ihn so fest, dass sie sein Herz schlagen fühlte. »Aber ich weiß schon, was wir machen …«

So kam es, dass sie schließlich in die Wohnung hinter dem Laden zogen. Das Haus war sowieso gemietet, also kostete es sie nichts extra, und die Räume wirkten, als gefiele es ihnen, endlich wieder bewohnt zu werden.

Freilich war weniger Platz. Aber das hieß auch: weniger Heizkosten, weniger zu putzen. Mehr Zeit für anderes.

Sie gaben vieles weg, konnten auch manches verkaufen, das man früher nicht losgeworden wäre und wegwerfen hätte müssen. Der Frühling war über ihrem Umzug endgültig angebrochen, und die ersten Tage kamen, die so warm waren, dass sie nachmittags im Innenhof sitzen und Kaffee trinken konnten. Die alten, seit Jahren unberührten Rosenstöcke trieben erste Blüten.

»Auch ganz gemütlich«, konstatierte Werner. War es das Licht? Er wirkte, als sei eine graue Wolke verschwunden, die ihn seit langer, langer Zeit umhüllt und niedergedrückt hatte.

»Nicht wahr?« Dorothea lächelte.

Werner nahm einen Schluck, andächtig. Echter Kaffee war auch schon fast wieder ein Luxusartikel.

»War eine gute Idee, das mit dem Laden«, sagte er.

»Finde ich auch.«

Er beugte sich zu dem mit Ziegeln eingefassten Kräuterbeet neben ihm hinab, das von Unkraut völlig überwuchert war. »Sag mal – wonach riecht denn das hier? Dill, oder?« Er fasste in das wuchernde Grün, zupfte ein grünes, gefiedertes Stielchen heraus und roch daran. »Na klar. Dill.«

»Man müsste da richtig was anpflanzen«, sagte Dorothea. »Küchenkräuter, Bohnen und so.«

Werner nickte. Er nahm einen von den dicken Haferflockenkeksen, in die er neuerdings geradezu vernarrt war, aß ihn nachdenklich auf und sagte dann: »Dein Gartenbaukurs ... Meinst du, da könnte ich auch dran teilnehmen?«

Tom Hannen war ein großer, langgliedriger Mann mit dichten schwarzen Locken und bedächtigen Bewegungen. Es war ihm nicht anzumerken, dass er fünf Kurse dieser Art abhielt und ja wohl in jedem ungefähr das Gleiche erzählen musste.

An diesem Tag waren es zweiundzwanzig Teilnehmer, die in Gummistiefeln um ihn herum in seinem Gemüsegarten standen und ihm zuhörten. Manche von ihnen – Werner zum Beispiel – hatten Notizbuch, Stift und Schreibunterlage dabei. In Werners Fall stammten all diese Utensilien noch von seiner früheren Firma.

»Das englische Wort für Landwirtschaft«, sagte Tom Hannen, »lautet *agriculture*. Darin steckt das Wort *culture*, also Kultur. Das drückt die Tatsache aus, dass vieles daran aus Wissen, Fähigkeiten, Prinzipien und Methoden besteht, die sich über Tausende von Jahren hinweg entwickelt haben – und die wieder verloren gehen können, wenn man nicht ständige Anstrengungen macht, auch diesen Teil unserer Kultur zu bewahren.«

Er verlagerte den Stand aufs andere Bein. »Sie werden die Berichte über die USA gesehen haben, die zerfallenden Vorstädte, die Villenslums, die Plünderungen der Felder ... Vielleicht fragt sich der ein oder andere, ob uns das auch bevorsteht.«

»Ist doch immer nur 'ne Frage der Zeit gewesen, bis was von drüben zu uns rüberkommt«, brummte ein Mann.

»Ich glaube, in dem Fall wird das nicht so sein«, meinte Tom Hannen. »Europäische Städte sind im Gegensatz zu amerikanischen trotz teilweise großer Vorstädte immer noch bis ins Zentrum hinein bewohnt, und zwar nicht nur von sozial Benachteiligten, sondern durchaus von Angehörigen der Mittelklasse und auch von Wohlhabenden. Eine gute Mischung also. Auch sind unsere Stadtzentren nicht mit Hochhäusern verbaut, die man künftig nicht mehr wird nutzen können, vielmehr haben wir zum größten Teil Häuser mit weniger als sieben

Stockwerken. Hinzu kommt, dass fast überall vergleichsweise hervorragende öffentliche Nahverkehrssysteme existieren. In europäischen Städten kann man sich, einfach gesagt, noch zu Fuß bewegen, wenn es sein muss – deshalb kann das Leben darin auch ohne Öl weitergehen.«

Eine Elster kam angeflogen, setzte sich auf einen Ast und neigte den Kopf, als wolle sie auch zuhören. Jemand lachte, woraufhin sie ihn ansah.

»Was die Landwirtschaft anbelangt«, fuhr Tom Hannen fort, »ist sie in Europa trotz aller Veränderungen glücklicherweise nicht total von Konzernen und industriellem Gigantismus überwältigt worden, wie das in den Vereinigten Staaten der Fall war. Bei uns können Sie klar zwischen Stadt und Land unterscheiden, alle Siedlungen sind von landwirtschaftlichem Hinterland umgeben, und die regionale Agrarwirtschaft ist immer noch relativ stark.« Er sah in die Runde. »Mit anderen Worten, Europa hat relativ gute Aussichten, sich auch weiterhin ernähren zu können.«

Er klatschte in die Hände. »Und damit das so bleibt, fangen wir mit dem ersten Beet an. Bitte nehmen Sie sich von dort drüben jeder eine Schaufel …«

KAPITEL 54

Im Sommer des darauf folgenden Jahres

Es waren sieben Männer, die mitten auf der Straße standen. Sie trugen Sonnenhüte auf dem Kopf und Gewehre in den Händen, ihre Hemden waren durchgeschwitzt, und sie strahlten Entschlossenheit aus, nicht zu weichen.

Keith Pepper bremste ab, sodass er dicht vor ihnen zum Stillstand kam, und ließ dann beide Hände sichtbar oben auf dem Lenkrad, während einer der Männer näher kam. Das Seitenfenster hatte er bei der Hitze ohnehin unten.

»Wenn Sie jetzt mit irgend'nem juristischen Scheiß anfangen«, knurrte der Mann, »blas ich Ihnen den Schädel weg, Pilger.«

»Hab nicht die Absicht«, versicherte Keith ruhig.

Der Mann schlug sich gegen die ausgemergelte Brust. »Wir haben das alles hier angepflanzt, und wir werden es auch ernten. Wir werden nicht in die Stadt zurückgehen und zusehen, wie unsere Familien verhungern, nur weil in irgendwelchen Papieren irgendwelche Worte eingetragen sind, verstehen Sie?«

Keith blickte an ihm vorbei, über die Felder rechts und links der Straße, die in den aufsteigenden Hitzewellen verschwammen. »Sie verwechseln mich.«

Die Augen des Mannes lagen tief in ihren Höhlen. Er hatte sich lange nicht mehr rasiert, aber ein Vollbart würde ihm nie wachsen. Sein fahles Haar hing in durchgeschwitzten Locken herab. »Sie kommen doch von denen?«

»Ich bin mir nicht sicher, ob ich verstehe, was Sie meinen«, erklärte Keith behutsam.

»Von der Immobilienfirma? Ich meine, weil Sie noch ein Auto fahren.«

»Nein. Bestimmt nicht.« Die Männer waren also Landbesetzer. Dergleichen hörte man immer häufiger. Leute zogen aus der Stadt und eigneten sich Land an, das großen Immobiliengesellschaften gehörte, die einmal vorgehabt hatten, darauf Siedlungen zu errichten. Anfangs hatte die Polizei eingegriffen, es hatte Schießereien und Tote gegeben, aber inzwischen unternahm der Staat nur noch selten etwas dagegen. Die Männer hatten gute Chancen.

»Ich bin nur so eine Art Handelsvertreter«, erklärte Keith. »Ich bin auf der Suche nach einem Ort namens Piersdale. Soll hier irgendwo sein, hat man mir gesagt.«

Er sah zu den anderen hinüber, rief: »Er will bloß nach Piersdale.«

Keiner machte unnötige Bewegungen unter der sengenden Sonne. »Gradeaus«, sagte einer. »Fünfzehn Meilen etwa.«

»Danke«, rief Keith.

»Ihr Auto riecht merkwürdig«, meinte der Mann.

Keith nickte. »Ich fahre ab und zu mit Frittierfett. Wenn ich welches kriege, heißt das.«

Der Mann hob verwundert die Augenbrauen. »Das geht?«

»Es geht viel, wenn's sein muss.«

»Da haben Sie auch wieder Recht«, sagte der Mann bitter. »Ich hatte mal einen Lehrstuhl für Künstliche Intelligenz an der Universität von Chicago. Doktor Robert Kurtzmann. Kommt mir ganz unwirklich vor, wenn ich heute daran denke.«

Keith nickte. »Ich verstehe, was Sie meinen.«

Sie gaben den Weg frei und ließen ihn fahren.

Es waren nur vierzehn Meilen bis nach Piersdale, und obwohl der Ort verlassen wirkte, existierte die Firma *Edgar Miller & Son* noch, die seit mehreren Generationen beschichtete Textilien herstellte. Keith Pepper hielt vor dem großen, dunkelgrün gestrichenen Gebäude und ging hinein.

Er traf einen gekrümmt gehenden alten Mann an, Edgar Miller jr., der Chef und Inhaber, der ihm kurzatmig von der ehrwürdigen Tradition des Hauses und von den Höhepunkten ihrer Geschichte erzählte: Sie waren für Spezialstoffe aller Art bekannt gewesen, hatten in alle Welt geliefert und höchsten Ansprüchen genügt.

»Wir haben die NASA beliefert, junger Mann«, keuchte er stolz. »Für die Raumanzüge der Astronauten. Unsere Stoffe waren auf dem Mond!«

»Tolle Sache«, bestätigte Keith. Man sah allerdings, dass diese großen Zeiten lange vorbei waren. Im Hintergrund der Halle zählte er drei Arbeiter, und in einem kleinen, rundum verglasten Büro tippte eine Sekretärin Briefe auf einer mechanischen Schreibmaschine.

»Auch die Russen haben bei uns eingekauft. Nicht viel, aber immerhin. Wir haben Rechnungen an *Roskosmos* in den Akten; wer hat das schon? Und natürlich haben wir auch die Raumstation ausgestattet …« Er seufzte. »Das haben Sie mitgekriegt, nicht wahr? Die ist abgestürzt.«

Keith nickte. »Im Januar, ja.«

»Tragisch, finden Sie nicht?«

Keith pflichtete ihm bei und fand dann endlich Gelegenheit, sein Anliegen vorzutragen. Nach dem, was er gehört hatte, beinahe hoffnungsvoll.

»Eine KAPPELLING-SUPERTEX?«, wiederholte der alte Mann. »Ja, hatten wir. War ein gutes Gerät. Viele Sachen konnte man überhaupt bloß damit machen.«

»Sie sagen, Sie *hatten* eine …?«

»Wir haben sie letztes Jahr verkauft. Als Altmetall. Tat mir Leid, aber es ging nicht anders.« Er wackelte mit dem Kopf. »Wir machen das alles nicht mehr. Nur noch Zeltplanen. Wasserdicht beschichtet. Herrscht große Nachfrage nach Zeltplanen zur Zeit.«

Zurück im Auto nahm Keith seine Liste zur Hand und strich auch den Eintrag *Edgar Miller & Son, Piersdale, IA* durch. Blieben noch zwei.

Auf dem Rückweg nahm er eine andere Strecke. Er sah Polizeiwagen, die in Richtung der Landbesetzer fuhren. Vielleicht ging es doch nicht gut für sie aus.

Markus und Keith hatten das vergangene Jahr damit verbracht, nach den zweiundzwanzig Firmen zu forschen, die sich mit der Herstellung von nanotechnisch beschichteten Materialien befasst hatten. Es hatte sich bald gezeigt, dass man dabei mit Telefonaten nicht weit kam; man musste hinfahren, Leute fragen, Spuren nachgehen. Dafür kam nur Keith in Frage, da Markus immer noch in der Gefahr schwebte, verhaftet zu werden. Abgesehen davon kannte Keith durch sein früheres Hobby überall im Land Leute, bei denen er nicht nur unterkommen konnte, sondern die sich auch in der jeweiligen Gegend auskannten, ihrerseits Leute kannten und so weiter.

Bei einer dieser Gelegenheiten erfuhr er übrigens, dass Bruce, der es geschafft hatte, einen VW Käfer mit Kerosin zu betreiben, sich bei dem Versuch, einen Toyota auf Wasserstoffantrieb umzurüsten, in die Luft gesprengt hatte.

Sie waren nicht ganz erfolglos geblieben. Zwar existierten die meisten der Firmen nicht mehr, aber sie hatten oft mit den ehemaligen Inhabern sprechen können und auf diese Weise eine Menge über die Probleme und die technischen Möglichkeiten der Herstellung von nanotechnischen Produkten gelernt. Sie hatten einen Hersteller in Portland gefunden, der einen brauchbaren Matrixstoff liefern würde – einige Ballen hatten sie schon einmal auf Vorrat gekauft –, und an der Universität von Seattle gab es ein Labor, das über die Geräte verfügte, um die für die Ostraktionsfolie erforderlichen Nanopartikel herzustellen. Dieser Kontakt war über Bernice zustandegekommen: Anlässlich eines Familienausflugs nach Seattle kurz nach Joy Carolins erstem Geburtstag hatte sich herausgestellt, dass der Bruder der Hebamme an der Universität arbeitete und jemanden kannte, der in diesem Bereich tätig war.

Das ungelöste Problem war jedoch immer noch der Zusammenbau all dessen, die Fertigung der eigentlichen Folie also. Sie hatten aus einigen bruchstückhaften Notizen und dem, was sie über Herstellungstechnik erfahren hatten, ermittelt, dass Markus' Vater das eine Stück Folie, das sie besaßen und mit dem sie experimentierten, damals offenbar auf einer ganz bestimmten

Maschine für die Beschichtung von Textilien hatte herstellen lassen, die von einem süddeutschen Hersteller von Spezialmaschinen stammte, der KAPPELLING GmbH in Kirchstadt an der Solm. Diese Maschine, eine KAPPELLING-SUPERTEX, war dazu gedacht gewesen, Textilien mit modischen Glitzereffekten zu versehen oder mit bestimmten Eigenschaften auszurüsten, sie etwa besonders Schmutz abweisend oder dampfdurchlässig oder dergleichen zu machen. Für die Herstellung der Ostraktionsfolie waren Zusatzwerkzeuge nötig gewesen, vor allem deshalb, weil die »Molekülsubstrate«, die Nanopartikel also, während des Fixierprozesses magnetisch ausgerichtet werden mussten. Die Konstruktionspläne für diese Zusatzwerkzeuge hatten sie in den Akten.

Alles, was fehlte, war eine solche Maschine.

Die KAPPELLING GmbH, das hatten sie schnell herausgefunden, existierte längst nicht mehr. Schon in den Neunzigern war sie von einem Konkurrenten aufgekauft und bald darauf liquidiert worden. Von dem ehemaligen amerikanischen Handelsvertreter hatten sie erfahren, dass dieser ganze vierzehn Maschinen dieses Typs importiert hatte; er hatte ihnen die Liste überlassen, die Keith nun abarbeitete.

Und auf der nur noch zwei Einträge übrig waren.

Hinter der Schule rechts, stand auf der Wegbeschreibung, die ihm sein Kumpel Burt gegeben hatte. Es war schön gewesen, Burt wiederzusehen. Er schlug sich damit durch, Geräte aller Art zu reparieren; so was hatte eindeutig Zukunft. Seine derzeitige Freundin flickte Kleidung, dass die danach aussah wie neu, und die beiden waren ganz gut drauf, wenn man die Umstände bedachte. Jedenfalls war es ein schöner Abend gewesen.

Ah, das musste sie wohl sein, die Schule. Typischer Bau aus roten Ziegeln, zweistöckig, mit einem Fahnenmast auf dem Mittelbau, von dem das Sternenbanner traurig herabhing.

Im oberen Stockwerk war ein Zimmer ausgebrannt. Die Fenster leer, die Rahmen verkohlt, die Mauern ringsum geschwärzt: wie zwei hohle, dunkle Augenhöhlen.

Auch sonst schien das Gebäude verwaist. Nur in einem einzigen Zimmer saßen Kinder, die alle zu Keith herübersahen, als er langsam vorbeirollte, während die Lehrerin, ein Buch in der Hand, etwas an die Tafel schrieb.

Rechts ab. Breite Straßen, von prächtigen Bäumen gesäumt, doch der größte Teil der Häuser dahinter lag verlassen. Eingeschlagene Fensterscheiben, offen stehende Türen, zertrümmertes Mobiliar auf dem Rasen davor.

Einige aber waren noch bewohnt, wirkten geradezu trotzig dabei. In den Vorgärten grasten Ziegen, sorgsam angepflockt, Wäsche trocknete an Leinen, und neben dem Fallrohr der Dachrinne standen Fässer, um Regenwasser darin aufzufangen. Vor einem Haus stand sogar ein Pferd, daneben ein Wagen, den es ziehen konnte.

Die Tankstelle kam, genau wie beschrieben. Es musste schon lange her sein, dass man sie aufgegeben hatte. Müll lag herum, die Zapfsäulen waren verschwunden, und in der offen stehenden Tür des Kassiererhäuschens saß eine schwarze Katze, als wache sie über die Überreste.

Vielleicht kein Fehler, nebenbei nach einem abgelegenen Plätzchen Ausschau zu halten, wo er nachher aus einem der Kanister im Kofferraum nachtanken konnte. Es war besser, wenn niemand sah, wie viel Benzin er mit sich führte. So etwas weckte heutzutage Begehrlichkeiten, die unangenehm werden konnten. Benzin war immer schwerer zu kriegen, selbst für viel Geld. Woran das lag, da erzählte jeder eine andere Geschichte. Es hieß, es seien weitere große Ölfelder gekippt, weil man sie in dem Versuch, den Niedergang der Förderung auszugleichen, überanstrengt hätte. Keith leuchtete das ein; außerdem war es doch immer so, dass alles auf einmal kam, oder? Wenn in einem Haushalt die Waschmaschine den Geist aufgab, konnte man drauf wetten, dass innerhalb der nächsten zwei Wochen der Kühlschrank, der Fernseher oder sonst ein Gerät ebenfalls das Zeitliche segnete. Warum sollte das bei Ölfeldern anders sein?

Von dem Öl, das noch hereinkam, griff sich außerdem zuerst

das Militär, was es brauchte. In letzter Zeit hörte man immer wieder, dass die Nuklearwaffen ein Problem waren; wenn man die nicht so wartete, wie sie es brauchten, würden sie aufhören, zu funktionieren. Und man durfte nicht mal diesen Verdacht aufkommen lassen, sonst war der Abschreckungseffekt dahin, und ein großer Krieg wurde wieder denkbar. Also musste, ungeachtet der Kosten und der Belastungen für den Rest des Landes, ein erheblicher Teil des Öls in die Infrastruktur der Atomstreitmacht fließen.

Nach der Tankstelle die zweite links und dann bis ans Ende der Straße. Keith las den Zettel noch einmal, dann sah er auf. Tja. Das war hier, aber was das Unternehmen *Nu-Chem* anbelangte, Lieferant von semipermeablen Folien aller Art für den Bedarf der chemischen Industrie, war Burt eindeutig nicht auf dem Laufenden.

Keith stieg aus. Es roch noch nach Rauch; lange konnte der Brand nicht her sein, der das Firmengebäude dem Erdboden gleichgemacht hatte. Er stieg über den plattgedrückten Maschendrahtzaun hinweg. Es musste auch ein paar ordentliche Explosionen gegeben haben, dem Zustand der Stahlträger nach zu urteilen.

Er wanderte über das zerstörte Gelände, auf der Suche nach einem Firmenschild, das ihm Gewissheit geben konnte, am richtigen Ort zu sein.

Auffallend viele Firmen brannten ab. In vielen Fällen steckte Brandstiftung dahinter, der Versuch, der Versicherung noch ein wenig Geld aus den Rippen zu leiern. Eine verzweifelte Aktion, die meistens schiefging.

Scheppernd stieß Keith mit der Schuhspitze gegen ein Metallteil, das unter der Asche gelegen hatte. Er bückte sich und hob es auf. Er kannte das Logo darauf – ein rotes K auf blauem Grund.

Er war am richtigen Ort. Nur zu spät gekommen.

Hier, wo das Maisfeld nebenan Schatten bot, war es angenehm zu jäten. Es musste wohl auch Wind gehen. Markus spürte ihn zwar nicht, aber er ließ die sonnenverbrannten Stauden rascheln.

Zwischen den Kohlköpfen Unkraut auszureißen war eine einfache Arbeit, sodass er nebenher nachdenken konnte. Und nachdenken, das war nötig. Er war noch nicht zufrieden mit der Konstruktion der Maschine. Die Grundelemente waren klar, aber das Ganze war immer noch etwas, das so viel Arbeit erforderte, dass es im Grunde nur im Labor funktionierte. Das war keine Lösung. Sie brauchten ein Prinzip, das in der Praxis taugte. Eine Maschine, die quasi von selber lief. Die robust war, ergiebig und haltbar. Ein Vollidiot musste damit zurechtkommen.

Abgesehen davon, dass sie noch keine Möglichkeit gefunden hatten, mehr von der Folie herzustellen, funktionierte das Verfahren. Zu Anfang wurde das Grüngut in einen Häcksler gegeben, der es auf Staubkorngröße zermahlte. Das war technisch einfach, und es würde auch einfach sein, hier in Sachen Energieverbrauch und Haltbarkeit noch zu optimieren.

Das Mahlgut wurde dann mit warmem Wasser und einer Bakterienkultur versetzt. Was Bakterienstämme anbelangte, hatten sie im Archiv des *Farsight Instituts* eine reiche Auswahl vorgefunden, jeweils komplett mit eingehender Beschreibung, Untersuchungsergebnissen und Dokumentationen von Experimenten. Man hatte sich hier eingehend mit der Erforschung von Bakterien und deren Möglichkeiten befasst. Abgesehen davon war es so, dass sich solche Mikroorganismen – meist irgendwelche Hefearten – notfalls von selber einfanden; beim Vergären von Wein etwa war das die Regel.

Diesen Sud also, der nach kurzer Zeit mostartig roch, gab man in einen Behälter, dessen Boden die Folie bildete. Man musste das Gebräu auf einer gewissen Grundtemperatur halten und beständig rühren, damit es an der Folie vorbeigespült wurde, dann traten bald an deren Unterseite feine Tröpfchen aus, die scharf rochen, nicht unbedingt nach *Jack Daniels*, aber genauso alkoholhaltig. Der Behälter stand leicht auf eine Ecke hin geneigt, an der alles zusammenlief. Es war eine ansehnliche Ausbeute – mittlerweile genug, um die regelmäßig notwendigen Fahrten in die Stadt mit eigenem Treibstoff bewältigen zu können –, aber nicht so viel, wie es rechnerisch hätte sein müssen. Es blieb trotz allem noch zu viel Alkohol im Sud zurück.

Den musste man nach einer gewissen Zeit, wenn kaum noch Alkohol austrat, ausleeren und den Restalkohol abfackeln. Zurück blieben körnige Reste, die als Dünger zu verwenden waren. Auch diesen Aspekt, dem bei großmaßstäblicher Nutzung des Verfahrens eine wesentliche Rolle zukam, hatte sein Vater bedacht: Pflanzliche Abfälle der Landwirtschaft enthielten Mineralien, die man dem Boden wieder zuführen musste, sollte er nicht ausgelaugt werden. Alkohol, chemisch C_2H_5OH, bestand nur aus Kohlenstoff, Sauerstoff und Wasserstoff; die Ostraktion entzog dem Kreislauf also keinerlei Mineralien.

Nur, wie gesagt: Es war alles noch viel zu kompliziert. Es war ein Verfahren, aber keine Maschine. Außerdem störte Markus, dass der Häcksler, der Rührer und vor allem die Erwärmung des Suds und der Folie Energie verbrauchten. Um die vierzig Grad Celsius musste das Ganze haben – schlecht für die Bilanz.

»Daddy! Daddy! Daddy!«, hörte er die helle Stimme seiner Tochter hinter sich.

Er richtete sich auf, sah sich um und verfolgte lächelnd, wie Joy Carolin auf ihn zugestürmt kam, wie immer voll rastloser Energie.

Hinter ihr sah er Amy-Lee in der Tür zur Terrasse stehen und mit der Hand das *Telefon*-Zeichen machen. »Keith!«, rief sie.

»Soll ich kommen?« Schnurlose Telefone waren inzwischen weitgehend verschwunden, die dazu erforderliche Elektronik war zu teuer geworden.

Amy-Lee schüttelte den Kopf und zeigte nur mit dem Daumen abwärts.

Also wieder nichts. Blieb noch eine einzige Adresse. Wenig wahrscheinlich, dass es dort doch noch klappen würde.

»Mist«, murmelte Markus. Er nahm Joy Carolin an die Hand und ging mit ihr zum Haus zurück. »Heiß heute, hmm?«

»Heiß«, krähte sie. »Sehr heiß.« Sie redete noch nicht viel, was Amy-Lee veranlasste, sich Sorgen zu machen. »Sonne heiß.«

»Ja«, nickte Markus. »Sonne heiß.«

Er blieb abrupt stehen. Sah zu dem Treibhaus hinüber, das er neben dem Anbau errichtet hatte. Sah hoch an den tiefblauen Himmel.

»Sonne heiß«, wiederholte er. »Das ist es!«

Das Land schien größer geworden zu sein, als es vor dem Versiegen des Öls gewesen war.

Wieder kam Keith an einem dieser Felder vorbei, die sich endlos erstreckten, bis zum Horizont und noch weiter, und wieder sah er diese Ketten von Menschen, die sich gebückt darauf bewegten, mit dürren Halmen beschäftigt, die in aufgehäufelten Furchen am Boden wuchsen. Viele Kinder waren darunter, die arbeiteten, anstatt zur Schule zu gehen, wie es nötig gewesen wäre, damit die nächste Generation nicht alles ganz und gar vergaß. Nicht wenige der Männer trugen zerrissene Anzüge, die sie einst in edlen Büroetagen getragen hatten, aber nun nie wieder brauchen würden. Und manche Frauen trugen Babys in Tüchern auf dem Rücken, Bilder, wie man sie früher nur aus Afrika gekannt hatte.

Das waren alles Stadtleute, die keinen anderen Weg mehr gesehen hatten, als sich bei Farmern als Knechte zu verdingen. Nun hausten sie zwischen Feld und Straße, die glücklicheren in erbärmlichen Hütten aus Holz, Blech und Wellpappe, die anderen unter einfachen Zeltplanen auf dem nackten Boden. Zwei Toilettenwagen standen daneben sowie ein Tank, aus dem man Wasser entnehmen konnte, trotzdem stank alles derart, dass man selbst im Vorbeifahren die Nase rümpfte.

Und am Straßenrand, wie Hohn, eine uralte Werbetafel mit einem Plakat, von Wind und Wetter zerzaust, aber noch lesbar: *Prepare to be impressed,* lautet der Slogan. Eine Werbung für ein einstmals neues Modell von Chevrolet.

Wenig später erhaschte Keith, zwischen jungen, erst seit kurzem gepflanzten Bäumen hindurch, einen Blick auf das

Anwesen des Farmers. Ein herrschaftlicher Wohnsitz mit weitläufiger Terrasse, Rosenhecken und einem glitzernden Springbrunnen, der von einem hohen Eisenzaun umgeben war. Männer mit Gewehren standen davor Wache.

Später kam er an einer großen Baustelle vorbei, sah Pferde Schwellen und Schienen ziehen, viele Arbeiter mit Schaufeln und Hacken und zwei Bagger, die armselig und verloren durch die Landschaft rangierten. Eine der neuen Eisenbahnlinien, die die Regierung zu bauen beschlossen hatte.

Ein dicker Wagen überholte Keith, eine gepanzerte Limousine in glänzendem Schwarz und Chrom mit verdunkelten Scheiben. Es gab immer noch reiche Leute, für die es keine Rolle spielte, wie viel eine Gallone Benzin kostete, und die es genossen, endlich freie Fahrt zu haben.

Doch die Straßen waren an vielen Stellen in schlechtem Zustand, und das würde nicht mehr besser werden. Auch Asphalt war ein Erdölprodukt. Noch waren es nur unebene Stellen, hier und da mal ein Schlagloch, das der Frost im letzten Winter geschlagen hatte.

Doch es würden immer mehr solcher Löcher entstehen, und irgendwann würden die Straßen nicht mehr benutzbar sein. Den Reichen würde ihr Geld dann auch nichts mehr nützen.

Dann würde das Land noch viel, viel größer werden.

»... und die letzte Firma«, schloss Keith seinen Bericht, »war ein Militärgelände. Ich bin sozusagen gar nicht zu Wort gekommen. Alles, was ich bekommen habe, war ein Merkblatt, wo ich mich beschweren soll.« Er legte ein Faltblatt neben die Liste, das das martialische Emblem einer militärischen Einheit zeigte.

Markus faltete die Hände vor dem Mund. »Hmm. Schlecht.«

Die Liste war ein deprimierender Anblick. Vierzehn Adressen, vierzehn Querstriche. Vierzehn Markierungen, die sagten: *Zu spät, zu spät, zu spät.*

So vieles war zu spät begonnen worden. Wenn man sich nur eher den Tatsachen gestellt hätte, das Ende des Öls hätte kein so furchtbar großes Problem sein müssen.

Nun sah es so aus, als sei der rettende Strohhalm zwar da, aber schon außer Reichweite geraten.

Amy-Lee füllte Keiths Teller nach und berichtete ihm, dass sie mit ihren Versuchen, irgendeine staatliche Stelle für das Projekt zu interessieren, ebenfalls gescheitert waren. All die Briefe, die sorgsam ausgearbeiteten Konzepte waren versackt, zurückgekommen, abschlägig beschieden worden. Seufzend fügte sie hinzu: »Und ich dachte, ich kenne viele Leute.«

Markus griff nach einer Scheibe Brot. »Es muss so sein, dass die alle gerade mit den irrsten Vorschlägen überschwemmt werden. Wir gehen wahrscheinlich unter zwischen ›Vakuumenergie‹, ›Kalter Kernfusion‹ und Leuten, die das Perpetuum mobile neu erfunden haben.«

Keith schaufelte sich eine herzhafte Portion in den Mund. »Und dass einer mal herkommt und sich das einfach anschaut?«, meinte er kauend.

Amy-Lee schnitt Joy Carolin die Kartoffeln klein. »Die Frage stellt sich gar nicht. Die verwenden schon Standard-Ablehnungsschreiben für alles, was mit Energiekonzepten zu tun hat.«

Keith schüttelte den Kopf. »Und was machen wir jetzt?«

»Wir machen weiter«, erklärte Markus. Es geschah schon ganz automatisch, dass er an Blocks Notizbücher dachte, wenn sich derartige Fragen stellten. In den letzten Monaten hatte er sehr oft darin gelesen. Immer noch rätselte er herum, was der alte Mann mit seinen Zahlen, Diagrammen und Skizzen gemeint haben mochte, aber wenn er die Notizen dazwischen las, diese *Ich werde nicht aufgeben, und wenn sich alle auf den Kopf stellen*-Passagen, dann weckte das einen Trotz in ihm, der sich gut anfühlte.

»Ich habe übrigens ein neues Konzept ausgetüftelt«, fuhr er fort und sah Keith an. »Würde mich interessieren, was du davon hältst.«

Der rothaarige und nach seinen strapaziösen Reisen nicht mehr ganz so voluminöse Mann hob die Augenbrauen. »Lass sehen.«

Markus zog die Skizze hervor, die er angefertigt hatte. Sie zeigte einen aufrecht stehenden Zylinder, der auf kurzen Stelzen stand. In der oberen Kreisfläche war ein flacher Trichter eingelassen, während eine ähnlich kegelige Struktur aus der Unterseite ragte.

»Man wirft das Grüngut oben hinein. Der Häcksler sitzt unter dem Trichter – hier, siehst du?«

Keith nickte. »Okay. Und weiter?«

»Der springende Punkt ist, dass wir das Sonnenlicht nutzen. Der Zylinder ist aus Glas, unmittelbar dahinter sitzt eine schwarze Fläche. Dadurch erzielen wir einen Treibhauseffekt, der das gesamte Innere beheizt. Die vierzig Grad, die nötig sind, sollten locker erzielbar sein.«

»Celsius«, hakte Keith nach.

»Ja.«

»Gewöhn ich mich auch irgendwann dran. Und weiter?«

»Die Folie ist im Inneren des Zylinders aufgespannt, und zwar so, dass möglichst viel Fläche mit dem Sud in Kontakt kommt, gleichzeitig aber der extrahierte Alkohol gut abfließen kann. Da muss man ein bisschen mit der Form experimentieren, damit der Sud nicht zu früh absackt. Ich stelle mir so eine schraubenartige Rampe vor, siehst du?«

Keith betrachtete die Skizze sinnend und vergaß darüber, wie üblich, das Essen. »Okay. Gut. Und das da unten?«

»Hier fließt der Alkohol in einen Tank ab. Durch diese Leitung wird der ausgebrauchte Sud abgelassen und kann in einer externen Einheit automatisch abgefackelt werden …«

Keith deutete unmittelbar auf ein Rechteck. »Dieses Kästchen hier?«

»Genau. Wobei man die entstehende Wärme für irgendwas nutzen kann, zum Beispiel, um den Häcksler anzutreiben oder so etwas.«

»Gut. Gefällt mir.« Keith gab ihm die Skizze zurück. »Fehlt bloß die Folie, oder?«

»Ja. Nur diese eine winzige Kleinigkeit.«

»Toll.«

Markus spießte ein Stück Zwiebel auf. »Was denkst du? Haben die da in ihrem Stützpunkt eine KAPPELLING oder nicht?«

»Auf jeden Fall sahen die Gebäude so aus, als sei alles noch in Schuss. Im Unterschied zu allen Firmen, bei denen ich war. *Sehr* im Unterschied.«

Amy-Lee nahm das Faltblatt. »Was ist das jetzt genau?«

Keith zuckte mit den Achseln. »Eine Liste von Namen, bis rauf zu einer Senatorin, die irgendeinen zuständigen Kongressausschuss leitet.«

»Vielleicht kenne ich ja jemanden davon«, meinte sie und schlug das Blatt auf.

Markus sah ihr über die Schulter. Mit all diesen Rängen und Bereichsbezeichnungen der amerikanischen Streitkräfte hatte er noch nie viel anfangen … Aber hallo?

»Darf ich mal?«, sagte er, nahm Amy-Lee das Blatt weg, stand auf und ging damit zum Telefon.

»Was soll das jetzt?«, beschwerte sich Amy-Lee. »Wen rufst du an?«

»Die Senatorin«, sagte Markus und gab ihr das Blatt zurück.

Sie betrachtete es. »Senatorin Maria Damiano? Kennst du die?«

»Nein«, erwiderte Markus. Es klingelte. Gut. Auch das war heutzutage nicht mehr selbstverständlich.

Keith sah auf. »Du glaubst doch nicht etwa, dass du so einfach eine *Senatorin* anrufen kannst?«

Aber er brauchte seine beträchtliche Erfahrung im Überwinden von Vorzimmern gar nicht. Wie anderswo auch, war auch hier einiges einfacher geworden. Er sagte dem Sekretär, dass er die Senatorin sprechen wolle, und der stellte ihn nach kurzer Rückfrage durch.

»Guten Tag, Frau Senatorin«, sagte Markus, »hier spricht Markus Westermann.«

»Guten Tag, Mister Westermann. Was kann ich für Sie tun?«

Markus holte tief Luft. »Eine Frage vorab – sind Sie zufällig verwandt mit einem gewissen Silvio Damiano?«

Er hörte sie überrascht auflachen.

»Nein, das nicht«, sagte sie. »Aber ich bin mit ihm verheiratet.«

KAPITEL 55

Silvio holte ihn am Bahnhof in Washington, D.C., ab. Er hatte sich kaum verändert, war vielleicht ein wenig schmaler im Gesicht, aber das waren schließlich die meisten.

»Der Rausschmiss bei *Lakeside and Rowe* war das Beste, was mir je im Leben passiert ist«, erzählte er, während sie die Rolltreppen zur U-Bahn hinabfuhren. »Ich könnte Murray heute noch die Füße dafür küssen. Du hast nicht zufällig eine Ahnung, was er macht?«

Markus lächelte flüchtig. »Ich habe vor einem reichlichen Jahr mit ihm telefoniert. Da hielt er noch tapfer die Stellung.«

Die U-Bahn der Hauptstadt war nach wie vor in Betrieb, und anders als in den meisten Städten waren die Bahnhöfe großzügig, hell und sauber, die Züge elegant und die Fahrpläne übersichtlich.

»Sie hatten mir einen Platz in der *First Class* gebucht, weil alles andere schon voll war und sie mich ja unbedingt noch am selben Tag loswerden wollten«, erzählte Silvio heiter. »Ich kam neben eine Frau zu sitzen, die ziemlich italienisch aussah, und so fertig, wie ich war, hab ich einfach drauflosgeredet. Ich weiß gar nicht mehr, was, aber wir kamen jedenfalls wie von selbst miteinander ins Gespräch, redeten praktisch pausenlos, die ganzen acht Stunden, die der Flug dauerte. Dabei hätte sie eigentlich was zu arbeiten gehabt.«

»Lass mich raten«, sagte Markus. »Sie hieß Maria.«

Silvio lachte auf. »Ich hab nichts kapiert, verstehst du? Sie sprach so gut Italienisch… Ich hab ihren Nachnamen überhaupt nicht registriert. Thompson! Nicht gerade der typische italienische Familienname. Jedenfalls, wir haben uns für den nächsten Abend in Rom verabredet, und erst da habe ich kapiert, dass sie Amerikanerin ist. Und dann erzählt sie mir, dass sie in New Hampshire für den Senat kandidiert! Aber da war es schon um uns geschehen, schätze ich.«

Markus stellte erstaunt fest, dass er das Getriebe einer großen Stadt nicht mehr gewöhnt war. All die Leute, und mit welcher Hektik sie sich bewegten … »Warum war sie denn in Italien?«

»Ein Todesfall. Nichts Tragisches, ihre Großmutter, die mit hundertundeinem Jahr gestorben war.«

»Und dann habt ihr geheiratet?«

»Drei Wochen später, rechtzeitig, bevor die heiße Phase des Wahlkampfs losging.« Er lächelte verlegen. »Ich wollte mich immer mal melden, aber ich bin einfach nicht dazu gekommen. Du machst dir kein Bild, was in so einem Wahlkampf abgeht.« Er hielt inne. »Oder früher jedenfalls abgegangen ist. Ich schätze, die Zeiten sind auch vorbei.«

Gleich darauf stiegen sie gemeinsam die Treppen zum Capitol hoch, das Markus immer noch beeindruckend fand, wenn auch unerwartet klein. Maria erwartete sie, eine kleine, geschmeidige Frau mit einem umwerfenden Lächeln, und nahm sie mit in ihr Büro, ohne dass Markus in die Verlegenheit kam, seinen Ausweis vorzeigen zu müssen. Noch immer war er sich nicht über seinen Status im Klaren, und die Senatorin hatte, nachdem er ihr sein Problem dargelegt hatte, versprochen, entsprechende Vorkehrungen zu treffen.

»Sie funktioniert tatsächlich, Ihre Maschine?«, fragte Maria, als sie in ihrem kleinen, ganz in Gelb gehaltenen Büro saßen.

»Es ist, mangels Folie, noch eine sehr kleine Maschine, aber sie funktioniert«, bestätigte Markus. »Als ich gestern früh zu unserem Bahnhof gefahren bin, habe ich das mit einem Auto getan, das mit Alkohol fährt – Alkohol aus dieser Maschine.«

Sie nickte, faltete die Hände. »Und Sie haben alles dabei, was Sie für eine Präsentation brauchen?«

»Ja.«

»Gut. Ich habe vorgefühlt, wer in der Regierung sich für

dieses Projekt interessieren könnte.« Sie lächelte ein Eine-Million-Dollar-Lächeln. »Der Präsident erwartet uns in einer Stunde im Weißen Haus.«

Damit begann eine Aktion von Dimensionen, wie wohl nur Amerika sie zu realisieren vermochte.

Nachdem Markus dem Präsidenten das Prinzip der Ostraktion erklärt hatte, trommelte der seine Ministerrunde zusammen, der er es noch einmal erklären musste. Die riefen Fachleute hinzu, Dutzende, Hunderte, und Markus hielt seinen Vortrag wieder und wieder. In der Zwischenzeit wurde das Testmodell nach Washington gebracht, untersucht, geprüft, begutachtet. Man analysierte die Pläne, ließ die Beschreibungen ins Englische übersetzen. Und dann beschloss man, zu handeln.

Eine gewaltige Maschinerie lief an.

In seiner Fernsehansprache sagte der Präsident unter anderem: »Der Niedergang der Ölförderung hat die Volkswirtschaften überall auf der Welt, auch die unsere, schwer in Mitleidenschaft gezogen. Nun steht ein Verfahren zur Verfügung, das, wenn es schnell genug zum Einsatz kommt, die verhängnisvolle Entwicklung umzukehren verspricht.« Er umriss, worum es dabei ging und was die Vereinigten Staaten von Amerika tun würden: nicht mehr und nicht weniger, als die Welt so rasch wie möglich mit Geräten zur Gewinnung von Alkohol nach dem Ostraktionsprinzip auszustatten und so die Voraussetzungen für Transport, Verkehr und internationalen Handel wieder herzustellen.

Dabei gebrauchte der Präsident bewusst einen Satz, den schon der amerikanische Außenminister George C. Marshall im Juni 1947 in jener Rede an der Universität von Harvard gesagt hatte, in der er umriss, was später als »Marshall-Plan« in die Geschichte eingehen sollte: »Es liegt auf der Hand, dass die Vereinigten Staaten alles in ihrer Macht Stehende tun müssen, um die Genesung der Weltwirtschaft zu fördern, ohne die es keine politische Stabilität und keine dauerhafte Sicherung des Friedens geben kann.«

Trotz dieser bewussten Assoziation zum Marshall-Plan und ähnlichen Aktionen der Vergangenheit – der Luftbrücke von Berlin, der Mondlandung – fühlten sich die daran Beteiligten offenbar eher an das Manhattan-Projekt erinnert, den Bau der Atombombe also, denn praktisch vom ersten Moment an sprachen alle nur vom *Westerman-Projekt*. Der originale, blasse Projektname (irgendetwas mit *New Fuel* oder so) geriet in Vergessenheit.

Die Assoziation war nicht unberechtigt. Es war eine Operation von ungeheuren Ausmaßen. Mit derselben Entschiedenheit und den gleichen organisatorischen Mitteln, mit denen die USA die Materialschlacht des Zweiten Weltkriegs gewonnen und später Menschen zum Mond geschickt hatten, wurde die Umrüstung der Welt von Benzin auf Alkohol in die Wege geleitet – ein Vorhaben, das angesichts der maroden Ausgangssituation umso anspruchsvoller war.

Zunächst musste man die Ostraktionsfolie in der benötigten, gigantischen Menge herstellen, danach die zugehörigen Maschinen in ausreichend großer Zahl fertigen und sie dann an Ort und Stelle transportieren. Motoren waren auf den Betrieb mit Alkohol umzurüsten, Landwirte im Umgang mit den neuen Geräten auszubilden. Und schließlich musste eine Infrastruktur für das Einsammeln, Lagern und Verteilen des neuen Kraftstoffs geschaffen werden.

Es erwies sich als unnötig, die letzte noch auffindbare KAPPELLING-SUPERTEX zu zerlegen und nachzubauen: Einer der Geheimdienste besaß die Baupläne. So legte man sofort eine Serie von zehntausend Maschinen auf.

Es war nötig, für einige Teile, die nirgendwo mehr zu bekommen waren, eigene Fabriken zu errichten: Man errichtete sie.

Es war erforderlich, das Verfahren zur Herstellung der Nanopartikel zu verbessern, um die benötigten Mengen schneller zu erhalten: Man verbesserte es.

Es war unabdingbar, sich mit den Regierungen, Verwaltungen und Verbänden aller Länder abzustimmen, die sich an dem neuen System beteiligen würden: Man stimmte sich ab.

An Ingenieuren und Konstrukteuren herrschte kein Mangel. Bald machten sich Hunderte davon über das von Markus entworfene Gerät her, um jeden nur denkbaren Aspekt daran zu untersuchen und, wenn möglich, zu verbessern. Verwaltungsleute erfassten alle landwirtschaftlichen Betriebe, deren Flächen und deren Nutzung, um die Geräte optimal aufzustellen. Gebrauchsanweisungen, Unterrichtsmaterialien und Reparaturhandbücher in allen Sprachen waren zu erstellen, zu drucken und zu verteilen, Seminare zu veranstalten, Spezialisten auszubilden. Marketingleute drehten Fernsehspots, gestalteten Anzeigen, planten und realisierten Kampagnen, um den Umgang mit der neuen Technologie so rasch so bekannt wie möglich zu machen.

Die falsche Schreibweise sollte sich übrigens halten. Die zylindrischen Geräte, die bald überall in den USA standen und kurze Zeit darauf auch in der übrigen Welt zum üblichen Erscheinungsbild eines landwirtschaftlichen Betriebs zählten, wurden hartnäckig als *Westermans* bezeichnet, und nichts, was Markus unternahm, konnte jemanden dazu bewegen, ein zweites n hinzuzufügen. Als der Begriff im *Webster's* aufgenommen wurde, dem maßgeblichen Wörterbuch des amerikanischen Englisch, gab er es endgültig auf.

Die ganze Welt eroberten die *Westermans* allerdings nicht: Einige arabische Länder, allen voran Saudi-Arabien, verboten den Einsatz der Geräte kategorisch. Der Islam verbot den Alkohol, Ende der Diskussion.

Es war ein anderer Westermann, der die arabischen Länder eroberte …

Endlich kam Frieder darauf, was ihn an diesem Festakt so befremdete: dass er ganz ohne Musik ablief. Kein Marsch, keine Nationalhymnen, nichts. Es gab keine Musikanten. Nur diese Zelte unter dem glühenden Himmel, unglaubliche Mengen edler Teppiche, Stuhlreihen und das Rund der Masten mit den Flaggen aller an dem Projekt beteiligten Nationen. Was eine Menge waren. Nicht nur fast die gesamte arabische Nachbarschaft, sondern auch etliche europäische Staaten bis hinauf nach Slowenien.

Nur ganz wenige Frauen waren anwesend. Die griechische Ministerpräsidentin war die einzige von Rang, wenn er das richtig sah. Sie wirkte, als könne sie es auch kaum erwarten, dass der Festakt vorbei war.

Vorhin hatten sich die Muslime zum Mittagsgebet in einem der großen Zelte versammelt, während die Europäer mit den Journalisten aus aller Welt herumgestanden, gewartet und sich an den Fruchtsaftgläsern festgehalten hatten. Wasser mit einem Spritzer Zitronen- und Apfelsaft sowie einer Prise Salz, das war über die Jahre des Baus Frieders Geheimwaffe gegen die Hitze geworden.

Nun mischten sich die Gruppen wieder, die Anzüge und die arabischen Gewänder. Die Stühle waren mit Namensschildern versehen, die Sitzordnung sorgsam von Diplomaten ausgetüftelt worden.

Trotz des viel betrauerten Todes von König Faruq – er war vor wenigen Wochen in hohem Alter friedlich entschlafen, ein Schicksal, das wenigen Herrschern vergönnt ist – wehte die saudische Fahne nicht auf Halbmast. Das tat sie niemals, hatte Frieder gelernt, denn der Schriftzug darauf, weiß auf grünem Grund, ist das muslimische Glaubensbekenntnis, das Wort Gottes also, das sich vor keinem Sterblichen neigt, auch nicht vor einem König.

Der amtierende Regent, Talal Al-Rasheed, trat ans Rednerpult, wartete, bis Ruhe eingetreten war, und begrüßte dann die Anwesenden zur Einweihung des *King-Faruq-Solarkraftwerks*.

Er würde möglicherweise bald nächster König von Saudi-Arabien sein. Die Nachfolgeregelung war in diesem Land noch nie einfach gewesen. Diesmal lief es so, dass die *Majlis al-Shura*, eine Art Ältestenrat, sich auf einen Kandidaten einigte, dem man die Königswürde antrug. Diesem blieb die Entscheidung überlassen, das Amt einfach anzunehmen oder aber es von einer Volksabstimmung abhängig zu machen. Bis jetzt hatte es zwei Kandidaten gegeben, der eine aus dem Kreis der *Al-Shura*, der andere von außerhalb. Beide hatten die Volksbefragung gewünscht – und waren gescheitert. Doch nach Faruq kam anderes eigentlich nicht mehr in Frage, und so hatte Al-Rasheed sich ebenfalls für eine Befragung des Volkes entschieden. Die Abstimmung fand in zwei Wochen statt. So lange war er nur Regent mit beschränkten Befugnissen.

»... will ich nun dem Architekten, Konstrukteur und Erbauer der Anlage das Wort erteilen, Herrn Frieder Westermann«, schloss der Regent mit staatsmännischer Geste. Man sagte, er habe gute Chancen, akzeptiert zu werden. Er würde dann der erste König sein, der nicht aus der Familie Saud stammte.

Frieder stand auf, ging unter dem höflichen Beifall auf die Bühne und ans Rednerpult. Er sammelte sich einen Moment, sah in das Meer der Gesichter, die ihrerseits ihn anschauten, sah dahinter das Meer aus Sand und darin, wie eine Insel aus Licht, fast magisch, das Kraftwerk. Hunderte von Quadratkilometern polierter Sonnenspiegel, gleißend wie flüssiges Silber, die von hier wie eine Fata Morgana wirkten.

»Architekt lasse ich mich gerne nennen«, begann Frieder. »Erbauer bin ich auch – aber nur einer von über 36000 Menschen, die an diesem Projekt mitgearbeitet haben und von denen jeder seinen Beitrag geleistet hat.«

Beifall, höflich. Nun ja. Vielleicht hatte er zu viel Brecht gelesen.

»Konstrukteur wiederum wäre ich kein guter gewesen ohne den Rat und die Hilfe meines Kollegen Ahmad Al-Mansour, der mir viel darüber beigebracht hat, wie man in der Wüste baut.« Der knorrige alte Bauingenieur saß in der dritten Reihe und freute sich wie ein... konnte man bei diesen Temperaturen *Schneekönig* sagen?

Frieder ging zu technischen Erläuterungen über, den Teil seiner Rede, der vor allem für die Journalisten gedacht war. Die anwesenden Politiker kannten seine Argumente entweder längst auswendig oder würden auch heute wieder geistig abschalten.

»Vor dem *Peak* der Ölförderung betrug der Energieverbrauch

der Menschheit rund sechzehn Terrawatt – das sind sechzehntausend Gigawatt oder sechzehn Milliarden Kilowatt. Erzeugt wurde diese Energiemenge größtenteils aus fossilen Energieträgern wie Öl und Kohle, ferner aus Kernspaltung sowie zu einem geringen Teil aus Wasserkraft, Wind und Ähnlichem.«

Da, der Erste nickte schon ein. War das nicht der Sultan von Oman?

»Es war«, fuhr Frieder ungerührt fort, »als lebten wir von trockenen Brosamen, während hinter uns ein reich gedeckter Tisch steht. Denn was sind müde sechzehn Terrawatt gegen die *hundertachtzigtausend* Terrawatt, mit denen die Sonne unseren Planeten bestrahlt? Mehr als zehntausendmal so viel Energie, wie wir der Erde mühsam entreißen, strahlt beständig auf uns nieder – und es ist nicht nur so viel mehr Energie, es ist auch Energie, die nach unseren Maßstäben für alle Zeiten verfügbar sein und niemals schwinden wird. Es war die Entscheidung König Faruqs, dieses Geschenk des Himmels entgegenzunehmen.«

Wieder Beifall, laut genug, um den Sultan hochschrecken zu lassen.

»Saudi-Arabien hat damit einen Weg eingeschlagen, der dieses Land auch in Zukunft zu einem der wichtigsten Energielieferanten der Welt macht – auch, wenn dereinst das Öl völlig aufgebraucht sein wird. Wir sind heute hier, weil mit der Inbetriebnahme des Abschnitts 64 das Projekt so, wie es einst geplant wurde, abgeschlossen ist. Doch beendet ist damit nichts. Das Kraftwerk kann jederzeit erweitert werden, oder es können zusätzliche Kraftwerke dieser Art errichtet werden – die Wüste ist noch groß.«

Es wurde Zeit, das Wort wieder an den Regenten zurückzugeben, der auch den Hebel umlegen würde. Der in Wirklichkeit nichts bewirkte, abgesehen von der Lampe, die er aufleuchten ließ. Das Kraftwerk war längst in Betrieb, versorgte die gesamte Golfregion mit Strom und belieferte auch Europa in nennenswertem Umfang. Trotz der natürlich unvermeidbaren Leitungsverluste. Trotz der Verluste in den Speicherkraftwerken, die notwendig waren, um eine gleichmäßige Versorgung sicherzustellen. Es gab zwei Speicherkraftwerke im Asir-Gebirge, die tagsüber gewaltige Wassermengen von tiefen in hohe Becken pumpten, die nachts durch Turbinen zurück nach unten flossen. Nördlich des Kraftwerks machten Druckluftspeicher sinngemäß dasselbe unter Ausnutzung unterirdischer Kavernen.

Der klügste Schachzug Faruqs war gewesen, alle Bündnisse, Versorgungsverträge und Beteiligungen mit den umliegenden Staaten bereits vor Beginn der Bauarbeiten auszuhandeln und festzuschreiben. Auf diese Weise hatte er Anschläge auf das Kraftwerk – die leicht auszuführen wären – weniger wahrscheinlich gemacht, denn jeder derartige Angriff wäre ein Angriff auf den gesamten Staatenverbund gewesen.

Jetzt. Nach ein paar Worten vermutlich religiösen Inhalts auf Arabisch hatte der Regent den großen Schalthebel umgelegt, und eine Leuchtschrift flammte auf, die das Logo des neuen staatlichen Unternehmens *Saudi SOLAR* trug.

Von einem Moment zum anderen lag Markus hellwach im Bett. Es war noch dunkel, das erste bläuliche Grau der Morgendämmerung war durchs Fenster zu erahnen. Amy-Lee schlief tief und fest, und auch von Joy Carolin war nichts zu hören.

Wovon war er aufgewacht? Hatte er etwas gehört? Er lauschte. Nein, da war nichts. Die ersten Vögel, ja, aber das war normal. Das leise Klingen des Windspiels auf der Terrasse auch.

Doch es ließ ihm keine Ruhe. Er schlüpfte aus dem Bett, ging mit nackten Füßen die Treppe hinab. Alles ruhig. Sogar die Möbel und die in der Wohnküche verstreuten Spielsachen schienen noch zu schlafen in dem elfenbeinernen Licht des sich ankündigenden Tages.

Er öffnete die Tür zur Terrasse, fröstelte in der morgendlichen Kühle. Drüben beim Schuppen stand ihr eigenes Ostraktionsgerät. Gestern Abend hatte man es angeliefert, mit freundlichen Grüßen, eine Grußkarte, vom Präsidenten selbst unterzeichnet.

Vielleicht war es das. Während die Männer das Ding abgeladen und an dem dafür vorgesehenen Platz aufgestellt hatten, war ihm die Zeit in Washington wieder eingefallen. Wie der Wirbelsturm begonnen hatte, sich zu drehen.

Irgendwie hatte man einen Weg gefunden, die Vorwürfe gegen ihn aus der Welt zu räumen. Man hatte ihn sogar ohne viel Federlesens eingebürgert: damit man sagen konnte, es sei ein Amerikaner, der die Lösung entwickelt habe, erklärte ihm ein spöttischer Journalist später.

Nun war er amerikanischer Bürger. Lebte hier. Genau das, was er gewollt hatte. Bloß anders als gedacht.

Er tappte über die kühlen, taufeuchten Steine der Terrasse, ging durch das nasse Gras auf die Maschine zu. Eigentlich war sie zu groß für ihre winzige Farm. Aber man hatte ihm als Erfinder wohl nicht das kleine Modell geben wollen.

Schön war sie. Formvollendet. Eine Menge gut durchdachter Einzelheiten waren dazugekommen, angefangen bei der Art und Weise, wie die Außenhülle verschraubt wurde bis hin zu der sich selbst austarierenden, standfesten Aufstellvorrichtung und dem seitlich angebrachten, überaus cleveren Fördermechanismus für Grüngut und landwirtschaftliche Abfälle jedweder Art.

Ein leiser Schmerz befiel ihn dabei. Man hatte ihm das alles aus der Hand genommen. Es war nicht mehr sein Gerät. Was, da es sich ohnehin um die Erfindung seines Vaters gehandelt hatte, vielleicht nur gerecht war.

Na gut. Das Leben ging seinen eigenen Gang.

Er blieb stehen, genoss die kühle Morgenluft, die nach Harz roch und nach feuchter Erde. Wie rasch es nun hell wurde! Er sah blinzelnd zu den Bergen, über denen die Sonne rot aufglomm. Man konnte zusehen, wie sich der Tag im Tal ausbreitete, wie die Schatten schwanden, wie das warme Licht sie erreichte, den First des Schuppens zuerst, wie es abwärtsfloss am Dach, am Giebel, über die Außenseite der neuen Maschine …

Plötzlich wurde Markus klar, was er da gerade sah.

Seine Vision!

Da, vor ihm, stand er – der Westermann-Tower! Ein Zylinder,

ringsum mit Glas verkleidet, der zum Himmel aufragte und in dem sich die aufgehende Sonne spiegelte – das war es doch, das Bild, das er immer gesehen, das ihn stets geleitet hatte!

Ein Schauder durchlief ihn.

Dann erspähte er einen kleinen Aufkleber, ganz unten an einem der Glaselemente. Wohl der Platz, an dem normalerweise die Lieferadresse aufgeklebt wurde. Aber auf diesem Kleber stand nur in dicken schwarzen Buchstaben: *Westermann*.

Als Amy-Lee herunterkam, saß Markus immer noch im Gras und lachte und lachte. Als sie fragte, was um Himmels willen denn los sei, fiel er ihr um den Hals und stieß hervor: »Ich bin angekommen. Ich bin angekommen. Ich bin da, wo ich hingehöre …«

Zwei Jahre später

Das Sportflugzeug erschien ohne Vorwarnung im gesperrten Bereich des Luftraums über Washington, D.C., und antwortete nicht auf Funkrufe der Luftüberwachung.

Anders als einige Jahre zuvor funktionierte diesmal alles. Die vorgeschriebenen Prozeduren wurden eingehalten. Nach dem dritten vergeblichen Anruf und der ultimativen Aufforderung, sofort abzudrehen, stiegen Abfangjäger auf und näherten sich dem Flugzeug, einer roten Piper Saratoga III, um dieses vom Kurs abzudrängen. Die Flugabwehrgeschütze auf dem Dach und im Garten des Weißen Hauses nahmen Zielpeilung auf, bereit, beim Überschreiten der kritischen Distanz zu feuern.

»Ich sehe einen Mann am Steuerknüppel, der eine schwarze Skimütze trägt«, gab einer der Piloten durch.

»Okay, das ist keiner, der sich bloß verfranzt hat«, knurrte der Diensthabende in sein Mikrofon. »Holt ihn runter.«

Alle Aufmerksamkeit war in diesem Augenblick auf die kleine Sportmaschine gerichtet. So blieb der Marschflugkörper vom Typ *Cruise Missile,* der sich in diesen Minuten ebenfalls Washington näherte, nur wesentlich tiefer, unbemerkt.

Die kleine rote Piper hielt stur ihren Kurs, obwohl einer der Jets die Maschine beinahe mit seinen Flügeln berührte. Schulterzuckend setzte sich einer der anderen Piloten hinter die Piper und klappte die Sicherung über seinem Feuerknopf beiseite. Es war ein hässlicher Job, aber es war ein Job, der getan werden musste. Er wartete, bis das Sportflugzeug über eher dünn besiedeltem Gebiet war, dann feuerte er, und die Piper zerplatzte in einem Feuerball, aus dem nur noch glühende Metallfetzen auf die Erde herabregneten.

»Verdammte Scheiße!«, meinte der Diensthabende und dachte an den Bericht, den er nun schreiben musste.

Im nächsten Augenblick schrie jemand an den Radarschirmen auf.

Doch es war schon zu spät. Die *Cruise Missile,* bekannt dafür, das ihr einprogrammierte Ziel im tiefstmöglichen Flug unterhalb aller Radarsysteme und bis auf wenige Meter genau zu treffen, schlug ins Weiße Haus ein und explodierte. Der Präsident, seine Familie, acht Mitglieder seiner Regierung sowie die meisten der in diesem Augenblick anwesenden Mitarbeiter und Bediensteten wurden getötet, als der Westflügel komplett zerstört wurde, das *Oval Office* einstürzte und im Rest des Hauses metergroße Betonbrocken von den Decken fielen. Wer die Explosion überlebte, wurde ein Opfer des sich rasch ausbreitenden Feuers.

Es war ein verheerender Anschlag, zu dem sich nie jemand bekannte. Der Marschflugkörper war aus amerikanischer Fertigung gewesen, das ergaben Untersuchungen zweifelsfrei, doch was bewies das? Waffen dieser Art waren überall auf der Welt stationiert gewesen, gestohlen worden, ja sogar verkauft worden.

Es wurde endlos darüber beraten, ob das Weiße Haus in seiner ursprünglichen Form wieder aufgebaut oder neu gestaltet werden sollte, ohne dass man zu einem Ergebnis gelangte. Derweil wurden die Ruinen bereits von Unkraut überwuchert. Der

Vizepräsident hatte sich einen provisorischen Amtssitz in Philadelphia eingerichtet, seiner Heimatstadt, und blieb dort erst einmal. Der Kongress folgte nach einiger Zeit, erklärtermaßen auch nur vorläufig, blieb aber ebenfalls.

Washington, D.C., aber wurde zur Geisterstadt. Die Regierung war der wichtigste Arbeitgeber gewesen, und nun, da sie nicht mehr da war, zogen viele Menschen weg. Häuser standen leer, zerfielen, woraufhin noch mehr Menschen fortzogen. Zum Schluss blieben nur die, die nirgendwohin konnten, und züchteten Vieh in den verlassenen Gärten.

Eines Tages standen Silvio und Maria vor Markus' Tür, einen vollgepackten Anhänger am Auto. Beim Kaffee erzählten sie, dass sie im Begriff seien, von Washington nach Vancouver zu ziehen, wo Maria eine Stelle als Dozentin für Politik und Geschichte gefunden hatte.

»Ich wollte nicht noch einmal für den Senat kandidieren«, erzählte sie. »Das ständige Pendeln nach Philadelphia wurde immer anstrengender – die Straßen werden mit jedem Frost schlechter, und einen Platz in einem Flugzeug zu bekommen ist inzwischen auch für Senatoren schwierig. Abgesehen von dem Zustand, in dem manche Maschinen mittlerweile sind …«

»Und da dachten wir, wenn schon weg aus D.C., dann richtig«, fügte Silvio hinzu. »Außerdem wird es Zeit, an Kinder zu denken.«

Sie ließen sich überreden, über Nacht zu bleiben, und erzählten beim Abendessen, das täten seit dem Anschlag viele: Washington, D.C., verlassen. Es sei irgendwie einfach nicht mehr dieselbe Stadt.

»Eine Menge Leute glauben, das *Westerman*-Projekt sei die falsche Entscheidung gewesen«, erklärte Maria. »Sie sagen, die USA hätten sich damit nur verausgabt, aber die Weltwirtschaft nicht genug in Schwung gebracht, um uns noch zu retten. Dass man stattdessen besser die Ölfelder von Venezuela besetzt hätte. Dass es eben letztlich doch keinen Ersatz für Öl gebe.«

»Aber Washington ist immer noch die *Hauptstadt*«, rief Amy-Lee aus. »Man kann sie doch nicht einfach aufgeben!«

Das Holzscheit im Kamin knackte vernehmlich. Etwas – ein Tannenzapfen vermutlich – kollerte das Dach hinab. Es war das Jahr vor dem Ausbruch der großen Unruhen.

Silvio und Maria tauschten Blicke. Dann meinte Silvio, während er mit dem Finger über den Rand seines Weinglases strich und damit einen leisen, traurigen Ton erzeugte: »Ich weiß nicht. In der Geschichte sind viele seltsame Dinge passiert. Nimm Rom zum Beispiel. Rom war die Hauptstadt des größten Reiches, das die Welt bis dahin gesehen hatte; eines Reiches, das länger gedauert hat als jedes vor und jedes nach ihm und das die Welt bis heute prägt. Im Jahr 100 hatte Rom eine Million Einwohner – was beim damaligen Stand der Erdbevölkerung heute einer Vierzig-Millionen-Stadt entspräche. Es war eine unvorstellbar reiche und prächtige Stadt. Es war der Mittelpunkt des Universums.«

Er nahm den Finger vom Glas, und der Ton verklang.

»Im Jahr 1100, also tausend Jahre später, hatte Rom nur noch fünfzehntausend Einwohner. Und im 18. Jahrhundert, als anderswo das Industriezeitalter anbrach, grasten noch immer Kühe im *Forum Romanum*.«

EPILOG

Dreißig Jahre später

Er ging an Deck, um zu verfolgen, wie das Schiff in den Hamburger Hafen einlief. Es roch nach Tang, und der Himmel war klar. Herrlich, der Anblick der Schiffsmasten und Verladekräne, der Hallen und Piere in der aufgehenden Sonne.

Ein Segler zog rasch vorüber, ein Katamaran mit der baskischen Flagge am Heck. Das Rangierboot stieß dichten, weißen Rauch aus, dessen Spiritusgeruch Markus in die Nase biss.

Hatte er alles? Er tastete sein Jackett ab, fühlte den Pass in seiner Brusttasche, das Etui mit der Lesebrille. Hoffentlich klappte das mit dem Gepäck so, wie man es ihm versprochen hatte.

Das Anlegemanöver. Taue, die von Bord geworfen wurden, Männer am Kai fingen sie auf, wickelten sie um Poller. Der mächtige stählerne Leib der *R.M.S. King William* brandete auf das Mauerwerk zu, dass man darum fürchten musste. Aber die Seeleute hatten es im Griff. Die Schiffsmotoren heulten auf, das Wasser schäumte, und dort an der Passagierbrücke wartete man gelassen auf das Ende des Manövers.

Kaum hatte er den Fuß an Land gesetzt, zurück auf dem alten Kontinent, stand Julian vor ihm. Er sah genau so aus wie auf dem Foto.

»Ah, da bist du ja schon«, entfuhr es Markus. Er streckte die Hand aus. »Hallo, Neffe.«

»Hallo, Onkel Markus.« Julian lächelte. »Sag jetzt bloß nicht, dass ich groß geworden bin.«

»Würde ich mich nie trauen. Obwohl's mir so vorkommt. Wahrscheinlich, weil man mit dem Alter schrumpft, schätze ich.«

»Eine Frage der Perspektive, bekanntlich.«

Wie alt war Julian? Er musste auch schon über vierzig sein, oder? Im besten Mannesalter, wie man so sagte. Für einen Professor der Mathematik sah er allerdings erstaunlich jung aus. Und normal.

Sie warteten, während das Gepäck ausgeladen wurde. Julian erkundigte sich, wie die Reise verlaufen war. »Man hört viel von Piraten in letzter Zeit.«

»Ein Kriegsschiff hat uns die halbe Strecke eskortiert. Uns und einen Frachter, der nach Irland unterwegs war«, erzählte Markus. »Aber das Wetter war anfangs übel.«

»Ich habe mich gewundert, dass du nicht mit dem Flugzeug gekommen bist. Als ich gehört habe, dass die Strecke New York – Paris wieder aufgenommen wird, dachte ich, bestimmt buchst du auf das Flugzeug um.«

»Ach, weißt du, ich bin so oft geflogen, früher ... Außerdem ist es nicht dasselbe, wenn man die alten Flugzeuge noch kennt. Da kommen einem die, die sie heute bauen, reichlich abenteuerlich vor.« Er streckte die Hand aus. »Da, meine Koffer.«

Nachdem sie den Zoll passiert hatten, steuerte Julian auf den Parkplatz und dort auf einen dunkelroten Wagen zu.

»Du bist die ganze Strecke mit dem Auto gekommen?«, wunderte sich Markus.

Julian zog eine Codekarte aus der Tasche. »Nein, gestern Abend mit dem Zug. Das ist ein Depotwagen. Ich bin in einem Depotwagenverein, weißt du? Sehr praktisch.«

Sie verstauten das Gepäck im Kofferraum und stiegen ein. »Was ist ein Depotwagenverein?«, wollte Markus wissen.

Julian erklärte es ihm, während sie vom Hafengelände aus stadtauswärts fuhren. »Das ist ein großes Unternehmen, das an jeder wichtigen Stelle ein Automobildepot unterhält. Als Mitglied bezahlt man einen monatlichen Beitrag und kann jeden Depotwagen benutzen, den man findet. Mit dieser Schlüsselkarte. Die Fahrten werden nach Verbrauch berechnet, aber dafür bekommt man eine Rechnung am Monatsende.«

»Verstehe«, meinte Markus. »Früher hat man das *Car-Sharing* genannt.«

»Ich fürchte, mein Englisch ist furchtbar schlecht«, gestand Julian. »*To share* heißt... was?«

»Teilen.«

»Ah ja. Verstehe. *Car-Sharing*. Ja, genau.« Er nahm schwungvoll eine Kurve. »Gibt es das bei euch drüben auch?«

Markus schüttelte den Kopf. »Dazu ist das Land zu groß.« Er sah aus dem Fenster. »Sag mal, das ist aber nicht der Weg zum Bahnhof, oder?«

»Nein.« Julian strahlte. »Ich habe Karten für das Luftschiff bekommen, das die Rheinroute fährt. Ich dachte, das gefällt dir bestimmt.«

»Ein Luftschiff?«

»Fährt täglich Hamburg – Bremen – Düsseldorf – Koblenz. Und natürlich noch weiter runter.« Er schien sich selber am meisten darauf zu freuen. »Als klar war, dass du so früh am Morgen kommst, habe ich angerufen, und siehe da, es hat geklappt.«

Mit dem Luftschiff zu fahren war in der Tat recht angenehm, obwohl Markus sich auf die europäischen Züge gefreut hatte. Andererseits würde er in denen noch genug Zeit verbringen. Er wollte nach Österreich, unter anderem, um das Grab von Block zu besuchen, vorher natürlich zu Dorothea ...

»Wie geht's deiner Mutter, jetzt, wo sie allein ist?«, fragte er.

Julian seufzte. »Na ja ... Vaters Tod hat sie schwer getroffen, das kannst du dir ja vorstellen.«

»Wie alt war er eigentlich?«

»Knapp siebzig.« Julian sah beiseite, mit einem Blick, in dem sich Ärger und Schmerz mischten. »Er hätte nicht mehr im Schweinestall arbeiten sollen, nachdem die Warnungen ausgegeben waren. Diese neue Maul- und Klauenseuche ist für ältere Menschen einfach zu gefährlich.«

»Ja, das habe ich gehört.« Markus sah hinab. Das Schiff fuhr tief über der norddeutschen Tiefebene, man konnte den Leuten fast in die Wohnungen gucken. »Ich habe ewig nicht mehr mit deiner Mutter gesprochen. Ich habe immer gehofft, sie flicken das Internet wieder. Stattdessen gingen dann die Telefonkabel nach und nach kaputt.«

»Jetzt wollen sie ja wieder welche legen«, sagte Julian. Er lächelte schmerzlich. »Ich erinnere mich dunkel daran, wie das mit diesem Internet war. Irgendwelche bunten Bilder auf einem Bildschirm. Vater hat immer geschimpft, damals, als es nach und nach zusammengebrochen ist; das weiß ich noch.«

Sie überflogen eine Eisenbahnlinie. Markus wartete, ob ein Zug vorbeifahren würde, aber es kam keiner. »Mit der Eisenbahn war das einmal genauso. Die Pioniere dachten, sie verbinden die ganze Welt miteinander. Dann ist alles zusammengebrochen, es gab die ganzen Kriege und so weiter … Und erst daraus hat sich das eigentliche Schienennetz entwickelt. So gesehen kann man hoffen.«

Der Steward brachte endlich den Kaffee. »Zeitung auch?«, fragte er geschäftstüchtig.

Markus suchte nach Geld, bis ihm einfiel, dass seine Dollars ihm nichts nützen würden. »Was haben Sie denn für Schlagzeilen zu bieten?«

Der junge Mann, der einen dünnen, gefärbten Schnurrbart trug, hob die Schultern. »Das Übliche. Die letzten Meldungen im Australienkrieg, Gewalt und Anarchie in Südamerika … Und die Fußballergebnisse der Pokalspiele Mittelost. Israel hat Libanon 1:0 in der Verlängerung geschlagen, trifft jetzt im Finale auf Syrien.«

»Wir nehmen eine«, sagte Julian.

Sie teilten sich das Blatt, Markus begann mit den Nachrichten. Wieder irgendwelche Scharmützel zwischen chinesischen und australischen Streitkräften, wie das seit Jahren ging. Wieder waren Hunderte asiatischstämmiger Bürger Australiens interniert worden. Und immer noch Unruhen in Venezuela, das mit dem Versiegen seiner Ölfelder nicht fertig zu werden schien.

»Gegen Syrien haben sie keine Chance«, meinte Julian. »Nicht ohne Ben Scholem. Das ist der Mittelstürmer. Er ist verletzt, heißt es hier.«

»In Sachen Fußball bin ich nicht mehr auf dem Laufenden«, gestand Markus und faltete das Blatt zusammen. »Und die Regeln des American Football werde ich in diesem Leben nicht mehr begreifen.«

Julian legte seinen Teil der Zeitung ebenfalls beiseite. »Sag mal, wie ist denn das jetzt überhaupt bei euch drüben? Mal hört man, die Vereinigten Staaten sind nicht mehr vereinigt, dann heißt es wieder, das sei alles übertrieben …«

Markus seufzte. »Leider nicht. Wir haben überall den Dollar, noch jedenfalls. Und wir haben noch einen Präsidenten. Aber der sitzt hauptsächlich zwischen allen Stühlen. Davon abgesehen …«

Er schaute aus dem Fenster. Immer öfter sah man jetzt Reihen von Westermans. Gerade überflogen sie eine Szenerie, die heutzutage so typisch war, die er aber noch nie aus dieser Perspektive gesehen hatte: ein Auto an der Zapfstelle eines Bauernhofs, der Treibstoff auf eigene Rechnung verkaufte. Zwei Männer, die ein Schwätzchen hielten, während der Tank sich füllte.

»Da, wo ich lebe, das ist heute *de facto* ein Staat namens Northwest Pacific. Das umfasst das alte Oregon, Washington – den Staat, nicht die Stadt – und Nordkalifornien. Uns geht's noch am besten von allen, aber wir haben große Probleme mit Flüchtlingen aus dem Süden. Und an der Küste mit Piraten aus Asien; das wird immer dramatischer.«

Julian sah ihn ernst an. »Und der Süden, das ist …?«

»Einmal der Südwesten – Südkalifornien, Arizona, New Mexico, Nevada, Utah, Colorado. Heute nahezu unbewohnbares Land. Kaum Landwirtschaft, folglich Treibstoffmangel. Und das, wo man dort ohne Klimaanlage und künstliche Wasserversorgung umkommt.« Ganz zu schweigen von den zunehmenden Konflikten mit Mexiko. Ein heikles Thema, seit sich die Neuenglandstaaten geweigert hatten, weiterhin Mittel für die militärische Sicherung dieser Grenze zur Verfügung zu stellen. »Und dann der Südosten, inzwischen ein Gottesstaat. Frauen müssen Kopftücher tragen, wer über Evolution spricht, kommt ins Gefängnis, und der Gottesdienst am Sonntag ist Pflicht.

Hört man jedenfalls.« Und die High Plains, die Treibstofflieferanten, die trotzdem immer mehr verödeten. Die North Mountain Staaten, in denen nur Trapper und Schafhirten noch ein Auskommen fanden. Und so weiter. Immerhin konnte man das Land inzwischen per Zug auf der Nordroute einigermaßen unbehelligt durchqueren.

Julian stieß einen tiefen Seufzer aus. »Das klingt, als hätten wir es hier noch richtig gut.«

»Habt ihr.«

»Und warum bist du drüben geblieben?«

Markus musterte ihn nachdenklich. »Das ist schwer zu erklären. Weil es einmal eine Kraft in meinem Leben gab, die mich mit unwiderstehlicher Macht dorthin gezogen hat. Weil ich dort das Gefühl habe, an dem Ort zu sein, an den ich hingehöre.« Er dachte an die Berge und die Pazifikküste und die Weiten und den Geruch im Sommer und fügte hinzu: »Und weil ich es trotz allem großartig finde.«

»Wir hatten gehofft, dass dich deine Frau begleitet. Wir hätten sie gerne endlich kennen gelernt.«

Markus griff nach seiner Tasse, stürzte den kalt gewordenen letzten Schluck Kaffee hinab. »Geplant war es. Aber dann ist etwas dazwischengekommen.« Ein Streit, wie so oft. Ein dummer, herzloser, verletzender Streit.

Seine Ehe gehörte zu den Dingen, die er mit *trotz allem* gemeint hatte. Irgendwie hatten Amy-Lee und er es nicht so hinbekommen, wie sie sich das vorgestellt hatten.

Die Fahrt das Rheintal hinab war herzergreifend schön. Die Kähne, die auf dem Fluss schipperten, die alten Burgen, die Weinhänge ... Viel zu schnell hatten sie Koblenz erreicht, wo das Luftschiff an der Haltestelle Ehrenbreitstein festmachte und Julians Familie ihn erwartete. »Das ist Maia, meine Frau. Das ist Arvin, unser Jüngster, und das Meinhard. Unsere Älteste ist leider nicht da, Irmina macht grade Schüleraustausch in Avignon.«

Markus nickte. »So was ist ja auch wichtiger als ein alter Onkel, den sie ohnehin nicht kennt.«

Die beiden Buben beäugten den Onkel aus Amerika erst mal neugierig. Arvin mochte dreizehn sein, Meinhard fünfzehn. Julians Frau Maia war eine auf den ersten Blick schmale, unauffällige Gestalt, bis man von ihren himmelblauen Augen ins Visier genommen wurde. Sie fragte ihn unerschrocken aus, zog ihm all das aus der Nase, wonach Julian sich nicht zu erkundigen gewagt hatte.

Ja, erzählte Markus, sie lebten immer noch in Crooked River Pass. Die Kinder – prächtige Burschen, die beiden Jungs, und die Große, also, das schönste Mädchen der Welt. Verheiratet, natürlich. Bloß mit Enkelkindern hatte es bisher noch nicht geklappt.

Nach einer Weile tauten die Jungs auch auf.

»Was hast du eigentlich für einen Beruf?«, fragte Arvin.

Markus lächelte. »Ich leite ein Institut, das Methoden und Techniken vor dem Vergessen bewahrt. Wenn du wissen willst, wie man Zellophan herstellt, kannst du uns fragen. Wenn du eine alte Maschine findest, wissen wir vielleicht, wie man sie repariert. Und wenn dir mal eine Diskette oder ein Memorystick in die Hände fallen sollte, können wir möglicherweise lesen, was darauf gespeichert ist.«

»Was ist ein *Memmri-Stik*?«

»Das soll er dir nach dem Essen erklären«, wiegelte Julian ab.

Dann waren sie da, ein schmales Haus in einer reizenden alten Gasse, das von innen weitaus größer wirkte als von außen. Es roch köstlich nach Braten und Gewürzen. Im Esszimmer sah Markus, dass man ihm zu Ehren das gute Geschirr aufgedeckt hatte.

Plastikgeschirr.

Er musste lachen. »Ach je.«

»Oh, das habe ich ganz vergessen.« Maia lief rot an. »Meine Mutter lacht auch immer. Ihr habt diese Art Geschirr früher weggeworfen, nicht wahr?«

Markus nahm einen der Teller auf. Er war leicht wie ein Stück Papier und schneeweiß. »Na ja«, meinte er, »der ist schon stabiler als das Wegwerfgeschirr damals. Aber es ist eben Plastik…«

»Plastik ist toll«, rief Arvin. »Ich hab einen Kugelschreiber zum Geburtstag bekommen, ganz aus Plastik!« Er sah hilfeheischend zu seinem Vater. »Plastik wird aus Öl gemacht, nicht wahr?«

»Ja«, bestätigte Julian.

Endlich sagte Meinhard auch etwas. »Stimmt das eigentlich, was Papa immer erzählt?«, wollte er wissen. »Dass ihr Öl früher einfach verbrannt habt?«

Markus sah ihn an, sah in Augen, die eine ganz andere Welt kannten als die, in der er selber aufgewachsen war. Eine Welt, in der immer noch Öl gefunden wurde, in der es aber so kostbar war wie Gold.

»Ja«, sagte er. »Wir haben es einfach verbrannt. Wir hätten auch noch den letzten Tropfen verfeuert, wenn nicht etwas dazwischengekommen wäre.«

Maia erklärte, es dauere noch ein wenig mit dem Essen und sie sollten sich jetzt alle noch einen Moment verkrümeln, worauf Julian Markus in sein Arbeitszimmer unterm Dach lotste, in dem es nach Tabak roch und sich handgefertigte Regale aus gedunkeltem Holz unter Büchern bogen.

»Erinnerst du dich?« Er zog eine Mappe hervor und holte einige vergilbte Fotokopien heraus. »Hast du mir mal geschickt.«

Markus riss sich vom Anblick der ledernen Buchrücken los – viele davon trugen Titel in Russisch – und nahm die Blätter in Augenschein. »Die hast du aufbewahrt?« Es waren Kopien einiger Seiten aus Blocks Notizbüchern. Er hatte sie Julian vor vielen Jahren per Post zukommen lassen; ein Versuch, das Versprechen zu halten, das er ihm einst am Telefon gegeben hatte: ihm die Dokumente zu zeigen, wenn er sie finden sollte.

Julian setzte sich in seinen mit grünem Leder gepolsterten Schreibtischstuhl und begann, eine Pfeife zu stopfen. »Nicht nur aufbewahrt«, sagte er. »Ich habe sie studiert.«

»Studiert?« Markus betrachtete die beeindruckend aussehenden, aber sinnlosen Tabellen. »Was gibt es da zu studieren? Block ist geistig umnachtet gestorben. Das ist alles reine Fantasie.«

»Ist es nicht«, sagte Julian.

»Bitte?«

»Du hast doch früher mit Datenschürfung zu tun gehabt, nicht wahr? *Data Mining* nannte man das damals, glaube ich.« Er sprach das englische Wort schrecklich falsch aus.

Markus nickte. »Ja. Aber ich habe nur entsprechende Programme verkauft. Von den Verfahren dahinter verstehe ich nichts.«

»Wie auch immer.« Er riss ein Streichholz an und setzte den Tabak in seiner Pfeife bedachtsam in Brand. »Jedenfalls wurden die zugrundeliegenden mathematischen Methoden in den letzten dreißig Jahren dramatisch weiterentwickelt. An meinem Institut machen wir fast nichts anderes. Mustererkennung, automatische Klassifikation und solche Dinge«, fügte er paffend hinzu.

»Mustererkennung«, wiederholte Markus ahnungsvoll. »Lass mich raten. Du hast in diesen Tabellen Muster entdeckt.«

»Einwandfrei verschieden von willkürlich entstandenen Texten.« Er blies einen Rauchring zur Decke. »Die Geschichte fasziniert mich, seit ich das erste Mal davon gehört habe. Weißt du, dass Blocks Bohrung bei Steyr immer noch Öl fördert? Ich war dort. Es stimmt.« Julian zog Fotos aus der Mappe und reichte sie ihm. Eine Ölförderpumpe war darauf zu sehen, die einsam in einer hügeligen Landschaft stand, eingezäunt und von kargem Gebüsch umgeben.

»Nein, das wusste ich nicht«, gab Markus zu.

»Die Fördermenge hat sich in über vierzig Jahren nicht verringert. Aber das Erstaunlichste ist«, sagte Julian und sog genüsslich an seiner Pfeife, »dass niemand weiß, wo das Öl herkommt.«

»In dieser Gegend Österreichs wurde schon vor über hundert Jahren Öl gefördert.« Markus versuchte, sich der Details zu entsinnen. »Das Öl müsste entweder aus der Molassezone oder aus dem Wiener Becken stammen.«

»Eben nicht. Weder Ort noch Tiefe der Bohrung erlauben diesen Schluss. Außerdem hat man das Öl unlängst biochemisch analysiert. Es stammt eindeutig nicht aus den bekannten Reservoirs.« Julian beugte sich vor. »Deshalb wollte ich dich bitten, mir die Unterlagen komplett zur Verfügung zu stellen. Wobei mir Kopien natürlich genügen würden.«

Das also war das große Anliegen gewesen. Und dies der Zeitpunkt.

Markus betrachtete die Bilder mit gelinder Erschütterung. Er hatte von Blocks Ölquelle immer nur gehört, sie aber nie gesehen.

Er musste an das Versprechen denken, das er Block gegeben hatte.

Grundgütiger! Dass er hier in ein solches Dilemma geraten würde, hatte er nicht erwartet.

»Julian«, sagte er schließlich, »ich weiß offen gesagt nicht, ob es eine so gute Idee ist, das weiter zu verfolgen.« Wie das klang! Er redete wie ein alter Mann. Wie jemand, der sich endlich mit dem Leben arrangiert hat und nicht mehr will, dass sich noch einmal etwas daran ändert. »Block hatte einen Gedanken, den ich damals sehr überzeugend fand, der mich heute aber erschreckt.«

»Nämlich?«

»In der frühen Erdgeschichte hat es Zeiten gegeben, in denen der CO_2-Gehalt der Atmosphäre fünfmal so hoch war wie heute. Wohin ist dieses CO_2 verschwunden? Oder der Kohlenstoff darin, besser gesagt? Blocks Theorie war, dass er durch bakterielle Zersetzungsprozesse in tiefe Erdschichten gelangt und dort in Öl und Kohle umgewandelt worden ist.« Markus rieb sich die Brust, in der er auf einmal eine beunruhigende Enge fühlte. »Wenn das stimmen sollte, bedeutet es, dass irgendwo noch genug Öl und Kohle lagert, um den CO_2-Gehalt der Atmosphäre zu verfünffachen. Kannst du dir vorstellen, was das bedeuten würde? Es wäre nicht nur der Todesstoß für das Weltklima. Es wäre das Ende der Menschheit. Wir würden damit eine Welt schaffen, in der wir nicht mehr leben können.«

In diesem Moment schellte eine schwere Messingglocke im Gebälk, von der ein dünnes Kabel an der Wand entlang führte und im Boden verschwand.

»Essenszeit«, lächelte Julian. Er löschte seine Pfeife. »Weißt du, ich habe nicht vor, ins Ölgeschäft einzusteigen. Mich reizt nur die Aufgabe.«

»Ja«, sagte Markus. »Aber so fängt es immer an. Klein und harmlos.«

– ENDE –

DANKSAGUNGEN

Ich habe zu danken: Dr. Gabriel Frahm von der Universität Köln sowie dem Finanzberater André Kunze für ausführlichen Unterricht in Sachen Investmentbanking.

Meinem alten Freund Max Gapp für wesentliche Klarstellungen zu landwirtschaftlichen Fragen.

Meiner Kollegin Que Du Luu für ihren Rat zum Thema chinesische Namen.

Olaf Schilgen von der Firma AUDI für eine Einführung in den heutigen Stand nanotechnologischer Produktionsverfahren.

Maik Schönefeld für Hintergrundinformationen zum BWL-Studium.

Und wie immer meinem Kollegen Timothy Stahl für verlässliche Orientierung über den Alltag in den USA.

Wie stets gilt, dass keine dieser Personen dafür verantwortlich ist, was ich aus ihren Auskünften gemacht habe. Die Fehler sind alle von mir.